MARIE-CÉCILE PICQUET

Passionnée par le Moyen Âge, Marie-Cécile Picquet a choisi de situer l'histoire de son premier roman dans la région d'Amiens dont elle est originaire. Ancienne attachée de presse aujourd'hui journaliste, elle vit en région parisienne, avec son mari et ses deux enfants.

Retrouvez l'univers sombre et mystérieux de *Poisons* sur : www.poisons-lelivre.fr

POISONS

MARIE-CÉCILE PICQUET

POISONS

TIMÉE ÉDITIONS

Le papier de cet ouvrage est composé de fibres naturelles, renouvelables, recyclables et fabriquées à partir de bois provenant de forêts plantées et cultivées durablement pour la fabrication du papier.

ISBN : 978-2-266-18286-7

À mes trois B…

1

BIEN MALIN qui pourrait deviner devant ce tableau serein l'imminence de l'ouragan qui rôde... L'immobilité du profil tourné vers le ciel est absolue. Un long cou gracile, un teint laiteux éclairé de reflets ambrés par la lumière jouant à travers le parchemin huilé, des cils soyeux qui n'en finissent plus de se courber, de longs cheveux châtain clair chastement torsadés, voilà le doux modèle qui inspire en cette année 1315 Matthieu Esternay, maître imagier, pour sa statue de la Vierge à l'Enfant. Dans le silence de l'atelier, seul résonne le bruit du biseau, sec et régulier, faisant jaillir à chaque impact, dans les rais de clarté trouant la pénombre, une envolée de grains dorés, comme de mystérieuses giclées de poussière magique.

Margault Esternay ressent la violence des chocs dans son corps, comme autant de coups qui la façonnent. Elle aimerait se lever mais n'ose bouger, consciente de l'intensité de ce moment. Ces parenthèses représentent pour le couple autant d'instants d'union mystique, de communion religieuse qui les réunit plus intensément que tout le reste. C'est du moins ce qu'elle a toujours pensé. Jusqu'à aujourd'hui... Profitant de sa concentration, la jeune femme observe son époux à la dérobée. Comme toujours, son art semble le posséder, l'emporter vers de lointaines contrées inaccessibles aux païens. Ses gestes tracent dans l'air des arabesques de plus en plus rapides, son visage imberbe devient extatique, ses yeux d'enfant se figent sur une vision connue de lui seul. Matthieu sculpte comme il prie, fiévreusement.

Se sentant examiné, l'artiste se redresse, sourit à sa jeune femme. Sa physionomie tout entière se transforme en un instant, reflétant l'adoration qu'il voue à son épouse, si belle, si pure… Aussi pure que cette Vierge à qui il a fait don de ses traits, telle une offrande à une divinité barbare… Les mains délicates époussettent avec soin la statue, caressent tendrement le buste menu, les plis de la robe, la courbe de la nuque penchée vers l'enfant. Tandis que Margault frissonne dans sa cotte de velours bleu pâle, malgré le grand feu allumé dès l'aube. La pièce chaleureuse constellée de blocs de glaise et de plâtre, qu'elle aime tant, lui semble soudain chargée d'une impalpable menace, comme si elle n'y avait plus sa place. N'y tenant plus, elle esquisse un mouvement pour se lever lorsqu'un coup frappé à la porte les fait sursauter. Les deux époux s'immobilisent, tels des enfants pris en faute. D'un geste vif et familier, Matthieu dissimule à la hâte la statue de la Vierge sous un vaste drap de toile, tandis que Margault se compose une contenance en se penchant sur une esquisse du défunt Renaud de Cormont, représentant un Christ écrasé sous un pressoir d'où s'écoule un filet de sang écarlate.

— Vite, le dessin de votre visage, là, cachez-le sous les autres !

La jeune femme s'exécute, le cœur battant la chamade. Pourvu qu'il ne s'agisse pas de l'un de ces clercs qui visitent régulièrement Matthieu à toute heure de la journée ! Margault doute fort que l'Église voie d'un bon œil son artiste de mari donner aussi ouvertement à la Sainte Vierge l'image de son épouse. Sans doute aurait-elle mieux toléré la voir inspirer la statue d'une pécheresse telle que Marie-Madeleine… Malgré elle, la jeune femme ne peut retenir un rire sans joie. S'ils savaient, tous ces donneurs de leçons, qui pour certains dissimulent sous une conduite vertueuse la plus débridée des débauches !

Quelques instants lui suffisent pour comprendre qu'il s'agit d'une fausse alerte, l'intruse n'étant autre que Suzon, la chambrière, venue porter à Margault une missive scellée de cire rouge. Malgré sa curiosité, cette dernière ne peut contenir un mouvement d'humeur devant les mains noires de crasse de la servante. Ne lui a-t-elle pas mille fois expliqué la nécessité de présenter une figure et des mains propres ? Allons, peu importe, ce n'est guère le moment de s'attarder à ce genre de considération… La jeune femme s'apprête à ouvrir le parchemin de chiffon d'une main distraite lorsque la mine de conspiratrice de la servante attire son attention. Elle suspend son geste en soupirant : allons bon, que se passe-t-il encore ? Une pensée lui traverse soudain l'esprit : mon Dieu, ce n'est tout de même pas…

La première réaction de Margault est de rosir joliment d'émotion, avant que le rouge de la colère ne lui monte brutalement aux joues. Cette fois c'en est trop… Cet impudent va tout de même cesser de la harceler, maintenant jusque dans le propre atelier de son époux ! Pour qui la prend-il, elle, une épouse respectable dont la vertu est saluée de tous ? Pour l'une de ces ribaudes que l'on achète avec trois sols et un mot gracieux ? N'a-t-il donc pas conscience des risques qu'il lui fait encourir ? Il en faut si peu pour compromettre une femme de nos jours… Silencieux, Matthieu observe avec étonnement son épouse décliner toute une palette de roses sur un visage embarrassé :

— Que se passe-t-il ? Quelque chose d'ennuyeux, ma mie ?

— Non, ce n'est rien… Je… J'ai encore oublié le tailleur, qui m'attend pour le choix d'un drap de laine de Flandre… Pour votre nouveau mantel… C'est fou ce que je puis être distraite ces derniers temps !

Pensif, l'imagier suit du regard sa femme qui s'enfuit précipitamment, tout en ôtant lentement le drap qui recouvrait la statue. Ce n'est pas bien grave, il va profiter de son absence pour améliorer l'arrondi du crâne de l'enfant. Ce qui ne l'empêche pas de réfléchir. Tout de même, ce départ hâtif semble bien singulier… Il secoue la tête avec une expression indéfinissable, tout en caressant la chevelure de pierre de la Vierge pour en ôter d'hypothétiques grains de poussière. Heureusement qu'il l'a, elle, sa Divine…

Quelques pas plus loin, bousculée par l'effervescence de la Chaussée au Blé, Margault est déjà plongée dans la lecture de son pli, sous l'œil brillant de curiosité de la servante. Celle-ci voit les traits crispés de la jeune femme se détendre au fur et à mesure de la lecture, un petit sourire rêveur étirer ses lèvres gourmandes, tandis qu'elle replie soigneusement la missive pour la glisser dans son sage décolleté. Décidément, le comportement de sa maîtresse se fait bien étrange, ces jours derniers… Comme pour confirmer ses craintes, cette dernière reste un long moment immobile dans la ruelle, le regard dans le vague, inconsciente des charrettes qui la bousculent et du vacarme des cris des bonimenteurs. Les mots lui dansent dans la tête :

« Je n'en puis plus d'attendre. Je crains de perdre le peu de raison que vous m'avez laissée si je ne peux vous parler. Je vous attendrai demain à vêpres, chez moi. J'habite la première maison avant le couvent des Jacobins, vous la reconnaîtrez à sa montjoie éclairée. Si vous ne venez pas, je crois, je suis certain que j'en mourrais… »

Le mot n'est pas signé, mais il ne peut s'agir que de lui, bien entendu : Arnoul de Villiers, cet insolent personnage qui la poursuit de ses assiduités depuis qu'il l'a remarquée essayant dentelles et velours sur sa gorge pleine à une échoppe de l'Estaple, lieu de rendez-vous des marchands flamands… Des dentelles que Margault n'aurait d'ailleurs jamais eu l'audace d'acquérir, Matthieu abhorrant plus que tout la coquetterie ! Elle n'était venue chez ce mercier que pour y quérir quelques sachets de cumin, de gingembre et de clous de girofle mandés par la cuisinière trop débordée pour se déplacer, lorsqu'elle s'était sentie malgré elle irrésistiblement attirée par l'étal débordant de soieries de Gênes et de mousselines. La mercerie constituait une vraie mine de tentations, même pour une jeune femme aussi peu frivole qu'elle ! Ce qui expliquait d'ailleurs son empressement à s'y rendre à la place d'une quelconque servante… Margault était donc occupée à plonger voluptueusement les mains dans les pièces de lingerie, caressant avec gourmandise les douces matières tout en se demandant comment décider Matthieu à lui octroyer quelques finances, lorsque l'homme avait surgi, brandissant de manière presque arrogante son aumônière afin de lui offrir une aune de chaque dentelle convoitée. Un présent refusé avec de véhéments cris de protestation, avant qu'elle ne tourne les talons avec toute la morgue dont elle se sentait capable. Cet homme devait sans doute être l'un de ces nombreux cadets de noble souche, condamnés au célibat afin de ne pas diviser l'héritage familial et prêts à tout pour séduire une proie féminine… Quand ils ne se lançaient pas dans d'impitoyables chasses à la pucelle dans les rues de la ville le soir tombé ! Sa fuite précipitée n'avait sans doute pas dissuadé l'impudent de la suivre, puisqu'elle recevait dès le lendemain à son domicile les dentelles accompagnées de quelques vers de Jean de Meung, le poète qui avait revisité à sa manière le *Roman de la Rose*. « Aimez, dit Raison, mais fuyez cet amour insensé où s'égare la rêverie. Fuyez ce pays de convention que vous peuplez de chimères, où la femme est idole, où la volupté multiplie ses raffinements corrupteurs. Aimez, mais aimez comme il faut aimer : en cédant sans le compliquer à l'instinct qui doit assurer la perpétuité des espèces. »

Un appel à la débauche, en quelque sorte, une incitation aux joies de la chair… Le choix de l'auteur était loin d'être aussi innocent qu'il n'y paraissait : Arnoul de Villiers aurait tout aussi bien pu choisir Guillaume de Lorris, auteur initial de l'ouvrage et adepte de la chasteté dans l'amour… Mais non, il avait penché pour le plus tentateur, celui incitant le lecteur à se laisser aller à l'appel de la nature… Malgré ses préventions, ces vers avaient touché en Margault une fibre jusqu'alors muette. À son grand désarroi… Depuis, il ne s'était passé cinq jours sans qu'elle ne croise sur son passage l'amoureux transi, de fort belle allure d'ailleurs, arborant des mines alanguies de trouvère. Et sans qu'elle ne reçoive tantôt un délicat mouchoir, tantôt une ceinture brodée, toujours accompagnés de quelques mots galants fort bien tournés, interdits, corrupteurs… Tous ces événements l'avaient troublée, sans qu'elle en comprenne bien la raison. Pourquoi cet émoi inconnu sous ce regard de braise, cette soudaine chaleur lorsqu'il la frôlait comme par mégarde de son mantel ? Semaine après semaine, les attentions de cet homme avaient insidieusement fait leur chemin dans une vie trop monotone, lisse de n'avoir pas connu les tempêtes de la passion amoureuse. Elle n'avait trouvé le salut que dans la fuite, s'appliquant à discipliner son esprit pour lui éviter de s'égarer en des voies que la religion réprouve.

Mais cette discipline de fer ne l'empêchait pas de le chercher des yeux dans la foule dense, d'emprunter des ruelles qu'elle lui savait désormais familières, et de rêver… Rêver de lui durant ses trop longues nuits lui avait fait retrouver bien malgré elle les folles promesses de ses quinze ans : celles d'un avenir radieux, d'une vie comblée de plaisirs qu'elle lisait dans le regard de ses amies nouvellement mariées… Quinze ans dont elle n'était guère éloignée, puisqu'elle s'apprêtait tout juste à fêter à la fois ses dix-sept ans et ses deux ans de mariage. Oh, elle serait malvenue de se plaindre, elle ne se trouvait pas si mal lotie… Matthieu était un honnête homme, avec lequel elle partageait les mêmes goûts dans le domaine des arts, s'émerveillait des mêmes miracles de la nature, s'unissait dans une même soif de pureté et d'absolu. Soif qui s'étanchait dans une foi profonde, une pratique religieuse assidue. Tant d'hommes en effet maltraitaient impunément leurs épouses, les empêchaient de sortir à leur guise, leur interdisaient l'accès à la lecture et au savoir… Margault serait morte sans ses livres, elle qui avait bénéficié dès l'enfance de la chance inouïe d'apprendre la lecture et le latin grâce à un père supérieurement instruit. Non, ce pourrait être le bonheur avec Matthieu, si…

Un chariot n'aurait pas manqué de renverser la jeune femme si la chambrière ne l'avait poussée en avant d'un coup sec, l'extrayant brutalement de sa rêverie. Les lourdes roues lui effleurent la hanche et l'épaule, déchirant le velours de sa cotte et dessinant une traînée sanglante sur la chair blanche de son bras. Tandis que Suzon s'affaire autour de la blessure sans gravité, Margault tente avec impatience de se dégager :

— Allons, Suzon, ce n'est rien, je t'assure…

— Il faudrait mettre du sel sans tarder… Ou encore de l'ail pilé…

— Es-tu donc sourde ? Partons, te dis-je !

Si Margault n'a pas conscience d'avoir crié, les têtes qui se tournent vers elles l'informent de son accès de colère. Tandis que les deux jeunes femmes se fondent dans la foule qui se presse en tous sens dans un joyeux brouhaha, une scène les arrête brusquement. Un marchand vêtu avec une ostensible recherche, occupé à déguster une oublie, se retourne pour suivre d'un regard concupiscent une fillette à peine nubile tout en continuant à avancer. Tout à sa contemplation, il s'écrase le nez contre la fourrure d'un gigantesque ours brun revêtu d'un minuscule surcot écarlate, qui se fait aussitôt un devoir de confisquer l'appétissante pâtisserie. Le dompteur de l'animal, un petit homme sec et nerveux, voulant s'interposer entre les deux belligérants, écrase copieusement l'oublie sur la courte pèlerine, bordée de fourrure, posée sur le mantel, à la fureur du marchand qui, de rage, se met à sauter frénétiquement sur place. Gourmandise et convoitise, deux péchés punis en même temps ! Le rire léger de Margault s'étrangle dans sa gorge lorsqu'elle remarque au coin de la rue un homme au manteau de drap fauve la dévorant du regard. Arnoul…

Troublée plus qu'elle ne le voudrait, Margault renvoie d'une voix sèche une Suzon encore hilare sous le prétexte d'aller prier en toute tranquillité. Elle se sent tout à coup pressée, pressée de s'isoler de ce monde mouvant aux odeurs, aux couleurs bien trop présentes pour ses sens saturés. Elle n'a plus envie que de silence, de dépouillement… Elle se hâte, relevant d'un mouvement impatient le bas de sa cotte afin d'enjamber les volailles caquetantes et les chèvres qui font du parvis un tapis de plumes et d'excréments. Elle n'a parcouru que quelques pas lorsqu'un mendiant aux dents noirâtres et aux yeux fous lui saisit la main de ses doigts reptiliens parcourus de vermine. Tandis qu'au bord de la nausée elle tente de se dégager, l'homme marmonne en boucle une même phrase inintelligible, la voix rendue rauque par l'urgence de se faire comprendre. Mais que cherche-t-il donc à lui dire, elle n'a rien saisi… Ce n'est que quelques brasses plus loin que Margault comprendra enfin ces mots pour elle sans aucun sens : « Viendrez-vous ? »

Les deux sergents municipaux placés comme sentinelles sur les marches de l'église durant la construction des chapelles latérales laissent passer la jeune femme avec un signe de tête complice. Cette dernière éprouve en pénétrant dans l'édifice sombre et silencieux le même soulagement qu'à l'ordinaire. Est-ce pour avoir observé jour après jour les finitions de cette bâtisse en venant porter le dîner de son époux qui parachevait les hauts-reliefs de deux chapelles édifiées du côté droit de la nef ? Elle affectionne tout particulièrement cette cathédrale, joyau de la ville d'Amiens qui y a investi toute son énergie depuis la destruction par le feu de la précédente il y a tout juste un siècle. Il s'agit pour elle d'un lieu de méditation autant que de prière… Quelle chance tout de même que l'évêque, excédé par les détériorations effectuées au fur et à mesure des travaux par quelques jeunes marauds, ait pris la décision de la fermer quelque temps avant les fêtes de Pâques… Outre la formidable impression de majesté et de puissance qui se dégage de l'édifice, la jeune femme y ressent une vraie sensation de paix, comme un lieu magique dont elle seule connaîtrait les recoins les plus intimes. Plus pour longtemps malheureusement… Cet endroit si calme sera bientôt de nouveau envahi par une faune bruyante et jacassante peu respectueuse de l'atmosphère sacrée du lieu. Et c'en sera fini de son refuge secret…

Margault s'abîmait dans ses pensées quand brusquement, un mouvement se fait dans le fond de l'édifice. Se retournant, elle aperçoit avec stupeur une file de moines se glisser sans bruit dans l'église, avant de prendre place l'un après l'autre sur les hautes chaises à dossier alignées dans le chœur de la cathédrale. Immobile, elle retient son souffle, tant par peur d'être chassée que pour participer à cette communion du silence. Quand soudain, admirablement synchronisées, les voix des religieux s'élèvent sous la voûte, magnifiques, profondes. Les chants grégoriens… Elle avait bien entendu parler par son père de ces chants monastiques, quintessence de la prière, mais n'aurait jamais osé espérer les entendre un jour. Son cœur se serre d'anxiété. Pourquoi ces religieux sont-ils sortis du couvent où ils restent d'ordinaire strictement enfermés, si ce n'est pour venir la mettre en garde contre la tentation ? Inconscients de sa présence, les moines conservent les yeux clos, emportés par la prière. Margault à son tour se laisse pénétrer par la musique. Des frissons lui parcourent l'échine, remontent le long de ses reins comme de petits doigts malicieux, tandis que des milliers de minuscules gonflements courent sur sa peau pour envahir son corps entier en quelques instants... Subjuguée par le chant, elle se sent troublée. Plus qu'elle ne l'a jamais été... Le désir parcourt ses veines, érode sa volonté. Désemparée, elle comprend que la puissance de la cathédrale ne suffit plus à la protéger de ses démons intérieurs... Sentant s'ouvrir en elle des abysses interdits, elle tente une dernière fois de rassembler en elle toute la force spirituelle de l'Église, se remémorant les quarante jours passés par le Christ dans le désert. Lui aussi avait été tenté en maintes occasions par le démon, lui aussi avait dû affronter les tortures du désir tel un Tantale sans liens. Et il n'avait pas failli. Margault baisse la tête avec découragement. Elle sent bien qu'elle ne pourra résister bien longtemps. Quand une illumination la traverse : l'unique chose à faire est d'aller consulter son père, qui saura par sa seule présence apaisante lui faire oublier sa folie et la ramener à la raison... N'a-t-il pas pallié autant que possible l'absence de sa mère, morte prématurément lorsqu'elle avait six ans d'une fièvre inconnue et foudroyante ? La petite fille d'alors n'avait pas été autorisée malgré ses suppliques à lui faire ses adieux, tant son père craignait que la mystérieuse maladie ne soit contagieuse, même au-delà de la mort... Depuis lors, la jeune femme s'était appliquée à suivre fidèlement les préceptes de cet homme qu'elle aimait et respectait profondément. Un homme blessé depuis son retour des dernières croisades de Saint Louis, qui l'avaient laissé meurtri tant physiquement que moralement devant tant de violences perpétrées au nom de la foi chrétienne, enseignement d'amour et de pardon. Ce qui ne l'avait pas empêché de se destiner à la prêtrise, avant de faire la connaissance de sa mère et de devenir finalement notaire par amour…

Après la brutale disparition de son épouse, l'unique préoccupation de Philippe n'avait plus été que de protéger sa fille unique, que sa beauté exposait sans cesse à la concupiscence des hommes. Après avoir repoussé l'hypothèse d'un mariage qui n'aurait su le satisfaire, il avait trouvé une solution : enfermer Margault dans un couvent de bénédictines. Encore troublée à l'évocation de ces souvenirs, la jeune femme se remémore la violente dispute qui l'avait opposée à son père alors qu'elle refusait avec une fermeté insoupçonnée de prendre le voile. Nonne, merci bien ! Elle ne ressentait aucune espèce de vocation pour l'enfermement de la vie monacale ! Quelle idée avait donc eue aussi ce pape Boniface VIII, avec sa décrétale *Periculoso*, de cloîtrer il y avait un peu plus de quinze ans les religieuses autrefois libres de vaquer à leur guise ! Elle se serait pourtant bien vue en abbesse de couvent, comme cette sœur Élisabeth, si lettrée, qui enseignait aux petites écoles et les émerveillait avec ses citations en grec et en hébreu ! L'histoire ne manquait d'ailleurs pas de ces femmes brillantes qui, par leur intelligence, avaient su faire évoluer leur époque : Herrade de Landsberg, auteur d'une œuvre encyclopédique de référence, *Jardin de Délices*, sainte Hildegarde, consultée par les plus hauts personnages de son époque, du pape Eugène III à l'empereur Conrad… La querelle avait été épouvantable, Philippe lui ayant pour la première fois de sa vie rappelé le devoir de soumission de sa condition de femme. Lui qui au contraire l'avait depuis son plus jeune âge encouragée à exprimer ses idées ! Ce qui n'avait d'ailleurs pas empêché Margault d'arracher la victoire de haute lutte... La crainte de passer le reste de son existence cloîtrée, à partager un frugal repas avec des femmes austères et éprises de pénitences, lui avait donné des trésors d'éloquence !

Sans même prendre la peine de regarder vers les fenêtres de son domicile, la jeune femme se dirige directement vers l'atelier d'enluminure acquis par son père après avoir arrêté son activité de notaire. Une autre de ses passions... En pénétrant dans l'échoppe parsemée de croquis colorés en cours de séchage suspendus de-ci de-là, Margault retrouve avec délices l'odeur un peu râpeuse du parchemin, le grattement des plumes des apprentis qui titille si délicatement les nerfs, le chatouillement de la poussière de plâtre dans les narines... Ramenée dans le passé par ces sensations familières, elle se souvient avec un amusement teinté d'amertume de l'excessive attention dont son père l'avait entourée jusqu'à son mariage. Tremblant au moindre signe avant-coureur d'amourette, il veillait sur la pureté de sa fille comme il l'aurait fait du Saint-Graal. Philippe n'avait en effet qu'une crainte : qu'elle ne perde la tête et ne se laisse aller à quelque folie susceptible de la déshonorer à jamais. Ou pire encore : qu'elle ne se fasse violenter et ne soit perdue aux yeux de tous. Ne dit-on pas que les femmes, dont la nature est faible et maligne, consentent volontiers à la brutalité ? Dans le péché de chair, la femme, même violentée, sera toujours la plus responsable et devra répondre de sa souillure... C'est pourquoi Philippe interdisait rigoureusement à sa fille étuves et autres lieux notoires de débauche. Tout en ne perdant pas une occasion d'évoquer avec indignation le comportement indécent de sa défunte mère. Margault s'était à ce propos de nombreuses fois interrogée : quel péché avait donc pu commettre cette femme si douce qui puisse encore provoquer une telle colère après toutes ces années ? Tout en suivant rêveusement du doigt les contours d'un dessin, elle se remémore avec nostalgie les visages de ses prétendants sévèrement éconduits. Et surtout celui qui avait compté plus que tous les autres : Damien…

Damien, aux étranges yeux translucides… Un garçon rencontré au collège Saint-Nicolas, un centre d'enseignement situé au faubourg Saint-Michel, alors qu'elle portait un psaultier à l'un des moines vivant là-bas… Fils d'un riche drapier, instruit, il représentait pourtant le beau-fils idéal, même pour le père le plus exigeant. Comme à chaque fois que son esprit s'aventurait à frôler l'image de celui qu'elle avait si soigneusement enfoui dans les tréfonds de sa mémoire, Margault sent un poinçon lui labourer le cœur, comme l'épine d'une de ces roses blanches qu'il ne cessait de lui offrir. Blanches comme la pureté… Une pureté que le coquin avait bien souvent tenté de lui voler, ne perdant pas une occasion de l'embrasser sous l'oreille ou à l'orée de son décolleté, éveillant chez elle les prémices d'une sensualité qui n'avait depuis cessé de bouillonner. Très épris d'elle, le jeune homme n'avait renoncé à l'épouser qu'après une troisième fin de non-recevoir paternelle, plutôt brutale si l'on en croyait les violents éclats de voix perçus par Margault à travers les murs épais de sa chambre. Comme elle ne pouvait oublier les étreintes de Damien, la jeune femme n'oubliait pas non plus la manière dont son père avait saisi son galant par le collet pour le jeter à la rue, sous les quolibets des passants toujours prompts à se rassembler pour se gausser. Horrifiée, elle avait bien tenté dès le lendemain matin de lui faire porter par sa nourrice une missive à son domicile, lui proposant de fuir vers l'Italie où ils pourraient se marier impunément... Mais c'était trop tard : après cette humiliation publique, Damien avait disparu subitement, sans laisser la moindre indication sur ses desseins... Bouleversée, Margault était ensuite restée cloîtrée dans sa chambre sans même s'alimenter durant plus de trois semaines.

Et puis il y eut Matthieu... la jeune femme s'était toujours demandé ce qui avait été convenu entre les deux hommes derrière la tenture pourpre pour que son père accepte aussi promptement l'idée de leur mariage. Avec un homme sachant à peine lire de surcroît... Il ne pouvait s'agir d'une question d'argent ou de statut social, elle savait Philippe bien au-dessus de ces considérations. Et puis Damien était de bien meilleure condition que Matthieu. Alors quoi d'autre ? Le mariage s'était ensuite organisé si rapidement que bien des bonnes âmes avaient imaginé un honteux péché derrière cette précipitation. Une grossesse qui n'était jamais venue... La jeune femme s'était depuis maintes fois demandé ce qui serait advenu si elle avait refusé de donner son consentement au mariage comme la loi l'y autorisait. Mais une fois Damien disparu, Matthieu ou un autre...

Plongée dans ses réflexions, Margault a machinalement mêlé d'une main experte les poudres multicolores afin d'obtenir un superbe rouge écarlate, pour ensuite colorier avec une plume le diable à cornes d'un évangéliaire. À l'instant même où elle prend conscience de ce qu'elle est occupée à faire, elle lâche prestement la plume comme si celle-ci la brûlait... Sa main tremble encore durant un long moment, tandis qu'un filet de sueur s'insinue entre ses seins. Elle a en effet éprouvé l'espace d'un instant la sensation qu'une force diabolique guidait sa main. Un bien funeste présage…

Tapi dans une encoignure depuis quelques instants déjà, Philippe observe sa fille, silencieux et inquiet. Il décèle chez cette dernière un changement subtil, qu'il ne parvient pas malgré ses efforts à définir… Il la connaît si bien, pour l'avoir tant de fois épiée alors qu'elle vaquait à ses occupations, inconsciente de ce regard perçant qui la détaillait. Ce rose qui lui monte aux joues tandis que son regard s'égare, cette excitation mal contenue qui l'empêche de rester en place, ce trait de plume nerveux en coloriant le petit diable… Ces symptômes, tout de même, ne serait-ce pas… l'amour ? À cette pensée, sa gorge se serre d'anxiété et de colère mêlées. Tous ces efforts… Toutes ces années consacrées à veiller jalousement sur sa vertu… Tout cela ne pouvait tout de même pas avoir été inutile ! Certes, il était le premier à savoir que le mariage de sa fille avec Matthieu avait été davantage dicté par la raison que par l'amour. Mais il pensait ainsi mettre Margault à l'abri du Malin, tout en espérant que le temps saurait tisser au sein du couple des liens plus solides que tous les embrasements du monde. Et jusqu'à cet instant, cela semblait être le cas…

Philippe se mordille nerveusement le pouce, faisant naître sur son front un réseau de fines rides enchevêtrées. C'est sans doute ce Matthieu qui s'est montré incapable de veiller sur sa fille unique… Il le lui avait mille fois dit, pourtant, de l'empêcher de sortir… Que chaque pas dans le monde extérieur l'exposait à la tentation, à la souillure… Que l'unique garant de la vertu féminine était l'enfermement… Mais bien entendu,

Matthieu n'avait rien voulu écouter, tout à ses folles idées de confiance et de respect de l'autre. Le sombre idiot ! S'il arrivait quoi que ce soit d'impur à sa précieuse fille, il ne sait pas ce qu'il serait capable de… Soudain, un apprenti toussote derrière l'ancien notaire afin de le faire s'écarter du passage, le faisant sursauter comme un gamin pris en faute. À ce bruit, Margault lève la tête, son visage s'illumine tandis qu'elle esquisse une respectueuse courbette :

— Beau Père ! Vous étiez là et vous ne le disiez pas ! Que faisiez-vous donc à me contempler ainsi sans mot dire, sans même venir m'embrasser ?

— Ma douce, venez là que je vous admire ! Vous êtes resplendissante ! Veniez-vous visiter votre vieux père pour le seul plaisir d'illuminer sa morne journée, ou pour une raison particulière ?

— Oh non, rien de particulier, qu'allez-vous chercher là ? Je musardais dans le quartier, le temps est si clément !

Abasourdi, Philippe jette un regard perplexe en direction des grandes portes entrouvertes qui confèrent à l'atelier une clarté brumeuse. Le vent est pénétrant, les manteaux se ferment sur les corps transis…

— Margault, si vous me contiez ce qui vous arrive. Vous savez bien que vous ne pouvez rien me dissimuler…

— Père, je venais vous voir parce que je me sens un peu perdue… Oh, et puis tout cela est trop absurde !

La jeune femme s'interrompt brutalement. Elle hésite à se livrer, ne sait comment formuler son cas de conscience. Elle devine qu'aussitôt énoncé, ce rendez-vous avec Arnoul deviendra trivial, sale, par-dessus tout pour celui qui n'a jamais pu supporter le moindre regard masculin sur elle. Il faut vraiment qu'elle ait perdu l'esprit pour avoir songé à l'en entretenir ! Surprenant le regard aigu de Philippe, elle s'empresse de prendre congé, de peur de se trahir, prétextant là encore un rendez-vous de tailleur oublié. Prétexte dont le père est bien moins dupe que le mari... Songeur, l'ancien notaire regarde partir sa fille dans une envolée de laine. Un départ bien trop hâtif, au singulier goût de fuite... Brusquement inspiré, il saisit un livre tout écorné d'avoir été trop lu, avant de s'élancer à la poursuite de sa fille, boitillant sur sa jambe atteinte de goutte :

— Margault, patientez un instant, je vous prie ! Lisez, je vous prie, ces pensées de saint Augustin dont je vous ai si souvent parlé... Mes préférées... Peut-être pourront-elles vous éclairer plus que je ne saurais le faire. Souvenez-vous de ce que disait ce sage : « Je ne vous interdis pas d'aimer, mais je vous dis de ne pas aimer le monde, afin d'être libre d'aimer celui qui a fait le monde. L'amour terrestre est une glu sur les ailes ; il empêche sa proie de s'envoler. »

Sentant sa gorge devenir dangereusement écarlate, Margault se détourne en balbutiant quelques mots de remerciement. Est-elle donc si transparente pour que son père la devine aussi aisément ! Dans son esprit tournoient des pensées si confuses et contradictoires... Elle s'échappe après un ultime baiser fuyant, se fondant à dessein dans la foule toujours compacte malgré le froid. Impatiente de se retrouver enfin seule, elle ne remarque pas un mendiant fort sale accompagné d'un chien pouilleux qui, sous couvert de récolter quelques aumônes, la suit comme une ombre jusqu'à son domicile, avant de s'installer commodément à terre sur de vieux chiffons à quelques maisons de là. Comme si l'attente promettait d'être longue...

2

ENFIN chez elle. Malgré la sérénité ambiante, la tête de Margault bourdonne, assaillie de pensées qui s'opposent, se livrent un combat incessant dans son crâne douloureux. Elle qui n'avait plus été confrontée depuis bien longtemps au trouble amoureux ne comprend pas comment elle peut se retrouver dans une telle situation, être emportée par une force qui la déborde. Un frisson d'appréhension la secoue, telle une prémonition. Peu à peu toutefois, l'environnement familier et douillet, les traînées d'or rouge du soleil couchant qui se glissent à travers les fenêtres à ogives entrouvertes, l'harmonie de couleurs chaudes des tapis et tentures de sa pièce favorite parviennent à l'apaiser. Les doigts invisibles qui emprisonnaient sa gorge se desserrent, ses mains se délient, son souffle retrouve un rythme régulier. Ne subsiste plus bientôt qu'un épuisement teinté d'une inquiétude diffuse. La jeune femme se lève avec peine, décidée à aller se coucher sans même souper, malgré les succulentes odeurs de volaille rôtie qui ondoient depuis les cuisines du premier étage pour mieux lui titiller les papilles. Ne dit-on pas que la nuit porte conseil ?

C'est précisément le moment où elle referme avec soulagement la lourde porte de sa chambre que choisit Matthieu pour faire une entrée pressée dans le hall, faisant jaillir des plis de son mantel des bouffées d'air glacial. Sa voix vibre d'excitation, tandis qu'il se réchauffe les mains aux boules emplies de feu suspendues à une chaînette au-dessus de la vaste cheminée de l'entrée :

— Margault ! Où diable vous dissimulez-vous ? Je suis rentré plus tôt que d'ordinaire et brûle d'impatience de vous conter ma journée !

Comme surgie par la magie de ces mots, Peronette, la vieille nourrice de la jeune femme, se précipite sur lui, les sourcils froncés :

— Voyons, messire, voulez-vous donc me la réveiller ! Elle se couche à l'instant !

Malgré son étonnement, Matthieu ne peut s'empêcher de sourire intérieurement en constatant une fois de plus l'ardeur avec laquelle la petite bonne femme, ridée comme une pomme blette, protège le sommeil de celle qu'elle a élevée avec un amour tout maternel et qu'elle surnomme toujours « son poussin ».

— La réveiller ? À cette heure ? Est-elle donc souffrante ?

— Non, il ne semble pas… Mais elle est rentrée étrangement agitée, comme sous le coup d'une forte émotion…

— Et vous n'avez nulle idée de ce qui a bien pu se passer ?

— Non, je l'ignore… Il m'a semblé pourtant qu'il était question d'un pli, du moins d'après Suzon…

— Un pli… Ah oui, la missive du tailleur…

Perplexe, Peronette se mord la lèvre, comme pour s'empêcher de répondre. Que diable vient faire le tailleur dans cette histoire ? Margault vilipendait justement ce matin l'artisan qui avait omis d'aller quérir à la halle de Flandre le drap de qualité pour le mantel de son époux, ce qui allait retarder la livraison du vêtement. Pour quelle raison ce dernier aurait-il eu besoin de lui faire parvenir un pli, alors qu'il ne lui restait qu'à aller quérir le tissu ? Prudente, la vieille femme ne se risque toutefois pas à poser la moindre question, sachant d'expérience que se mêler des affaires d'autrui est source d'ennuis, aussi sûrement qu'un seau d'excréments peut vous coiffer lorsque l'on s'avise de marcher imprudemment au milieu de la rue ! Plongée dans ses réflexions, la nourrice n'est pas suffisamment preste pour empêcher Matthieu de rejoindre son épouse malgré sa mise en garde. Le voyant ouvrir la porte à toute volée, elle hausse rageusement les épaules. Après tout, il aura été prévenu…

Entrant sans frapper, l'imagier surprend sa femme occupée à se dévêtir pour la nuit, la tête sous la chemise et le corps dénudé, superbement sculpté par la douce lumière de la lampe à huile. Troublé plus qu'il ne le voudrait par les appétissantes rondeurs, il détourne la tête, aussi vivement que s'il se voyait assaillir par une armée de diablotins tentateurs. Seule sa maîtrise de soi, forgée par de longues années de prière, l'aide à reprendre son calme et à se composer une attitude détachée.

— Margault, ma mie, êtes-vous donc souffrante pour vous coucher si tôt ? J'ai fait en sorte de rentrer bien avant que ne sonnent les cloches du beffroi afin de souper avec vous. Ne pouvez-vous changer vos projets et me rejoindre dans la salle ?

— Vous voyez bien, mon ami, que je me trouve déjà dévêtue ! Vous ne m'imaginez tout de même pas me présenter devant les servantes en chemise ! Ne préférez-vous pas que nous fassions monter quelques pâtés chauds au poulet ou aux anguilles par le marchand ambulant que j'entends appeler devant nos fenêtres ? Cela nous donnera tout loisir de deviser tranquillement, paisiblement installés dans ma chambre…

— Pardonnez-moi d'insister, mais je tiens vraiment à ce que vous descendiez. Je vous en prie…

Margault soupire, tout en déployant un effort démesuré pour cacher son agacement. Pourquoi faut-il donc qu'il s'acharne sur elle précisément ce soir, alors qu'elle a une décision d'une telle importance à prendre ! À moins qu'il ne s'agisse encore de l'un de ces signes du destin qu'elle tente sans cesse – et en vain – de déchiffrer… À bout de patience, la jeune femme s'ébroue : si elle continue à imaginer des signes partout, elle va bien finir par perdre définitivement le peu de raison qu'il lui reste !

— Allons, c'est entendu, je vous suis. Laissez-moi juste le temps de passer une cotte sur ma chemise et je suis à vous… D'ailleurs vous avez raison, c'est demain carême et je devrai me contenter de poisson et autres potages durant des semaines. Vous m'offrez l'occasion rêvée de goûter cette volaille si odorante…

Déjà installé sur sa chayère favorite, Matthieu se lève avec empressement à l'entrée de Margault dans la salle rendue chaleureuse par le feu allumé dans l'énorme cheminée. La jeune femme n'est pas encore assise qu'elle interroge déjà avec une pointe d'agacement dans la voix :

— Alors mon ami, me voici, comme vous le souhaitiez. Que vouliez-vous me dire de si important qui ne puisse souffrir une nuit d'attente ?

— Asseyez-vous donc ici, à la place d'honneur…

— Mais que signifie donc…

Pour toute réponse, Matthieu arbore un air mystérieux, avant de claquer par trois fois des mains avec un bruit sec. Aussitôt, comme par magie, les lourdes tentures s'ouvrent sur une procession inattendue illuminée par des chandeliers à plusieurs branches. Oh non, qu'est-ce que tout cela… Trouvères, joueurs de viole et de chalumeau pénètrent soudain dans la salle à pas cérémonieux, sous les yeux stupéfaits d'une Margault fort gênée par son indécente coiffure. Comment Matthieu a-t-il pu la laisser se montrer ainsi, nu-tête, devant des étrangers ? Par chance, les musiciens, sans doute dûment sermonnés, conservent la tête respectueusement baissée. La jeune femme, rendue muette par la surprise, ne peut que jeter un regard d'incompréhension à son époux, qui affiche l'air satisfait d'un minet venant de gober une souris.

— Pourquoi cet air stupéfait, ma mie ? N'est-il pas naturel, pour des époux plus épris encore qu'au premier jour, de fêter leurs deux ans d'épousailles ? Un anniversaire qui correspond par chance cette année au dimanche des Brandons, l'entrée en carême… Il s'agit là de notre ultime occasion de faire ripaille avant Pâques, et ce serait péché de ne pas en profiter…

Margault ne sait que répondre, sidérée par cette fête surprise. Elle se compose une contenance en effectuant le signe de croix d'usage, tandis que chapon, pâté de saumon, figues de Malte se succèdent devant ses yeux en une sarabande gustative qui finit par lui donner la nausée. Quelle malchance… Précisément le soir où elle n'aspire qu'à une chose : être enfin seule… Il y a même du blanc-manger, son dessert préféré ! Un dessert fait de sucre, de riz cuit à l'eau claire, de blanc de poulet et de lait d'amande… Au terme d'un silence qu'elle avait à peine remarqué dans sa confusion, une femme se dissocie du petit groupe compact et coloré des musiciens pour s'avancer vers eux, un violon sabot à la main. Elle semble hésiter sur ce qu'il convient de faire, quand un geste discret de Matthieu l'incite à chanter :

Il me souvient d'un amour de loin.
De désir, je vais triste et courbé,
Si bien que chant et fleur d'aubépine
Ne me plaisent pas plus que l'hiver gelé.

Jamais je ne jouirai d'amour
Si je ne peux jouir de cet amour de loin,
Car je n'en sais ni meilleur ni plus doux,
Nulle part ailleurs, ni près ni loin.

Émue par la beauté désespérée du texte, Margault sent sa gorge se nouer, ses pensées s'échapper vers le passé. Un homme, et un seul, avait su lui inspirer un tel emportement, une telle passion… Refusant de laisser son humeur s'assombrir davantage, elle s'ébroue :

— Quel est l'auteur de ce texte si beau et si émouvant ?

La trouvère, une femme d'une quarantaine d'années au visage émacié et aux beaux yeux tristes, incline sa taille souple, avant de répondre d'une voix basse et rauque :

— Jaufré Rudel, gente dame. Un troubadour amoureux d'une comtesse de Tripoli, en Palestine. Cet amour-là lui a causé moult tourments…

Sans bien savoir pourquoi, Margault frissonne nerveusement. Toujours aux aguets, Matthieu interrompt la rêverie de sa jeune épouse :

— Vous ne mangez rien, belle amie ? Il s'agit tout de même de votre fête, je tiens à ce que vous vous y amusiez !

— Oubliez-vous que gourmandise est péché capital pour une femme ? Et puis vous n'ignorez pas que je préfère éviter la nourriture trop riche, qui fait transpirer et sortir la vermine de la peau.

— Et moi je préfère au contraire me louer de l'abondance de mets, qui fortifie le corps et l'esprit ! Cela m'est infiniment plus agréable…

Tendrement moqueuse, Margault tapote avec indulgence la panse quelque peu enrobée de son mari :

— Oui, je vous crois ! Cela se voit aisément, mon ami !

Son rire s'interrompt soudainement, étouffé par le brutal souvenir de son dilemme. Ne supportant plus le regard inconditionnellement amoureux de son époux alors qu'elle s'apprête peut-être à le trahir, la jeune femme se lève brusquement, comme à la recherche d'un peu d'air frais. Tout en bouillant intérieurement de trop d'interrogations. Que signifie donc cette soirée ? Dieu veut-il par cette fête la remettre sur la sage voie du mariage, un mariage pourtant désespérément stérile ? Quand tout à coup, une nouvelle pensée s'insinue en elle : et si cette fête était un message de Matthieu destiné à lui faire comprendre qu'il était enfin prêt… Peut-être juge-t-il au bout de deux ans qu'il est temps de donner une nouvelle dimension à leur union ? Le cœur de Margault se met soudain à battre la chamade comme au jour de ses noces, le rouge lui monte aux joues. Est-elle donc stupide de ne pas avoir compris plus tôt le dessein de son époux ! Elle s'est montrée si froide tout à l'heure, alors qu'il la pressait de descendre ! Et le pauvre qui insistait pour lui parler, qui n'osait formuler sa décision ! Elle peut facilement le comprendre, le sujet n'est guère aisé à aborder... Surtout dans la tenue indécente dans laquelle il l'a surprise ! Son époux devait être sur des charbons ardents, à la voir ainsi hésiter, regimber...

Margault entend à peine le rondeau, pourtant son préféré, tant son esprit s'affole. Et s'il était trop tard ? À cette pensée, sa gorge se serre. Ce serait décidément trop absurde, après toute cette attente, ces espoirs si souvent déçus... Tout à coup fébrile, elle s'agite sur le banc qu'elle a rejoint, ne sait que faire pour rattraper sa maladresse. Si ! Lui montrer qu'elle a compris, bien sûr... Surmontant avec peine sa pudeur naturelle, elle s'avance d'un pas hésitant vers son mari, avant de se lover d'un langoureux mouvement de chatte sur ses genoux. Encouragés, musiciens et conteurs accélèrent de plus belle le rythme de leurs mélopées, qui prennent soudain aux oreilles de la jeune femme les accents troublants d'une musique nuptiale. Constatant que Matthieu s'est raidi, par timidité sans doute, ou par crainte de l'effaroucher – il est si sensible ! –, Margault se décide à saisir d'une main tremblante celle de son mari afin de l'entraîner vers sa chambre. Trop stupéfait pour opposer le moindre refus, celui-ci la suit docilement, sous le regard grivois des musiciens. Le rythme ralenti, sensuel, est éloquent : ils accompagnent de leurs notes complices la fuite des amoureux...

Après que les tentures se sont refermées sur la chaleur du foyer et la douceur des langoureuses mélodies, les deux époux se retrouvent soudain seuls, figés dans la pénombre glacée de l'entrée, s'observant en silence d'un air désemparé. Margault sent dans sa paume la moiteur de celle de son mari, immobile comme un oiseau prêt à s'échapper. Bon, il sera dit que ce sera à elle de se montrer la plus courageuse... Déterminée, elle entreprend la montée du grand escalier en pierre, tout en remerciant intérieurement le Créateur : enfin il avait entendu ses prières, l'empêchant juste à temps de commettre une irréparable erreur en comblant son vœu le plus cher. La jeune femme ne peut empêcher un sourire de bonheur d'éclore sur ses lèvres, lorsqu'elle se sent brusquement tirée en arrière. Mais, que se passe-t-il donc ? Matthieu résiste tout à coup comme un bœuf rétif que l'on emmènerait aux escorcheries. Le changement en quelques instants est stupéfiant... Éberluée, Margault ne sait plus comment se comporter face à cet homme tremblant qui la fixe d'un regard suppliant. Craignant de voir ses espoirs une fois de plus – une fois de trop ? – déçus, elle se risque à émettre une ultime proposition aux accents désespérés :

— Mon ami, pourquoi n'irions-nous pas, comme cette foule que nous entendons rire et chanter au-dehors, sacrifier à la tradition du dimanche des Brandons ? Je sais bien qu'allumer des brandons de paille pour les agiter de manière menaçante devant les arbres afin de les inciter à produire davantage vous a toujours semblé aussi puéril que païen, mais cela peut tout de même être amusant un court moment de nous mêler à cette fête bon enfant. Nous pourrions ensuite aller dans ma chambre goûter fenouil et anis confits afin d'aider notre digestion tout en devisant agréablement... Ce serait une belle manière de conclure cette soirée, ne croyez-vous pas ?

Pour toute réponse, Matthieu tourne les talons d'un mouvement brusque, escaladant les marches deux à deux sans même un regard en arrière, laissant son épouse immobile au milieu du hall, telle une statue de marbre. Une statue glacée au cœur embrasé de rage et d'amertume…

3

Au terme d'une nuit malgré tout sereine, Margault s'éveille doucement, blottie sous la courtepointe doublée de fourrure, bercée par les bruits familiers du matin : cris des marchands en tous genres – échalotes d'Étampes, cresson d'Orléans, poires de Caillaux –, raclements de pieds des laboureurs ensommeillés prenant, la houe sur l'épaule, le chemin des champs, appels des valets étuveurs surenchérissant sur les qualités de leur établissement de bains… Sans oublier le petit monde bruissant des porteurs d'eau, des laitières et de leurs brocs, des pâtissiers itinérants… Quand un cri plus proche la fait sursauter : « Au lait, commères, ça voisine ! » Brutal, le souvenir de la missive la soufflette, la réveillant tout à fait. Allons, il est grand temps de se lever, la matinée est déjà bien entamée et elle doit rendre une courte visite à son amie Jeanne avant de rejoindre Matthieu pour sa séance de pose quotidienne. La jeune femme rejette draps et couvertures d'un mouvement de jambes décidé avant de poser, frissonnante, ses pieds nus sur le plancher glacé, à peine réchauffé par le feu allumé dès l'aube. Quand tout à coup, un coup frappé à la porte l'oblige à revêtir à la hâte une chemise afin de dissimuler sa nudité. S'il s'agit encore de Matthieu, elle ne va pas se gêner pour lui dire son fait sur son comportement de la veille ! Mais non, ce n'est que sa chambrière, venue comme chaque matin l'aider à se préparer. Mue par une longue habitude, Margault se retourne déjà afin que Suzon l'aide à lacer son vêtement lorsque celle-ci l'arrête dans son élan par sa mine morose. La servante n'est pas tant venue pour l'habiller que pour lui apporter une bien mauvaise nouvelle.

Son père est en effet passé tôt dans la matinée afin de l'informer que la tante Yseult, sa sœur aînée, est au plus mal. Fort affectée par la mort de son fils Enguerrand à la bataille de Courtrai il y a un peu plus de dix ans alors que celui-ci n'était âgé que de quinze ans, la vieille femme menait depuis lors une existence amoindrie, souffreteuse, comme si la part de son être la plus brillante, la plus joyeuse s'était éteinte avec lui. Elle appelait depuis la Faucheuse à grands cris, qui semblait enfin s'être décidée à se déplacer. Il serait donc préférable d'après Philippe que Margault lui rende visite aujourd'hui, si elle souhaitait la voir une dernière fois ici-bas.

À ces mots, le visage de la jeune femme s'obscurcit. Elle n'oublie pas qu'Yseult lui a tenu lieu de mère au moment où elle en avait le plus besoin, lui prodiguant sans compter sa tendresse et n'hésitant pas à l'héberger pour quelques jours lorsque son rêveur de père s'enfermait trop longtemps dans ses chers manuscrits. Ce qui permettait à la petite fille de connaître de délicieux moments de complicité avec son cher Enguerrand, malgré leurs huit années de différence. Dieu, ce que le décès de ce cousin l'avait elle aussi éprouvée, faisant naître dans son esprit d'enfant d'épouvantables cauchemars dont elle se réveillait tremblante d'effroi et de peine ! Son plus douloureux regret était de ne jamais lui avoir dit combien elle l'aimait... De même qu'à sa mère d'ailleurs...

— Prépare ma cotte et mon manteau, Suzon, je vais m'y rendre de ce pas.

— Oh non, il est inutile de vous presser, madame. Votre père a précisé que votre tante ne semblait retrouver un peu de conscience qu'en fin de journée, et qu'il serait préférable de ne lui rendre visite qu'après vêpres.

À ces mots, le visage de Margault s'est éclairé d'un sourire radieux, indécent, sous les yeux stupéfaits et presque effrayés de Suzon. Sa maîtresse aurait-elle perdu la raison ? Non, cette dernière est heureuse d'avoir miraculeusement reçu une réponse à son insoluble cas de conscience : sans doute est-ce son cousin défunt qui continue de veiller sur elle en l'empêchant de se perdre ! Le doigt de Dieu l'a guidée, Il ne l'a pas oubliée. Yseult ne mourra pas, cette alerte n'est tout simplement qu'une manière de lui montrer la voie... Rassérénée, Margault s'est déjà ressaisie. Elle ira donc ce soir veiller sa tante, en oubliant une fois pour toutes Arnoul de Villiers et ses diaboliques manigances... Mais pour le moment, elle doit rendre visite à sa plus chère amie, qui vient de donner naissance à une petite fille il y a trois jours déjà.

« Faut-il donc que j'éprouve de l'amitié envers Jeanne, pour me résoudre à mettre ne serait-ce qu'un pied dans cet endroit sombre et nauséabond », songe Margault en s'efforçant de retenir sa respiration. Quel dommage que son amie n'ait pu donner naissance à sa fille chez elle, dans son environnement familier, entourée de ses proches comme il se doit… Mais l'enfant se présentait fort mal, par le siège, et la parturiente avait bien failli y laisser la vie en perdant trop de sang ! C'est pourquoi la future mère avait achevé la nuit à l'hôpital au milieu des indigents, contre son gré évidemment… Bien que ce nouvel hôtel-Dieu situé au nord de l'église Saint-Leu soit plus que correctement tenu, grâce à la rigueur d'une mère supérieure menant d'une main de fer ses religieuses et ses frères convers, la puanteur y est épouvantable. Margault ne peut s'empêcher d'imaginer mille maladies plus pernicieuses les unes que les autres prêtes à bondir sur elle afin de la terrasser. Fronçant son nez menu, elle traverse avec appréhension les salles surpeuplées des malades, passage incontournable pour atteindre celle des accouchées. Râles et plaintes de souffrance des mourants accompagnent sa marche précipitée, pénètrent insidieusement les pores de sa peau. Les mieux portants ne sont pas en reste, qui lancent à la lumineuse jeune femme commentaires flatteurs et remarques paillardes. Pour ne pas dire franchement obscènes…

Suffocante, celle-ci presse encore le pas, étouffée par les arcades austères du cloître qui semblent se refermer sur elle, par ces étroites fenêtres qui donnent l'impression de ne savoir filtrer que du brouillard. Parvenue à destination, elle s'immobilise, perplexe. Comment reconnaître son amie parmi cette rangée de paillasses identiques aux draps immaculés, surplombées de têtes enveloppées de bandes de toile ? La jeune femme ouvre déjà la bouche pour interroger deux novices vêtues de blanc occupées à poursuivre un chien errant aux flancs couverts de plaies, lorsqu'elle aperçoit avec soulagement une main dressée.

— Margault ! Je suis là !

Appuyée contre un oreiller, la jeune accouchée observe son amie se diriger vers elle de sa démarche souple et nerveuse, un sourire radieux sur une bouche presque trop charnue… Décidément, les fées qui s'étaient penchées sur son berceau n'avaient rien omis : beauté, finesse d'esprit, bonté d'âme… Sans oublier une sorte de rayonnement intérieur qui la rendait, pour quiconque l'approchait, fort difficile à oublier.

— Margault, ma mie… Dieu merci vous voilà ! Je n'en puis plus de n'avoir pour paysage que des religieuses et des femmes gonflées comme des outres prêtes à exploser !

Le visage soudain plus grave, la jeune mère se tourne avec un regard débordant d'amour vers sa fille qui gît paisiblement à ses côtés, emmaillotée dans un lange de laine maintenu par de larges bandelettes :

— J'ai passé un moment fort difficile, vous savez… La gredine a bien su se faire désirer ! En outre, le médecin n'y entendait rien en enfantement, il m'a presque arraché la matrice au moment de l'expulsion ! Il faut dire qu'avec leurs gages de 5 livres par an, à charge pour eux de fournir pansements et médicaments, qui plus est, les meilleurs médecins ne restent pas longtemps à l'hôpital ! Exception faite d'hommes comme mon oncle bien entendu, qui œuvrent par passion plus que par souci de profit…

Voulant chasser la soudaine gravité de son amie, Margault la rabroue d'un ton rieur :

— Cessez donc de vous plaindre un instant, Jeanne, vous n'en avez plus pour très longtemps puisque vous sortez demain. Tenez, pour adoucir votre « calvaire », je vous ai apporté quelques-unes de ces friandises dont vous raffolez : oublies, dragées…

La jeune femme regarde prudemment autour d'elle afin de s'assurer que nul ne l'observe, avant de tendre subrepticement à son amie un petit flacon.

— Que ne me faites-vous faire ! Dissimuler sous mon surcot une fiole de vin épicé, tout de même ! Vous allez toutefois me goûter ce nouveau breuvage concocté tout exprès pour vous, dont vous me direz des nouvelles…

Une femme famélique au ventre distendu commence à lorgner vers elles, ce qui l'oblige à baisser encore la voix.

— Il s'agit d'un mélange étonnant de vin de Beaune, fort prisé à la Cour comme vous le savez, étoffé d'un de nos vins de Saint-Acheul, auxquels j'ai ajouté trois sortes d'épices toutes préconisées pour les jeunes accouchées : poivre, safran, girofle, et même un soupçon de gingembre… Tout cela additionné de miel, bien entendu !

— Vous et vos mystérieux mélanges ! Vous auriez dû prendre l'habit d'apothicaire ou de médecin, au lieu de vous en tenir à votre rôle de sage épouse ! Haute comme trois pommes déjà, vous ne cessiez de suivre Peronette dans l'espoir de pouvoir plonger votre nez dans ses simples !

— Ne m'entretenez plus de cela, je vous prie, ce sujet m'est trop douloureux ! Vous n'ignorez pas que je ne songeais autrefois qu'à exercer la médecine. Folle que j'étais ! Je rêvais de suivre à Paris le haut enseignement chirurgical de Lanfranc de Milan, mais je n'étais qu'une fille…

Margault rit afin d'alléger ses propos :

— Alors je n'ai de cesse que de me venger sur mes amis, et sur vous tout particulièrement ! Mais voyons plutôt cette adorable enfant…

Ne voulant laisser à son amie l'occasion de déceler l'amertume qui envahit sa physionomie, Margault se penche sur le nouveau-né blotti dans son berceau de bois à bascule, dévorant du regard les joues veloutées comme un abricot, le nez tout rond qui éclot au milieu du visage comme une fleur minuscule, les petites mains qui s'agitent devant son nez pour finalement lui happer doucement le doigt. Quand brusquement une ombre crispe ses traits, nouvelle lame d'amertume qui n'échappe cette fois pas à la jeune maman. Jeanne croit cependant s'être trompée : Margault ne possède-t-elle pas tout pour être comblée ? Elle est jeune, belle, adorée d'un époux qui lui cède tous ses caprices… Alors pourquoi cette tristesse soudaine ? Avec son intuition coutumière lorsqu'il s'agit de sa chère Margault, la jeune mère pressent que la réalité ne doit pas être si simple…

— Et vous, ma mie, ne songez-vous pas à devenir grosse et laide comme la commune des mortelles, tout au moins durant neuf mois ?

Cette fois il n'y a plus aucun doute, le visage de Margault s'est de nouveau crispé. Jeanne n'a donc pas rêvé…

— Si, bien entendu, Matthieu et moi y pensons sérieusement. Mais rien ne presse… Nous ne sommes mariés que depuis deux ans, laissez-nous le temps de profiter l'un de l'autre !

— Pardonnez ma question, Margault, mais êtes-vous réellement heureuse ? Vous confieriez-vous à votre plus proche amie si vous aviez un souci ?

— Mais bien entendu, qu'allez-vous chercher là ? Vous avez toujours eu une fâcheuse propension à flairer des mystères qui n'existaient que dans votre imagination ! Je vous assure que je suis la plus heureuse des femmes… D'ailleurs, n'en ai-je pas l'air ? rajoute-t-elle avec un rire qui sonne faux même à ses propres oreilles.

Cela est malheureusement impossible… Même à cette amie si chère, Margault ne peut confier le secret assombrissant son mariage. Songeuse, elle se remémore pour la millième fois peut-être le jour de ses noces, qui s'était déroulé comme dans un songe. Malgré son appréhension, les lèvres de la jeune mariée s'étiraient dans un sourire impatient, tandis que son esprit en ébullition se projetait vers une nuit que son manque absolu de connaissances imaginait emplie de ravissements inconnus. Fébrile, elle ne parvenait pas à fixer son attention, alors que les témoins tendaient un voile pourpre au-dessus du jeune couple et que son père plaçait comme l'exigeait la coutume sa main dans celle de son nouvel époux afin de sceller rituellement leurs épousailles…

Le soir des noces était enfin arrivé, et Margault avait rejoint le cœur battant son époux près de la couche recouverte de fourrures, après que les femmes proches de la famille l'eurent déshabillée. Vêtue seulement d'une fine chemise qui laissait deviner en transparence des courbes pleines, elle se tenait splendide d'innocence dans la lueur des flammes, attendant docilement les initiatives de son époux. Des initiatives qui n'étaient jamais venues… Silencieux, Matthieu avait contemplé un long moment les cheveux lourds et soyeux tombant sur les reins, les yeux brillants et intimidés, la bouche humide et pleine, avant de se détourner violemment vers le mur sans un mot d'explication. Margault s'était crispée. Cela devait naturellement être sa faute… Mais que devait-elle faire pour éveiller le désir chez son mari ? Il y avait certainement des gestes à connaître, qu'une mère devait transmettre à sa fille… Mais la sienne n'était plus là pour tenir son rôle. L'unique information qu'elle soit parvenue à récolter était que la… « chose » devait changer de volume pour fonctionner. C'était là le signe que l'homme était prêt. Mais était-ce à elle de fouiller sous la chemise de Matthieu afin d'éveiller ses ardeurs ? Elle ne comprenait pas, son mari semblait si contrarié… Surmontant sa pudeur, au bord des larmes, Margault avait tout de même trouvé le courage de se glisser en tremblant dans le lit pour tenter – sans bien savoir de quelle manière – de ranimer une flamme que son manque certain d'attraits devait rendre défaillante. Mais Matthieu l'avait rejetée brutalement à l'autre bout du lit, lui tournant obstinément le dos comme si elle avait été la plus répugnante des créatures. Comble de honte : un long moment plus tard, il l'avait contrainte à pousser le cri de la jeune mariée nouvellement dépucelée afin que l'on apporte à son époux le chaudeau traditionnel. Un bouillon reconstituant ? Quelle idée ! Son mariage serait-il donc placé dès le premier jour sous le signe du mensonge et de la dissimulation ?

Le lendemain matin, elle s'était précipitée en larmes chez son père afin de lui narrer sa mésaventure. Non sans avoir longuement hésité : celui-ci n'allait-il pas être furieux, lui reprocher de n'être décidément bonne à rien, pas même à séduire un mari pourtant épris ? Tout à son désarroi, Margault n'avait pu saisir l'éclair d'intense satisfaction qui avait traversé le regard de Philippe. Sans ébaucher le moindre geste de réconfort vers sa fille, celui-ci s'était contenté une fois de plus d'une citation sibylline de son cher Origène : « Considère qu'en chacune de nos âmes est creusé un puits d'eau vive. Il s'y rencontre un certain sens céleste, l'image de Dieu s'y abrite. Voilà le puits que les Philistins, c'est-à-dire les forces adverses, ont engravé. De quel gravier ? Les convoitises de la chair… »

Perplexe, elle n'avait pas compris. Elle n'était nullement venue pour cela… Et puis pourquoi parler des convoitises de la chair comme de l'œuvre du Mal, dans le cadre d'un mariage béni par l'Église ? Jésus lui-même ne s'était-il pas rendu aux noces de Cana, où il avait effectué son premier miracle en changeant l'eau en vin ? C'était tout de même la preuve qu'il bénissait l'union charnelle d'un homme et de son épouse… Envahie par un sentiment croissant d'incompréhension, la jeune femme n'avait pourtant osé citer en réponse une phrase d'Étienne Tempier que ne cessait autrefois de lui répéter Damien : « L'abstention totale de l'œuvre de chair corrompt la vertu et l'espèce. » En voilà bien un qui prêchait pour sa paroisse ! Étonnamment, c'était ce moment d'intense désarroi qu'avait choisi son père pour lui remettre un recueil de conseils tout spécialement rédigé à son intention, uniquement basé sur les notions d'obéissance, de devoir et de vertu. De retour chez elle, Margault s'était empressée de le dévorer. Sans doute le manuscrit contenait-il la réponse à ses brûlantes interrogations… Plusieurs phrases avaient effectivement retenu son attention, dont cette citation tirée de l'épître de saint Paul aux Corinthiens : « Le chef de tout homme, c'est le Christ, le chef de la femme, c'est l'homme, le chef du Christ, c'est Dieu. » Ou encore cette notion de malédiction séculaire pesant sur Ève et ses congénères, qui l'avait glacée : « Je multiplierai tes souffrances. Tu seras dominée par l'homme et il te gouvernera. Toutes les femmes qui naquirent ou naîtront d'Ève devront se plier à la volonté du mari, lui obéir et exécuter ses ordres. » Pour mieux semble-t-il convaincre sa fille, Philippe avait annoté dans la marge une phrase de sa facture : « Partenaire soumise et obéissante d'un mariage qu'Aristote nommait "amitié", vous devrez vous soumettre sans faillir à tous les désirs et à tous les ordres de celui que j'ai choisi pour vous, Matthieu, sous peine de lui voir adopter – et cela avec ma bénédiction – d'autres affections et commettre, par votre insoumission, des péchés dont vous seule serez tenue responsable devant Dieu et devant les hommes. » Après avoir lu et relu une vingtaine de fois cette phrase péremptoire, Margault s'était révoltée : mais il n'avait donc rien compris, rien entendu ! Si elle était venue le trouver, ce n'était nullement parce qu'elle se soustrayait au désir de Matthieu… C'était même précisément le contraire. Après mûre réflexion, la jeune femme s'était persuadée que son père jouait l'incompréhension et lui cachait charitablement la vérité en s'abritant derrière ses chers maîtres religieux. Des nuits d'insomnie lui avaient permis de revenir à une explication bien plus cohérente : sa disgrâce. Elle devait donc être bien repoussante pour qu'un mari aussi aimant que Matthieu, admirateur des subtilités de son esprit, ne puisse se résoudre à lui rendre hommage…

Questionnée à son tour bien que de manière plus vague, sa nourrice consternée n'avait su que répondre. La pauvre enfant se croyait laide, elle l'avait même surprise à genoux, occupée à prier fiévreusement le

Ciel pour s'attirer l'affection de son époux. Son éclat s'en ressentait, son teint se brouillait… Sa petite était déjà suffisamment bouleversée comme cela, comment lui révéler cette vérité inconcevable qu'elle pressentait ? Ne pouvant s'y résoudre, Peronette avait entonné une réponse aussi invariable qu'insatisfaisante pour les deux femmes : « Ma toute belle, tu es aussi parfaite que Dame Nature elle-même… » Une réponse que Margault n'écoutait plus, y voyant là la complaisance aveugle d'un inconditionnel amour. C'était donc pour cela, pour obtenir une réponse à cette cuisante interrogation, que la jeune femme traquait dans le regard des hommes la moindre lueur d'admiration, souvent au prix de sa réserve naturelle. Ce qui l'avait à maintes reprises placée dans des situations délicates, dont sa minuscule mais énergique nourrice l'avait tirée avec force ruades et vociférations. Tout en la gourmandant copieusement : que lui prenait-il de tenter ainsi le diable en ces temps où se faire violenter était monnaie courante ? Cherchait-elle réellement à provoquer le Malin ?

Margault a quitté Jeanne bien déterminée à aborder la question avec son époux lors de leur séance de pose. Il ne sera pas dit qu'elle laissera leur mariage définitivement stérile sans avoir au moins tenté de se battre. Admirer ce nouveau-né lui avait donné un nouveau courage… En poussant la lourde porte en chêne de l'atelier, elle surprend son époux tendrement penché sur l'enfançon de sa Vierge à l'Enfant, sculptant avec amour les poings potelés aux attendrissantes fossettes. Elle ne peut s'empêcher d'y lire malgré elle un heureux présage. Se gardant bien de rompre la magie de l'instant, elle prend toutefois sagement la pose quotidienne, les mains lovées comme deux chatons endormis sur son giron. Tout en bouillonnant intérieurement de multiples questions qu'elle ne réprime qu'à grand-peine. Patience... Matthieu déteste parler quand il sculpte, c'est une règle... Inutile de l'agacer par un excès d'impatience ! Les instants s'écoulent avec une lenteur exaspérante, elle commence à ressentir au creux de son ventre la morsure familière de la faim. Quand tout à coup, elle n'y tient plus :

— Matthieu, je souhaiterais vous entretenir d'une... question qui me tient à cœur.

Oh mon Dieu, qu'est-elle en train de faire ? Ce n'est tout de même pas elle qui s'apprête à aborder un tel sujet ! Elle s'attend presque à être foudroyée par la colère divine à chaque nouveau mot prononcé, tant elle est consciente d'outrepasser les limites de la bienséance conjugale. Allons, il s'agit de la question la plus décisive de sa jeune existence, elle ne va tout de même pas manquer de courage au dernier moment ! Si au moins Matthieu n'arborait pas cet air distrait qu'elle connaissait si bien ! La transition promet d'être rude...

— Bien entendu, de quoi s'agit-il, ma mie ?

— Eh bien... Je ne sais comment...

La jeune femme émet un petit rire contraint qu'elle ne reconnaît pas. Il semble si confiant !

— Je vous écoute, vous savez que vous pouvez tout me dire...

— Je quitte à l'instant mon amie Jeanne, qui vient de donner naissance à une adorable petite fille comme vous ne manquez pas de le savoir... Et voilà que je vous trouve là, polissant avec des gestes de père cette statue d'enfant... Matthieu, je sais que nous évitons avec soin ce sujet depuis notre mariage. Mais pourquoi n'envisageons-nous pas à notre tour de donner naissance à un petit être ? J'en éprouve un tel désir, et depuis si longtemps, sans jamais oser vous en parler…

Comme une porte que l'on claque, le visage avenant de Matthieu s'est instantanément fermé. Un silence pesant s'est abattu dans la pièce, uniquement ponctué par les battements de cœur affolés de la jeune femme, qui ne sait plus quelle contenance adopter. Elle s'est montrée maladroite, une fois encore… Comme tous les artistes, le pauvre Matthieu est si sensible qu'un rien suffit à le bouleverser…

— Matthieu ? M'avez-vous entendue ? Peut-être n'avez-vous pas saisi…

— Cela est hors de question, vous m'avez compris ! Je pensais que la situation était suffisamment claire, que vous auriez la délicatesse de ne pas aborder ce sujet pénible.

— Pénible ? Mais pourquoi pénible ? Ne pouvez-vous au moins m'expliquer la raison de ce refus ? Toute union bénie par Dieu a le droit et le devoir de…

— N'en parlons plus s'il vous plaît, il suffit.

— Est-ce parce que vous ne me trouvez pas désirable, que…

— Margault, ne rendez pas les choses plus difficiles encore, je vous en prie… Voulez-vous donc donner raison à Jacques de Vitry, qui voit en chaque femme une créature lubrique, indiscrète et acariâtre ? Je vous pensais pourtant différente…

— Je ne comprends pas, Matthieu. J'ai tout de même le droit de désirer un enfant sans être accusée de perversion, ou de je ne sais quel autre abominable défaut…

— Si Dieu avait voulu que la femme puisse exprimer des désirs et commander, il ne l'aurait pas tirée de la côte d'Adam, mais de sa tête !

— Mais saint Thomas lui-même ne condamne-t-il pas ceux qui ne savent pas se souvenir qu'ils sont des hommes, et qui, comme les hérétiques, refusent de croire à l'union naturelle du corps et de l'âme ?

— Vraiment, vous allez décidément trop loin, femme ! Cette conversation inconvenante n'aurait jamais dû avoir lieu ! Voilà ce qu'il en résulte lorsqu'on vous laisse vous instruire ! Un autre que moi pourrait penser que vous n'avez fait qu'orienter vos lectures en ce sens, dans le but de trouver dans les livres le droit d'assouvir vos pulsions ! Je pense qu'il est préférable d'interrompre la séance pour aujourd'hui, je ne me sens plus d'humeur à travailler.

Sidérée, Margault se tient immobile au milieu de la pièce, comme frappée par la foudre. Est-ce bien là son tendre époux qui s'adresse à elle avec une telle dureté dans la voix et le regard ? Elle croit rêver, la tête lui tourne. Ne supportant toutefois pas de le quitter sur une dispute, elle s'avance vers lui, les mains tendues dans un pathétique geste d'apaisement. Pour s'arrêter aussitôt, souffletée par le mouvement de recul de Matthieu, qui s'est cogné contre une poutre dans un ultime refus de contact. Sa bouche se serre sur un rictus d'amertume, tandis qu'elle laisse tomber d'une voix glaciale :

— Très bien, Matthieu, c'est vous qui l'aurez voulu.

Mortifiée, la jeune femme quitte l'atelier sans un regard en arrière, non sans avoir fait choir d'un geste rageur le chef-d'œuvre de l'artisan, un saint Georges à cheval de six pieds de haut qu'il avait dû présenter à un jury de professionnels pour devenir maître imagier.

Des larmes de rage lui brûlent les yeux, un grand vide envahit son esprit, en même temps qu'un terrible sentiment de perdition. Puisque tout la pousse à se commettre, c'est décidé, elle oubliera Yseult pour se rendre à son rendez-vous. Sans plus une once d'état d'âme…

4

Inconvenante… Lubrique… Acariâtre… Alors que les mots résonnent sans fin dans son esprit épuisé, Margault est alertée par des cris perçants provenant du cœur d'une foule compacte. Les hurlements se font si stridents qu'elle se voit contrainte de faire répéter trois fois le curieux qu'elle interroge. D'après l'homme, qui ne peut s'empêcher de tourner sans cesse la tête afin de ne pas perdre une miette du spectacle, l'attroupement serait dû à un faux-monnayeur ébouillanté sur la place voisine pour ses forfaits. Quelle horreur… La jeune femme se souvient d'avoir assisté autrefois à une exécution du même genre… Un homme ligoté dans une énorme bassine remplie d'huile bouillante hurlait et se débattait tout à la fois, tandis que sa peau rougie se détachait en lambeaux de manière effroyable. Plus encore que des images, elle se remémore avec écœurement l'odeur, une odeur de souffrance et de friture mêlées… Une vague de nausée la soulève. Hors de question d'assister une nouvelle fois à un tel spectacle… Elle détourne la tête afin de continuer son chemin lorsqu'elle croise un regard familier, celui de Guillaume, un clerc ami de Philippe. Ses yeux brillants qui parcourent avec gourmandise les blessures du supplicié volent presque la vedette aux joues rouges et aux narines frémissantes d'excitation… Où est passé l'homme compassé, épris de théologie, qui devisait avec son père des nuits durant ? L'odeur de peur et de sang possède décidément le pouvoir de transformer l'homme le plus civilisé en animal… La moue de dégoût qui déforme la bouche de Margault n'échappe pas à son bavard de voisin, qui en profite pour reprendre la conversation :

— Que vous arrive-t-il, ma toute belle ? Vous n'allez tout de même pas vous apitoyer sur un faux-monnayeur…

— Tant de cruauté ! On pourrait croire que les gens se repaissent du spectacle…

— Mais c'est le cas, jeune damoiselle ! Que croyez-vous donc ? Ce n'est que justice, personne n'échappe à ses actes…

La jeune femme contemple le visage grêlé et rougi par le froid qui lui fait face, envahie par un sentiment d'irréalité. C'est fou, elle éprouve presque l'impression que le regard pénétrant cherche à la mettre en garde contre sa décision. Mais non, elle se fait des idées, cela est impossible…

De retour chez elle, Margault sent malgré ses inquiétudes une délicieuse excitation l'envahir. Plus de temps à perdre, elle a mille choses à faire ! En tout premier lieu, prévenir son indigne époux qu'elle se rend au chevet de la tante Yseult, qui ce soir est au plus mal. Impatiente, elle s'installe avec vivacité à sa table, avant de s'emparer d'une feuille de parchemin et d'une plume d'oie ébarbée. Inutile d'utiliser son encre de qualité résistant à la lumière et aux outrages du temps, la plus simple à base de suie diluée suffira amplement. Le mot est prestement tourné, l'envoi d'une servante à l'atelier de son mari tout aussi prompt. La voilà enfin libre…

Il ne lui reste plus maintenant qu'à se livrer aux exquis préparatifs d'une rencontre amoureuse. Elle entreprend tout juste d'ôter sa cotte poussiéreuse, lorsque sa nourrice pénètre dans la pièce, chargée d'une pile de serviettes tièdes qui la dissimule presque entièrement. Suzon la suit de près, tirant avec peine la cuve en bois revêtue d'un fond de bain en molleton qu'elle se met en devoir de remplir avec des seaux d'eau fumante. Une fois le bain tout à fait prêt, la jeune femme trempe avec délectation la main dans l'eau chaude délicieusement parfumée au romarin cuit avec de l'écorce d'oranges, avant de plonger le reste du corps dans les senteurs odorantes. Tandis que Peronette lui masse la tête et que l'eau l'effleure de ses doux clapotis, Margault se détend, oublie Matthieu. Sa seule préoccupation n'est plus que de s'observer sans complaisance en se posant son éternelle question : qu'a donc son corps de si monstrueux, pour qu'un homme tel que Matthieu le dédaigne ? Certes, sa peau est rose et pleine de vie, quand la beauté se porte diaphane. Mais au moins ses jambes sont-elles graciles, ses seins que la mode exhibe pleins, épanouis… Sûrement Arnoul… Mon Dieu, mais que pense-t-elle donc là ? Effrayée par les chemins interdits qu'emprunte malgré elle son esprit, la jeune femme se lève d'un bond brusque, arrosant copieusement la paille qui jonche le sol de terre battue. Tandis qu'alertée par ses bruits d'eau, sa chambrière se précipite pour l'enrober d'un drap encore délicieusement tiède. Une fois séchée et intégralement épilée, la bouche rincée à l'eau de verveine, Margault renvoie d'un geste impatient la servante, afin de se rendre en toute tranquillité dans la petite pièce attenante à sa chambre. La pièce aux Mille Potions, comme elle aime à l'appeler... Son endroit secret, celui où elle concocte ses breuvages, ses onguents, les laxatifs et purgatifs destinés à la maisonnée. L'instant qui vient n'appartient désormais qu'à elle...

Le rituel de beauté séculaire qui se prépare sera un moment solitaire, secret. Son père, tout comme son époux d'ailleurs, est en effet farouchement opposé aux fards et autres artifices de beauté, qu'il considère comme sacrilèges. Dans la pièce éclairée par de multiples chandelles essaimées de-ci de-là, la jeune femme se livre dans un ordre convenu à de mystérieux préparatifs de beauté, aux formules trouvées dans un livre poussiéreux et écorné intitulé *Livre de Secrets*. Le visage enduit d'un masque au miel, elle choisit, après avoir longuement hésité, une recette de l'alchimiste et mage Lulle, « pour un visage éclatant et rajeuni », ainsi qu'une autre d'Albert Froot « pour un corps lisse et doux ». Que d'alléchantes promesses... Avec une dextérité née d'une longue habitude des textures, Margault jongle avec les coupelles, les flacons emplis d'étranges poudres colorées. Fiente de petits lézards, os de seiche, tartre de vin blanc, raclure de corne de cerf, corail blanc... Les matières se broient sous les coups réguliers du mortier, s'entremêlent en un savant mélange. La mixture est ensuite trempée un long moment dans de l'eau distillée de limaces de vigne, d'amandes et de fleurs de bouillon-blanc, tandis qu'elle se rince soigneusement le visage pour se débarrasser des ultimes traces de miel qui lui dessinent des larmes dorées sur les joues. Sans une once de répulsion, elle saisit le vaisseau de verre empli du mélange, dont elle s'enduit délicatement le visage, les mains et la gorge, en prenant bien soin de n'oublier aucun grain de peau… C'est ensuite au tour du corps, avec un hachis de limaçons rouges et de romarin qu'elle étale en entonnant une incantation de sa façon : « Faites qu'il me trouve belle, faites qu'il me trouve belle… » Puis elle retourne une fois encore dans le bain tiédi pour se rincer de ses préparations. Un soupçon de fard blanc pour éclairer le visage, quelques touches de safran badigeonnées pour colorer les joues, une goutte de musc au creux de la gorge et des poignets, là où les pulsations du cœur se font les plus fortes… Margault est presque prête…

Nue au milieu de la pièce, elle se plonge maintenant dans une profonde réflexion, si délicieusement féminine : la cotte rouge en velours lissé et son surcot assorti, ou celle en soie de Lucques bleue teintée par la guède locale fort en vogue ? Elle sourit d'aise en caressant les douces matières. Heureusement que la dernière ordonnance somptuaire du roi destinée à réfréner le luxe vestimentaire n'a pas eu plus d'effet que les précédentes… De nombreuses coquettes – et coquets – auraient été bien marris d'une telle sanction ! La jeune femme se décide à tendre la main vers la cotte d'un rouge profond, lorsqu'elle sursaute et tourne la tête vers la fenêtre, attirée par un bruit familier. Il ne s'agit tout de même pas… Elle se saisit d'un geste leste du vêtement, prenant à peine le temps de lacer convenablement sa chemise. S'il s'agit bien comme elle le craint des cloches annonçant vêpres et l'arrêt du travail, elle est déjà en retard. Quelle guigne, elle qui voulait profiter de l'affluence due à la fermeture des boutiques pour s'échapper discrètement… Elle se précipite, non sans avoir pris soin de glisser dans sa manche quelques pastilles à parfumer l'haleine.

Les cloches des églises et couvents se sont tues, les boutiques ont baissé leurs auvents depuis un moment déjà, lorsque Margault dévale enfin les marches en pierre de l'escalier à vis, l'esprit entièrement tendu vers les tout prochains moments de son existence. Quelques instants seulement lui suffisent pour faire irruption dans la ruelle, déjà à moitié décoiffée… Dans sa hâte de s'échapper, elle se cogne brutalement contre un homme au visage grave. Philippe ! Elle rougit violemment, baisse la tête comme une enfant pour dissimuler son visage fardé, sans oser pourtant contourner son père ni encore moins le bousculer. Dieu merci, tout à ses préoccupations, ce dernier ne semble rien remarquer. Malgré son impatience, Margault ne peut s'empêcher de noter le visage inquiet et tendu de l'ancien notaire, ses yeux rougis, son menton tremblant. Sans doute venait-il la chercher pour l'accompagner comme convenu au chevet de la tante Yseult. Mais son sens du devoir n'a plus aucun poids en cet instant, elle est déjà ailleurs, dans un monde où l'insouciance et le plaisir règnent en rois…

— Margault, attendez… Il faut que nous allions…

La voix de son père se perd dans le brouhaha de cette fin de journée tandis que la jeune femme s'esquive. Cette fois, les dés sont jetés, une nouvelle page de sa vie se tourne…

5

Quelques instants plus tard, la jeune femme avance d'un pas vif à proximité des escorcheries, dont la forte odeur de sang caillé lui soulève comme d'ordinaire le cœur. Une odeur d'autant plus écœurante qu'elle se mêle ce soir aux exhalaisons du poisson frais venu de Boulogne ou du Crotoy… C'est en effet aujourd'hui le début du carême, et les bouchers ne vont plus vendre durant quelques semaines que de la viande de mer… Par chance, la ville, bien ravitaillée en marées, bénéficie d'un vaste choix de harengs, bars, maquereaux, merlans et mulets… Margault retient sa respiration, en priant pour que les effluves puissants ne fassent pas tourner son parfum de musc. Sentir le poisson pour un premier rendez-vous, merci bien ! Par chance, l'odeur a la bonne idée de s'estomper dès qu'elle tourne à l'angle de l'auberge de la Mère Dieu Grosse, reconnaissable entre toutes à son enseigne peinte aux motifs multicolores devant lesquels elle pouvait rester des après-midis entiers étant enfant. Plus loin, des langueyeurs, d'ordinaire chargés de surveiller la qualité de la langue de porc mais aujourd'hui inactifs, la regardent passer avec force quolibets, massés en groupe dans un coin de la grande halle des Marceaux. Ce qui pour une fois la rassure au lieu de l'agacer : manifestement, ses efforts de toilette semblent porter leurs fruits… Enfin, elle parvient à destination, presque à regret malgré la longue marche qu'elle vient d'effectuer. En proie à la plus vive confusion, elle s'arrête brutalement sans plus savoir que faire. Ce n'est plus désormais la marche, mais une peur mêlée d'excitation qui lui fait battre le cœur jusqu'à la nausée. Ses mains sont moites, un léger voile de sueur lui couvre les reins. Levant la tête, elle observe avec une curiosité anxieuse la belle maison en pierre surplombée d'un toit de chaume et d'une gargouille destinée à évacuer les eaux de pluie, entourée de deux masures en bois délabrées qui ne semblent plus soutenues que par leur opulente voisine. Comme indiqué sur le billet, une lampe à huile éclaire une montjoie au-dessus de la porte d'entrée, afin sans doute de laisser admirer une statuette en terre cuite de la Vierge. Une statuette que Margault croit vaguement reconnaître… Ne s'agit-il pas là d'une œuvre de son époux, n'est-ce pas là son propre visage ? Non, bien entendu, l'émotion lui brouille les idées, provoque des hallucinations… Quand une pensée lui traverse soudain l'esprit, autrement plus dérangeante : nul au monde ne sait où elle se trouve…

Un long moment se passe, et la jeune femme se tient toujours immobile malgré la bruine qui constelle son manteau de milliers de gouttelettes minuscules et la nuit qui abat son rideau sombre sur la ville. Anxieuse, elle cherche à lire son avenir dans l'austère façade aux étroites fenêtres, qui lui fait à cet instant l'effet d'un lieu jalousement refermé sur un occulte secret. Et si

Arnoul lui demandait de faire une chose qu'elle ne saurait accepter ? À cette pensée, un long frisson lui parcourt l'échine. De peur, d'excitation, elle ne sait... Si elle relève le menton d'un air bravache, ses poings serrés et ses tempes bourdonnantes la trahissent : l'émoi puissant qui la soulève n'est pas innocent, elle le pressent. Allons, il est grand temps encore de renoncer... Elle tourne déjà les talons, prête à rebrousser chemin, lorsqu'un bruit de pas se fait entendre derrière elle. L'imposante porte en bois s'est entrouverte, laissant deviner la silhouette d'un homme qui visiblement l'attendait... Margault hésite encore sur le pas de la porte, lorsque ce qui se révèle être un serviteur la saisit par le bras, avant de la pousser doucement mais fermement vers l'intérieur. Durant les instants qui suivent, elle éprouve l'impression de chuter dans un précipice sans fond, alors que la porte se referme lourdement derrière elle avec un bruit sourd. Tandis que l'homme la précède dans le couloir aux sommaires murs de salpêtre, porteur d'une torche exténuée, l'atmosphère du long corridor lui semble soudain chargée d'une étrange menace, impalpable, pénétrante... Étreinte par une angoisse croissante, elle ne peut s'empêcher de se retourner : seul subsiste derrière elle un trou noir sans fond... Rebrousser chemin lui semble désormais plus terrifiant encore que de continuer, comme si elle était passée sans s'en apercevoir de l'autre côté d'un miroir... La torche semble trouer d'innombrables tentures sombres au fur et à mesure de son avancée, tant l'obscurité est dense... Juste à l'instant où la panique commence à déborder ses défenses, Margault aperçoit une vague lueur au ras du sol, signe qu'elle est parvenue à destination. Cet indice ténu suffit à la rasséréner quelque peu. Quant à tourner les talons, il n'en est plus question ! Une excitation impatiente a pris le pas sur la peur, la rendant plus fébrile encore qu'au soir de ses noces…

Le lourd rideau de velours écarlate soulevé d'une main tremblante, c'est un autre monde qui s'offre au regard de Margault. L'air lourdement chargé d'essence de jasmin exhale une sensualité éprouvante pour ses nerfs à vif. Les reflets mouvants des chandelles animent sur les murs recouverts de tapisseries des scènes d'un érotisme étouffant. Le regard effarouché de la jeune femme ne sait où se poser, croisant dans sa recherche éperdue de fuite un mamelon happé par une bouche avide, un visage déformé par l'orgasme – à moins que ce ne soit par la douleur –, un sexe monumental tendu vers les fesses rebondies d'un enfantelet… La surprise qui la paralyse n'empêche pas sa main, cette main si indisciplinée et si curieuse de sensations, d'effleurer avec gourmandise les douces excroissances de laine. Aussi grisée qu'effrayée, elle ferme les yeux un court instant afin de recouvrer un semblant de calme. Ces images violentes et sensuelles qui la troublent tant évoquent d'autres images, maintes fois vues dans les livres religieux de son père. Des images de perdition et d'enfer, si terrorisantes autrefois, si délicieuses aujourd'hui… Ces émotions trop longtemps endiguées qui la submergent la ramènent au trouble éprouvé la veille sous l'influence des chants grégoriens. En plus fort… En plus intense encore… Dieu… Satan… Péché… Plaisir… Le Bien et le Mal s'entremêlent, dansent une gigue effrénée dans son esprit. Elle ne sait plus où elle en est, la tête lui tourne violemment. Elle ne peut toutefois s'empêcher de rouvrir les yeux, dévorée de curiosité, pour découvrir les tapis moelleux aux chaudes couleurs, les coussins éparpillés dans un savant désordre, le lit bas à la mode orientale, incroyablement vaste et recouvert de fourrures enchevêtrées... Jamais encore elle n'avait vu une telle profusion de luxe !

La jeune femme avance presque malgré elle un pied hésitant, comme une enfant appâtée par des confiseries, lorsqu'elle tressaille soudain. Quelque chose – ou quelqu'un – a bougé dans la pièce ! C'est étrange... Si son hôte était présent, pourquoi diable ne s'est-il pas manifesté plus tôt ? Se retournant brusquement pour découvrir l'origine du bruit, elle se cogne à Arnoul, Arnoul qui ne sourit pas, qui ne bouge pas, qui se contente de la dévorer d'un regard aigu, tendu... Arnoul, dont la chemise entrouverte laisse éclater la matité de la carnation, la finesse du grain de peau, la rondeur des muscles. Arnoul qui se décide enfin à lui tendre sans un mot de bienvenue une coupe finement ciselée emplie d'un liquide aux reflets mouvants. De l'hypocras... Margault à sa grande surprise n'hésite pas un instant à s'en saisir, malgré l'étrangeté de la situation. Ses papilles jaugent en expertes sa boisson de prédilection. Le délicat dosage de cannelle, de gingembre, de garingal et de sucre dans le vin est parfait. Peut-être meilleur qu'elle n'aurait su le faire elle-même... Ses yeux se ferment à nouveau, de ravissement cette fois, tandis que ses lèvres esquissent un sourire gourmand. Véritablement divin...

Lorsque ses paupières se rouvrent enfin, c'est pour constater avec effarement qu'Arnoul s'est installé sur le lit, les jambes écartées, la tête confortablement calée sur un coussin et les yeux mi-clos. En position d'attente... Mais d'attente de quoi ? Comme lors d'une lointaine nuit de noces, Margault désemparée ne sait plus que faire… Et comme cette nuit-là, elle tremble de faire naître dans le regard de l'homme alangui un éclair de répulsion. Si cela devait arriver une nouvelle fois, elle ne le supporterait pas… Les yeux toujours à moitié fermés, celui-ci lui fait maintenant signe d'approcher. Ce qui la pousse à obéir sans réfléchir, les mains tremblantes et le cœur battant comme s'il cherchait à s'échapper de sa gorge. Malgré ce premier jour de carême… Mon Dieu, qu'est-elle donc en train de faire ? Si elle a hésité un instant, le souvenir du mouvement de recul affolé de Matthieu la décide : il faut qu'elle sache, qu'elle en ait le cœur net une fois pour toutes…

La jeune femme ne comprend pas la raison pour laquelle elle se sent soudain si étourdie, légèrement somnolente même… Ce ne sont tout de même pas ces quelques gorgées d'hypocras… Elle est consciente de ce qui se passe, sans pourtant parvenir à influer le moins du monde sur les événements, telle une spectatrice extérieure privée de volonté propre… Ce ne peut pas être sa cotte que l'on délace avec des gestes habiles, ses seins vierges de toute main d'homme qu'Arnoul entreprend de titiller d'une bouche experte… Puis, très vite, Margault ne se ment plus, pour mieux apprécier ce moment rare de découverte. Ses mains, toujours indépendantes, s'avancent presque malgré elle vers la taille d'Arnoul, vers cette étrange protubérance qui gonfle les braies, tandis qu'elle ferme les yeux comme pour ne pas voir… Puis, très vite, elle se retrouve nue sur le lit, conquise par un sexe qui l'apprivoise lentement, se retire pour mieux s'enfoncer de nouveau, de plus en plus loin… Un court instant seulement, elle s'étonne de l'intrusion de ce corps étranger qui se glisse si naturellement jusqu'au plus intime d'elle-même. Pour, submergée de plaisir, se laisser retourner sur le ventre, hypnotisée par ce rythme lancinant, régulier à mourir. Quand tout à coup, elle sursaute, tentant maladroitement de se redresser. Que fait-elle donc dans cette posture de bête ? A-t-elle complètement perdu l'esprit pour se laisser aller ainsi ? Elle n'ignore pas que seules les créatures du Malin connaissent la dangereuse saveur du plaisir, les femmes honnêtes ne « commettant » l'acte de chair que pour procréer. Les jours autorisés par le clergé bien entendu, et dans une seule position... Ne lui a-t-on pas suffisamment répété, pourtant, que le plaisir féminin avait été inventé par le diable pour entraîner les pécheresses dans ses filets ? Elle frémit : sans doute est-il déjà trop tard et appartient-elle irrémédiablement au démon...

Bouleversée par ces pensées terrifiantes, elle entreprend de se dégager doucement lorsque la voix d'Arnoul retentit, autoritaire, tendue, interrompant ses réflexions importunes :

— Que fais-tu donc ? Viens plutôt sur moi. Maintenant...

Un frisson de plaisir et de terreur mêlés lui parcourt l'échine. Cette fois, c'est certain, elle ne peut être que damnée... Le cheval érotique ! L'une des positions les plus condamnées par l'Église, les plus contre-nature... Mais il n'est déjà plus question d'interdits pour Margault qui s'exécute, se meut en ondulant vers Arnoul qui a bougé dans la pénombre afin d'éteindre les chandelles d'un souffle doux et prolongé. Puis ce ne sont plus que sensations... Celle d'un glissement derrière elle, d'un tissu velouté qui se pose sur ses yeux, d'un corps qui se meut sous ses fesses offertes. Puis le sexe qui tâtonne, cherche l'entrée, en terrain désormais connu, conquis. Qui s'enfonce brutalement, d'un coup, lui tirant un gémissement de plaisir. Puis qui la contraint à s'abaisser sur lui par à-coups, faisant naître des vagues déferlantes de sensations qui érodent, débordent sa pudeur pour lui arracher un cri qu'elle ne reconnaît pas…

Et puis soudain, tout est terminé… Arnoul s'est brusquement détendu et respire bruyamment près de son oreille. Margault, repue, glisse à son tour dans une douce somnolence, bercée par le cœur de son amant qui bat à tout rompre. Quel bonheur de se sentir enfin une femme comme les autres, désirée… Qui pourra enfin regarder les femmes grosses dans les yeux, sans se sentir différente, exclue… Il est seulement regrettable d'avoir dû souiller le sacrement du mariage pour y parvenir, au lieu de pouvoir mener une existence normale ! Elle commence à s'endormir réellement, quand tout à coup son amant se lève et se rhabille sans même un regard vers elle. Mais que lui prend-il ? A-t-elle fait à son insu quelque chose qui lui a déplu ? Alors qu'elle se redresse sur un coude, faisant mine de se lever, Arnoul ordonne d'un geste péremptoire : reste… À pcinc a-t-elle le temps de se laisser retomber sur l'oreiller, ses cheveux encore humides de sueur, que son amant disparaît déjà derrière la lourde tenture… Un instant inquiète, elle se rassérène bientôt, aidée en cela par le souvenir des doux moments passés : inutile de s'alarmer… Son amant est sans doute parti chercher une nouvelle carafe d'hypocras accompagnée de quelques dragées ou d'anis confit, connu pour augmenter encore le plaisir… Elle ne peut s'empêcher de rire doucement à cette idée : elle mourra si elle doit connaître un plaisir plus intense !

D'un mouvement félin, elle se love contre les chaudes fourrures pour se laisser aller à la rêverie. Arnoul. Même s'il a brusqué les choses et quelque peu abusé de son inexpérience, elle ne parvient étonnamment pas à lui en vouloir. Il a en effet accompli ce qu'aucun homme n'avait su faire avant lui : lui permettre de se voir autre, non plus repoussante de laideur, mais désirable, presque belle… Ainsi, les délices de l'Amour portées aux nues existent bel et bien ! Nulle impression de pécher, elle éprouve au contraire l'étrange sentiment que cette jouissance est un don du ciel. Elle se sent flotter au-dessus du sol, comme débarrassée de son enveloppe charnelle, tandis que son esprit se met à voleter comme une folâtre fleur de pissenlit. Ainsi ils avaient tort, tous ces Pères de l'Église. L'amour terrestre n'englue pas, bien au contraire, il élève de manière quasi miraculeuse…

Soudain impatiente, Margault réprime le désir de courir à la recherche d'Arnoul, comme pour s'assurer qu'elle n'a pas rêvé. Il paraît incroyable de se retrouver ainsi, en une seule soirée, plus proche de cet inconnu que de son propre époux… Cet homme a su révéler en elle une féminité, une sensualité qu'elle n'aurait osé imaginer… Malgré elle, ses doigts saturés de sensations parcourent languissamment son corps, effleurant les endroits qu'il a touchés de ses mains, de sa langue… Son corps est devenu un fleuve de braises incandescentes qui courent dans ses veines en boucle infernale. Elle est heureuse, si inquiète et si heureuse… Sans presque bouger, elle saisit la coupe d'hypocras encore à moitié pleine et la vide avec gourmandise. Tandis que dans son esprit, le goût de la boisson se mêle délicieusement à celui de son amant. Épuisée, elle se sent dériver…

La jeune femme doit s'être assoupie durant un moment, ivre d'un excès d'émotions, puisqu'il fait nuit noire lorsqu'elle rouvre les yeux. Une main inconnue a rallumé les chandeliers, qui projettent des ombres ondoyantes sur les tentures coquines, ne manquant pas de lui rappeler une nouvelle fois les exquis moments qu'elle vient de vivre. Elle étire les bras à la manière voluptueuse d'une chatte, s'étonnant une fois encore de l'absence d'Arnoul, quand elle sursaute nerveusement, soudain aux aguets. Ce glissement ténu à sa droite… Elle n'est plus seule. Un homme immobile l'observe de ses yeux sombres et perçants, dans lesquels se reflètent les lumières vacillantes des chandelles, comme les feux de l'enfer brillant au fond d'un trou noir. Sous ce regard lubrique et affamé, Margault s'agite, dissimule d'une main tremblante ses seins nus sous la courtepointe, tandis que l'autre cherche maladroitement à saisir ses vêtements épars. L'intrus ne faisant pas mine de bouger, la jeune femme sent monter en elle une vague d'effroi, comme une version plus forte de celle brièvement ressentie dans le couloir. Comme une trop juste intuition…

Conscient de cette peur qu'il hume de manière animale, l'homme tente gauchement de la rassurer par un sourire contraint, dévoilant des dents noirâtres qui lui semblent vaguement familières. De même que l'épouvantable haleine d'oignons et de pourriture mêlés… Où peut-elle l'avoir déjà vu ? Les quelques mots qu'il lui lance enfin sont incompréhensibles, seul son prénom est intelligible : Jacques… Est-ce cette voix rauque et ânonnante, cette diction avinée ou ces accents équivoques ? Tout en lui ne fait que respirer le danger… L'alarme de Margault se mue en franche terreur, son intuition fait crisser un avertissement pressant sur ses nerfs à vif, comme l'archet sur les cordes d'une viole. L'absence d'Arnoul, jusqu'alors nimbée d'un doux halo de mystère, lui paraît brutalement anormale. Il aurait dû revenir depuis bien longtemps déjà. Est-ce ce… ce monstre qui l'a éloigné, enfermé, de manière à pouvoir agir en toute impunité ? Terrifiée, elle observe l'homme, maintenant en pleine lumière, qui lui rappelle décidément quelqu'un… Enfin elle se souvient ! Le mendiant du parvis de la cathédrale ! C'est à cet instant qu'elle prend conscience d'un élément autrement plus inquiétant encore. Si ce n'était une barbe de dix jours fourmillant de mille épines noires et drues sur des joues hâves, des cheveux plus longs et grisonnants, des pommettes violacées par l'alcool, on aurait presque pu voir Arnoul… Un Arnoul plus âgé, plus sauvage… Son frère… En un éclair, Margault comprend le piège. Tout son instinct lui hurle de s'enfuir, alors que son corps se refuse au moindre mouvement, cloué sur ce lit par le regard hypnotique comme un papillon sur un parchemin.

Ensuite, tout s'enchaîne très vite, dans un cauchemardesque crescendo d'effroi et de douleur. L'homme, précédé d'une odeur de corps mal lavé et de sueur rance, se meut vers elle avec la rapidité d'une faucheuse. Malgré ses efforts désespérés, la fragile constitution de la jeune femme ne peut lutter très longtemps contre ce concentré de muscles à la farouche détermination. D'autant plus que son esprit, tétanisé par la panique, ne parvient plus à raisonner. Le poids du corps l'étouffe, les poils de la barbe lui écorchent la peau, le manteau râpeux lui irrite les cuisses tandis que la main crasseuse tente de s'immiscer… Cette odeur, ce n'est pas possible, elle va vomir… Une seule pensée surnage au milieu de la confusion : Arnoul… Seul

Arnoul peut lui venir en aide, l'arracher aux griffes de ce malfaisant personnage. Elle agite la tête en tous sens, tentant d'échapper à la bouche avide et puante pour aspirer de l'air et appeler du secours.

— Arnoul…

Elle suffoque, sa voix se brise.

— Arnoul, aidez-moi, Arnouuul !

Miracle ! Comme en réponse à ses appels désespérés, la tenture se soulève enfin. Un immense soulagement l'envahit à la vue de son amant, si calme et si sûr de lui… Elle est sauvée, ce Jacques va mesurer ce qu'il en coûte d'abuser d'une jeune femme comme elle… Mais… Qu'attend Arnoul pour intervenir ? Pourquoi reste-t-il ainsi immobile, à contempler la scène avec un petit sourire narquois ? Elle lui jette des regards éperdus, d'autant plus pressants que l'autre continue sa monstrueuse progression et approche de son but. Enfin, le nouvel arrivant se décide à esquisser un mouvement. Il s'approche du couple, se penche vers le lit avec une lenteur exaspérante… Mais que fait-il donc… Loin de jeter l'homme hors de la couche pour le rouer de coups comme il se doit, il saisit les bras de Margault afin de mieux la maintenir, tout en continuant à observer la scène avec une excitation non dissimulée. La jeune femme éprouve soudain l'impression de sombrer dans la folie, son esprit ne parvient plus à rassembler ses morceaux épars. Trop d'émotions, trop d'événements incompréhensibles…

Elle se débat maintenant avec l'énergie du désespoir, hurlant, mordant et griffant tout ce qui se trouve à sa portée. Il ne sera pas dit qu'elle laissera ce porc immonde abuser d'elle sans se défendre ! Mais… c'est évident ! Comment n'y a-t-elle pas pensé plus tôt ?

L'idée s'impose, anéantissant tout le reste : elle va prier ! Seul Dieu possède désormais le pouvoir de la sauver. Elle se concentre, tentant de dissocier son corps de son esprit, d'occulter ces mains obscènes qui la parcourent avidement : *Credo*... Soulevée de haut-le-cœur, elle s'efforce de ne plus respirer l'odeur écœurante, d'oublier ce corps grossier qui se glisse contre elle, toujours plus dangereusement proche. Le tableau savant de son maquillage se décompose, le blanc coule en sillons de larmes, étalé par la bouche avide, lui recréant un masque grotesque, plâtras de matières et de couleurs mêlées. Puisant dans ses dernières forces, Margault reprend sa litanie, y mettant l'insondable ferveur du désespoir. Elle prie maintenant comme une incantation, à voix haute et lancinante, mêlant ses cris aux ahans de Jacques. Elle sait avec certitude, parce qu'elle l'a appris depuis sa prime jeunesse, qu'elle sera sauvée si sa foi est suffisamment forte.

— *Credo in unum Deum. Credo*... *Credo*... Oh mon Dieu, n'allez-vous donc pas vous décider à me venir en aide ?

Rien... Il ne s'est rien passé... Le miracle tant attendu n'a pas eu lieu, Dieu n'est pas venu à elle. Lui qui a accompli des dizaines de prodiges à travers le monde a choisi de l'abandonner au duo infernal. Un autre pieu la traverse, immonde, faisant naître en elle des vagues d'intense dégoût, tandis que la bouche d'Arnoul joue à nouveau avec ses seins. Cela ne va donc jamais s'achever... Les mouvements du frère s'accélèrent soudain, la labourant douloureusement, tandis qu'elle vomit par hoquets convulsifs. Un dernier râle, un ultime soubresaut, et l'épreuve est enfin terminée. Cédant la place à un calme glauque, poisseux… Étrangement, les trois corps restent un long moment enchevêtrés, comme s'ils ne parvenaient plus à se séparer après les moments qu'ils venaient de vivre…

La première, Margault se lève, assommée. Pour le moment, elle ne ressent rien d'autre qu'un vide vertigineux, effrayant. Cela fait bien trop d'émotions pour quelqu'un à la vie jusque-là sage et rangée ! En une seule soirée, elle a connu le meilleur et le pire. L'amour d'un amant et son abjecte trahison… Comment a-t-elle pu être aussi crédule aussi ! Une vraie brebis que l'on mène aux escorcheries… Ah, il l'a bien trompée, ce noble au grand cœur, avec ses belles paroles ! Pourquoi aussi n'a-t-elle pas écouté les conseils de son père, qui lui présentait les hommes comme des êtres assoiffés de stupre, sans pitié pour les femmes qu'ils ne songeaient qu'à leurrer ? Mais cette agression immonde n'est rien encore, à côté de la perte de ce qui faisait la sève de son existence : Dieu. Dieu a choisi de l'abandonner. Lui qui a tendu une main absolutrice à une pécheresse telle que Marie-Madeleine, qui a ouvert les flots devant Moïse pour sauver son peuple, n'a su avoir pitié d'elle. Un vide glacé l'envahit, la submerge. Dorénavant, elle est seule. Irrémédiablement seule. Sans un regard pour les deux frères encore alanguis, qui la contemplent avec un même sourire ironique, elle se rhabille à la hâte, pressée de quitter ce lieu honni. Étrangement, elle ne se sent à cet instant ni triste ni abattue, mais en colère. Dans une colère noire et froide comme elle n'en a jamais connu jusqu'alors. La rage lui brûle le ventre, lui serre convulsivement les mâchoires. Tâtonnant pour retrouver son chemin le long du corridor sombre qui ne l'effraie plus, elle sent le dard cuisant du regard des démons qui semble accompagner sa marche avec une sorte de complicité. Elle en comprend immédiatement la raison : désormais, elle est des leurs…

6

IMPATIENTE de rentrer chez elle, Margault renonce à emprunter le chemin du centre-ville, trop long. L'effort pour avancer lui paraît insurmontable, elle éprouve l'impression qu'elle ne parviendra jamais à destination, surtout dans cette nuit sombre comme la poix... Elle n'avait bien entendu pas eu l'idée d'exiger une torche avant de s'enfuir de la maison des frères maudits ! Mais après tout, elle peut tout aussi bien prendre le chemin du cimetière, elle ne craint plus rien... Elle exhale bien trop le malheur pour que les brigands ou les âmes des défunts ne s'avisent de venir la provoquer... Alors qu'elle ne peut tout de même s'empêcher de regarder nerveusement autour d'elle, Margault croise une curieuse procession dans la ruelle longeant le cimetière. Deux hommes, jetant des regards affolés aux alentours, portent furtivement un corps gonflé que l'on devine raidi par la mort. Encore un noyé, un suicidé, que l'on jette nuitamment en cachette comme une ordure honteuse... À la lueur des torches, la jeune femme aperçoit le corps violacé du malheureux, ses yeux vitreux qui semblent la regarder comme pour lui transmettre un message. Lui a-t-il jeté un sort ? Dans cette nuit étrange et malsaine, tout lui semble possible… Dans un besoin inconscient de protection, elle touche la perle suspendue à son cou en guise de talisman, au moment précis où les hommes balancent brutalement le cadavre dans la fosse commune, qui tombe sur les autres corps à demi décomposés avec un bruit mou d'abcès crevés. Frissonnante, Margault ressent dans son corps le choc brutal, le froid de la terre, comme si c'était elle qui venait d'être jetée sans ménagement dans le trou béant et pestilentiel. Malgré – ou du fait de – sa détresse, elle ne peut s'empêcher d'éprouver une étrange solidarité envers cet inconnu. Le pauvre… Sans doute ne peut-on rien connaître de pire que d'être exclu des bras protecteurs de la Sainte Église, qui assure à ses fidèles rédemption et vie éternelle… À quelles extrémités a donc pu être poussé ce pauvre bougre pour l'amener à y renoncer, de son plein gré qui plus est ? En commettant ce qui est considéré comme un meurtre sur lui-même… Et elle, que vient-elle de connaître, sinon la même exclusion, le même rejet de la part de Dieu ? Les voix qui murmurent, autant par crainte des hommes de l'arrière-guet que des âmes coléreuses qui volettent dans le cimetière, se voient amplifiées dans le silence de la nuit par un écho quasi surnaturel :

— Encore un qui va aller droit en enfer, sans même passer par le purgatoire !

L'homme ricane nerveusement, sans doute pour conjurer son malaise croissant. Tandis que l'autre ne cesse d'esquisser des signes de croix fébriles en surveillant le sol autour de lui, comme si une main osseuse s'apprêtait à sortir à ses pieds pour l'entraîner dans les entrailles de la terre. Lorsqu'il aperçoit enfin Margault, ce dernier accélère le rythme de ses gestes tout en roulant des yeux affolés. Ce que la jeune femme interprète naturellement comme une confirmation de ses pires craintes. Cela se voit-il tant qu'elle est désormais damnée ? À moins que la nuit n'ait le pouvoir de rendre les choses intangibles soudain visibles… Pas un instant il ne lui vient à l'esprit que l'apparition d'une jeune et belle créature à la mise débraillée, aux cheveux défaits et à la mine dolente, la nuit, à deux pas du cimetière, peut en elle-même être effrayante pour des gens superstitieux. L'homme sans doute l'a prise pour une fée ou une enchanteresse prête à l'ensorceler…

Bien après le départ des deux hommes, Margault reste un long moment encore immobile, le regard perdu dans le brouillard qui effleure les tombes et les innombrables croix de bois hâtivement clouées lors de la dernière épidémie de peste. Dieu, ce qu'elle aimerait gésir parmi tous ces corps enfin en paix, sans plus se soucier des tourments de l'âme… Quand tout à coup, un bruit tout proche la fait tressaillir et reprendre précipitamment sa route. Ce n'était probablement qu'un de ces porcs en liberté, mais elle a encouru pour ce soir suffisamment de risques comme cela… Aux abords de la maison, la jeune femme constate avec soulagement que tout est sombre et silencieux. L'ensemble de la maisonnée semble couché, personne n'a prêté garde à son absence… Sa détente est malheureusement de courte durée : à peine sa silhouette s'est-elle dessinée dans la ruelle que Peronette se précipite, serrant frileusement son mantel contre sa chemise. À sa vue, Margault tente maladroitement de remettre de l'ordre dans ses vêtements, de glisser sa chevelure éparse dans sa crépine afin de ne pas l'affoler. Mais en vain… La nourrice ouvre déjà la bouche pour l'interroger, lorsqu'elle l'aperçoit dans la lueur de la torche. Le choc la fait malgré elle reculer d'un pas. Tout en Margault hurle ce qu'elle vient de vivre, de ses cheveux décoiffés à sa cotte déchirée dans le dos, sans oublier les marbrures écarlates qui ornent ses joues et ses yeux hagards qui semblent avoir vu le Malin en personne.

Bouleversée, Peronette la dévisage longuement en silence. Rien n'est dit et tout est dit entre ces deux êtres qui se connaissent si bien. Si elle ne peut imaginer la teneur du drame qui vient de se jouer, la vieille servante lit dans les traits tirés la nuit d'amour et d'horreur. Chavirée, elle observe les larmes silencieuses de sa jeune maîtresse, qui font surgir au gré des caprices de la torche des traînées dorées sur les boursouflures violacées, de luisants chemins d'escargots sur le velours écarlate du surcot. Sans un mot, la nourrice enveloppe d'un geste protecteur Margault dans la douce tiédeur de son mantel doublé de chevreau, avant de l'entraîner précautionneusement à l'intérieur de la maison. Après quelques instants de réflexion, ce n'est pas vers sa chambre qu'elle dirige sa protégée, mais vers sa propre pièce, située directement sous la charpente. Bien qu'y pénétrant pour la première fois, cette dernière est trop meurtrie pour prêter attention aux murs sommairement blanchis à la chaux, à la pièce chichement meublée, à la décoration sans apprêt. Seul son corps frissonnant enregistre le froid glacial qui règne dans cette pièce mal isolée aux multiples courants d'air. Un bref instant, au moment où Peronette la saisit par le bras pour la faire entrer plus avant, la jeune femme tressaille de douleur. Pour retomber aussitôt dans sa torpeur, uniquement préoccupée par cette souffrance qui lui dévore sans répit les entrailles. Une seule phrase tourne en boucle dans son esprit chauffé au fer rouge : « Arnoul s'est moqué de moi, il m'a trahie. » Sans qu'elle en prenne conscience, ses lèvres laissent tomber des bribes de mots incohérents que Peronette, qui la tient serrée contre elle comme un nouveau-né, cherche à saisir : *noul, moqué, ie*… Mais que tente-t-elle donc de lui faire comprendre ? La nourrice l'interroge tout d'abord d'une voix douce, qui se fait de plus en plus pressante. En vain… La jeune femme semble perdue dans son monde.

Ne souhaitant pas la bouleverser davantage, elle installe une Margault molle comme une poupée de chiffon sur la paillasse bourrée de foin aux draps impeccablement tirés et, après lui avoir ôté sa cotte déchirée, délace délicatement sa chemise. Le buste soudain dénudé lui arrache malgré elle un petit cri d'horreur : les seins d'albâtre ne sont plus que contusions, le ventre qu'hématomes… Ce n'est qu'une fois la chemise complètement ôtée que la nourrice aperçoit la tache de sang. Une tache sans équivoque… La vieille femme garde un long moment les yeux fixés sur l'auréole rouge sombre, soulevée par un écœurement sans nom. Ainsi, ses doutes se confirmaient, le mariage de Margault n'avait jamais été consommé… C'est pour cette raison que la pauvrette la pressait de questions sur sa séduction, elle qui, petite, ne possédait pas une once de coquetterie. Revenant au présent, la nourrice s'interroge sur ce qu'il convient désormais de faire. Si Margault a été violée ce soir, ce qui semble être le cas, il faut sans tarder porter l'affaire devant le bailli afin de demander réparation. En effet, si la justice fermait trop souvent les yeux sur les viols de paysannes ou de bergères, qui, déshonorées, sombraient la plupart du temps dans la prostitution, il n'en était pas de même des respectables femmes mariées...

Mais le plus furieux risquait d'être Matthieu, qui avait probablement ses raisons de veiller sur la virginité de sa femme. Des raisons qui, Peronette en mettrait sa main au feu, avaient un lien avec Philippe... Tout à coup, une inquiétante pensée la traverse, l'emplissant de trouble : s'il est établi que le mariage n'a pas été consommé entre les deux époux – et Matthieu humilié ne manquera pas de faire valoir ce point pour éviter d'être le point de mire de tous si l'affaire est portée devant le bailli –, ce dernier sera considéré comme caduc aux yeux de l'Église. Et Margault pourra donc être chassée de chez elle sans autre forme de procès... Ce qui est absolument impensable ! La décision de la nourrice est aussitôt prise : il faut absolument tout cacher de cette agression afin de protéger sa petite. Mais elle doit auparavant tout savoir de ce drame. Quand elle connaîtra l'identité de ce monstre...

— Margault, je t'en prie, c'est important... Dis-moi qui t'a fait ça... Dis-le moi...

— Je ne veux plus en parler. Jamais...

Bien que brûlant de colère, Peronette n'insiste plus. Elles auront amplement l'occasion de reparler de cette soirée plus tard... Sachant Margault sensible aux ambiances, elle prend tout de même le temps d'allumer une chandelle de cire odorante avant d'aller quérir onguents et autres potions médicinales de sa fabrication dans la pièce voisine. Avec des gestes d'infinie tendresse, des gestes de mère, elle oint ensuite les plaies de la blessée avec un baume à l'huile de millepertuis, avant de recouvrir les ecchymoses d'un cataplasme de racine de tamier bouillie, plante nommée fort à propos « herbe à la femme battue », et de lui faire boire un breuvage apaisant au pavot. Un pansement sur une hanche meurtrie par la lutte, une chemise épaisse et jaunie mais fleurant bon la lavande, des nattes tressées à la hâte, et Margault est enfin prête à rejoindre sa couche, dûment munie d'un brûlant mélange de vin et de lait caillé que la servante est allée préparer aux cuisines…

En longeant le couloir empli d'ombres menaçantes, la jeune femme, qui a quelque peu recouvré ses esprits, prie silencieusement pour que Matthieu se soit assoupi. Elle glisse à pas feutrés devant la chambre de son époux, écoute en retenant son souffle… Pas un bruit. Soulagée, elle avance de manière plus décidée en direction de sa propre chambre. Pour s'arrêter un peu plus loin, de nouveau en alerte : une faible lueur filtre sous la porte. Quelle guigne, Matthieu l'attend… Mais que diable fait-il dans sa propre chambre, lui qui n'y pénètre d'ordinaire presque jamais nuitamment ? Margault sent sa gorge se serrer, son cœur s'affoler. Elle prend une longue inspiration, puis une autre, tout en cherchant désespérément une explication plausible à sa mine défaite. Oh mon Dieu, qu'avait-elle prétexté pour sa sortie, elle ne se souvient plus… Ah oui, bien sûr, une visite à la tante Yseult ! Eh bien voilà, elle s'est fait agresser sur le chemin du retour en longeant le cimetière ! Ce ne serait guère surprenant, l'endroit, notoirement mal famé, regorge de gredins en tous genres toujours prêts à un coup pendable. Non, est-elle stupide, pas sur le chemin du retour, à l'aller… Personne ne s'étonnera ainsi qu'elle n'ait pas visité sa tante… La jeune femme pousse doucement la porte pour pénétrer dans la pièce à pas de loup. Enfin un peu de chance ! Matthieu dort en effet, la bouche comme toujours entrouverte laissant filtrer un léger ronflement. Ce spectacle d'ordinaire attendrissant la laisse cette nuit-là de marbre. Assommée par toutes ses émotions autant que par la décoction de Peronette, elle s'écroule sur le lit, à bout de forces. Pour s'engouffrer instantanément dans un lourd sommeil, laissant à la nuit le soin de réparer les outrages de cette abominable soirée.

Si elle savait… Matthieu en effet ne dort plus, réveillé par les mouvements pourtant légers du matelas. Inquiet, il écoute avec attention la respiration haletante de sa femme entrecoupée de gémissements de chiot blessé, de petits cris d'effroi… Les tempes trempées de sueur, celle-ci bouge la tête en tous sens, comme pour se débattre contre un agresseur invisible. Tandis que ses mains griffent sauvagement l'air au risque de le blesser. Mais qu'a-t-il donc pu se passer cette nuit pour la mettre dans un tel état ? Prenant garde à ne pas l'éveiller, le jeune homme soulève précautionneusement la chemise qu'elle n'a pas voulu ôter pour découvrir avec effarement le corps contusionné. Ce n'est tout de même pas une simple visite à sa tante qui a pu causer ces marques sur son visage, ces ecchymoses sur son corps… Il s'est bel et bien passé quelque chose. Et il ne doit pas s'agir d'une simple agression, tout son instinct le lui hurle. Il l'a en effet trouvée tendue, étrangement agitée ces derniers jours. Quant à cette ridicule dispute à propos d'un enfant ! Cette scène l'avait étonné, il en était presque arrivé à penser avec le temps qu'elle avait deviné, qu'elle s'était résignée… Mais non, il n'en était manifestement rien…

7

Les premières lueurs de l'aube filtrant à travers ses paupières tirent avec peine Margault de son inconscience. Elle se laisse bercer quelques instants dans la comateuse inconscience de l'éveil quand tout à coup une lame de douleur lui transperce le ventre, lui coupant violemment le souffle. La mémoire lui revient en rafales : les délices amoureuses, les tendres caresses… Puis la trahison, le viol… La souffrance l'envahit tout entière, un fer rouge se promène dans ses entrailles, réapparaissant brutalement après quelques secondes de répit, jamais où elle l'attend, dans le bas-ventre, le cœur, les reins… Pitié, que quelqu'un fasse cesser ce supplice, pour l'amour de Dieu ! Clouée sur le lit par cet intolérable tourment, elle se grifferait le ventre jusqu'à en extraire ce métal en fusion si Matthieu ne lui maintenait fermement les bras pendant ce qui lui semble une éternité. Épuisée par l'effort fourni pour se débattre, elle replonge enfin dans une bienfaisante inconscience, échappant pour un temps aux questions pressantes de son époux.

Un long moment plus tard, la jeune femme entend dans son délire un bruit familier qui l'extrait une nouvelle fois de sa torpeur : les cloches des vêpres. Un son qui la ramène douloureusement à d'autres cloches, à d'autres vêpres… Après avoir constaté avec soulagement le départ de son époux, elle se redresse sur ses oreillers froissés, trempés de sueur et de larmes mêlées. Allons, c'en est fini de jouer la victime exsangue, il est grand temps pour elle de revenir à la vie… Il est incroyable de constater à quel point une brève nuit de sommeil peut réparer un corps meurtri ! Soudain impatiente, elle lance à travers la pièce la compresse qui pèse sur son front, défait d'un geste nerveux les bandes de toile qui enserrent ses pieds, laissant apparaître un peu ragoûtant magma d'oignons écrasés. Encore une recette de Peronette pour faire baisser la fièvre ! Mais alors, était-elle donc si mal en point ?

Une fois debout, Margault contemple son corps avec un mélange de curiosité et de crainte. Ce qui s'est passé la veille, la perte de sa virginité, son agression immonde doivent, d'une manière ou d'une autre, avoir laissé des traces… Après un long moment d'observation passé nue et grelottante à se contorsionner en tous sens, elle doit pourtant se résigner. Hormis quelques contusions miraculeusement guéries en une nuit – preuve sans doute qu'elle appartient désormais au monde du Mal –, rien ne semble s'être transformé… Quand une idée lui vient soudain à l'esprit : le visage… Bien entendu, comment n'y a-t-elle pas pensé plus tôt ? C'est sur le visage que l'on peut lire la présence du Démon, les stigmates de la dépravation… Il n'y a qu'à voir les sorcières, aux faces prématurément vieillies et déformées par les verrues… Ce n'est pas possible, ne trouve-t-on pas un seul miroir dans cette pièce ? Sans même songer à se vêtir convenablement, Margault descend à pas pressés le grand escalier, spectrale dans sa chemise immaculée. Elle se sent soudain plus légère, ressent au fond de son ventre la morsure rassurante de la faim. Vite, du lait, des crêpes… En la voyant apparaître subitement, Suzon laisse choir les draps fraîchement pliés qu'elle entreprenait de ranger dans le lourd coffre sculpté, draps qui s'éparpillent dans un joyeux désordre autour des pieds nus de sa maîtresse. Ce qui ne manque pas de réveiller l'inquiétude tapie au fond de la jeune femme : les traces de son aventure nocturne sont donc si évidentes que cela, au point même d'effaroucher les servantes…

— Eh bien, Suzon, ne fais pas cette tête ! J'ai eu une nuit un peu difficile, il est vrai, mais ce n'est tout de même pas une raison pour me regarder comme une revenante ! Ma mine est-elle donc si épouvantable ?

— Pardonnez-moi… Ce n'est pas cela, madame. Mais depuis dix jours que vous ne quittiez pas votre chambre, nous étions tous fort inquiets…

Mais que raconte donc cette idiote ? Dix jours ? Elle serait restée dix jours inconsciente, sans même se réveiller ni s'alimenter ? Cela est rigoureusement impossible… Un doute pourtant l'assaille. Il est vrai que le léger tiraillement ressenti quelques instants plus tôt au niveau de l'estomac est en passe de se transformer en véritable faim de loup ! Sans plus chercher à comprendre, tout au moins pour le moment, Margault remonte d'un pas décidé vers les cuisines, où elle dévore en quelques instants – et malgré le carême – une quantité astronomique de fromage, lait caillé, miel, tout cela accompagné de croustillantes tranches de pain blanc de Chailly rôti. Ce n'est que complètement repue qu'elle se met enfin en quête de sa nourrice, qui saura mieux que quiconque la renseigner sur cette prétendue inconscience de dix jours.

C'est une Peronette échevelée et furibonde, en pleine dispute avec Matthieu, que Margault découvre avec effarement dans la salle principale. Mais que diable se passe-t-il donc aujourd'hui ? Curieusement, le feu est éteint, ce qui témoigne d'un laxisme inhabituel dans une maison d'ordinaire rigoureusement tenue. Chose plus étrange encore : aucun des deux protagonistes ne tourne la tête dans sa direction lorsqu'elle pénètre dans la pièce, bien qu'ils aient interrompu leurs venimeux échanges dès son apparition. Inquiète, la jeune femme se force à esquisser un sourire contraint :

— Eh bien, voilà un fort étrange accueil ! Que se passe-t-il donc pour que vous vous disputiez ainsi comme deux furies ? Cela ne vous ressemble guère...

Un silence de plomb succède à ses dernières paroles, uniquement ponctué par la respiration saccadée de Peronette, ainsi que par les craquements d'os d'un Matthieu si énervé qu'il en joue avec ses phalanges. Puis brusquement, sans qu'elle puisse l'anticiper, ce dernier fonce sur Margault tête baissée, avant de la bousculer sans ménagement pour s'enfuir de la pièce à grands pas. Éberluée, celle-ci lance un regard interrogateur à Peronette, qui lui répond par une mimique expressive. Patience, semble-t-elle dire, n'interviens surtout pas, je t'expliquerai... Une fois l'imagier disparu, un silence gêné s'établit entre les deux femmes. Si Margault brûle d'envie d'interroger sa nourrice sur l'objet de sa dispute avec son époux, elle y renonce prudemment devant son air fermé. Le même air inflexible qu'elle arborait autrefois pour lui refuser une ration supplémentaire de crêpes dégoulinantes de miel... L'expérience lui avait appris que la servante ne cédait jamais lorsqu'elle pinçait ainsi les lèvres sur sa détermination. La jeune femme cherche désespérément un moyen détourné d'aborder le sujet, quand la nourrice la tire de ses réflexions d'une voix que l'émotion rend rauque :

— Ma douce, te voilà enfin sortie de ce long cauchemar…

— Ce long cauchemar… Ainsi Suzon avait raison… Combien de temps suis-je restée inconsciente ?

— Cela fait dix jours aujourd'hui que tu n'as pas ouvert les yeux… Ma pauvrette, on peut dire que tout le monde s'inquiétait pour toi…

Le brusque départ de Matthieu revient brutalement à l'esprit de Margault. Un Matthieu que le réveil de sa femme aurait logiquement dû remplir de joie… Tout à coup, ses mains se mettent à trembler, ses oreilles deviennent brûlantes. Mon Dieu, pourvu qu'elle n'ait pas parlé dans son délire, que Matthieu n'ait pas deviné autre chose qu'une simple agression…

— Peronette, pourquoi Matthieu a-t-il fui ainsi en m'apercevant ? Qu'ai-je donc pu dire ou faire qui ait pu…

La vieille femme s'approche de Margault, un air de commisération peint sur le visage, avant de la prendre avec douceur dans ses bras secs.

— Mon poussin, il va falloir être forte…

— Il s'agit de la tante Yseult ? C'est cela, la tante Yseult est décédée ?

— Non, il ne s'agit pas de la tante Yseult. Dieu merci, elle est toujours de ce monde, ce qui te permettra sans doute de pouvoir lui dire adieu. En réalité, le problème vient de tout autre chose, de bien plus grave pour toi…

Margault, qui a pâli, reste un moment silencieuse, n'osant interroger plus avant la servante. Enfin elle n'y tient plus…

— J'ai parlé, n'est-ce pas…

Ce n'est plus une question. Sa nourrice ne prend d'ailleurs pas la peine de répondre. La jeune femme tout à coup se sent vidée, comme si toute son énergie s'était envolée d'un coup d'aile en même temps que ses dernières paroles. Son esprit ne parvient plus à émettre la moindre pensée cohérente, à soupeser les conséquences de ces révélations. Peu importe ce qu'elle a dit exactement. Elle sait que la situation est grave, extrêmement grave… Subitement, comme mue par une volonté propre, sa mémoire se met à lui renvoyer par bribes de terribles récits de châtiments d'adultère : un couple lapidé par les habitants en furie, une femme contrainte de courir nue autour des remparts de la ville, un homme châtré sur la place publique par un bourreau qui n'en finissait plus de faire durer le supplice… Ces histoires étaient-elles véridiques, ou ne s'agissait-il que des rumeurs propagées par l'Église pour assagir une population en passe de devenir décadente ? De plus en plus glacée, elle pressent qu'elles ne sont malheureusement que trop vraies… L'unique chose à faire est de nier, de nier jusqu'au bout toute participation volontaire de sa part, quoi qu'il lui en coûte. Elle s'est fait violenter dans la rue par des marauds, qu'on se le tienne pour dit.

De son côté, Peronette elle aussi réfléchit à ce qu'il convient de faire. C'était elle qui avait autrefois déniaisé le jeune Philippe le jour de ses quinze ans, à cette époque aussi maladroit que timide. Elle bénéficiait de ce fait encore d'un certain ascendant sur lui, et pouvait peut-être intercéder en faveur de sa jeune protégée. Mais aussitôt formulée, cette idée lui semble absurde : elle serait sans doute capable de le faire fléchir pour tout, sauf pour ce qui concerne sa précieuse fille…

— Matthieu… Matthieu t'interdit la moindre sortie jusqu'à nouvel ordre. Il est parti en référer à ton père, afin de décider ce qu'il convient de faire. Je tentais de l'en dissuader une nouvelle fois lorsque tu es entrée… Puisse le Ciel les empêcher de comprendre ce qui s'est réellement passé…

Mais la servante le sait-elle réellement elle-même ? Que son époux aille au diable, Margault n'a plus qu'une idée en tête : décider sa nourrice à lui venir en aide. Dans la sarabande infernale de ses rêves est en effet revenue à plusieurs reprises la même crainte : celle d'attendre l'enfant du Diable. Comme un clin d'œil maléfique à l'Histoire, le Malin pourrait avoir trouvé drôle de choisir lui aussi une vierge, soigneusement protégée qui plus est, pour mieux la faire déflorer et engrosser par ses complices. Pour preuve, cette sensation de brûlure intense qu'elle ressent en permanence dans le bas-ventre : le feu de l'enfer s'y consume… Sans doute tout cela est-il irrationnel, mais elle ne peut s'ôter cette idée de la tête. Peronette doit donc absolument lui fournir un breuvage pour l'empêcher de tomber enceinte. Même si elle n'ignore pas qu'elle lui demande là de commettre un péché d'importance…

— Viens, montons, il me faut te parler.

Résignée, la frêle nourrice se laisse docilement tirer par la manche de sa cotte jusqu'à la chambre de Margault, comme autrefois. Tout en bougonnant afin de cacher son inquiétude… De son côté, la jeune femme hésite à en venir au vif du sujet… Tout cela est bien délicat, même pour deux femmes aussi complices. Elle prend une profonde inspiration, regarde comme si elle la voyait pour la dernière fois cette chambre chaleureuse aux tentures familières et à la grande cheminée, où elle a tant rêvé durant ses deux années de mariage. Rêvé à l'amour… Au plaisir… À la maternité… Et voilà que tous ces rêves risquaient de s'exaucer en désordre dans un brouillon de bonheur, pour s'enchevêtrer dans le pire des cauchemars, comme déformés par un miroir malin qui jouerait à l'envi avec les sentiments et les êtres. Emplie de superstition, Margault frissonne, avant de prendre la parole d'une voix rauque, précipitée par l'angoisse :

— C'est affreux, ma bonne Peronette… Tu as compris que j'ai été cette sombre nuit violentée par d'affreux marauds, ce qui me fait craindre d'être grosse. Cela m'obsède, je n'en puis plus d'inquiétude. Il est évident que Matthieu n'acceptera jamais de reconnaître pour sien cet enfant, si enfant il y a. Mon viol ne sera pour lui que le juste châtiment de mon échappée nocturne. Tu sais bien qu'une femme violentée sera toujours responsable, quoi qu'il arrive, il ne cherchera pas à en comprendre davantage… Sans doute a-t-il déjà pensé, sans oser le formuler, qu'il s'agissait là du doigt vengeur de Dieu ! Si ce malheur arrive, je serais déshonorée, raillée de tous… J'aurais encore de la chance si je ne suis pas répudiée et jetée à la rue sans même une chemise !

Margault halète, le souffle altéré par l'émotion.

— Ta mère était un peu sorcière, tu connais le secret des simples… J'ai conscience du sacrifice que cela exige de toi, mais je voudrais que tu m'aides à préparer une décoction pour éviter que je ne devienne grosse…

Si Peronette ne pressentait que trop une requête de ce genre, cela ne l'empêche pas de s'enflammer avec sa promptitude coutumière :

— Te rends-tu réellement compte de ce que tu me demandes ? Veux-tu donc me voir griller en enfer ? À tes côtés qui plus est ?

— Je ne te demande pas de faire passer un enfant, mais simplement d'empêcher…

— Ignores-tu qu'aux yeux de Dieu, cela relève du même péché, ou presque ? Empêcher un petit être de venir au monde, alors que le Créateur Lui-même en a décidé autrement ? Comment pourrais-tu, comment pourrais-je me présenter devant Lui avec une telle horreur sur la conscience ?

La violente réaction de la nourrice fait malgré elle reculer Margault, qui avait sous-estimé la profonde piété de la vieille femme. Comment la faire changer d'avis, la persuader de lui apporter son aide ? Ni ses cajoleries, ni son flagrant désespoir, ni même sa promesse d'un pèlerinage à Saint-Jacques-de-Compostelle le mois suivant ne parviennent à ébranler la servante dans son refus.

— Non non, cela est impossible, Dieu ne saurait avoir pitié de nous… Nous trouverons une autre solution…

— Pitié ? Comment peux-tu parler de pitié ? Ton Dieu a-t-il eu pitié de moi lorsqu'il m'a laissée me faire violenter, sans même venir à mon secours alors que je l'en priais de toutes mes forces ?

— Margault, puisque nous en parlons, il me faut te poser une question. As-tu réellement été victime d'une agression, ou ne s'agit-il pas plutôt… d'un acte qui a dépassé ta volonté lorsque tu t'es rendue à ton mystérieux rendez-vous ? Je doute en effet que tu aies réellement eu l'intention de visiter Yseult dans ces atours apprêtés, après ce long moment consacré à te préparer. J'ai vraiment besoin de connaître la vérité pour prendre ma décision en mon âme et conscience…

Un silence terrible s'abat sur les deux femmes, tandis que Margault fixe désespérément le grain de beauté familier dans le cou de sa nourrice. C'est fait… Le sujet tant évité enfin abordé, ni l'une ni l'autre ne peuvent plus reculer. Comme pour le mouvement d'une pièce lorsqu'elle jouait aux échecs avec son père, la jeune femme évalue malgré elle les implications de ses possibles réponses. Si elle avoue avoir été violentée par l'homme qu'elle a visité de son plein gré, sa responsabilité sera totale aux yeux de la servante. Celle ci sera en revanche bien moindre si de lâches gredins ont abusé d'elle dans la pénombre d'une ruelle… C'est dans ce dernier cas, et dans ce dernier cas seulement, elle le sait, que sa nourrice pourra accepter de l'aider au nom de la charité chrétienne.

Le silence s'est éternisé trop longtemps, Peronette a compris. Sa petite a été déflorée, agressée par cet inconnu qu'elle est allée rejoindre. Toute la question – et elles le savent pertinemment toutes deux – est désormais de savoir si Margault préférera conserver la confiance et l'amour de la vieille femme en étant sincère, ou si elle sacrifiera cette affection à son confort de vie et à sa réputation. Nerveuse, la vieille servante attend la gorge serrée la réponse de celle qu'elle chérit plus que tout au monde, bouleversée à l'idée que celle-ci puisse la trahir. Quand enfin la réponse arrive, terrible :

— Il s'agit d'une agression comme il y en a tant d'autres, ma bonne Peronette… Cela s'est déroulé près du cimetière, lorsque je suis rentrée par le chemin du prieuré de Saint-Denis. Deux hommes, ou peut-être trois…

Glacée, Peronette n'écoute plus les brumeuses explications. Ainsi elle a osé ! Cette enfant, *son* enfant a osé lui mentir afin de faire d'elle sa complice ! L'ingrate ! N'est-ce pas elle qui avait endormi la fillette gorgée de larmes le soir de la disparition de sa mère, elle qui la portait depuis la petite école les soirs de neige pour lui éviter de glisser, elle encore qui lui avait expliqué à mots choisis ce que signifiait ce sang menstruel qui l'épouvantait tant ? Elle, elle, toujours elle ! La douleur, ravageuse, fait chanceler la nourrice, tandis qu'un terrible sentiment de vide l'envahit. Elle n'a plus qu'une idée en tête : partir, quitter cette maison honnie où elle n'a désormais plus sa place. Trébuchante, elle a déjà presque atteint la porte lorsque Margault la rappelle d'une voix apeurée :

— Peronette, ne me laisse pas ! Je t'en supplie ! Pour l'amour de Dieu…

Un interminable moment, la vieille femme reste immobile sur le seuil de la porte, le dos tourné, telle une frêle statue de la désapprobation. Puis elle se décide à répondre d'une voix étrangement atone :

— Malgré tes mensonges, je vais faire une dernière chose pour toi, Margault. Je vais déposer de ce pas dans ta pièce un grimoire d'anciennes recettes qui appartenait à ma mère, le *de Materia medica* de Dioscoride. Tu y trouveras maintes recettes de potions de stérilité et de médicaments pour faire revenir les menstrues. Et ne mélange pas tout, je te prie, Dieu n'a plus rien à voir dans cette histoire…

8

Les premières lueurs de l'aube surprennent Margault penchée pathétiquement au-dessus d'une cuvette d'étain, vomissant par à-coups douloureux et brutaux. Chaque mouvement lui fait craindre une nouvelle montée de bile, sa gorge et son ventre la brûlent comme après un passage d'acide. Ce doit être cette mixture infâme qu'elle a avalée cette nuit, destinée à empêcher cette grossesse satanique… Elle a dû se tromper dans les doses, forcer sur les ingrédients les plus dangereux… La jeune femme se traîne péniblement jusqu'à la porte afin de héler Suzon, qu'elle sait à proximité pour l'avoir entendue bouger un instant plus tôt. La servante apparaît aussitôt, non sans réprimer un mouvement de recul en découvrant l'aspect de sa maîtresse.

— Suzon, va me quérir Peronette, je te prie, je me sens fort mal.

— Mais Madame…

La voix de Margault monte dans les aigus :

— Immédiatement, te dis-je ! Ne vois-tu pas que j'ai besoin d'elle et de ses remèdes !

— Mais c'est que Peronette est partie, Madame…

— Partie ? Comment ça partie ? N'est-il pas bien tôt pour le marché au lin ?

— Peronette n'est pas au marché, elle a donné son congé hier soir à votre époux. Elle voulait, je crois, rentrer chez elle. J'avoue ne pas avoir bien compris…

— Chez elle ? Mais cela est impossible, elle ne possède pas d'autre foyer, elle loge ici depuis plus de trente ans ! N'es-tu pas inconsciente de l'avoir laissée partir ainsi ?

— Je ne sais, Madame. Peut-être a-t-elle de la famille, une sœur il me semble… Je ne pouvais tout de même pas l'empêcher…

Une fois de plus, la jeune femme ne la laisse pas achever sa phrase. Ayant sans le vouloir fait choir la servante, qui obstruait le passage, sur un dur coffre en bois, elle parcourt la maison en criant le nom de sa nourrice à tous les échos.

— Peroneeeette ! Peroneeette où es-tu ? J'ai besoin de toi !

Toujours soulevée de nausées, elle s'immobilise en apercevant un grand sac de toile usé jusqu'à la corde qui lui semble familier dans un coin de l'entrée… Elle s'en saisit avec attendrissement, les mains tremblantes : il s'agit du sac où Peronette range ses simples après les avoir dûment fumées lors des feux de la Saint-Jean. Pour en accroître les pouvoirs, selon elle… Mais pourquoi diable l'avoir abandonné ici ? Elle en aura encore certainement besoin pour soigner ses fréquentes crises de paludisme, une maladie ramenée de son pèlerinage à Rome. Sans oublier sa précieuse écorce de sureau noir dont elle ne se séparait jamais et qui calmait les rhumatismes de ses articulations douloureuses. « La vieillure », comme elle les nommait… Bouleversée, Margault revoit la vieille femme se lever péniblement de son banc, ankylosée d'être restée trop longtemps immobile, afin d'aller boire l'une de ses potions apaisantes, ce qui ne manquait jamais de lui tirer une effroyable grimace. Elle semblait toujours surprise, comme si elle oubliait à chaque fois le goût amer du breuvage ! Cc qui ne manquait pas de faire naître de bruyants éclats de rire chez la fillette d'autrefois. Ce souvenir lui redonne une nouvelle vigueur pour appeler la servante à grands cris, bien qu'elle n'ait désormais plus aucun doute sur son départ. Il lui faut absolument la retrouver, lui expliquer…

Ce vacarme inusité finit par alerter Matthieu, qui travaillait à ses esquisses dans la pièce voisine. Médusé, il observe Margault aller et venir nerveusement dans les pièces étroites, claquer les portes des lourds coffres en bois à la volée, fureter jusque dans les armoires à la recherche d'on ne sait quelle cachette improbable. Ce n'est pas possible… Comment sa douce femme, presque une enfant encore, avait-elle pu se transformer à ce point, et cela en quelques mois seulement ? Le ménage coulait pourtant des jours, si ce n'est heureux, du moins harmonieux depuis ce jour béni où Philippe avait accepté de lui confier la main et l'avenir de sa fille. Certes, la méthode employée par le jeune homme pour parvenir à ses fins n'avait pas été bien belle, mais l'accord proposé par le père de la mariée s'était révélé bien pis encore. Un pacte avec le Diable… Matthieu se demandait encore comment il était parvenu à respecter les termes du marché durant ces trop longues nuits… Il ne se connaissait pas une telle volonté ni une telle constance, lui qui ne bénéficiait pas d'un caractère particulièrement bien trempé ! Surtout que la belle ne lui avait guère facilité la tâche… Et voilà qu'il apprend que cette femme, *son* épouse, non seulement s'était rendue nuitamment chez un homme pour y faire Dieu sait quoi – un certain Arnoul, d'après ce qu'elle avait marmonné dans son sommeil –, mais qu'elle n'avait rien trouvé de mieux que de se faire violer par des truands sur le chemin du retour ! Elle était désormais déshonorée… Quelle mouche l'avait piquée aussi de se promener la nuit près du cimetière, l'un des endroits les plus mal famés de la ville ! Les seules rencontres que l'on y faisait ne pouvaient être que malheureuses… Et maintenant, Margault se donnait en spectacle en chemise devant toute la maisonnée ! Décidément, son monde ne sera plus jamais le même…

Malgré ses efforts pour conserver son calme, Matthieu sent une flambée de colère monter en lui. Impatient d'en finir, il saisit durement sa femme par le bras, avant de la ramener rapidement au sein des murs protecteurs de sa chambre. Si cette dernière tente bien de se débattre quelques instants durant la montée de l'escalier avec quelques cris de douleur, elle se laisse bien vite mener avec une docilité qui l'étonne. Peut-être avait-elle juste besoin que l'on s'occupe d'elle ? Eh bien, elle allait être servie, la gueuse ! L'imagier, après avoir dénudé la jeune femme avec des gestes si brusques qu'il en déchire la fine chemise en toile, la plonge dans le bain glacé préparé à sa demande par Suzon. « Tu l'y laisses au moins deux fois le temps de cuire un œuf, cela la calmera », précise-t-il à la chambrière muettement réprobatrice avant de quitter la maison d'un pas furieux. Non sans avoir donné des consignes pour que son épouse soit toujours strictement maintenue enfermée dans sa chambre.

Quelques minutes plus tard, c'est une Margault grelottante et furieuse qui se hâte d'enfiler une cotte et un surcot réchauffés devant la cheminée. Peu importe les instructions de son maraud de mari, il lui faut sortir, chercher Peronette dans les rues environnantes. Où diable peut donc se cacher la vieille femme en cet instant ? Par son égoïsme, par sa lâcheté, elle a livré sa chère nourrice à la rue, l'endroit le plus dangereux qui soit pour une vieillarde sans foyer. Et les nuits sont encore si froides… Impatiente d'agir, elle se dirige vivement vers la porte d'entrée, sans tenir compte du regard résigné de Suzon qui la suit avec compassion. Et pour cause… Aussitôt le lourd battant ouvert, la jeune femme se retrouve nez à nez avec un homme qu'elle n'a jamais vu auparavant, un colosse roux qui semble fait de métal plutôt que de muscles. Muet, ce dernier esquisse un calme signe de dénégation de la tête, avant de lui désigner le chemin de sa chambre d'un index impérieux. C'est sans doute ce calme qui fait tout basculer… Prenant subitement conscience de la réalité de son emprisonnement, Margault commence à se débattre avec l'énergie du désespoir sur le seuil de la maison, à vociférer comme une perdue, perdant sa coiffe et défaisant ses nattes dans la bataille, tandis que l'inconnu lui maintient tranquillement les poignets sous l'œil curieux des passants.

— Veux-tu bien me lâcher, sale ours malodorant ! Mais lâche-moi donc ! Au secooooours !

Faisant fi de tout amour-propre, Margault hurle maintenant de toutes ses forces. Elle n'est plus qu'à quelques coudes de la liberté, hors de question de renoncer… Et ce n'est certainement pas ce serviteur mal dégrossi qui va l'empêcher de faire ce qu'elle entend ! Un geste plus violent que les autres arrache dans la lutte une manche de sa cotte en drap épais épinglée à l'emmanchure. Durant ce temps, un attroupement de badauds s'est formé autour de la maison, qui de rires gras commence à passer à la colère… Une belle jeune femme molestée par une brute épaisse, ce n'est drôle qu'un instant, même pour une populace toujours prompte à jouir du spectacle… Deux ou trois costauds aux muscles saillants commencent même à se concerter à voix basse, faisant naître une lueur d'espoir chez la jeune femme, lorsque Matthieu réapparaît soudain au coin de la rue, les traits durs, accompagné de Philippe dont les yeux noirs étincellent de rage contenue. Ce dernier ne perd pas de temps pour saisir sa fille d'une poigne de fer.

— Allons, Margault, il suffit. Cessez donc de vous donner en spectacle comme une ribaude, je ne pense pas vous avoir éduquée de cette manière. Rentrons, nous avons à parler.

C'est davantage l'inhabituel ton froid et amer que l'habitude d'obéir à son père qui fait retomber la révolte de la jeune femme. Sans un regard en arrière, celle-ci rentre docilement à l'intérieur de la maison, le cou instinctivement rentré dans les épaules dans une attitude de protection. Elle éprouve l'étrange sensation que la foudre va s'abattre d'une minute à l'autre sur sa tête, l'anéantissant à tout jamais dans les tourments de l'enfer. Et tout aussi étrangement, elle n'a plus envie de fuir, mais plutôt d'aller au-devant de sa punition. N'est-ce pas dans les douleurs du repentir et de l'expiation que l'on peut racheter ses péchés les plus graves ? Et puis elle a déjà trop perdu dans cette aventure, tout cela doit se terminer. Ses cheveux follets hérissés de peur sur sa nuque, elle attend la décision des deux hommes, la tête baissée, déjà prête à tout pour être pardonnée. Ce n'est pourtant pas une sentence qui tombe de la bouche crispée de Philippe, mais une phrase tout à fait quotidienne :

— Hâtez-vous d'aller vous changer, nous sortons.

Perdue, Margault ne sait plus que penser. Quel tour le père et le gendre sont-ils en train de préparer ? Comme une vague, la peur qui s'était un instant éloignée revient avec force. Qui sait s'ils ne s'apprêtent pas à l'emmener dans un lointain couvent, où elle sera enfermée à vie sans espoir de sortie… À moins qu'ils ne la livrent au tribunal royal, afin qu'elle soit jugée et emprisonnée pour crime d'adultère… À ces pensées, la jeune femme, qui avait entrepris de suivre docilement Philippe vers sa chambre, s'immobilise brutalement.

— Père, puis-je savoir où vous m'emmenez ?

Si le ton de son père est toujours sec, la réponse, elle, est rassurante.

— Chez votre tante. Vous l'avez peut-être oublié, mais ma sœur se meurt et se languit de vous, son unique nièce. Allons, pressons-nous, elle est ce matin au plus mal. C'est déjà miracle qu'elle soit parvenue à survivre jusqu'à aujourd'hui…

9

LA MATINÉE est déjà fort entamée lorsque le père et la fille pénètrent dans le hall de l'immense maison de la tante Yseult, précédés d'un courant d'air glacé. Tout est sombre dans la demeure aux volets fermés, hormis une lampe à huile fumeuse qui luit faiblement dans l'escalier, comme pour indiquer le chemin menant à la chambre de la mourante. Habitués de la maison, les visiteurs n'ont nul besoin d'attendre un domestique pour s'orienter dans les pièces familières, déjà poussiéreuses et abandonnées. Nerveuse, Margault fronce le nez, tentant de humer l'atmosphère comme pour y lire l'avenir. Ce n'est pas uniquement l'odeur de la camarde qui semble planer alentour, mais également sa présence, presque palpable dans l'air dense et saturé par la maladie, et son souffle tiède et fétide, qui fait frissonner le léger duvet sur les bras de la jeune femme. Comme pour la surprendre, cette dernière se retourne brutalement, sous le regard surpris de son père qui semble n'avoir rien senti. Personne, naturellement… Rares sont ceux qui ont pu apercevoir la silhouette de la Faucheuse sans être aussitôt emportés… Nullement rassurée, Margault concentre toute son énergie pour reprendre sa marche vers la lumière tremblotante de la flamme à quelques brasses de là.

Lorsqu'ils pénètrent dans la pièce empuantie par la souffrance, Yseult, immobile comme une gisante, n'ouvre pas instantanément les yeux. Ce n'est que lorsque Margault se décide à lui prendre la main en l'appelant d'une voix douce que ses paupières s'agitent doucement telles des ailes de papillon. Sa nièce, bouleversée, observe avec tendresse la vieille main aux veines bleutées et saillantes, si légère qu'elle semble faite de parchemin, la peau si collée aux os qu'elle ne laisse plus place à la moindre parcelle de chair. Les lèvres, si craquelées qu'elles ont éclaté à divers endroits comme un fruit trop mûr, tentent d'ébaucher quelques mots :

— Soif… J'ai soif…

Les traits creusés par l'inquiétude, Philippe cherche du regard un hanap ou un pichet susceptibles de contenir de l'eau fraîche. En vain… Yseult ne lui laisse pas le temps de réfléchir avant de s'agiter à nouveau :

— Puits…

Un bref instant, l'ancien notaire hésite à appeler un serviteur, avant de se raviser. Il ne va tout de même pas contrarier sa sœur pour un problème aussi mineur. Il se lève donc à regret du banc sur lequel il venait de se laisser tomber pour partir en direction du jardin, dans lequel se trouve un puits de belle taille. Non sans s'assurer d'un coup d'œil impérieux que Margault ne bougera pas de sa place… À l'instant où son frère a tourné les talons, Yseult semble par miracle recouvrer un semblant de vie. Enfin il est parti, la laissant seule en compagnie de sa nièce chérie… Depuis de longs jours, la mourante ne cesse d'appeler cette dernière à cor et à cri, à laquelle elle a une confession d'importance à faire. Une confession qui lui permettra de partir enfin en paix, afin de rejoindre son fils bien-aimé pour l'éternité... La vieille femme s'agite sur ses oreillers trempés de sueur, fait signe à Margault de s'approcher d'une main tremblante et pressée. Mais pourquoi a-t-elle tant tardé ? Dieu fasse qu'il ne soit pas trop tard... Sa respiration s'accélère, elle étouffe... Vite, il lui faut se soulager de son secret, son salut en dépend. Peu importe les conséquences dans le monde des vivants, elle doit mettre sa conscience en paix pour son voyage dans celui des défunts. Aussitôt sa nièce penchée sur elle, Yseult se met à parler d'une voix précipitée, hachée :

— Margault, il faut... que je vous dise...

— Chut, ma tante, calmez-vous, tout va bien... Mon père va revenir très bientôt avec de l'eau fraîche, vous pourrez vous désaltérer tout votre soûl...

— Margault, je voulais vous parler... à vous seule... De votre mère...

La jeune femme se raidit, subitement en alerte. Sa mère... Qu'a donc Yseult à lui révéler sur cette femme si douce qu'elle a trop peu connue ? La révélation ne devait bien sûr pas être entendue de Philippe, puisqu'elle s'était donné la peine de l'éloigner sous le fallacieux prétexte d'aller quérir de l'eau... Brûlante de curiosité, Margault se rapproche encore davantage de la moribonde jusqu'à ce que ses nattes, qu'elle n'avait pas eu le temps de replacer dans leur résille de soie, lui caressent doucement le visage.

— Elle n'est pas morte... d'une fièvre... Lèpre... Elle avait attrapé la lèpre et votre père l'a chassée... Envoyée dans une ladrerie... Loin... Depuis, nous ignorons... devenue... Que Dieu nous pardonne... pour ce que nous avons fait.

Les pensées s'entremêlent dans l'esprit de Margault bouleversée. De quoi parle-t-elle donc, a-t-elle perdu la raison ? Il n'a jamais été question de lèpre, sa mère n'a pas été exilée. Elle est décédée d'une infection fulgurante dans sa propre maison, entourée de l'amour des siens. Margault elle-même… Le raisonnement de la jeune femme s'interrompt brusquement. Mais non, elle ne l'avait pas vue alitée, sa mère avait bel et bien disparu du jour au lendemain. Mais dans ce cas, pourquoi un tel mensonge ? La lèpre est une maladie malheureusement fort courante, dont personne ne peut être jugé coupable. Bien que l'Église tente parfois de soutenir le contraire… Voir sa tante à ce point rongée de remords apporte une note de vérité à ses propos. Serait-ce de lui avoir menti durant tant d'années ? Exsangue, Yseult est secouée par une terrible quinte de toux qui semble lui arracher l'intérieur de la poitrine. Comme en état second, la jeune femme l'attrape par les épaules pour la secouer un peu trop brutalement.

— Parlez, mais parlez donc, ma tante ! Pourquoi mon père l'aurait-il chassée comme cela, au lieu de la garder près de lui pour la soigner ?

— Il ne lui a laissé aucune chance… Il était persuadé… que c'était un châtiment divin, qu'elle avait failli…

— Tout cela est si bouleversant, si invraisemblable… Je ne puis imaginer Philippe…

— L'oncle de Jeanne… pourra confirmer mes dires… vous en apprendre même davantage…

Ces derniers mots ont raison du peu de vie qui s'obstinait encore dans le corps de la mourante. Les yeux de la vieille femme se révulsent, des spasmes agitent ses mains qui griffent frénétiquement l'air, sa bouche émet des sons gutturaux semblables à des grognements de bête. Déboussolée, Margault n'est pas assez prompte pour éviter l'une des mains qui lui déchire la joue dans un mouvement incontrôlé, dessinant trois traînées sanglantes sur son visage pâle. Sous la peau tavelée de la vieille femme éclatent par endroits des veines, marquant de taches sombres un visage que la maladie avait jusqu'alors épargné. Au moment précis où Philippe réapparaît avec un hanap empli d'eau fraîche, sa sœur se soulève dans un ultime effort pour aspirer une goulée d'air, avant de s'effondrer, les yeux ouverts sur une vision d'agonie connue d'elle seule. Laissant Margault désemparée face à ses fantômes…

Jamais une veillée funéraire n'a semblé aussi pénible à Margault. De nombreux visiteurs entourent le cercueil posé sur des tréteaux dans la chambre de la défunte, ce qui empêche les uns et les autres de pouvoir bouger à leur guise. La jeune femme, abattue par les récents événements, ne peut que regarder son père recevoir les condoléances de leurs amis et voisins avec tristesse et dignité. Tandis que des interrogations de plus en plus pressantes se bousculent dans sa tête. Tout cela est impossible, ce ne peuvent être que des divagations de mourante, des délires de fièvre… Lui, l'ancien héros des croisades, toujours irréprochable en toutes circonstances ! Elle ne peut y croire… Comment aurait-il pu la tromper ainsi durant toutes ces années sur l'une des choses les plus importantes au monde pour elle : sa mère ? Jamais en outre Philippe n'aurait eu le cœur de laisser son épouse se débattre contre la maladie, mourir seule, loin de ceux qui lui étaient chers… Sa tendre mère, dont ne subsistent plus que quelques souvenirs diffus au parfum de bonheur : de tendres baisers aux arômes de fruits, des fous rires légers emportés par le vent d'été, des mains douces qui lui effleuraient délicieusement le dos durant ce qui lui semblait une éternité, faisant naître d'exquis frissons, tandis qu'elle restait somnolente, un morceau de son chiffon préféré à la bouche…

Épuisée, Margault se laisse bercer par les murmures des prières bourdonnant autour d'elle, par les gémissements des pleurants, pour la plupart des clercs payés par son père et revêtus d'une longue robe sombre, un capuchon dissimulant leur visage. Elle-même remue machinalement les lèvres, tentant avec l'énergie du désespoir de faire sortir un son, un seul son de prière. En vain… Il lui semble que tout est sec en elle : ses lèvres, sa gorge, son cœur… Philippe a entrepris la lecture d'un texte de Pierre de Celle, extrait, lui semble-t-il, du *De disciplina claustrali :*

— « Que la mort soit l'hôtellerie du voyageur, non la demeure du mourant. Qu'elle soit la déposition d'un fardeau, non l'écrasement d'un fléau. Qu'elle soit l'interruption d'une peine, non sa continuation. Qu'elle soit une potion salutaire, non une pâture infernale. Ainsi la mort n'est plus inconnue, grâce à la méditation, ni imprévue, grâce à l'attente. Quand elle vient, elle ne surprend pas… Elle entre, elle ne fait pas irruption. Elle secoue le flanc du dormeur, elle ne le frappe pas. Nous la recevons bien poliment, non avec horreur… »

Un long moment plus tard, un mouvement sur la droite la tire soudain de sa torpeur. Les personnes présentes sortent une à une, la pièce se vide en quelques instants, l'assemblée ayant décidé d'un mouvement général d'aller se restaurer. Ce ne sont plus maintenant les voix pleines de componction qui animent la pièce, mais de lointains bruits d'agapes entremêlés de rires étouffés. Totalement seule, la jeune femme jette des regards incisifs autour d'elle. Le moment semble idéal pour s'échapper, pour fuir ces deux hommes qui la tiennent toujours prisonnière. D'autant plus qu'elle ignore toujours quel sort va lui être réservé… Et puis il lui faut parler à Jeanne, afin d'en avoir le cœur net. Elle refuse de vivre plus longtemps avec cette incertitude ! D'un mouvement de tête rapide, elle s'assure que personne ne s'apprête à pénétrer dans la pièce, avant de se saisir d'une chandelle et de l'approcher doucement du poêle funéraire, une pièce d'étoffe posée au pied du cercueil. Pourvu que sa ruse fonctionne, qu'elle suffise à faire diversion… Un instant, Margault croit voir le corps de sa tante bouger, son bras se détendre comme pour la frapper. Terrifiée, elle rapproche d'un geste vif les deux pans du linceul avant de le fermer avec une épingle destinée à empêcher la défunte de sortir, tout en murmurant une prière précipitée :

Par le signe de la Sainte Croix,
Libère-moi du Malin,
O Seigneur Dieu du salut.

Allons, courage, elle ne peut plus attendre… Trop rapidement, les flammes lèchent voracement le tissu, enflamment le bois, de plus en plus vite, de plus en plus fort… Fascinée malgré elle, la jeune femme observe un moment le feu dans son œuvre destructrice, tout en priant pour qu'il n'atteigne pas la défunte. Quand tout à coup, un bruit tout proche la fait sursauter. L'homme chargé de la surveiller se précipite lourdement dans la chambre, alerté par l'intense fumée noire, bientôt suivi par les convives de la pièce voisine aux babines encore gonflées de nourriture. Profitant de ce que l'assemblée affolée s'occupe de maîtriser les flammes, elle s'échappe par la porte du jardin, trébuchant dans sa précipitation sur des outils abandonnés là par un serviteur peu scrupuleux. Trop tard… Elle a à peine fait dix pas dehors que son père la rattrape violemment par le bras. Une veine bat follement sur sa tempe écarlate, indiquant la mesure de sa colère. L'empestant d'une haleine copieusement aillée, Philippe s'approche de son visage à le toucher pour vociférer :

— Mais ma pauvre fille, vous avez complètement perdu l'esprit ! Comment pouvez-vous manquer ainsi de respect à une femme qui s'est révélée une vraie mère pour vous ?

C'était précisément la phrase à ne pas prononcer… Envahie d'une colère qui lui fait oublier toute crainte, Margault relève bravement la tête, prête à affronter son père.

— Il est curieux que vous parliez de mère, Yseult m'a justement entretenue de la mienne juste avant de mourir. Je n'ose croire ce dont elle m'a fait part ! Elle m'a affirmé… que vous l'aviez laissée mourir dans une léproserie lointaine, sans la moindre once de pitié… En me laissant accroire qu'elle était décédée d'une infection fulgurante…

Elle plonge des yeux qu'elle ignore remplis d'espoir dans le regard rougi de Philippe.

— Il ne peut s'agir que de divagations de mourante, n'est-ce pas mon père ?

Mais qu'attend-il pour démentir, pour exploser d'indignation ? Elle s'attendait à tout – colère, incompréhension, protestations… –, à tout, sauf à ce silence… Un silence écrasant qui tient lieu d'aveu… Plus désemparée que jamais, la jeune femme comprend à cet instant qu'elle espérait de toutes ses forces que sa tante se soit trompée…

— Ainsi tout cela est vrai…

— Ce n'est pas moi qui ai pris cette décision, Margault, je vous l'assure. Vous savez aussi bien que moi à quel point cette affreuse maladie effraie… Très vite, votre mère a été suspectée d'avoir contracté la lèpre, à cause de vilaines taches partout sur son corps. J'ignore comment les autorités en ont été averties… Aussitôt, sans même que j'en sois informé ou que je puisse m'y opposer, elle a été soumise à un examen par un jury de lépreux et de médecins. Ce sont ces personnes qui ont décidé du sort de votre mère, et elles seules… Croyez-moi, j'aurais tout donné pour la conserver auprès de moi, la soigner avec amour jusqu'à la fin…

Apparemment sincère, Philippe tend les mains vers sa fille dans un geste d'apaisement. Mais cette dernière ne bouge pas. Elle se tient figée, le visage tendu et le regard froid. Ainsi, tous ces préceptes de droiture qu'il lui avait inculqués n'étaient que duperies !

— Pourquoi alors m'avoir menti ainsi durant toutes ces années, si vous n'aviez rien à vous reprocher ?

— Mais pour vous protéger, bien entendu… Comment une petite fille peut-elle savoir sa mère atteinte de la pire maladie qui soit, condamnée à…

— Condamnée à errer en s'annonçant avec une cliquette, le visage et les membres rongés par la lèpre ? Au milieu de tous ces malades défigurés qui ont pu abuser d'elle, la traiter en servante ! Comment avez-vous pu…

— Je ne pouvais agir autrement…

— Fadaises ! Que cela vous a-t-il fait d'imaginer votre propre épouse, celle qui a partagé durant des années votre couche, violentée par toute une troupe d'hommes aux visages ravagés et à l'esprit dérangé par la maladie ? Des visages qui devaient partir en lambeaux de pourriture lorsqu'ils cherchaient à l'embrasser…

— Margault, il suffit, vous êtes obscène…

Les yeux de Philippe se sont mis à briller d'un éclat sauvage, inquiétant. Ce danger qu'elle pressent ne suffit pas à arrêter Margault, cette fois totalement hors d'elle :

— Et ma mère, était-elle obscène elle aussi ? Vous ne cessez de me la présenter comme telle depuis des années ! Qu'a-t-elle pu faire pour que vous lui en vouliez à ce point ?

— Oh, cessez d'en faire une martyre je vous prie ! Si vous tenez tant à le savoir, votre mère n'a eu que ce qu'elle méritait ! Elle a payé pour ses vilenies, Dieu en a décidé ainsi. Sans doute avait-Il Ses raisons de la punir de manière aussi exemplaire, et je n'avais nullement l'intention d'aller contre Sa volonté…

Comme surpris de cet éclat qu'il n'avait su maîtriser, Philippe se ressaisit, réajustant pour reprendre contenance ses cheveux longs roulés au fer près de ses oreilles.

— Mais tant de choses pouvaient être tentées avant de l'exiler… N'avez-vous pas essayé de lui faire manger des poules nourries de couleuvres, comme cela se fait parfois pour soigner la lèpre ? Ou de la faire examiner par ce forgeron de la porte de Beauvais, à qui l'on prête des talents de guérisseur ?

— Si cela peut vous consoler, votre mère a sans doute été mieux traitée dans un établissement spécialisé, entourée de ladres comme elle, que dans une ville où elle aurait été raillée, insultée, peut-être même lapidée…

— Non, Père, je suis désolée, mais cela ne me console pas.

Dissimulant les larmes de rage et de frustration qui lui brûlent les yeux, la jeune femme tourne les talons pour se diriger rapidement vers la ruelle attenante, lorsqu'elle se heurte à Matthieu, le visage déformé par l'inquiétude.

— Dieu merci, vous êtes là ! Je vous cherche partout depuis que le feu s'est déclaré… Vous portez-vous bien ?

Lasse à mourir, Margault ne se sent plus le courage de lutter.

— Emmenez-moi, Matthieu, rentrons à la maison.

10

Un mois… Un mois déjà que le temps s'étire en longueur dans une brumeuse inconscience, singulier mélange de sourde banalité et de douleurs fulgurantes. Margault joue au quotidien comme on joue une farce, face à un public des plus attentifs : Matthieu. Un Matthieu muet qui ne cesse de lui lancer des regards aiguisés d'une souffrance infinie… À moins qu'il ne s'agisse plutôt de haine contenue, les éclairs qui filtrent par instants entre les paupières baissées semblant plus passionnés que résignés. Observé de l'extérieur, tout semble pourtant normal. D'une suspecte perfection même… Alors que le mal est entré dans cette paisible maison, où tout se pourrit de l'intérieur, se ronge d'une gangrène insidieuse et mortelle : celle des non-dits. La plus terrible, la plus ravageuse… La force de l'habitude reprenant le dessus, les deux époux ont recommencé leurs séances de pose quotidiennes, Margault ayant retrouvé avec l'insolence de la jeunesse la pureté de ses traits et la fraîcheur de son teint. Bien qu'elle se soit attendue chaque jour à découvrir sur son corps ou, pire, sur son visage, les traces de sa damnation, les stigmates de sa vilenie. À tort… Nulle verrue n'a déformé l'ovale parfait de son visage, nulle bosse n'a altéré sa silhouette élancée…

Absente, Margault laisse comme à son habitude son esprit vagabonder, revivant en pensée les semaines qui viennent de s'écouler. Le lendemain de l'enterrement d'Yseult, la jeune femme avait éprouvé le besoin légitime de se rapprocher du seul homme qui ne l'ait pas trahie : son époux. Cette décision avait fait naître l'ébauche d'un soulagement dans son esprit torturé. Partager sa souffrance, n'était-ce pas déjà l'atténuer ? Malgré cette nuit affreuse, elle avait tout de même eu une certaine chance dans sa détresse. De manière aussi surprenante qu'illogique, Philippe et Matthieu ne l'avaient pour le moment pas encore punie pour sa désobéissance inouïe. Peut-être devait-elle cette mansuétude à une intervention de son mari ? Il possédait en effet sa part de responsabilité dans ce qui lui était arrivé, qu'il en soit conscient ou non. S'il n'y avait la disparition de Peronette qui ne cessait de la ronger…

Mais un autre sujet la perturbait au plus haut point. Sa mère bien sûr… Comment vivre avec cet épouvantable doute ? Les explications de Philippe l'avaient bouleversée, sans parvenir à la convaincre totalement. S'il n'était vraiment pour rien dans cet exil, pourquoi Yseult s'était-elle remise à la miséricorde de Dieu *pour ce qu'ils avaient fait ?* Brûlant de s'ouvrir de ses doutes à son mari, elle s'était précipitée à la cathédrale quelques jours plus tard, dûment chaperonnée par le colosse roux et par Suzon, afin de pouvoir lui parler en toute tranquillité. Quand une idée l'avait tout à coup traversée en chemin : et si Matthieu refusait de la croire, l'accusait d'un excès d'imagination ? Après toutes ces épreuves, elle ne pourrait le supporter ! À l'approche de l'édifice, le pas ferme de Margault s'était ralenti, tandis qu'elle traversait le parvis balayé par un fort vent du nord, au soulagement de sa chambrière qui la suivait en s'essoufflant. La jeune femme avait frileusement resserré son manteau doublé de martre autour d'elle, autant pour se rassurer que pour se réchauffer. Déjà, elle percevait les tapotements réguliers qu'elle aurait reconnus entre mille. Son cœur avait fait un bond. Pourvu qu'elle ne soit pas déçue une fois de plus…

En pénétrant dans la cathédrale, Margault ignorait à quel point ses lèvres bleuies de froid, ses yeux rougis de larmes auraient inspiré pitié au cœur le plus endurci. Ce qui n'était pas le cas de Matthieu, on s'en doute, qui avait littéralement fondu en voyant sa jeune épouse marcher à sa rencontre. Posant ses outils à terre dans un grand bruit de ferraille, il s'était précipité vers elle :

— Margault, ma mie, votre mine est effrayante… Il faut dire que vous ne mangez plus guère depuis votre agression. Si je tenais ces lâches ! Je n'ai eu de cesse ces derniers jours que d'interroger les patrouilles de guet et d'arrière-guet pour les retrouver, en vain. Mais je vous le promets, je ne prendrai aucun repos tant…

— Matthieu… Matthieu, s'il vous plaît, écoutez-moi… Je ne suis nullement venue vous entretenir de ce que j'ai subi, mais pour tout autre chose…

Le sang de Margault battait avec force à ses oreilles, tandis qu'elle humidifiait nerveusement ses lèvres sèches d'un passage de langue rapide. Elle avait jeté un bref coup d'œil à la chambrière – le colosse était resté à l'entrée de la cathédrale –, absorbée dans la contemplation des sculptures multicolores ornant le chapiteau de la colonne la plus proche. Des sculptures imaginées par Matthieu et destinées aux gens simples tels que Suzon, leur permettant ainsi de découvrir les mystères de la religion comme dans un livre d'images… La jeune femme avait éloigné la servante d'un mot un peu trop sec avant de continuer :

— Je souhaitais vous entretenir de ma mère…

— Votre mère ? N'est-elle pas enterrée depuis plus de dix ans ?

L'innocente question était venue une seconde trop tard. Aux aguets, Margault avait remarqué l'imperceptible sourcillement de son mari, le léger mouvement de recul vite réprimé de son corps solide.

— C'est terrible, Matthieu… J'ai appris que ma mère n'était pas morte d'une mystérieuse fièvre comme on nous l'a fait accroire. Elle a été chassée de la ville pour être porteuse d'une terrible maladie, exilée fort loin…

— Mon Dieu, Margault, j'ignorais tout cela…

— Bien sûr que vous l'ignoriez ! Sinon, vous n'auriez évidemment pas manqué de m'en parler ! Vous êtes comme moi, mon pauvre Matthieu, bien trop crédule, trop entier… Mais savez-vous le plus épouvantable de tout ? Non seulement mon père m'a menti durant toutes ces années, non seulement il m'a laissée pleurer sur une tombe vide, mais il n'a même rien tenté pour empêcher l'exil de son épouse, la jugeant coupable de je ne sais quel crime… Je ne pourrai jamais le lui pardonner, jamais…

— Margault, loin de moi l'idée de défendre Philippe, mais la lèpre est une maladie terrible, dévastatrice…

L'imagier s'était soudain interrompu, inquiet du subtil changement qui venait de s'opérer chez son épouse. Cette dernière était en effet brusquement devenue de glace. Ses yeux scrutaient son mari avec une expression dure et accusatrice qu'il ne lui avait jamais vue, tandis que sa bouche pulpeuse se tordait dans une moue de mépris.

— Ainsi donc vous n'en saviez rien… Tout cela est vraiment étrange… Bénéficiez-vous alors de dons divinatoires dont je n'avais pas connaissance ? Je ne me souviens pas en effet d'avoir prononcé le nom de la maladie de ma mère…

Suffoqué, Matthieu s'était mis à bafouiller, avait maladroitement tenté de se justifier. Mais Margault n'écoutait déjà plus… Soudain détachée, elle ne ressentait plus qu'un terrible sentiment de solitude, bien plus intense encore qu'au moment de son viol. Elle se sentait tout à coup déplacée dans ce lieu, sacrilège, comme si l'Église elle-même la rejetait du fait de son impureté… de ses mensonges… Elle s'était soudain mise à étouffer, à haleter… Oppressée par la sensation qu'elle allait mourir si elle restait un instant de plus à l'intérieur de l'édifice… Sous l'œil inquiet de Matthieu et de Suzon qui avaient vainement tenté de la suivre, elle avait bousculé son garde et s'était précipitée dehors afin d'aspirer un peu d'air frais. Mais cela avait été pire encore… Les gargouilles grimaçantes s'étaient déformées pour prendre des proportions démesurées, avaient semblé fondre sur elle pour tenter de lui arracher les entrailles. Margault, la tête rentrée dans les épaules, fermait les yeux de terreur, quand elle avait perçu un glissement, proche et insistant. Après être restée un instant figée d'horreur, elle s'était retournée brusquement, prête à hurler. Pour se trouver face au bedeau, un idiot aux yeux globuleux et aux cheveux jaunes dont on ne savait que faire et que l'on avait charitablement placé dans les bras de l'Église. Cette apparition familière n'avait pourtant pas suffi à l'apaiser. Elle s'était enfuie comme si elle avait mille diables à ses trousses, sans s'apercevoir que le pauvret en avait fait de même, mais en sens inverse… Depuis, elle n'avait plus osé retourner à la cathédrale. L'Église l'avait définitivement rejetée…

La voix sèche de Matthieu tire brutalement Margault de sa rêverie.

— Le supplice est terminé pour aujourd'hui, je vous libère enfin… Il me faut porter cette esquisse de saint Antoine au chanoine pour la décoration du porche, ce qui me demandera un long moment encore. Ne m'attendez surtout pas pour le souper.

Comme d'ordinaire… Matthieu passait depuis « l'agression » presque toutes ses soirées au-dehors. Cela ne pouvait plus durer ainsi, il leur fallait éclaircir les choses une bonne fois pour toutes. Margault, qui pensait avoir le temps de préparer son délicat discours avant la fin de la séance de pose, se sent prise au dépourvu. Matthieu est déjà debout, occupé à éteindre le feu qui ronronnait doucement dans l'âtre, à rouler avec soin le parchemin et à l'entourer d'une toile pour le protéger de la pluie battante qui crépitait contre les fenêtres obturées de parchemin huilé. Allons, c'était elle qui les avait placés dans cette terrible situation, c'était à elle de les en extraire. Autant que faire se pouvait…

— Matthieu, il me faut vous parler.

Encore ! Mais ils ne sauront faire désormais que cela ! Soudain sur le qui-vive, l'imagier relève précipitamment la tête. Sur son visage autrefois confiant se lit aujourd'hui une expression étrangement méfiante, presque sournoise. Que va-t-elle lui annoncer cette fois ? N'ont-ils pas eu leur lot de problèmes, dont ils ne parviennent toujours pas à se remettre totalement ?

Chaque parole malheureuse, ils le savent, menace le fragile équilibre qui permet encore à leur couple de subsister tant bien que mal. Consciente de la tension qui vient de s'installer, Margault hésite avant de se lancer :

— Mon ami, vous passez votre temps à m'éviter, à fuir la maison. Et je crois connaître la raison de ce comportement… sans vous en blâmer naturellement. Nous n'avons en effet jamais réellement parlé de mon agression. Peut-être est-ce le moment…

— J'en sais bien suffisamment comme cela, je vous l'assure. Que pouvons-nous faire de plus, puisque nous n'avons toujours pas retrouvé vos mystérieux agresseurs ? Il faut avouer que vos descriptions étaient singulièrement évasives. Mais comme vous le disiez si justement, cela se déroulait la nuit… Le prévôt était d'ailleurs fort surpris de savoir une jeune femme mariée telle que vous seule dehors, sans serviteur ni arme, à l'heure où les rues se transforment en véritables coupe-gorges…

On y était… Quelques phrases seulement avaient suffi pour que leur conversation reprenne le ton sarcastique qui était le leur depuis quelque temps. Les deux époux semblaient ne plus savoir communiquer d'une autre manière… Ne sachant guère que répondre, Margault avale avec difficulté sa salive, comme pour gagner du temps. Lorsqu'elle détourne la tête, la vue des trombes diluviennes qui tombent sur la ville accroît encore son malaise.

— Pensez-vous que nous puissions retrouver une véritable complicité, peut-être même mettre à profit ma mésaventure pour repartir sur de nouvelles bases, nous connaître davantage ?

Ni dénégations, ni exclamations de colère… À ces mots, le visage de Matthieu s'est même étrangement radouci. Mais à y regarder de plus près, cette douceur factice exsude le danger. Ne s'y trompant pas, Margault sent tous ses nerfs se vriller, en alerte. Comme une souris hypnotisée par un serpent, elle est malgré elle fascinée par la bouche molle figée dans un sourire doucereux, tandis que son mari s'approche doucement jusqu'à la toucher. Elle pressent qu'elle devrait fuir, mais ne peut que rester immobile, tandis que les mains d'artiste qu'elle a tant admirées à l'œuvre enserrent son visage dans un geste faussement tendre. Puis tout bascule… En un instant, les doigts se sont refermés autour de son cou telles des serres, la voix de Matthieu aux soudains accents de démence monte dans les aigus :

— Vous voulez sans doute reparler de vos désirs de fornication, je suppose ? Vous, ma pure, ma virginale épouse, déflorée par le premier venu ! Quand je pense que j'ai veillé sur votre hymen avec un soin jaloux, que j'ai souffert mille morts afin de vous respecter… Mais sans doute êtes-vous de ces femmes qui n'aiment pas être respectées ! Eh bien ma mie, réjouissez-vous, il semble que Dieu vous ait enfin entendue…

Malgré sa position délicate, Margault ne peut retenir un mouvement de colère :

— Comment osez-vous parler ainsi de ce qui m'est arrivé ! Si vous saviez comme j'ai appelé Dieu à mon secours, comme je l'ai supplié de ne pas laisser une telle chose arriver… Que nous apprend-on déjà ? *Frappez et l'on vous ouvrira ?* J'ai frappé et personne ne m'a ouvert, personne ne m'a aidée. Il semble que les miracles ne soient réservés qu'aux autres…

— Ne blasphémez pas, pécheresse ! Peut-être Dieu n'aime-t-il tout simplement pas les épouses malhonnêtcs…

— Je ne vous permets pas de me traiter de cette manière !

Perdant toute mesure, Matthieu voit son esprit s'emballer, sa rage se décupler devant cette évidente mauvaise foi. Sa maîtrise de soi s'échappe de son corps comme la chaleur de l'âtre par une porte grande ouverte sur l'hiver. Comment ? Sa propre femme visite un homme chez lui, de nuit, sans en souffler mot à quiconque, et cette impudente ose s'indigner d'être accusée de malhonnêteté ? L'artisan sent toute la frustration enfouie durant tous ces mois de mariage remonter à la surface sous la forme d'une colère démesurée. Plus rien n'existe pour lui : ni conventions sociales, ni respect, ni même codes de morale édictés par la religion… Il se sent soudain comme possédé. Ses parties basses s'échauffent, deviennent brûlantes, tandis que sa verge se dresse avec agressivité.

— Peut-être maintenant vais-je pouvoir bénéficier de mes droits légitimes d'époux ? Comme vous me l'avez demandé à plusieurs reprises il me semble, avec vos sous-entendus malsains sur la maternité… Vous étiez en chaleur, oui ! Les clercs avaient bien raison, les femmes ne sont que de perverses créatures de Satan, dangereuses, malfaisantes, uniquement préoccupées de luxure… Je vous croyais différente, mais il n'en est malheureusement rien…

Franchement effrayée cette fois, Margault tente de se libérer, mais renonce sous la pression de plus en plus forte des mains sur sa gorge. Dans la lutte, les croquis si précieux de l'imagier s'éparpillent sur le sol, la statue de la Vierge à l'Enfant choit sur un bloc de marbre, se brisant net en deux. Ce qui n'arrête pas un Matthieu fou furieux, qui éructe si près du visage de Margault que celui-ci en est constellé de petites gouttelettes mousseuses.

— Allons ma mie, faites-vous donc un peu tendre… Serais-je le seul dupe à ne pouvoir bénéficier de vos faveurs ? Ne nous gênons plus, puisque cet absurde marché avec votre père est désormais caduc… Et tant pis si nous nous trouvons en pleine période de carême, je suis certain que Dieu lui-même saura me comprendre…

La jeune femme n'a guère le loisir de s'interroger sur la teneur de ce mystérieux marché… Matthieu a déjà laissé tomber ses braies sur ses pieds et retroussé sa cotte sur ses hanches, avant de fourrager entre ses cuisses d'une main malhabile et tremblante, à la manière d'un porcher avec une catin. Étrangement, Margault n'a plus peur. Détachée, elle sent le sexe de son mari tâtonner contre son ventre, avant d'aller et venir dans son corps comme une chose bizarre et inoffensive, sans que cela lui procure autre chose qu'une placide sensation de dégoût. Quand brusquement, les soubresauts de Matthieu s'interrompent, avant qu'il ne s'effondre en sanglotant sur la statue brisée, son nez rougi comme celui d'un bouffon pathétique. Calme et froide, la jeune femme rabat sa chemise poisseuse sur ses jambes, tout en remarquant pour la première fois les bajoues naissantes de son mari, les poils noirs jaillissant de ses oreilles, le duvet sombre qui orne son fessier rebondi en dessous du braiel, sorte de ceinture à laquelle sont suspendues des jarretelles. Elle s'étonne de s'arrêter à des détails aussi futiles en un tel moment. Sans doute est-ce parce que plus rien n'a désormais d'importance…

Elle ne tarde pas à quitter l'atelier, impatiente de retrouver la tiédeur protectrice de sa chambre. Si, en faisant irruption dans la ruelle, chaque pas lui coûte, Margault sent bientôt un étrange mouvement ténu poindre au fond d'elle-même. Son corps épuisé semble s'emplir progressivement d'une force vive déferlante, qui lui donne la sensation de ranimer un à un tous ses organes, comme un cours d'eau son lit asséché. La haine… La haine l'emplit, la déborde. Une haine dirigée contre tous ceux qui l'ont blessée : son père, qui lui a menti durant toutes ces années à propos de sa mère, son époux, lâche complice d'un mystérieux marché dont elle est, elle l'a compris sans bien savoir comment, la dupe, Arnoul enfin… Désormais, elle va enfin se battre, pour cesser d'être une victime. Et, avant toute chose, envoyer une missive à Jeanne, dont les deux hommes l'ont tenue soigneusement éloignée ces dernières semaines…

11

Le surlendemain matin, l'arrivée de Jeanne, toujours aussi joyeuse et pleine de vie qu'à l'accoutumée, est un véritable courant d'air frais pour Margault. La jeune mère, qui a confié avec soulagement sa petite fille à sa nourrice, se déclare ravie de l'invitation de son amie et propose de l'emmener se promener afin de raviver les couleurs de ses joues. Ce n'est plus possible, elle est vraiment trop pâle ! Consulté par Suzon à l'atelier, Matthieu n'ose refuser, de crainte sans doute de paraître exagérément suspicieux. C'est donc bras dessus, bras dessous que les deux jeunes femmes se dirigent d'un pas vif vers la grand'rue Saint-Sulpice, tandis que Margault relate à une Jeanne horrifiée les événements de ces dernières semaines. Un long silence suit ces terribles révélations, mis à profit par Margault pour essuyer subrepticement ses larmes. Les deux femmes, soudain plus proches l'une de l'autre qu'elles ne l'ont jamais été, se gorgent en déambulant de ce timide soleil d'avril qui, comme tout soleil printanier, possède l'inexplicable pouvoir de transformer favorablement l'humeur et les gens. Une euphorie contagieuse règne en effet dans l'air, qui finit par gagner les deux amies malgré leurs préoccupations. Les voix sont plus fortes et plus gaies, les visages pâlis par la malnutrition hivernale plus souriants, les remarques qui volent de bouche en bouche plus grivoises… La foule coutumière des Amiénois se presse autour des étals de nourriture chichement fournis en ce début de printemps – contrastant avec ceux de vêtements et de colifichets –, les nantis richement vêtus se mêlant sans façon aux miséreux en haillons. Tous ne prêtent qu'une attention distraite aux tire-goussets et autres marauds qui rôdent autour des aumônières comme des chiens errants autour d'un marchand d'abats. Margault sourit à un tailleur qu'elle connaît bien, contraint par les statuts de sa corporation – comme beaucoup d'artisans – à travailler à la vue de tous derrière la fenêtre de sa boutique, quand elle aperçoit une silhouette familière, un manteau fauve à la couleur aisément reconnaissable. Elle éprouve tout à coup l'impression de sentir la terre tourner à grande vitesse sous ses pieds, tandis que son cœur se serre douloureusement. Arnoul… Alarmée par le soudain malaise de son amie, Jeanne la soutient jusqu'à un couloir formé d'un prolongement de porches et de cornières, qui permet aux deux femmes de se soustraire un moment à la presse de la rue.

— Margault, ma mie, parlez-moi… Vous sentez-vous mieux ?

— Arnoul, c'était Arnoul…

— Mais non, cela est impossible, voyons… Après ce qu'il vous a fait, il doit éviter avec soin les endroits publics, à moins d'être dément ! C'était sans doute quelqu'un qui lui ressemblait fort, voilà tout. Voulez-vous que j'aille vous quérir de l'eau ?

— Non merci, cela va passer, je vous assure…

Le petit vent frais qui accompagne l'éclaircie aide fort à propos Margault à recouvrer ses esprits. Un crieur hilare, venu là pour annoncer la mise en perce d'un tonneau, s'interpose entre elle et la foule afin de lui offrir une dégustation de vin en puisant dans le tonnelet accroché à son cou. Agacée, elle refuse d'un geste, avant de prendre une inspiration : il s'agit maintenant d'aborder le véritable objet de cette réunion matinale…

— Jeanne, il me faut absolument vous entretenir d'un sujet d'importance…

— D'importance ?

Jeanne laisse échapper un petit rire soucieux.

— Parce que vous ne jugez pas ce dont nous venons de parler *d'importance ?*

— Il s'agit de ma mère.

— Votre mère ? Mais n'est-elle pas…

— Je la pensais en effet décédée d'une fièvre maligne lorsque j'étais enfant. Il se trouve qu'apparemment il n'en est rien.

— Mon Dieu… Elle n'est donc pas morte ?

— Si, elle est bel et bien morte à cette époque-là, tout au moins je le suppose. Mais de la lèpre, exilée dans je ne sais quelle ladrerie lointaine.

L'énoncé de cette terrible maladie provoque le même effet que d'ordinaire : silence et effroi… Jeanne conserve la tête baissée, cherchant désespérément les mots susceptibles de réconforter son amie, lorsque le cri d'un bonimenteur vêtu en croisé brise la tension entre les deux femmes, qui éclatent toutes deux d'un même rire nerveux. La teneur de la lourde hotte que l'homme porte sur son dos ne manque en effet pas de pittoresque : lambeaux du saint suaire, épines de la sainte couronne, pierres du Saint-Sépulcre… et même gouttes de lait de la Vierge ! Si les deux amies ne sont pas dupes, d'autres le sont pour elles, si l'on en croit l'affluence soudaine qui se crée autour du gagne-petit. Ce petit intermède permet à Margault de reprendre la conversation d'une voix un peu moins étranglée :

— Lorsqu'elle a été soupçonnée d'être ladre, ma mère a été aussitôt exilée dans un lazaret. Mon père m'assure n'avoir été pour rien dans cette décision, mais je dois vous avouer que j'en doute de plus en plus. Selon lui, c'est un tribunal constitué de médecins et de lépreux qui a tranché, alors qu'il a, semble-t-il, tenté de la défendre. Mais d'un autre côté, il semble si furieux contre elle ! J'avoue que je ne sais plus que croire…

— Mais pourquoi ne vous en avoir rien dit auparavant ?

— C'est ce que je ne parviens pas à comprendre… Mon père affirme qu'il ne songeait qu'à me protéger. Mais de quoi ? Je ne vois pas pour quelle raison une petite fille ne pourrait pas connaître la vérité au sujet de sa propre mère.

— Tout cela semble bien étrange en effet… Comment cette information vous est-elle parvenue, si elle ne vous vient pas de votre père ?

— C'est ma tante Yseult qui, se sentant rappelée à Dieu, a souhaité soulager sa conscience sur son lit de mort. Je ne comprends toujours pas comment elle a pu attendre si longtemps, alors que nous avons passé tant de moments complices ensemble. Elle a également évoqué votre oncle, qui semble avoir joué un rôle prépondérant dans cette histoire…

— Mon oncle ? Que diable a-t-il à voir là-dedans ? Je n'ignore pas qu'il a participé à certaines de ces commissions autrefois, mais je doute fort qu'il ait condamné votre mère. Je l'ai en maintes occasions entendu se plaindre de ces jugements trop arbitraires, qui condamnaient de nombreux innocents à l'exil… Alors, votre mère !

— J'ignore ce que je dois penser, Jeanne…

— Souhaitez-vous que je me renseigne auprès de lui ? S'il est informé de cette histoire, peut-être en apprendrons-nous davantage sur l'endroit où votre mère a été envoyée, sur les religieuses qui ont pu la côtoyer avant sa mort…

Incapable de répondre, Margault acquiesce de la tête, tandis que les jointures de ses doigts blanchissent sous l'effet de la nervosité. Quelle chance que son amie comprenne à demi-mot ce qu'elle tentait de lui dire ! Elle ne sait si elle aurait eu le courage de formuler sa demande aussi clairement… Elle sent la main chaude de Jeanne enserrer doucement la sienne.

— Je vais me renseigner dès que possible, je vous le promets, ma mie. J'ignore si mon oncle acceptera de répondre à mes questions, mais nous verrons bien… Il doit sans doute en savoir plus que nous le pensons, lui et Philippe étaient très proches jusqu'à il y a une dizaine d'années.

Jeanne réfléchit un moment avant de reprendre d'un ton songeur :

— N'est-ce pas d'ailleurs à peu près à cette époque qu'ils se sont fâchés pour une mystérieuse raison ? Je ne suis jamais parvenue à connaître le fin mot de l'histoire. Mais il est vrai que je n'étais encore qu'une enfant…

Comme éclairée par une révélation, Margault continue à voix haute le raisonnement interrompu de son amie :

— Bien entendu ! Et cette mystérieuse raison serait précisément le bannissement de ma mère ! Votre oncle devait le désapprouver et…

— Tuut tuut. C'est possible, mais attendons d'en savoir davantage avant de nous laisser aller à des suppositions… Peut-être s'agit-il uniquement d'une coïncidence de dates. Retrouvons-nous demain chez vous, au même moment de la journée si vous le voulez bien… J'espère à ce moment-là avoir des informations concrètes à vous communiquer…

— Il me tarde vraiment d'y être !

Soucieuse de rassurer son amie, Jeanne ouvrait la bouche pour répondre, lorsqu'elle la voit avec stupéfaction esquisser quelques pas hésitants en direction du vendeur de reliques. Elle doit rêver ! Que se passe-t-il donc dans son esprit pour souhaiter acquérir ce qui la faisait se gausser quelques instants plus tôt ? La jeune mère juge opportun d'intervenir alors que son amie semble hésiter entre une prétendue pierre du mont des Oliviers et un lambeau de la robe de la Vierge.

— Margault, que diable faites-vous donc ? Tout cela est absurde…

— Je songeais tout à coup qu'une protection divine pourrait m'être fort utile en cette période troublée…

— Ma mie, vous savez aussi bien que moi que ces cailloux ont été ramassés sur le bord de la route qui mène à Amiens ! Les reliques ne sont efficaces qu'à condition d'être authentiques, voyons ! Si vous envisagez sérieusement de vous en procurer une, vous feriez mieux de vous adresser au moine Jean des Camps, un franciscain qui ne répugne pas à céder quelques phalanges de saint Éloi pour améliorer l'ordinaire du couvent. Au moins serez-vous certaine de l'authenticité de l'objet…

Margault hésite. Elle éprouve tant le besoin de se protéger de ses démons ! Après un instant de réflexion, elle se rend toutefois prudemment aux arguments emplis de bon sens de son amie, consciente du fait qu'un vulgaire caillou ne représenterait qu'une bien piètre protection contre les menaces qui l'entourent…

La porte de Longuemaisière est à peine ouverte, les cloches ont tout juste commencé à carillonner lorsque Margault, parvenue grâce à la complicité de la cuisinière à échapper à la vigilance de son garde, se rend au couvent des Cordeliers situé faubourg Saint-Rémy, dans l'espoir de se procurer sa fameuse relique. Un morceau d'ossement qui aura la lourde tâche d'éloigner d'elle les forces du Mal et de la réconcilier avec Dieu… Durant le trajet où elle se voit contrainte de louvoyer entre les auvents et les poteaux des marchands qui installent leurs étals, une idée la taraude sans qu'elle parvienne à se décider : ne serait-ce pas là l'occasion idéale de confesser ses péchés ? Le moine n'est en effet pas un familier de son père, et ne risque donc pas de trahir le secret de la confession, comme cela arrive encore trop souvent avec les prêtres de famille. La transaction illicite de la relique achèverait en outre de le tenir muselé. Mais oui, ce serait la solution idéale. Elle serait ensuite libérée de son lourd fardeau et pourrait continuer d'avancer dans la vie d'un pas, sinon plus léger, du moins supportable. Elle en est là de ses réflexions lorsqu'elle se sent soudain envahie par un funeste pressentiment, impalpable et déconcertant, qui l'oblige à interrompre sa marche alors qu'elle est presque parvenue à destination. Elle jette un regard circulaire aux alentours, sans reconnaître aucun visage. Seuls les cris des marchands ambulants rebondissent autour d'elle tels des lutins dans l'air frais du matin. Ce n'est qu'en reprenant sa route, tandis qu'un long frisson lui parcourt l'échine, qu'elle comprend enfin. Le gibet... Ce gibet qu'elle contourne et où se balancent les cadavres de deux hommes dépenaillés à la langue gonflée et aux yeux dévorés par les corbeaux... Un destin funeste l'attend à cet endroit, elle le pressent de toutes les fibres de son être. Elle presse encore le pas. Il lui faut décidément se placer le plus rapidement possible sous la protection de cette relique...

D'interminables palabres lui sont nécessaires pour parvenir à ses fins, fins qui se présentent sous la forme bien prosaïque d'un morceau de métacarpe garanti par le religieux, non pas de saint Éloi, mais de saint Jean-Baptiste. C'est incroyable, de combien de squelettes de « saints » disposait-il donc ? Le moine, rusé comme un renard, a semblé pendant un long moment répugner à disloquer cette sainte main confiée à sa garde, de manière à faire monter les prix. Une main qui, Margault le découvre ensuite avec stupéfaction, n'a déjà plus ni index ni majeur ! Cette discussion sans fin qu'attribuent les anciens croisés aux marchands arabes annihile les velléités de confession de la jeune femme. Elle ne s'imagine plus se confier à cet homme qui ne lui inspire que modérément confiance... D'autant plus que, ne se lavant qu'une ou deux fois l'an comme tous les religieux de son ordre, il empeste de manière insupportable ! Malgré elle, Margault recule d'un pas, indisposée par les relents de sueur rance et de crasse qui l'empêchent de respirer. Le religieux ne tarde d'ailleurs pas à prendre congé, visiblement satisfait de ses talents de négociateur :

— Je vous prie de bien vouloir m'excuser, il me faut préparer les processions de la semaine sainte avant l'arrivée de monseigneur l'évêque. En revanche, si vous souhaitez vous confesser, je serai libre lundi prochain avant vêpres. Le Lundi saint est un bon jour pour se repentir, n'est-ce pas…

La jeune femme se raidit. Comment diable a-t-il deviné… Ses péchés sont-ils donc si évidents, pour que même un moine aussi peu intéressé par son cas les devine ? Bien entendu, tout serviteur de Dieu ne peut que discerner avec clairvoyance le Malin qui l'habite…

— Lundi… Oui, ce sera parfait…

— Alors à lundi, ma sœur. Et en attendant, allez dans la paix et dans la joie du Christ…

Une fois le moine éloigné, Margault observe sous tous les angles ce minuscule bout d'os jauni dans lequel elle a investi tant d'espoir, avant de le glisser précautionneusement dans son aumônière. Rêveuse, elle déambule un instant dans le jardin du couvent, admirant distraitement les coquelicots précoces qui rivalisent de rougeur afin d'annoncer l'arrivée du printemps, une arrivée confirmée par le pépiement joyeux des oiseaux et par les rayons dorés qui chauffent de plus en plus fort son pâle visage. Quand tout à coup, comme inspirée, la jeune femme se retourne vers l'endroit que vient de quitter le moine, pour n'apercevoir de son interlocuteur qu'un capuchon de robe fauve et des talons noirs de crasse. Sans plus réfléchir, elle s'élance à sa poursuite sous les fraîches arcades, avant de rattraper de justesse le religieux qui s'apprêtait à refermer la lourde porte séparant le monastère du monde extérieur. Son cri aigu trouble la quiétude du lieu :

— Mon frère, pardonnez-moi ! Je n'ignore pas que vous êtes pressé, mais j'ai une question d'importance à vous poser.

À cet instant, le fol élan qui l'a irrésistiblement poussée vers le moine a disparu, pour laisser place à une confusion embarrassée. Mon Dieu, que diable lui a-t-il pris de l'interpeller ainsi sans réfléchir ? Elle ne peut tout de même pas aborder une telle question en plein milieu des courants d'air ! Sans doute ne s'agit-il d'ailleurs tout bonnement pas d'un sujet à aborder, dans quelque lieu que ce soit… Le visage renfrogné du religieux l'oblige malgré tout à se jeter à l'eau :

— Que pensez-vous de la virginité au sein du mariage ?

Le religieux, qui maintenait du pied le battant entrouvert afin de pouvoir s'échapper plus rapidement, la referme avec un soupir résigné, visiblement choqué par l'aspect abrupt de la question. Sa manière de lancer d'ostensibles regards en direction de la porte indique clairement qu'il n'a pas l'intention d'entrer dans un débat sans fin.

— Vous soulevez là, ma fille, un délicat problème… J'avoue ne jamais avoir été confronté à une telle situation. Tant de personnes se marient précisément pour pouvoir forniquer comme des animaux en toute impunité ! Pour répondre à votre question, il est clair que nous autres religieux faisons passer la virginité, et dans le pire des cas la continence, avant tout… L'Église condamne de manière générale l'œuvre de chair, qui nous rapproche du péché originel, et donc de la mort. Je ne pourrais donc dans un tel cas qu'encourager ces époux qui ont choisi de vivre dans la pureté.

À condition bien entendu qu'ils soient tous deux en accord…

Que répondre à cela ? Après avoir un instant songé à approfondir ce point, Margault y renonce. Ce serait bien trop se dévoiler… Et puis ce religieux semble si importuné, elle doit se hâter…

— Mais le mariage n'a-t-il pas été institué comme sacrement par l'Église elle-même, afin de permettre aux hommes de se reproduire en toute légitimité ?

— C'est bien plus complexe que cela…. En réalité, de nombreux religieux, parmi lesquels on compte notamment les Pères de l'Église, persuadés que la fin du monde approche, ne s'inquiètent que très peu de la pérennité de l'espèce humaine. Ils ne songent au contraire qu'à préserver la pureté des vivants, afin de leur assurer la vie éternelle…

Surprenant un nouveau regard impatienté du moine, la jeune femme reprend d'un ton pressant :

— Pardonnez-moi d'insister… Mais dans ce cas, à quoi bon le sacrement du mariage ?

— Durant trop longtemps, le mariage n'a pas eu de réelle signification pour des hommes débauchés qui répudiaient leurs épouses au moindre prétexte, uniquement dans le but d'en choisir de plus jeunes et de plus fraîches. Sans oublier ceux qui faisaient entrer une concubine dans la maison… L'Église a donc choisi de sacraliser cette cérémonie, en premier lieu afin de protéger ces femmes victimes de leurs époux, trop souvent jetées à la rue sans même récupérer leur dot. Mais ce n'est pas là l'unique raison… Une seconde justification du mariage est la nécessité de canaliser les accès de concupiscence inhérents à la nature humaine. Comme l'a dit très justement saint Paul : « Il est bon pour l'homme de s'abstenir de la femme, mais à cause de la fornication, que chaque homme ait sa femme et chaque femme son mari… Mieux vaut se marier que brûler. »

— J'ai bien compris que selon vous le célibat est préférable au mariage, et la chasteté à l'acte sexuel… Mais il me semble pourtant que l'Église reconnaît un certain nombre de jours durant lesquels le coït est autorisé entre époux. Cela signifie tout de même quelque chose… Le véritable péché ne serait-il pas plutôt l'acte sexuel durant les jours interdits, comme le carême, les dimanches ou les jours de nativité des apôtres ? Je me souviens d'un ami contraint de faire pénitence vingt jours au pain et à l'eau pour avoir honoré son épouse avant ses relevailles…

— Selon moi, les péchés les plus graves au sein du mariage restent le désir et le plaisir charnels. Ne recommande-t-on pas d'ailleurs à la femme de rester impassible durant l'acte, afin de ne pas encourager les ardeurs de son époux et de déplaire le moins possible à Dieu ? Vous pouvez donc comprendre que l'idéal reste la virginité…

Bouleversée par ce qu'elle vient d'apprendre, Margault se mord pensivement la lèvre, presque convaincue.

— Ainsi, vous ne pensez donc pas qu'un mari qui n'honore pas sa femme manque à ses devoirs conjugaux ?

— Oh non, bien au contraire ! L'homme, chargé du salut de son épouse, a d'autant plus de mérite à réprimer ses bas instincts que cela est fait dans le but de la rapprocher de Dieu ! Je dirais même que c'est admirable. Maintenant, si vous le permettez…

Après avoir remercié le religieux d'une voix absente, Margault reprend le chemin de son domicile, le cerveau en ébullition. Tous ses repères sont bouleversés, elle se sent perdue. Ainsi, Matthieu aurait eu une noble raison pour expliquer son étrange conduite ? Cette distance qu'il conservait depuis deux ans vis-à-vis d'elle ne serait donc destinée qu'à la préserver de la damnation ! Elle comprend mieux alors sa violente réaction, l'agression dont il s'est rendu coupable lorsqu'il a réalisé que ses efforts surhumains avaient été réduits à néant par sa faute ! Il se sentait responsable de sa pureté vis-à-vis de Dieu, et s'est jugé coupable de n'avoir su la protéger davantage. Malgré elle… Ses yeux soulignés de cernes presque noirs, le tremblement incessant de ses mains étaient les signes trop évidents de ce tourment qui le dévorait… Maintenant que ses yeux se sont décillés, la jeune femme prend une soudaine décision : ils vont désormais lutter de concert, comme un couple soudé par les épreuves. Après s'être tous deux confessés, ils uniront leurs forces pour se racheter et redémarrer une vie plus pure… Soulagée, Margault considère tout à coup son époux sous un jour nouveau, comme un chevalier spirituel chargé de la protéger des viles tentations. D'hésitants effluves de bonheur lui emplissent la tête, qu'elle croyait à jamais oubliés… Elle se surprend même à sourire dans le vague, indifférente aux badauds qui se poussent du coude en la désignant du doigt, lorsqu'elle est bousculée par un homme râblé qui se fond avec agilité dans la foule. Prise d'un doute horrible, elle cherche par réflexe son aumônière. Disparue !

— Au voleur, aidez-moi !

Ses cris perçants n'ont malheureusement pour seul effet que de faire converger tous les regards vers elle, des regards passifs, résignés, parfois même moqueurs… Sans que quiconque prenne la peine de se lancer aux trousses du voleur… Il faut dire que les coupeurs de bourse sont dans cette rue plus nombreux que les poux sur la tête d'un mendiant, cette jeune femme devrait le savoir... Quelle idée aussi d'exhiber ainsi une aumônière aux vives couleurs, brodée de fils d'or qui plus est ! Margault quant à elle est loin de prendre la chose avec autant de philosophie, consciente de cette signification symbolique du larcin que les autres ne peuvent deviner. C'est pour elle tristement évident... Dieu s'est refusé à lui laisser cette relique susceptible de la sauver. À moins que saint Jean-Baptiste lui-même n'ait pu envisager de la prendre sous sa protection. Peu importe d'ailleurs... Les effluves de bonheur se sont prestement envolés, la jeune femme a retrouvé ses fantômes sataniques...

De retour chez elle, Margault scrute anxieusement la rue par le soupirail servant d'ordinaire aux domestiques pour observer les processions, lorsqu'elle aperçoit Jeanne se diriger d'un pas vif vers la porte d'entrée. Malgré ses préoccupations, elle ne peut s'empêcher de sourire avec tendresse devant la scène : la petite et ronde Jeanne, toujours soigneusement vêtue et coiffée, est suivie avec peine par la non moins replète nourrice, suante et suffocante sous le poids du bébé hilare. Le sourire de la jeune femme s'efface toutefois comme d'un coup de chiffon lorsqu'elle remarque le visage crispé de son amie. Un visage de bien mauvais augure... Un court instant, elle éprouve l'irrésistible envie de courir au-devant de ses visiteuses, avant de renoncer, son gardien ayant déjà fort peu apprécié son escapade matinale. Jeanne n'a pas le temps de frapper à la porte qu'elle ouvre déjà le battant en grand, le visage tendu. Elle ouvre la bouche pour la presser de questions, lorsque son amie l'interrompt brutalement, ce qui n'est guère dans ses habitudes :

— Retournons nous promener, je vous prie, nous pourrons mieux converser à notre guise.

Trop heureuse de retrouver une nouvelle fois un semblant de liberté, Margault n'insiste pas et enfile sans mot dire un léger manteau de drap bordé de menu vair. Attendrie malgré son impatience, la jeune femme met à profit l'instant où elle passe à côté de la petite Isabelle pour lui tendre son doigt, dans l'espoir qu'elle s'en saisirait comme à l'hôtel-Dieu. La main minuscule se tend, hésitante, pour se retirer aussitôt. Et c'est finalement un concert de hurlements aigus que déclenche son geste anodin. Margault frémit, tandis que la petite fille la contemple de ses yeux sombres et ronds presque inquiétants de fixité : de nouveau un mauvais signe... Pour quelle raison le bébé la repousserait-il aujourd'hui, si ce n'est parce qu'elle est désormais malfaisante ? Quand, fort opportunément, la voix de Jeanne interrompt ses noires pensées :

— Cette promenade va nous permettre de profiter pleinement des derniers instants de calme avant Pâques. Vous n'avez tout de même pas oublié l'événement au milieu de vos tourments ? Les processions de la semaine sainte vont bientôt commencer, ce qui va faire déferler comme chaque année à la même période une vague de piété sur la ville...

— Pardonnez ma brusquerie, mais je vous avoue que tout cela m'importe peu... Alors, Jeanne, avez-vous pu parler à votre oncle ?

— Oui, durant le souper hier soir. Mais je dois vous avouer que j'aurais préféré n'en rien faire... Si j'avais su ! Ce que je vais vous apprendre, ma tendre amie, va être aussi pénible à énoncer qu'à entendre... Mon oncle voulait vous entretenir lui-même de l'histoire, mais je l'en ai dissuadé, pensant qu'il vous serait plus aisé d'apprendre ces fâcheuses nouvelles par mon entremise puisque nous sommes amies de longue date…

Margault a pâli. Jamais Jeanne, d'ordinaire si directe, n'aura pris autant de précautions oratoires avant de parler. Ce qu'elle a à dire doit en effet être bien délicat.

— Je vous écoute, ma mie. Parlez avec franchise, cette attente m'est intolérable…

— Très bien, je me dois d'être honnête avec vous. Mon oncle faisait effectivement partie du jury qui a autrefois examiné votre mère.

— Que me dites-vous ? Que votre oncle a condamné ma mère ?

— Pas condamné, examiné…

Un instant enflammée par le ton accusateur de son amie, Jeanne se radoucit, replaçant une boucle rebelle derrière l'oreille de Margault.

— Il faisait, comme nous nous en doutions un peu, partie des médecins régulièrement consultés en la matière. Quand il a appris que votre mère, qu'il avait eu maintes fois l'occasion de soigner et d'apprécier, s'apprêtait à passer devant ce tribunal médical, il s'est aussitôt porté volontaire, dans l'espoir bien entendu de pouvoir l'aider dans la mesure de ses moyens.

— Et si j'en crois ce que m'a confié Yseult, il n'y est pas parvenu…

— Malheureusement non… Votre mère a en effet été promptement jugée lépreuse et exilée dans une ladrerie proche de Compiègne.

— Compiègne ? Mais c'est fort loin d'ici… Connaît-il la raison de cet étrange éloignement ?

— Mon oncle l'ignore, mais il pense que Philippe en revanche est susceptible d'en être informé.

— Il est étrange qu'il ne m'en ait pas parlé… Il donnait au contraire l'impression de n'en rien savoir. Et sait-on comment les autorités ont été informées de l'état de santé de ma mère ? J'imagine qu'elle a dû tenter de dissimuler les signes de la maladie, éviter de sortir…

Margault sent le bras de Jeanne se crisper sous le drap de laine.

— C'est là que nous en arrivons au plus pénible… Vous allez devoir être forte, ma mie.

— Je vous en prie, dites-moi la vérité. Je suis bien assez solide pour l'entendre, je vous l'assure… Tout, plutôt que ces incertitudes lancinantes…

— Elle a été… dénoncée. Le prévôt a reçu une missive, anonyme bien entendu, qui l'informait des taches suspectes sur le corps de votre mère…

— Une missive anonyme ? Mais qui diable a pu commettre une telle horreur ? Cela n'a aucun sens, nul ne pouvait vouloir du mal à ma mère au point de la dénoncer aussi vilainement…

— Personne n'en a jamais rien su. Mon oncle a demandé à voir la lettre, mais n'a pu en reconnaître l'écriture. Il s'est, m'a-t-il dit, battu comme un beau diable contre le prévôt. Médecin régulier de votre mère, il était d'avis de patienter afin d'observer l'évolution des symptômes, qui pouvaient d'après lui n'être qu'une simple maladie de peau. Et d'attendre également le retour de Peronette, qui s'était rendue en pèlerinage à l'arbre Saint-Claude, un arbre faiseur de miracles, afin d'y suspendre une chemise de votre mère en espérant hâter sa guérison. Mais le prévôt, intraitable, est passé outre son avis. Cette attitude a semblé fort étrange à mon oncle, cet homme étant d'ordinaire particulièrement humain…

— Sans doute a t-il subi des pressions…

— C'est également ce que pense mon oncle… En tout cas, la missive a eu l'effet escompté par son expéditeur : votre mère a été immédiatement conduite devant ce tribunal, puis exilée. Cette mystérieuse dénonciation a en outre fait courir les rumeurs les plus folles à son propos : on la disait sorcière, on y voyait là l'œuvre du Diable… Votre mère en a été profondément affectée. Tout cela reste fort étonnant pour mon oncle : nul malade n'a jamais à sa connaissance suscité de tels remous à Amiens, ni été envoyé aussi loin de cette ville…

— Ma pauvre mère, c'est affreux… Et mon père n'a rien fait pour l'aider ? Il aurait pu user de son influence pour retarder le procès, ou tenter de retrouver l'auteur de cette fâcheuse missive… Peu de personnes en effet devaient être informées de ces taches…

— Sans doute tout cela est-il parti du commérage d'une servante effrayée, pour ensuite prendre une ampleur démesurée… Mais pour répondre à votre question, non, Philippe n'a apparemment rien tenté pour défendre son épouse. Il aurait même bien trop aisément accepté ce coup du sort…

— Votre oncle semble désapprouver son attitude.

— C'est exact. Les deux hommes avaient eu une vive discussion à ce sujet peu de temps avant l'exil de votre mère. Comme je vous l'ai dit, mon oncle jugeait préférable d'attendre, tandis que Philippe avait déjà tranché : votre mère était une pécheresse, et devait de ce fait accepter la punition divine qui lui avait été envoyée.

— Mais c'est totalement absurde ! Mon père connaît aussi bien que moi, pour me l'avoir fait découvrir, l'opinion d'Hippocrate sur le sujet : « La maladie n'exprime aucunement la sanction d'une faute, mais procède de causes naturelles dont la raison, armée par l'expérience, peut prétendre à déchiffrer le secret. » Sans oublier ce médecin arabe, Avicenne, qui a étudié le rôle du rat dans la propagation des maladies... Comment Philippe a-t-il pu sérieusement penser que ma mère avait été punie pour ses péchés ?

Perdue dans ses pensées, Jeanne s'interroge. Doit-elle s'ouvrir de ses doutes à Margault, déjà suffisamment bouleversée par ce qu'elle vient d'apprendre ? Elle allait renoncer quand son amie, avec son intuition coutumière, ne lui laisse plus le choix.

— Jeanne, vous ne m'avez pas tout dit, n'est-ce pas ? Je vous en prie, ne me ménagez pas, ce serait pire que tout...

— Il s'agit juste d'une intuition... Je ne sais rien de particulier, mais j'éprouve la désagréable impression que mon oncle lui-même ne m'a pas raconté toute l'histoire, qu'il a charitablement occulté le pire...

Le visage assombri de la jeune mère s'éclaire brusquement, tandis qu'elle lance un rire un peu étranglé :

— Allons, ne nous mettons pas martel en tête, ma mie. Ce doute doit être le fruit de mon imagination trop fertile, une fois de plus. Vous savez comme j'aime toujours dramatiser ! Tous ces événements, je l'avoue, m'ont totalement perturbée... Pourquoi ne pas continuer à nous promener, nous trouverons sans doute quelque colifichet à nous offrir afin de nous changer les idées...

Margault, le cœur serré, ne trouve pas la force de répondre. Elle éprouve la conviction que Jeanne n'a que trop raison, que quelque chose d'anormal se dissimule derrière toute cette affaire... Mais comment parvenir à faire parler Philippe s'il s'y refuse ? La jeune femme frissonne doucement. Ainsi, sa mère aurait été victime d'un obscur secret, d'une machination qui avait provoqué sa mort… Elle n'aura de repos avant d'avoir obtenu des réponses à ses brûlantes interrogations, elle se le promet. Tandis que Jeanne berce doucement le nourrisson afin de l'endormir, une vieille marchande aux dents gâtées et à l'oreille tranchée en signe d'infamie s'approche d'elle, véhiculant un affreux remugle de sueur et de moisissure :

— Belle dame, j'ai pour vous combler une potion extraordinaire, qui, m'a-t-on dit, pourrait vous être fort utile…

Impatientée, la jeune femme se détourne sans plus de façon vers son amie, lorsque les mots de la vieille la clouent sur place :

— Vous devriez vraiment m'écouter, ma belle. Ce que je vous propose n'a rien de commun, croyez-moi… Il s'agit d'une herbe merveilleuse, qui permet aux femmes un peu trop promptes à s'enflammer de retrouver leur vertu. Quelque chose me dit que vous saurez en faire bon usage…

Margault sursaute comme si on lui avait marqué le dos au fer rouge. Tandis qu'une peur intense et irraisonnée lui noue soudain le ventre… Certes, on lui a déjà proposé mille fois de ces plantes qui redonnent une virginité perdue ou aident à repousser un membre coupé. Mais jamais encore sur les conseils trop précis de quelqu'un, ni de manière aussi opportune… Sur le qui-vive, elle tourne la tête en tous sens afin de tenter de découvrir un visage familier, en vain… Elle avait bien cru être suivie tandis qu'elle parlait avec Jeanne, mais pensait s'être trompée, avoir une imagination trop fertile. Il semblerait finalement que ce ne soit pas le cas… Sentant la colère l'envahir, elle se retourne brusquement vers la vieille. Pour découvrir avec stupeur que celle-ci a disparu, comme volatilisée… Elle frémit. Et si cette vieille femme était un esprit venu là pour la hanter ? Cela pourrait expliquer l'épouvantable odeur de tome qui semblait suinter de tous ses orifices… Cela lui apprendra, à traîner ainsi de nuit près du cimetière ! Les revenants n'aiment guère que l'on vienne les provoquer…

12

Le soir, épuisée et peu soucieuse de croiser son mari, Margault s'est retirée tôt, espérant qu'il irait, comme cela lui arrive souvent ces dernières semaines, se coucher sans lui dire bonsoir. La nuit est déjà fort avancée lorsqu'elle est réveillée en sursaut par un épouvantable vacarme sous ses fenêtres, mélange assourdissant de cris railleurs, de chansons paillardes et de divers instruments de musique. Le tumulte est d'autant plus impressionnant dans la nuit silencieuse que les encorbellements des maisons formant une voûte répercutent les bruits en les démultipliant. Le cœur battant, la jeune femme encore ensommeillée se précipite sur le balcon, en chemise presque transparente enfilée à la hâte et les nattes toutes dérangées par l'oreiller. Pour se retrouver face à un groupe d'une quinzaine d'hommes vraisemblablement éméchés, porteurs d'effrayants masques sataniques aux couleurs bariolées. On pouvait s'y attendre… À sa vue, certains marauds se mettent à taper de plus belle sur des chaudrons et des morceaux de bois, d'autres encore soufflent avec une ardeur accrue dans des cornes dissonantes. Margault tente avec peine de conserver son calme. Sans doute s'agit-il là de l'un de ces groupes d'étudiants lécheurs de tavernes qui hantent les rues dès la nuit tombée pour terroriser les honnêtes gens… Il devient en effet de plus en plus périlleux de se déplacer nuitamment, avec ces bandes de jeunes débauchés qui préfèrent les bouges aux bancs d'université, et les délices de Bacchus aux plaisirs de l'enseignement. Beaucoup de ces prétendus étudiants revenus de Paris n'éprouvent malheureusement que peu de scrupules à frayer avec de véritables brigands et à provoquer des rixes parfois mortelles. Revient à la mémoire de la jeune femme le souvenir d'une récente plaisanterie qui avait mal tourné derrière la cathédrale. Trois étudiants en dessin avaient trouvé spirituel de recouvrir une enseigne d'un parchemin représentant une charcutière « montée » par un cochon. Une charcutière notoirement connue pour sa liberté de mœurs… Son mari, les ayant surpris à leur besogne, avait menacé d'appeler la patrouille chargée de la ronde de nuit, ce qui avait eu pour effet de faire rouer de coups le malheureux. Ce dernier avait été enterré le surlendemain, les étudiants, pendus pour leur forfait, la semaine suivante. Triste épisode… Ce souvenir réveille tout à fait la jeune femme, qui, malgré sa réserve naturelle, n'a nulle intention de se laisser malmener :

— Voulez-vous donc cesser ce raffut ! Vous ne pouvez pas aller faire votre chahut ailleurs, j'aimerais pouvoir dormir tranquillement, et les gens de ma maison également…

Aussitôt, un homme lui aussi masqué se détache du groupe pour s'incliner avec une déférence moqueuse devant Margault, qui, sans bien savoir pourquoi, frémit soudain d'inquiétude. Cette petite réunion nocturne ne ressemble que trop à l'un de ces charivaris destinés à se moquer d'un mari cocu ou d'une veuve amatrice de très jeunes gens. Qui sait si ces marauds ne sont pas venus chercher Matthieu afin de lui faire chevaucher un âne à l'envers, autre manière de se gausser d'un mari trompé… Mais alors, cela signifierait qu'ils ont été renseignés ! Elle s'interroge encore sur la conduite à adopter lorsqu'elle reconnaît dans le groupe un visage sale et sournois qui la fait tressaillir : Jacques. Réellement inquiète cette fois, elle recule d'un pas afin de se soustraire aux regards trop insistants. N'en aura-t-elle jamais terminé avec tout cela ? Que va-t-elle pouvoir inventer pour chasser cette meute assoiffée d'humiliations ? L'homme qui venait de s'avancer prend enfin la parole, surprenant par son élocution châtiée :

— Bonsoir, belle dame. Vous nous voyez navrés de troubler votre précieux sommeil, qui j'en suis certain doit être peuplé de rêves fort instructifs…

Des rires gras ponctuent le silence savamment orchestré par le mystérieux orateur.

— Nous profitions de baguenauder à proximité de votre logis pour saluer votre beauté et votre hospitalité, tant vantées par notre ami Jacquot… Je dois avouer qu'il s'est montré fort élogieux…

Bouleversée, Margault n'a cette fois d'autre alternative que de s'échapper précipitamment dans sa chambre, provoquant une recrudescence de coups de trompes et de quolibets obscènes. En larmes, elle se cache frileusement la tête sous l'oreiller, avec l'espoir que ces mauvais plaisants se lassent et finissent par s'éloigner. Quand tout à coup son cœur fait un bond, tandis qu'elle prend conscience du soudain silence. Un silence trop brutal, qui ne peut rien augurer de bon… Son angoisse monte encore d'un cran lorsqu'elle perçoit des chuchotements de conspirateurs. Aucun doute n'est plus possible, le groupe est toujours là, sous ses fenêtres, préparant elle ne sait quel tour pendable. N'y tenant plus, elle s'approche à pas de loup de la fenêtre, tandis que son imagination lancée à pleine vitesse échafaude déjà les pires hypothèses. Les marauds ne sont-ils pas occupés à escalader le balcon pour venir la violenter ? Ou à assiéger sa demeure jusqu'à ce que quelqu'un se décide enfin à sortir ? Sans oublier toutes les horreurs qu'ils sont susceptibles d'imaginer et qui ne lui viennent même pas à l'esprit…

La peur de Margault a heureusement été vaine. Ce brutal silence est en réalité dû à l'apparition de Matthieu, sorti lui aussi en chemise – ce qui lui donne une allure à la fois ridicule et vulnérable face à ces jeunes loups – dans le but de leur donner quelques sous comme l'exige l'usage afin de les faire taire. Démarche réussie, semble-t-il, puisque les vauriens s'éloignent sans plus tarder. Non sans avoir copieusement abreuvé le pauvre Matthieu d'injures bien sonnées, dont la moindre n'est rien de moins que « cocu complaisant »… L'imagier conserve toute sa dignité malgré son bonnet de nuit jusqu'au moment où, parvenu dans le hall de la maison, il laisse enfin exploser sa fureur, comme en témoignent les grognements sourds et les coups frappés contre les murs qui montent jusqu'à son épouse. De nouveau blottie entre les courtines protectrices du lit, la jeune femme se sent pourtant glacée jusqu'aux os, d'angoisse bien plus que de froid : est-elle donc condamnée à vivre dans une crainte perpétuelle, pour les égarements d'une seule et unique nuit ? Elle a à peine retrouvé un fragile équilibre conjugal, que ses bourreaux reviennent déjà le menacer. En effet, si Matthieu a accepté pour le moment de taire une mésaventure ignorée de tous, il n'en sera sans doute pas de même après ce charivari nocturne ! Et elle sera livrée à la vindicte populaire ! De même d'ailleurs que ces marauds de frères de Villiers…

Margault se redresse subitement sur ses oreillers, attentive à ne pas noyer dans les brumes du sommeil la lumineuse idée qui vient de lui traverser l'esprit. C'est pourtant évident ! Comment n'a-t-elle pas songé plus tôt qu'Arnoul pouvait être autant, sinon plus effrayé qu'elle par les conséquences possibles de son acte ? En effet, si la justice promet d'être impitoyable avec la femme adultère, elle le sera tout autant avec celui qui détourne une candide épouse du droit chemin. Pour preuve, l'exemple du récent scandale princier… Torturés par des tourmenteurs jusqu'à leurs aveux complets, les sires d'Aunay, écuyers de leur état, ont ensuite été roués, écorchés vifs, châtrés et décapités, avant de finir pendus au gibet public durant de longs jours. Alors que leurs maîtresses ont été « simplement » emprisonnées… Arnoul ne prendrait certainement pas le risque d'un tel châtiment. De deux choses l'une : soit il ignore les agissements de son frère, soit il croit la jeune femme trop lâche pour oser les dénoncer et ainsi se déshonorer publiquement… Eh bien, il va pouvoir prendre la mesure du courage d'une fille de croisé poussée aux dernières extrémités !

Soudain, Margault a moins froid, a moins peur. Elle se lève d'un bond pour enfiler avec des gestes pressés les vêtements préparés la veille par Suzon sur la perche posée au chevet de son lit, avant de se glisser silencieusement hors de la maison tout en dissimulant ses nattes dans une coiffe propre. Non sans s'être bien évidemment assurée que Matthieu s'était bien recouché, comme elle s'y attendait, sans venir la saluer. Sans doute n'était-ce pas cette fois la crainte de la déranger, mais celle de l'étriper qui l'avait dissuadé de le faire !

L'assurance de Margault s'amenuise pourtant au fur et à mesure de sa marche dans la ville sombre. Faut-il donc qu'elle soit inconsciente pour retourner vers ce traître, nuitamment de surcroît, sachant en outre son frère passablement aviné dans les environs. À cette heure si dangereuse, les hommes de l'arrière-guet eux-mêmes, pourtant mis en place pour arrêter les marauds, rasent les murs… L'un d'entre eux avait même demandé il y a quelques mois à des ménestriers de jouer de leur instrument en marchant, de manière à éloigner de lui les individus dangereux ! Il faut avouer à leur décharge que nombre d'entre eux sont des hommes du commun, affectés à la surveillance nocturne de la ville contre leur gré… Margault regarde une nouvelle fois prudemment autour d'elle. Comme écœurées par la douceur de cette nuit printanière, les tavernes vomissent leurs occupants sur le pavé enduit d'excréments et de liquides en tous genres, tandis qu'ivrognes et tire-goussets hantent les ruelles les plus sombres en quête de mauvais coups. Batailles de bâtons ou de couteaux, molestations de passants attardés ou viols de pucelles au goût de rite d'initiation pour jeunes mâles, leur imagination en la matière est malheureusement fertile… La fureur de la jeune femme doit cependant être perceptible, car elle parvient saine et sauve à destination.

Dans l'ombre, le visage un instant surpris d'Arnoul se fait tout miel lorsqu'il s'écarte pour laisser entrer Margault avec une ostensible galanterie. Les oreilles encore emplies des imprécations du charivari, la jeune femme reste de marbre. Il ne croit tout de même pas qu'elle est prête à se laisser prendre une nouvelle fois à ses airs d'amoureux transi ! Elle franchit le seuil d'une démarche étonnamment assurée, l'esprit entièrement accaparé par le but de sa visite : faire définitivement disparaître cet ivrogne de Jacques de son existence. À tout prix… Une fois parvenue dans la pièce désormais familière, la nostalgie l'étreint malgré elle un instant, tandis que ses yeux parcourent les tentures érotiques d'un œil cette fois plus rêveur que troublé. Dieu, ce qu'elle a été heureuse dans cette chambre, un court moment seulement certes, mais qui aura marqué sa vie entière… Tandis qu'Arnoul lui tourne le dos, une nouvelle flambée de colère la fait frémir. Elle a également connu dans cette pièce le désespoir le plus total, la perte de ce qui lui était le plus cher, et tout cela par la faute de ces deux frères sans moralité ni scrupules…

Silencieux, Arnoul s'est retourné et l'observe, surpris de cette nouvelle assurance qui émane de manière presque palpable de la jeune femme. Il esquisse un mouvement vers elle, à peine perceptible, juste traduit par quelques muscles qui se sont tendus, par ses yeux qui se sont rétrécis comme sous l'influence du désir…

— Arnoul, veuillez cesser ce jeu, je vous prie. Vous imaginez aisément que je ne suis pas venue afin de revivre une inoubliable expérience. J'aurais même traité de fol quiconque m'aurait prédit que je remettrais un jour les pieds dans cette pièce maudite…

— Margault, si vous saviez comme j'ai regretté…

— Vous êtes beau parleur, et cela m'aurait amusée en un autre temps d'entendre la manière dont vous parveniez à justifier votre innommable comportement. Mais ce n'est malheureusement pas le but de ma visite, et je suis pressée. Je pense que vous pouvez vraiment remercier Dieu…

Elle s'interrompt brusquement, se mord la lèvre d'un air songeur.

— … Dieu ou qui que ce soit d'autre d'ailleurs, que je ne vous ai pas dénoncés au prévôt, qui se serait fait un plaisir de vous soumettre à la question, vous et votre maraud de frère.

Comme un nuage sombre masquant le soleil, le visage enjôleur d'Arnoul se referme brutalement, rappelant s'il en était besoin la dureté qui couve sous l'apparente douceur.

— Allons, ma mie, nous savons tous deux pertinemment que votre mansuétude est davantage due à la peur du scandale qu'à une seule grandeur d'âme. Vous ne supporteriez pas de voir votre réputation entachée, vous n'en connaissez que trop les risques encourus…

La voix du jeune homme se radoucit de nouveau, se fait enveloppante, telle sans doute celle du serpent corrupteur d'Ève :

— Allons, ma douce Margault, n'allons pas nous quereller alors que nous venons tout juste de nous retrouver. Avouez plutôt que je vous ai manqué, que vous avez le regret de ces délices nouvellement découvertes… Qu'il s'agit peut-être là de la véritable raison de votre présence ici…

Le sentant se rapprocher insidieusement, la jeune femme se raidit. Au bord de la nausée, elle retrouve soudain dans ses narines l'odeur douceâtre et écœurante de Jacques, sur sa peau le contact de ses doigts râpeux et fouineurs.

— Cessons cette stérile joute verbale, je vous prie. Je ne suis venue céans que pour vous entretenir de votre frère, qui ne cesse de me harceler et de me manquer publiquement de respect. Il est vrai que je ne me résolvais pas à révéler à quiconque l'entière vérité sur ma… mésaventure. Ce qui m'a coûté le départ de ma chère nourrice… Mais je puis vous assurer que si je suis salie par un scandale, si je risque d'être chassée par mon époux et que je n'ai plus rien à perdre, je viendrais me repaître de votre exécution à tous deux !

— Oh là, tout doux, ma belle ! Que me chantez-vous là au sujet des agissements de mon frère ?

Margault tremble maintenant de rage et d'indignation. C'en est trop ! Non content de l'avoir livrée à son nauséabond de frère, Arnoul ose maintenant jouer les innocents, un rôle qui lui sied aussi bien que celui de vierge effarouchée à une vieille ribaude de la rue des Filles-Perdues !

— Je vous chante les exploits de votre frère, dont la principale activité semble être de me mettre en situation périlleuse ! Après avoir envoyé une vieille démente me vendre une potion miraculeuse censée me rendre ma virginité perdue alors que je musais avec mon amie Jeanne, je le retrouve cette nuit sous mes fenêtres avec ses compères, occupé à un charivari, durant lequel il n'a rien trouvé de mieux que de traiter, en hurlant à tous les échos, mon époux de…

La jeune femme s'interrompt, rougissante de honte rétrospective.

— De cocu complaisant ! Je vous avertis que je n'ai nulle intention de le laisser continuer ainsi ses folies !

Je n'hésiterai plus à me rendre chez le prévôt si ce maraud ne me laisse pas un semblant de respectabilité…

— Je vous donne ma parole, Margault, que je n'étais informé de rien. Si vous ne pouvez croire en mon honnêteté, croyez au moins en mon bon sens… Vous imaginez bien que je ne l'aurais pas laissé nous mettre tous trois en péril en toute connaissance de cause ! Je n'éprouve nulle envie de goûter aux délices de la roue…

Après quelques instants de silence, durant lesquels Margault cherche en vain à lire une réponse sur le visage semble-t-il adouci d'Arnoul, celle-ci reprend d'une voix plus calme :

— Il est vrai que vous n'êtes point si sot, et que vous savez fort bien préserver vos intérêts. Je compte donc sur vous pour raisonner votre frère afin que je n'en entende plus jamais parler. Plus jamais, vous entendez…

— Cela sera fait dès demain. Je saurai le ramener à la raison, de gré ou de force… Et maintenant, puisque cette affaire s'est fort bien résolue, ne pouvez-vous vous approcher plus près de moi, comme j'en meurs d'envie depuis votre arrivée ?

Au lieu de s'indigner, la jeune femme pose cette question qu'elle n'aurait jamais pensé oser formuler :

— Mais comment avez-vous pu me faire ça ? Est-ce pour le simple plaisir d'abîmer, de souiller ce qui est pur ?

— Ne jouez pas les oies blanches avec moi, Margault, vous connaissiez très bien en venant chez moi le sort qui vous était réservé. Un sort qui s'augurait plutôt agréable, ma foi… La seule « surprise » pour vous a été l'irruption de mon frère, désagréable je veux bien en convenir…

— Détrompez-vous, Arnoul, j'ignorais d'une certaine manière ce qui m'attendait. L'amour courtois existe, des générations de chevaliers et de poètes en ont chanté les louanges… Pourquoi n'auriez-vous pas été comme eux ?

— Mon Dieu, quels ravages ont pu causer ces fadaises dans l'esprit des femmes ! L'amour courtois ! Croyez-moi, je ne connais pas un seul homme qui désire une femme sans tenter par tous les moyens de la conquérir… Et ce que l'histoire ne dit pas, c'est que bon nombre d'entre eux parviennent à leurs fins. Malgré toutes les protestations de vertu que l'on peut leur opposer au départ… Et je sais de quoi je parle ! Je ne pouvais deviner que vous n'étiez pas comme les autres… Comment en effet aurais-je pu imaginer un seul instant que vous, une femme mariée, étiez encore vierge ? Si je l'avais su, j'aurais choisi une proie, comment dire… plus expérimentée… Ce qui m'amène au véritable responsable : votre mari.

— Matthieu ! N'exagérez-vous pas en essayant de lui faire endosser ce fardeau ? Tout de même, il est avant tout une victime…

— Loin de là… Et je suis convaincu que vous en êtes arrivée à une conclusion identique. Si je ne me trompe, la tâche de l'époux est de protéger, de surveiller et, si besoin est, de corriger sa femme afin de la maintenir dans le droit chemin. Ce n'est pas moi qui l'affirme, mais la très Sainte Église catholique…

— C'est toujours ce que mon époux a fait…

— Ah oui ? En laissant une femme telle que vous, belle et désirable, se dessécher sans amour, s'exposer à la concupiscence des hommes sans connaître les règles du jeu ? Rien d'étonnant à ce que vous ayez été piquée par la curiosité et que vous vous soyez jetée, pardonnez-moi l'expression, dans la gueule du loup !

— J'ai eu récemment une discussion fort instructive avec un moine, qui m'a fait comprendre l'aspiration de mon mari, bien qu'infiniment trop tard… Il ne songeait qu'à me conserver pure pour mieux plaire à Dieu.

Une brève lueur de pitié éclaire le regard d'Arnoul, qui pour la première fois depuis qu'elle le connaît semble gêné.

— Margault, je ne sais s'il convient que je vous en parle… On m'a fait récemment certaines révélations sur votre mari. Mais je pressens que vous choisirez de ne pas me croire. Alors, si vous le voulez bien, je préfère vous raccompagner…

— Je ne partirai pas sans savoir ce que vous avez appris sur mon époux.

— Très bien, vous l'aurez voulu. Il se trouve que votre mari est venu me voir peu de temps après notre… rencontre. Il avait appris votre visite, était très énervé, parlait de nous dénoncer…

— Ici, Matthieu ? Vous racontez décidément n'importe quoi…

— Il s'agit pourtant de la stricte vérité, ma mie ! Le plus étrange est qu'il semblait fort peu préoccupé de la raison de votre présence en ces lieux ou du sort qui vous y avait été réservé. La seule chose qui lui importait véritablement était de savoir si vous aviez été déflorée. Rien d'autre…

Abasourdie, Margault esquisse un signe de dénégation de la tête, comme pour faire disparaître ces dérangeantes révélations. Tout cela est totalement absurde… Le doux, le pudique Matthieu serait venu crûment interroger Arnoul sur la virginité de son épouse ? Allons donc ! Elle ne comprend même pas comment le jeune homme a pu se risquer à inventer une fable aussi invraisemblable ! Comme en réponse, la pénible scène de l'atelier lui revient en mémoire, que ces révélations éclairent d'un jour nouveau. Après tout, peut-être ne connaît-elle pas aussi bien qu'elle le croyait son timide époux…

— Bien évidemment, je lui ai galamment répondu que j'ignorais totalement votre état, n'ayant pas eu l'occasion de poser la main sur vous.

— Galamment ! Avouez que ce n'est pas tant la galanterie qui vous a retenu que la crainte du supplice…

— Quoi qu'il en soit, votre mari est reparti tout aussi simplement, apparemment fort soulagé. Sans me causer d'autre tracas… La seule question qui continuait à le tracasser était que vous puissiez avoir été déflorée sur le chemin du retour. Avouez qu'il fait preuve d'une ouverture d'esprit peu commune !

— Je vous l'ai dit, il ne songe qu'à me protéger de la souillure…

— Décidément, votre aveuglement n'a aucune limite ! Mais peut-être pourrons-nous reparler de tout cela lorsque j'en aurai terminé… Intrigué par ce comportement plus qu'insolite, j'ai décidé de mener ma petite enquête sur cet étrange mari aux idées si larges. Autant je vous l'avoue par curiosité que pour préserver ma sécurité… C'est ainsi que j'ai appris l'existence d'un marché conclu entre celui-ci et votre père, un marché dont les termes ne sont pas, comment pourrait-on dire, ordinaires…

Margault se sent infiniment lasse tout à coup. Elle pressent que ce qu'elle s'apprête à entendre risque de bouleverser sa vie, et n'est plus certaine d'avoir envie de continuer plus avant. Mais a-t-elle vraiment le choix ?

— Il est vrai que j'ai effectivement deviné l'existence d'un tel accord. Sans parvenir à en apprendre davantage…

— Vous ne fréquentez nullement les endroits qu'il faut pour cela, ma belle ! Je savais de réputation votre mari habitué des jeux de dés, soupçonné même de tricher, de lester les dés de mercure ou de plomb pour les faire pencher en sa faveur… Je suis donc tout bonnement allé trouver un juif usurier revenu discrètement après l'exil imposé par Philippe le Bel, connu pour prêter aux joueurs invétérés en peine d'argent. Et devinez la suite… Il a effectivement prêté à votre mari une grosse somme d'argent, peu de temps seulement avant votre mariage. Il n'est pas difficile d'imaginer la manière dont votre époux est parvenu à le rembourser aussi aisément !

Margault sent un grand froid l'envahir.

— Avec ma dot ?

— Exactement, avec votre fort conséquente dot, belle amie… Le bonhomme s'est même vanté auprès du juif de sa bonne fortune, qui lui permettait d'épouser une femme à la fois belle et riche. L'usurier l'ayant taquiné sur cette trop belle affaire, et votre mari étant passablement aviné ce jour-là, il s'est laissé aller à en avouer la contrepartie : le père de la mariée exigeait qu'il veille jalousement sur la virginité de la belle. Interdiction formelle de la toucher ! Un véritable supplice de Tantale… Tout manquement entraînerait la restitution complète de la dot, ce qui le jetterait aussitôt sur le pavé…

Un instant, la jeune femme pense avoir mal compris. Il doit s'agir d'un autre joueur de dés, d'une autre « dot ambulante », d'une autre transaction honteuse qui ne peut en aucun cas la concerner… Arnoul a dû se tromper. À moins qu'il ne cherche à semer une fois encore le trouble dans son couple… Son mari et son père ne peuvent avoir imaginé un tel… marché à ses dépens… Et puis elle repense à tous ces petits détails enfouis au fond de sa mémoire, à la fois si insignifiants et si révélateurs… À tous ces conciliabules qui s'interrompaient à son entrée, à la nervosité excessive de Matthieu lorsqu'elle s'approchait trop près de lui et qu'elle attribuait à tort à sa laideur, à son assiduité à se rendre de moins en moins discrètement chez les ribaudes… Tout devient terriblement clair. Elle ne peut y croire… Son père ne peut lui avoir menti ainsi, il doit exister une raison logique à cet affreux marchandage. Il faut qu'elle lui parle, qu'elle comprenne… Quant à Matthieu, il l'avait bien abusée avec ses allures dévotes et ses airs respectueux ! Dire qu'elle a pu s'attendrir, penser qu'il veillait sur son salut, sur sa vie éternelle… Il veillait sur sa dot, oui ! Margault se sent à la fois choquée et abasourdie. Jamais elle n'a envisagé un accord aussi trivial, même dans ses cauchemars les plus délirants. Elle éprouve l'impression d'être l'un de ces bestiaux qui se marchandent opiniâtrement les jours de foire. Lequel des deux hommes est le plus abject ? Celui qui a ourdi cette odieuse machination, ou l'autre, qui l'a acceptée sans jamais lui en parler ? La laissant se débattre dans des affres d'interrogations et de doutes… Curieusement, ce n'est pas le chagrin qui l'envahit peu à peu, mais cette haine glacée qu'elle a appris à connaître et qui se fait chaque jour plus présente…

— Éloignez-vous de moi, Arnoul, c'est un conseil… Je suis perdue, j'attire le Mal sur tous ceux que j'approche, je ne fais qu'éveiller leurs instincts les plus bas. Je vous le répète encore une fois, restez loin de moi, vous et votre frère…

13

La lueur d'une lampe à huile filtre à travers les volets de bois lorsqu'elle parvient enfin à proximité du domicile de son père. Étrange, à cette heure plus que tardive… Un groupe d'étudiants avinés passe juste à côté d'elle, la bousculant presque dans son enthousiasme à réveiller les bourgeois avec ses « Tuez ! Tuez ! » assourdissants. Sans plus hésiter, la jeune femme tambourine impatiemment à une fenêtre, lorsque le visage surpris de Philippe surgit par l'entrebâillement de la porte. Ses traits passent en un instant de l'incrédulité au trouble, puis à l'embarras. Il s'efface pourtant pour laisser entrer sa fille, à contrecœur, lui semble-t-il… La colère de celle-ci monte d'un nouveau cran : pour quelle raison semble-t-il si gêné de la voir ? Il ne peut tout de même pas avoir deviné ce qu'elle vient d'apprendre il y a quelques instants seulement ! Quel tour pendable est-il encore en train de lui préparer ? Margault soulève d'un geste furieux la tenture de la pièce principale, sans tenir compte des protestations d'un Philippe qui cherche par tous les moyens à la retenir. Pour se retrouver bientôt face… à Matthieu et Suzon ! La jeune femme tombe des nues.

Alors, c'est donc pour cela que Matthieu n'est pas venu la trouver après le charivari, parce qu'il allait retrouver son père… En comédien consommé, il l'a bien dupée avec son allure ensommeillée et son bonnet de nuit ! À moins que ce ne soit ce charivari qui ait tout déclenché… Consciente de ce que cette réunion nocturne peut avoir de fâcheux pour elle – de quoi pourraient-ils ainsi parler en grand secret, si ce n'est d'elle et de son avenir ? Margault sent l'inquiétude lui mordre violemment le cœur. Comme pour confirmer ses craintes, les deux conspirateurs sursautent à sa vue comme des enfants pris en flagrant délit de vol de beignets. Pressé de dissiper le malaise, Philippe lance d'une voix trop forte :

— Regardez donc qui j'ai trouvé, perdue dans la rue comme une pauvrette ! Je n'imaginais pas ma fille si impatiente de visiter son vieux père…

Le ton crispé dément la piètre plaisanterie, qui tombe lourdement dans le silence pesant de la pièce. Les trois complices se regardent furtivement, ne sachant quel comportement adopter. Pas plus d'ailleurs que Margault, qui se tient au milieu de la pièce, glacée d'angoisse. Face à ces personnages statufiés, un observateur extérieur pourrait imaginer qu'une sorcière a suspendu le temps d'une incantation… Seuls ne sont plus perceptibles que le claquement des bûches dans l'âtre, le raclement nerveux de soulier d'une Suzon qui ne tient pas en place… Quand Margault se décide enfin à briser le silence :

— Beau Père, il me faut vous parler urgemment. Ne pouvons-nous, je vous prie, nous isoler dans la pièce voisine, je n'en ai que pour quelques instants…

Difficile pour Philippe de refuser, suffoqué par ce ton impérieux qu'il ne reconnaît pas… L'ancien notaire suit donc à regret sa fille dans sa retraite, tout en cherchant désespérément une manière crédible de justifier cette réunion nocturne au parfum de complot. Une surprise qu'ils souhaitent lui préparer ? Absurde, elle ne le croira jamais… Un problème domestique quelconque ? Elle n'est tout de même pas si stupide… Mais comment donc a-t-elle pu avoir connaissance de leur rendez-vous ? S'il tenait celui ou celle qui les a trahis ! À moins que ce ne soit cette tête folle de Suzon qui n'ait pas été assez prudente… Plongé dans ses réflexions, il met quelques instants à comprendre la question de sa fille, bien différente de celle qu'il attendait :

— M'avez-vous entendue ? Je veux savoir quelle raison vous a convaincu d'accorder ma main à Matthieu ?

— La raison ? Euh… Je ne sais plus… Il me semblait, je crois, un jeune homme fort sérieux et fort pieux…

— Mais il n'était pas, ce me semble, le premier jeune homme sérieux et pieux à me demander en mariage. Pourquoi lui précisément ?

Décontenancé, incapable de trouver un nouveau mensonge plus crédible, Philippe choisit le parti de se fâcher :

— Margault, il suffit ! Je suis votre père et vous me devez le respect ! Que signifient de telles interrogations à cette heure de la nuit, sur ce ton agressif qui plus est ?

— Je pourrais vous demander en retour ce que signifie une pareille réunion nocturne avec mon époux et ma chambrière, mais nous verrons cela ultérieurement si vous le voulez bien… Je vais donc préciser ma pensée, puisque vous refusez de répondre honnêtement à ma question. Est-il exact que vous ayez accordé ma main à Matthieu en échange de sa complaisance, je dirais même de sa complicité ?

— Margault, j'ignore ce que signifie…

— Père, assez de mensonges, je vous prie. Pour l'amour de Dieu…

Le silence s'éternise, semble ne jamais vouloir laisser place aux mots. Roide et déterminée, Margault ne quitte plus son père du regard. Elle le fera parler, elle s'en fait la promesse, dût-elle y consacrer le reste de la nuit… Sa voix tranche dans le vif, glaciale.

— Allons, un peu de courage, je vous écoute, Père.

Philippe a les mains qui tremblent, les yeux fuyants. S'apprête-t-il à mentir de nouveau ?

— Fort bien, puisque vous semblez déterminée à remuer la boue malodorante du passé… Matthieu est venu me trouver un beau matin afin de me demander votre main, ce que j'ai immédiatement refusé, comme pour tous les autres. Je voulais vous garder pure, intacte… Mais il ne s'est pas laissé décourager aussi aisément. Il a menacé de tout vous révéler, de lui donner dans son récit un rôle ignoble. J'ai eu peur de vous voir souffrir, j'ai lâchement cédé. Je n'ai toujours songé qu'à vous protéger, vous devez me croire…

— De tout me révéler ? Je n'entends rien à ce que vous me dites ! Qui pouvait tenir un rôle ignoble dans son récit ?

— Mais votre mère, bien entendu ! Il menaçait si je ne cédais pas de vous révéler ses actions sataniques, ses turpitudes…

Comme si elle venait de recevoir un coup, Margault s'affaisse sur un banc, blanche comme un linge.

— Vous cherchez à me dire que Matthieu aurait utilisé des informations sur ma mère pour obtenir ma main ?

— Je pensais que vous le saviez, que c'était là la raison de votre colère…

— Eh bien non, je l'ignorais… Je vais décidément de surprise en surprise ! De bien fâcheuses surprises d'ailleurs…

Silencieux et raide, Philippe semble attendre que sa fille reprenne l'offensive, ce qu'elle ne tarde pas à faire :

— Il semble curieux que vous vous soyez laissé convaincre aussi aisément, vous d'ordinaire si pugnace ! Comment avez-vous pu penser que je préférerais écouter Matthieu plutôt que vous, mon propre père ? Vous pouviez la défendre, m'expliquer la femme douce et vertueuse qu'elle était, je vous aurais cru…

— La plupart des informations détenues par Matthieu étaient malheureusement vraies. Votre mère était…

Ah non, il n'allait pas recommencer à l'écœurer avec sa litanie haineuse contre sa mère. Cela durait depuis bien trop d'années déjà…

— Il suffit, je ne veux plus rien entendre de ces odieux mensonges ! J'ignore ce que ma mère a pu vous faire pour que vous lui en vouliez à ce point, mais je refuse d'écouter un mot de plus qui la dénigre… Laissons-la reposer en paix, elle a suffisamment souffert comme cela. D'autant plus que vous ne semblez pas de votre côté immaculé. Si vous me parliez plutôt de ces conditions que vous avez posées avant d'accorder ma main…

— Il n'y a rien de particulier à en dire, j'ai fait ce que tout père aurait fait… J'ai exigé de Matthieu qu'il soit un époux tendre, attentif. Qu'il ne vous batte jamais, qu'il n'amène pas d'autre femme au logis comme tant d'autres le font…

— Qu'il ne me touche jamais, par la même occasion. Il s'agissait d'une autre de vos conditions, n'est-ce pas ?

À nouveau ce silence si lourd… Margault croit entendre le cerveau de Philippe grincer comme une vieille roue de pressoir. Sa gorge est serrée à l'étouffer, tant de colère impuissante que de chagrin. Enfin son père se décide à reprendre la parole, mais d'une voix lasse, cassée, qu'elle ne reconnaît plus :

— Oui, c'est vrai, j'ai bel et bien demandé à Matthieu de vous garder vierge. Mais c'était pour votre bien, Margault, vous devez me croire… Pour vous éviter de devenir comme elle… Les femmes sont des sorcières, qui s'attachent les hommes avec de sombres sortilèges, des maléfices sataniques… L'évêque Marbode nous a bien mis en garde, qui décrit la femme comme une carnassière chimère à tête de lion, à queue de dragon, au ventre vorace prêt à réduire les hommes en cendres. Je ne pouvais supporter que vous deveniez ainsi à votre tour…

Le débit de l'ancien notaire s'est précipité sous l'effet de l'énervement. Margault est éberluée devant cet homme à l'écume aux lèvres et au discours fanatique. Elle observe comme si elle les voyait pour la première fois les traits réguliers, les belles rides synonymes autrefois pour elle d'équilibre et de droiture, les épais cheveux blancs semblables à ceux des sages… Comme un aveugle qui recouvre soudain la vue, la jeune femme décèle toutefois certains détails qui lui avaient jusque-là échappé : le pli désabusé de la bouche, la dureté et l'intransigeance du regard, la nervosité des mains qui ne peuvent rester tranquilles…

— Comment pouvez-vous parler ainsi de ma mère ? *Elle* n'était pas une créature sournoise et fatale…

— Qu'en savez-vous ? Vous êtes si candide, ma petite fille… Pourquoi donc croyez-vous qu'elle ait attrapé la lèpre, si ce n'est parce qu'elle était une pécheresse, une tentatrice ? Je suis certain, entendez-vous, certain qu'elle mélangeait à ma nourriture des poudres aphrodisiaques pour mieux me réduire à sa merci ! On dit que pour séduire les hommes, certaines femmes pétrissent le pain sur leurs fesses nues ou mettent quelques gouttes de leurs menstrues dans le vin… Sorcellerie que tout cela ! Dieu a voulu me protéger de ses manigances…

— Qu'est-ce que toutes ces inepties… Avez-vous jamais vu ma mère se prêter à ce genre de choses ? Autrement que dans votre imagination, bien entendu…

— J'ai ressenti les effets de ses maléfices dès les premiers jours de notre mariage. Elle me faisait perdre la tête dès qu'elle pénétrait dans notre chambre, me narguait avec ses seins arrogants, son bas-ventre à la toison abondante qui ondulait de manière lascive lorsqu'elle se mouvait dans la pièce… Je reconnaissais bien là l'œuvre du Diable, je n'avais nul besoin d'autres preuves !

Médusée par cet homme aux yeux fous, Margault n'ose comprendre ce qu'elle vient d'entendre.

— Et c'est pour cette raison, pour cette seule raison, que vous ne l'avez pas davantage défendue, que vous l'avez laissée se faire condamner ? Parce qu'elle vous faisait perdre le contrôle de vous-même, parce qu'elle éveillait en vous les convoitises de la chair ?

— Parce qu'elle se rendait coupable de sorcellerie à mon encontre, je viens de vous le dire ! J'ai d'ailleurs obtenu la bénédiction de Monseigneur l'évêque lorsque je m'en suis confessé, qui n'a pu que me féliciter de ma force de caractère. « Toute action qui repousse au loin l'œuvre du démon est bénie », m'a-t-il dit. Croyez-moi, j'ai fait uniquement ce qui était juste.

Effondrée, Margault se prend la tête dans les mains, tandis que Philippe continue son discours insensé en s'agitant en tous sens, sans plus se préoccuper d'être écouté. La jeune femme étouffe, ne parvient plus à supporter les raisonnements incohérents de cet homme autrefois tant aimé. Elle se demande déjà comment s'échapper de ce cauchemar, lorsqu'une phrase réveille toute son attention :

— Tout comme votre sorcière de mère ! Mais nous allons y mettre bon ordre, vous faire rentrer dans le rang sans plus tarder !

Margault sursaute. Elle devait s'y attendre… Après sa pauvre mère, son père a désormais décidé de s'en prendre à elle. Rien d'étonnant lorsqu'on songe à ces dernières semaines… À l'annonce de la défloration de son épouse, Matthieu s'est sans doute précipité chez l'ancien notaire afin de lui conter sa version de l'histoire, de manière à ne pas être impliqué ni jeté à la rue. Envahie de tristesse, la jeune femme s'interroge sur la manière dont son époux a pu présenter les choses : a-t-il maintenu la thèse de l'agression, qui le rendait coupable aux yeux de Philippe de négligence pour n'avoir pas su protéger sa fille ? Ou a-t-il au contraire violemment accusé Margault des pires turpitudes afin de n'être pas mis en cause ? Il semble à la colère de Philippe que son mari ait choisi la seconde solution, ce qui n'est guère surprenant…

— Vous ne valez guère mieux que votre mère… Vous vous interrogiez tout à l'heure sur l'objet de cette réunion nocturne ? Mais nous voulions tout bonnement vous punir pour les tourments que vous nous avez infligés à tous ! Même si vous ne pouvez le comprendre aujourd'hui, tout cela est pour votre bien. Il nous faut absolument vous protéger contre vous-même, contre votre goût de la luxure, votre duplicité…

Plus de doute, Matthieu a narré à Philippe sa visite nocturne chez Arnoul. Quelle horreur… Les deux hommes ont dû s'échauffer mutuellement l'esprit, renchérir en élucubrations les plus folles ! Mais qui sont-ils donc pour oser la juger, eux qui, sous leurs airs vertueux, dissimulent les secrets les plus inavouables ?

— Et quel sort aviez-vous donc l'intention de me réserver ? Pour mon bien évidemment…

— Aviez ? Parce que vous pensez donc réellement pouvoir y échapper ? Puisque vous vous montrez si impatiente de le savoir, sachez que votre époux et moi-même avons magnanimement décidé de ne pas vous dénoncer, mais de nous contenter de vous cloîtrer. Vous serez ainsi à l'abri des tentations et pourrez à loisir méditer sur les vertus de la continence…

— Cloîtrée dans un couvent ? Mais c'est hors de question ! La question a déjà été évoquée à plusieurs reprises autrefois et…

— Oh non, pas dans un couvent, ma fille… Cela ne suffirait plus, il est bien trop tard. Il vous faut désormais un lieu plus sûr, où vous serez isolée de tous, éloignée de toute tentation. Vous avez de la chance, l'évêque vous fait une insigne faveur. Il accepte que vous deveniez recluse dans une cellule de cette cathédrale que vous aimez tant.

Un froid mortel envahit Margault. Recluse… Le pire châtiment qu'elle puisse imaginer… Comment ne pas avoir entendu parler de ces vierges qui se faisaient emmurer à vie, choisissant de vivre dans le plus extrême dénuement, uniquement consacrées à leur Saint Époux, le Christ ? Démarche admirable sans doute pour des femmes consentantes et portées par la foi, démarche monstrueuse pour quiconque ne ressentait pas cet amour absolu pour Dieu… Horrifiée, la jeune femme ne peut concevoir un seul instant l'idée d'être emmurée vivante dans un minuscule reclusoir jusqu'à la fin de ses jours, uniquement alimentée par les dons des paroissiens et totalement fermée au monde extérieur. Si certaines recluses, transcendées par leur martyre, se transforment en saintes, combien en revanche deviennent folles à lier, hurlant de jour comme de nuit des prophéties sans aucun sens, quand ce ne sont pas des obscénités ? Son père ne peut la destiner à un tel sort ! Et pourtant… La détermination qu'elle lit dans les yeux de Philippe ne laisse aucun doute. Toute sa superbe la quitte en un instant, une panique déferlante l'envahit :

— Père, si vous saviez comme je regrette… Vous ne pouvez m'abandonner à un sort aussi terrible ! Vous m'imaginez, moi, accoutumée aux odeurs de friture des vendeurs de beignets, élevée au milieu des disputes des poissonnières, enfermée à vie dans une pièce austère ? Ce serait inhumain… Vous n'éprouvez donc plus aucune pitié, plus aucun amour envers votre fille unique ?

— Vous auriez dû penser à tout cela avant d'aller vous perdre, il me semble. N'oubliez pas que la chair n'est qu'un lieu de péché, et que notre rôle sur cette terre est de nous élever au-dessus de ses contingences grâce à la spiritualité. N'insistez pas, ma fille, ma décision est prise…

Margault sent un irrépressible sursaut de révolte monter en elle, qui la pousse à affronter Philippe, tout en pressentant pourtant qu'il s'agit là de la pire chose à faire :

— Vous ne pouvez m'y contraindre ! Vous savez tout comme moi que la vie de recluse est un choix réfléchi, non une punition ! Je doute fort que Monseigneur l'évêque connaisse le fin mot de l'histoire... Si je lui explique que je suis une femme accusée d'adultère, que l'on soustrait à la justice par ce biais, je ne suis pas certaine qu'il apprécie le procédé. N'oubliez pas qu'il croit profondément en la justice divine, non en celle que s'appliquent les hommes entre eux...

L'ancien notaire devient écarlate, tandis que dans ses yeux éclatent une multitude de vaisseaux sanguins :

— Je vous interdis d'aller lui parler, vous entendez ! Si vous passez outre cet ordre, je vous jure que je vous remets sur-le-champ entre les mains du prévôt afin d'être jugée pour crime d'adultère ! Sous les morsures de la lapidation, la vie de recluse vous paraîtra bien douce, je vous l'assure ! De toute façon, vous n'obtiendriez pas gain de cause. Vous m'obligeriez simplement à rappeler à ce cher évêque quelque service que je lui ai autrefois rendu, ce qui ferait instantanément taire tous ses scrupules...

Le ton empreint de cynisme fait frémir Margault.

— Où est passé l'homme sage et tolérant qui m'a élevée avec patience, avec amour ? Celui qui m'a donné la chance de savoir lire, écrire, de découvrir les Saints Évangiles en m'en expliquant les subtilités ? Celui qui plaçait la droiture avant tout le reste ?

Un court instant, la carapace de Philippe semble se fendiller, tandis que sa voix se teinte d'une amertume infinie :

— Pour ce que cela a servi… Après la disparition de votre mère, j'ai été pris de doutes, j'ai envisagé l'idée que cela pouvait être de ma faute… Que l'on me punissait pour toutes les atrocités commises durant les croisades… J'ai redoublé de prières, afin que la vengeance divine vous épargne. Je voulais protéger ma petite fille, vous comprenez ? Je pensais que si aucun homme ne portait la main sur vous, vous resteriez éternellement celle que j'aimais tant…

— Mais je suis toujours…

L'instant d'émotion est passé, brisé par l'interruption de la jeune femme. La colère a repris le dessus lorsque Philippe continue d'une voix rageuse :

— Vous n'êtes plus rien, vous êtes souillée, adultère… Je n'aspire plus qu'à une chose : vous soustraire de ma vue. À jamais…

— Ce n'est donc pas pour me protéger de moi-même, mais bien pour me punir que vous me destinez à ce sort inhumain, n'est-ce pas ? Pourquoi ne préférez-vous pas me tuer une bonne fois pour toutes ?

— Dieu m'est témoin que vous cherchez encore à m'entraîner sur le chemin de la damnation, en me poussant cette fois à commettre un crime… Corruptrice ! Mais vous ne parviendrez pas à vos fins, croyez-moi ! Je viendrai chaque jour vous visiter, sans faillir, comme tout bon père se doit de le faire, afin de prier avec vous et de tenter de racheter vos péchés ! Si cela est encore possible…

— Comment pouvez-vous me juger, alors que le Christ lui-même a pardonné à la femme adultère sur le mont des Oliviers ? Seriez-vous donc le premier à vous déclarer sans tache pour me jeter la pierre ?

— Vous n'auriez jamais osé me parler de cette manière autrefois. Cela prouve bien que vous êtes possédée par le Diable. Brisons là cette discussion, je vous prie, je ne puis plus rien pour vous…

Margault cette fois abandonne le combat. Elle baisse la tête en signe de reddition, tandis que l'ancien notaire se radoucit quelque peu :

— Vous avez encore le loisir de choisir le lieu où vous passerez votre dernière nuit de femme et d'épouse. Je vous suggère de la mettre à profit pour faire la paix avec votre mari. Vous aurez ensuite toute une existence de prières pour vous réconcilier avec le Créateur…

— Je souhaiterais rentrer à la maison. Chez moi…

14

SEULE dans sa chambre, Margault se sent l'âme d'une condamnée à mort. Cette maison si ennuyeuse où elle s'est tant languie d'un ailleurs lui semble tout à coup parée de toutes les vertus, de toutes les douceurs… N'y a-t-il pas plus précieux que ce que l'on s'apprête à perdre ? Son époux lui-même lui semble soudain chargé d'attraits malgré sa trahison, attachant par sa constance et son égalité d'humeur. Blottie dans son lit, elle tente de se remémorer ce qu'elle connaît de la vie de recluse. Considéré par tous comme admirable, ce fanatisme qui poussait hommes et femmes à l'enfermement à vie lui a toujours inspiré une peur irraisonnée. Comme une trop juste intuition peut-être… Lorsqu'elle était âgée d'une dizaine d'années, elle avait assisté en compagnie de son père à une cérémonie de reclusage, qui lui avait laissé une intense sensation d'effroi glacé. La fillette d'alors n'avait pas compris la raison pour laquelle cette belle jeune fille vêtue de blanc, pâle comme la mort, était enfermée à clé dans une minuscule pièce à la fenêtre dotée de lourds barreaux et à la paillasse agrémentée d'un oreiller en rondins et d'une couverture râpeuse. Et cela pour la vie entière, sans espoir de sortie… Elle avait été fort impressionnée par les moines qui chantaient d'un air lugubre le *Libera Nos, Domine*, un chant destiné à accompagner les morts au tombeau, ainsi que par le geste du prêtre qui traçait sur le front de la future recluse la croix de l'extrême-onction. Elle s'était interrogée… Était-ce donc à la mort que se préparait cette jeune fille ? Le claquement sec de la porte de chêne l'avait fait sursauter, tandis qu'elle éprouvait un instant l'impression terrible d'être enfermée à la place de l'inconnue. Quelques années plus tard, Margault n'avait pu résister à la curiosité presque malsaine de retourner voir cette religieuse qui l'avait malgré elle fascinée. Effarée, elle avait trouvé une femme prématurément vieillie, la bave aux lèvres, qui alternait grognements rauques et insultes, quand elle n'appelait pas le Diable à grands cris… Hâve et décharnée, la recluse s'était à sa vue arraché une touffe de cheveux gris, ce qui avait dénudé un peu plus encore son crâne bosselé. Margault avait ensuite appris avec écœurement que la religieuse avait d'abord été excommuniée, avant d'être brûlée, accusée de sorcellerie et de pacte avec Satan.

Mon Dieu, il est impossible qu'un tel destin l'attende… Même ses pires péchés ne peuvent justifier un tel sort ! Elle repense avec nostalgie à un voyageur rencontré autrefois chez son père, qui leur avait parlé d'une religion guidée par un nommé Bouddha. Ses aspirations semblaient si simples : plus de craintes ni de désirs… C'est en effet tout à la fois ses craintes et ses désirs qui l'ont précipitée la tête la première dans ce cauchemar sans fond. Un cauchemar dont elle ne ressortira plus, elle le sait… L'aube trouve pourtant la jeune femme étrangement sereine, comme apaisée malgré ses yeux enflés et rouges d'avoir trop pleuré. Elle a enfin trouvé la solution qui l'empêchera de connaître une vie de perpétuels tourments. Elle ne sera jamais recluse…

Il avait fallu la nuit entière à une Margault en transe pour faire bouillir, presser et mêler les diverses plantes dont elle avait besoin. Enfin c'était terminé… L'aube est levée depuis longtemps lorsque la jeune femme émerge de son état hypnotique pour contempler avec un frisson la fiole aux reflets rougeâtres qui semble luire de mille feux devant elle. Son sort repose désormais entre les mains de Dieu. Ou du Diable, qui sait… Maintenant que le moment fatidique est arrivé, ses mains se mettent à trembler fébrilement, son cœur à battre comme s'il allait se décrocher. Une fois encore, elle repense au noyé du cimetière. Ne s'apprête-t-elle pas à commettre la même erreur, ne va-t-elle pas à son tour être bannie des bras de l'Église par son geste ? La jeune femme envisage un instant de rédiger une courte lettre destinée à son père et à Matthieu, avant de renoncer. À quoi bon, ils la condamneront quoi qu'elle puisse expliquer…

C'est une épouse plongée dans la contemplation de cette petite fiole que découvre Matthieu en venant lui rendre visite dans sa chambre un peu plus tard, contrevenant aux ordres de Philippe qui avait exigé son plus strict isolement depuis l'aube. L'imagier a les joues hâves, le teint gris, les vêtements qui empestent l'alcool à dix pas. Margault, qui ne l'avait pas entendu sortir, est surprise de le trouver dans cet état désastreux. Durant leurs deux ans de mariage, jamais en effet son mari ne s'était montré porté sur le vin, tout au moins en sa présence… Serait-ce la tristesse de la voir partir, le remords de l'avoir dénoncée ? Elle est malheureusement vite détrompée lorsque celui-ci prend la parole, la voix aussi pâteuse qu'hargneuse :

— Alors vous avez gagné, vous êtes heureuse, j'imagine... J'ai tout perdu, tout... Mon atelier, ma ferme, même cette maison qui appartenait à ma famille depuis plusieurs générations... Ce... Ce juif malfaisant refuse de m'accorder un nouveau délai de paiement pour les dettes de ces derniers mois, tandis que votre père exige la restitution immédiate de votre dot... Je suis totalement ruiné ! Tout cela parce que je n'ai pas su sauvegarder la virginité d'une ribaude... J'aurais dû vous tenir enfermée, vous priver de tous vos livres. Tant de sacrifices pour en arriver là...

À quoi bon se quereller alors que tout est scellé ? C'est donc d'une voix lasse, dénuée de toute émotion, que Margault répond à son mari :

— Matthieu, je ne comprends pas... Comment avez-vous pu accepter un tel marché de dupe, sans jamais m'en parler ? Comment avez-vous pu me faire accroire à votre attachement, alors qu'il ne s'agissait en réalité pour vous que de sordides questions d'argent ? Si vous n'étiez pas entré dans le jeu de mon père, si nous avions uni nos forces, Philippe n'aurait rien pu faire une fois le mariage conclu, et nous aurions pu couler des jours heureux... Je suppose qu'aucun contrat concernant ma virginité n'a été signé ! N'avez-vous donc pas compris qu'il ne s'agissait que de pure jalousie, et non de Foi ?

— Les dés, Margault, les dés... J'étais pris à la gorge, trop endetté pour espérer recouvrer un équilibre financier par le seul fruit de mon travail. Je vous trouvais belle à damner un saint, je vous savais riche... Je croyais que vivre à vos côtés suffirait à mon bonheur, avec l'aide de quelques filles follieuses et de votre dot… Quelle immense, terrible erreur ! J'ai voulu le faire chanter, c'est votre père qui a été finalement le plus fort avec ce marché inhumain…

Matthieu pleure d'un chagrin d'ivrogne, la tête baissée, reniflant bruyamment comme un enfant puni. Malgré l'incertitude de son propre sort, Margault se sent touchée par le désespoir de cet époux qu'elle découvre enfin, trop tard… Elle veut s'approcher de lui pour l'apaiser, lorsque celui-ci lui repousse la main avec violence. Il lève vers elle un regard halluciné, avant de la gifler à toute volée.

— Putain ! Vous n'êtes qu'une putain ! Non, vous êtes bien pire… Les ribaudes au moins ne se donnent pas de faux airs de respectabilité ! Ce sont de braves filles, honnêtes, sans façon… Alors que vous ! Vous ! Vous n'avez cessé de m'aguicher, de me provoquer pour me faire rompre un engagement que vous deviez pressentir ! Vous avez le diable au corps, un diable qui ne songe qu'à me damner par des subterfuges surnaturels !

Apeurée, Margault recule, la joue en feu, tandis que l'imagier marche vers elle d'un pas furieux, l'écrasant de toute sa taille. La jeune femme lit dans le regard qui la vrille qu'il s'apprête à la tuer… Elle cherche désespérément un moyen de fuir, quand tout à coup ses yeux s'arrêtent sur la fiole. La main tremblante de Matthieu s'approche déjà de sa gorge pour la serrer, lorsqu'elle se saisit du récipient d'un geste vif en tentant de donner à sa physionomie épuisée une expression gourmande :

— Matthieu, cessons de nous disputer, voulez-vous ? Il s'agit sans doute de nos dernières heures ensemble… Pourquoi ne pas en profiter pour goûter ce nouveau breuvage imaginé à votre intention ? Je crois me rappeler que les précédents vous ont fort réjoui…

Hésitant, le bras de l'imagier s'immobilise dans l'air, tandis que son regard à la fixité d'ivrogne se rétrécit sous l'effet de la méfiance :

— Qu'est-ce encore que cette histoire… Alors même que vous vous apprêtez à être recluse, vous voulez me faire accroire que vous perdez votre temps à me préparer un breuvage ? Il s'agit d'un sortilège, n'est-ce pas ? De l'un de ces sortilèges transmis de mère en fille pour mieux soumettre les hommes à leur volonté ? Mais il est trop tard, bien trop tard… Ni vous ni moi ne pouvons plus rien contre le destin qui nous attend, quoi que vous maniganciez. Vous resterez cloîtrée jusqu'à la fin de votre vie dans le plus total dénuement, ce que vous méritez pleinement. Et moi…

Il baisse la tête, tout en ricanant amèrement :

— Et moi, je passerai mon existence entière à vous maudire…

La crise de folie est déjà achevée, la fureur de Matthieu cède la place à un silence abattu. Seules ses mains d'artiste bougent encore, se cognant de plus en plus fort contre la table en bois, tandis que leurs phalanges commencent à se couvrir de sang. Un éclair de compréhension traverse l'esprit de la jeune femme : il cherche à se mutiler, à détruire ce qui lui est le plus précieux… Cette fois, la mesure est dépassée. Elle en a trop vu, trop supporté… Quand elle songe qu'elle était prête à occire son époux en lui faisant boire sa potion, simplement pour pouvoir s'enfuir ! Cela ne peut continuer, elle doit impérativement tuer le monstre qui grandit en elle, avant qu'il ne prenne le dessus et n'échappe à sa volonté. Cette fois-ci, il s'en est fallu de peu, mais la prochaine fois ? Elle ne peut devenir l'instrument impuissant du Malin, il lui faut réagir. Déterminée, elle verse la moitié du contenu de la fiole dans une coupe emplie de vin, les gestes mal assurés. Quand elle sent soudain sur ses mains le regard de Matthieu, sorti de sa transe, qui contemple le breuvage avec une concupiscente fixité. Oh non, il ne va tout de même pas… Soucieuse d'éviter le drame, elle se hâte de porter la coupe à ses lèvres, quand son époux la lui arrache brutalement des mains, une lueur mauvaise dans l'œil.

— Eh bien, que faites-vous donc, ma mie ? J'avais cru comprendre que cette boisson m'était destinée…

Margault frémit d'angoisse en voyant son mari approcher la coupe de sa bouche, entrouvrir avidement les lèvres… Que faire pour stopper ce cauchemar ? Elle ne peut tout de même pas lui avouer que le breuvage est empoisonné, cela la destinerait à un sort plus cruel encore que le reclusoir… Mais comment laisser une telle atrocité se commettre sous ses yeux ? N'y tenant plus, elle lève la main en un ultime sursaut de révolte :

— Matthieu, non !

Le geste de l'imagier se suspend, tandis qu'un étrange éclair de clairvoyance traverse son regard :

— Des scrupules, Margault ? N'êtes-vous plus certaine de souhaiter me voir boire ce breuvage ?

Son corps est secoué d'un rire sans joie, avant qu'il ne porte de nouveau la coupe à ses lèvres sans quitter sa femme des yeux. Tout ensuite se déroule très vite… Bondissant comme un chat, cette dernière traverse en un éclair l'espace qui la sépare de son mari pour faire choir d'un geste vif la coupe à terre. Un court instant, les deux époux restent immobiles, le regard fixé sur le liquide qui teinte de rouge la paille répandue sur le sol. Quand Margault, qui inspire profondément, les poumons en feu de s'être retenue de respirer trop longtemps, lève enfin la tête, c'est pour apercevoir quelques gouttes de potion aux commissures des lèvres de Matthieu. Trop tard, elle a réagi trop tard… Conscient de ce regard explicite, l'imagier esquisse un rictus amer :

— Eh bien, maintenant nous sommes fixés, n'est-ce pas ?

Avant qu'elle n'ait le temps de répondre, il quitte la pièce d'un pas incertain d'ivrogne. Stupéfaite, Margault l'entend ordonner au garde de quitter son poste de surveillance, avant de claquer brutalement la porte d'entrée, laissant planer derrière lui un silence de mort. De nouveau juchée sur le petit banc près du soupirail, elle le voit tourner à l'angle de la rue, la démarche titubante, faisant de grands gestes désordonnés avec les bras. L'affolement la gagne en comprenant qu'elle a encore aggravé une situation dont elle a totalement perdu le contrôle. Il ne peut être question que Matthieu soit pris de vomissements ou de diarrhées en plein milieu de la rue, tout le monde ne pourrait que conclure à un empoisonnement… Qui sait, peut-être même va-t-il parler, raconter la manière dont sa tendre épouse lui a fait boire un philtre d'amour assez singulier ? L'imagination de la jeune femme s'emballe sous l'effet de la terreur. C'est atroce, elle va être arrêtée, soumise à la question, exécutée de la pire manière qui soit… D'autant plus qu'il s'agit de poison ! Cette forme de meurtre effraie en effet plus que toute autre, par cette manière qu'elle a de tuer sans faire saigner par un procédé mystérieux, maléfique… Son calvaire promet d'être terrible ! Elle avait entendu parler de ce supplice pratiqué elle ne savait plus où, où l'on réalisait une incision dans le ventre, avant que le bourreau n'y enfonce sa main pour en sortir lentement les organes afin de les enrouler autour d'une broche… On mourait ainsi très lentement, très douloureusement, vidé de ses entrailles… Elle frissonne nerveusement. Vite, elle doit absolument s'enfuir avant que son père ou les sergents ne viennent la chercher…

Un nouveau bruit de porte la fait soudain sursauter. Oh non, ce n'est tout de même pas déjà Philippe… Une toux rauque monte de l'escalier, la figeant dans une terreur glacée. Lorsque la porte s'ouvre à toute volée, elle se prépare à affronter son père pressé de l'emmener vers son destin, quand le choc la fait défaillir. Ce n'est en effet pas Philippe, mais Matthieu qui obstrue de nouveau la porte de sa large silhouette. Un Matthieu au teint cireux, à la bave aux lèvres, à la cotte constellée de vomissures grumeleuses. Margault recule autant qu'elle le peut, épouvantée. Son dos cogne brutalement contre le mur, la douleur irrigue dans son corps tout entier, tandis qu'elle se mord la lèvre, soucieuse de cacher sa souffrance autant que sa peur. Cette fois, c'est certain, son époux ne peut manquer de la tuer comme elle le mérite…

Appuyé de tout son poids contre le chambranle de la porte, ce dernier reste pourtant immobile, la fixant avec des yeux vitreux. Tous ses efforts se concentrent manifestement vers un seul but : tenter de refouler les vagues de nausées qui lui montent aux lèvres pour parvenir à parler. Ses traits crispés par la douleur se tendent plus encore, ses yeux bouffis se rétrécissent au point de n'être plus que des fentes, ses lèvres bleuies s'entrouvrent enfin… mais pour laisser s'écouler un flot de bile jaunâtre. Au prix d'un effort surhumain, un murmure presque inaudible parvient à passer la barrière de ses dents :

— N'aviez-vous pas compris ? N'aviez-vous donc pas compris que je vous aurais laissée partir…

Puis, avant que Margault n'ait eu le temps de répondre, l'imagier tourne brusquement les talons pour dévaler les escaliers dans une chute titubante, laissant planer derrière lui une écœurante odeur de vomissures. Prenant soudain conscience de tenir encore la fiole empoisonnée, la jeune femme lâche comme s'il la brûlait le fragile récipient, qui se brise en mille éclats de verre au milieu du tapis de paille. Oh mon Dieu, c'est donc là le sort qu'elle se réservait ! Elle pensait le poison fulgurant, et n'avait rien trouvé de mieux que de se promettre une lente et douloureuse agonie ! Elle est prise de frissons spasmodiques durant un long moment, ce qui ne l'empêche pas de continuer à réfléchir intensément. Que va-t-il advenir de Matthieu ? Va-t-il se précipiter chez le prévôt afin de dénoncer son empoisonneuse de femme ? À moins qu'il n'en ait pas le temps et qu'il n'agonise comme un chien galeux dans une ruelle, baignant dans ses excréments… Un bruit de charrette tout proche lui rappelle une fois encore qu'il devient urgent de s'enfuir. Ce n'est en effet plus un reclusoir qui l'attend désormais, mais un bûcher… Elle s'empare du vieux sac de toile de Peronette qu'elle emplit à la hâte de quelques vêtements et bijoux, avant de glisser sans même réfléchir un petit couteau dans l'une de ses chausses et de traverser sa chambre en courant. Juste avant de sortir, elle ne peut s'empêcher de se retourner un instant sur le seuil, soudainement nostalgique. Ici s'achève sa vie de fille, d'épouse, de créature de Dieu…

15

Plusieurs heures passées dans les rues à errer sans but, à se cacher nerveusement des sergents du prévôt – qui ne semblent pourtant même pas la remarquer – et à repousser les mendiants malodorants ont raison du peu d'énergie qui subsistait chez la jeune femme. Sa détresse contraste étrangement avec l'effervescence de la ville qui se prépare joyeusement aux festivités de Pâques. Comme pour mieux lui faire sentir sa solitude, son désarroi… Jamais elle n'avait vu une pareille liesse ! La ville grouille de bonnes volontés qui nettoient les rues, posent des barrières et des estrades, installent partout des bannières multicolores et des fontaines à boissons… Margault lève la tête pour apercevoir les bourgeois se presser aux fenêtres afin d'observer les visiteurs de marque qui arrivent avec leurs escortes, de jauger les richesses proposées par les marchands itinérants et de se gausser des ruraux endimanchés qui paradent dans des vêtements un peu moins rapiécés que d'ordinaire. Un petit groupe d'escholiers tonsurés rentrant des petites écoles passe à côté d'elle en riant et en la montrant du doigt. Son air perdu est-il donc si évident ? Voulant à tout prix éviter d'attirer l'attention, elle se recule dans une encoignure de porte pour écouter avec tristesse un jongleur déclamer avec peine son poème au milieu des bruits assourdissants qui l'entourent :

Dame Escarmonde,
votre nom signifie que vous donnez lumière au monde par vérité et que vous êtes pure et que vous ne faites rien de mal, ainsi vous êtes telle qu'on doit l'être en portant un nom noble.

Malgré elle, Margault a murmuré les derniers mots en même temps que l'artiste. Elle a reconnu avec un pincement au cœur l'un de ses poèmes favoris, écrit par Guilhem de Montanhagol pour Escarmonde de Foix. Cette dernière, convertie au catharisme, était allée rejoindre ses coreligionnaires au château de Montségur, pour finalement y mourir brûlée. Du moins le suppose-t-on… Les larmes lui montent aux yeux, sans qu'elle parvienne à savoir si elle s'attendrit sur le triste destin de cette femme ou sur le sien… Quand tout à coup, le souvenir de son rendez-vous avec le frère Jean des Camps lui revient en mémoire. Quel jour sommes-nous aujourd'hui ? Vendredi ? Tant pis, elle ne peut patienter jusqu'à lundi, elle va devoir se cacher dans la petite chapelle attenante au couvent pour l'attendre. Il lui semble que ce rendez-vous lui a été donné dans une autre vie, il y a une éternité… Aussitôt, la jeune femme, qui, peu habituée à courir les rues, traînait les pieds d'épuisement, se dirige vers le couvent d'un pas rendu plus alerte par l'espérance. Contraint à l'hospitalité et au secret de la confession, le moine ne pourra manquer de l'aider, tout spécialement avant la semaine sainte ! En outre, elle n'oublie pas que toute église et son cimetière ont été déclarés lieux d'asile inviolables par le pape. Son père lui avait à maintes reprises parlé de ce concile d'Urbain II, qui avait renforcé la cohésion de l'Église et décidé de la première croisade. Comme on pouvait s'y attendre, Philippe était lui-même fortement opposé à ce que tout truand poursuivi par la justice royale puisse trouver refuge dans un lieu de piété au nom du droit de Dieu, un droit au départ destiné à préserver la tranquillité des prêtres. Son père était si intransigeant, si peu sensible à la compassion ! Que penserait-il s'il savait que c'était aujourd'hui sa fille qui s'apprêtait à bénéficier de ce droit divin ?

Pénétrer dans ce lieu saint trouble Margault bien davantage qu'elle ne l'aurait imaginé. Ses pas hésitants se répercutent sous la voûte de l'édifice, tandis qu'elle se remémore sa dernière visite malheureuse à la cathédrale : les statues des saints barbouillées de peinture qui l'écrasaient de leur mépris, les gargouilles qui la chassaient de leurs grimaces obscènes… Mais aujourd'hui, cette petite chapelle inconnue lui semble d'une exceptionnelle sérénité avec ses murs blancs revêtus de torchis, ses bancs en bois clair, ses bouquets de fleurs printanières jaunes et blanches éclairées par le soleil d'avril. Contrairement à celle de la cathédrale, la statue peinte de Marie semble la contempler avec bienveillance, l'invitant à se nicher dans les plis de sa robe bleue et blanche au discret liséré doré. Un élan de joie la soulève, puissant, la poussant à allumer un cierge et à prier de tout son cœur, retrouvant les mots entiers, candides de l'enfance… Avant de s'effondrer brusquement dans un coin de la chapelle, épuisée par les émotions des derniers jours, non sans avoir pris soin de dissimuler son précieux sac le long de son corps. La jeune femme ne remarquera pas le crépuscule qui tombe sur l'édifice, les lourdes portes qui se ferment pour la nuit, les étoiles qui scintillent à travers les vitraux… Elle est déjà ailleurs…

Une éternité plus tard, elle est réveillée par une main grimpant doucement le long de sa nuque. Encore dans les limbes du sommeil, elle sourit d'aise sous la douce caresse, déplace un peu son dos pour faciliter la délicieuse progression… Un ronronnement de chat lui échappe, qui fait rire silencieusement l'inconnu dissimulé dans l'ombre. La main s'arrête brutalement, se recule, ce qui tire un vague gémissement de protestation à la jeune femme. Obéissante et complice, celle-ci reprend alors son délicat va-et-vient, effleurant le doux duvet blond du cou. Quand tout à coup, Margault se réveille tout à fait et se redresse mollement, les cheveux emmêlés dans un ravissant désordre et les lèvres gonflées de sommeil. Pour voir une ombre se dissoudre dans la nuit comme si elle n'avait jamais existé. Elle se frotte les yeux de ses poings fermés, envahie d'un vague malaise. Était-ce son rêve qui finissait de s'évanouir tel un lambeau de brouillard dans la réalité ? Elle aurait pourtant juré avoir entendu une phrase murmurée d'un ton sec : « Je te la confie. »

Comme pour lui donner raison, une nouvelle silhouette, plus petite celle-là, sort soudainement de l'ombre à quelques brasses seulement de sa couche improvisée. La jeune femme tressaille en découvrant le pauvre hère à l'épouvantable puanteur et à la répugnante apparence qui lui fait face, une chandelle de l'église à la main. Elle esquisse un mouvement pour se relever et s'échapper, avant de se ressaisir juste à temps. Elle appartient désormais au monde de la rue, mieux vaut apprendre à côtoyer ceux qui y vivent…

L'homme, qui courbait jusque-là la nuque, sans doute par déférence, relève brusquement la tête, dévoilant un visage de fouine aux yeux brillants d'intelligence.

— Je me nomme François, gente dame, et me tiens à votre disposition pour vous mener partout où vous le souhaitez.

— Où je le souhaite ? Mais que me contez-vous là ? Je ne vous connais pas et n'ai nulle raison de me fier à vous. Et puis qui vous dit que je souhaite me rendre en un lieu particulier ? Je me trouve là pour attendre le frère des Camps, qui…

— Je fréquente la rue depuis suffisamment longtemps pour reconnaître une jeune égarée, qui sans mes soins risque de tomber dans de bien vilaines griffes. D'autant plus que je connais ce moine, qui je vous le prédis, ne prendra pas la peine de vous venir en aide. Il fait partie de ces religieux qui ne savent qu'aimer Dieu, en oubliant la compassion envers leur prochain…

— Et qui me dit que le danger ne viendra pas de vous, précisément ? Mieux vaut je crois que vous me laissiez.

— N'avez-vous donc pas encore compris ? Vous possédez une chance rare, belle dame, que beaucoup vous envieraient. Quelqu'un vous protège, qui vous a confiée à mes soins. Croyez-moi, il ne vous arrivera rien, sinon je devrais en répondre de ma vie…

Elle n'avait donc pas rêvé, quelqu'un se tenait bien dans cette église il y a quelques instants seulement… Mais de qui diable peut-il s'agir ? Allons, elle n'a guère le choix, il lui faut demander quelques détails pratiques à cet inconnu, tout en restant naturellement sur ses gardes à chaque instant. Elle non plus n'a pas grande confiance en la compassion du frère des

Camps… Le mouvement esquissé pour se relever fait monter une légère odeur de sueur jusqu'à ses narines, qui, elle s'en aperçoit avec horreur, provient de son propre corps. Si le fait semble insignifiant, il l'épouvante par ce qu'il implique…

— François… Vous vous nommez bien François, n'est-ce pas ? Pouvez-vous, je vous prie, me mener dans des étuves convenablement fréquentées ? Il me faut me laver aussitôt que possible…

Silencieux, le mendiant acquiesce de la tête sans paraître surpris de la requête, avant de se diriger d'un pas sautillant vers la porte, dont il actionne la poignée d'un geste d'habitué. La vive lumière d'avril éblouit Margault accoutumée à l'obscurité de la chapelle, la faisant reculer avec précipitation. Par réflexe, elle lève un bras protecteur devant ses yeux plissés, autant pour se protéger de l'éclat du soleil que pour se substituer aux regards de la foule qui s'agite déjà autour d'elle. Quelle effervescence ! Il serait affreux que quelqu'un la reconnaisse… Une pointe de nostalgie lui mordant le cœur, la jeune femme se revoit quelques jours auparavant, déambulant sereinement au bras de son amie Jeanne devant les étals de tissus tout en évoquant la liesse des festivités. Elle ne faisait que pressentir alors que le ciel allait lui choir sur la tête…

Immobile, bousculé par les passants, François la contemple d'un air ostensiblement interrogateur. Ah oui, les étuves… Soudain pressée, Margault emboîte le pas au mendiant, tout en s'étonnant de sa facilité à se remettre une nouvelle fois entre les mains d'un inconnu. Elle ne ressent étrangement aucune crainte, comme si toutes ces épreuves l'avaient rendue invulnérable. Elle ne peut toutefois s'empêcher de vérifier la présence du couteau toujours niché dans sa chausse. Si l'on cherche à l'agresser, elle a bien l'intention cette fois de se défendre. Et puis a-t-elle réellement le choix ? Au moins le mendiant parvient-il à écarter les importuns pour mieux lui frayer un passage et à louvoyer entre les charrettes pour éviter les coups de sabots intempestifs… Elle se sent peu à peu suffisamment rassurée pour laisser sa curiosité se réveiller :

— François ? Patientez, je vous en prie, j'ai une question à vous poser. Pouvez-vous me dire qui est l'homme avec lequel vous avez parlé ce matin dans la chapelle ? Celui qui est censé me protéger ?

— Dame, je l'ignore…

— Comment cela, vous l'ignorez ? Vous lui obéissez comme un serviteur et vous ne le connaîtriez pas ? Allons…

— Si, bien entendu, je le connais fort bien, mais j'ignore son identité, voilà tout.

— Mais vous devez bien…

Exaspérée, Margault s'interrompt soudain, ayant enfin compris que l'homme se faisait un malin plaisir de jouer avec elle. Fatiguée, courbaturée par cette nuit inconfortable passée sur le dur sol de l'église, elle ne se sent guère d'humeur à badiner… Tant pis pour le mystérieux inconnu, elle mènera son enquête ultérieurement, quand elle se sera enfin lavée et reposée. Pour le moment, elle ne ressent plus qu'une hâte : sentir sur sa peau la bienfaisante caresse de l'eau chaude. Jamais encore elle ne s'est sentie si sale, comme recouverte d'une fine couche de poussière invisible et poisseuse… Elle reprend donc sa marche sans un mot, tout en observant d'un œil distrait les habitants nettoyer à grande eau le merderon, ruisseau dépotoir qui court au milieu de la rue, et amasser les dernières immondices laissées par les porcs en liberté devant leur porte pour le passage des barrotiers engagés pour l'occasion. Malgré son hébétement, elle ne peut s'empêcher de détourner le regard quand, juste à côté d'elle, un jeune officier municipal se met en devoir de ramasser un cadavre de chien au ventre gonflé, grignoté par les rats. Parvenue devant l'établissement de bains, la jeune femme s'immobilise, perplexe, tandis que François se décide à se tourner enfin vers elle :

— Je suppose que vous possédez de l'argent, ou des objets de valeur afin de payer l'entrée ?

Margault, qui ne possède pas d'argent et refuse de révéler à l'indigent l'existence de ses bijoux, lève vivement la main dans un geste de dénégation. Un geste un peu trop vif pour être sincère peut-être… L'homme la dévisage un long moment de ses yeux perçants sans chercher à dissimuler sa suspicion, avant de laisser tomber comme à regret :

— Alors tant pis, nous allons devoir employer ma méthode…

Arborant un air mystérieux, le miséreux se glisse à l'arrière de la haute maison un peu décrépie, en prenant garde à ne pas attirer l'attention des sergents qui sillonnent la ville par petits groupes, attentifs à prévenir les échauffourées avant l'arrivée du cortège religieux. Suivi de près par une Margault légèrement inquiète, celui-ci pousse ensuite une petite porte dérobée, qui les fait accéder directement dans une salle de bains de vapeur à la chaleur suffocante. Alertée par le grincement des gonds, une femme nu-tête vêtue d'une cotte rayée rouge et verte largement ouverte sur le poitrail et les cuisses, s'avance vers eux en fronçant les sourcils, avant de se dérider en reconnaissant le mendiant.

— François, mon bel amour ! Que fais-tu là ? Ne me dis pas que tu t'es enfin décidé à prendre un bain ?

— Moi, me baigner ? Que Dieu m'en garde ! Comment diable ferais-je pour attirer les aumônes, si je brille comme un sou neuf ? Non, je viens pour cette jeune femme, là, qui souhaite connaître les bonheurs de tes étuves…

— Et elle n'a donc pas les moyens de payer comme tout le monde, cette belle dame ? Il me semble à la manière dont elle est vêtue qu'elle ne doit manquer de rien…

— Ne t'occupe pas de cela, commère, j'ai reçu ordre de satisfaire ses moindres désirs pour la journée et je m'y conforme… Peux-tu me faire le plaisir de t'en occuper ?

— Inutile de te demander qui te l'a confiée, beau sire, je reconnais bien là ses goûts… Sans doute veut-il la savoir propre avant de l'approcher ! Il me semble me souvenir qu'il ne goûte guère les odeurs trop fortes de femelle, contrairement à d'autres…

La femme laisse échapper un rire épais, qui dévoile ses chicots pourris et fait tressauter sa poitrine gigantesque. Ce qui ne l'empêche pas de jauger Margault de l'œil expert d'un pelletier devant une brassée de fourrures. Bien que choquée par les manières lestes de l'inconnue, Margault se laisse déshabiller et guider avec reconnaissance vers les salles des étuves, tout en frissonnant de faim et de fatigue. Sans paraître remarquer les effleurements de plus en plus prononcés de mains invisibles sur son corps maintenant recouvert d'une multitude de petits picots hérissés… Après s'être délassée un long moment les yeux fermés dans une piscine où s'ébattaient trois femmes, la jeune femme sursaute soudain : l'une d'entre elles a glissé une main avide entre les cuisses d'une autre qui a renversé la tête sous l'effet du plaisir, tout en entourant d'une bouche gourmande le téton dressé de la troisième. Oh non, le Malin se dissimule-t-il donc partout ? Ces femmes semblent pourtant de respectables bourgeoises, qu'il lui semble avoir croisées maintes fois au marché… Fascinée malgré elle, Margault ne peut quitter des yeux la main qui s'active avec diligence sous l'eau, se frayant un passage de plus en plus profond entre les cuisses qui s'écartent largement. Seul le regard d'invite éloquent d'une des femmes la décide à sortir de l'eau pour s'engouffrer ruisselante dans les bains de vapeur. Mais c'est pour discerner avec effarement des activités qui lui avaient totalement échappé lors de son premier passage. Des brumes de vapeur émergent en effet peu à peu des corps nus soudés les uns aux autres par groupes de deux ou trois, dans des postures de plus en plus explicites au fur et à mesure de la dissipation du brouillard. Juste à côté d'elle, la tête d'une fille menue penchée entre les jambes d'un gros homme rougeaud au ventre flasque s'agite de plus en plus vite, la faisant reculer de dégoût. À moins qu'il ne s'agisse là encore d'une femme… Décidément, ces étuves ne ressemblent guère à celles qu'elle a fréquentées à deux ou trois reprises… Pas plus d'ailleurs que cette étuvière aux allures de ribaude, qui s'avance maintenant vers elle, un sourire factice plaqué sur le visage :

— Alors, ma belle, on se sent plus propre ? Cela fait du bien, n'est-ce pas ? C'est étrange, je pensais que votre… admirateur viendrait vous rejoindre dans l'un de nos cuviaux comme il en a l'habitude, mais je ne l'ai pas encore aperçu. Peut-être attend-il que vous soyez passée dans la salle d'épilation…

Laissant de nouveau exploser son rire vulgaire, la femme approche une main gourmande du ventre de Margault :

— À moins qu'il n'ait pensé vous… mettre en condition en vous mêlant à nos invités qui s'ébattent dans la pièce voisine…

— De qui ? De qui donc êtes-vous en train de parler ? François n'a pas voulu…

Margault s'interrompt, consciente d'en avoir trop dit. Tandis que l'étuvière esquisse un sourire narquois :

— Ainsi vous ignorez l'identité de celui qui veille ainsi sur vous ? Eh bien vous avez dû particulièrement le troubler, je ne l'ai jamais vu se comporter de la sorte ! Je ne puis malheureusement vous donner son nom s'il n'a pas jugé bon de le faire lui-même. Sans doute veut-il vous en réserver la surprise… En attendant, peut-être voulez-vous découvrir…

— Merci, mais je n'ai aucunement l'intention de me mêler à vos jeux diaboliques… Veuillez me laisser passer, je vous prie, François m'attend.

— Allons, allons, ne faites pas trop la fière, ma belle ! Peut-être reviendrez-vous dans peu de temps me supplier de vous trouver un travail, n'importe lequel… J'en ai vu bien d'autres comme vous, qui faisaient les arrogantes et ont fini par me frotter complaisamment le dos… Et quand je parle du dos…

— Je doute fort que ce jour arrive. Veuillez vous écarter, je vous prie…

Margault enfile rapidement ses vêtements sur sa peau encore humide, avant de quitter l'établissement comme si elle avait le feu à sa chemise. Par chance, ni son sac ni son couteau n'ont été volés… Il ne lui faut que quelques pas pour rejoindre François, qui, manifestement allergique à toute forme de propreté, l'attendait prudemment à proximité de l'établissement, de crainte sans doute que quelques lambeaux de vapeur ne viennent lui dérober un peu de sa précieuse crasse.

— Je suis furieuse ! Que croyait cette vieille ribaude ? Que j'allais la remercier de m'avoir laissée me laver gracieusement par des faveurs ignobles ? Quelle horreur ! Elle est repoussante, son haleine pue la charogne et l'ail… Et vous, avez-vous régulièrement l'habitude d'emmener des jeunes femmes innocentes dans ce bordeau ?

— Cette dame est une bonne amie de l'homme qui vous a confiée à moi cette nuit. C'est également une personne qui m'est chère. Puisque l'on m'a demandé de vous faire connaître les règles de la rue, j'ai pensé que cette femme pouvait vous servir, vous fournir un moyen aisé de gagner quelque argent… Il est regrettable que vous n'ayez pu vous entendre. Et plus regrettable encore qu'elle vous inspire un tel mépris. Cette femme a le cœur sur la main…

Tout en reprenant sa marche, le mendiant se mure dans un silence hostile. Tandis que Margault cherche une manière de s'amender, consciente d'avoir peut-être dépassé les bornes.

— Pardonnez-moi, j'ai eu peur, et mes paroles ont dépassé mes pensées. Je suis consciente des efforts que vous faites pour m'aider. Et puis je crois que je suis mal placée pour me poser en victime innocente… Pouvons-nous trouver quelque chose à manger, n'importe quoi… Je crois que je commence à défaillir…

Le mendiant semble se radoucir, ce qu'il cherche pourtant à dissimuler sous un ton bourru :

— Pourquoi donc ne le disiez-vous pas ? Je vais dénicher de quoi nous nourrir tous les deux, ne vous inquiétez pas.

Une vague de joie presque animale submerge la jeune femme, qui n'aurait jamais imaginé ressentir un tel plaisir à la perspective d'un simple repas, sans doute fort sommaire qui plus est. Elle ne se reconnaît déjà plus dans cette lointaine Margault qui faisait la fine bouche devant l'abondance de plats de son anniversaire de mariage… Si elle avait su ! N'ayant rien avalé depuis la veille, elle se sent étourdie par l'agitation qui règne autour d'elle, encore accrue aux abords de la cathédrale par un vent d'adoration religieuse. Les pèlerins venus des villages environnants achètent des cierges avec lesquels ils sillonnent les rues en marmonnant des prières confuses, tandis que les habitants réparent quant à eux les ornières des chemins ou renforcent les façades décrépies… En traversant le parvis de l'église sur les pas de François, la jeune femme est distraite par le spectacle d'un homme richement vêtu étendu face contre terre sur les marches de l'édifice, dans une étrange posture de mortification. Ce qui l'amène à se cogner contre un gigantesque sergent en armes, qui la contemple de toute sa hauteur en l'enveloppant de ses bras massifs. Tout d'abord attendri par la pâleur de cette toute jeune femme à l'allure si douce, celui-ci devient tout à coup soupçonneux lorsqu'elle entreprend de se débattre pour s'enfuir :

— Allons, ma jolie, expliquez-moi donc la raison pour laquelle vous vous montrez si pressée. Ne disposez-vous pas de quelques instants pour deviser un peu avec moi ?

Ne sachant que répondre, Margault reste muette, tout en cherchant désespérément François des yeux.

Que lui veut donc ce sergent ? Est-il réellement, comme semble l'attester son air bonnasse, en quête d'agréables rencontres pour un simple brin de causette ? Ou recherche-t-il au contraire très précisément une jeune femme correspondant à sa description, soupçonnée d'avoir empoisonné un mari retrouvé raide mort au fond d'une ruelle ? Fort heureusement, le mendiant, qui ne quitte pas sa protégée de l'œil, intervient avant que la situation ne s'envenime :

— Veuillez l'excuser, messire… Cette jeune dame qui vient d'arriver en ville est littéralement morte de faim, ce qui explique son extrême agitation. Je lui ai fait miroiter la perspective d'un bon repas et elle ne tient depuis plus en place ! Il est étonnant de voir ce que la promesse de soupe et de cervoise peut provoquer chez une jolie femme, n'est-ce pas ?

Ni le clin d'œil complice, ni même le sourire un peu grivois du mendiant ne parviennent à dérider le sergent, qui fronce les sourcils avec suspicion. Ce mendiant dépenaillé qui semble si pressé d'entraîner cette jeune femme il ne sait où ne lui dit rien qui vaille…

— Savez-vous bien où vous allez, ma belle ? Il ne s'agirait pas que ce gredin vous entraîne dans un coupe-gorge ou vous promette à un mauvais sort ! De nombreuses jeunes filles trop candides disparaissent soudainement dans des lieux peu recommandables pour n'en plus jamais ressortir, vous savez…

Oh oui, elle ne connaît que trop les risques encourus lorsque l'on recherche l'aventure… Rassurée par l'ignorance manifeste de l'homme, Margault reprend suffisamment d'aplomb pour lui sourire délicieusement :

— Je vous suis infiniment gré de votre inquiétude, messire, mais je connais cet homme et lui fais toute confiance, je vous l'assure. J'ai en outre une faim de loup, qui m'obligera si vous me faites patienter un instant de plus à dévorer toute crue l'une de ces maigres volailles qui traînent à vos pieds, malgré cette fin de carême !

L'homme rassuré rigole grassement, tout en suivant la jeune femme d'un regard empli de regrets… Eh non, on ne trouve malheureusement pas de filles aussi belles dans les lieux peu recommandables évoqués un instant plus tôt. Il est bien placé pour le savoir, il les fréquente tous… L'esprit rendu égrillard par ces heureuses évocations, le sergent reprend avec vigueur le placardage des affiches annonçant les prochaines processions, leurs parcours, ainsi que les horaires des offices religieux de la semaine sainte. Des affiches qui ne pourront toutefois remplacer les crieurs indispensables pour tous ces paysans et laboureurs analphabètes…

De son côté, François cette fois ne traîne plus, exhortant de plus en plus fréquemment Margault à se presser, comme s'il craignait quelque mystérieux ennui. À moins que ce ne soit tout simplement l'air coupable de la jeune femme face au sergent qui le pousse à s'inquiéter plus que de raison… Les voilà enfin parvenus en face d'un immense bâtiment, devant lequel grouille une foule de miséreux harcelés par des chiens vagabonds qui leur mordillent méchamment les mollets. Margault, qui, malgré sa faim tenaillante, répugne à se mélanger à cette masse compacte et malodorante, prend la parole pour la première fois depuis l'incident avec le sergent :

— Est-ce bien ici que nous allons trouver de quoi nous nourrir ? Je pensais que nous allions…

Elle s'interrompt brutalement, embarrassée, ne sachant comment continuer sans se montrer vexante.

— Vous pensiez que nous allions voler des vivres, n'est-ce pas ?

— Oui, enfin je ne sais pas... Je pensais que les mendiants étaient parfois contraints de... chaparder quelques nourritures pour survivre...

— Eh bien non... Vous allez découvrir que le monde de la pauvreté peut parfois être extrêmement bien organisé, ma belle. Si l'indigence pour les nantis a en effet toujours été marquée du sceau du péché, cela n'empêche pas ces derniers d'organiser de régulières distributions d'aumônes. Un moyen bien commode de racheter leurs propres péchés et de dormir la conscience un peu plus tranquille...

— Pardonnez-moi de vous poser cette question, à laquelle vous n'êtes pas obligé de répondre... Mais vous ne vous exprimez pas comme un... pauvre. Vous semblez avoir reçu une excellente éducation et je me demandais...

— Ce que je fais là, tout puant et en haillons ? Je suis comme beaucoup de gens de mon milieu, voyez-vous, un petit noble de province jeté à la rue pour trop de dettes venues des taxes royales et contraint de rejoindre une ville afin de pouvoir survivre. Vous n'imaginez pas à quel point les osts et croisades ont participé à la ruine des vieilles familles de la noblesse...

— Je suis vraiment désolée... Mais n'aviez-vous donc pas d'autre alternative que de mendier ainsi ?

— Si, bien entendu... J'aurais pu être prêtre... ou encore clerc royal, comme mon instruction me le permettait sans peine... Mais je n'ai pu me résoudre à perdre ma liberté, à courber l'échine, alors que toute mon éducation m'avait préparé à diriger. Je sais que cela peut sembler absurde, mais je préfère de loin ma vie actuelle à celle de tous ces copistes scribouillards, toujours le nez dans leurs parchemins poussiéreux…

— Je comprends, du moins il me semble… J'ai moi aussi choisi la voie de la liberté, bien que d'une toute autre manière. Sans pourtant la préférer pour le moment à ma vie d'autrefois, loin s'en faut ! Mais parlons plutôt de ce repas qui nous attend… Où sommes-nous ?

Le mendiant secoue la tête comme pour en chasser les idées noires.

— Il me faut vous expliquer comment vous débrouiller, comme notre ami me l'a demandé…

Adoptant une attitude faussement servile, François débite d'une traite :

— Ici, belle damoiselle, nous nous trouvons à la Table des Pauvres, la meilleure table de la région pour les indigents. Le tablier qui gère cette association dispose d'une liste d'assistés réguliers, qui, grâce à ce jeton attestant de leurs droits, peuvent se procurer ici de l'argent. Vous pouvez constater que j'ai l'honneur d'en faire partie… Ils adorent aider les nobles désargentés, ils éprouvent l'impression de faire une meilleure action encore !

L'homme ricane, amer, avant de continuer du même ton professoral :

— Cette Table des Pauvres distribue également des vivres, mais seulement en certaines occasions particulières. Si vous cherchez par exemple à vous nourrir la semaine prochaine, sachez qu'ils préparent tout spécialement pour Pâques du pain et du lard salé.

— Et comment puis-je m'y présenter, moi qui ne possède pas de jeton ?

— La Table des Pauvres aide également les visiteurs occasionnels, mais il faut dans ce cas patienter dans la file…

— Oh non, je ne crois pas que je pourrais… J'aurais trop honte…

— Trop honte d'être pauvre ? s'indigne le mendiant, sans qu'elle parvienne à déterminer s'il est sérieux ou non. Ignorez-vous donc que rien n'est de notre faute, que l'indigence est une simple conséquence du péché originel ? Nous autres miséreux n'en portons donc aucune responsabilité, pas plus que la société d'ailleurs. Bien pratique comme explication, ne trouvez-vous pas ? Plus pratique en tout cas que de remettre en cause ce Dieu qui nous envoie depuis des semaines cette pluie pourrisseuse de récoltes, ou ces rois qui ruinent le pays à force de croisades… Mais je m'égare… Si cette file vous rebute vraiment de trop, il existe bien d'autres endroits où se nourrir en ville. L'aumônerie de l'abbaye, la chapelle des Frères Mendiants… Laissez-moi réfléchir…

— Ce sera partout la même chose…

— Vous avez également la possibilité de suivre les cortèges funèbres. Vous n'ignorez sans doute pas que les riches, surtout ceux qui n'ont jamais effectué d'aumônes de leur vivant, pensent se racheter de leur égoïsme en effectuant une donne testamentaire, censée leur ouvrir directement la voie du paradis ! Si l'usage peut paraître honteux, il a au moins le mérite de nous aider, nous autres indigents. Et tant pis pour ces enfants riches qui pleurent leur héritage perdu… Pour nous les pauvres, je dois avouer que c'est presque pire : nous n'avons nul droit de nous plaindre… Nous sommes même censés nous réjouir de permettre par notre indigence à tous ces riches de se concilier si aisément la miséricorde divine. Quel privilège, n'est-ce pas ?

Honteuse, Margault baisse soudain la tête. Elle ne faisait que bien peu d'aumônes lorsqu'elle en avait l'occasion…

— Je sais tout cela. Il me semble que mon père a également rédigé son testament dans ce sens.

— Alors peut-être pourrez-vous suivre son enterrement si vous n'êtes pas rentrée chez vous d'ici là !

Piquée au vif, la jeune femme tressaille, tandis que son visage se décompose brusquement. C'est au tour de François de se sentir gêné d'avoir parlé trop vite.

— Pardonnez-moi, Margault, ce n'est nullement drôle, et je parle en outre d'une situation dont j'ignore tout.

— Ce n'est rien. Continuez, je vous prie, car je doute de rentrer chez moi de sitôt…

— Les confréries professionnelles sont elles aussi charitables…

Pensive, la jeune femme laisse la suite des propos de François se perdre dans un brouhaha confus pour mieux réfléchir intensément. Il lui faut trouver une alternative, elle ne peut se résoudre à rejoindre ces files interminables de mendiants crasseux et porteurs de maladies. D'autant plus que les nuages noirs qui s'amoncellent au-dessus de leur tête promettent un déluge imminent…

— François, je dois vous avouer quelque chose… Je dispose de quelques bijoux emportés dans ma fuite, que j'aimerais engager chez un usurier. J'aurais sans doute dû vous en entretenir plus tôt, mais j'ai malheureusement appris à me défier des inconnus. Auriez-vous une personne fiable à me conseiller, qui puisse me prêter un peu d'argent ?

— Allons rapidement nous restaurer et je vous emmènerai ensuite… Mais si vous voulez mon avis, méfiez-vous comme de la peste des usuriers, qu'ils soient lombards ou juifs. Ces marauds ont considérablement participé à ma ruine…

Après que François eut joué des coudes avec une pratique consommée pour leur procurer de quoi manger, Margault se rue sur une soupe de raves tiède accompagnée d'un morceau de pain rassi. Tout en se préparant mentalement à sa négociation avec l'usurier juif, qui promettait d'être âpre. Le roi Louis le Hutin faisant payer fort cher à ses coreligionnaires revenus d'exil le droit de prêter légalement à intérêt, l'usurier devait très certainement répercuter cette contrainte auprès de ses quémandeurs. Une pratique qu'elle ne pouvait qu'obscurément deviner, ses connaissances en matière d'argent étant plus que sommaires…

L'homme qu'elle découvre un moment plus tard est bien plus jeune qu'elle ne l'avait cru de prime abord en pénétrant dans l'échoppe sombre, ses cheveux prématurément blanchis et sa silhouette courbée lui donnant déjà une allure de vieillard. Ayant en premier lieu aperçu François, l'homme sursaute en levant les mains dans un geste de défense. Pour les reposer aussitôt, apparemment apaisé par la présence de Margault. Cette dernière s'étonne de cette frayeur irraisonnée. Certes, les juifs sont harcelés, régulièrement chassés d'un royaume qui leur vole leurs biens – comme en 1306 par Philippe le Bel –, arrêtés pour pratiquer l'usure, une pratique fortement réprouvée par l'Église… Mais ils sont tout aussi régulièrement rappelés par le pouvoir, qui ne peut se passer bien longtemps de leurs services. En outre, le roi actuel n'a ni l'autorité ni l'esprit de décision de son père Philippe le

Bel ! Alors, pourquoi cette réaction brutale ? Ce n'est qu'à l'instant où son visage entre dans le cercle de lumière de sa chandelle que Margault comprend enfin : cette barbe qui commence timidement à repousser, ces ongles arrachés, ces marbrures noires sur son cou, cette rouelle jaune déchirée... Tout indique qu'il vient d'être récemment molesté. Rien d'étonnant donc à ce qu'il semble si nerveux ! Après avoir happé d'une main vorace les bijoux étalés devant lui, l'usurier les soupèse à l'aide d'une balance étincelante, avant de froncer son nez en bec d'aigle. Pour de tels bijoux laissés en gage, avoue-t-il d'une voix pleurnicharde, il est désolé de ne pouvoir prêter qu'une faible somme, à un taux d'intérêt de dix pour cent. Margault sursaute, indignée : cet homme est en train de se moquer d'elle, François lui avait parlé de cinq pour cent, peut-être moins... Sans doute avait-il pressenti qu'elle était aux abois ? Force lui est pourtant d'accepter, avant de repartir sous le regard à la fois ironique et satisfait de l'homme.

La journée s'achève déjà lorsque la jeune femme, la bourse modérément remplie, pénètre d'un pas hésitant derrière François dans un logement à louer, d'ordinaire occupé par des ouvriers au revenu misérable. Malgré ses murs chaulés gris de crasse et suintants d'humidité, son sol de terre battue jonché de déchets et son absence de tout système sanitaire, il semble pourtant merveilleux à une Margault qui reprend espoir à la perspective de disposer d'un véritable toit à elle. Qui sait, peut-être une jonchée de paille mêlée d'herbes aromatiques, quelques coussins de-ci de-là et deux ou trois médiocres tentures suffiront à en faire un logis passablement douillet ? Elle ne peut même empêcher une folle étincelle d'espoir de l'envahir.

Après tout, c'est la première fois qu'elle va vivre seule… Qui peut aujourd'hui savoir quel avenir l'attend ? La trop brève étincelle disparaît malheureusement aussitôt que resurgit dans son esprit le souvenir de Matthieu. Mon Dieu, il va falloir qu'elle se terre aussi longtemps qu'elle ne connaîtra pas le sort de son époux… Son cœur se serre en comprenant l'alternative qui se présente à elle : si Matthieu est vivant, il n'aura probablement de cesse que de la traquer afin de se venger. Si en revanche il est mort des suites de son poison, ce sont cette fois les sergents qui viendront l'arrêter afin de l'emmener sur le bûcher… La jeune femme tressaille tout à coup sous le regard curieux de François : elle a éprouvé l'espace d'un instant la sensation de flammes voraces léchant le bas de ses jambes. Le mendiant, qui a mal interprété son malaise, interroge d'une voix agacée :

— Le logement ne vous convient pas ? J'aurais dû m'en douter, vous n'avez guère l'allure d'une femme qui sait se contenter de l'ordinaire. Il est vrai que vous avez probablement été habituée à bien mieux…

— Cela conviendra très bien, au contraire, je vous remercie mille fois. Je vais y installer sans tarder mes maigres affaires…

— Je tenais à vous préciser avant de partir que j'ai renégocié le loyer avec la logeuse, qui a accepté de le baisser d'un tiers. Ne vous faites pas berner si elle cherche de nouveau à l'augmenter…

— François, je ne sais comment vous remercier pour cette journée…

Indécise, la jeune femme fait mine de fouiller dans son aumônière, lorsque François l'arrête d'un geste péremptoire.

— Conservez votre argent, vous en aurez davantage besoin que moi. N'ayez aucun scrupule, belle dame, je n'ai fait qu'obéir aux ordres...

L'homme tourne brusquement les talons avant de se précipiter dans l'escalier, sans laisser à Margault le temps de l'interroger plus avant. À la fois épuisée et soulagée de se trouver enfin seule, celle-ci se laisse tomber sur la planche recouverte d'un matelas miteux qui dorénavant lui fera office de lit, seul ornement de son galetas. Sans même prendre la peine de se dévêtir, elle s'effondre d'un coup sur la vieille couverture râpeuse grouillante de vermine pour chuter aussitôt dans un sommeil lourd et sans rêve.

Réveillée dès l'aube, Margault écoute par le soupirail ouvert les commentaires des ouvriers agricoles qui se dirigent vers les champs proches de la ville. Heureusement que les moissons s'annoncent abondantes, la famine commence à sévir gravement, comme toujours en ce début de printemps. Une famine rendue plus aiguë encore par l'exode croissant des ruraux affamés attirés par l'emploi des villes. Si cette pluie pouvait se décider à leur accorder une trêve, la récolte promettait d'être exceptionnelle ! Se réveillant tout à fait, la jeune femme s'étonne : jamais auparavant elle n'avait entendu parler de difficultés à se nourrir au début du printemps, elle n'avait même jamais senti la moindre différence au cours des saisons... Les cuisines, chez son père comme chez Matthieu, étaient toujours bien plus pourvues de volailles et de poissons qu'il n'était nécessaire... Elle se redresse avec difficulté sur sa couche trop dure, les membres engourdis par le froid matinal, les cheveux emmêlés et la bouche pâteuse. Dieu, ce qu'elle donnerait pour un lait chaud accompagné des succulents beignets à la fleur de sureau de Peronette… Allons, ce n'est guère le moment de s'attendrir… De toute façon, pour rien au monde elle ne reviendrait en arrière maintenant qu'elle connaît toutes ces vérités sordides. Alors, à quoi bon des regrets ? Elle doit dorénavant se tourner vers l'avenir. Même si celui-ci est, comme le ciel, chargé de nuages menaçants…

16

UN LONG MOIS plus tard, Margault se terre toujours frileusement dans son vétuste logis, un tant soit peu aménagé lors de ses trop brèves sorties. Le nouveau matelas rempli de paille fraîche, les deux tapisseries destinées à dissimuler les traces de moisissures sur les murs et la courtepointe doublée de fourrure qu'elle est parvenue à récupérer de sa vie « d'autrefois » grâce à la complicité de la cuisinière… Tout cela ne parvient pas à lui faire oublier l'odeur doucereuse d'humidité qui imprègne le logement et se mêle sous l'effet de la chaleur printanière aux relents pestilentiels d'excréments qui montent de la cour voisine… Que de quartiers encore ne connaissent pas le confort indispensable des retraits ! La jeune femme se contemple avec amertume dans le miroir d'étain poli qu'elle a pu récupérer en même temps que la courtepointe. Au terme d'un mois seulement de privation, sa carnation est devenue blafarde, ses joues ont perdu leur rondeur juvénile pour céder la place à des angles durs, ses cheveux sont désormais ternes comme du foin… Ne pouvant se résoudre à faire appel aux associations charitables, elle n'avait pas vécu, mais survécu. En allant subrepticement acheter quelque pâté de viande abîmé à un marchand ambulant, un poisson aux ouïes peintes – pour lui donner une maladroite illusion de fraîcheur –, qu'elle faisait cuire dans le four de sa logeuse moyennant un prix exorbitant, ou le plus souvent en se contentant de légumes flétris abandonnés au milieu des immondices par une marchande des quatre saisons. Le pâté était rance, le poisson avarié, mais ils lui semblaient mets de roi lorsqu'elle était réellement affamée… Et tant pis pour les terribles maux de ventre qu'ils provoquaient ensuite… Quant à son linge, elle avait soigneusement plié la cotte élégante qu'elle portait à son arrivée, pour ne plus arborer qu'une vilaine tunique de drap marron assortie d'un touret pour lui couvrir la tête, qui lui permettaient de mieux se fondre dans la foule des miséreux.

Quelques jours plus tôt, épuisée moralement autant que physiquement, Margault avait craqué. Elle n'en pouvait plus de se terrer comme un animal aux abois, de ne rien savoir de son mari ni de son père, de tressaillir au moindre bruit suspect. Elle avait en outre eu tout le loisir de réfléchir à sa situation durant ces longues semaines… Peut-être après tout – c'était peu probable, mais savait-on jamais ? – Philippe, pris de remords, l'avait-il fait rechercher afin de lui venir en aide, de la soustraire à la justice ou à la vindicte de la famille de Matthieu ? Elle était tout de même sa fille unique ! Elle avait certes perdu sa crédulité, mais elle avait tant envie d'y croire… Et si tel n'était pas le cas, peut-être parviendrait-elle à l'attendrir, à éveiller tout au moins sa conscience de chrétien en l'amenant à la compassion et au pardon. Certes, il lui faudrait feindre un repentir qu'elle était loin d'éprouver, clamer une foi qui l'avait désormais quittée. Mais elle se sentait ce jour-là prête à tout pour retrouver un semblant de vie normale, des repas en abondance et un lit douillet. L'extrême dénuement, elle le découvrait, pouvait pousser à des extrémités qu'elle n'aurait jamais imaginées... Elle avait donc décidé d'écrire à son père. Ce père qui, elle ne l'avait pas oublié, savait autrefois la protéger, comme ce jour maudit où elle avait été mordue par un chien errant affamé. Inconsciemment, Margault avait caressé à travers l'étoffe de sa grossière chemise la fine cicatrice qui courait sur sa cuisse tout en revivant la scène avec une cuisante acuité. Sa tunique blanche qui s'était teintée de rouge sous ses yeux affolés d'enfant, le visage crispé de son père qui l'avait avec une brutalité inouïe arrachée des bras de sa nourrice pour la serrer contre lui comme si elle représentait son bien le plus précieux, ses yeux impitoyables enfin lorsqu'il avait d'un seul coup de poing sur la truffe tué raide le malheureux corniaud aux flancs maigres... Tout de même, il devait bien l'aimer à ce moment-là ! L'aimer passionnément, viscéralement... Si tel était le cas, cet amour fou n'était peut-être pas totalement mort... Après tout, elle ne risquait rien à lui écrire une lettre sincère et réconciliatrice, qui ne pourrait que l'émouvoir et leur permettre de renouer, qui sait, une fragile ébauche de dialogue filial... Le monde était si dur, à quoi bon se battre contre ceux qui nous étaient les plus proches ? C'était donc d'une seule traite qu'elle avait jeté les mots sur le parchemin acheté à prix d'or, des mots emplis d'amour et de repentance qui n'avaient su que hurler leur peine et leur espoir à travers les lignes. Soulagée d'avoir enfin trouvé un moyen d'agir, Margault n'avait pu s'empêcher d'imaginer le visage de Philippe s'apaiser au fur et à mesure de sa lecture, ses sourcils blancs froncés depuis de longs mois se détendre, sa bouche sévère s'étirer malgré elle dans un sourire attendri, ses yeux s'emplir progressivement de paillettes de joie…

Les jours suivants s'étaient déroulés dans un étrange brouillard, tantôt empli d'espoir fou, tantôt assombri par un profond découragement. Ces émotions contradictoires s'étaient succédé à une telle vitesse que Margault avait éprouvé par moments la sensation d'être moralement ballottée comme une coquille de noix sur une mer en furie. Par instants, elle se laissait déborder par le doute, par l'intuition lancinante que son avenir ne serait jamais fait que de violence et de fureur… À d'autres moments, elle se sentait engourdie par une bienfaisante détente, l'esprit voletant sans but tandis qu'elle effectuait machinalement les gestes les plus quotidiens. Dans ces moments-là, elle s'attendait presque à voir son père apparaître sur le seuil de son pauvre logis, illuminé par un doux sourire de réconciliation. Ce qui n'avait pas empêché l'impatience de la gagner au fil des jours : mais qu'attendait-il donc pour se précipiter vers elle, après une telle lettre criante de sincérité ? N'avait-il pas lu sa missive, trouvé son adresse ? À moins que la lettre n'ait été tout bonnement confiée à un apprenti qui avait totalement oublié de la lui remettre ! Margault se sent aujourd'hui lassée, usée par ses doutes torturants. Et plus que tout, elle commence à envisager l'idée que Philippe ne viendra plus…

Elle est tirée de ses réflexions par la voix grasseyante de la logeuse, une ancienne prostituée reconvertie dans la location de logements.

— Oui, messires, je suis certaine qu'elle est là. Elle ne quitte guère sa chambre, sauf à la nuit tombée, en douce… Il faut croire qu'elle se cache, qu'elle a quelque chose à se reprocher, cette malfaisante !

Un ricanement méchant interrompt le monologue de la grosse femme.

— Suis-je bête ! Pour sûr qu'elle a quelque chose à se reprocher ! Sinon vous ne seriez pas là, à courir toute la ville pour la retrouver… Quand je pense que je ne me suis pas méfiée ! Sans doute cette garce a-t-elle déjà essayé de m'empoisonner moi aussi, pour sûr… Je me souviens d'avoir dû changer l'eau de la fontaine deux fois de suite parce qu'elle avait un goût amer. On peut dire que je l'ai échappé belle ! Comment ils auraient fait sans moi, mes gosses, avec mon maraud de mari qui s'est enfui…

Margault s'immobilise, le cœur battant follement dans sa gorge. Tous ses sens en alerte, elle guette la réponse des interlocuteurs invisibles, tentant de reconnaître leurs voix. En vain… Si, un fol instant, elle avait espéré que Philippe s'était enfin décidé à la rejoindre, la teneur des propos de la logeuse ne laisse malheureusement plus aucun doute : les hommes qui gravissent les escaliers ne sont pas là pour l'aider, loin de là… S'avançant à pas de loup un peu plus près encore de la porte, elle parvient à discerner un timbre grave et compassé, avec, lui semble-t-il, des tonalités étrangères. De plus en plus étrange… Retournée sur la pointe des pieds vers le soupirail, elle jette en direction de la porte des regards éperdus, comme un animal pris au piège. Comment avait-elle pu penser que ce mois de silence suffirait à lasser ceux qui la recherchaient ? Et il faut qu'ils la débusquent précisément au moment où elle se décide à renouer avec son père ! La vie joue décidément de bien vilains tours… Une pensée dérangeante lui traverse soudain l'esprit, faisant naître une douleur fulgurante : et si c'était Philippe qui l'avait précisément trahie ? La coïncidence semble en effet bien grosse ! Non, malgré toutes les désillusions qu'elle vient de connaître, elle se refuse à croire à tant de vilenie de la part de son propre père…

Margault glisse vivement son couteau dans sa chausse, avant de se saisir de son précieux sac de plantes pour le dissimuler à l'intérieur de son matelas. Trop tard… Les bruits de pas s'immobilisent déjà, juste avant que les hommes n'ouvrent la porte à toute volée. Le sourire contraint de la jeune femme se fige devant la mine fermée des visiteurs, tandis que son cœur accélère sa mélodie affolée. Poum poum, poum poum… Elle n'entend plus que ce son lancinant qui prend possession de toute sa tête, lui soulève le cœur, la faisant presque défaillir.

— Margault Esternay ? Veuillez nous suivre, je vous prie…

— Je vais le faire, vous pouvez en être certains… Mais je souhaiterais auparavant me rendre chez mon père. Je lui ai écrit une missive et je suis certaine…

Manifestement à bout de nerfs, l'homme le plus jeune réprime un brusque mouvement d'impatience, avant de lui souffler une haleine lourde au visage :

— Dépêchons-nous, on vous réclame depuis bien trop longtemps déjà. Croyez-moi, votre père sera bientôt le moindre de vos soucis…

Le visage de la logeuse, qui a assisté à la scène, est empreint d'une gourmandise à peine voilée. Glacée d'effroi, Margault n'ose feindre l'innocence, demander de plus amples informations. Plus de doutes, elle est arrêtée pour le meurtre de Matthieu, c'est certain… Mais le corps de son époux a-t-il été réellement découvert, ou a-t-il simplement disparu ? Et s'il a été retrouvé, a-t-on pu déterminer de manière certaine une mort par empoisonnement ? Elle sait comme tout le monde que cette manière de tuer est la plus difficile à prouver. Cela fait grande différence pour tenter de deviner le sort que la justice lui réserve… Après un éclair d'espoir tout aussi vite éteint, elle revient à la raison : bien sûr que l'empoisonnement a dû être établi. Dans le cas contraire, ces hommes ne seraient pas à sa recherche depuis plus d'un mois…

Quelques instants plus tard, Margault, encadrée par ses deux gardes du corps, émerge dans la ruelle étrangement illuminée par un crépuscule orangé. Hésitant entre une fuite risquée et une soumission tout aussi dangereuse, elle aperçoit, en jetant de furtifs coups d'œil autour d'elle, un petit groupe de personnes devisant dans la douceur de cette toute fin d'après-midi. Que ne donnerait-elle pas pour être cette lingère aux blonds cheveux défaits et à la forte poitrine débordant d'une robe bien trop décolletée pour être honnête, qui rit aux éclats en renversant la tête en arrière, consciente des regards masculins qui accompagnent ses moindres gestes. Elle au moins dormira paisiblement dans son lit ce soir, sans crainte de ce terrible lendemain. Dans sa détresse, Margault serait même prête à prendre la place de cette mendiante dépenaillée qui se gratte le cuir chevelu avec des grimaces de soulagement tout en grignotant des morceaux de choux pourris ramassés à terre. Tout pour ne pas être condamnée par cette terrible justice qui ne transige pas avec les empoisonneurs… Elle n'a fait que quelques pas dans la ruelle lorsqu'un cri aigu la fait sursauter :

— La voilà !

Avant que les deux hommes n'aient eu le temps – ou même l'idée – de s'interposer, Margault se retrouve submergée par une marée humaine venue d'on ne sait où, qui cherche, non pas à la délivrer comme elle aurait pu l'espérer, mais à la mettre en pièces ! Tout autour d'elle, les visages sont amaigris, les yeux creusés par la malnutrition. Preuve que la famine rôde bel et bien, prête à essaimer son chapelet de morts dans les rues d'Amiens… Au premier rang, elle reconnaît avec désarroi sa logeuse, visiblement meneuse de l'émeute. Vociférante et cramoisie, la grosse femme semble chercher à rameuter toute la population contre elle ! La jeune femme sent son ventre se serrer d'une angoisse animale. Pour quelle étrange raison l'ancienne prostituée lui en veut-elle à ce point ? Qu'a-t-elle donc pu faire à son insu pour mériter une telle haine ? Elle ne peut tout de même pas croire à cette tentative d'empoisonnement… Ses questions ne parviennent bientôt plus à prendre une forme intelligible. À quelque endroit que son regard affolé se pose, elle n'aperçoit plus que des bouches hurlantes aux dents pourries, des traits déformés par la rage et des levées de poings rageurs. Tandis qu'à ses oreilles résonnent des phrases assassines, comme des coups de dague qu'on lui porterait au bas-ventre :

— Empoisonneuse !

— Meurtrière !

— Sorcière ! Tu pues la mort !

Comme pour leur donner raison, une soudaine rafale de vent venue de nulle part se réveille dans cette douceur printanière pour faire tomber son touret mal accroché. Un phénomène rendu plus spectaculaire encore par la lumière rougeoyante du soir, comme embrasée par les feux de l'enfer. Il n'en faut pas davantage pour que les insultes redoublent de vigueur autour d'elle…

— Regardez-la, la main de Dieu vient de la décoiffer. Si ce n'est pas une preuve…

Lapidez-la, avant qu'elle ne puisse s'échapper…

Margault n'est pas loin de croire elle aussi à un geste de colère divin… Avant même qu'elle ne l'ait vu arriver, un crachat verdâtre l'atteint en plein visage, avant de lui dégouliner telle une immonde limace le long de la joue. Le projectile semble provenir d'une vieille femme sale et pourvue de deux moignons noirâtres sans doute causés par l'ergotisme. Révulsée, elle tente maladroitement de l'essuyer malgré les deux cerbères qui lui emprisonnent les bras. En vain… Tandis que la foule se presse toujours plus dense autour d'elle, exhalant une fétide odeur collective, la jeune femme sent des bras inconnus la bousculer brutalement pour la faire trébucher, des mains avides s'accrocher à ses manches pour mieux les déchiqueter… Déjà, quelques pierres pointues l'atteignent au cou, au front… Elle s'imagine déjà dépecée par ce monstre aux mille visages que sont devenus ses tranquilles voisins, sous les yeux impuissants de ses gardiens, lorsque surgit la patrouille de l'arrière-guet, prête sans doute à entamer sa garde de nuit. Suffocante, Margault profite du moment de flottement provoqué par cette arrivée pour se dégager et hurler :

— Messires ! C'est le Seigneur qui vous envoie ! Sauvez-moi de ces fous furieux qui cherchent à me lapider… Pour l'amour de Dieu…

Un gros homme aux cheveux soigneusement lissés se détache du groupe en ricanant d'un air mauvais :

— Lapider une beauté telle que vous ? Diantre, la raison doit être d'importance ! Quel forfait avez-vous donc bien pu commettre pour que tous ces braves gens veuillent ainsi vous mettre en pièces ?

Le plus jeune de ses gardiens, qu'elle a silencieusement surnommé *le chafouin* du fait de son air rusé et de son nez pointu, intervient d'une voix sèche comme pour l'empêcher de répondre :

— Une raison d'importance ? Quelle idée ! Elle a tout bonnement empoisonné son mari…

— Grands dieux ! Empoisonné son mari !

Le nouvel arrivant recule inconsciemment d'un pas.

— Mais c'est donc Satan qui se dissimule derrière ce joli minois ! Que pouvons-nous faire pour vous aider, messires ?

Le garde dévisage maintenant Margault avec une défiance mêlée de crainte. Comme si elle s'était soudainement transformée en une vipère furieuse prête à lui bondir au visage… Consciente de sa fâcheuse situation, la jeune femme se mord la langue afin de s'empêcher de se justifier. Inutile de leur donner davantage de grain à moudre… Peut-être en effet ne s'agit-il là que d'une tentative d'intimidation pour la contraindre à avouer un crime dont ils ne possèdent aucune preuve. Prudence donc… Pour le moment, il lui faut impérativement parvenir à les convaincre de la mener au logis de Philippe. Et puisque le chafouin et son acolyte se montrent obstinément fermés à toute persuasion, il ne lui reste plus qu'à apitoyer le si peu amène nouveau venu.

— Messire, je vous en supplie… Je suis définitivement perdue si je ne parle pas, même un court instant, à mon père… Sans doute le connaissez-vous, il s'agit de Philippe Maubuissons, qui était notaire il y a peu de temps encore rue des Lombards et qui appartient à la confrérie de dévotion à saint Jacques…

Perplexe, le gros homme gratte pensivement un menton couvert de boutons rouges, avant d'interroger du regard le chafouin. Rien ne filtre dans le regard résolument circonspect de celui-ci, ce que ne tarde pas à remarquer à son tour le sergent du guet. Ce dernier commence à montrer les signes d'une nervosité grandissante face à ces deux hommes obstinément silencieux qu'il ne connaît pas et à cette foule vociférante qui s'est encore rapprochée. La décision à prendre est délicate, la donzelle n'étant pas de celles que l'on maltraite impunément. Une fille de notaire, tout de même… Il ne tient nullement à s'attirer les foudres du prévôt ! Se tournant vers les deux gardes de Margault, le sergent est pris d'une impulsion subite :

— Pardonnez-moi, messires, mais il ne me semble pas vous avoir rencontrés auparavant. Vous n'êtes pas sous les ordres du prévôt, j'en suis certain. Alors, qui diable êtes-vous ?

Les deux hommes se consultent du regard, pris de court par la question. Le chafouin, après avoir hésité durant ce qui semble une éternité à Margault, se décide enfin à prendre la parole :

— C'est un peu difficile à expliquer… Nous agissons de manière officieuse, cette empoisonneuse étant la fille d'un ancien croisé de saint Louis. Nous voulons avant tout éviter que l'affaire ne s'ébruite…

— De manière officieuse ? Sur les ordres de qui ?

— Nous ne pouvons vous le révéler, malgré le respect que nous vous portons, messire. Tout ce que vous devez savoir est que cet homme appartient à notre Sainte Mère l'Église, et qu'il est parfaitement habilité à ordonner cette arrestation…

Le sergent ne semble guère apprécier l'aura de mystère qui entoure cette affaire, comme l'atteste son air dur et buté. Tout cela lui paraît décidément bien louche… De même d'ailleurs qu'à Margault, qui commence à comprendre qu'elle n'en a pas terminé avec les fâcheuses découvertes… Ces hommes-là n'ont manifestement pas l'intention de la livrer au prévôt, mais plutôt de l'emmener dans un tout autre endroit, apparemment secret. Elle sent son ventre se serrer de peur. Il lui faut impérativement rester auprès du sergent du prévôt, aussi dangereux puisse-t-il être pour elle. Au moins pourra-t-elle ainsi échapper à ces deux inquiétants personnages…

— Messire, j'ignore qui sont ces hommes, mais je doute fort qu'ils aient d'honnêtes intentions. L'un des deux possède même un mystérieux accent étranger. Je vous en prie, prenez-moi sous votre protection ! Je ne comprends même pas de quoi ils cherchent à m'accuser, il doit s'agir d'une erreur… ou d'une machination…

— Voulez-vous bien cesser vos mensonges ridicules, espèce de sorcière ? Peut-être pensiez-vous pouvoir m'abuser et m'empêcher de faire le lien entre vous et cette Margault Esternay que nous recherchons partout depuis des semaines pour l'empoisonnement de son mari… Fort bien, nous allons vous emmener, puisque vous semblez tant y tenir. Pressons-nous, le prévôt sera ravi de faire enfin votre connaissance…

Furieux de l'issue de la conversation, le chafouin tente d'intervenir tout en fouillant sous son surcot :

— Attendez, messires, vous ne pouvez l'emmener comme cela. J'ai là un ordre écrit qui m'autorise à la…

— Un ordre écrit ? C'est parfait… Je serais moultement curieux de savoir qui l'a signé… Peut-être allons-nous enfin savoir qui se dissimule derrière toute cette mystérieuse histoire…

Alors que le sergent tend une main exaspérée, le chafouin a un brusque mouvement de recul.

— Pardonnez-moi, mais je n'ai pas l'autorisation de vous montrer la signature. Vous n'avez nul autre choix que de me faire confiance.

— Tiens donc, pas l'autorisation, hein ? Je dois à mon tour vous demander de me pardonner, mais non, je ne vous fais pas confiance, messire. Nous allons immédiatement emmener cette jeune femme, qui sera aussitôt remise à la justice, que cela vous convienne ou non. Si vous, ou celui qui vous envoie, voulez présenter une requête, je ne puis que vous conseiller de vous adresser directement au prévôt…

Sur ces mots, le sergent produit un bref claquement de doigts, qui a pour effet immédiat de faire entourer Margault d'une foule d'hommes en armes surgis de nulle part, comme si elle était la plus dangereuse des criminelles. Ce qui réveille plus que jamais son inquiétude. Elle vient en effet de réaliser ce qui l'attend concrètement au terme de ce chemin semé de jets de pierres et de crachats : la mort. Une mort douloureuse, effroyable… Son unique consolation est d'observer l'air dépité des deux inconnus, qui accompagnent son départ d'un regard à la fois furieux et déçu. Elle ne saura sans doute jamais à quoi elle a échappé…

Après une nuit entrecoupée de brefs sursauts terrorisés, Margault est brutalement réveillée par le contenu d'une cruche d'eau glacée qu'un garde lui a jeté sans ménagement au visage afin de lui faire reprendre ses esprits sans avoir à la toucher. Comme s'il risquait d'être contaminé… Rude réveil que celui de la jeune femme, qui suffoque, tousse et gémit tout à la fois sous l'effet conjugué de l'eau gelée et d'une lancinante douleur à la tête ! Allongée sur le sol sommairement recouvert d'une paille souillée qui s'insinue dans sa bouche et ses oreilles, grelottant de froid dans ses vêtements trempés, elle lutte maladroitement pour se relever, ce qui ne fait que l'épuiser encore davantage. Mais ce désarroi n'est rien à côté de celui qui l'envahit lorsqu'elle reprend subitement conscience de sa tragique situation. Elle se trouve bel et bien dans une geôle ! Quelle horreur… C'est la première fois de son existence qu'elle se trouve dans un endroit aussi sordide… Les murs de la minuscule pièce portent de profondes traces d'ongles, auréolées de taches noirâtres. Du sang sans aucun doute… Combien de fois le prisonnier qui a fait cela a-t-il dû gratter le mur pour l'entamer à ce point ? Dans un coin du cachot, des touffes de cheveux ont conservé des morceaux rabougris de cuir chevelu arraché. La jeune femme tressaille. C'est maintenant clair, quelqu'un a été oublié là suffisamment longtemps pour devenir totalement fou… La puanteur lui est insupportable, sans qu'elle parvienne à déterminer où s'arrête l'odeur du cachot et où commence celle de son propre corps, souillé par les excréments laissés par le prisonnier précédent. S'agissait-il de l'un de ces cadavres qu'elle avait vu se balancer aux fourches patibulaires ? Elle tressaille de nouveau, tandis que le garde qui lui a lancé la cruche d'eau, un géant blond aux yeux bleu vif étrangement saillants et aux pommettes rougies par la boisson, s'avance d'un pas lourd vers elle. Sa main aux ongles noirs de crasse lui tend un morceau de pain aux bords ornés de moisissures :

— Allons, levez-vous et mangez un peu… Vous aurez besoin de toutes vos forces pour vous présenter devant le tribunal, croyez-moi. Votre affaire a déjà fait le tour de la ville, et la populace est très échauffée contre vous. Il nous faut nous dépêcher de vous juger, sinon il arrivera un malheur, pour sûr…

Il lui jette un regard de biais mi-effrayé mi-désolé.

— Il faut dire que l'on n'aime guère les sorcières par ici…

— Le tribunal ? Ne devrais-je pas auparavant être entendue par le prévôt ?

Les notions de droit entendues chez son père se pressent dans son esprit dans un désordre incontrôlable.

— Et puis, en matière d'empoisonnement, il faut un appel à la population, du temps pour rassembler suffisamment de témoins capables d'attester dudit fait… Or je ne vois pas qui pourrait témoigner m'avoir vue…

— Le prévôt a sans doute jugé disposer de suffisamment d'éléments pour vous présenter devant le bailli sans avoir à vous entendre. Je suis désolé, votre procès aura lieu dans deux jours, à la Saint-Philippe. Aucun de vos sortilèges ne pourra plus rien y changer…

La Saint-Philippe ! Est-ce de bon ou de mauvais augure ?

— Et mon père ? Va-t-il venir me visiter ?

— Tout ce que je puis vous dire, c'est qu'il a été prévenu.

17

DEUX JOURS plus tard, c'est le même garde, un peu plus tendu peut-être, qui déverrouille la porte pour venir chercher Margault. Après avoir englouti une bouillie de farine qui lui paraît délicieuse après ces jours au pain et à l'eau, la jeune femme enfile en tremblant de faiblesse une cotte un peu plus propre que celle qu'elle portait, bien que crasseuse et empreinte d'odeurs de transpiration. Malgré les lourds fers qui lui écorchent les chevilles, le trajet entre la geôle et la Malmaison lui semble incroyablement court, tant elle se repaît du spectacle ordinaire de la rue. Observer les gens vaquer à leurs occupations coutumières lui est à la fois réconfortant et douloureux. Retrouvera-t-elle un jour cette vie tranquille qui lui paraissait autrefois si monotone ?

Une fois poussée sans ménagement par le garde dans la salle de tribunal, elle ne peut s'empêcher de regarder avec curiosité autour d'elle. La pièce a été totalement transformée, pour laisser place à un décor imposant. Une petite estrade a été installée au centre de la salle, afin de servir de support à un énorme siège sur lequel est juché un homme dont elle ne parvient pas à discerner les traits. Le bailli sans aucun doute... Des tentures et des tapisseries ont été trop hâtivement accrochées, comme l'attestent les coins mal fixés qui piquent du nez vers le sol. Un greffier imperturbable, installé à côté de l'estrade sur une petite table encombrée de plumes d'oie et de parchemins, griffonne quelques mots, tandis que tout autour de lui évoluent délégués et sergents dans un brouhaha assourdissant. Margault tente de reconnaître, au milieu de tous ces gens qui s'agitent autour d'elle, quelque ami de son père ou personne de sa connaissance susceptible de l'aider. Las ! Les visages fermés lui sont inconnus, les regards en coin désespérément hostiles... Lorsque enfin elle tente par un énorme effort de volonté d'adresser un pauvre sourire en direction d'un moine à l'allure douce et au visage jovial, celui-ci se détourne précipitamment comme s'il avait été corrompu par le sourire du Diable. Un mouvement d'indignation soulève la jeune femme malgré son épuisement : quel piètre chrétien ! Le propre de la Foi n'est-il pas de tendre une main secourable aux miséreux et aux pécheurs ? Et elle ne pense pas trouver dans cette salle plus pécheresse et miséreuse qu'elle en cet instant...

Prostrée dans un coin de la salle comme un chat blessé sous la surveillance de son garde, Margault ne peut s'empêcher d'écouter malgré elle le déroulement du procès en cours. Devant le bailli et ses délégués s'affrontent en effet le représentant de l'évêque et un jeune échevin envoyé par le mayeur, en violent désaccord sur le lieu d'inhumation d'une famille morte tout entière dans l'écroulement de sa maison. Le débat est si animé que la jeune femme en oublie un instant sa propre détresse. L'histoire tragique de ce couple de laboureurs et de ses cinq enfants, écrasés sous l'avalanche de pierres d'une maison à bout de force alors qu'ils soupaient paisiblement, l'émeut profondément. Dieu, que le bonheur est donc fragile sur cette terre ! Ces pauvres gens qui devaient suer sang et eau pour parvenir à nourrir leurs petits avaient-ils réellement mérité un tel sort ? Et maintenant une telle injustice même au-delà de la mort ? Il semble en effet, d'après ce qu'elle parvient à comprendre, que l'évêque refuse à cette famille un enterrement en terre sainte, ce que contestent avec vigueur le mayeur et ses échevins. Le bailli, à qui revient la lourde tâche de trancher sur ce délicat sujet, fronce des sourcils roux et rebelles avant de déclamer d'une voix forte, ce qui fait rougir un peu plus encore un visage naturellement cramoisi :

— Messires, ne parlez pas tous en même temps, je vous prie ! Mon père, à vous de parler, je vous écoute…

Le représentant de l'évêque, un prêtre austère tout en angles et en ombres apparemment plus soucieux de sa mise que du devenir spirituel de ses ouailles, choisit la voie de l'agression verbale :

— Il est impensable, vous entendez, im-pen-sable que ces gens soient inhumés en terre sainte ! Bien entendu, en tant qu'homme d'Église et qu'homme tout court, je ne puis que compatir à leur malheur, que je qualifierais certes… d'infiniment regrettable… Mais l'évêque ne reviendra pas sur sa décision pour autant ! S'il choisissait de faire une exception, ce serait la porte ouverte à toutes les dérives…

— Mais ces malheureux…

— Qu'arriverait-il si nous commencions à ensevelir n'importe qui dans les cimetières de l'Église ? Où devrions-nous nous arrêter ? Aux jeunes enfants non baptisés ? Aux hérétiques ? Aux sorcières ? Pourquoi pas aux suicidés pendant que nous y sommes ? Non, c'est impossible, ces gens sont morts sans confession et *ab intestat*, je me dois donc en tant que représentant du légat du pape de les rejeter du sein de notre Sainte Mère l'Église. Ce n'est pas Monseigneur l'évêque, mais Dieu qui en a décidé ainsi en les faisant périr de cette manière brutale… Nous n'allons tout de même pas remettre en cause le jugement divin !

C'en est décidément trop pour le jeune échevin, qui se tortillait comme un ver sur son banc depuis la prise de parole du religieux :

— Que faites-vous de la compassion chrétienne ? Je connaissais bien ces pauvres gens, ils ont vécu toute leur vie comme de bons chrétiens, en envoyant, comme l'Église l'exige, l'un des leurs à la messe chaque dimanche. Ils se confessaient régulièrement, respectaient les restrictions du carême… Comment peuvent-ils être tenus pour responsables de l'effroyable catastrophe survenue au-dessus de leur tête ? Vous ne voudriez tout de même pas de surcroît refuser une sépulture chrétienne à ces pauvres bougres…

Le bailli se décide à intervenir sans conviction :

— Messires, je vous en prie ! Nous ne sommes pas ici pour juger de la piété d'une famille qui n'a pu se confesser avant de mourir, mais pour trouver un terrain d'entente…

Un long moment pensif, le bailli laisse s'installer un silence pesant, tout en malmenant sa longue écharpe brune flottant sur une robe fauve brodée de blanc. Margault de son côté ne peut s'empêcher de prier intérieurement : fasse Dieu que ces pauvres gens puissent bénéficier d'une sépulture décente en terre d'Église…

— Après avoir attentivement écouté les deux parties, et malgré le respect que je porte à Monseigneur l'évêque et à son émissaire ici présent, je me dois de rappeler à l'assistance que, je cite, « toute personne qui mourra de mort subite, par accident ou de quelque manière que ce soit, sera inhumée en terre sainte sans que l'évêque ou ses officiers puissent y mettre empêchement, hors le cas d'excommunication ». Les personnes décédées n'ayant à ma connaissance pas été excommuniées, je demande leur ensevelissement dans les murs du cimetière d'Amiens. Nous passerons à l'affaire suivante après une courte pause…

Un brouhaha noie les dernières paroles du bailli, tandis que greffier et délégués se lèvent afin de se dégourdir un instant les jambes avant le début du prochain interrogatoire. Celui de Margault, comme l'attestent les regards qui convergent vers elle et les gardes qui s'approchent pour lui ôter ses chaînes… Emplie d'angoisse, la jeune femme se déhanche désespérément afin de chercher Philippe du regard au milieu de tous ces gens qui s'agitent dans la salle en caquetant. Qu'attend-il pour venir la secourir, puisqu'il a été prévenu ? Il lui semble qu'une éternité s'est écoulée lorsque le bailli se décide à frapper dans ses mains pour réclamer le silence, au grand dam d'une Margault qui n'a pas encore aperçu celui qu'elle espérait :

— Un peu de paix, messires ! Pressons-nous, je vous prie, il nous reste plusieurs cas délicats à juger ! Nous nous apprêtons maintenant à interroger Margault Esternay, épouse de feu Matthieu Esternay, accusée d'avoir occis son mari par traîtrise et maléfices…

Ainsi Matthieu est bel et bien décédé… À cette pensée, le cœur de la jeune femme se serre douloureusement. Jamais elle n'avait véritablement souhaité la disparition de cet époux durant deux ans si doux et si attentionné. Son geste n'avait été que pure panique, rien de plus… Quand elle songe que c'était à elle, et à elle seule qu'elle destinait le poison ! L'image qui surgit alors à son esprit, presque obscène en cet instant, est la mine d'enfant ravi de Matthieu alors qu'il la menait vers sa surprise le jour de l'anniversaire de leurs noces. Comment avaient-ils pu en arriver là, en si peu de temps ? Si au moins il avait accepté de lui faire cet enfant… S'il n'avait pas accepté cet absurde marché… S'il n'avait pas comploté avec son père pour la faire enfermer dans un reclusoir… Si… Si… Si ! Que ne donnerait-elle pas pour revenir quelques semaines en arrière, pour déchirer cette lettre d'Arnoul de Villiers, pour briser ce satané flacon avant que Matthieu ne l'aperçoive… Peu importe maintenant le sort qui lui est réservé, elle n'a plus envie de vivre, de savoir ce que l'avenir lui réserve… Elle n'aspire plus qu'à une chose : la sérénité. Même si celle-ci doit être définitive…

Mais Dieu ce qu'elle a peur ! Si elle ne craint en effet plus de mourir, elle est en revanche terrorisée à l'idée de souffrir. La justice n'est certes guère tendre avec les voleurs et les criminels, mais elle se montre plus impitoyable encore avec les empoisonneuses d'époux. Plus que le crime, c'est l'acte de rébellion contre l'autorité séculaire de l'homme qui est durement condamné. Sans oublier que l'empoisonnement, classé dans les crimes dits horribles par la justice, est trop souvent associé à la sorcellerie… Ce n'est pas la geôle, ni même la pendaison que l'on épargne aux femmes pour des raisons de décence qui l'attend, mais bel et bien le bûcher ! La jeune femme frémit de terreur à la perspective des flammes qui la transformeront en torche humaine, après avoir embrasé ses vêtements et ses cheveux, léché son ventre et ses seins… Quelle fin atroce… Qui sait, peut-être trouvera-t-elle le courage d'utiliser le couteau qu'on lui a laissé – elle n'a de manière surprenante pas été fouillée – pour s'épargner un tel sort ?

Une voix autoritaire interrompt ses réflexions, la faisant tressaillir nerveusement :

— Mais vous moquez-vous donc de moi ? Ou diable êtes-vous sourde ? Je vous demande une dernière fois si vous avouez avoir occis votre époux avec vos maléfices sataniques…

La panique de Margault croît d'un cran en prenant conscience des rumeurs menaçantes de la foule, tandis qu'elle affronte courageusement le regard furieux du bailli. Que répondre à une telle question ? Doit-elle avouer et se repentir, en prenant en toute connaissance de cause le risque d'être brûlée vive… mais en ayant la possibilité de se confesser et de réintégrer les bras de l'Église ? Ou au contraire nier jusqu'à son dernier souffle ? Si Philippe était là, il la conseillerait, ferait jouer ses relations, lui trouverait sans doute un avocat susceptible de lui éviter cette fin effroyable…

— Par pitié… S'il vous plaît… Allez quérir mon père… Philippe Maubuissons… Vous devez l'avoir rencontré, ou le connaître de réputation… Il s'est brillamment distingué lors de la dernière croisade de notre cher roi Louis IX, qu'il a veillé sur son lit de mort. Il était également receveur des ventes de la commune il y a quelques années…

— Nous connaissons fort bien Philippe Maubuissons, que nous tenons en effet en haute estime. Et puisque vous tenez tant à le revoir, nous n'allons pas vous faire patienter davantage. Nous souhaitions vous laisser une chance d'exprimer vos regrets, mais puisque vous semblez si pressée d'en finir… J'espère que cet interrogatoire va enfin pouvoir avancer !

La surprise coupe la respiration de Margault. Comment ? Le bailli accepte sans plus de manières d'aller faire quérir son père ? Le soulagement déferle en elle telle une rivière libérée de son lit, faisant renaître un espoir moribond. S'ils acceptent aussi aisément sa requête, c'est sans doute qu'ils ne disposent d'aucune preuve suffisante, que ce procès ne représente rien de plus qu'une ridicule tentative d'intimidation. Un faible sourire se dessine déjà sur ses lèvres craquelées, lorsqu'une tenture qu'elle n'avait pas encore remarquée se soulève… pour laisser apparaître Philippe, le visage grave et la mise solennelle. Le cœur de la prisonnière manque de lâcher. De soulagement, d'effroi, elle ne sait… Ainsi son père était là ! Mais alors, pourquoi diable n'était-il pas intervenu ? Attendait-il le moment opportun afin de lui venir en aide de la manière la plus pertinente possible ? L'ancien notaire, dont le regard fuit obstinément les yeux avides de sa fille, se place à la droite du bailli, avant d'esquisser un geste de connivence en direction du greffier. Qu'est-ce que tout cela peut donc signifier ? Elle n'a malheureusement pas le temps de s'appesantir sur ses interrogations troublantes, le bailli s'étant de nouveau tourné vers elle :

— Êtes-vous satisfaite ? Vous bénéficiez comme vous l'avez si instamment demandé de la présence de votre père à votre interrogatoire. Vous allez peut-être enfin accepter de nous répondre… Alors, pour la dernière fois, Margault Esternay, vous décidez-vous enfin à avouer avoir fait boire à votre époux, le maître imagier Matthieu Esternay, un breuvage recelant quelque plante inconnue et mortelle ? Un breuvage qui l'a fait se tordre dans des convulsions épouvantables, et vomir une bile verdâtre et nauséabonde ? Des témoins attestent l'avoir également vu uriner du sang à travers ses chausses, sans même avoir la force de se dissimuler aux regards. Allons, parlez, cela vous évitera une séance de torture inutile…

La présence de Philippe – même étrangement distant – insuffle un courage nouveau à la jeune femme, qui, pour la première fois depuis de longues semaines, ne se sent enfin plus seule.

— Je n'ai absolument rien à avouer et n'entends rien à vos accusations. Je ne suis en aucun cas une criminelle, je n'ai jamais empoisonné…

— Tuut tuut, ne prononcez pas de tels mots dans un tribunal, je vous prie ! Vous n'ignorez pas que nommer un crime peut entraîner un phénomène de contagion, d'autres forfaits identiques… Si vous avez quelque événement à raconter, je vous demanderais de le faire avec un vocabulaire plus mesuré.

— Mille pardons, messire, je l'ignorais… Si vous le permettez, j'aimerais, avant de poursuivre plus avant, m'entretenir en particulier avec mon père durant quelques instants.

Le bailli lève un sourcil interrogateur tout en se tournant vers l'ancien notaire. Le message est on ne peut plus clair : il laisse à ce dernier le soin de répondre à sa guise à cette requête. À l'instant où Philippe se lève de son banc dans un silence de mort, la jeune femme tente avec une telle intensité d'entrer en contact avec lui qu'elle en a rythmé sa respiration sur la sienne. Mais qu'attend-il donc pour lui faire comprendre d'un regard qu'il a été touché par sa lettre, qu'il la sait moins coupable qu'il n'y paraît ? La voix anormalement enflée de son père la fait soudain sursauter :

— Moi ! Moi, Philippe Maubuissons, ancien compagnon de Saint Louis, jure sur l'honneur que ma fille ici présente a occis son époux en lui faisant absorber à son insu du venin. Non seulement je l'ai bel et bien vue tendre le breuvage à son mari telle une Ève maléfique, mais j'ai ensuite vu ce dernier agoniser en hurlant aux pieds de sa femme immobile et haineuse. Le temps de courir quérir un médecin, et cette sorcière avait disparu… de même que le corps de son époux d'ailleurs. Si tout cela n'est pas maléfices…

Le bailli ouvre la bouche pour poser une question, mais il semble désormais impossible d'arrêter un Philippe au visage fanatique.

— Depuis quelque temps, je dois vous avouer qu'aucun de ses proches ne reconnaît plus cette femme… Sans que l'on comprenne pourquoi, elle a impitoyablement jeté à la rue sa vieille nourrice qui la choyait depuis sa tendre enfance, s'est mise à offrir à son époux des bouquets d'ail frais pour le pousser à la frénésie sexuelle, à sortir la nuit pour se vautrer dans le stupre… Avez-vous donc besoin d'autres preuves de sa possession ? Oh, je ne renie pas ma responsabilité, et il me faudra en assumer les conséquences auprès de notre bien-aimé Seigneur… J'ai cru bien faire en lui donnant accès au savoir, écoutant en cela le dominicain Vincent de Beauvais qui pensait que l'éducation des filles était un dérivatif à leurs mauvais penchants. Je pensais que l'initier à la sagesse lui permettrait de se garder des périls qui menaçaient son âme de femme. Quel présomptueux j'ai pu être ! J'ai appris à mes dépens que la science cultivée sans but religieux, l'excès d'intérêt pour la philosophie ne peuvent conduire qu'à la damnation…

Cela est impossible, il ne peut s'agir que d'un cauchemar… Tout à coup, les visages autour de Margault se déforment, se rapprochent dangereusement à la toucher avant de s'éloigner l'instant d'après jusqu'à en devenir flous, comme placardés aux murs de la pièce.

— Noooon ! Père, pour l'amour de Dieu, laissez-moi vous expliquer… Vous ne pouvez me condamner ainsi, sans même m'écouter…

Pour la première fois, Philippe se tourne vers elle, comme au ralenti.

— Comment avez-vous pu me faire cela, vous, ma fille unique… Avez-vous oublié ce que disait Aristote à propos des « parents qui devront répondre de leurs enfants le jour du Jugement » ? Est-ce ainsi que vous me remerciez de toutes ces attentions que j'ai pu vous prodiguer durant toutes ces années ?

Les yeux de Margault se dessillent, s'ouvrant sur une vérité qui l'aveuglait depuis bien trop longtemps. Bien entendu, c'est évident… C'est bel et bien Philippe qui l'avait fait arrêter à son logis, comme elle l'avait pressenti ce jour-là tout en refusant de l'admettre. Est-elle donc stupide de ne pas l'avoir compris plus tôt ! Qui donc aurait pu s'acharner ainsi sur elle, sinon un homme qui craint plus que tout d'être sali par les péchés de sa fille ? Quelle immonde lâcheté, la pire qui soit… À travers le brouillard de sa colère, la jeune femme prend conscience du visage rougi par les flammes des chandelles de Philippe, du bas de son corps fondu dans l'ombre comme s'il s'apprêtait à être avalé par les ténèbres. Ses prunelles s'éclairent soudain d'une lueur rougeoyante alors qu'il rugit de plus belle :

— Pourquoi nier l'évidence, pécheresse ? Vous avez été possédée par le Démon, qui vous a entraînée dans sa fange… Jean Chrysostome, dans son homélie sur

Genèse 2, avait bien cerné la nature féminine : « Porte du Diable, bouche de l'enfer, épitaphe du tombeau, source du mal, temple bâti sur un cloaque, toute femme devrait être accablée de honte à la pensée qu'elle est une femme. » Vous êtes l'une d'entre elles, Margault, votre comportement n'a donc rien d'étonnant. Si vous vous repentez, si vous reconnaissez vos faiblesses, vos sabbats et orgies, peut-être aurez-vous la chance d'être sauvée. Non pas ici-bas, bien entendu, mais pour votre vie éternelle…

L'ancien notaire fait un signe rapide à l'intention d'un petit moine bedonnant qui se tenait discrètement en retrait et que Margault n'avait pas remarqué. Ce dernier s'avance aussitôt avec déférence vers Philippe, à qui il tend une bourse emplie d'une mystérieuse poudre blanche. La jeune femme frémit : s'agit-il là de poison ? Cherche-t-on à la punir par où elle a péché, comme ces sodomites que l'on a pu autrefois empaler ? Sans perdre de temps, son père vérifie avec circonspection le contenu de la bourse. L'examen doit être concluant, puisqu'il hoche gravement la tête en direction du bailli attentif, qui fronce de nouveau ses sourcils roux et hirsutes.

— Votre père en ayant charitablement exprimé le souhait, nous allons vous soumettre à une épreuve qui nous permettra de déterminer si vous êtes bel et bien habitée par le Diable. De la manière la plus simple du monde… Ne vous plaignez pas, cela vous permettra probablement d'échapper à la question, ce qui n'est pas une mince affaire. La seule chose que vous deviez faire est tout simplement d'avaler ceci…

— Mais… Vous n'allez tout de même pas m'occire…

— Allons, allons, nous ne pratiquons pas ce genre de choses dans un tribunal, vous déraisonnez ! Vous n'avez nulle raison de vous affoler, il ne s'agit que de sel…

— De sel ? Mais qu'est-ce…

Il ne faut pas plus que ce léger mouvement de révolte pour faire repartir Philippe de plus belle :

— Voyez ! Voyez, messires, comme la vue du sel l'affole… Ce qui n'est guère surprenant, puisque ce condiment possède le pouvoir de mettre Satan en fuite. Et vous pouvez constater ici que le Malin se débat déjà, rien qu'à en sentir l'odeur !

Pendant que l'ancien notaire achève son hargneux discours, deux gardes ont brutalement immobilisé la jeune femme en lui passant sans ménagement une corde autour du cou, de manière à ce que le moine puisse lui pincer le nez et lui enfoncer le sel dans la gorge tout en murmurant d'inintelligibles prières incantatoires. Asphyxiée par le condiment, Margault tente avec l'énergie du désespoir de se libérer afin de pouvoir respirer à nouveau. Tandis qu'un brouhaha assourdissant fait de crainte et de réprobation emplit la salle, dont la tension ambiante croît de plusieurs crans. Quelques cris aussi énervés qu'effrayés fusent même de-ci de-là :

— Sorcière ! Étouffez-la !

— Regardez-la, comme elle suffoque !

— Brûlez-la !

L'envoyé de l'évêque, qui, après son échec cuisant, voit là l'occasion rêvée de rétablir son autorité, penche sa tête de tortue vers le bailli avec un air presque gourmand :

— Preuve semble faite que cette femme est bel et bien possédée, n'est-ce pas ? Nous devrions la soumettre à la question au plus tôt afin qu'elle nous livre le nom de ses complices, ainsi que le lieu de leurs réunions secrètes. Il est préférable d'étouffer cette conspiration de sorcellerie dans l'œuf, afin d'éviter que l'Inquisition ne s'intéresse à notre région, ce qui serait dramatique pour tout le monde…

Des images de douleur et de sang envahissent l'esprit de Margault, en même temps que le souvenir d'effroyables récits de rescapés de cette machine à avouer, pour la plupart affreusement mutilés. Comme cet homme soupçonné d'hérésie, à qui l'on avait brûlé les yeux avec des charbons ardents avant de lui arracher la langue – une fois que l'on avait été convaincu de son innocence – pour l'empêcher de parler… Ou encore cette fileresse de soie accusée d'avoir forniqué avec le Diable, à qui l'on avait enfoncé un tisonnier brûlant dans le trou de la femme pour lui purifier l'intérieur… Le bailli, qui semble la prendre en pitié, hoche la tête d'un air grave.

— Il vous faut nous communiquer les noms de vos complices, si vous ne voulez pas être soumise à la question et damnée sans espoir de rédemption. Vous n'avez tout de même pas tout manigancé toute seule ! Possédez-vous des alliés chez ces Templiers qui œuvrent à la destruction de la Sainte Église catholique et dont de nombreux membres croupissent dans nos prisons royales ? Ou bien chez les hérétiques ? À moins que vous n'ayez tramé votre forfait lors de l'un de vos sabbats avec d'autres sorcières ?

— Je vous jure que je n'ai aucun complice, vous devez me croire ! J'ignore totalement de quoi vous voulez parler…

— Allons donc, cela est impossible… Quelqu'un vous aura bien donné l'ordre d'occire votre époux d'aussi effroyable manière…

— Fort bien, puisqu'il me faut tout vous dire… Mon mari voulait avec la complicité de mon père m'enfermer dans un reclusoir, contre ma volonté bien entendu… J'aurais préféré mourir ! C'est pourquoi j'ai pris la décision de me préparer une boisson empoisonnée qui me permette d'échapper à ce terrible sort. C'est à moi, et à moi seule, qu'elle était destinée, je vous conjure de me croire… Mais lorsque Matthieu a fait irruption dans ma chambre, fort aviné, avant de tenter de m'étrangler, je n'ai eu d'autre choix que de lui tendre la coupe pour me libérer. Je n'ai agi que sous l'influence d'une peur extrême, sans réfléchir…

Margault s'interrompt brutalement sous la dureté des regards qui la scrutent, prenant conscience d'avoir encore aggravé son cas en cherchant maladroitement à se défendre. Non seulement elle a en effet avoué son crime, mais elle a en outre fourni un nouvel argument de poids à ses détracteurs en évoquant sa volonté de mettre fin à ses jours… Une mère rassemble ses marmots comme s'ils risquaient d'être envoûtés, tandis que le greffier esquisse un discret signe de croix, maculant d'encre son surcot bleu. L'aveu n'échappe pas à Philippe, qui voit là l'occasion d'insister encore davantage :

— Vous voyez que je ne vous mentais pas ! Non seulement cette femme ne fait montre d'aucune contrition, mais elle pousse même l'arrogance jusqu'à nous défier en nous parlant de ce crime qu'elle s'apprêtait à commettre contre elle-même, se destinant par choix à l'enfer ! Préférer mourir que de consacrer sa vie à Dieu, n'est-ce pas un indubitable signe d'hérésie ?

— Je vous en prie, messires… Vous ne pouvez me juger… sans m'avoir… totalement entendue…

Dans son affolement, Margault bafouille, ne trouve plus ses mots.

— Voyez cette femme, voyez comme elle hoquette ! C'est le Démon lui-même qui s'exprime par ces cris d'animaux… Écoutez-le, qui vomit ses sortilèges…

Le bailli contemple un long moment la jeune femme décomposée qui lui fait face. Il semble incroyable que tant de beauté dissimule la plus noire des âmes… Et pourtant, cela semble bel et bien être le cas. Quel dommage que son père s'acharne autant à l'accabler, il aurait grandement préféré pouvoir la gracier, même en l'enfermant à vie afin qu'elle ne puisse nuire à nouveau. Mais au moins a-t-il l'opportunité de lui éviter la question…

— Il suffit, cette agitation porte offense à ce tribunal ! Il est de toute façon grand temps de conclure… Le droit romain condamne gravement le crime toxique, les utilisateurs et les préparateurs de substances nocives. Les deux cas de figure me semblent dans cette affaire concernés, puisque cette jeune femme a, de son propre aveu, à la fois préparé et administré le venin à son époux. Cela implique que l'acte a été pensé, prémédité, ce qui aux yeux de la loi est infiniment plus grave. Et rend cette femme particulièrement dangereuse… D'après mon expérience, le *veneficum* appelle le *veneficium*. Ayant Dieu devant les yeux, je condamne donc Margault Esternay, *malefica, venefica, invocatrix demonum, ydolatra*, à mort, pour le crime de *toxicatio* sur la personne de son époux Matthieu Esternay. Passons à l'affaire suivante si vous le voulez bien, nous avons déjà perdu suffisamment de temps…

Les murmures dans la salle se font assourdissants. Il faut dire que la condamnation est d'une sévérité exceptionnelle. Est-ce l'aura de sorcellerie entourant cette affaire, la menace de l'Inquisition, qui ont poussé le bailli à faire un exemple ? Ou Philippe, qui a déployé tant d'efforts pour entourer sa fille d'une odeur de soufre ? Ramenée hébétée dans sa geôle, Margault ne remarquera pas l'homme au mantel sombre qui suit discrètement le convoi et restera longuement dissimulé dans l'ombre d'une porte cochère, jusqu'à ce que la nuit et ses dangers ne l'en chassent à regret.

18

CELA FAIT COMBIEN ? Quinze, vingt jours que Margault délire, tombe dans des évanouissements fiévreux dont émerge un Philippe tout auréolé de rouge, la bouche grande ouverte sur une langue sifflante de vipère et le doigt accusateur dressé vers le ciel. Des jours à hésiter entre un état de conscience affolé et des moments de vide terrifiants, à vomir des mots sans suite et à rêver de gargouilles poursuivant des sorcières juchées sur des balais à trois têtes. Encore dans les brumes d'un rêve, la jeunc femme est réveillée par une étrange matière qui lui heurte le corps par à-coups. Une matière meuble et friable, qu'elle tâte avec des doigts hésitants et gourds… Des mottes de terre ! C'est bel et bien de la terre qui lui choit sur le corps avec une implacable régularité ! Qu'est-ce que cela peut-il encore signifier ? S'agit-il encore de l'un de ses cauchemars, plus réaliste que les autres ? Levant la tête avec difficulté, elle aperçoit avec stupeur des jambes musculeuses, entourées de têtes curieuses et penchées. Mon Dieu, ils l'enterrent vivante… Réprimant une folle envie de hurler – mais pour combien de temps ? –, elle concentre ses forces pour rester impassible sous les regards tantôt moqueurs tantôt haineux de la foule. Tout ce dont elle parvient à se souvenir dans sa panique est qu'une mort par enterrement – et par étouffement – est aussi longue que pénible… Elle se souvient d'avoir là encore assisté à une exécution de la sorte, où elle percevait avec une étrange acuité les faibles mouvements de la terre qui se soulevait de moins en moins perceptiblement, ainsi que les cris assourdis qui, par un extraordinaire instinct de survie, parvenaient encore à sortir de la bouche pleine de terre de la suppliciée. Ce n'est que lorsqu'un filet de terre commence à s'infiltrer dans sa propre bouche que Margault commence à se débattre furieusement, lançant à tout hasard ses bras et ses jambes que le bourreau avait omis de lier, sans doute parce qu'elle était inconsciente, en direction des deux troncs sanglés de cuir qui la surplombent. Provoquant des remous inquiets au sein des curieux… Cela est impossible, elle ne peut tout de même pas mourir d'aussi stupide manière !

C'est à cet instant effroyable qu'elle croise le regard de son père. Un regard glacial, dépourvu d'émotion… Malgré sa frayeur, la jeune femme parvient encore à chercher comme pour l'emporter dans la tombe une lueur de regret, de tristesse tout au moins dans les yeux si familiers. Rien… Elle ne lit rien d'autre qu'une froideur inhumaine… La condamnée ressent soudain, bien supérieure à sa terreur, une haine brûlante l'envahir. Comment ? Cet homme voit sa fille unique exécutée – du fait de son seul témoignage mensonger, qui plus est – et il ne pleure même pas ! Pire : il observe la scène avec une curiosité détachée de badaud, mêlée à autre chose qu'elle ne parvient pas à définir. Comme une satisfaction du devoir accompli… Le monstre ! S'il n'avait pas menti, inventé sa prétendue possession, qui sait si elle n'aurait pas eu la vie sauve ? Trop rapidement, la jeune femme se trouve aux trois quarts enterrée et comprend avec effroi qu'aucun miracle ne viendra plus la sauver. Au seuil de la mort, la seule chose qu'elle soit désormais capable de faire est de prier. Mais une prière bien différente de toutes celles qu'elle entonne depuis sa plus tendre enfance, plus profonde, enfin venue du cœur. La prière séculaire de ceux qui voient la Camarde et sa faux doucement s'approcher… S'agit-il déjà d'un délire prae-mortem, ou Margault entend-elle Philippe lui parler d'une étrange voix rauque emplie de haine, si basse qu'elle ne peut être entendue que d'elle seule ? « Je pensais avoir éradiqué le Mal en faisant chasser votre mère qui me tourmentait, éveillant en moi des idées de stupre, mais le Malin s'est ensuite réfugié en vous, malgré mes précautions infinies. Vous aussi êtes une créature maléfique à éliminer, et vous allez crever… »

Son supplice semble heureusement bientôt terminé, elle n'entend déjà plus rien… Seuls quelques endroits clairsemés sur son visage enfoui lui permettent encore de respirer avec difficulté. Quand tout à coup elle perçoit une voix, si inattendue qu'elle lui semble déjà venue de l'au-delà.

— Libérez-la immédiatement, vous vous rendez coupable d'une terrible erreur ! Je me nomme Matthieu Esternay, époux bel et bien vivant de cette femme que vous accusez de l'occision de son mari ! Vous n'avez donc plus aucun motif de la retenir… J'ajoute en outre que le breuvage que mon épouse m'a fait boire n'était en aucun cas empoisonné…

L'agitation provoquée par ces quelques phrases est indescriptible… En un instant, Margault est soulevée de terre par des bras puissants – les mêmes sans doute qui la poussaient vers la mort quelques instants auparavant –, époussetée par mille mains attentionnées, tandis qu'elle tousse avec l'impression d'avoir avalé toute la terre de Picardie. Sa tête est vide comme un moulin à blé un jour de famine, son corps tremble sans qu'elle puisse le contrôler le moins du monde... Est-ce un cauchemar ? Un miracle ? Elle n'y entend plus rien, ne souhaite plus que s'engloutir dans un sommeil sans fin... Tous ces gens qui la contemplent maintenant avec une curiosité mêlée de gêne, qui s'écartent craintivement sur son passage, ne lui inspirent plus que dégoût. Leurs yeux obscènes la dévisagent avec avidité, dans l'espoir sans doute d'un quelconque éclat. Elle ne leur fera pas ce plaisir... La seule chose qui parvienne à surnager dans son pauvre cerveau épuisé est la haine absolue qu'elle voue désormais à Philippe Maubuissons. À jamais... Tout à coup, une grosse commère à sa droite brise le lourd silence qui s'était abattu :

— Tu ne duperas personne, sorcière ! Tu as fait revenir ton époux du royaume de la Mort par tes maléfices, mais cela ne changera rien. Pour nous, tu restes une ensorceleuse...

Cette apostrophe criée d'une voix vulgaire provoque de dangereux remous au sein de la foule prompte à s'enflammer. Donnant naissance à de nouveaux cris haineux, que Margault n'est plus en état de supporter... Elle-même n'est en effet pas loin de croire à la résurrection maléfique de son époux ! Hébétée, elle profite de l'indécision des badauds pour s'enfuir d'un pas tremblant, suivie sans conviction par ses gardes éperdus qui ne savent plus bien s'ils doivent l'arrêter ou la protéger... Ces derniers finiront par la mener auprès du prévôt, de manière à ce que ce dernier puisse lui signifier sa libération, grâce au témoignage de Matthieu qui avait eu la présence d'esprit de suivre le petit groupe.

La nuit est déjà presque tombée lorsqu'une Margault exténuée par les événements s'apprête à prendre congé de son époux sur les marches de la Malmaison, tandis qu'une pluie battante les entoure d'un halo presque intime. La jeune femme, qui dans un mouvement de pudeur recule pour faire oublier son odeur écœurante, hésite sur la conduite à adopter. Jamais de sa vie elle ne s'est trouvée dans une situation aussi embarrassante… Doit-elle remercier son époux d'être intervenu afin de lui sauver la vie ? Lui faire part de son soulagement de le trouver vivant et en pleine santé ? À moins qu'elle ne se répande en excuses balbutiantes pour l'avoir laissé sans intervenir avaler la boisson mortelle… Elle en est encore à hésiter, lorsque Matthieu se décide à couper court à ses tergiversations :

— Margault, tout comme vous, je ne sais que dire… Sans doute êtes-vous étonnée que je sois venu vous sauver, que je parvienne à vous pardonner aussi aisément ? Sachez que je le suis tout autant. Le Saint-Esprit est descendu sur moi, afin de me faire don de la sérénité indispensable à ma nouvelle vocation. Dieu, qui connaît le cœur des hommes, a voulu que je connaisse cette épreuve, que Sa volonté soit faite. Je suis prêt désormais à entrer à Son service…

— Mais comment avez-vous soudainement pris conscience de cette… vocation ?

— Un songe a permis à mes yeux de se dessiller. Après avoir absorbé la boisson empoisonnée, j'ai perdu connaissance dans un recoin d'une venelle sombre, roulé en boule comme un chien moribond. Aussitôt mes paupières fermées, un vieil homme au visage extraordinaire m'est apparu en songe. « Je suis venu pour te sauver », m'a-t-il dit. Il m'a ensuite tendu la main, avant de m'entraîner dans le royaume de l'au-delà. Nous nous sommes d'abord rendus dans les enfers, où j'ai vu des centaines d'hommes et de femmes se tordre de souffrance dans d'immenses bassines d'huile bouillante, de poix et de chaux vive. D'autres plus loin, sans doute coupables de luxure, se faisaient déchiqueter les parties honteuses par des bêtes féroces. Mon guide m'a ensuite désigné un tonneau empli de plomb fondu – le même que j'utilisais pour truquer mes dés – qui bouillonnait : « Voici ta place si tu ne t'amendes pas, tu y connaîtras les pires souffrances pour l'éternité entière. » Me tirant un peu plus fort par la main, il m'a ensuite mené dans une immense prairie emplie de personnes vêtues de blanc, au visage incroyablement serein. « Ces gens-là ont quant à eux choisi la voie de la repentance et de la Foi. Ils ne pourront accéder avant quelque temps au Paradis, mais resteront dans ce Purgatoire jusqu'à ce qu'ils aient totalement tiré les leçons de leurs erreurs passées. » J'ai jeté un regard en direction de ce Paradis que m'indiquait mon guide, mais je n'ai pu apercevoir qu'une lumière incroyablement brillante et douce. Attiré par cette source lumineuse, j'ai entrepris d'avancer vers elle, lorsque mon guide m'a arrêté d'un geste. « Je vais vous donner une recette pour vous guérir de votre mal physique, une seconde chance vous est accordée. À vous désormais de savoir choisir le bon chemin… » Lorsque je me suis réveillé, j'ai réalisé que je m'étais évanoui à deux pas seulement d'une boutique de simples, qui par chance disposait de tous les ingrédients nécessaires pour ma potion. Après un tel miracle, je ne pouvais plus douter de ma vocation…

— Mais Matthieu… Par quel miracle vous trouviez-vous encore à Amiens ? Et pourquoi alors ne pas vous être manifesté, au lieu de passer depuis des semaines pour disparu ? Cela semble illogique…

— Comme il est illogique qu'une épouse tente froidement d'occire son mari, n'est-ce pas ?

Matthieu se reprend, apparemment contrit de cet éclat incontrôlé.

— Pardonnez-moi, je n'aurais jamais dû parler de cette manière… Je me trouvais en réalité depuis quelque temps en retraite dans le monastère bénédictin de Saint-Fuscien à quelques lieues de là, prêt à prendre l'habit et la route afin de faire partager la parole de Dieu. Je n'étais revenu en ville que depuis deux jours pour vous informer de ma décision et prendre mes dispositions, lorsque cet homme est venu m'avertir de votre fâcheuse situation…

— Un homme ? De quel homme voulez-vous donc parler ?

— J'avoue n'en avoir aucune idée… Je ne l'avais jamais vu auparavant, et me trouvais bien trop bouleversé pour lui poser des questions sur son identité. Tout ce que j'ai pu remarquer, c'est qu'il semblait pauvre et crasseux, et connaissait la ville dans ses moindres ruelles…

Pauvre et crasseux ? S'agirait-il de François ? Allons, c'est absurde, il n'est pas le seul homme à Amiens à correspondre à cette description. Et pourtant…

— Tout cela est bien étrange…

— Il semblerait que Dieu ait guidé mes pas pour que je parvienne jusqu'à vous juste à temps… Et dire que vous vous croyiez oubliée de Lui ! Comment avez-vous pu un seul instant douter de Sa clémence et de Sa bonté infinie ?

Sous le choc de cette effroyable journée, Margault contemple le visage de son époux comme si elle le découvrait pour la première fois. Ses traits, aujourd'hui plus virils, ont perdu leur rondeur pour laisser place à des contours plus aigus, sa bouche se fermc sur un pli amer et désabusé, ses fins cheveux sont par endroits parsemés de fils argentés. Ce nouvel homme déterminé au regard direct l'intimide soudain. Comme s'il avait le pouvoir de lire à livre ouvert en elle, de découvrir ce qu'elle pensait de plus intime… Elle croise des doigts nerveux avant d'interroger d'une voix hésitante :

— Mais pour quelle raison prendre l'habit ? Ce n'est tout de même pas à cause de moi…

— L'Évangile selon saint Matthieu, mon guide, nous dit : « Si tu veux être parfait, va, vends ce que tu possèdes, donne-le aux pauvres et tu auras un trésor aux cieux, puis viens, suis-moi… »

— Je connais par mon père cet évangile, mais cela ne répond pas entièrement à ma question. Pardonnez-moi d'insister, Matthieu, mais pourquoi tout abandonner maintenant ?

— Pourquoi ? Vous osez me demander pourquoi ? Alors que j'ai tout perdu, mon épouse, mes biens, ma réputation… N'avez-vous donc toujours pas compris que je vous aimais passionnément, que j'étais prêt à vous consacrer ma vie ? Vous avez tout gâché…

Semblant regretter son brusque accès d'humeur, Matthieu continue d'un ton plus calme :

— Je suis désolé, il est injuste de vous accabler alors que je porte de mon côté une lourde responsabilité, notamment à cause de mon goût du jeu. Si je n'avais pas cédé à mes penchants dévastateurs, qui exigeaient sans cesse plus d'argent, sans doute n'en serions-nous pas là…

Ses yeux s'emplissent soudain de larmes brillantes, ce dont il ne semble pas prendre conscience :

— Qui sait si nous n'aurions pas finalement été heureux, au sein d'un mariage équilibré et harmonieux ? Si j'avais refusé ce marché de dupe, avec votre père, nous aurions pu avoir des fils, que j'aurais formés à mon art…

— De mon côté, j'aurais été comblée dans ma vie de femme et de mère, j'aurais pu veiller sur l'éducation de nos enfants…

— Allons, Margault, brisons là, je vous prie. Les regrets sont inutiles, de même que les conjectures. Ne nous blessons pas davantage et quittons-nous comme deux amis, voulez-vous… J'ai obtenu l'annulation de notre mariage pour non-consommation de l'union, vous pourrez vous remarier si vous le souhaitez.

Précisément au moment où le mariage a été consommé, de force qui plus est ! Matthieu semble soudain se souvenir de quelque chose :

— Juste une recommandation, ma mie. Défiez-vous des inquisiteurs, ils s'apprêtent à fondre sur la région telle une nuée de sauterelles. Avec l'aventure qui vient de vous arriver, il semble probable que vous soyez l'une des premières à attirer leur attention…

— Des inquisiteurs ? L'évêque a-t-il effectué une demande à la papauté en ce sens ?

— Grands dieux non, il n'aurait jamais commis une telle erreur ! On voit bien que vous n'avez pas entendu parler des agissements de l'Inquisition dans le Sud-Ouest… Nulle personne sensée ne pourrait souhaiter attirer ces fanatiques ici. Les inquisiteurs sont des gens terribles, Margault, à un point que vous ne pouvez imaginer… Ils brûlent impitoyablement tous ceux qu'ils soupçonnent, à tort ou à raison, d'hérésie ou de sorcellerie. Les pires étant les dominicains, les frères prêcheurs, envoyés au commencement par le pape afin de juguler l'hérésie. Que d'excès, que de meurtres ces religieux ne commettent-ils pas au nom de la Foi ! Ceux qui ne voulaient pas avouer, les innocents ? Ils les soumettent à la question jusqu'à leur faire admettre n'importe quoi… À cause de ce vent de démence en quelque sorte « légalisée », certains villages vont même jusqu'à faire aujourd'hui leur justice eux-mêmes. Vous voulez un exemple ? Si une femme est soupçonnée de sorcellerie, les villageois la jettent au nom de la justice divine dans une rivière agitée. Si elle meurt noyée, cela constitue la preuve de son innocence, puisque le Malin n'est pas venu la sauver. Si en revanche la pauvrette a la chance de survivre, c'est au contraire la preuve flagrante de sa possession, et elle est aussitôt brûlée vive ! Aucune chance d'en réchapper, donc… Croyez-moi, il ne fait vraiment pas bon tomber entre les mains de ces religieux-là…

Margault n'avait jamais vu son époux si enflammé ! Le danger devait en effet être d'importance…

— Ils n'effectuent tout de même pas ce déplacement pour moi ! Quels Amiénois peuvent constituer un tel danger pour intéresser ainsi l'Inquisition ?

— Nul besoin d'avoir une vilenie sur la conscience pour craindre ces dominicains, croyez-moi… Chacun à Amiens peut être concerné un jour ou l'autre. Il suffit souvent d'une simple dénonciation. Une commère envie le linge trop richement brodé d'une voisine, une pucelle a involontairement tourné la tête d'un mari ? Il ne peut s'agir que de sorcières ! Nulle méthode n'est plus efficace pour se débarrasser d'une rivale trop encombrante… Le problème, c'est que ces religieux, envoyés sur les routes avec le pouvoir de torturer, de châtier presque impunément, ne doivent en référer qu'au pape lui-même, qui lui seul a le pouvoir de briser l'une de leurs sentences. Or, vous savez comme moi qu'il n'y a pour le moment plus de pape…

— Ce qui signifie, si j'ai bien compris, qu'ils peuvent œuvrer en toute impunité… Mais tout de même, ces hommes sont des religieux. Pourquoi donc chercheraient-ils à semer le malheur et la désolation au nom d'une Foi qui n'est qu'amour ?

— Sous leur habit, ces hommes peuvent tout simplement être des fanatiques, avec tous les excès que cela implique… Lorsqu'ils fondent sur une région, persuadés de représenter le bras vengeur de Dieu, ils n'en repartent jamais sans leur moisson de morts. Certains évêques alarmés s'en sont d'ailleurs violemment plaints au pape avant son décès, comme par exemple les évêques de Sens ou de Narbonne qui ont refusé de désigner des inquisiteurs dans leur diocèse. Comment voulez-vous que ces hommes d'Église, pour la plupart des modérés, acceptent que des inconnus, même mandatés par le pape, mettent leur paroisse à feu et à sang en s'attaquant parfois à de bons paroissiens qu'ils connaissent depuis l'enfance ? C'est parfaitement insensé !

Le religieux se reprend, avant de poser sur Margault un regard apaisé.

— Je tenais simplement à vous mettre en garde, ma mie. Je ne vous ai tout de même pas sauvée pour vous voir aussitôt replonger dans une fâcheuse situation ! N'ayez crainte, je prierai pour vous chaque jour.

Sur ces derniers mots, l'imagier s'éloigne, laissant la jeune femme désemparée comme jamais… Certes, elle est désormais libre de vaquer à sa guise sans avoir à se terrer comme une bête acculée, mais elle se retrouve également seule à en pleurer. Ce qu'elle ne tarde d'ailleurs pas à faire, laissant couler des larmes brûlantes et libératrices sur un visage encore noir de terre. Allons, elle n'a plus désormais d'autre choix que de retourner dans son taudis, même si elle sait y être accueillie par une logeuse qui l'exècre au point d'avoir échauffé la populace contre elle. Tout au moins pourra-t-elle y récupérer quelques effets, ainsi que le sac de toile de Peronette…

Parvenue devant la porte de son logis, Margault est comme elle le craignait accueillie par une mégère plus agressive que jamais :

— Hors de ma vue, empoisonneuse, ou j'appelle le bourreau qui saura te faire passer l'envie d'occire les honnêtes gens !

— Vous savez fort bien que j'ai été innocentée, que mon époux est revenu, bel et bien vivant !

— Oui, fort à propos d'ailleurs ! Je ne sais comment tu t'y es prise pour racheter son âme au Diable et le faire revenir du monde des défunts, mais cela ne peut être que le résultat de sortilèges diaboliques. Tu as peut-être réussi à envoûter le prévôt avec tes charmes sulfureux… Mais moi, tu ne parviendras pas à m'aveugler aussi facilement, ah ça non ! J'y vois clair dans ton jeu, tu sais…

La grosse femme, dont les coins de la bouche sont blanchis d'écume, prend un air sournois :

— On me dira ce qu'on voudra, mais je trouve que ton revenant est reparti bien précipitamment pour un époux aimant… Ta potion maléfique n'avait-elle donc qu'un effet de courte durée ? Cela expliquerait bien des choses, n'est-ce pas...

— Mais c'est insensé... Comment aurais-je pu accomplir un tel prodige ?

— Tu dois le savoir mieux que moi, sorcière ! Allez, déguerpis au plus vite de chez moi... Tu as déjà fait crever le chien, je ne te laisserai pas t'attaquer à mes marmots, tu entends...

— Mais, mes affaires, mon sac...

— Je les garde ! Cela me dédommagera en partie de mes tourments. Bien que je doute de pouvoir tirer trois sols des hardes d'une ensorceleuse... Quant à ton sac empli de sorcellerie et de venins, je m'en vais le brûler dès que possible...

— Mais vous ne pouvez pas faire ça, vous n'en avez pas le droit... Vous savez bien que l'on ne m'a rien laissé emporter lorsque j'ai été arrêtée, pas même un vêtement. Comment vais-je pouvoir survivre...

La grosse logeuse, qui se souvient sans doute de son métier d'autrefois, émet un rire épais tout en la scrutant de manière éloquente de la tête aux pieds :

— Allons, une belle fille comme toi, avec d'abondants appas comme les mâles les goûtent... Je connais bien des hommes qui seraient prêts à monnayer quelques moments plaisants en ta compagnie, à condition que tu laisses là tes grands airs et que tu te montres gentille et délurée. Dans ce métier, il faut se montrer prompte à écarter les cuisses sans faire de manière, crois-moi ! Après tout, si tu sais te montrer reconnaissante, je peux peut-être te présenter notre roi des ribauds, qui saura...

Étrangement, ce n'est que lorsque la logeuse approche une main courte et crasseuse de sa gorge que Margault se décide enfin à s'écarter. N'a-t-elle pas totalement perdu l'esprit ? Un bref instant, elle a réellement songé à accepter la proposition de l'ancienne prostituée ! Écœurée par la logeuse autant que par ce qu'elle découvre tapi au fond d'elle-même, la jeune femme s'enfuit d'un pas pressé, avant de déambuler dans les rues sans but, se sentant paria. Un instant, elle songe à aller demander de l'aide, un toit à son amie Jeanne, avant de renoncer. Si la jeune femme s'est toujours montrée à son égard d'une gentillesse sans borne, elle refuse de lui imposer une situation telle que la sienne. Mieux vaut commencer dès maintenant à apprendre seule à se débrouiller… Tendue, Margault éprouve la désagréable impression que tous les regards convergent vers elle, que tous l'accusent silencieusement. Sorcière ! Ensorceleuse ! Chaque coup d'œil est une accusation, chaque murmure un trait fourbe que l'on lui décoche. Sans même qu'elle en prenne conscience, ses pas l'ont menée vers le Quai du Don, où Philippe l'emmenait flâner lorsqu'elle était toute petite. Unis par une complicité silencieuse, le père et la fille regardaient main dans la main les bateaux accoster, halés par des cordes à l'aide du guindal – un treuil tournant grâce à une manivelle de bois –, avant que l'on débarque leurs marchandises exotiques et fascinantes. Quels rêves la fillette a-t-elle pu faire devant les somptueux cuirs de Cordoue, les lourdes laines d'Angleterre et les odorantes épices d'Orient… Sans oublier ces marins à la peau tannée et aux bras ornés d'étranges dessins qu'elle était convaincue de suivre un jour jusqu'au bout du monde… Mais aujourd'hui, sa main avide n'étreint plus que le vide, la majorité des bateaux s'en sont allés vers un quai plus grand nouvellement construit. Ne subsiste plus de leurs rires d'antan qu'un écho de tristesse nostalgique… Tandis que des tonneaux aujourd'hui inutiles étendent leurs ombres menaçantes, la poussant à trouver un refuge avec un sentiment d'urgence croissant.

Par chance, une moitié de tonneau emplie de tissus sales ne tarde pas à lui fournir enfin l'abri recherché. Bien que le vieux morceau de bois exhale un écœurant mélange de vinasse et de poisson salé, il apparaît à ses yeux épuisés comme le plus accueillant des asiles. Il ne lui faut d'ailleurs pas plus de quelques instants pour se blottir avec soulagement au creux des vieux chiffons, sans se soucier du tissu râpeux qui lui gratte le cou, ni de l'odeur entêtante des harengs qui lui soulève le cœur. Quoi qu'elle puisse ressentir, elle ne quittera son précieux refuge pour rien au monde ! Le Mal rôde autour d'elle, elle le sent prêt à fondre sur sa proie au moindre signe de faiblesse… Quand tout à coup elle sent une, puis deux, puis des dizaines de petites bêtes lui parcourir avidement la peau, semblant se multiplier à l'infini. Quelle horreur ! Elle a dû trop transpirer ces derniers jours sans pouvoir se laver, et la vermine lui sort déjà de la peau ! Après un bref moment d'énervement durant lequel elle tente – en vain – d'attraper de ses doigts gourds les minuscules points noirs qui constellent sa peau laiteuse, la jeune femme s'apaise enfin. À quoi bon nier l'évidence ? Miséreuse elle est, en miséreuse elle se transforme… Elle lutte encore contre les irritantes démangeaisons quand elle s'endort lourdement, sans même s'assurer de la tranquillité des environs, chutant comme une pierre dans les bras apaisants de ce dieu des songes qui fait tout oublier, Morphée…

Au terme de ce qui ne lui paraît qu'un instant, Margault est réveillée par des bras vigoureux, qui la secouent comme s'ils cherchaient à lui décrocher la tête du corps. Consentant enfin à entrouvrir une paupière lourde de sommeil et de rancune, elle se retrouve nez à nez avec une jeune personne rousse à l'allure intrépide et à l'œil hardi, qui la considère avec une insolente curiosité qu'elle ne cherche nullement à dissimuler :

— Eh bien, ma toute belle, est-ce bien là un endroit convenable pour s'assoupir ? Quelle aventure vous a donc menée en pleine nuit dans ce port désert ? Ne craignez-vous donc pas qu'une bande de goliards enivrés choisisse votre ravissante personne pour tenter des expériences que la morale réprouve ? Je puis vous assurer que vous êtes bien chanceuse d'être encore en vie à cette heure !

Si l'inconnue ne peut goûter le sel involontaire de sa remarque, ce n'est bien évidemment pas le cas de son interlocutrice pourtant encore engourdie de sommeil, qui trouve entre deux grattages frénétiques le temps de répondre d'un ton à la fois amer et ironique :

— Il est vrai que me trouver encore en vie cette nuit relève du miracle…

La rouquine qui, si elle n'a pu saisir l'évasive allusion, a toutefois compris que la phrase dissimulait un sens caché, lève un fin sourcil interrogateur au-dessus d'un œil bleu pétillant d'intelligence :

— Loin de moi l'idée de me mêler de ce qui ne me regarde pas, belle dame, mais il semblerait que votre journée ait été peu ordinaire. Je me nomme Béatris. Je suis parvenue à m'échapper tôt ce matin de la maison des Filles Pénitentes – je n'en pouvais plus, j'étouffais au milieu de tous ces parangons de vertu ! –, mais il va me falloir y retourner ce soir sous peine d'en être définitivement chassée par la maîtresse. Peut-être pourriez-vous m'accompagner et passer avec moi la nuit dans notre dortoir commun…

— Mais… Non, vous vous méprenez…

À la fois hésitante et touchée, Margault se mord la lèvre, ne sachant de quelle manière détromper cette obligeante inconnue sans la vexer. Tout de même, comment a-t-elle pu la prendre pour l'une de ses semblables, elle n'en a tout de même pas l'allure, même démunie comme elle peut l'être en cet instant !

— Je suis désolée… Il m'est impossible de me rendre dans ce foyer… Je ne suis nullement ce que vous semblez penser…

— Une ribaude ? C'est cela que vous n'osiez dire, n'est-ce pas ? Je sais bien que vous n'êtes pas l'une d'entre nous, c'est pour moi plus qu'évident !

— Pardonnez-moi, je n'ai plus tous mes esprits. Je viens ce matin de quitter les griffes du bourreau, et je ne suis pas tout à fait remise de mes émotions…

— Les griffes du bourreau ? Ainsi, vous avez donc été arrêtée ! Cela explique votre piètre situation. J'espère que vous ne vous êtes pas évadée au moins…

— Non, j'ai été par chance libérée, innocentée. Ce qui ne rend pas ma situation plus enviable…

L'esprit encore embrumé de fatigue, Margault laisse son regard vagabonder sur le quai envahi de brouillard, tout en serrant frileusement les chiffons autour d'elle. Dieu, ce que cet endroit est devenu sinistre… Quand tout à coup elle tressaille, les nerfs tendus à tout rompre. Une silhouette s'est dessinée à quelques pas des deux jeunes femmes, émergeant avec soudaineté de cette purée de poix qui les enveloppe. Suivie bientôt de trois autres, qui restent étrangement immobiles et dressées aux côtés de la première. Mais elle n'est pas au bout de ses frayeurs… Son effroi croît encore d'un cran lorsqu'elle réalise que les silhouettes ne touchent pas le sol. Elles semblent au contraire voleter au gré du vent nocturne, sans pourtant s'éloigner ni se rapprocher. C'en est définitivement trop pour Margault, qui laisse les larmes brûlantes ruisseler comme un orage d'été sur ses joues salies. Elle suffoque, hoquette, avant d'enfouir son visage dans le giron tiède de l'inconnue. La fille de vie, qui ne sait quelle contenance adopter face à un tel chagrin, saisit doucement le bras de sa nouvelle protégée avant de le placer précautionneusement sous le sien, comme s'il s'agissait d'un oiseau affolé prêt à prendre son envol au moindre mouvement brusque :

— Allons, venez avec moi sans plus de manières, ma belle, il ne vous arrivera rien de bon en ces lieux. Vous pouvez me faire confiance, notre refuge vaut bien tous les tonneaux du monde ! Et puisque nous avons devant nous un long chemin à parcourir avant de rejoindre la rue des Vergiaus, pourquoi ne pas me narrer quelle étrange aventure vous a amenée dans ce tonneau nauséabond ?

Toujours sur ses gardes malgré son brusque abandon, Margault hésite un instant. À quoi riment toutes ces étranges rencontres avec des inconnus ? L'homme mystérieux de l'église, François, et maintenant cette Béatris… Tous semblent avoir été placés sur son chemin afin de lui apporter leur aide. Une aide qui semble une fois encore bien trop belle pour être honnête… Parvenue à bout de résistance et encouragée par le chaleureux sourire de Béatris, la jeune femme se laisse pourtant aller à lui conter toute son histoire, une histoire qui coule de sa bouche comme un rugissant torrent trop longtemps retenu. Ce qui ne l'empêche pas de s'étonner tout en parlant de son étrange abandon.

Est-ce de se trouver face à une fille publique ? Ces femmes-là, confrontées chaque jour à la misère et à la solitude humaines, doivent sans doute poser sur l'existence un regard empli de philosophie et de compassion. C'est à cet instant que Margault prend conscience d'un fait tout aussi étonnant : elle serre toujours avec confiance la main d'une prostituée, personne aussi notoirement impure que les juifs et les lépreux. Sans même une once de répulsion…

Elle s'apprête à interroger à son tour sa compagne de route lorsque celle-ci l'informe d'un geste qu'elles sont parvenues à destination. Déjà ! Il lui a semblé que le trajet ne durait qu'un instant… Il lui faut donc patienter jusqu'à ce qu'elles se soient présentées devant la maîtresse du refuge à l'allure rigide, qu'elles soient passées au lavoir afin de se rincer les mains et qu'elles soient enfin installées sur les dures paillasses du dortoir commun avant de pouvoir reprendre leur conversation interrompue. Tout en prenant bien garde à ne pas élever la voix, les nombreuses ombres immobiles peuplant les lits en enfilade semblant plongées dans un profond sommeil…

— À votre tour de me conter votre vie, Béatris, cette vie sans doute étonnante qui vous a menée dans ce refuge…

— C'est une bien longue histoire, guère intéressante, je vous l'assure…

La retenue de la jeune femme qui natte avec soin ses cheveux cuivrés avive encore la curiosité d'une Margault qui se laisse pourtant dériver dans une étrange torpeur. Quel bonheur d'avoir enfin quelqu'un à qui se confier après ces longues semaines de solitude éprouvante…

— Je vous en prie… Vous pouvez vous aussi vous fier à moi…

— Il s'agit d'une histoire tout à fait banale, je vous l'ai dit… Ayant perdu mes parents très tôt, j'étais placée comme servante depuis ma plus tendre enfance chez de braves gens âgés, qui en étaient presque arrivés à me considérer comme leur propre fille. Je les adorais ! Ils me faisaient don de quelques sous pour les foires froides, me veillaient à tour de rôle lorsque j'étais souffrante, surveillaient mes sorties avec une rigueur dictée par l'amour. Pas une seule fois le mari ne s'est avisé de me pincer la fesse ou de me caresser le téton comme cela arrive trop souvent ! J'étais donc heureuse, sans le savoir, comme tous les enfants de cet âge… Quand trois jours après la Saint-Jean – je m'en souviens comme si c'était hier –, un groupe d'une douzaine de jeunes hommes bien mis a soudain fait irruption dans la maison, faisant claquer les portes à toute volée. J'ignore pourquoi, mais j'ai immédiatement deviné que ces marauds venaient pour moi… Peut-être est-ce parce que je me souvenais d'avoir croisé l'un d'entre eux à plusieurs reprises, qui me suivait à chaque fois d'un regard appuyé et malsain. Mon innocence ne m'avait pas empêchée de comprendre que ce regard me salissait, me pénétrait de manière dégoûtante… Conscient lui aussi du danger, mon vieux maître a tenté de s'interposer en mobilisant toute la force que l'âge lui avait laissée, mais en vain… L'un des hommes, un gros rougeaud vêtu de cuir, l'a fait choir d'un brutal coup de fouet comme une vulgaire mouche importune, lui ouvrant le visage de haut en bas. Sa femme, quant à elle, les suppliait d'une voix cassée de ne pas nous faire de mal, qu'elle leur donnerait tout ce qu'ils voulaient. Au nom de Dieu… La pauvre n'avait pas encore compris que l'argent leur importait peu, que c'était moi qu'ils venaient chercher ! Moi, la fille qu'elle n'avait pu engendrer et que le Seigneur lui avait offerte d'une autre manière… Tout s'est déroulé ensuite dans un tourbillon de douleur. Le même gros homme, qui semblait obéir aux autres, m'a saisie brutalement par les cheveux, avant de m'entraîner dans la rue sans tenir compte des cris de ma maîtresse qui se joignaient aux miens… Ensuite, trois jours durant… »

Essoufflée par l'émotion, Béatris s'interrompt un instant, tandis que Margault détourne pudiquement les yeux malgré la pénombre afin de lui permettre de continuer plus aisément.

— Trois jours durant, disais-je, dix ou douze hommes ont abusé de moi sans relâche dans une auberge des bords de Somme aux patrons complaisants. Et quand je dis abuser, c'est de toutes les manières possibles, même les plus dégradantes… Une expérience terrible pour une jeune vierge comme moi ! Les autres clients n'ont pu manquer d'entendre mes hurlements, et pourtant nul n'est intervenu, nul n'a fait mander un sergent pour venir me secourir… Quand ils se sont lassés de moi, ces monstres m'ont jetée à la rue sans plus de manières, avec une simple chemise transparente pour vêtement. Telle une ordure destinée aux porcs… C'est ainsi que je suis devenue ribaude. Que vouliez-vous que je fasse après tout cela ? Que je retourne auprès de mes chers maîtres ? C'était impensable… Une maquerelle guettait les jeunes agressées à la sortie de l'hôpital, je n'ai eu d'autre choix que de la suivre…

— Tout de même, ne pouviez-vous déposer une plainte auprès du prévôt ? Personne ne peut impunément…

— Porter plainte contre les fils des notables les plus en vue de la ville, moi, une simple chambrière ! Vous n'y pensez pas, on m'aurait ri au nez ! J'étais devenue une fille perdue, sans autre avenir possible qu'une maison de fillettes…

Margault sent l'écœurement la submerger. Comment Dieu peut-il laisser de telles horreurs se produire, certaines personnes se débattre ainsi toute leur vie dans un malheur poisseux ?

— Après avoir vagabondé au hasard des foires et marchés, j'ai finalement échoué dans cette ville que je ne connaissais que de nom. Je ne pensais y rester que quelques jours, avant de repartir sur les routes avec mes compagnons. Mais le sort s'est de nouveau acharné sur moi, lorsque le roi des ribauds, notre cher bourreau, s'est décidé à m'empêcher de repartir.

— Mais… Je croyais au contraire le bourreau chargé de réglementer les filles follieuses et de les contenir dans le quartier qui leur est réservé, de la rue des Blanquemains jusqu'à celle du Bordeau… De s'assurer qu'elles n'exerçaient pas leur activité dans les auberges ou les rues dites honnêtes…

— Oui, c'est en principe son rôle… Mais celui-ci, bien qu'officier municipal, éprouve bien peu de scrupules, croyez-moi ! Le maraud tire parti de son statut pour remplir sa bourse et bénéficier – ainsi que ses goujats – des faveurs gratuites des filles les plus belles. Celles qui refusent de se soumettre sont impitoyablement battues en place publique, sous le regard bienveillant des bonnes gens persuadés d'assister là à une juste punition, au combat de la vertu contre le vice. S'ils connaissaient la vérité !

— Et vous… Que vous est-il arrivé ?

— L'un des goujats du bourreau avait par malheur jeté son dévolu sur moi au moment de cette fameuse foire. Je n'avais pu faire autrement que de le remarquer, il ne pouvait plus me quitter des yeux ! Lorsqu'il s'est approché de moi, laid comme un infidèle et puant le bouc, j'ai par instinct refusé de le suivre. Je pressentais en effet quelque vilenie… Il s'en est plaint auprès de son patron, avant de le convaincre de me faire discrètement enfermer dans une geôle juste avant le départ des marchands. Une geôle dont les deux complices ne m'ont libérée que quelques jours plus tard, quand plus personne dans cette ville ne se préoccupait de mon sort. En veillant bien entendu à ce que je ne puisse plus quitter le logement crasseux qu'ils m'avaient royalement attribué, tout à côté des étuves les plus mal famées de la ville. Malgré mes suppliques, l'affreux goujat est venu me besogner tous les jours que Dieu fait, sans même respecter jours saints ni carême. Pour quelle raison ce mécréant ne craignait-il pas comme les autres les flammes de l'enfer ? Il nous a tous deux damnés par son vice, ses positions hors nature et les blasphèmes qu'il crachait… J'ai maintes fois tenté de leur échapper, avec pour seul résultat de me retrouver fouettée à tous les carrefours de la ville. Vous n'imaginez pas le nombre de fois où j'ai été placée sur une estrade pour être battue à tous les vents et où j'ai eu le derrière en sang ! La dernière fois, le bourreau excédé m'a même promis la potence en cas de récidive…

— Et de quelle manière êtes-vous alors parvenue à vous enfuir ?

— M'enfuir ? En réalité, je ne suis jamais réellement parvenue à me sortir de leurs griffes, même maintenant… Je suis certes arrivée jusqu'à ce refuge grâce à l'aide du curé de la paroisse Saint-Pierre, mais je ne me fais aucune illusion, cette liberté n'est que provisoire… Chaque matin, je me lève avec la crainte qu'ils ne se décident à venir me chercher, chaque nuit de quiétude peut être pour moi la dernière. Vous ne pouvez imaginer quelle torture cette perpétuelle incertitude peut représenter… Inutile de me leurrer, même la maîtresse du refuge ne se risquerait pas à s'opposer au bourreau simplement pour me défendre…

— Mais les échevins ? S'ils ont ouvert cette maison, c'est précisément pour mettre à l'abri les ribaudes, non ? J'ai toujours pensé que les prostituées repenties étaient protégées par la ville, et recevaient même des aumônes en contrepartie de leur participation au salut de la cité par leurs prières et leurs œuvres… L'échevinage ne laisserait jamais l'une d'elles se faire enlever sans réagir !

— Sans doute que non… Mais si le bourreau décide de venir me quérir, ce sera pour me faire immédiatement disparaître. Difficile de faire témoigner un corps repêché dans la Somme, n'est-ce pas ? Je sais de quoi je parle, c'est précisément ce qui est arrivé à une autre fille récemment… Non, je vous assure, je n'ai malheureusement d'autre issue que d'attendre dans ces lieux comme un lapin piégé dans son terrier, en espérant que ces marauds voudront bien m'oublier.

— Et n'avez-vous jamais songé à vous enfuir ? Hors de la ville je veux dire ?

Le visage assombri de Béatris arbore soudain une étrange expression, faite de fierté, de crainte et de mystère mêlés. Tandis que ses lèvres gourmandes se pincent, comme pour les empêcher de laisser échapper un secret.

— Je ne puis encore vous en expliquer la raison, mais il m'est impossible de m'enfuir pour le moment.

Peut-être, dans quelques mois, quelques années, quand cela sera devenu moins dangereux…

Brûlante de curiosité, Margault pressent pourtant qu'il est inutile d'insister. La jeune ribaude n'en révélera pas davantage pour l'instant.

— Mon Dieu, vous avez donc été violentée, tout comme moi ! Et comme moi vous avez été traitée en coupable, non en victime…

— Je vais sans doute vous surprendre, mais je connais par mes anciens maîtres quelques paroles de saint Thomas. Souvenez-vous de ce qu'il a dit : « La victime du stupre, si elle n'est pas épousée par le séducteur, trouvera plus difficilement à se marier. Elle pourra être conduite à la débauche d'où l'éloignait jusque-là une pudeur intacte. » N'est-ce pas là ce qui nous est arrivé à toutes deux ? Pas de salut pour les vierges violées, ma mie, elles sont condamnées à la perdition avec l'hypocrite bénédiction de tous. *Nous* sommes condamnées à la perdition…

Malgré une haine qui refuse de s'estomper, Margault une fois encore songe à ce père trop protecteur qui ne cherchait qu'à la préserver du stupre… Si l'objectif était admirable, la manière l'était beaucoup moins… Une immense lassitude l'envahit soudain, sa bouche se serre sur des bâillements incontrôlables, tandis que ses yeux s'emplissent de milliers de grains de sable douloureux. N'y tenant plus, elle rejoint en titubant le matelas étroit de Béatris, avant de se lover contre les rondeurs menues de sa nouvelle amie avec un sentiment de gratitude infini. Cette jeune femme est décidément son ange gardien ! Par quel extraordinaire hasard la prostituée s'est-elle promenée en pleine nuit sur ce quai désert, si ce n'est pour la sauver d'un sort plus qu'incertain ? Elle ne peut s'empêcher de soupirer d'aise malgré ses innombrables incertitudes concernant l'avenir. Quelles délices que de sentir ses muscles crispés se détendre, son corps se réchauffer peu à peu sous la courtepointe douillettement serrée… L'ultime sensation de Margault juste avant de sombrer est le contact d'une cuisse ferme et douce qui se pose avec une rassurante familiarité sur la sienne, comme pour la protéger des démons de la nuit. Comme lc fait d'ailleurs cette lampe à huile restée allumée malgré l'épaisse fumée noire qui s'en dégage…

Est-ce la bienfaisante sensation de sécurité, le contact d'un corps chaud blotti contre le sien ? Cette nuit-là sera pour Margault fort agitée, riche en désirs et en réminiscences mêlés. Avoir évoqué Damien ne serait-ce qu'un instant avec Béatris a suffi à réveiller en elle toute une foule d'émotions, de sentiments exacerbés par le souvenir. Le visage du jeune homme encore adolescent se mêle étrangement à celui de l'adulte qu'elle ne connaît pas, les mains d'autrefois repassent à l'infini sur son corps enfiévré. Plus loin qu'elle ne l'a jamais autorisé dans la réalité… Ces rêves troublants l'ont éveillée à maintes reprises durant la nuit, avant qu'elle ne sombre de nouveau dans un sommeil lourd et affolé… Oh ! Dieu, ce que Damien peut parfois lui manquer… Est-ce la proximité du danger qui exacerbe ainsi ses émotions ?

La jeune femme s'éveille au petit matin, le cœur serré par la prémonition d'un drame imminent. Une fois encore… Lorsqu'elle se décide enfin à ouvrir les yeux, la première image qui s'offre à son regard est le spectacle d'une envolée de lin safrané au-dessus d'un corps rose et rond d'une surprenante jeunesse. Tandis que ses sens s'éveillent pour de bon, elle sent un souffle tiède lui effleurer la nuque, un bras lui entourer la taille, un parfum de rose lui envahir délicieusement les narines. Cette intimité jusqu'alors inconnue lui semble soudain très douce, ce qui la projette d'autant plus cruellement vers sa solitude à venir. Dans quelques instants seulement, elle devra quitter Béatris et ses compagnes, sans espoir de connaître de sitôt une nuit aussi paisible… Elle aura déjà bien de la chance si la maîtresse du refuge lui fait cadeau d'un peu de pain et de vin coupé d'eau avant de la chasser dans la rue !

Déjà, le dortoir bruisse des mille bruits du réveil, ruche bourdonnante délicieuse pour une Margault encore lovée dans son cocon douillet. Rêveuse, elle observe les très jeunes femmes aux bustes dénudés qui se lavent mutuellement les cheveux dans la fraîcheur du matin à grand renfort d'éclaboussures et d'éclats de rire, la femme mûre qui oint d'une pommade le corps meurtri d'une plus jeune avec des gestes de mère, une autre encore qui épouille avec soin les longues mèches d'or bruni de sa compagne… Surprenant son regard envieux, une toute jeune fille blonde aux longs cheveux bouclés lui adresse un sourire éblouissant, ce qui lui fait précipitamment détourner la tête. Ce qu'elle peut être stupide ! Pourquoi a-t-elle réagi de cette manière, au lieu de lui répondre tout aussi naturellement ? Sans doute cela s'explique-t-il par le fait qu'elle n'a jamais eu l'occasion de connaître une atmosphère aussi féminine et douce… Quand tout à coup Margault ne prête plus attention à son entourage, fascinée par le monstrueux visage qui lui fait maintenant face, surplombant le corps gracieux et juvénile qui se dévoilait il y a quelques instants seulement. Un visage ravagé couvert de cloques cicatrisées, de flétrissures et de ravines brunâtres… La jeune femme se retourne brusquement sur la paillasse pour interroger

Béatris du regard, lorsque celle-ci lui répond d'un geste discret : plus tard… La fille de vie attend que leur voisine ait quitté le dortoir pour raconter :

— C'est épouvantable, n'est-ce pas ? Méline a été grièvement brûlée lors d'un des derniers incendies de la ville il y a plus d'un an, en tentant de circonscrire le feu qui avait enflammé tout un quartier de maisons de bois et de torchis. Vous ne manquez pas de savoir, je suppose, que les ribaudes sont les premières à être envoyées pour éteindre les incendies…

— Oui, je l'avais entendu dire, mais sans y avoir jamais vraiment prêté attention, je l'avoue. Jamais je n'aurais pu imaginer une telle horreur…

Margault s'interrompt, se souvenant avec une cruelle précision d'avoir contemplé un incendie avec Matthieu du haut de leur maison, presque comme s'il s'agissait d'un spectacle. Le bras de son mari ceint autour de sa taille, elle s'était délicieusement sentie en sécurité, sans accorder la moindre pensée aux malheureux qui s'échinaient en bas comme de minuscules fourmis autour de la dangereuse fournaise. Tout cela lui semblait si loin d'elle ! Et voilà qu'elle se trouvait face à l'une des victimes de ces flammes qu'elle trouvait à la fois si belles et si terribles… Une victime dont le sort la touchait soudain infiniment… Béatris brise l'instant d'émotion en faisant voler les draps de ses jambes fines, avant de se lever d'un bond leste. Il est en effet temps pour elle de remplir ses obligations au sein du foyer, sous peine de se faire copieusement gourmander. Mais c'est compter sans Margault qui, l'observant enfiler une cotte souillée pour nettoyer les retraits, n'en a pas terminé avec ses questions :

— Ma mie, vous m'avez confié hier avec confiance les circonstances qui vous ont amenée dans cette maison. Mais y êtes-vous heureuse, au moins ?

— Heureuse, bien sûr que non… Je crois vous avoir expliqué hier que je n'avais guère le choix. Peut-être que si j'étais libre de vaquer à ma guise, au lieu de sortir en cachette, à la nuit tombée, pour éviter le bourreau…

— Les autres filles sont donc autorisées à sortir du refuge ?

— Bien sûr que oui, nous pouvons nous promener librement en ville, mais à nos risques et périls… À condition d'observer une tenue décente et une attitude pudique, sans laisser à quiconque le loisir de lire dans nos regards la moindre once de provocation. Inutile de vous dire que nous devons redoubler d'attention, les hommes étant prompts à déceler de l'incitation là où il n'y a que pudeur, les femmes à lire de l'insolence quand il n'y a que lassitude… Surtout chez les filles publiques, avec qui tout est permis, n'est-ce pas ? Savez-vous par exemple pourquoi tant d'hommes viennent nous visiter et se laissent aller à nous maltraiter ? Tout simplement parce que l'abandon est jugé bien plus grave dans le mariage qu'en dehors ! Les maris effleurent donc à peine leurs épouses, tandis qu'ils nous font subir les pires sévices, presque impunément…

Le visage rieur de Béatris a pris une expression amère, comme si elle revivait de pénibles moments encore trop frais dans son esprit. Puis, sans aucun signe avant-coureur pour annoncer l'orage, la jeune femme fond brusquement en larmes, tandis que sa main constellée de taches de son se hâte de couvrir son visage pour dissimuler pudiquement ses joues ruisselantes et son menton tremblant…

— Je ne supporte plus cette vie de recluse, Margault… Il m'est impossible de faire un pas à l'extérieur sans que le bourreau ou l'un de ses goujats se placent sur mon chemin pour me narguer, me montrer qu'ils peuvent disposer de moi à leur guise.

Bouleversée, Margault enlace sa nouvelle amie avec une spontanéité d'enfant, autant pour la réconforter que pour la faire taire, pressentant intuitivement que ses révélations ne sont peut-être pas si innocentes qu'elles n'y paraissent. Elle devine dans le ton de Béatris une attente qu'elle ne parvient pas à définir… Comme pour lui donner raison, celle-ci se dégage d'un mouvement involontairement brusque avant d'ôter la cotte crasseuse à peine enfilée :

— Il me faut vraiment vous parler, mais pas ici… Les murs en ces lieux ont trop souvent des oreilles… Puisque à cause de la famine le refuge ne peut plus nous offrir que de la soupe insipide, je vous propose d'aller quérir de la nourriture décente ailleurs. Au milieu de la foule, nous pourrons parler à notre guise, tout au moins je l'espère…

Un court moment plus tard, les deux jeunes femmes sont prises dans la presse d'une foule affamée, qui se bouscule avec force vociférations autour d'un homme submergé par l'affluence. Malgré ses préoccupations, Margault ne peut s'empêcher d'interroger son amie du regard.

— Eh bien, quel air surpris, ma mie ! Vous ne connaissez pas les distributions faites par les exécuteurs testamentaires lors des enterrements ?

— Si, quelqu'un m'en a en effet déjà parlé il y a peu de temps…

— On peut d'ordinaire trouver un réjouissant amoncellement de volailles, de viandes, de pain… Des dizaines de tonneaux sont mis en perce pour les pauvres, des ânées de seigle sont distribuées…

La ribaude passe sans paraître s'en apercevoir une langue gourmande sur ses lèvres desséchées, comme pour y voler quelques gouttes de jus de viande dégoulinant. Ce qui fait soudain prendre conscience à Margault qu'elle aussi meurt littéralement de faim…

— Parfois même les défunts les plus riches ont-ils prévu de faire sacrifier une partie de leur troupeau : des moutons, des bœufs… Mais aujourd'hui, je crains que nous n'ayons à nous contenter de pain ! Cela nous permettra tout au moins de ne pas comploter le ventre vide…

À l'évocation de complot, le visage de Margault se rembrunit. Rêveuse, elle observe les pauvres amaigris se bousculer avec brutalité, n'hésitant pas à faire choir les plus faibles, les vieillards et les enfants à terre pour parvenir jusqu'à la nourriture. Les orbites sont creuses dans les visages sans vie, les lèvres retroussées sur des dents noircies… Elle frissonne avec brutalité : elle appartient cette fois définitivement à la longue cohorte des miséreux… N'est-ce pas elle en effet qui joue à son tour des coudes au milieu des indigents, n'hésitant pas à arracher au vol deux gros morceaux de pain et de lard que s'apprêtait à saisir avec rapacité un homme hargneux entre deux âges ? Revenue auprès de Béatris portée par un sentiment de triomphe animal, elle entend avec un rien d'agacement cette dernière continuer la conversation comme si de rien n'était, tandis qu'elle dévore avec voracité son butin :

— Margault, je vous en prie, il faut que vous m'aidiez… Notre rencontre ne peut être le fruit du hasard, j'en suis convaincue. Vous m'avez été envoyée pour m'aider à débarrasser la ville de ces bêtes malfaisantes qui la souillent, pour les empêcher de faire de nouvelles victimes. Le Diable se dissimule en elles, nous l'avons toutes deux découvert. Mais qui d'autre le sait ? Peut-être sommes-nous, de par notre expérience, de ces rares élues capables de lire dans les cœurs et débusquer le démon. Un démon qui nous surveille, qui guette nos moindres moments de faiblesse… Votre père, les frères maudits, le bourreau… Qui d'autre encore va-t-il gagner à sa cause ?

Le visage empourpré de Béatris effraie soudain Margault. Elle craint de se laisser entraîner dans une lutte qui ne la concerne pas, éprouve l'envie de fuir le plus loin possible. Comme pour maintenir à distance un danger qui se rapproche inexorablement…

— Calmez-vous, ma mie… Nous allons bien trouver une solution. Avez-vous tenté de parler des agissements du bourreau au bailli ? Ou encore au curé de la paroisse Saint-Pierre, qui, m'avez-vous dit hier soir, vous a apporté son aide à un moment difficile de votre vie ?

— Ma pauvre Margault, vous voilà encore bien candide malgré vos épreuves ! Pensez-vous donc que les honnêtes gens ignorent ce qui se trame ? Mais quelle importance, puisque les seules victimes sont les miséreux, les juifs et les prostituées… La misère humaine est parfaitement supportable, lorsqu'il ne s'agit que de celle des autres…

Essoufflée, la ribaude a rejeté dans un geste d'enfant une mèche de cheveux derrière son oreille, avant de contempler Margault d'un air suppliant. Le cœur de celle-ci bat de nouveau à tout rompre, comme si le danger qui rôdait l'avait soudain frôlée de son aile.

Quelque chose lui dit qu'elle ne va pas aimer ce que Béatris s'apprête à lui demander…

— Margault, vous m'avez bien dit sortir de geôle pour avoir tenté d'empoisonner votre époux ? Je n'ai cessé d'y penser toute la nuit, y voyant là un incontestable signe… Je ne me trompe pas, vous connaissez donc le secret des venins…

À cette évocation, des images brûlantes de sang et de bile envahissent l'esprit de Margault, tandis qu'un lourd frisson lui secoue l'échine. Oh non, plus jamais elle ne veut entendre parler de poison…

— Tout cela est vraiment difficile à exprimer, mais il faut que je me lance, malgré ma peur de voir ternir notre si prometteuse amitié. Voilà… Je voudrais vous demander de m'aider à empoisonner le bourreau.

La dernière phrase a été prononcée d'une traite, comme si l'ancienne prostituée s'était de désespoir jetée d'un pont de la Somme. Bien que Margault comprenne la détresse de la jeune femme, une partie d'elle-même ne peut s'empêcher de se révolter. Elle en a de bonnes, cette Béatris… Empoisonner un officier municipal, rien que cela ! Elle ne se sent guère d'humeur à retrouver son trou fraîchement refermé, même pour aider une nouvelle amie ! Le simple fait de repenser à son supplice fait monter en elle la même panique que celle ressentie lors de son exécution. Elle sent de nouveau les mottes de terre chuter brutalement sur son visage, dans sa bouche grande ouverte recherchant désespérément de l'air et ne trouvant que des grains de poussière pour l'étouffer plus encore. Oh non, plus jamais cela… Et pourtant, lui rappelle une petite voix dérangeante, elle ne peut tout de même pas refuser totalement son aide à la seule personne qui lui ait tendu la main de manière désintéressée. Que serait-elle en effet devenue si Béatris avait la nuit dernière raisonné de la même manière égoïste ? Plongée dans ses réflexions, elle sursaute soudain nerveusement : depuis combien de temps cet homme au visage décharné et dur les contemple-t-il ainsi avec une attention suspecte ? Allons, il leur faut impérativement s'éloigner d'ici…

Jamais la conscience de Margault n'a été aussi déchirée de toute sa vie. Afin de gagner du temps et de pouvoir mieux réfléchir, la jeune femme fait mine de s'intéresser au jeu théâtral qui se déroule sous leurs yeux, dans lequel deux pauvres hères vêtus de haillons s'escriment avec force gestes à retracer la vie et la mort d'Adam et Ève jusqu'à leur entrée aux enfers. Mais à peine remarque-t-elle le décor misérable, le jeu pathétique des acteurs…

— Béatris, non, cela est impossible… Cela ne signifie pas que je refuse de vous aider, mais nous devons impérativement trouver un autre moyen… Vous ne pouvez pas me demander d'occire froidement un homme, aussi malfaisant soit-il !

— Ainsi, vous vous affirmez incapable de tuer un homme ! Croyez-vous donc que je n'ai pas remarqué cette nuit le couteau glissé dans votre chausse, dont vous ne semblez vouloir vous séparer que pour votre toilette ? Si un tel outil n'est pas destiné à tuer…

— Ce couteau n'est destiné qu'à me défendre, pas à autre chose. Et encore ! Jamais je n'ai pu me résoudre à m'en servir, malgré toutes mes épreuves ! Je vous assure que je suis incapable d'empoisonner un homme, Béatris, ma connaissance des simples n'est pas suffisamment étendue et je…

— Ce n'est pas un problème, je pourrais vous aider ! J'ai entendu parler d'une vieille sorcière qui vit au fond des bois, à l'orée de la clairière des Deux Étangs. Une commère voisine du refuge était allée la trouver pour se débarrasser de son mari qui la maltraitait. La vieille connaît les poisons, elle pourra certainement nous donner des recettes, des secrets… Je vous en supplie, ma mie. Il y va de ma sécurité, de ma survie même…

— Non, vraiment, cela est impossible, n'en parlons plus.

La jeune femme ouvre déjà la bouche pour expliquer plus avant son refus lorsque Béatris lève une main lasse, comme pour lui intimer le silence. Ses yeux tout à coup vides de toute expression, sa mâchoire serrée lui donnent soudain un air dur et buté. Les deux jeunes femmes n'ont plus d'autre choix que de terminer leur maigre repas avec un manque d'enthousiasme commun, sans plus se risquer à prononcer le moindre mot qui pourrait les écorcher davantage…

19

UNE DIZAINE de jours s'est écoulée depuis cette discussion qui a laissé dans la bouche de Margault un persistant goût d'amertume. Ce qui n'a pourtant pas empêché les liens entre elle et Béatris de se resserrer chaque instant un peu plus, l'une et l'autre profitant avec gourmandise de ce cadeau rare : une amitié complice. Peu rancunière, Béatris avait même arraché à la maîtresse du refuge l'autorisation pour Margault de rester quelques jours supplémentaires, le temps de reprendre ses esprits et de se trouver un nouveau logis, à la seule condition de se nourrir le plus souvent possible à l'extérieur. Ce serait donc pour cette dernière une certaine forme de bonheur, si le nuage noir de ses pressentiments ne s'obstinait à planer avec constance au-dessus de leur tête… Elle n'avait pourtant pu que regarder avec impuissance Béatris partir avec une autre repentie porter une missive au Palais épiscopal, tandis qu'elle allait de son côté prier afin de se plier aux règles du refuge.

Étrangement, la prière l'avait pourtant apaisée. Comme en ces temps heureux où, petite fille, elle serrait très fort la main de son père sur le dur banc de bois de la cathédrale, les yeux rivés sur le Beau Dieu à la main levée, dont la bouche sévère et les yeux de pierre la fascinaient. À l'époque, la fillette pensait avec toute la candeur de son âge que, si elle parvenait à maintenir durant tout l'office les yeux fixés sur la statue, sa mère reviendrait, sauvée des ténèbres par la puissance de sa Foi. Mais elle échouait à chaque fois, se laissant tout à coup distraire par le grincement d'un banc sur le sol ou la quinte de toux trop proche d'un bronchiteux. Et sa mère ne revenait jamais, par sa faute… Ce qui ne l'empêchait pas après chaque échec de retourner à l'église avec la même certitude au cœur que la prochaine fois serait la bonne…

Cette fois, la prière lui avait inspiré une idée pour sauver Béatris, idée qu'elle était impatiente de soumettre à son amie. Margault envisageait tout simplement d'aller trouver ce jeune échevin au regard d'enfant qui avait défendu avec tant de fougue la famille ensevelie juste avant son procès, dans le but de l'informer des agissements du bourreau. Après tout, c'était l'échevinage qui avait fourni ce refuge aux filles perdues, et il était honteux qu'elles ne soient pas mieux protégées, surtout d'un officier municipal… Bien qu'elle ne connaisse pas son identité, la jeune femme est persuadée de pouvoir trouver sans trop de peine son logement. Les échevins sont bien connus du petit peuple, qui les regarde vivre avec un mélange de curiosité et de suspicion. N'est-ce pas entre leurs mains que repose la vie quotidienne des Amiénois ? Elle ignore pourquoi, mais elle est convaincue que le jeune homme saura faire quelque chose pour les aider, qu'il ne les laissera pas en difficulté… Fière d'avoir échafaudé seule cette stratégie, Margault redouble d'ardeur dans le nettoyage du linge, donnant de grands coups pleins de vigueur sur les chemises jaunies par le temps, au tissu rêche et sans finesse. Béatris ne va pas regretter de l'avoir tirée du ruisseau… ou plutôt du tonneau ! Tout de même épuisée par ces montagnes de linge trempé qu'elle n'a guère l'habitude de porter à bout de bras, la jeune femme s'assoit un instant sur un banc de pierre de l'entrée pour guetter avec anxiété par la porte entrouverte. Il se fait tard, que diable fait donc son amie ? Le soleil se cache déjà derrière la cathédrale, auréolant l'édifice de flamboyants reflets orangés, et la jeune ribaude n'est toujours pas rentrée de sa course. Contrairement à celle qui l'accompagnait…

Son inquiétude se mue en véritable malaise lorsqu'elle constate que son amie n'est toujours pas de retour pour le souper. Les instants s'écoulent avec une lenteur démoniaque, ponctués par les battements de plus en plus forts de son cœur. Il est arrivé malheur à son amie, toute son intuition le lui hurle… Peut-être a-t-elle été enlevée par le bourreau ou son affreux goujat comme elle le craignait tant ? N'y tenant plus, elle s'élance sans un mot vers la porte, sous les yeux ébaubis de la maîtresse du refuge. Il lui faut absolument retrouver Béatris avant qu'il ne soit trop tard. Mais où chercher ? Son amie pourrait être allée n'importe où… Jusqu'à la nuit noire, Margault court en tous sens, sillonnant sans fin les rues qui entourent le Palais Épiscopal, cherchant désespérément sa silhouette sur les rives de la Somme – ne se serait-elle pas jetée du pont du Cange ? –, allant même jusqu'à interroger le moine portier du couvent des Augustins… En vain… Béatris semble s'être évaporée comme par enchantement. En s'engouffrant plus avant dans une ruelle, Margault se cogne à une vieille femme aux cheveux si sales qu'ils en forment des boules grisâtres et aux mains serrées sur un vieux morceau de chiffon comme pour se rassurer. Un instant apeurée, la vieillarde semble se rasséréner en apercevant son visage. Presque comme si elle la reconnaissait... Alors qu'elle tente de la contourner, l'inconnue lui coasse quelques mots inintelligibles qu'elle ne parvient pas à saisir. Agacée, impatiente de reprendre sa quête, la jeune femme tente une nouvelle fois d'éviter l'importune, lorsqu'une serre étonnamment ferme s'abat sur son avant-bras, l'empêchant de s'échapper :

— C'est incroyable, je vous aurais reconnue n'importe où, vous lui ressemblez tellement !

Allons bon, une démente ! Ce n'est pas possible, elle les attire... C'est à cet instant que Margault remarque avec effroi les doigts rongés de la mendiante, ce qui la fait reculer précipitamment. Une ladre !

— De quoi as-tu peur, je ne te ferai aucun mal. J'ai bien connu ta mère à la léproserie, tu sais. Elle parlait sans cesse de toi, à tout le monde... Sa petite fille tant aimée... Combien de larmes n'a-t-elle pas versées en pensant à toi, contrainte de vivre sans mère. Et tout cela par la seule vilenie d'un mauvais homme...

La vieille est cette fois parvenue à attirer l'attention de Margault, qui oublie sa répulsion pour agripper à son tour la mendiante.

— Que racontez-vous ? Allez, parlez, vieille folle ! Par la vilenie d'un homme ? Quel homme ? Qu'est-ce que cela signifie ? Avez-vous réellement connu ma mère ?

Effrayée par la virulence de son ton, la lépreuse recule précipitamment, tandis que son regard se fait flou :

— Moi aussi, j'ai perdu deux petites filles quand j'ai été emmenée, tu sais... Elles ne sauront jamais que je suis vivante, Dieu merci… Je ne supporterais pas qu'elles me voient comme ça, avec ces moignons de mains et cette face léonine…

Margault comprend avec consternation que la raison est en passe d'abandonner l'inconnue. Oh non, elle ne peut rester ainsi, dans l'incertitude, alors qu'elle a enfin pour la première fois l'opportunité d'avoir des informations sur sa mère…

— Parle, la vieille… Ma mère est-elle encore vivante ?

Le regard vitreux se tourne vers elle, déjà absent.

— Ta mère ? Ah oui, ta mère… Je l'ignore… Elle était vivante quand la léproserie a été incendiée, bien sûr…

— Incendiée ? La léproserie a été incendiée ? Mais que sont devenus les ladres ? Parle, te dis-je…

— Nous n'avons pas compris… Des hommes énervés sont venus avec des torches. Ils étaient en colère, prétendaient que nous avions provoqué je ne sais quelle épidémie en empoisonnant leurs puits… Ils ont mis le feu partout, égorgé mes amis, les enfants même… C'était affreux…

Le regard de la vieille est désormais totalement perdu, sa bouche n'émet plus bientôt que des sons incohérents. Désemparée, Margault est contrainte de la laisser s'éloigner, la mort dans l'âme, en éprouvant l'impression terrible qu'un lambeau de sa mère se dissout sous ses yeux. Elle reste un instant songeuse, tentant de recouvrer ses esprits, quand elle sursaute. Béatris, il lui faut retrouver Béatris, elle aura tout le temps de réfléchir à ce qu'elle vient d'apprendre plus tard. Elle se concentre, tentant de faire fonctionner sa logique. Si son amie a d'ores et déjà été enlevée par le bourreau, où pourrait-il l'avoir cachée ? Elle croit se souvenir que la jeune prostituée lui avait parlé d'un logis à proximité d'étuves particulièrement mal famées… Oui, mais lesquelles ?

La galopade de Margault reprend, cette fois en direction de la rue du Bordeau et de ses étuves. Éperdue d'inquiétude, la jeune femme frappe à toutes les portes, interroge d'une voix suraiguë des passants attardés qui la regardent avec circonspection – ce n'est pas possible, elle doit être possédée – avant d'échanger dans son dos des signes moqueurs ou inquiets. Ce dont Margault ne se soucie guère, tout entière à sa quête terrifiée… Les escaliers sales, envahis d'immondices, se succèdent sous ses pieds épuisés, les portes altérées par le temps s'ouvrent sur les mêmes scènes sordides de ribaudes se tortillant dans un simulacre de plaisir, sur les mêmes derrières d'hommes surgissant de braies hâtivement baissées. Quand, tout à coup, la jeune femme s'arrête net dans son élan après avoir ouvert une ultime porte. Un homme corpulent aux fesses rougeaudes envahies de furoncles s'acharne en effet sur une fille à grands coups de maillet à fouler le tissu, maillet sans doute volé à un moulin voisin. De la pauvre fille maintenue sur le ventre, elle ne parvient à apercevoir que le corps blanc marbré de bleu, ainsi que quelques boucles rousses et rebelles… Ainsi cela est vrai, les hommes se laissent aller avec les filles communes à des débordements interdits au sein du mariage ! Avec toujours les mêmes victimes : les femmes… Tiraillée entre une peur intense et le souci non moins présent de secourir celle qu'elle reconnaît comme Béatris, Margault ne parvient à émettre que quelques mots bredouillés d'une voix cassée :

— Eh, vous, lâchez cette femme immédiatement !

La brute, qui s'est un instant immobilisée sous l'effet de la surprise, se retourne lentement, comme au ralenti. Pour dévoiler un visage effrayant de laideur, aux yeux voilés d'un blanc laiteux tels ceux d'un aveugle, à la peau constellée des plus gros cratères que la jeune femme ait jamais vus et à la bouche déformée par un hideux bec-de-lièvre. Quelle horreur, une gargouille vivante ! Mais que lui a-t-il pris de s'attaquer à un monstre pareil ? Appréciant en connaisseur la répulsion qui fait reculer la jeune femme, l'homme abaisse ses paupières lourdes sur des yeux luisants de méchanceté :

— Eh bien alors, que viens-tu faire là, ma jolie ? Tu es envieuse, tu en veux ta part peut-être ?

Le ricanement de hyène hérisse le fin duvet sur les bras de Margault. Qui tressaille devant le sexe énorme recouvert de sang qui semble lui faire signe avec indolence.

— Allons, ne t'inquiète pas, j'en ai bien assez pour deux. Encore quelques instants et je serai prêt à m'occuper de toi…

Margault trébuche en reculant sur une pile de tourteaux de guède, étranges boules de fromages bleues qui maculent ses mains et ses vêtements de colorant. Mais elle n'y prête aucune attention, tout entière concentrée sur cette terreur qui explose en elle. Elle éprouve soudain l'épouvantable impression que le Malin s'est personnifié dans ce monstre pour s'introduire jusqu'au plus intime d'elle-même. Il lui faut absolument parvenir à détourner le regard, sinon elle est perdue… Mais c'est compter sans l'extraordinaire énergie émanant de cet homme hors normes, qui tente par la seule force de son regard de la retenir prisonnière. Fort heureusement, un mouvement de la jeune femme toujours étendue sur la paillasse brise ce silencieux duel de volontés. Ce qui permet dans le même temps à Margault de recouvrer ses esprits et de constater avec un soulagement mêlé de déception que le visage molesté n'appartient pas à Béatris. Sans réfléchir davantage, elle tourne rapidement les talons pour quitter au plus vite la pièce empuantie d'odeurs de sueur et de sexe. Ce dernier épisode a raison de sa résistance, et elle se décide à rentrer au refuge, les jambes flageolantes d'épuisement et le moral en berne. Un seul espoir subsiste encore, infime et dérisoire : que Béatris soit rentrée en sécurité durant son absence…

Ce n'est malheureusement pas le cas. La maîtresse du refuge, qui arpente nerveusement le hall d'entrée, arbore elle aussi un visage tendu, crispé d'inquiétude. Cette vision achève de glacer le sang de Margault. Si une femme endurcie comme elle s'inquiète à ce point, c'est que le problème doit être d'importance ! Elle ouvre la bouche pour l'informer de la vanité de ses recherches lorsque des bruits de pas pressés se font entendre sur ses talons. Précédant de peu un gigantesque sergent de l'arrière-guet aux traits fermés et à la mâchoire serrée. Son cœur semble s'arrêter, sa gorge devient sèche. Vite, qu'il parle ! Mais qu'attend-il pour mettre fin à cette angoisse qui lui broie les entrailles ? Ne sachant manifestement par où commencer, le garde passe d'un pied sur l'autre d'un air balourd tout en semblant chercher ses mots, lorsque de nouveaux pas plus nombreux ralentissent devant la porte. Emplissant malgré elle Margault d'un espoir fou… Et si Béatris s'était tout simplement fait arrêter par un groupe de gardes à la nuit tombée et se faisait ramener au refuge, risquant tout au plus une sévère réprimande pour avoir manqué le souper ? Mais oui, cela pourrait être une explication…

Comme en réponse à sa question, une demi-douzaine d'hommes armés fait son apparition, emplissant soudain la paisible pièce de sa présence martiale et agitée. Toujours debout, Margault conserve une immobilité de statue, de nouveau foudroyée par une terrible intuition qui l'empêche de respirer. Seuls ses yeux s'agitent en tous sens à la recherche d'informations. Des informations qu'elle craint plus que tout de découvrir… C'est alors que son regard se fixe sur une mystérieuse masse sombre recouverte d'un grossier sac de toile que deux gardes viennent de déposer sur le sol. Oh mon Dieu non… Le sang de la jeune femme semble circuler de plus en plus vite dans ses artères au rythme de sa peur grandissante. Tandis que sa bouche se serre sur un cri qu'elle tente de toutes ses forces de réprimer : nooon ! ! ! Quand tout à coup, le mouvement involontaire d'un garde déplace la charge, faisant jaillir de la toile qui la recouvrait une main blanche et fine, presque indécente par son geste plein de gaieté et de coquetterie. Une main constellée de taches de son…

20

Le lendemain matin, Margault se hâte de se vêtir avec de grands gestes nerveux, après une nuit totalement blanche à ruminer sa colère. Une ancienne ribaude réfugiée dans la maison des Filles Pénitentes est sauvagement assassinée, le crime est pratiquement signé et aucune voix ne s'élève pour exiger qu'une enquête soit diligentée ! Les notables se contentent d'enterrer le corps à la hâte, de crainte sans doute que quelqu'un n'ait l'idée de protester. Mais qui s'aviserait de le faire ? La maîtresse, qui passe son temps à lutter pour la respectabilité de son refuge et évite comme la peste toute histoire susceptible de créer des remous ? L'un des échevins pour qui une ribaude, même repentie, ne sera jamais qu'une créature perdue ? Ou encore elle, Margault, son amie ? Elle avait bien essayé en découvrant le corps de Béatris de convaincre le sergent, d'expliquer la responsabilité du bourreau à la maîtresse, en vain naturellement… Que valait la parole d'une femme auréolée d'une odeur de soufre face à la respectabilité d'un officier municipal ? Rien. La jeune femme franchit le seuil de ce refuge où elle avait connu de si doux moments sans un regard en arrière.

Elle n'avait su aider son amie lorsqu'elle en avait le loisir, et elle s'en voudrait probablement toute son existence. Mais désormais, c'en était fini de subir les manigances des malfaisants, elle allait lutter avec ses propres armes. Et gare à quiconque se placerait en travers de son chemin !

Si elle a jugé préférable de ne pas assister à l'enterrement de son amie – de crainte de se laisser aller à provoquer un esclandre –, Margault ne peut toutefois s'empêcher de passer à proximité du cimetière avant de quitter la ville. Jetant un regard curieux par-dessus les murs, elle marque malgré elle un temps d'arrêt, persuadée de souffrir d'hallucinations. Elle ne s'attendait pas à trouver une telle affluence à l'enterrement d'une pauvre fille si esseulée de son vivant ! Aux côtés du prêtre sont en effet figés quelques échevins au visage grave, venus visiblement là en représentation. Sans oublier les badauds, accourus à l'enterrement de Béatris comme ils se précipitaient autrefois pour la voir se faire fesser au carrefour des chemins. Alors que Margault s'apprête à détourner le regard, un vent de folie semble soudain souffler sur le cimetière. L'énorme panneau portant en lettres peintes le *Pater Noster* s'écroule sans aucune raison apparente, manquant assommer un vieil homme boiteux. Deux journaliers maigres à faire peur se sautent à la gorge pour obtenir l'unique emploi proposé par un marchand médusé, tandis que trois jeunes mendiantes au visage émacié et aux yeux creux prennent à partie le mieux vêtu des échevins, tirant sur sa cotte brodée comme pour en voler d'hypothétiques fils d'or. Pour rajouter à la confusion, un moine défroqué aux yeux fous se décide brusquement à mettre le feu à une croix, tout en beuglant de violentes imprécations en direction de la foule immobile pour annoncer une prochaine apocalypse. Faisant passer dans les rangs un long frisson collectif, encore souligné par une énorme bourrasque de vent venue de nulle part… Un signe divin, sans aucun doute, pour protester enfin contre l'assassinat d'une innocente…

N'y tenant plus, Margault reprend son chemin tête baissée, lorsque des pas précipités se font entendre derrière elle. Se retournant brusquement, elle se retrouve à sa grande surprise face à la maîtresse du refuge, inhabituellement échevelée et les yeux rougis.

— Margault ! Ne partez pas, s'il vous plaît… J'ai quelque chose d'un peu particulier à vous montrer…

Tiraillée entre la curiosité et le besoin pressant de s'éloigner de tout ce qui lui rappelle Béatris, la jeune femme hésite sur la conduite à adopter. Lorsqu'elle prend finalement la décision de refuser l'invitation, il est trop tard… La maîtresse a interprété son hésitation comme un assentiment, et ponctue déjà sa marche d'un signe impératif d'invite à lui emboîter le pas. Ce que Margault ne peut s'empêcher de faire, curieuse malgré elle. Peut-être après tout cela a-t-il un rapport même lointain avec le meurtre de son amie ? Si tel est le cas, elle est prête à la suivre jusqu'au bout du monde !

C'est dans cet état d'esprit vengeur qu'elle franchit la porte branlante d'une masure de bois, qui semble prête à s'écrouler à tout instant au moindre souffle de vent un peu fort. Ses sourcils se soulèvent en signe d'interrogation. Que peut-il donc y avoir dans ce misérable taudis qui puisse concerner Béatris ? S'agit-il là du logis d'un des goujats du bourreau prêt à dénoncer ses complices pour quelques sols ? Ou de celui d'une victime parvenue à échapper à la vindicte du roi des ribauds ? Une fois ses yeux accoutumés à la pénombre,

Margault tressaille de surprise en découvrant une minuscule fillette au visage maigre et au regard grave. Un visage constellé de taches de son… Par un pied de nez du hasard – ou du destin, qui sait –, les réactions de la jeune femme et de la petite fille sont rigoureusement identiques. Après un bref instant de stupeur, toutes deux reculent d'un même pas effrayé tout en ouvrant une bouche béante. Si aucune n'est en état de goûter le comique de la situation, celui-ci n'échappe en revanche pas à la maîtresse qui éclate d'un rire nerveux. Et c'est précisément ce rire déplacé, obscène presque, qui réunira le regard des deux victimes de la moquerie dans une complicité immédiatement établie… Margault attend que la petite fille se soit éloignée de quelques coudes pour interroger :

— Il s'agit de la fille de Béatris, n'est-ce pas ?

— Elle ne vous en avait jamais parlé, je suppose ? Peu de personnes connaissaient son secret… Elle craignait plus que tout que ses tourmenteurs n'apprennent son existence, ne se servent de la fillette comme nouveau moyen de pression. C'est pour cette raison qu'elle refusait de la voir la rejoindre au refuge comme je le lui proposais régulièrement. Et c'est pourtant pour elle qu'elle restait à Amiens, pour ne pas la faire une fois encore changer de cadre de vie et de nourrice.

— C'est idiot, je le sais, mais je n'avais jamais réfléchi au fait que les ribaudes pouvaient avoir des enfants… Comment Béatris faisait-elle pour s'occuper de sa fille, tout en vivant au refuge ?

— Une nourrice passait nourrir la petite dans la journée, et elle s'échappait chaque soir pour venir la coucher. Elle avait dû s'attarder davantage le soir où elle vous a rencontrée, sa fille était souffrante… Mais maintenant que Béatris n'est plus là et que la nourrice s'en est allée, je me demande ce que cette petite va devenir…

Oh non… Refusant de se laisser prendre dans les grossiers filets de ce piège trop bien ourdi, Margault détourne précipitamment le regard. Que croit-elle, cette femme dont elle ne connaît même pas le nom ? Qu'elle va se laisser attendrir par ce touchant portrait miniature de Béatris, par cette parenté trop évidente qui se lit de manière criante dans les bras maigrichons à la peau laiteuse, dans la manière bravache de relever une tête auréolée de cheveux d'or rouge aux boucles indisciplinées ? Comme dans l'attente d'une solution miraculeuse, la jeune femme regarde instinctivement autour d'elle, espérant sans doute trouver une trace de la nourrice disparue. En vain bien entendu… La pièce ouverte à tous les vents est désespérément vide, meublée seulement d'un matelas crasseux, de trois vêtements d'enfant roulés en désordre dans un coin et d'une écuelle maculée de terre. Ce n'est pas possible, cette fillette, qui ne doit guère avoir plus de six ou sept ans, ne pouvait tout de même pas vivre dans de telles conditions… Et comment la nourrice avait-elle pu l'abandonner à la mort de sa mère, ne pas l'emmener au moins pour quelques jours avec elle ? Il est vrai que la famine sévit de plus belle. Sans doute cette femme n'avait-elle pas les moyens de nourrir une bouche supplémentaire sans percevoir de salaire… Ce qui la ramène brutalement à la réalité. Bien entendu, la maîtresse ne l'a pas fait venir en ces lieux simplement pour lui montrer la petite fille. La raison en est infiniment plus sournoise… Elle attend tout bonnement qu'elle se sente suffisamment concernée par le sort de la fillette pour la prendre en charge… Oh non, il ne sera pas dit qu'elle se laissera manipuler de cette manière ! Elle a suffisamment de problèmes à affronter sans en ajouter un nouveau, de cette teneur qui plus est… La maîtresse est tout de même capable de persuader les échevins de laisser l'enfant vivre au refuge, comme sa mère avant elle… Avant même que quiconque ait prononcé le moindre mot dans la pièce, la jeune femme tourne déjà les talons pour s'enfuir précipitamment. Poursuivie par un regard d'enfant placide et fataliste, dans lequel elle croit pourtant lire, réel ou imaginaire, un muet reproche…

21

UNE FOIS la porte Montrescu franchie, Margault s'avance d'un pas décidé en direction de l'immense forĉt apcrçuc au loin. Malgrć scs craintcs, cllc nc pcut s'empêcher tout en cheminant d'admirer le paysage champêtre qui s'offre à elle, les sillons de terre d'un superbe marron que les rayons du soleil parent de somptueux reflets dorés. Quel dommage que ces terres dénudées et détrempées par les pluies incessantes remplacent les champs d'ordinaire verdoyants, aux tiges déjà lourdes de blé mûrissant… Un laboureur aux épaules écrasées de tristesse, qui la salue d'un regard éteint, confirme ses pires craintes : l'hiver prochain s'annonce plus calamiteux encore pour les pauvres… Tandis qu'elle approche, son cœur bat la chamade malgré ses tentatives pour se calmer. Il est vrai qu'elle va s'enfoncer pour la toute première fois dans ce mystérieux univers végétal fait de troncs centenaires et de feuillages touffus, au sein duquel il est paraît-il si malaisé de se frayer un chemin. Et duquel il est encore plus malaisé de sortir vivant… Enfant, elle se contentait prudemment d'y cueillir quelques primevères précoces aux premiers jours du printemps, se promenant sereinement avec son père ou sa nourrice à l'orée des bois. Ces petites fleurs jaunes et mutines qu'elle aperçoit aujourd'hui fanées, essaimées par groupes dans les fossés humides, lui serrent soudain le cœur avec toute la violence du regret. Il lui faut pourtant résister à cette émotion qui la submerge pour avancer plus avant vers les bois sombres et menaçants…

Elle doit être bien décidée – et bien inconsciente aussi – pour transgresser ainsi cet interdit séculaire ! La forêt se trouve en effet être l'endroit le plus effrayant dont elle ait jamais entendu parler, en dehors de l'enfer peut-être… Que diable va-t-elle être amenée à rencontrer dans ce lieu quasiment inexploré, que l'on dit peuplé d'animaux sauvages et étranges, de charbonniers à l'allure menaçante et d'ermites aux pouvoirs miraculeux ? Ne dit-on pas que les hôtes de la forêt possèdent le pouvoir d'enlever les enfants mal portants – que les parents rongés de douleur leur abandonnent – pour les remplacer par des enfants sains et pleins de vie ? C'est dire le pouvoir magique attribué à un tel lieu…

Enfin parvenue à l'orée du bois, la jeune femme s'immobilise un long moment. La masse gigantesque de la forêt l'écrase de toute sa noirceur, la poussant à reculer pour retrouver un moment la caresse du soleil. Si elle ne peut se résoudre à mettre un pied dans ce magma végétal qui s'apprête à la happer voracement, elle ne peut davantage renoncer à la démarche qui l'a amenée jusqu'ici. Allons, c'est le moment ou jamais de se décider, avant que la nuit ne tombe et que la forêt ne se peuple de loups-garous et d'esprits malfaisants… Après avoir inspiré longuement une dernière fois, elle s'élance, les muscles tendus comme un arc et l'oreille aux aguets, s'attendant à chaque pas à recevoir en plein visage une volée de lutins mauvais ou d'elfes grimaçants, êtres maléfiques aux mille mains avides et aux multiples tours facétieux…

Rien… Il ne se passe pourtant rien tandis qu'elle se fraie difficilement un chemin au cœur des fourrés sombres. Le seul changement opéré depuis qu'elle a pénétré dans le bois est une baisse notable de la température, qui la fait frissonner finalement bien davantage que la peur. Ce qui n'empêche pas sa tension d'augmenter encore. Qui sait, peut-être la forêt est-elle le repaire de ce Mal qu'elle ressent, depuis le décès de Béatris, sans cesse à l'affût derrière elle, prêt à bondir au moindre moment de faiblesse… Ce serait après tout aussi bien, puisque c'est précisément lui qu'elle est venue quérir en ces lieux. Après avoir marché toute la journée, Margault voit avec effroi les reflets rougeoyants du crépuscule envahir le ciel. Les branches les plus basses des arbres semblent s'enflammer, les petits animaux de la forêt apparaître et disparaître comme par enchantement. Quand tout à coup, la jeune femme croit voir une silhouette, blanche et diaphane, lui faire signe de la rejoindre avec une douceur surnaturelle. Sa mère… Après quelques pénibles minutes de marche, elle doit pourtant se rendre à l'évidence : la forme, désormais nimbée d'une étrange lumière pourpre, semble s'éloigner au fur et à mesure de son cheminement. Que diable cet enchantement peut-il signifier ? S'agit-il réellement de l'âme de sa mère venue là pour la guider… ou au contraire d'un esprit maléfique cherchant à l'égarer à tout jamais dans les méandres feuillus ?

Elle en est là de ses lugubres réflexions lorsqu'un rai de lumière orangé, presque indécent au sein de cette noirceur opaque, troue les branchages entremêlés pour venir se ficher directement dans son œil. Celui-ci se ferme de surprise et de peur, convaincu d'avoir reçu un trait de lumière décoché par une fée mécontente à l'arc trop leste… Une fois ses yeux accoutumés à cette nouvelle source de luminosité enflammée, la jeune femme ne peut s'empêcher de se diriger instinctivement vers elle, emplie d'un nouvel espoir : qui sait, peut-être la chance – ou la mystérieuse silhouette – a-t-elle guidé ses pas pour la mener à cette clairière des Deux Étangs, dont Béatris lui avait parlé ? À moins qu'il ne s'agisse d'une autre de ces nombreuses clairières inexplorées qui essaiment la forêt…

Perplexe, elle foule d'une démarche hésitante les premiers brins d'herbe détrempés d'un vert provocant, scrutant les environs d'un œil inquiet. Quelle forme peut donc revêtir une sorcière ? Prudence, elle ignore si elle ne sera pas accueillie par une volée d'incantations et de mauvais sorts. Cela ne serait guère étonnant, la vieille femme ne devant recevoir que de très rares visiteurs choisis avec soin… Un sentier de fortune se dessinant sous ses pieds dans l'herbe folle, Margault se décide résolument à l'emprunter, le cœur battant à tout rompre. Quel homme ou quel animal passe-t-il tant de fois dans cette clairière pour s'y être frayé un chemin aussi large ? À moins qu'il ne s'agisse là du chemin emprunté chaque samedi par les sorcières pour leur sabbat hebdomadaire… Si le sentier atteste bel et bien d'une présence régulière en ces lieux, la jeune femme n'aperçoit malgré ses nombreux regards alentour aucune habitation susceptible d'abriter la vieille sorcière. Découragée, à bout de forces, elle se laisse tomber sur le moelleux tapis de verdure, dans l'espoir peut-être d'un autre signe pour la guider.

S'est-elle un instant endormie ? C'est en tout cas sous la chaleur d'un souffle insistant lui parcourant avec curiosité le corps que Margault sort de son inconscience épuisée. Entrouvrant des yeux voilés de fatigue, elle tressaille nerveusement, sans toutefois oser bouger d'un cheveu. L'être qui la considère en effet fixement de ses immenses yeux jaunes ne peut qu'être un animal maléfique, prêt à la dévorer au moindre mouvement un peu vif… Jamais encore elle n'en avait vu de semblable, même dans les incroyables illustrations des livres de voyage de son père ! Bien qu'immobile, l'énorme bête dégage une formidable impression de puissance. Son superbe pelage jaune frissonnant est strié de noir, tandis que sa tête aux oreilles droites et aux longues moustaches n'est pas sans évoquer celle d'un chat. S'agit-il donc de l'un de ces félins que la vieille sorcière aurait transformé en monstre afin de la protéger ? Sans aucun doute… À moins qu'il ne s'agisse de l'une de ces panthères mythologiques représentées dans les livres ? Non, ces bêtes étranges possèdent sur le corps de multiples taches multicolores jaunes, rouges et bleues, ce qui n'est pas le cas ici… Fascinée, la jeune femme observe le pelage fauve s'animer de mille plis telle la surface d'un lac sous la caresse du vent, donnant vie à des rayures qui semblent tracées par le doigt plein de suie de Belzébuth. Bien sûr, sans doute doit-il s'agir d'un des nombreux travestissements utilisés par le Mal… Elle se met à crier, incapable d'endiguer ce flot de paroles qui s'échappe de sa gorge :

— Eh bien, qu'attends-tu pour me dévorer, créature du Diable ? Cela fait si longtemps que tu me traques, que tu guettes mon âme pour pouvoir la damner… Finissons-en une bonne fois pour toutes, veux-tu ? À moins que tu ne souhaites te battre véritablement contre moi ?

Elle tire le couteau de sa chausse en tremblant autant de colère que de peur.

— Dans ce cas, je suis prête.

Le monstre, surpris de ces subits éclats de voix aux accents hystériques, écarquille encore davantage ses yeux jaunes, tandis que Margault se tait un instant pour reprendre son souffle.

— Je ne voudrais pas vous vexer, belle amie, mais je crains fort que Lucifer n'ait bien d'autres âmes à damner avant de se préoccuper de votre modeste personne, aussi gracieuse soit-elle…

Le rire rauque et railleur qui suit ces étranges paroles n'a rien de surnaturel ni même de maléfique. Il recèle au contraire un amusement et une humanité que Margault jugerait presque déplacés après les événements qu'elle vient de vivre. Se retournant d'un mouvement vif, elle se retrouve confrontée à deux minuscules yeux noirs luisants d'intelligence qui ne parviennent qu'à grand-peine à émerger d'une broussaille de sourcils hirsutes. Sans doute trop déboussolée par cette éprouvante journée, la jeune femme reste quelques instants supplémentaires sans réaction, ce qui incite l'étrange créature à reprendre la parole d'une voix caverneuse digne de Mathusalem.

— Vous avez de la chance ! Il semblerait que vous ayez totalement conquis mon ami Horace, qui ne semble plus vouloir vous quitter un seul instant du regard, fasciné sans doute par votre fraîcheur de tendron. Horace il est vrai tombe aisément amoureux… Sans doute lui ai-je lu trop de poèmes de Richard de Fournival lorsqu'il était plus jeune…

Toujours ce rire étrange et cassé pour souligner des propos plus incohérents que jamais… Un monstre féru d'amour courtois ! C'est maintenant une certitude pour Margault : cette créature est définitivement folle… Folle et magicienne qui plus est… La jeune femme pourtant reste immobile, fascinée malgré elle par l'étrangeté de la scène. Ce qui lui permet de reconnaître une femme en cet être sale et vêtu de haillons qui continue à la dévisager avec curiosité. Sans en être totalement certaine d'ailleurs… Une femme peut-elle réellement être dotée de poils de barbe clairsemés, cracher à terre des glairots verdâtres avec l'assurance d'un vieux marin et la considérer avec une réelle concupiscence ? À moins qu'il ne s'agisse de gourmandise plutôt que de désir, et que son regard n'évalue déjà les ripailles que lui permettra son corps tout en rondeurs… Elle s'agite fébrilement, toujours plus mal à l'aise sous le regard inquisiteur qui semble percer à jour ses pensées les plus intimes. Ce dont la vieille ne tarde pas à lui fournir la preuve, comme à plaisir :

— N'ayez crainte, ma beauté, je ne suis pas une ogresse qui dévore les jeunes femmes perdues ! À moins que vous ne soyez pas le moins du monde perdue ? Qu'en dites-vous ? Peu de personnes choisissent en effet de s'enfoncer aussi profondément dans la forêt de leur plein gré. Certains viennent s'y noyer par désespoir, d'autres y chasser d'hypothétiques êtres maléfiques en croyant ainsi tuer leurs propres démons intérieurs, d'autres enfin s'y terrent pour échapper à la justice des hommes… Mais vous ? Vous ne correspondez à aucun de ces cas de figure, j'en mettrais ma main au feu. Alors, que venez-vous chercher en ces lieux ?

Comme hypnotisée par la voix rocailleuse, Margault s'ébroue afin de chasser les hallucinations qui dansent devant ses yeux épuisés. Les pupilles de la vieille femme semblent en effet rougeoyer dans la nuit toujours plus sombre, de même que celles du monstre toujours tapi à ses côtés. Devant son silence obstiné, la sorcière reprend la parole d'un ton étonnamment déçu :

— Très bien… Puisque vous ne daignez pas répondre, je vais tenter de deviner par moi-même. Êtes-vous à la recherche d'un druide susceptible de vous rendre votre virginité trop hâtivement perdue ? Ou encore d'un quelconque repris de justice que vous voudriez engager pour une basse besogne ? C'est étrange, vous semblez, malgré votre air éperdu, savoir parfaitement ce que vous cherchez…

Indécise, Margault ne sait que répondre. Elle est convaincue que cette curieuse créature se trouve bien être la sorcière qu'elle cherchait, celle-ci correspondant tout à fait au portrait d'une vieille excentrique venue là se terrer pour faire commerce de simples mystérieuses… Sentant une impatience croissante envahir les deux créatures moins humaines l'une que l'autre qui lui font face, elle se décide enfin à se lancer :

— Fort bien… Je vais vous avouer la raison pour laquelle je suis venue. Mais il me faut avant tout vous poser une question… Une question délicate, que je ne sais comment formuler… Êtes-vous la sorcière de la clairière des Deux Étangs ?

— J'avais donc raison, vous n'êtes pas venue jusqu'ici par hasard… Venez avec moi, vous allez m'expliquer ce que vous attendez de cette mystérieuse sorcière.

Oubliée, cette fatigue lancinante qui l'anéantissait il y a encore un instant… Margault pressent avec soulagement qu'elle est enfin parvenue à destination. Même le monstre rayé qui continue à la fixer sans ciller de ses étranges yeux jaunes en secouant la queue lui semble soudain amical, comme s'ils étaient devenus en un instant complices d'un même forfait à venir… Ce qui explique sans doute l'aisance avec laquelle elle foule maintenant le chemin forestier en suivant l'arrière-train fauve de l'animal, comme si plus aucun danger n'était susceptible de l'atteindre désormais. Quelques instants plus tard, la jeune femme discerne une faible lueur filtrant à travers un amas de feuillages plus touffu que les autres aux abords de la clairière. Tandis qu'elle tourne la tête en tous sens, désorientée, les branchages s'agitent pour dévoiler à sa grande surprise un court sentier parfaitement entretenu. Cheminant d'une démarche un peu plus hésitante en direction de ce qui lui apparaît maintenant comme une torche sur le pas d'un cabanon, Margault de plus en plus stupéfaite aperçoit un jardinet regorgeant de plantes et de fleurs qu'elle ne parvient pas à identifier dans l'obscurité. Il ne lui faut pas longtemps pour comprendre : il doit s'agir des simples de la sorcière. Y regardant de plus près, elle constate pourtant avec étonnement que le petit jardin ressemble à bon nombre de jardins ordinaires. Carottes et bettes côtoient en effet paisiblement groseilles, roses et iris, sans trace d'une quelconque mandragore… Quand tout à coup, elle prend conscience d'un fait plus que surprenant. Étrange, ces redoutables intempéries qui pourrissent la région tout entière ne semblent avoir en rien affecté ces plantations. Preuve sans nul doute d'une occulte magie…

Lorsque Margault se décide enfin à courber la tête pour franchir le seuil de la cabane, ce n'est que pour apercevoir le dos de la vieille femme, déjà occupée à touiller avec application le mystérieux contenu d'une marmite suspendue au-dessus d'un feu chaleureux. Tiraillée entre le désir de se précipiter vers le feu pour réchauffer son corps transi et celui de quémander un peu de ce liquide bouillant qui fleure bon le navet et le poireau, elle s'immobilise. Mais c'est pour mieux se livrer à une observation curieuse des lieux, qui fait naître chez elle un intense sentiment de surprise. Quoi de commun en effet entre cette créature dépenaillée vêtue d'une tunique d'homme, aux cheveux qui ne semblent pas avoir été lavés ni coiffés depuis une décennie, et ce cabanon méticuleusement propre, à l'agencement soigné bien que sommaire ? Il règne dans cette petite maison une atmosphère étonnamment douillette, qui incite à se détendre, à se laisser aller… De vieilles tentures aux couleurs passées mais chaudes calfeutrent les murs de planches, trois lampes à huile d'un autre âge soigneusement briquées réussissent l'exploit d'éclairer sans la moindre fumée, tandis que des tapis râpés réchauffent le sol de leurs nuances rouges et jaunes. Si le lit ne semble être qu'un sommaire matelas empli de bourre de laine, il est de manière surprenante recouvert d'une courtepointe beige doublée de fourrure mordorée. Tout cela décidément est bien étrange… En se retournant, l'invitée constate sans surprise véritable qu'Horace, le chat transformé en monstre, l'observe avec une attention soutenue depuis le seuil de l'habitation, sans sembler envisager un seul instant d'y poser la moindre patte. Après avoir lentement repoussé de longues mèches blanches derrière des oreilles tannées par le soleil, la sorcière éructe :

— Bon, venons-en aux faits si vous le voulez bien, ma jolie… Si vous m'avez suffisamment intriguée pour que je vous laisse pénétrer dans mon logis, il va maintenant falloir m'en dire davantage. Je veux savoir ce que vous faites là et ce que vous attendez exactement de moi.

— Très bien, puisqu'il me faut me lancer… Vous êtes, on m'a dit, sorcière, et je souhaiterais apprendre vos secrets.

— De la sorcellerie ? Diable !

— Des poisons, plus précisément… Je voudrais connaître tous les secrets pour faire venir la Faucheuse. Comme ceux contenus, j'en suis certaine, dans ce grimoire poussiéreux posé sur l'étagère, qui m'attire l'œil depuis tout à l'heure…

— Rien que cela ! Je regrette infiniment, mais vous semblez avoir été fort mal informée, ma belle. Je ne suis en aucun cas sorcière, et ce grimoire comme vous dites n'est rien d'autre qu'un simple exemplaire pas même relié du *De aegritudinum curatione*. Un ouvrage vraisemblablement copié par l'un de ces scribes parisiens fabriquant en quantité des manuscrits didactiques… Celui-ci se divise en deux parties : l'une qui explique les différents types de fièvre, l'autre qui présente des remèdes contre de nombreuses maladies. Il contient même quelques recettes de la célèbre Trotula, liée à l'école de médecine de Salerne. Un traité qui est à mon avis indispensable pour tous les médecins ! Rien à voir comme vous pouvez le constater avec les venins… Et d'ailleurs, pourquoi avez-vous besoin d'un tel savoir ? J'ai, il me semble, ouï dire que vous vous débrouilliez fort bien sans l'aide de quiconque dans ce domaine…

Les ombres vacillantes projetées sur les murs par la danse du feu empêchent Margault, qui ne peut retenir un mouvement de surprise, de discerner l'expression de la vieille femme. Ce qui accroît encore son inquiétude… Son élocution est ralentie par l'épuisement, ses yeux papillonnent désespérément pour rester entrouverts :

— Comment ? Vous avez donc entendu des rumeurs sur moi… jusqu'ici, au fond de cette forêt ?

— Voyons… Qui n'a pas entendu parler du procès de cette belle jeune femme dénoncée par son père pour avoir tenté d'empoisonner son mari ? Qui est ensuite parvenue à faire revenir son défunt mari du royaume des morts ? Tout cela a, vous l'imaginez, suscité une vive émotion chez les gens simples !

— Pardonnez-moi, mais ne pourrions-nous pas reparler de tout cela demain matin ? Je tombe de fatigue et…

Ces derniers mots ont définitivement raison de la résistance d'une Margault qui s'effondre comme une poupée de chiffon à deux pouces du feu. Ce dont profite la vieille femme pour s'approcher de l'endormie d'une démarche légère et vorace d'araignée. Après s'être assurée que celle-ci a bel et bien sombré dans un lourd sommeil, la vieille femme a une réaction surprenante : elle se penche tendrement sur elle, éloigne d'un geste doux les boucles mordorées des flammes dansantes, tout en chuchotant d'une voix quasi inaudible : « Petite Margault… Que tu étais donc vive et insouciante autrefois, un vrai bonheur de petite fille ! Les monstres… Comment ont-ils pu t'abîmer ainsi… Mais ne t'inquiète pas, tout va aller mieux, je te le promets… »

La vieille femme allait continuer son nostalgique monologue lorsqu'un mouvement de bras alangui de Margault l'alerte. Allons, il ne lui faut surtout pas se laisser surprendre, du moins pour le moment. Bien que l'on puisse considérer comme un signe indiscutable le fait que le destin ait mené cette pauvre petite jusqu'ici… Quelle chance qu'elle soit parvenue à deviner la ressemblance dans l'obscurité, sinon elle ne l'aurait jamais laissée la suivre !

En se réveillant en sursaut un long moment plus tard, Margault se découvre avec surprise soigneusement recouverte de la courtepointe. Hébétée, elle croise le regard indéchiffrable de la vieillarde qui l'examine en silence par-dessus la lueur rougeoyante des braises, de plus en plus faibles au fil de la nuit. Le silence qui plane ne laisse pas de l'inquiéter. Peut-être a-t-elle effrayé la vieille femme par sa colère et sa soif de vengeance ? Après tout, il n'y a aucune raison pour que cette dernière prenne le risque d'aider ainsi une parfaite inconnue… Perdue dans ses pensées, elle a besoin de quelques instants pour prendre conscience de la voix cassée chuchotant dans la pénombre, comme par crainte de troubler la quiétude des lieux :

— Vous devez sans doute vous demander ce que je fais, ainsi terrée dans cette forêt telle une ermite… J'ignore si l'on vous a conté mon histoire quand on vous a parlé de moi, mais j'ai exercé de longues années la profession de miresse dans notre bonne ville d'Amiens. Je soignais essentiellement les indigents que personne ne voulait approcher, me faisant souvent payer en blé ou en morceaux de lard. Parfois même je les aidais pour rien, ces pauvres diables… J'avais en ma jeunesse été longuement apprentie chez un chirurgien-barbier, qui m'avait appris les secrets du corps et des plantes. Oui, je sais, une femme, cela s'est rarement vu… Et pourtant, il me laissait même l'assister lors d'opérations chirurgicales délicates, lorsqu'il était seul et avait besoin d'aide… Même si les Amiénois me regardaient souvent d'un drôle d'air, par en dessous comme les « braves gens » savent si bien le faire, on me laissait la plupart du temps tranquille. Comme l'un de ces insectes épargnés car considérés comme bénéfiques à la nature… Inutile d'être devin pour en comprendre la raison ! J'effectuais en effet le travail le plus ingrat, celui que personne n'acceptait de faire, limitant ainsi à ma modeste mesure les épidémies et les trop nombreux décès lors des hivers particulièrement rigoureux. Mes soins comprenaient il est vrai parfois plus de soupes reconstituantes que de savantes potions médicinales…

Relevant la tête, la miresse s'aperçoit avec surprise que Margault s'est de nouveau endormie, bercée sans doute par le ronronnement apaisant de sa voix. Elle hoche la tête avec un agacement mêlé d'amusement : voilà donc les tours que joue la solitude lorsque l'on n'a que trop rarement l'occasion de parler ! Ne saura-t-elle donc jamais se taire, même à son âge avancé ? Elle n'est décidément qu'une vieille pie gâteuse !

Lorsque Margault est de nouveau tirée du sommeil, c'est par le contact d'une énorme langue râpeuse et chaude lui parcourant goulûment le visage. Le soleil de juin est déjà fort haut, qui éclabousse les branchages de la forêt de ses éclats d'or. Est-ce là le signe que ses ennuis vont se dissoudre dans les brumes de chaleur qui ondoient tout autour d'eux ? Elle n'y croit malheureusement guère… Poussant d'un geste étonnamment assuré la grosse gueule qui lui envoie des effluves malodorants dans le nez, elle se dirige d'un pas alangui vers la porte grande ouverte en se frottant maladroitement les yeux de ses poings serrés. Pour se cogner brutalement à son hôtesse, dont elle sent un court instant les vieux os à travers la peau parcheminée. Sans qu'elle en comprenne bien la raison, ce contact l'émeut violemment, lui serrant le cœur sous l'effet d'un pressentiment poignant. Dieu, ce qu'elle semble fragile à la lumière du jour, cette créature qui l'a tant effrayée ! Rétrospectivement, ses récentes terreurs nocturnes lui semblent infondées, ridicules dans leur excès… C'est étrange, les traits de la sorcière lui semblent un instant étrangement familiers. Mais non, son imagination est décidément trop fertile… Une sourde inquiétude d'un tout autre ordre se fait maintenant jour dans son esprit : que va-t-il se passer maintenant ? L'ancienne miresse ne va-t-elle pas la chasser brutalement, vexée de n'avoir pas été écoutée jusqu'au bout alors qu'elle se donnait la peine de se confier ? Elle s'interroge encore sur l'attitude à adopter, lorsque la vieille femme lui ordonne d'une voix abrupte de la suivre.

Le cœur battant, Margault obtempère silencieusement, sans pourtant pouvoir s'empêcher de regarder de nouveau autour d'elle avec curiosité. Elle comprend mieux à la lumière du jour la raison pour laquelle l'endroit est si difficile à trouver… La cabane, faite de planches de bois adroitement jointes, est entièrement recouverte de mousse, de végétation et d'écorces d'arbres, sans que l'on parvienne à déterminer s'il s'agit d'une manière de calfeutrer les courants d'air ou d'une astuce pour se substituer aux regards. L'habitat serait en effet totalement invisible au fond de la clairière s'il n'y avait ce jardin parfaitement entretenu qui ne trahit que trop une présence humaine. Encore confuse de son attitude de la nuit, Margault ne tarde pas à interroger son guide, comme pour se faire pardonner :

— Vous avez évoqué votre passé de miresse, mais vous ne m'avez pas conté les événements qui vous ont poussée à quitter la ville…

Après un instant d'hésitation durant lequel son hôtesse darde sur elle un regard bleu clair aiguisé – est-ce encore l'un de ses tours, ses yeux lui avaient dans la nuit parus d'un noir de jais ? –, celle-ci répond d'une voix dans laquelle perce une rage contenue :

— Mon activité aurait pu continuer ainsi longtemps pour le bonheur de tous, si d'importants médecins de la ville ne s'étaient soudain inquiétés de ma croissante popularité. Trop de leurs clients venaient en effet me consulter discrètement pour réparer les dégâts de ces confrères si pontifiants. Comme vous pouvez vous en douter, cela n'a pas eu l'heur de plaire à certains de ces notables, qui se sont mis en tête – sans y croire une seule seconde bien entendu – de m'accuser de sorcellerie. Quel plus beau moyen, n'est-ce pas, pour se débarrasser d'une obscure miresse qui allait jusqu'à cueillir des simples les soirs de pleine lune pour en faire cadeau aux pauvres ! Et osait contredire leurs diagnostics, pour ne pas dire leurs oracles, sans même avoir fait de véritables études de médecine ! Après avoir été ainsi grâce à leurs bons soins accusée à plusieurs reprises d'exercice empirique de la médecine, ce qui m'a valu quelques peines d'emprisonnement pénibles, j'ai été finalement excommuniée. Cela a été un tel choc que ma pauvre mère en est morte de chagrin, et que ma sœur n'a plus osé durant de longs mois se montrer au marché ! Traquée de plus en plus fréquemment par les sergents de ville pour des prétextes plus fallacieux les uns que les autres, je n'ai eu un beau jour d'autre choix que de m'enfuir à la nuit tombée avec la complicité d'un garde dont j'avais sauvé l'enfant, pour rejoindre cette forêt dont je ne suis plus jamais sortie… Voilà toute mon histoire, ma mie… Mais nous aurons probablement l'occasion de reparler de tout cela. Pour le moment, laissez-moi vous montrer mon jardin magique…

Après être passée à côté de légumes dodus et mûrissants qui font monter l'eau à la bouche de Margault, la vieille femme pénètre dans un petit jardinet clos avec des mines de conspiratrice. La fierté se lit sur son visage lorsqu'elle entreprend de commencer un cours de sa façon :

— Je suppose que vous savez d'ores et déjà reconnaître les plantes principales… La valériane par exemple, aux fleurs blanches joliment disposées en corymbe, souveraine contre la nervosité et les insomnies. Ou encore la verveine, aux fleurs bleu lilas disposées en longs épis, que l'on cueille au bord des chemins et à qui l'on prête toutes les vertus, la moindre n'étant pas ses qualités aphrodisiaques louées par saint Albert lui-même ! Sans oublier la tormentille, reconnaissable entre toutes grâce à ses fleurs jaunes aux quatre pétales échancrés, utilisée contre les diarrhées. Contrairement à ce que les profanes croient trop souvent, la majorité des plantes ne porte pas en elle le Bien ou le Mal. C'est uniquement l'usage que les hommes en font, leur manière de les exploiter qui les font pencher d'un côté ou de l'autre. Prières ou incantations récitées durant leur préparation permettent de leur attribuer le pouvoir que l'on souhaite, celui de guérir ou de tuer. Comme l'a dit Albert le Grand dont j'apprécie fort les travaux, « toute science est bonne en soi, mais elle peut être mauvaise suivant le but que l'on donne à ses applications. La Magie – qui est la connaissance des choses naturelles et des moyens de les faire servir à certaines fins – n'est donc une science condamnable qu'autant qu'elle ne mène pas au bien et à la vertu. » Prenez donc cette bardane, reconnaissable à ces larges feuilles.

Souveraine contre certaines maladies de peau, elle est également beaucoup utilisée pour pratiquer des envoûtements. L'aubépine comme le sureau peuvent être quant à eux protecteurs, mais seulement à condition de ne pas en couper les branches. Sinon, ils apportent au contraire le malheur… Tout est question, comme je vous l'ai dit, du dessein de celui qui les apprivoise. Je consens à vous enseigner les pouvoirs des simples, Margault. En revanche, l'usage que vous en ferez ne regarde que vous…

22

QUELQUES SEMAINES plus tard, Margault se sent comme chez elle dans la cabane cachée de la forêt. Elle y a pris ses habitudes, aidant la miresse Erma à de multiples tâches dont la simplicité et la régularité la ravissent à chaque instant. Enfin une vie sereine, sans mauvaise rencontre ni surprise fâcheuse ! Les jours se sont insidieusement mués en douces semaines, lui faisant peu à peu reprendre goût à la vie, retrouver le bonheur simple de croquer une cerise, de chauffer son visage au pâle soleil du matin… Lapereaux, perdrix, et même marcassins fondants accompagnés de frais légumes ont redonné à son visage ses douces rondeurs, à sa peau son velouté, à ses cheveux leur brillant… C'est étrange, pas un jour ne s'est écoulé au sein de la clairière sans son lot de soleil et de chaleur, alors qu'aux alentours s'amoncelaient perpétuellement de lourds nuages. Comme si ce petit bout de forêt était protégé par un bienfaisant sortilège… Bien qu'elle ne parvienne pas à oublier ce que sa présence en ces lieux peut avoir de provisoire, Margault cultive avec application son propre lopin de terre, s'amusant à faire pousser des espèces qui lui étaient jusque-là inconnues.

Chaque jour, elle s'attache davantage à ce petit morceau de terre qui n'appartient qu'à elle, à ses plantes fragiles qui attendent d'elle leur survie, à ce paradis dissimulé empli d'odeurs délicieuses et de guêpes… Même Horace l'a définitivement adoptée, la suivant désormais comme un chaton et ne manquant pas une occasion de lui lécher les mollets.

Est-ce l'effet du soleil sur sa peau, les goûteuses saveurs des fruits, l'apaisante régularité de cette vie empreinte de douceur… Margault sent sa haine peu à peu s'étioler, sa soif de vengeance s'émousser tandis que son envie de vivre redevient chaque jour plus puissante. Toutes ses anciennes préoccupations, ses colères pleines de rancune lui apparaissent vaines, dérisoires… Après tout, qui l'oblige à se replonger dans la noirceur malfaisante de sa vie d'autrefois, alors qu'elle a retrouvé ici une forme de paix ? Le Mal semble l'avoir oubliée, s'en être allé. Tout cela n'empêche pourtant pas les questions de se presser depuis quelques jours dans son esprit. Elle ne parvient pas à cerner la véritable personnalité de la vieille femme qui l'a accueillie sous son toit avec une étonnante affection. De plus en plus nombreux, des gestes, des phrases dépassant leur tacite accord de cohabitation la surprennent : tutoiement inopiné, bras qui s'accroche doucement au sien pour se relever… Si, un court instant, Margault a songé à une affection trop entreprenante – ne dit-on pas que certaines femmes éprouvent des attirances illicites pour d'autres femmes ? –, elle a très vite repoussé cette idée : Erma est si âgée, si maternelle… Après une période d'observation muette, le doute se mue bientôt en certitude : la miresse lui dissimule quelque chose… Elle a ces derniers jours laissé échapper à plusieurs reprises des questions de plus en plus précises sur Peronette, des remarques sur sa mère qui l'ont piquée comme une épingle. Erma ne semble pas parler d'elles comme d'inconnues dont elle voudrait connaître l'histoire, mais plutôt comme de personnes familières… La jeune femme se garde pourtant de formuler les questions qui se pressent sur ses lèvres, n'osant brusquer celle qui a accepté si simplement de lui faire partager à la fois son toit et sa science des simples.

Ce soir-là, au moment de préparer le repas sous l'œil toujours gourmand d'Horace, Margault hésite longuement. Commençant à plusieurs reprises une phrase d'une voix vacillante avant de s'arrêter aussitôt, elle ne sait comment annoncer la résolution qu'elle vient de prendre. Non pas celle de partir, comme Erma a pu l'évoquer avec une nuance de crainte dans la voix ces jours derniers, mais au contraire celle de rester… Après avoir parcouru un long chemin inconscient dans son esprit, la décision s'est imposée, évidente. Tout ce qui lui importe désormais est de vivre sereinement, aux côtés de la vieille femme et de son monstre si attachant. N'a-t-elle pas mérité elle aussi un peu de bonheur, de paix ? C'est terminé, elle ne veut plus être confrontée à la haine, au Mal… Les seules potions qu'elle souhaite à présent préparer ne doivent plus être destinées qu'à guérir. La jeune femme est convaincue de pouvoir apporter à Erma une aide précieuse, un soutien indispensable pour ses vieux jours. Elle pourrait par exemple l'aider à cultiver le jardin, à préparer des remèdes pour tous ces gens qui viennent la consulter, et qui sont parfois contraints de repartir les mains vides, faute de simples en suffisance… Mais saura-t-elle la convaincre ? Rien n'est moins certain…

— Erma, cela fait plusieurs jours que je tente de vous parler…

Étrangement, la miresse ne semble pas l'avoir entendue. Le regard perdu dans le vague, elle s'est accoudée à la lourde table en bois qui a assisté à tant de discussions confiantes entre les deux femmes, tandis qu'Horace appuie son gros museau sur ses genoux maigres comme pour lui apporter son soutien.

— Moi aussi, ma Margault, il me faut te parler. Veux-tu bien m'accorder le privilège de l'âge et me laisser commencer ? Je n'ai que trop tardé d'ailleurs… Mais je ne savais comment aborder cette période douloureuse sans te blesser davantage. Et pourtant, je ne puis te laisser dans l'ignorance plus longtemps…

La jeune femme se crispe, consciente du fait que les paroles à venir ne peuvent que la blesser.

— Comment te raconter l'indicible, ma douce ? Juste avant que je ne quitte Amiens, au moment où je devenais le point de mire des autorités, où les pressions se faisaient de plus en plus fortes, une femme est venue me trouver, terrifiée. Elle ne savait plus que faire, à qui se fier… Soupçonnée d'être lépreuse par son propre mari, elle se préparait à passer dans les jours qui suivaient devant un tribunal de médecins, et cherchait désespérément un avis plus neutre. Un avis qui ne la destine pas aveuglément à la ladrerie… Il s'agissait de ta mère, Margault. Elle était venue me demander de l'aide sur les conseils de ma sœur… Peronette, ta nourrice.

Margault réprime un hoquet de surprise. Ainsi c'était donc cela… Cette ressemblance impalpable qu'elle ne parvenait pas à définir… Comment avait-elle pu ne pas faire immédiatement le lien avec sa chère vieille nourrice ? Les points communs étaient à la réflexion si évidents : même nez un peu busqué, même petite taille débordante d'énergie, mêmes cheveux d'un blanc neigeux dégageant un front haut… Plongée dans ses pensées tourbillonnantes, la jeune femme manque malgré elle quelques mots du récit :

— Tu comprends donc la raison pour laquelle j'ai lu un signe du destin dans ta venue en ces bois… Comme une seconde chance…

— Vous avez donc connu ma mère, vous avez pu l'examiner… Parlez-moi d'elle, de sa maladie… Était-elle réellement ladre ? Savez-vous si elle est morte ? Et Peronette, savez-vous ce qu'elle est devenue ?

— Tout doux, ma belle, une seule question à la fois ! Oui, Margault, ta mère est malheureusement bel et bien décédée, mais pas dans une ladrerie comme tu pourrais le penser. Son parcours est bien moins prévisible… Lorsqu'elle est venue me trouver cette première fois en ce soir de la Saint-Michel, je me souviens qu'il pleuvait à verse… L'orage qui avait écrasé sa coiffe et trempé son fin mantel n'était pas parvenu à lui faire perdre son port de tête royal, ni sa manière bien à elle de relever bravement les épaules. Dieu, ce qu'elle était belle ce soir-là, lorsqu'elle est apparue sur le seuil de la maison, avec ses cernes bleuis que la lumière des chandelles ombrait et ses nattes mordorées qu'elle détachait tout en marchant afin de les faire sécher à l'intérieur. Bien qu'elle cherchât à cacher son émotion, ses lèvres tremblaient lorsqu'elle a évoqué la dénonciation presque certaine de son époux, à laquelle elle ne parvenait toujours pas à croire totalement. Je me souviens qu'elle portait son index à sa bouche à chaque fois qu'elle prononçait le nom de Philippe, comme pour s'empêcher d'en dire trop de mal… Mais qu'aurait-elle donc pu raconter, sinon cette innommable vérité ? La pauvrette était venue me trouver sans bien savoir ce qu'elle cherchait, son esprit était totalement obscurci par l'angoisse. Un peu d'espoir, une contre-expertise, un soutien, je ne sais… Elle parlait sans cesse, d'une voix lasse et dénuée de vie, comme si elle avait compris qu'elle appartenait déjà au royaume des défunts. Le conseil allait sans nul doute possible la déclarer lépreuse, à quoi bon lutter ?

Le visage d'Erma reflète en cet instant l'horreur et la pitié, de la même manière sans doute qu'autrefois…

— La malheureuse… Elle était terrifiée à l'idée de perdre sa petite fille, de voir son visage se déformer de manière grotesque, ses membres pourrir sous l'effet de cette diabolique gangrène. Elle ne cessait de répéter qu'elle ne pourrait jamais supporter de se promener avec une cliquette, comme si le frêle instrument concentrait en lui toute l'horreur de la maladie. Par instants pourtant, elle ne pouvait empêcher des sursauts de révolte de la soulever, de lui faire relever la tête avec combativité. Il lui fallait impérativement trouver un moyen de s'en sortir, elle devait vivre, lutter pour sa fille bien-aimée qui avait encore tant besoin d'elle… Dans ces moments-là, elle me contemplait avec des yeux confiants d'enfant, comme si je pouvais d'une simple incantation magique la sauver. Si cela avait pu être le cas ! J'étais bouleversée… Je suis certaine que tu aurais été fière de son courage lorsqu'elle laissait ainsi sa volonté de vivre s'exprimer. Sans même qu'elle en prenne conscience, son visage s'illuminait lorsqu'elle prononçait ton nom…

À l'évocation de l'amour que sa mère lui avait porté, les yeux de Margault s'emplissent de larmes brûlantes, qui la piquent bientôt comme de l'acide. Ainsi, sa mère souffrait de la laisser, l'aimait au point de ne penser qu'à elle dans la tourmente qui l'engloutissait… Pour la cent millième fois peut-être, la jeune femme tente de faire resurgir dans sa mémoire ce visage qui s'échappe à chaque fois qu'elle croit parvenir à le redessiner. En vain… C'est incroyable, elle ne parvient une fois encore à se souvenir que des comptines… Comme si seule la voix de sa mère était parvenue à survivre par-delà la mort…

— C'est lors de l'un de ces moments passionnés au milieu de la nuit qu'elle s'est résolue à me demander de l'examiner. Ce que j'ai naturellement accepté, cela va sans dire… Cela a été aussi difficile qu'éprouvant ! Découvrir les premières traces de maladie sur ce visage magnifique, ces taches menaçantes sur la peau diaphane… J'hésitais pourtant à parler de lèpre. Selon mon expérience, il était bien trop tôt pour se prononcer, l'état de ta mère pouvant alors faire penser à une simple maladie de peau. J'avais par le passé observé sur de nombreux patients des manifestations de gale, des écrouelles, des ulcérations même, qui s'étaient miraculeusement évanouies après l'application de quelque pommade… Ta mère est donc repartie apaisée, convaincue par mes propos catégoriques : aucun jury de médecins ou de lépreux digne de ce nom ne pourrait établir un diagnostic formel de lèpre au vu de ces seules petites taches… Celui-ci ne pourrait que demander à la revoir une seconde fois, au moins deux ou trois semaines plus tard… Et d'ici là, mes onguents seraient peut-être parvenus à faire disparaître ces maudites plaques rouges… Je n'ai donc pas compris ce qui s'est déroulé ensuite. Est-ce l'influence de ton père, qui, m'a-t-on dit, a fait un discours enflammé sur sa pécheresse d'épouse ? Je ne sais… Toujours est-il qu'elle fut condamnée à l'exil trois jours plus tard de manière expéditive, sans que quiconque ait eu le temps d'intervenir en sa faveur. On ne m'ôtera pas de l'idée que ce procès a été bien trop hâtif pour être honnête.

C'est étrange, Erma sans le savoir tient exactement les mêmes propos que l'oncle de Jeanne. Bien que Margault ne croie plus guère aux qualités de cœur de son père, elle ne peut cependant s'empêcher de chercher à le comprendre :

— Si Philippe est définitivement responsable de l'exil et de la mort de ma mère, peut-être a-t-il été influencé, conforté dans ses idées par un prêtre qui l'aurait poussé à la dénoncer…

— Non, je ne le pense pas… Si je connais par miracle au moins une partie de la réponse, c'est précisément parce que ta mère m'a parlé d'un incident de cet ordre. Philippe a en effet bel et bien été consulter l'un de ses maîtres spirituels, au monastère des Cordeliers il me semble, afin de savoir ce qu'il convenait de faire. Il en est paraît-il revenu fou furieux, un court moment seulement plus tard. Hurlant que même les moines pouvaient être possédés, que le Malin parvenait à tourner les têtes jusque dans les enceintes les plus sacrées… Que s'est-il réellement passé ? Nul ne le sait vraiment… Sans doute le moine a-t-il eu le malheur de lui recommander la patience, l'indulgence vis-à-vis de votre mère… Ce que je sais en revanche, m'en étant préoccupée lorsque j'étais miresse, c'est que nombre de religieux, tels Jacques de Vitry ou Pierre de Poitiers par exemple, ne considèrent pas les ladres comme des pécheurs. Bien au contraire… Selon eux, les lépreux, pécheurs comme tous les hommes, accomplissent leur pénitence dans la maladie en acceptant une souffrance rédemptrice. Ils échapperaient donc au purgatoire grâce à leur calvaire sur terre et seraient donc directement envoyés au paradis à leur mort. À condition bien entendu de pratiquer la vie commune, dans l'obéissance et le détachement du monde. Il s'agirait donc en quelque sorte d'une seconde chance accordée par la main de Dieu… Certaines ladreries ne ressemblent-elles pas en tous points aux communautés religieuses, vivant à l'abri d'un petit mur comme les monastères ? D'autres hommes, comme Robert de Meulan, vont même jusqu'à qualifier les ladres de « martyrs du Christ ».

— Des martyrs du Christ… Voilà qui est déjà plus noble !

— Ne sois pas amère, Margault… Sans doute ces religieux cherchaient-ils tout bonnement à aider ces pauvres gens à accepter leur effroyable condition…

— Ne me disiez-vous pas que ma mère n'était pas morte dans une ladrerie ?

— Tu as raison, je suis une vieille pipelette qui s'égare, ce n'est guère le moment de débattre de théologie. Reprenons où nous en étions… La logique aurait voulu que ta mère soit soignée à la Maison Saint-Ladre d'Amiens, n'est-ce pas ? Eh bien cela était encore trop proche pour Philippe ! Au lieu donc de la faire entrer dans une léproserie importante et bien gérée, bénéficiant de la générosité des puissants de la région, où elle aurait pu mener une vie autonome autour d'une église et d'un cimetière propres, ton père a préféré l'envoyer dans une ladrerie miséreuse près de Compiègne, à des kilomètres de toute habitation. Un lieu destiné d'ordinaire aux fols, aux juifs et aux possédés. Au moins était-il certain dans ces conditions de ne jamais la revoir à Amiens… Ta mère m'avait en outre parlé d'un ami médecin qui avait obtenu pour elle l'autorisation d'entrer à la léproserie de La Neuville-sur-Corbie, où une femme miraculeusement guérie un dimanche de la Passion accomplissait des prodiges. Dans un lieu où elle aurait pu recevoir des soins autant corporels que spirituels…

L'oncle de Jeanne ! Son amie lui avait en effet autrefois raconté que son oncle était ami avec le maître des malades de cette léproserie, dont il avait fait la connaissance à Saint-Nicolas d'Évreux. Qu'il soit béni pour cette intercession, même inutile…

— Et mon père a de nouveau repoussé cette offre…

— Il a refusé de payer, jugeant l'endroit trop cher pour sa bourse. Ta mère s'est donc retrouvée dans une chaumine misérable au milieu des bois. Ah, on peut dire qu'il s'est donné toutes les chances de se débarrasser d'elle ! Peronette et moi étions tellement furieuses contre lui après le procès, que nous l'avons même soupçonné d'avoir fait absorber à ta mère quelques simples susceptibles de déclencher chez elle ces irritations de peau. Mais je suppose que nul ne peut receler autant de noirceur d'âme… De toute façon, nous ne connaîtrons jamais l'entière vérité. Si ta mère n'était pas ladre en quittant la ville, elle a en tout cas contracté la maladie dans cette épouvantable léproserie. Une maladie dont elle est par miracle parvenue à guérir, puisqu'elle est revenue ici, dans cette clairière, presque deux ans plus tard, dans un état de faiblesse effrayant et le visage rongé d'épouvantable manière. Je préfère, si tu le veux bien, ne pas m'étendre sur le sujet…

Trop tard, l'image s'est déjà imposée à l'esprit de Margault. Celle d'une femme aux yeux magnifiques et luisants, mais sans sourcils, à la cloison nasale épouvantablement effondrée et à la lèvre supérieure hypertrophiée. La jeune femme a besoin de quelques instants avant de poursuivre :

— Après l'incendie de la léproserie je suppose ?

— C'est exact. Ainsi, tu étais au courant ?

— Pas vraiment. Mon Dieu, je n'imaginais pas un instant qu'elle avait pu en sortir vivante... Mais dans ce cas, de quelle manière est-elle décédée ?

— Quand elle est venue me rejoindre dans les bois – je soupçonne fort Peronette d'être restée en contact avec elle, sinon comment aurait-elle su où me trouver ? –, je pense qu'elle était déjà morte. Ou tout au moins de l'autre côté... Si tu avais vu dans quel état de maigreur elle se trouvait ! Et pourtant, elle était d'une sérénité irréelle, ne glissant quelques mots charitables sur Philippe que pour mieux parler de toi. Son regret dévorant était de n'avoir pas pu te dire adieu... Durant tout le cérémonial mortuaire qui avait précédé son entrée à la ladrerie, quand le prêtre après l'avoir confessée l'avait conduite chez vous pour un simulacre d'inhumation, quand il lui avait jeté une pelletée de terre sur les pieds en psalmodiant la prière des morts, elle n'avait pensé qu'à une chose : s'échapper un instant afin de t'embrasser une ultime fois. Ce qu'elle n'est jamais parvenue à faire bien entendu, surveillée comme elle pouvait l'être... Sans doute est-ce cette souffrance qui a fini plus que toute autre par la terrasser...

Bouleversée, Margault reste un long moment les yeux dans le vague, murée dans un lourd silence que la miresse, accoutumée aux souffrances humaines, se garde bien de briser. Seules les mains de la jeune femme bougent encore, continuant de peler les légumes à grands coups de couteau rageurs. Mais elle n'en a pas terminé avec ses questions, décidée à aller jusqu'au bout quoi qu'il puisse lui en coûter :

— Et Peronette, savez-vous où elle se trouve ? Je me suis montrée bien injuste et bien vile envers elle…

Si la vieille femme est surprise, elle se garde bien de le montrer. Elle répond au contraire d'une voix calme et posée, comme si elle avait toujours su que cette interrogation viendrait en son temps.

— Ma sœur est soignée à l'hôtellerie Dieu et Monseigneur saint Jean et Monseigneur saint Jean-Baptiste, que je suppose tu connais. Deux pèlerins partant pour Saint-Jacques de Compostelle ont effectué un détour jusqu'ici il y a quelques semaines pour me rassurer sur son sort, mais j'ignore pourtant si je dois les croire. Il est en effet bien dans les habitudes de Peronette de me dissimuler la vérité pour me tranquilliser… Peut-être a-t-elle tout bonnement sauvé la face durant un bref moment, de telle façon que les pèlerins la voient alerte et n'aient pas à me mentir. Telle que je la connais, elle ne se serait jamais résolue à laisser commencer un pèlerinage par un mensonge, même pieux…

— Mais alors, peut-être est-elle souffrante…

— Je l'ignore, Margault… Je prie le Seigneur chaque soir pour sa santé, bien que je doute que le Divin puisse jamais écouter une vieille sorcière telle que moi… Mais peut-être est-il temps de songer au souper, nous avons abordé suffisamment de sujets graves pour ce soir…

— Erma, j'ai encore une chose à vous dire… Ma mère… J'ai vu le fantôme de ma mère dans la forêt… C'est elle qui m'a guidée jusqu'à vous, j'en ai désormais la certitude.

— J'en suis tout aussi certaine que toi, ma douce…

Le lendemain, épuisée par toutes ces révélations qui l'ont fait se retourner nerveusement sur sa couche jusqu'à l'aube, Margault se lève plus tard qu'à l'accoutumée. Parvenue sur le seuil de la cabane, elle ne peut réprimer un mouvement de recul malgré son engourdissement. Pour la première fois depuis son arrivée, le ciel est en effet gris et bas au-dessus de la clairière, les nuages menaçants, le vent vif et pénétrant. Ce qui la fait frissonner d'anxiété plus que de froid. Elle éprouve l'impression glaçante que le cocon protecteur qui enveloppait le lieu, en faisait un petit coin d'éden, s'est brutalement déchiré pour l'exposer aux malheurs terrestres. Comme une punition... Les fleurs multicolores qui d'ordinaire levaient triomphalement la tête vers les rayons du soleil semblent avoir abdiqué, les feuilles frémissent sous le frôlement d'un vent doucereux qui semble cajoler avant d'attaquer. Un silence lourd et inquiétant pèse alentour, les oiseaux ayant eux aussi interrompu leurs gazouillis. C'est précisément à l'instant où un premier grondement de tonnerre les assourdit qu'Erma fait son apparition, étonnamment hagarde. Ses cheveux sont plus hirsutes encore que d'habitude, ses yeux rougis comme d'avoir pleuré... Une vague d'affection soulève Margault, qui éprouve soudain l'envie irrépressible de la serrer dans ses bras. Ce qu'elle se garde bien entendu de faire, retenue par sa pudeur naturelle. Et pourtant, la miresse semble pour la première fois si vulnérable, si désemparée... Bien loin du soutien solide auprès duquel sa mère était autrefois venue se réfugier... Contrairement à ce que l'on aurait pu attendre, la conversation bouleversante de la veille n'avait pas ravivé la soif de vengeance de Margault, mais l'avait au contraire confortée dans sa décision. Le monde n'étant décidément fait que de fureur et de haine, elle préférait rester ici afin de soigner aux côtés de la miresse les miséreux qui avaient le courage de braver la forêt. C'était là que se trouvait son destin, elle voulait y croire de toutes ses forces. Il ne lui restait plus qu'à en convaincre Erma…

Rendue fébrile par cet orage qui gronde en sourdine sans se décider à éclater, Margault tourne nerveusement toute la journée dans la clairière, arrachant de-ci de-là une touffe de mauvaises herbes, redressant une pousse de valériane écrasée par Horace. Sans que le sombre pressentiment qui l'avait envahie à son réveil se décide à la quitter. Malgré elle, ses lèvres esquissent une courte prière maladroite : « Mon Dieu, protège-nous de ce danger qui rôde… » Avant qu'elle ne s'ébroue avec impatience : allons, que lui prend-il ? Ce n'est pas parce qu'elle a connu sa première mauvaise nuit de sommeil depuis des semaines, due sans doute à l'orage, qu'elle doit se laisser tourmenter par de vaines idées noires. Il est décidément temps que cette étrange journée s'achève… Après un rapide souper de lapereau et de légumes auquel ni l'une ni l'autre n'a su faire honneur – ce qui a fait le bonheur d'un Horace aux babines luisantes de graisse –, Erma entraîne sa jeune protégée dans une minuscule cahute dissimulée au plus profond des fourrés, où elles se sont déjà rendues à maintes reprises durant ces dernières semaines. C'est en effet dans ce lieu exigu et secret que l'ancienne miresse concocte ses potions et ses baumes, les entreposant dans une multitude de pots de terre qu'elle seule sait reconnaître. Il règne dans cette pièce une ambiance particulière, un parfum de magie et d'étrange qui rend l'atmosphère à la fois étouffante et étonnamment chaleureuse. Comme si un esprit enveloppait les visiteurs dans un cocon de douceur et de moelleux pour mieux les apprivoiser, les retenir pour l'éternité… Enfin, Margault retrouve un semblant de sérénité. L'exiguïté du lieu, la lumière des chandelles qui adoucit les angles du visage d'Erma et enrobe la cabane d'une lueur douillette contribuent à la détente de la jeune femme. Ses muscles perdent de leur dureté douloureuse, sa nuque retrouve sa souplesse, ses mâchoires se décrispent. Comme à chaque fois… Il est vrai qu'elle éprouve à chaque visite des difficultés croissantes à quitter la cabane, trouvant avec la complicité d'Erma de multiples prétextes pour s'attarder à la lueur dansante du feu. Comme si le mystérieux maître des lieux resserrait un peu plus son emprise à chaque fois… En franchir le seuil pour partir devenait un véritable déchirement, bien qu'aucune des deux femmes ne se soit jamais risquée à évoquer cet étrange phénomène…

Ce soir-là ne fait pas exception à la règle, bien au contraire. L'atmosphère est encore plus pesante que d'ordinaire, plus captivante aussi… Comme si l'être invisible qui hantait la pièce cherchait cette fois à établir le contact, comme pour les prévenir d'une menace diffuse. À moins qu'il ne préfère les enfermer pour toujours au sein des fourrés denses pour mieux les protéger… Silencieuse comme à l'accoutumée, Margault suit la vieille femme dans la pièce chichement éclairée, aux parfums mêlés de plantes fraîchement cueillies et d'aromates. Sans oublier une entêtante senteur de musc étrangement familière qui semble imprégner jusqu'aux murs enduits de chaux… Interrogée sur la provenance de cette odeur lors de sa première visite, Erma avait dissimulé une expression de trouble intense qui laissait présager son incompréhension. Elle ne possédait en effet aucune fiole de musc dans ses flacons, ni aucun parfum pouvant s'en approcher… Comme si elle pressentait qu'elle n'aurait plus guère l'occasion d'y revenir, la jeune femme observe avec une attention émue ce lieu où elle a tant appris. Pas uniquement, comme elle l'avait demandé, l'art de donner la mort, mais bien davantage celui de protéger la vie, de soulager les misères à l'aide de quelques simples. Rêveuse, elle caresse du bout des doigts les fioles poussiéreuses soigneusement alignées dans un ordre immuable, se récitant par réflexe les propriétés des différentes compositions, avant de plonger voluptueusement la main dans une préparation odorante de thym et de laurier. L'idée de posséder le pouvoir de soigner, de chasser la Camarde la bouleversait par moments, réveillait en elle le désir de devenir miresse. Erma interrompt ses pensées d'une voix douce :

— Je ne t'ai nullement demandé de me suivre ce soir pour t'enseigner un nouvel onguent, mais pour t'entretenir d'un autre de mes pouvoirs. Un pouvoir effleuré lorsque j'étais miresse, qui s'est développé bien malgré moi tout au long de ma retraite solitaire. Comment t'expliquer ? Il m'est au commencement arrivé, en soignant un malade, de deviner l'issue de la maladie, simplement en le touchant. Puis les visions se sont faites peu à peu différentes, plus précises…

Craignant d'avoir mal compris, Margault tressaille. Erma ne cherche tout de même pas à lui faire comprendre qu'elle peut connaître l'avenir, comme ces devins avides qui abusent de la crédulité des pauvres gens !

— J'imagine aisément ce que tu dois penser : que l'isolement m'a rendue un peu folle. Je puis t'assurer qu'il n'en est rien. Je n'ai jamais parlé de ce pouvoir à quiconque, craignant, comme tu peux t'en douter, des réactions de défiance ou de moquerie. Je dois avouer que je ne goûtais guère moi-même ces visions qui m'avertissaient, sans jamais se tromper, de la mort de l'un de mes malades. Comme j'aurais aimé alors commettre une erreur, une seule erreur… L'arrivée de l'un de ces… pressentiments s'annonçait toujours par une violente migraine, qui s'effaçait comme elle était venue après un moment plus ou moins long. Au fil du temps, j'ai appris peu à peu à apprivoiser ce pouvoir, qui fort heureusement s'est enfin décidé à m'apporter d'heureuses nouvelles. Je suis aujourd'hui une vieille femme, et je reçois ces visions divinatoires comme un don du ciel, sans plus me poser de questions ni chercher à les combattre.

Les yeux de la miresse sont deux lacs sombres et envoûtants lorsqu'elle continue :

— La première fois que mon « pouvoir » s'est manifesté, je me penchais sur la couche d'un petit garçon de 18 mois aux cheveux bouclés collés sur le front par la sueur et aux grands yeux effrayés par cette douleur qu'il ne comprenait pas. En saisissant sa petite main fiévreuse qui s'abandonnait avec confiance, alors même que je m'apprêtais à rendre un diagnostic de fièvre bénigne et à rassurer sa mère en lui conseillant des cataplasmes d'oignons, je me suis soudain sentie glacée par un pressentiment. Cet enfant allait mourir, j'en avais la certitude. Pour la première fois depuis que j'avais commencé cette profession, j'ai clairement senti qu'il n'y avait plus rien à faire, que la Camarde avait d'ores et déjà gagné la partie. Alors même que tout m'indiquait le contraire… Ce qui ne m'a pas empêchée de me battre, tu peux t'en douter ! J'ai même lutté comme jamais, avec l'énergie du désespoir, mettant en œuvre toute ma science pour faire mentir cette funeste vision. J'aurais tout donné pour arracher ce garçonnet des griffes de la Faucheuse… Je ne savais plus que faire, j'en perdais le sommeil, la tête… J'éprouvais l'impression absurde que tout était de ma faute, j'imaginais même lui avoir porté malheur. Tu penses, visualiser la mort d'un enfant qui ne semblait souffrir que d'un simple refroidissement ! N'était-ce pas le Malin qui m'utilisait pour ses sombres desseins ? En quelques jours, au fur et à mesure que la fièvre prenait possession du petit, je suis devenue l'ombre de moi-même, courant tous les guérisseurs et les médecins de la région comme une démente au mépris des railleries. Durant ce temps, le petit corps semblait diminuer à chacune de mes visites, même lorsque je passais deux fois par jour… Je m'apprêtais à aller trouver une affreuse bonne femme nauséabonde connue pour ses messes noires – tu n'ignores pourtant plus désormais à quel point j'abhorre ces pratiques – lorsque l'enfant a brutalement trépassé, sans que quiconque puisse expliquer son décès. J'ai mis longtemps à m'avouer que cette mort avait en quelque sorte été pour moi un soulagement, tant la vue de ce petit visage congestionné par la fièvre, des yeux tour à tour suppliants et résignés de la mère, me devenait insupportable…

Perdue dans une douleur qui semble plus vive que jamais, la vieille femme martyrise sans s'en apercevoir sa cotte rouge passé déjà fort usée, tandis que ses yeux bleus pâlis par le temps semblent revoir pour la millième fois la scène maudite.

— Les autres visions ont été ensuite plus faciles à accepter, bien que je ne les accueille jamais de gaieté de cœur. Il m'a pour cela fallu comprendre que je pouvais deviner les décès, non les provoquer. Je ne te cache pas que les quelques semaines où j'ai cru avoir le pouvoir d'attirer la Faucheuse par de simples pensées ont été les plus terribles de mon existence… Je crois que j'étais prête à mettre fin à mes jours. Heureusement, un prêtre plus ouvert que les autres m'a convaincue que ce pouvoir pouvait être un don du ciel. Selon lui, prévoir une mort pouvait aider les proches à s'y préparer et éviter les souffrances inutilement prolongées. Je ne me suis pourtant jamais résolue à cesser de lutter…

Consciente d'avoir distillé avec ses propos une atmosphère de tristesse, Erma s'ébroue avec un sourire las :

— Mais je ne t'ai pas fait venir céans pour te raconter des événements aussi tristes. Bien au contraire… Je dois t'avouer que j'ai eu à plusieurs reprises ces dernières semaines des visions te concernant.

Devinant que la miresse s'apprête à lui parler de son propre avenir, Margault s'agite nerveusement.

— Erma, non… Je ne veux surtout pas connaître…

— Il ne s'agit pas de visions de mort, rassure-toi… La première image s'est imposée à moi lorsque j'ai trébuché sur une souche et que tu m'as rattrapée de justesse.

Percevant la nervosité de la jeune femme, Erma pose une main rassurante sur son bras :

— Il faut que tu m'écoutes, Margault, je t'en conjure… Ne t'inquiète pas, il n'y a rien de véritablement alarmant dans ce que je vais t'annoncer.

— Dans ce que vous allez m'annoncer… Et si vous aviez vu quelque chose de grave, me le diriez-vous, justement ?

Le bref instant d'hésitation, pourtant presque imperceptible, suffit à répondre à sa question. Les suppositions les plus folles envahissent en une fraction de seconde l'esprit de la jeune femme. Qu'a donc pu voir Erma dont elle préfère ne pas lui faire part ? Qu'elle allait contrairement à ses vœux s'obstiner dans son entreprise de vengeance, échouer peut-être ? Qu'elle finirait sur un bûcher ? Non, cela ne pouvait être le cas, elle l'aurait tout au moins avertie du danger, aurait tenté de la dissuader… Alors peut-être est-ce à elle-même ou à Peronette qu'il allait arriver malheur ? Oh, pourquoi a-t-il fallu qu'elle lui parle de ses pouvoirs ? Margault n'aura désormais de cesse que de savoir ce que la miresse lui dissimule. Pendant qu'elle réfléchit intensément, la vieille femme a sorti ce qui lui semble être un jeu de cartes, longuement manipulé et aux couleurs passées. Consciente d'ajouter au mystère, celle-ci répond à son regard interrogateur par un petit sourire, comme si elle se moquait d'elle-même.

— Eh oui, comme tu le vois, je me suis procuré au fil du temps quelques éléments pour approfondir ma science… Quel bonheur pour moi si cela pouvait te guider et te permettre d'éviter les nombreux écueils de l'avenir !

Une nouvelle bouffée de tendresse envahit Margault en voyant les vieilles mains constellées de taches brunes manipuler avec application les morceaux de parchemins durcis ornés d'illustrations maladroitement dessinées. Sans doute Erma les avait-elle elle-même fabriqués lors de longues soirées de veille, peut-être pour un patient qui l'inquiétait tout particulièrement…

— Je souhaite vraiment ce soir concentrer tous mes pouvoirs sur toi. Je ne peux m'empêcher de te considérer d'une certaine manière comme ma fille, une fille dont on m'aurait trop longtemps tenue éloignée. Tant de choses en effet nous rapprochent… Ma sœur, qui t'a élevée durant de longues années, ta mère, qui est venue mourir chez moi… et maintenant toi, qui, par un extraordinaire hasard, es venue à ton tour me trouver pour me demander mon aide. Comment pourrais-je ignorer plus longtemps le fait que c'est à moi de te guider aujourd'hui ?

Après ce flot de paroles enflammées, la vieille femme se lève soudain, le visage fermé, pour chasser Horace et fermer la porte. Avec des gestes cérémonieux qui témoignent de sa concentration, elle place sous le regard intrigué de Margault de minuscules chandelles en cercle autour d'elles, tout en marmonnant une suite de mots inintelligibles, comme une sorte d'incantation. Étrangement pourtant, la jeune femme ne parvient pas à se sentir mal à l'aise. Après que la miresse se fut saisie d'une cassolette bosselée dans laquelle brûle un parfum lourd et entêtant, l'atmosphère se fait encore plus dense, plus envoûtante… La tête de Margault lui tourne, ses paupières se font pesantes, tandis qu'Erma promène la cassolette dans les coins les plus sombres du cabanon, comme pour en chasser les mauvais esprits. Avant de déplacer certains objets dans un ordre établi connu d'elle seule, son ombre se fondant davantage au fur et à mesure qu'elle souffle les quatre grosses chandelles qui éclairaient la pièce. Ne subsiste plus désormais qu'un timide cercle de lumière autour d'elles, qui semble les entourer d'une protection impalpable. Malgré elle, Margault sent une impatience mêlée d'anxiété la gagner, alors qu'elle observe la miresse psalmodier, les yeux clos et les mains étendues au-dessus des cartes. Quand soudain, la voix jaillie de la pénombre la fait sursauter, une voix plus lente et plus grave, qui visiblement prend soin de peser ses mots :

— Une vie peu ordinaire t'attend, Margault. Une vie tissée de Bien et de Mal sans cesse entremêlés, de peines immenses et de bonheurs intenses. Le bonheur toutefois devrait triompher, après bien des épreuves épuisantes, à condition bien entendu que tu saches faire les bons choix, prendre les bonnes décisions. Tu auras également un enfant, une fille, que tu ne porteras pas dans ton ventre. Les tragédies t'accompagneront tout au long du chemin, pour te mener pourtant vers ton destin…

La miresse s'interrompt un instant, les sourcils froncés de perplexité, avant de continuer d'une intonation plus hésitante :

— C'est curieux… Je vois quelque chose que je ne parviens pas bien à déchiffrer… Le Mal viendra à toi… Mais sous les traits du Bien… Il te proposera le Mal sous le prétexte de servir le Bien, mais il faudra te défier… Tu seras égarée, tu ne sauras plus où se trouve la vérité, ce qui te fera traverser une période particulièment difficile. C'est à ce moment précisément que tu devras choisir la bonne route, sous peine d'être perdue à jamais. Attends, je distingue autre chose…

Les mains d'Erma courent sur les cartes, en effleurent les dessins avec insistance, comme pour les contraindre à se faire plus explicites.

— Cela devient plus clair… Je te vois aux côtés d'un homme d'Église, un prêtre auréolé de sang. C'est là que se situera ta véritable épreuve, le passage indispensable pour atteindre la lumière… Tu ne devras surtout pas l'éviter, même s'il ne t'apporte que douleur et crainte. C'est à ce moment-là, et à ce moment-là seulement, que tu te rendras disponible pour un homme surgi du passé. Mais je te le répète : il te faudra pour cela prendre la juste décision.

Un nouveau silence s'installe, plus long et plus dense encore. L'atmosphère, imperceptiblement, semble se charger de menace. Même Horace, qui sommeillait paisiblement près de la porte, remue au-dehors, soudain en alerte. Seule Erma ne semble s'apercevoir de rien, trop concentrée dans sa tâche pour prêter attention aux bruits extérieurs.

— Il y a autre chose d'extrêmement important dont il me faut te faire part, qui te…

Les derniers mots de la vieille femme sont noyés dans un concert d'aboiements énervés, encouragés par des voix d'hommes étonnamment proches qui claquent comme des coups de fouets dans la nuit. Devançant Margault qui déplie avec peine ses jambes endolories d'être restées trop longtemps croisées, Erma se lève d'un bond pour se précipiter au-dehors, clignant pathétiquement des yeux comme au sortir d'un rêve. Non sans avoir intimé d'un geste impératif à la jeune femme l'ordre de ne pas bouger. En quelques instants, la quiétude de la pièce a volé en éclats, cédant la place à la tension et à l'angoisse. Pressentant un drame, Margault arpente la pièce d'un pas nerveux, furieuse que les volets hermétiquement clos l'empêchent d'observer les événements qui se déroulent à l'extérieur. Intuitivement, elle pressent qu'elle a réagi trop tardivement, qu'elle aurait dû empêcher Erma de quitter le cercle protecteur qui les entourait de ses murs aussi invisibles qu'infranchissables… Maintenant, il est trop tard, la magie s'est évaporée, la moitié des chandelles se sont éteintes sous le souffle du courant d'air de la porte…

Toute son intuition lui hurle d'intervenir, d'empêcher ce drame qui plane comme un oiseau de proie au-dessus de la petite clairière… Elle se décide à ouvrir la porte d'un geste décidé, avant de la refermer aussitôt, les tempes battantes. Quelle horreur ! Comment leur vie si paisible a-t-elle pu ainsi basculer en si peu de temps, sans qu'aucune des deux femmes l'ait le moins du monde pressenti ? Le spectacle qu'elle vient d'apercevoir durant les instants où la porte est restée ouverte est littéralement cauchemardesque. Tremblant comme une feuille, Margault cherche désespérément un outil susceptible de lui servir d'arme, en vain… Les images dansent encore devant ses yeux, obsédantes. Ces hommes armés de torches, dont la lumière dansante éclairait selon les caprices du vent les yeux fanatiques, les mâchoires serrées ou les mains rougies de sang, ne peuvent être que des assassins… Il ne faut d'ailleurs pas longtemps à la jeune femme qui vient d'entrebâiller une nouvelle fois la porte pour comprendre d'où vient ce sang. D'Horace bien entendu, que les plus énervés achèvent encore à coups de fourches furieux… L'état de ces hommes ne témoigne que trop de la lutte brève mais violente qui vient d'avoir lieu. Soucieuse de protéger sa maîtresse, la pauvre bête a sans doute lutté jusqu'à l'extrême limite de ses forces, comme l'attestent les touffes de poils mêlées aux lambeaux de chair ensanglantés visiblement humains qui jonchent le sol sur plusieurs pas alentour. Victimes de sa force surnaturelle, trois agresseurs grièvement blessés gisent près d'un gros arbre un peu plus loin, leurs blessures rendues noirâtres par l'obscurité. Mais d'Erma, point de trace… Où diable peut-elle être passée ? Telle qu'elle la connaît, jamais elle n'aurait abandonné son fidèle compagnon sans tenter de le défendre bec et ongles. Ces deux-là semblent liés par un lien puissant qui dépasse la peur, la crainte de la mort même... De plus en plus inquiète, Margault se décide à se glisser avec précautions dans les fourrés voisins, cherchant désespérément une manière possible d'intervenir.

Quand tout à coup elle s'immobilise, son cœur tressautant follement dans sa poitrine. Une dizaine d'hommes à la mine farouche entoure la frêle miresse accroupie d'un cercle de flambeaux, lui jetant injures et coups de pied comme s'il s'agissait de la plus méprisable des créatures. Épuisée, la vieille femme tente de parer les coups de ses bras blessés, en vain, se lovant en boule pitoyable sous les assauts répétés, tandis que ses cheveux neigeux se teintent de rouge sombre. Rongée d'impuissance, Margault sent une rage brûlante l'envahir. Quels sont donc ces lâches qui s'attaquent en groupe à une pauvre vieille inoffensive, n'ayant commis d'autre crime que de vivre terrée au fond des bois ? Le grand danger que voilà pour la communauté ! Tout à coup, une rafale de vent plus forte que les autres fait voleter la flamme des torches, illuminant un bref instant la silhouette d'un homme au nez en bec d'aigle qui se tient discrètement en retrait, comme pour éviter de se faire voir. Intriguée, Margault plisse les yeux, se concentre pour tenter de discerner ses traits. Trop tard, le mystérieux inconnu s'est déjà fondu dans l'ombre, après avoir d'un geste incité ses hommes à plus de violence encore. Ulcérée, la jeune femme s'avance déjà, son couteau à la main, prête à n'importe quelle folie pour ne pas rester sans agir, lorsqu'elle rencontre le regard impérieux d'Erma. Un regard qui, malgré sa détresse, lui intime l'ordre de ne pas bouger, la cloue sur place telle une chouette sur une porte. Un instant suffit à Margault pour évaluer la situation et comprendre la vanité d'une telle intervention isolée. Que pourrait-elle faire en effet contre ces hommes déterminés et trop nombreux, aux narines palpitantes et assoiffés de sang ? Ce serait tout simplement suicidaire… La rage au ventre, elle ne peut donc que regarder avec impuissance la frêle silhouette de la miresse s'effondrer une dernière fois sous les coups pour ne plus se relever.

Une fois les hommes partis, Margault se rue vers le corps recroquevillé, soulevée d'une folle espérance. Qui sait, peut-être Erma n'est-elle qu'évanouie, gravement blessée ? Mais une fois parvenue à proximité de la forme toujours rigoureusement immobile, la dernière braise d'espoir qui s'obstinait au fond de son ventre s'éteint définitivement. Aucun miracle n'a lieu, aucun souffle ne soulève plus la maigre poitrine couverte de sang poisseux. La jeune femme a beau secouer le corps avec douceur au début, avec violence ensuite, insuffler de l'air dans la bouche entrouverte tout en murmurant des prières inintelligibles, rien n'y fait. Erma est morte, assassinée par ces inconnus. Craignant que les hommes ne reviennent une nouvelle fois pour tout incendier, la jeune femme épuisée passe le reste de la nuit blottie dans les fourrés, se piquant au moindre mouvement aux épines d'un églantier tout proche. Ses bras sont ensanglantés, la peau de ses jambes arrachée lorsqu'elle se réveille à l'aube, grelottante et fiévreuse, le cœur serré par les affreux souvenirs qui lui reviennent en rafales. Si seulement tout cela ne pouvait être qu'un mauvais rêve ! Mais non, le minuscule cadavre d'Erma qu'elle a recouvert cette nuit de sa cotte est toujours là, de même que celui du pauvre Horace… Après un long moment à scruter avec inquiétude les alentours pour détecter le moindre mouvement suspect, elle se décide à regret à quitter son abri de feuillage, sans bien savoir quoi faire. En premier lieu, enterrer Erma aux côtés de son fidèle compagnon, bien entendu… Mais après ? Se terrer dans la maison quelques jours ? Se lancer à la poursuite des agresseurs afin de découvrir leur identité ?

Une fois sa macabre tâche achevée, Margault retourne, le cœur lourd, à la cabane afin de récupérer quelques effets. Encore engourdie par le choc de cette nuit d'horreur, elle trébuche sur un sac placé au beau milieu du chemin, de manière à ce qu'elle ne manque pas de le voir. La jeune femme en comprend immédiatement la signification : ainsi, Erma avait bel et bien lu sa mort imminente dans les cartes… Sa gorge se serre douloureusement. C'était pour cette raison qu'elle insistait tant pour lui parler la veille au soir. Elle savait ne disposer que d'une courte nuit devant elle, et ne songeait qu'à la sauver, elle… Pauvre, admirable Erma, elle espérait qu'elle avait enfin trouvé la paix au ciel grâce à ses bonnes actions. À condition que Dieu n'ait pas autant de préjugés que ces hommes prétendument créés à son image… Quand une idée la fait soudain tressaillir : et si Erma n'avait rien deviné, mais était revenue à l'aube du royaume des défunts afin de lui préparer ces affaires ? Margault ouvre, les mains tremblantes, le sac rêche et gonflé, pour y trouver un concentré de ce qui faisait la magie du lieu… Potions et remèdes odorants, petites bougies pour éloigner l'ombre et le Mal, vêtements qu'Erma lui avait réalisés le soir à la lueur du feu… Sans oublier ses cartes de divination et le vieux livre de médecine tout écorné dont elle tente de ne pas égarer les cahiers séparés. La jeune femme a beau fouiller, chercher jusqu'au fond du sac, nulle lettre n'accompagne ce présent venu de l'au-delà. Leur conversation de la nuit avait été l'ultime cadeau de la miresse…

23

La vue brouillée par des larmes brûlantes, Margault avance les bras serrés contre le corps, sentant la fièvre lui embraser les tempes, toujours plus forte, plus lancinante. Au départ hébétée par le choc des événements de la nuit, elle sent maintenant une fureur dévastatrice monter en elle, comme de la lave en fusion emplissant son corps d'un feu dévorant. Les images trop précises la traversent sans répit en ondes douloureuses, son esprit semblant se repaître de les faire resurgir de plus en plus fréquemment, comme pour la torturer à plaisir. Les puissants sursauts de révolte qui la soulèvent la font s'en prendre à voix haute à la terre entière, sous les yeux ébaubis et inquiets des bûcherons et charbonniers qui suivent la tête basse les chemins détrempés. Puis, au fur et à mesure de son cheminement, une seule pensée parvient à surnager dans son cerveau échauffé : le Mal... C'est elle bien sûr qui a guidé le Mal jusqu'à la clairière, qui est responsable de l'anéantissement de ce petit univers paisible, de la mort d'Erma et d'Horace. Elle aurait dû se montrer plus prudente, s'assurer qu'elle n'était pas suivie... Comment en effet aurait-elle pu ne pas être surveillée par les marauds qui avaient assassiné Béatris ? Elle ne pourra jamais se pardonner son inconscience, son égoïsme… Ce n'est qu'à l'approche d'Amiens, alors qu'elle aperçoit déjà la muraille crénelée renforcée par des tours cylindriques en saillie, qu'elle s'autorise enfin une courte halte, dans le but de faire un brin de toilette dans le ruisseau tout proche. Ses cheveux, ses bras tachés de sang noirci ne pourraient en effet que lui attirer des regards curieux et un intérêt malveillant. Inutile de tenter un Diable qui a déjà été suffisamment sollicité ces dernières heures. Même si elle est loin d'en avoir terminé avec lui…

Si elle espérait une entrée en ville calme et ordinaire, la jeune femme en est pour ses frais. Aujourd'hui est un jour d'ouverture de foire. Difficile donc de réfléchir à loisir à ce qu'il convient de faire, avec cette foule dense et animée qui chante, s'apostrophe ou esquisse quelques pas de danse au son de la viole d'un musicien, ces cris qui s'entremêlent dans un étonnant mélange de dialectes… À son grand dam, Margault est même familièrement happée par un ménestrel deux fois plus grand qu'elle, qui l'assourdit à grands coups de trompe dans les tympans en croyant la charmer ! Cherchant par tous les moyens à échapper à son soupirant trop empressé, elle se retrouve soudain coincée entre le musicien et un bœuf énorme à l'odeur nauséabonde. Un instant étonnée, elle reconnaît l'animal destiné à être tué pour le gigantesque banquet en l'honneur des marchands en visite, pour la plupart des merciers, hôtes de choix puisque fournisseurs de denrées rares. Le bœuf, cérémonieusement escorté par quatre porteurs de cierges et revêtu d'une serge jaune et verte, aurait même nonchalamment laissé choir ses besoins sur le cuir en lambeaux de ses souliers si la jeune femme ne s'était reculée à temps. Ce qui ne manque pas de faire glousser les sergents chargés de précéder l'animal, ainsi que le héraut qui en oublie presque lors de l'arrêt d'énoncer les règlements de la foire. Comme on peut s'y attendre, ni les montreurs d'animaux et autres bêtes étranges, ni les diseurs de versets, ni même ce conteur de poèmes grivois qui fait naître chaque année des hurlements de joie dans la foule ne parviennent à détourner Margault de ses ruminations moroses. Elle se sent coupée des badauds qui l'entourent par un gigantesque carreau de verre, qui l'isole, lui donne l'impression d'appartenir désormais à un autre monde. Hébétée, elle observe leur agitation fébrile, leurs lèvres qui s'affolent, leurs gestes désordonnés, sans parvenir à leur donner le moindre sens. Une seule chose compte désormais pour elle : retrouver Peronette.

Tout à sa quête, la jeune femme ne réalise pas immédiatement le changement qui s'est opéré depuis la foire précédente... Si les visages sont certes rieurs, ils n'en sont pas moins décharnés et gris, animés de la même lueur désespérée au fond des yeux... Les lourdes charrettes, qui chaque année regorgeaient d'appétissantes denrées fraîchement arrivées des campagnes environnantes, sont cette fois pratiquement vides, tirées par des chevaux de trait maigres à faire peur et gardées par des laboureurs au regard batailleur. Quant aux porcs et autres chiens errants d'ordinaire en quête de nourritures abandonnées, c'est bien simple, il n'y en a plus... Pas plus d'ailleurs que de marchands itinérants proposant oublies, bœuf cuisiné et pâtés chauds... De plus en plus tendue, Margault fouille la foule de visiteurs des yeux, s'attardant sur les gardes de la milice comme si elle s'attendait à reconnaître l'un des agresseurs de la nuit dernière, quand un mouvement dans la foule attire son attention. Quatre aveugles en guenilles munis de bâtons s'avancent en tâtonnant au milieu des badauds qui s'écartent prudemment sur leur passage, suivis de près par une grosse femme poussant un cochon criard et noir de crasse. Horrifiée, la jeune femme sent une vague de répulsion la soulever, lui faisant détourner précipitamment le regard. Oh non, elle n'assistera pas une fois de plus à l'un de ces pitoyables tournois, où de pathétiques aveugles tentent à coups maladroits de bâtons d'assommer un pauvre cochon éperdu de frayeur qui finira ensanglanté. Au même titre d'ailleurs que les aveugles, qui se blessent trop souvent involontairement entre eux ! Comment se livrer encore à un tel massacre en ces temps de famine, alors que les restes du cochon seront à peine mangeables ? Quant à elle, elle a connu suffisamment de violence aveugle pour le restant de ses jours…

Parvenue à grand-peine devant l'hôtellerie Dieu qu'Erma lui avait indiquée, Margault reste figée un long moment malgré son impatience, tétanisée par la peur. La peur de l'état dans lequel elle risque de trouver sa nourrice. Ou plus vraisemblablement encore la crainte de l'accueil qui va lui être réservé… C'est vrai, comment la vieille servante pourrait-elle recevoir celle qui lui a menti, qui l'a laissée partir avec tout l'égoïsme d'une enfant gâtée, la contraignant à se débattre seule contre la dureté de la rue ? Qui est responsable de la mort de sa sœur ? Jusque-là persuadée d'avoir perdu Peronette pour toujours, Margault doit s'avouer qu'elle ne s'est que peu interrogée sur la vie que cette dernière a pu mener jusqu'à aujourd'hui, sur les difficultés auxquelles elle a dû faire face avec toute la fragilité de son âge… Pauvre Peronette haute comme trois pommes… Comment allait-elle la découvrir ? Les larmes aux yeux à cette pensée, elle ne prête pas garde aux passants qui la bousculent impatiemment, conservant le regard fixé sur le couloir sombre dévoilé par une porte entrouverte. Comme pour y lire les secrets de ses prochains instants…

Apercevant au loin un groupe de vieilles commères occupées à caqueter dans un trou de lumière de la cour, elle se décide enfin à se diriger vers elles d'un pas vif, certaine de discerner bientôt dans le groupe compact les cheveux blanc neige ébouriffés et le petit corps sautillant de sa nourrice. Malheureusement, quelques pas supplémentaires lui permettent de constater son absence. Étrange… Telle qu'elle la connaissait autrefois, Peronette n'aurait pas manqué de mener d'une voix de stentor ce genre de réunion féminine… S'approchant plus près encore, Margault sent un frisson lui parcourir la colonne vertébrale. Le groupe est en effet tout ce qu'il y a de plus étrange, inquiétant même… L'une des femmes agite frénétiquement les bras au point de frapper parfois brutalement ses voisines sans même paraître s'en apercevoir, une autre, au regard vitreux et à la bouche humide de bave, ne fait que pousser des grognements indistincts à intervalles réguliers, tandis qu'une troisième se frotte perpétuellement l'entrejambe avec des gémissements de plaisir. Révulsée, Margault trouve pourtant le courage d'interroger une grosse femme rougeaude un peu en retrait, escortée d'une géante à la tête rasée et à l'inquiétant regard de biais. Mais celle-ci esquisse un signe de dénégation de la tête qui fait voleter sa maigre chevelure jaunie par les ans. Allons, Margault perd son temps, c'est évident… Elle s'apprête à tourner les talons, impatiente de s'enfuir, lorsqu'une autre vieille l'interpelle tout en la fixant de ses yeux blanchis par l'âge :

— Une nourrice autrefois employée chez un notaire, dites-vous ? Ne s'agit-il pas de la vieille du fond, qui ne se décide toujours pas à mourir ? Il faudra pourtant bien qu'elle y consente, on m'a promis sa paillasse depuis trop longtemps déjà… Nous, nous dormons sur la nôtre à trois, parfois même à quatre, alors qu'elle se prélasse tranquillement sous prétexte qu'elle est…

La phrase n'est pas encore terminée que Margault s'élance déjà dans la direction indiquée par la main tendue, sans plus écouter les questions curieuses qui fusent de la vieille bouche édentée. Une seule information ravage son esprit : Peronette est mourante ! La pièce dans laquelle elle pénètre en trombe semble au premier abord plus sombre encore que le corridor. À peine entrée, la jeune femme s'immobilise, soudain indisposée. Est-ce l'odeur de la maladie ou celle de la vieillesse mal lavée qui est la plus insoutenable ? Courage, il lui faut en avoir le cœur net… Une fois ses yeux accoutumés à la pénombre, elle parvient à discerner une forme indistincte et silencieuse au fond de la pièce, recroquevillée sur un matelas avachi dont s'échappent des brins de paille moisis. Soudainement intimidée, elle reste un instant immobile avant de se décider à s'approcher, les mains tremblantes. Ce n'est que parvenue à quelques coudes seulement de la forme qu'elle perçoit enfin une infime respiration, si hachée qu'elle paraît prête à s'interrompre à chaque instant. S'entrecoupant de moments de silence si longs que Margault se surprend à calquer sa propre respiration sur l'autre, comme pour lui insuffler la force vitale qui lui fait défaut. Son cœur bat si fort lorsqu'elle se penche sur l'endormie qu'elle craint même de l'éveiller par ses battements assourdissants.

Après quelques instants d'observation avide, la jeune femme se relève, dépitée, les larmes aux yeux. Ces cheveux emmêlés et gris de crasse, cette peau noire et grouillante de vermine, ce visage jaune et émacié ne peuvent appartenir à sa Peronette. Il doit s'agir d'une autre nourrice, d'un autre notaire… Elle s'éloigne déjà, immensément déçue, lorsqu'un filet de voix ténu l'arrête soudainement dans sa fuite :

— Mon poussin… Est-ce toi… enfin ?

Ces simples mots déchaînent chez Margault une cascade d'émotions déferlantes. Ni odeur repoussante ni vermine… Plus rien n'indispose la jeune femme qui revient sur ses pas en courant pour serrer furieusement sa frêle nourrice contre son cœur. Dieu soit loué, elle a retrouvé sa Peronette ! Rien de fâcheux ne pourra plus leur arriver maintenant qu'elles sont de nouveau réunies… Durant un long moment, Margault oublie le lieu insalubre où elles se trouvent, tant sa joie est intense. Combien de temps ce doux moment dure-t-il, elle ne sait… Ce n'est qu'à l'instant où une religieuse au visage sévère fait irruption dans la pièce, intriguée par les notes inhabituelles d'une comptine qui s'échappent par la minuscule fenêtre aux volets fermés, qu'elle reprend enfin pied dans la réalité. Cette brutale intrusion donne le signal du départ. Un départ étrange, durant lequel une Margault soulevée de bonheur tire autant qu'elle soutient sa nourrice titubante et désormais aveugle, tandis que la religieuse trop stupéfaite pour s'interposer les suit de loin sans oser demander de plus amples informations.

Une fois parvenue dans la rue déjà moins peuplée, la jeune femme prend conscience d'une réalité effrayante : elles n'ont nul endroit où se réfugier. Sans un sou vaillant, accompagnée d'une vieillarde infirme, elle ne se trouve guère en mesure d'aller bien loin… Elle a sans doute commis une nouvelle erreur en enlevant sans réfléchir Peronette à son refuge pour la jeter une fois encore dans la rue. Elle ne changera donc jamais, elle est décidément trop inconsciente ! Désemparée, elle regarde avec une envie brûlante les passants rentrer peu à peu chez eux, les chandelles éclairer douillettement les volets de bois tandis que la nuit tombe lourdement dans la ruelle. Peronette, quant à elle, semble plongée dans un brouillard d'inconscience dont elle ne s'extrait par instants que pour serrer doucement la main de sa petite fille retrouvée. Que faire… Margault ne peut se résoudre à entraîner l'infirme dans l'un de ces tonneaux du port qui rendent chaque instant passé dangereux. Quand, par chance, une jeune fille à la chevelure flamboyante passant à côté d'elles fait germer une idée dans son esprit : la maison des Filles Pénitentes ! La maîtresse, même si elle ne manquera pas de protester pour la forme, ne pourra refuser de leur donner asile pour une nuit ou deux… Même après l'incident de la fille de Béatris…

Un long moment plus tard, Margault nettoie tendrement le dos de Peronette dans la cuve utilisée d'ordinaire par les prostituées repenties, dont l'eau noircit à vue d'œil. C'est probablement bien la première fois que cette baignoire accueille des chairs aussi distendues et usées par le temps… Attendrie, la jeune femme lave avec une infinie douceur le corps tremblant de fatigue, frottant les bras maigres et les mains tavelées jusqu'à faire ressortir de sous la crasse la peau fine et duveteuse. Épuisée, au bord de l'évanouissement, la vieille femme tend pourtant docilement son visage aux douces coulées d'eau tiède qui entraînent dans leur sillage vermine et ultimes traces de saleté. Les joues sillonnées de larmes silencieuses, Margault concentre toute sa volonté pour retenir ses hoquets devant le corps si frêle qui frissonne, les os saillants sous la peau parcheminée… Elle ferme un instant les yeux, portée par un élan de gratitude envers le Créateur qui lui a permis de retrouver sa chère nourrice en vie. « Ma pauvre Peronette, comme tu as dû souffrir par ma faute… » Comme en réponse à sa question informulée, les yeux aveugles de Peronette se tournent lentement vers elle.

— Dieu m'a exaucée… Je suis si heureuse de t'avoir retrouvée avant de mourir… Je peux désormais partir en paix.

C'est serrées l'une contre l'autre sur leur paillasse comme deux oisillons que la maîtresse du refuge les découvre le lendemain matin. À la fois attendrie et embarrassée, elle les contemple un long moment, lisant sur les deux visages dans l'abandon du sommeil les épreuves qu'ils ont pu traverser. Lorsque Margault ouvre un œil lourd de sommeil, la maîtresse n'a plus d'autre choix que de l'informer d'une voix bourrue, cachant mal sa gêne, qu'elle ne pourra les garder plus longtemps au foyer. Elle bredouille, s'enlise dans une explication compliquée, tandis que Peronette à son tour réveillée se serre d'un mouvement craintif contre sa petite. L'explication est pourtant simple : l'échevin qui gère les finances de la maison d'accueil avait déjà protesté de manière véhémente lorsque Margault y avait été logée durant presque deux semaines, alors s'il apprend qu'elles sont cette fois revenues à deux alors qu'elles n'ont rien à faire en ces lieux… Sans doute serait-il capable de baisser les subventions, ou pire, de fermer le refuge de colère. C'est un risque que la maîtresse refuse de faire courir aux filles qui vivent là, comme elles peuvent le comprendre sans peine… Avant que Margault encore engourdie de sommeil n'ait eu le temps de s'interroger sur la manière dont elles allaient pouvoir se trouver un logement, la maîtresse à leur grande surprise leur propose une solution d'une voix vibrante de fierté. Il se trouve qu'elle connaît très bien un jeune échevin, dont la famille est établie depuis fort longtemps à Amiens et qui possède deux grandes étuves prospères. Celui-ci se plaignait encore récemment de ne trouver aucune servante sérieuse pour ses établissements de bains. Peut-être la maîtresse pourrait-elle lui recommander Margault, si cela l'intéresse… Entendant ces mots, la frêle nourrice se redresse brusquement sur son oreiller malgré sa faiblesse, avant de lancer d'une voix cassée mais enflammée :

— Vous devriez avoir honte ! Vous vous dites maîtresse d'un refuge de ribaudes repenties et vous faites de pareilles propositions à une honnête jeune femme ? Je ne vous félicite pas, croyez-moi ! Les étuves sont un lieu notoire de débauche, nul ne peut l'ignorer, et surtout pas vous ! Il est hors de question de laisser ma petiote travailler dans un endroit de la sorte, même pour nous permettre de survivre, vous entendez ! En revanche, vous auriez pu penser à moi ! À mon âge, je ne risque plus guère de me faire trousser sur un tas de serviettes !

La vue de la petite vieille chenue se soulevant d'indignation pour préserver la vertu de sa protégée arrache un sourire complice aux deux femmes. Margault n'a besoin que d'un instant pour prendre sa décision. La perspective de se retrouver de nouveau livrée à la rue, accompagnée cette fois d'une vieille femme aveugle et presque impotente, suffirait à lui faire accepter n'importe quel emploi, aussi méprisable ou dangereux soit-il... D'ailleurs, elle tente de s'en convaincre, la maîtresse ne se permettrait pas de lui proposer une place qui la jette dans les bras du vice. Allons, elle a suffisamment pris de risques dans sa jeune existence pour être capable d'en prendre un nouveau. Et puis surtout, elle n'a guère le choix...

24

La nuit est encore noire lorsque Margault se lève à tâtons le lendemain matin, sans allumer de chandelle de peur d'éveiller une Peronette épuisée qui gît à ses côtés, aussi livide qu'une morte. C'est d'ailleurs cette fatigue alarmante qui avait poussé la jeune femme à accepter la veille ce logis crasseux au loyer bien trop onéreux. Au lieu d'être attendri par la vieille aveugle tremblante et proche de l'évanouissement, ce maraud de propriétaire avait dû en profiter pour augmenter de façon notable le tarif de ce logement sans doute libre depuis des mois, si l'on en croyait les rats qui couraient au milieu des immondices entassées dans un coin. Tant pis, Margault aura tout le loisir de leur trouver un logis plus salubre lorsqu'elle aura touché son premier salaire. En attendant, il leur faudra bien se contenter de ce toit sur leur tête, aussi empuanti soit-il… Elle achève une toilette sommaire dans un récipient ébréché, les yeux encore gonflés de sommeil, lorsqu'un bruit indistinct la fait se retourner. Il s'agit de Peronette, qui gémit et se débat dans son sommeil, griffant l'air de ses mains décharnées avec une expression d'horreur indicible peinte sur le visage. Rongée de culpabilité, la jeune femme frémit : quels tourments a-t-elle dû vivre à cause de son seul égoïsme ! Après l'avoir examinée avec attention, le cœur serré par une infinie tristesse, elle s'ébroue : allons, elle doit se presser, elle va être en retard pour son premier jour de travail…

Quelle chaleur épouvantable ! Elle n'imaginait pas que travailler dans ces étuves relèverait ainsi du martyre ! Margault, qui essuie avec exaspération la sueur qui lui trempe toujours plus les tempes et le dos, éprouve l'impression de perdre chaque jour un peu plus de poids, comme absorbé par la vapeur ambiante. Si cela continue trop longtemps, elle va finir par disparaître totalement ! Les autres aspects du travail ne sont en revanche pas si ingrats… Elle a en effet fini par s'accoutumer au fil des jours aux commentaires paillards et aux pinçons sournois des clients émoustillés par l'ambiance du lieu, aux propositions de plus en plus appuyées des habitués des ribaudes, à la lourdeur des serviettes trempées qui ont durci ses bras minces. Ce qui ne l'empêche pas d'être aujourd'hui particulièrement soucieuse… Peronette, qui avait par miracle recouvré la santé, souffre depuis peu d'un énorme abcès à la joue, ce qui la contraint à trouver rapidement de l'argent pour le chirurgien-barbier. Comment diable va-t-elle pouvoir se débrouiller ? Elle ne peut laisser la vieille femme délirer ainsi de fièvre une journée de plus, cela la tuerait de manière certaine…

Ce n'est qu'en revenant de chez le chirurgien-barbier, sa nourrice titubante de faiblesse accrochée à son bras, que l'idée l'effleure pour la première fois. Une idée née avant toute chose de sa colère : quand elle considère ce qu'elle a payé pour l'ouverture d'un simple abcès, effectuée par un véritable boucher qui plus est ! Elle est persuadée que l'homme ne possède que des connaissances fort rudimentaires de médecine, pour ne pas dire aucune… Les miséreux sont décidément à la merci d'hommes sans scrupule tels que celui-ci ! Il faudrait que quelqu'un, comme Erma autrefois, puisse prendre soin de tous ces gens pour un prix raisonnable… D'autant plus que le nombre d'indigents n'ayant pas les moyens de se faire soigner ne cesse de croître, avec cette famine qui s'éternise. Comme si ses yeux venaient de se dessiller, Margault éprouve l'impression de ne plus croiser que des gens en souffrance. Comme par exemple cette femme grimaçante aux jambes creusées d'ulcères, ou encore cet homme qui boitille, souffrant manifestement d'écrouelles. Un peu plus loin, un jeune garçon se cogne presque contre elles, déséquilibré par une plaie purulente au mollet, sans doute due à la morsure d'un chien. Comme par réflexe, une phrase d'Erma lui revient à l'esprit : « En cas de morsure infectée, apposer un cataplasme de feuilles d'orties pilées mêlées à du sel. » Peut-être dispose-t-elle chez elle des ingrédients nécessaires pour fabriquer le remède ? La vue d'un homme de dos ressemblant à Philippe la ramène brutalement à la réalité : il lui faut malheureusement régler ses propres problèmes avant de songer à ceux des autres… Mais au moins en est-elle désormais certaine, elle guérira les pauvres.

Est-ce un besoin de réfléchir, de se recueillir dans un lieu de prières afin de décider de l'avenir ? Elle ne sait… Toujours est-il que la jeune femme se dirige au bras d'une Peronette resplendissante de fierté vers l'église Saint-Martin-aux-Waides, l'église préférée de la nourrice. Malheureusement, quelques minutes de prêche suffisent à Margault pour prendre conscience de son recul pris vis-à-vis de la religion. Tout lui semble en effet factice, exagéré : les métaphores culinaires du prêtre toutes plus grossières les unes que les autres, ses mimiques trop théâtrales pour singer les péchés quotidiens, jusqu'à ses onomatopées animales… Dieu qui agite la poêle de la sévérité, le Diable qui fait frire les damnés en enfer, le fidèle qui entrepose précieusement les sermons dans un saloir… Tout cela est bien trop simpliste pour réveiller sa ferveur religieuse ! Sans oublier tous ces gens qui ânonnent péniblement – le prêtre y compris – des prières en latin apprises par cœur sans en comprendre un traître mot, comme l'atteste leur manière d'en déformer les phrases les plus simples… Comment tout cela pourrait-il la ramener dans le droit chemin de la Foi, comme l'espère tant Peronette sans oser l'avouer ? Tant pis, tout au moins aura-t-elle essayé une nouvelle fois…

Inexplicablement, Margault se sent ces derniers jours nerveuse, inquiète… Elle éprouve en effet depuis quelque temps l'impression qu'une présence malfaisante ne cesse de planer autour d'elle. La sensation d'être en permanence suivie ne la quitte désormais plus, bien qu'elle ne soit jamais parvenue à repérer véritablement un visage ou un vêtement en particulier. Elle est pourtant certaine de ne pas se tromper. Certains regards se font trop appuyés, inquisiteurs, certaines silhouettes se figent sur son passage de manière insolite, avant de se tourner vers d'autres qui lui emboîtent aussitôt le pas. Dimanche dernier, un groupe de trois enfants vêtus comme des escholiers l'a suivie alors qu'elle se rendait au marché, relayés ensuite par un prédicateur vociférant, au visage curieusement joufflu. Sans oublier François, qu'elle a croisé à deux ou trois reprises sur son chemin et qui a semblé ne pas la reconnaître… À moins qu'elle ne s'imagine tout cela et qu'elle ne soit en passe de devenir complètement folle. Preuve de la dureté des temps, la jeune femme aperçoit sur le chemin du retour de nombreux tire-laine, prostituées et autres coupe-bourses exposés au pilori, ce qui ne suscite plus dans la foule ni quolibets ni injures. Les badauds préfèrent détourner le regard, conscients d'être peut-être les prochains à subir une telle punition…

Lorsqu'elles pénètrent dans le logis désormais scrupuleusement propre, une surprise de taille l'attend. Margault se cogne en effet à la maîtresse, qui emplit pratiquement toute la minuscule entrée de son imposante présence. La jeune femme a à peine le temps de retenir une exclamation de surprise qu'une minuscule ombre se profile déjà derrière la femme, à la fois hésitante et décidée. Une ombre auréolée d'un halo de cheveux cuivrés désormais familier. La fille de Béatris ! Que peut donc signifier sa présence en ces lieux ? Elle s'était pourtant montrée on ne peut plus claire à ce sujet, il était inutile d'exposer la pauvre petite à une nouvelle déception ! Malgré elle, Margault sent toutefois monter en elle une irrésistible envie de serrer contre elle le corps frêle, qu'elle réprime juste à temps. Si la maîtresse croit qu'il suffit de lui avoir trouvé un emploi et de lui promener de nouveau la petite fille sous le nez pour l'amadouer, elle se trompe lourdement ! Il semble incroyable qu'elle n'ait pas renoncé à son projet absurde de lui faire adopter l'enfant. La jeune femme pensait d'ailleurs le problème réglé depuis bien longtemps… Oui, mais réglé comment ? S'était-elle au moins une fois interrogée sur la question ? Comme pour faire écho à son sentiment de culpabilité, elle éprouve l'impression fugace que Béatris se tient juste derrière elle, lui effleurant la nuque de son souffle léger, appuyant légèrement sa tête contre son épaule, comme pour lui transmettre un message.

Quand tout à coup, les paroles d'Erma lui reviennent en mémoire : « Tu auras un enfant, une fille, que tu ne porteras pas dans ton ventre. » Serait-ce possible… Épuisée par cette trop longue semaine, l'esprit accaparé par de nouveaux soucis financiers, elle n'éprouve plus qu'une envie : avaler la bouillie de seigle qui mijote dans la marmite suspendue à une crémaillère dans la cheminée, avant de s'écrouler sur sa paillasse pour une petite sieste reposante… Ne sachant quel comportement adopter, elle reste pourtant immobile sous le tir croisé du regard bleu glacier de la fillette et de celui plus énigmatique de la maîtresse qui n'a toujours pas prononcé un mot. Cette sensation que l'on attend d'elle quelque chose qu'elle est incapable de donner lui est insupportable. Par chance, Peronette fait son retour dans la pièce en tâtonnant, les bras chargés de pichets d'eau et de vin. Donnant là sans le vouloir à la maîtresse le signal du début de l'offensive :

— Quel dommage que vous ne soyez pas repassée me donner votre nouvelle adresse après votre départ du refuge, j'ai eu beaucoup de difficultés à vous retrouver. J'imaginais que vous seriez heureuse d'avoir des nouvelles de la fille de votre amie Béatris…

Ah non… Si elle pense la faire culpabiliser en lui brandissant ainsi le fantôme de son amie, elle se trompe en tout point ! Ce ne sont certainement pas quelques phrases prononcées sur un ton de sermon dominical qui vont la contraindre à prendre une décision aussi grave, susceptible de la lier durant les dix prochaines années de son existence !

Quelques phrases de la maîtresse, sans doute pas, mais le regard enfantin dans lequel Margault se noie sans même s'en apercevoir, qui sait… Fascinée malgré elle, la jeune femme lit dans les grands yeux énigmatiques tout un mélange d'émotions contradictoires, singulier chez une si petite fille : dureté, défiance vis-à-vis des adultes, tristesse insondable… ainsi qu'un vacillant appel au secours, si faible qu'elle croit l'avoir rêvé. Serait-ce possible que cette fillette quasiment inconnue attende réellement de sa part qu'elle assume le rôle de mère d'adoption ? Le petit visage, fermé aux sourcils froncés et à la lèvre boudeuse si familière, ne lui est malheureusement pas d'une grande aide. Non, cela est impossible, l'enfant ne l'a vue qu'un bref moment, elle ne peut déjà s'être attachée à elle… À son tour, l'agitation muette de Peronette semble tenter de lui transmettre un message. Telle qu'elle la connaît, la vieille femme est en train de la supplier à sa manière de prendre la fillette dans ses bras !

— Et si je vous disais que c'est la petite elle-même qui a demandé à venir ici ?

— Vraiment ? La ficelle est un peu grosse, vous ne trouvez pas ? Pourquoi ne pas carrément me dire qu'il s'agit de la dernière volonté de Béatris pendant que vous y êtes ?

Manifestement furieuse d'être ainsi raillée, la maîtresse ne daigne pas répondre. Au lieu de cela, elle rassemble ses vêtements autour d'elle d'un mouvement théâtral, dans le but trop évident de signifier avec fracas son départ. Ayant perçu le message, la fillette recule instinctivement en direction de Margault, trébuchant dans son empressement contre la nourrice qui ne peut s'empêcher de poser des mains rassurantes sur ses épaules. Ce réflexe d'enfant bouleverse davantage la jeune femme que n'auraient su le faire toutes les paroles. Et si elle se trompait ? Si la fillette avait réellement demandé à venir la rejoindre ? Il serait terrible de la laisser repartir dans ces conditions après toutes les souffrances qu'elle a dû endurer… Mais pourquoi donc l'enfant ne lui parle-t-elle pas, aussi ! Rendue de plus en plus nerveuse par cette tension qui alourdit la pièce, elle se tourne avec impatience vers la petite dont les maigres épaules frissonnent malgré la chaleur estivale :

— Est-ce vrai ? Souhaites-tu réellement venir vivre avec nous ?

Obstinément muette, la fillette se contente de l'engloutir une nouvelle fois dans son immense regard azur, tout en serrant compulsivement contre sa tunique en mauvaise toile un chiffon jaune, noir de crasse. Un chiffon dont Margault ne tarde pas à reconnaître la provenance avec un serrement de cœur douloureux : la cotte favorite de Béatris, bien entendu… Celle qu'elle portait lorsqu'elle parvenait à se glisser hors du refuge, à retrouver un semblant de liberté pour aller rejoindre sa fille… Une gigantesque fatigue l'envahit : elle se sent lasse, lasse de tous ces événements dont elle n'a plus la maîtrise, lasse de ces décisions qu'elle doit prendre malgré elle… Après tout, peut-être la petite lui a-t-elle effectivement été envoyée par sa mère…

— Bon, très bien… Peut-être peut-on effectuer une tentative durant quelque temps, puisque cette solution semble arranger tout le monde… Dépose tes affaires dans la pièce voisine, nous dormirons toutes sur la même paillasse… Après tout, tu ne dois pas occuper une trop grande place… tout au moins tant que Peronette ne se sera pas fait un devoir de te remplumer !

Deux semaines plus tard, c'est une Margault impatiente de rafraîchir sa peau moite qui se glisse hors du logis au petit matin, en prenant garde à ne pas réveiller les deux endormies blotties l'une contre l'autre. Dieu, ce qu'il a fait lourd cette nuit ! L'air semblait chargé d'étincelles, les insectes bourdonnaient nerveusement comme à l'approche d'un violent orage. Un orage qui ne s'était finalement manifesté que par quelques éclairs parcimonieux et bleutés… Dommage, cela aurait sans doute dissipé la tension qui semblait enserrer les têtes surchauffées, mettre les nerfs à vif… Des rixes ont en effet éclaté jusqu'à l'aube de-ci de-là, comme en témoignaient les cris de rage ou de douleur qui transperçaient la nuit par à-coups. Un coup d'œil rapide alentour lui suffit pour s'assurer que les rues sont encore vides, avant qu'elle ne se décide à délacer sa chemise. La jeune femme se penche avec gourmandise sur l'eau fraîche de la fontaine, qui ronronne doucement sous la caresse des premiers rayons du soleil matinal. Une fontaine bien singulière, ornée d'une tête à trois visages représentant le passé, le présent et l'avenir… Éberluée, Margault essuie d'une main malhabile ses yeux pleins d'eau. Est-ce une illusion d'optique, ou le visage de l'avenir la regarde-t-il soudain en grimaçant ? Elle s'ébroue : allons, ce n'est guère le moment d'avoir des hallucinations, elle se doit de rester concentrée. L'impalpable danger qui rôdait sans répit autour d'elles s'était en effet décidé à se matérialiser il y a quelques jours, ce qui l'avait presque soulagée. Au moins est-elle cette fois poussée à l'action, sans plus une once d'état d'âme… L'équilibre, la survie même de sa famille en dépend…

Depuis son retour de la clairière, la jeune femme oscillait en permanence entre un âpre désir de vengeance et un non moins taraudant besoin d'apaisement. Aucun de ses longs moments de réflexion ne lui avait permis de trancher. Devait-elle persévérer dans son dessein de lutter pour une forme de justice, de venger Béatris, sa mère, Erma ? Ou au contraire se tenir le plus possible éloignée du Mal afin de mieux protéger Peronette et la petite Marie ? Inutile de préciser que la nourrice, à qui elle avait longuement conté les événements de ces dernières semaines et la mort effroyable d'Erma, ne savait que la pousser vers le pardon et l'oubli… La jeune femme répugnait encore malgré sa colère toujours vive à réveiller les vieux démons de la vengeance, lorsque la vie une fois encore ne lui avait plus laissé le choix. Une femme était en effet venue la trouver quelques jours plus tôt, alors qu'elle rentrait tout juste des étuves. L'inconnue, vêtue pauvrement mais avec soin, semblait l'attendre avec une grande impatience, tout en prenant bien garde de ne pas attirer l'attention. Quelques instants lui avaient été nécessaires pour reconnaître ce visage vaguement familier. Il s'agissait d'une vague amie de Peronette, qui ne laissait pas passer une semaine sans lui amener l'un de ses nombreux marmots toujours malades. Gênée de ne pouvoir payer les potions et simples dont Peronette lui faisait don, la femme lui rendait souvent de menus services, lui fournissant à l'occasion de petits morceaux d'étoffe pour Marie ou une miche de pain qu'elle avait fait cuire dans un four voisin. Mais ce soir-là, les mains de la femme étaient vides, tandis que son visage reflétait une expression de malaise.

— Dieu soit loué, vous voilà ! Cela fait déjà un bien long moment que je vous attends, au risque de me faire battre par mon époux en rentrant… Mais je devais vous entretenir d'une chose d'importance, qui ne saurait souffrir aucun retard et que Peronette ne saurait entendre. La pauvre vieille n'a nul besoin de mauvaises nouvelles en ce moment, surtout après tous les malheurs qu'elle a pu subir…

À ces mots, le cœur de Margault s'était serré anxieusement. Ainsi, il s'agissait bien d'une mauvaise nouvelle, comme elle l'avait pressenti en apercevant la femme dans la pénombre… Le mari de cette dernière étant connu pour sa violence, la raison devait être d'importance si celle-ci prenait le risque de braver son courroux ! Quelle présomptueuse avait-elle pu être pour penser pouvoir tenir le malheur à distance ! La femme avait continué d'un ton pressant :

— Vous ne manquez pas de savoir que je suis voisine du prévôt, dont la cuisinière me laisse à l'occasion cuire du pain ou du poisson dans son four… J'attendais ce matin la fin de la cuisson de mes miches dans leur cour, lorsque j'ai vu avec surprise votre père sortir de la maison. Intriguée et un peu inquiète, je l'avoue, je n'ai pu m'empêcher d'interroger la cuisinière, qui a toujours une oreille qui traîne et la langue bien pendue… Je puis vous dire que j'ai fort bien fait. Il semblerait que le notaire soit venu deux ou trois fois déjà, afin d'entretenir le prévôt des activités suspectes de votre nourrice, qu'il accuserait comme sa sœur de sorcellerie. J'ignore comment il est parvenu à retrouver sa trace… Furieux de ne pas trouver l'écoute escomptée auprès du prévôt, il aurait paraît-il également l'intention d'aller trouver ce nouvel inquisiteur qui vient d'arriver en ville. C'est pourquoi je tenais absolument à vous avertir… Je suis révoltée ! Que lui prend-il de s'attaquer ainsi à une femme si pieuse, qui a été durant de longues années sa servante, qui n'hésite pas à aider tant de gens dans la misère…

Margault aurait bien aimé le savoir. Les derniers mots de la femme s'étaient perdus dans le brouhaha confus qui avait envahi son esprit. Elle se sentait choquée, furieuse. Ce n'était pas possible, dès qu'un problème semblait se régler, un autre survenait, plus grave encore. Cela ne pouvait être le fruit du hasard, il devait s'agir d'autre chose… Comme si une main inconnue cherchait à la pousser dans ses derniers retranchements, à lui faire commettre l'irréparable… Son père était donc le Diable pour harceler ainsi les innocents qui l'entouraient ! Ne pouvait-il cesser de s'acharner sur elles, les laisser enfin vivre paisiblement ? Après avoir distraitement remercié la brave femme, elle était rentrée précipitamment dans la maison, soudain poussée par l'urgence d'agir. Cette fois, plus de tergiversations, il n'y avait plus un instant à perdre. Hors de question de se laisser piéger comme la dernière fois, il était peu probable que la chance lui fasse don d'une seconde miraculeuse intervention… Elle devait désormais réfléchir à la manière la plus rapide et la plus radicale d'empêcher Philippe de nuire. Elle ne savait que trop – par expérience – qu'il était vain de tenter de le convaincre, de lui faire entendre raison, elle n'avait d'autre choix que d'utiliser la manière forte. L'idée lui était aussitôt apparue, presque obscène dans son évidence : le poison. Lui revinrent en mémoire les propos d'Erma : une même plante pouvait servir le Bien ou le Mal, selon l'usage que l'on en faisait. Pour sauver Peronette, Margault se sentait prête à choisir leur face la plus maléfique... La miresse l'aurait-elle soutenue dans sa décision ? L'entreprise toutefois semblait délicate... Elle se souvenait en effet d'une lecture qui avait autrefois marqué l'ancien notaire, celle d'un ouvrage de Maïmonide, élève du grand Averroès, qui avait trait à l'usage du venin et à ses antidotes. Après cette lecture, son père n'avait plus jamais été le même... Il se défiait désormais de tout : des vins trop colorés, des plats épicés, des mets préparés avec du vinaigre ou de l'oignon dont la forte odeur pouvait masquer celle d'un quelconque poison... Ascète de nature, il ne s'alimentait plus que de viande ou de poisson bouillis ou rôtis, de pain et de vin provenant toujours du même fidèle marchand. Ses repas étant préparés, il va sans dire, par des serviteurs qui le servaient depuis toujours et en qui il avait toute confiance... Sans oublier son obsession du sel, à l'aspect trop proche à son gré de l'arsenic, qui était soigneusement surveillé jour et nuit par un garde, et son refus de recevoir l'hostie des mains d'un autre prêtre que son confesseur... Margault allait devoir trouver une manière habile de l'atteindre, après avoir longuement réfléchi à ses nouvelles habitudes. Il ne lui restait plus qu'à espérer que Philippe ne soit pas déjà parvenu à se procurer la crapaudine ou le corail dont il rêvait depuis si longtemps, censés changer de couleur à l'approche du venin...

Les jours qui avaient suivi n'avaient plus été consacrés – en dehors des heures de travail aux étuves – qu'à l'élaboration fiévreuse d'une stratégie d'attaque.

Ce qui n'avait pas empêché les nuits de Margault d'être entrecoupées de réveils brutaux qui la laissaient pantelante d'effroi. N'envisageait-elle pas en effet l'un des actes les plus monstrueux qui soient au monde : le parricide ? Seul le visage de Peronette lui donnait le courage de persévérer. Après avoir longuement hésité à enduire les pages d'un livre d'heures richement illustré d'un poison fulgurant, la jeune femme y avait pour finir renoncé. C'était trop dangereux, trop aléatoire… Qui sait si elle ne risquait pas par mégarde de tuer un jeune apprenti amoureux de son art ? Une autre solution aurait été d'utiliser un procédé fort en vogue à la Cour, qui voulait que l'on incorpore du poison à la cire des chandelles. Un venin que la victime inhalait ensuite sans même s'en apercevoir, pour mourir un moment plus tard dans d'atroces souffrances. L'hécatombe avait été telle durant une période que les proches du roi ne pouvaient plus allumer une bougie sans sentir un frisson d'appréhension leur parcourir l'échine… Le plan aurait été simple à mettre en place, la jeune femme connaissant parfaitement le marchand de cire chez lequel se fournissait son père, un homme fourbe et notoirement malhonnête qu'elle aurait pu aisément acheter. Mais là encore, Margault craignait que le procédé ne soit peu sûr. Il suffisait en effet qu'une vieille servante s'attarde un peu trop longuement dans la chambre afin d'ordonner le lit, ou qu'une plus jeune y reste pour partager la couche de Philippe, et elle se rendrait coupable de la mort d'une victime innocente. Non, il lui fallait un plan plus fiable, qui ne laisse aucune place au hasard…

Après avoir écarté l'une après l'autre toutes les solutions possibles, Margault avait arrêté son choix sur le marchand de vin. Il lui fallait, d'une manière ou d'une autre, le convaincre de l'aider. Mais auparavant, le plus important était de trouver le poison idoine qui ne se laisserait pas déceler dans le breuvage. Profitant des moments où nul ne risquait de la déranger, Margault avait passé des nuits de fièvre à mêler à l'infini les ingrédients, de manière à les rendre les plus dangereux, les plus mortels possible. Se découvrant une fascination presque morbide pour ces poudres multicolores à l'aspect si inoffensif, qui possédaient le pouvoir redoutable de faire venir l'imprévisible Faucheuse… Dans une sorte de transe, elle avait même à plusieurs reprises, contre toute règle élémentaire de prudence, soupé sans même prendre la précaution de se laver les mains, espérant peut-être dans les tréfonds de son inconscient qu'un grain minuscule mais mortel parviendrait à se glisser dans son corps pour lui éviter d'avoir à passer à l'acte… Ce qui lui avait valu de passer quelques jours à se tordre sur sa paillasse sous l'effet d'épouvantables douleurs abdominales… Mais aucun mélange ne lui semblait suffisamment fiable, suffisamment puissant… Vertement sermonnée par Peronette qui, avec son instinct de vieille nourrice, avait deviné la dangereuse fascination de sa protégée, Margault s'était heureusement reprise à temps. Tout en conservant une crainte immense tapie au fond d'elle : si elle parvenait bel et bien à faire venir la Camarde à volonté, serait-elle ensuite capable de la canaliser, de la faire repartir sans autre dommage ? Rien n'était moins certain… Mais elle n'avait nul autre choix, elle se devait de protéger sa chère nourrice…

Margault s'extrait avec peine de ses pensées, avant de se rhabiller rêveusement sans même s'être séchée pour reprendre sa route. Quelle guigne tout de même d'avoir utilisé le fond de certains pots, ce qui l'oblige à se réapprovisionner au risque d'attirer l'attention ! Au moins a-t-elle la chance de connaître grâce à Erma un endroit où se procurer ces ingrédients trop rares… Après un bref instant d'hésitation, elle se décide à pénétrer dans la minuscule échoppe du marchand de cire, sans pouvoir s'empêcher de ressentir un sentiment de malaise diffus. Ses yeux ont besoin d'un instant d'adaptation avant de s'accoutumer à la pénombre, tandis que ses narines palpitantes hument avec une surprise inquiète les effluves lourds et écœurants de la cire chaude. Curieuse, elle tourne la tête en tous sens, admirant le poli des chandelles de toutes tailles et de toutes qualités exposées autour d'elle. Quand un léger bruit se fait entendre, provenant d'un recoin plus sombre au fond de la boutique. S'avançant d'un pas hésitant, elle parvient enfin à distinguer une créature voûtée et presque chauve, qui aurait presque l'air d'une brave vieille inoffensive s'il n'y avait ce regard cruel qui lui défigurait vilainement le visage. Après quelques instants d'observation silencieuse de part et d'autre, un sourire mauvais déforme les traits de la vieille.

— Approche, ma belle, n'aie crainte. Je sais parfaitement qui tu es, et pour quelle raison tu te trouves précisément céans.

La nervosité de la jeune femme s'accroît encore. Il plane également alentour un parfum de danger et de mauvais, comme si le Mal avait un moment séjourné en ces lieux.

— J'ai été prévenue par qui tu sais de ton arrivée. Tu es l'empoisonneuse de mari, l'épouse de l'imagier qui est parvenue à le faire ressusciter des morts, n'est-ce pas ? Tu vois que je suis bien renseignée… Allons, détends-toi, nous avons le même maître, toi et moi… Le maître des ténèbres, Belzébuth…

Cette fois, Margault ne peut s'empêcher de reculer précipitamment, manquant ainsi de trébucher sur une grande cuvette en terre emplie d'un mystérieux liquide nauséabond. La vieille marchande, prenant sans doute conscience de son excessive brusquerie, esquisse un geste d'apaisement.

— Là, tout doux, ma belle… Puisque je te dis que nous sommes toutes deux au service de Satan ! Ce n'est certainement pas moi qui vais aller te dénoncer ! Tu peux me parler sans crainte, je t'aiderai autant qu'il m'est possible… Sans même te faire payer…

Constatant que Margault reste obstinément muette, sans se résoudre toutefois à s'enfuir, la vieille s'enhardit :

— Je t'ai vue contempler les chandelles avec convoitise, et j'ai bien compris ce que tu t'apprêtais à faire… Bien entendu, tu es jeune, encore inexpérimentée peut-être, et tu ignores laquelle choisir pour pratiquer la magie noire. Inutile de perdre ton temps à chercher par ici, ces chandelles sont tout ce qu'il y a d'inoffensives… Si tu veux fabriquer une figurine d'envoûtement, il te faut de la cire provenant exclusivement d'un cierge dérobé dans une église ou un cimetière. Viens par là, je dois avoir ce qu'il te faut dans l'arrière-boutique…

Margault ne saura jamais quel fol élan l'a soudain soulevée pour oser demander d'un ton brusque :

— Non, je ne suis pas venue céans pour me procurer de la cire… mais de la belladone, de la jusquiame et de l'aconit.

— Par le Diable ! Je dois avouer que je t'avais sous-estimée, tu es déjà passée aux grands moyens ! Ne bouge pas de là, je reviens dans un instant.

La jeune femme a à peine le temps de voir disparaître l'étrange créature dans un trou noir sans fond qu'elle réapparaît déjà, plusieurs sachets de toile à la main.

— Voici tes plantes, ma belle, je t'en ai mis une bonne quantité. Ne t'inquiète pas, elles n'ont pas été fumées lors de la Saint-Jean, mais au cours de l'un de nos sabbats rituels.

Margault, regrettant déjà sa demande inconsidérée qui risque de la mener tout droit au bûcher, ne pense déjà plus qu'à s'enfuir de cet endroit malfaisant et fouille d'une main tremblante dans son aumônière. Quand la vieille lui saisit le poignet d'une serre de rapace.

— Je t'ai déjà dit que je t'offrais ces plantes. Entre sorcières, nous pouvons tout de même nous aider, non ? D'ailleurs, tu peux à ton tour me rendre un service. Un immense service, même…

La prise autour du poignet de Margault se resserre encore, lui brûlant douloureusement la peau.

— Je veux que tu me donnes ton secret… Celui pour ressusciter les défunts… Ton action d'éclat a fait beaucoup de bruit dans les rangs de nos adeptes, toutes nos sœurs ne rêvent plus que de te rencontrer. Tu imagines, si nous avions le pouvoir de ressusciter nos morts, nous pourrions former une grande armée immortelle au service de Satan !

N'y tenant plus, Margault se libère brutalement de la serre et lance à terre une poignée de pièces, avant de se précipiter comme une démente dans la rue, poursuivie par les cris rauques et furieux de la créature. Ce qui l'empêchera de voir l'homme au nez en bec d'aigle qui sort d'un coin d'ombre de la boutique pour s'avancer avec un sourire satisfait vers la vieille. Il lui faudra ensuite un long moment pour retrouver une respiration normale et un semblant de calme, avant de pouvoir rentrer chez elle, épuisée malgré le soleil encore haut dans le ciel. Tout de même, Erma aurait pu la prévenir que la marchande de cire était une sorcière. Elle qui tenait plus que tout à la voir rester du côté du Bien ! Juste avant de franchir le seuil, la jeune femme ne peut s'empêcher de s'épousseter frénétiquement, comme pour chasser l'odeur tenace et poisseuse qui semble avoir imprégné jusqu'aux pores de sa peau. Quelques pas de plus lui permettent d'assister à une scène infiniment touchante. Penchée dans le doux halo d'une lampe à huile, Marie guide avec délicatesse la main de Peronette en direction de certaines plantes étalées sur la table en bois grossier, tout en lui décrivant les détails avec des mots maladroits d'enfant. Tandis que la nourrice lui en apprend les secrets d'une voix douce et complice, comme à Margault autrefois :

— Si tu veux cueillir armoise, camomille puante, lierre terrestre, bardane ou millepertuis, mieux vaut le faire à la Saint-Jean. Mais attention, pas de n'importe quelle manière… Pour que ces plantes t'obéissent, il te faudra être à jeun, avoir longuement prié auparavant, tracer autour de chacune un petit cercle avant de la déraciner brusquement lorsque sonnera le neuvième coup de minuit. Lorsque tu auras terminé, tu envelopperas ta moisson dans une boîte immaculée, et tu partiras sans surtout regarder derrière toi…

Aucune d'entre elles ne l'ayant entendue entrer, Margault se laisse un long moment pénétrer de la quiétude de l'instant, comme pour y puiser la force de persévérer. Quand, tout à coup, un chatouillement lui monte insidieusement le long de la gorge, pour se transformer bientôt en toussotement, brisant net la magie du moment. Vieille et jeune relèvent la tête d'un même mouvement curieux.

— Qu'est-ce que toutes ces plantes, ma bonne Peronette ?

— Je ne voulais pas t'ennuyer avec cela, ma douce, te sentant fort préoccupée ces derniers jours. Mais je fais depuis quelque temps déjà commerce de simples et de potions auprès de gens de notre connaissance spontanément venus me consulter, afin de nous permettre de subsister en ces temps difficiles. Nous avons en effet, comme tu le sais, une bouche supplémentaire à nourrir, et je refuse que tu travailles toute ta vie dans ces étuves sinistres. Sans oublier ce loyer exorbitant qui nous met sans cesse en difficulté… J'ignore si Erma te l'a conté, mais je travaillais autrefois comme apprentie d'un apothicaire, m'apprêtais même à ouvrir ma propre boutique avant que ma sœur ne se fasse arrêter et que je choisisse de me faire oublier en devenant nourrice… *Ta* nourrice… J'ai fait en sorte que tu ignores tout de ce commerce, car je craignais que tu ne te fâches, que tu ne refuses de me laisser me fatiguer… Et pourtant, je ne suis pas peu fière de moi : les clients commencent à affluer, et à nous rapporter un complément de revenus non négligeable ! Grâce également, je dois le préciser, à l'aide précieuse de Marie… La petite n'a pas son pareil pour séparer le bon grain de l'ivraie, les bonnes plantes des mauvaises…

La fillette a redressé ses frêles épaules, tentant avec une maladresse touchante de dissimuler la fierté qui illumine son regard. Margault de son côté essaie de dissimuler sa déception de n'avoir pas été consultée pour féliciter l'initiative avec une chaleur factice. Peut-être a-t-elle fait une erreur en laissant Peronette dans l'ignorance des manigances de Philippe. Sans doute l'information l'aurait-elle incitée à davantage de prudence. Mais maintenant il est trop tard, le mal est fait. Avant de se coucher, la jeune femme prend le temps malgré sa fatigue de dissimuler ses achats dans le sac de toile rapporté de la clairière. C'est en voulant les enfouir au plus profond du sac, sous les plantes et fioles de toutes sortes, que ses doigts rencontrent un objet qu'elle n'avait jamais remarqué auparavant. Amené à la faible lumière de la lampe à huile, celui-ci se révèle être une petite fiole emplie d'une mystérieuse substance blanche. De l'arsenic blanc… Que diable fait-il dans les effets de la miresse ? Elle est pourtant certaine de ne jamais l'y avoir vu auparavant… Nerveuse de la teneur de sa découverte autant que de sa mystérieuse apparition, elle rejette précipitamment le flacon dans le sac. Si elle ignore en effet comment il a été conduit jusqu'à elle, elle ne doute pas qu'il puisse un jour lui servir… Margault a été bien avisée de dissimuler ses achats puisque Peronette, faisant fi de sa discrétion coutumière, vient la rejoindre dans la chambre, profitant d'un moment où la petite trempe dans une cuvette en gazouillant joyeusement. La vieille femme ne tarde pas à entrer dans le vif du sujet avec sa franchise coutumière :

— Margault, assieds-toi un instant, nous avons à parler, ma petiote… Je sais pertinemment que tu trames quelque chose, et j'ai décidé que nous allions en parler une bonne fois pour toutes ce soir. Ce n'est pas parce que je suis aveugle que je ne comprends rien, tu sais ! Tu es plus renfermée, tu ne parles pratiquement plus, comme si un souci te rongeait intérieurement.

J'espère de tout cœur que tu ne t'es pas décidée à te venger de ton père, ni à rechercher les assassins d'Erma. Nous avons toutes eu largement notre compte de malheurs, et je n'aspire aujourd'hui qu'à un peu de paix, de même que Marie… Peut-être s'est-il passé quelque chose qui te pousse ainsi à agir ? Quoi que tu veuilles faire, je me dois d'en être informée, afin de me tenir à tes côtés en toute connaissance de cause…

— Peronette, il est amplement préférable pour toi que je te laisse dans l'ignorance, du moins pour le moment… Sache en tout cas que je ne songe qu'à vous protéger, toi et la petite…

L'ancienne Peronette, celle qui n'hésitait pas autrefois à redresser sa petite taille pour affronter l'imposant Philippe, se rebiffe immédiatement en percevant le ton par trop protecteur de la jeune femme :

— Tu n'as pas à me parler comme à une vieille femme gâteuse, tu m'entends ! Je suis parfaitement capable d'entendre la vérité, quelle qu'elle soit, et même de t'aider efficacement, tout comme autrefois ! Je pensais que tu avais compris les motivations qui m'avaient poussée à te suivre sans aucune question ! J'imaginais que le Seigneur nous avait accordé une seconde chance, que nous allions commencer une nouvelle vie, sans plus de mensonges ni de non-dits ! N'est-ce pas pour cela que je suis partie, que j'ai tout abandonné au risque d'affronter la dureté de la rue ? Afin de te contraindre à réfléchir, à mûrir ?

La profonde tristesse qui voile le visage de la nourrice n'échappe pas à Margault, qui sent un immense élan d'amour la pousser vers la vieille femme. Pudique à l'excès, elle se contente pourtant de lui serrer doucement l'épaule, espérant que la nourrice saurait avec son intuition rare deviner ces élans irrépressibles qui la poussaient par instants vers elle.

— J'aurais tant voulu t'épargner tout cela, ma bonne Peronette, toi qui n'aspires je le sais qu'à une fin de vie douce et apaisée... Mais je ne suis aucunement responsable des agissements des malfaisants, auxquels je n'ai d'autre choix que de m'opposer. Durant quelque temps, j'ai cru avoir trouvé une sorte d'apaisement, une paix intérieure qui me poussait à pardonner à ceux qui m'avaient blessée, outragée. Mais le Mal m'a finalement retrouvée, malgré mes efforts pour lui échapper. C'est une chose que j'ai désormais comprise : où que je puisse me terrer, il me retrouvera toujours, et attendra le moment propice pour s'attaquer à mes proches, pour me faire souffrir toujours davantage. Je refuse qu'il s'en prenne à toi, Peronette, ni à Marie. Et j'ai bien la ferme intention de le vaincre avant qu'il ne vous atteigne...

— J'avais donc raison, tu ourdis quelque plan mauvais...

— Je ne t'en dirai pas plus pour le moment. Tout ce que tu dois savoir, c'est que je tente d'œuvrer pour le Bien, à ma manière...

Un long moment plus tard, ce sont les appels d'une petite fille grelottant dans sa cuvette qui tirent les deux femmes de leurs profondes réflexions respectives. À l'instant où Margault quitte la pièce munie d'une serviette chauffée près du feu, pressée de serrer le petit corps confiant contre elle, la nourrice la rappelle d'une voix cassée. La justesse de ses prochains mots fait frémir la jeune femme :

— Je suis consciente qu'à certains moments cruciaux de l'existence, nous n'avons d'autre choix que d'affronter notre destin, même si cela a pour conséquence de nous transformer profondément. Mais crois-en mon expérience de vieille femme, nul ne peut en sortir indemne. Rends-moi juste un service, pour l'amour de Dieu : tiens-nous à l'écart de ces vilenies, Marie et moi…

25

Quelques jours ont passé sans que plus rien soit évoqué… Margault a repris son travail éreintant aux étuves, malgré l'insistance de Peronette qui la presse de délaisser cet emploi peu payé afin de venir l'assister dans son commerce de simples chaque jour plus florissant. Elle commence selon elle à vieillir, et se sentirait rassurée de pouvoir s'appuyer sur quelqu'un de plus jeune. En outre, Margault pourrait gagner sa vie de manière bien plus enrichissante et gratifiante, puisqu'elle pourrait venir en aide aux miséreux, son rêve depuis toujours… Margault, tout en nettoyant une cuve noire de crasse, ne peut s'empêcher de sourire : la vieille femme sait parfaitement utiliser l'apparente faiblesse de l'âge pour mieux l'embobiner. Elle connaît de plus parfaitement les arguments susceptibles de la faire fléchir, de la débarrasser de ses ultimes réticences en touchant sa corde sensible… Il est certain qu'elle rêverait de soigner les plus démunis, au lieu de perdre son temps à nettoyer les sécrétions plus ou moins ragoûtantes des autres ! Seule une ultime crainte d'abandonner un emploi sûr bien que mal rémunéré l'empêche encore de franchir le pas. Et ce n'est certes pas cette interminable journée qui va l'encourager à rester !

En poussant une nouvelle porte afin d'apporter des seaux d'eau fumante, Margault s'arrête un instant sur le seuil, comme pour prendre son inspiration. Elle vient de pénétrer dans une salle plus sombre que les autres, chichement éclairée par de petites torches à la lueur fumeuse. Des torches qui ne laissent apparaître, comme par une volonté perverse, que des poitrines tendues, des jambes écartées sur d'obscures moiteurs et des visages apoplectiques. Accoutumée au spectacle, elle détourne placidement le regard, lorsqu'un rire aux accents familiers attire son attention, la faisant tressaillir. Philippe ! Son père, qu'elle n'avait pas revu depuis son exécution, la contemple avec des yeux injectés de sang tout en appuyant d'une main nerveuse sur la nuque blonde qui s'agite entre ses jambes. La nuque de Dolette, une ribaude pulpeuse et affable qu'elle connaît mieux que les autres pour l'avoir tirée un soir des griffes d'un client violent… Philippe l'a-t-il reconnue, ou s'est-il trop enivré de godale pour en être capable ? Margault n'attend pas de le savoir pour se précipiter hors de la pièce, en abandonnant des seaux d'eau totalement sortis de son esprit.

Cette vision ne manque pas de déclencher un orage de questions dans son esprit. Elle qui voyait toujours, malgré les mensonges du procès, son père comme un homme rigide, un ascète fanatique uniquement préoccupé de questions de théologie, le découvre soudain sous un jour sensuel qui ne manque pas de la déstabiliser. Ainsi, cet homme si intransigeant goûterait comme tant d'autres les plaisirs triviaux dispensés par les filles follieuses… Lui qui se targuait d'être libéré des tentations terrestres – et plus particulièrement de celles de la chair –, se révèle plus faible encore peut-être que nombre de pauvres hères qu'il a publiquement fustigés devant elle alors qu'elle était enfant. Étrangement, ce n'est pourtant pas cette hypocrisie qui la bouleverse le plus, mais la découverte d'un père qui est également homme, avec des regards chargés de désir, un sexe vivant qui s'érige pour mieux plonger dans le vice… La nouvelle Margault, celle qui a vécu et souffert, se voit traversée par une étrange pensée. Peut-être cet aperçu des faiblesses paternelles aurait-il pu en d'autres temps les rapprocher… Le souvenir de ses récentes manigances la ramène à plus de réalisme. Elle aimerait fort savoir si la présence de Philippe dans *ses* étuves n'est que pure coïncidence…

Ce soir-là, la jeune femme semble un peu distraite, pendant que Peronette lui fait réciter comme chaque soir quelques recettes de sa façon et que Marie, réfugiée dans un coin sombre, les répète elle aussi à voix basse, sa poupée serrée contre elle :

— Comment fais-tu disparaître une verrue ?

— En la frottant avec une feuille de sureau la veille de la Saint-Jean, avant de jeter la feuille sans se retourner. La verrue s'estompera au fur et à mesure que la feuille sèchera.

— Très bien… Pour les maux de reins, que fais-tu ?

— J'applique une compresse avec deux tranches de citrouille maintenues entre deux linges.

— Je te sens un peu distante, ma douce, peut-être es-tu fatiguée… Encore une question, et nous pourrons toutes aller nous coucher. Comment soignes-tu les maux d'oreilles ?

— Avec un jet de lait de femme.

— Parfait. Et n'oublie pas que les épices écartent la pourriture, la présence de la mort, aèrent et évacuent les humeurs mauvaises… Le safran par exemple enlumine l'esprit, le clou de girofle renforce la vertu spirituelle. Recommande-les à tous ceux qui sont en mesure de s'en offrir…

Dans la lumière dansante des chandelles, les conseils de Peronette ressemblent à des incantations, ses yeux vitreux semblent faire appel au surnaturel…

— C'est parfait, tu me sembles tout à fait prête pour être miresse, ma belle, après bien entendu quelques mois de pratique si tu trouves un maître qui accepte de te former… Pour le moment, tu pourras m'aider dans la fabrication des potions et onguents. Par la suite, nous veillerons à ce que tu puisses exercer de manière officielle. Et maintenant, prenons un peu de repos, la journée de demain s'annonce longue…

Margault malgré sa fatigue éprouve bien des difficultés à trouver le sommeil. Tant de choses en effet se bousculent dans sa tête ! Son père tout d'abord, qu'elle aimerait tant ne pas avoir à combattre, à occire sans doute… Et puis il y a cette sensation taraudante d'être en permanence suivie qui ne se décide pas à l'abandonner… Elle est même, à force d'observation, parvenue à repérer sur ses talons trois ou quatre hommes tonsurés qui, malgré leurs divers déguisements, se font aisément reconnaître. Tout cela ne laisse pas de l'inquiéter. Cela lui évoque sans bien savoir pourquoi ce mystérieux chafouin, qui avait tenté de l'arrêter, ou plutôt de l'enlever, et dont elle n'avait jamais découvert l'identité. Encore moins pour qui il travaillait et pour quelle raison il s'intéressait tant à elle… Elle aurait bien aimé être totalement rassurée à son propos, savoir qu'elle ne risquait plus rien de lui. L'offensive contre son père avait commencé, et ce n'était guère le moment de se faire remarquer.

Elle s'était finalement décidée à contacter, comme elle l'avait envisagé, le marchand de vin de Philippe, auprès duquel elle avait inventé une fable qu'il avait acceptée avec une aisance étonnante. Jouant le rôle de la fille repentie, elle lui avait expliqué que, friande de nouveaux breuvages, elle en avait inventé un tout exprès pour son père, ce qui était pour elle une manière de se rapprocher de lui. En attendant de pouvoir se réconcilier tout à fait avec lui, ce qui serait le plus beau jour de sa vie… Bouleversée par ce qu'elle s'apprêtait à faire, elle était parvenue à faire monter des larmes dans ses yeux rougis de fatigue, à faire trembler sa voix. Ému, le marchand de vin, un brave homme qui la connaissait depuis sa plus tendre enfance et savait son goût pour la fabrication de breuvages, s'était finalement laissé convaincre de porter l'hypocras, et plus important encore, en acceptant de taire sa provenance. Depuis, Margault attendait avec une anxiété croissante le résultat de ses œuvres. Ce qui expliquait son trouble en apercevant Philippe aujourd'hui aux étuves ! Ses yeux se brouillent soudain de larmes piquantes comme de l'acide, tandis qu'elle sombre dans un sommeil mouvant et malfaisant.

Le matin suivant, la jeune femme se réveille la tête lourde et les tempes douloureuses, avec la sensation d'avoir rêvé de Philippe toute la nuit. Combien de fois s'est-elle réveillée en sursaut, la courtepointe rejetée et les draps en désordre, avant de retomber avec lourdeur dans un sommeil sans fond, elle ne saurait compter… Ce qui explique qu'elle se sente ce matin plus hébétée et perdue que jamais. Lorsqu'elle se décide enfin à quitter la maison pour se rendre au marché, la ville est plus agitée encore que d'ordinaire, toute bourdonnante de rumeurs. Il lui suffit de tendre l'oreille pour en comprendre immédiatement la raison. Dans toutes les bouches, il n'est plus question que d'une seule chose : Philippe Maubuissons est possédé par le Malin. La jeune femme tressaille : qu'est-ce que cette histoire ? Elle craignait autant qu'elle espérait apprendre sa mort, et voilà qu'elle entend parler d'une étrange possession ! Que diable s'est-il passé ? Sans doute s'est-elle fourvoyée dans ses dosages… À moins que Philippe n'ait tout bonnement bu que quelques gouttes du breuvage. Ce qui n'est après réflexion pas pour lui déplaire… Le si exemplaire Philippe Maubuissons, ancien compagnon de Saint Louis, possédé par le Malin ! Voilà qui risque fort de lui faire perdre un peu de sa superbe ! Au moins cela évitera-t-il qu'il ne reste dans les esprits comme un grand homme, avec toutes les vilenies que son existence aura comptées… Feignant de s'intéresser à une vitrine de pâtissier pourtant désespérément vide, Margault tente de saisir les bribes de conversation qui parviennent jusqu'à elle. Il semblerait, d'après une grosse femme qui tâte avec brutalité les trois fruits rabougris d'une marchande des quatre-saisons émaciée, que l'ancien notaire ait arpenté la ville la nuit entière en poussant des cris inarticulés entrecoupés d'une étrange respiration sonore, la bouche diaboliquement déformée. La commère, qui vient d'envoyer un crachat verdâtre à deux pouces des pieds de la jeune femme, continue son récit enflammé, entourée d'une foule croissante de curieux au sein de laquelle cette dernière peut aisément se fondre :

— Vous l'auriez vu, mes pauvres, un notable comme lui, se mettre dans des états pareils ! Il poussait des grognements rauques, se débattait comme si l'on cherchait à l'égorger. Croyez-moi, cet homme a le Démon tapi au fond de lui ! Quelques braves gens de la paroisse ont bien essayé de lui trouver un exorciste, mais aucun n'a accepté de se déplacer. Pour sûr, ils avaient bien trop peur des représailles !

Un homme maigre, aux cheveux recouverts d'une cale blanche surplombée d'un chapeau plat de feutre noir, interrompt d'une voix de fausset la femme qui reprenait son souffle :

— À juste titre, commère, à juste titre ! Il était vraiment temps que l'Inquisition parvienne à Amiens, avec tous ces possédés et ces sorcières qui sévissent en toute impunité, empoisonnent nos enfants et bafouent notre Seigneur Dieu… Nous attendions depuis plusieurs semaines la venue de Bertrand Constancis, disciple du terrible inquisiteur Bernard Gui qui sème une juste terreur dans la région toulousaine, et le voilà enfin. Que le Créateur en soit loué ! Lui seul saura rétablir une paix durable dans notre sainte ville et ramener dans le sein de l'Église ceux que Satan avait égarés…

Un autre homme, à la mine débonnaire et à la mise soignée, tressaille en entendant ces propos fanatiques :

— Vous ne pouvez tout de même pas vous louer de l'arrivée de l'Inquisition, c'est de la démence ! Depuis l'arrivée de ce Constancis, les notables semblent littéralement pris de folie, dénonçant à tout va des paroissiens sans reproche ! On peut même se demander si ce ne sont pas eux les véritables possédés…

L'homme maigre arbore soudain un air sournois :

— C'est curieux, on dirait presque que vous craignez ces religieux… Qui sait, peut-être avez-vous quelque vilenie à vous reprocher ? Si tel est le cas, vous avez en effet raison de trembler…

— Ce sont leurs méthodes qui me font trembler ! La procédure inquisitoriale, comme ils n'hésitent pas à la nommer ! Vous l'ignorez peut-être, mais Bertrand Constancis a prononcé dimanche dernier un sermon un peu spécial à la cathédrale, incitant les fidèles qui se sentent coupables d'hérésie à venir le trouver, lui ou un autre des Frères prêcheurs en place. Bien entendu, l'hérétique s'étant dénoncé de son plein gré est censé être traité avec clémence. Mais quelle clémence peut-on attendre de tels hommes ? Les Templiers, que l'on ne peut pourtant guère accuser d'hérétisme, n'ont-ils pas été honteusement torturés pour leur faire avouer des actes de sodomie ou de blasphème qu'ils n'avaient pas commis ? Ces pauvres religieux ont été si bien « interrogés » qu'ils ont reconnu n'importe quoi, comme d'avoir profané l'hostie, craché sur le crucifix ou adoré une tête sculptée du nom, je crois, de Baphomet… Tout ce qu'il y a de plus absurde ! Je puis vous assurer qu'aucun d'entre nous ne saurait résister s'il était pris dans leurs griffes…

Margault est malgré elle captivée par une conversation qu'elle pressent primordiale. Au point qu'elle n'hésite plus à se lancer dans la conversation :

— Pardonnez mon ignorance, mais tout le monde parle d'hérésie, sans que je sache précisément de quoi il peut s'agir dans notre cas. Il n'existe en effet à ma connaissance ni cathares ni vaudois à Amiens !

L'homme débonnaire tourne un visage rougi d'indignation vers elle :

— C'est bien là le problème… Il n'existe, je pense, aucune définition précise de l'hérésie. Il peut donc s'agir de tout et n'importe quoi, comme dans les régions où le catharisme sévit. Combien de personnes innocentes n'ont-elles pas été grillées vives ? D'autant plus que les inquisiteurs incitent également, en proclamant un Édit de Foi, les gens à dénoncer leurs voisins hérétiques sous peine d'excommunication. Il est aisé d'imaginer les dérives possibles, n'est-ce pas ?

Exactement le même discours alarmiste que celui de Matthieu… Horrifiée par tous ces récits de tortures et d'exécutions, Margault sent sa peau se couvrir d'une fine pellicule de sueur glacée et désagréable. Les inquisiteurs sont des personnages infiniment dangereux, dont elle a tout intérêt à se tenir le plus éloignée possible, de même que Peronette. Tout particulièrement avec sa trop encombrante réputation d'empoisonneuse… Si Philippe s'avise d'aller trouver ce Constancis comme il projette de le faire, elle ne donne pas cher de leurs existences ! Heureusement que ses étranges symptômes l'entourent désormais lui aussi d'une odeur de soufre… Par chance, la commère, qui a retrouvé sa respiration, allège la tension ambiante en revenant à un sujet plus prosaïque :

— Savez-vous comment tout cela s'est achevé pour le notaire ?

— Une sage-femme s'est, je crois, risquée à tracer des signes cabalistiques dans son dos avec du sang de chauve-souris afin de chasser sa colère, ce qui l'a momentanément calmé. Il est aussitôt rentré chez lui et depuis, plus personne ne l'a revu…

Voilà qui cette fois ne fait guère l'affaire de Margault. Tel un ours acculé, le notaire apeuré peut se révéler plus dangereux encore, s'acharner sur Peronette… Il ne lui reste plus qu'à espérer qu'une seconde dose d'hypocras empoisonné suffira à en finir. Après tout, le flacon qu'elle lui a fait porter était d'importance… En attendant, mieux vaut se faire prudemment oublier. La jeune femme tournait les talons pour s'échapper, lorsqu'une ombre gigantesque s'interpose soudain entre elle et la rue, auréolée d'une âcre odeur de transpiration. La première chose qui s'impose à son regard est une énorme panse, recouverte d'un surcot écarlate prêt à craquer et d'une propreté douteuse. Elle frémit, sentant le parfum désormais familier du Mal lui envahir les narines.

— Eh bien eh bien, où courez-vous comme cela, ma jolie ?

Si Margault ne l'avait jamais aperçu que de loin, son instinct lui permet de l'identifier instantanément. Le bourreau ! Est-ce le reflet du surcot, ou ses petits yeux sournois sont-ils rouges eux aussi ? Elle ne sait… La seule chose qu'elle ressente en cet instant est une terreur glacée, qui lui fait bientôt perdre tous ses moyens. D'autant plus que l'homme la regarde maintenant avec une attention aiguisée :

— Dites-moi… Ne serait-ce pas vous que j'ai vue il y a quelques semaines traîner avec cette ribaude rousse, dont je ne me rappelle plus le nom…

— Béatris. Mon amie se nommait Béatris.

— Ah oui, je m'en souviens maintenant ! Un joli brin de fille d'ailleurs, courageuse, volontaire, mettant du cœur à l'ouvrage… Je suppose qu'elle vous a longuement parlé de moi…

Margault se raidit en devinant la tension contenue de son interlocuteur derrière l'amabilité de façade. C'est certain, cette rencontre n'est pas due au hasard, loin s'en faut. Sans doute est-il là pour évaluer le danger potentiel qu'elle peut représenter. À moins que, fort d'un sentiment d'invulnérabilité, il ne soit tout bonnement là pour la narguer. Prudence, donc… Si elle doit être amenée à le combattre un jour, mieux vaut donner le change afin de ne rien lui laisser entrevoir.

Cet homme est un véritable prédateur, elle le pressent de toutes les fibres de son être… Son regard faussement nonchalant se promène dans le décolleté de sa cotte, qu'elle resserre malgré elle d'un geste nerveux. Toujours ce sentiment de danger croissant…

— En réalité, vous êtes bien plus gironde que notre amie commune la ribaude rousse ! Et pourtant je vous assure qu'elle plaisait déjà beaucoup, celle-là ! Si vous aviez participé à cette soirée mémorable, avant qu'un maladroit ne l'étouffe sous un oreiller.

Il lui jette un regard scrutateur tout en continuant.

— À moins qu'il ne s'agisse tout bonnement de moi… Cette manière qu'elle avait de cambrer les reins tandis qu'ils étaient deux à la besogner, de secouer la tête pour empêcher un troisième de lui mettre son sexe dans la bouche, tout en faisant mine de se débattre pour nous émoustiller davantage… Ah, elle était douée pour l'amour, la garce ! Dommage que la soirée se soit achevée si tôt, je n'ai même pas pu réussir à bander, j'avais bu trop d'hypocras ! Après, il était trop tard… Je n'aime pas, contrairement à d'autres, besogner les mortes.

Quel monstre ! Il est tellement certain de son immunité qu'il ne se donne même pas la peine de mentir… S'amuser à ses dépens semble lui suffire largement. Mais derrière la lueur égrillarde de son regard se dissimule une dureté glacée qui la jauge avec soin. La jeune femme touche un instant son couteau à travers sa chausse, regarde autour d'elle. Non, il y a décidément trop de monde, le geste serait suicidaire…

— Mais j'y songe… Peut-être pourrions-nous improviser un nouveau divertissement, je suis certain que nous trouverions à nous amuser… Hein, qu'en penses-tu ?

Pour quelle raison cet homme vient-il en pleine place publique lui lancer au visage le meurtre de son amie, si ce n'est pour lui transmettre un message ? Elle n'a nul intérêt à venir lui chercher noise, sinon elle finira comme son amie ribaude… Sans doute s'inquiète-t-il lui aussi de l'arrivée des inquisiteurs, et veut-il s'assurer de son silence. Mais cet avertissement, loin de l'effrayer, réveille au contraire sa colère. Tout comme Philippe avant lui, il est venu de lui-même déclencher les hostilités, et devra en payer le prix… La jeune femme se sent submergée par une haine glacée qui l'empêche de parler durant d'interminables instants. Quand elle parvient enfin à émettre quelques sons, les mots semblent jaillir de ses dents serrées telles des giclées de venin brûlant :

— Vous allez regretter d'être venu me provoquer, messire. Nul n'est totalement protégé, vous l'apprendrez bientôt à vos dépens… Le prochain instant où nos regards se rencontreront sera celui où vous rendrez votre âme ignoble au Créateur.

L'homme tressaille, un instant piqué au vif, avant de la considérer avec une ironie presque trop appuyée pour être sincère. Tandis qu'une odeur perceptible d'elle seule parvient aux narines de Margault : celle de la peur. Qu'il tremble, ce pourceau, il ne passera pas la Saint-Luc, elle s'en fait le serment.

Secouée plus qu'elle ne l'aurait pensé, la jeune femme se laisse aller quelques instants plus tard contre un mur de pierre irrégulier, insouciante des regards étonnés qui la dévisagent. Cette fois le combat est définitivement engagé, elle ne peut plus reculer. Qu'avait-elle pu faire de si terrible pour se retrouver ainsi au cœur de cette lutte impitoyable ? Le temps qu'elle s'essuie les yeux d'un geste agacé, une petite forme s'est approchée d'elle sans bruit pour glisser sa petite main chaude dans la sienne :

— Pourquoi tu pleures ? Tu as perdu ta maman toi aussi ?

Lorsqu'elle lève la tête, c'est pour se retrouver face à une lippe tremblante retenant à grand-peine une ondée de larmes. La question inquiète de Marie, qui l'a retrouvée elle ne sait comment, agit sur elle comme un aiguillon de guêpe. Elle n'a nullement le droit de s'attendrir ainsi, alors que tant d'horreurs ont lieu quotidiennement sous ses yeux. Cette petite fille par exemple, portrait craché de Béatris, qui lui serre le cou comme pour la libérer de ses tourments, n'a-t-elle pas davantage mérité ses larmes, son inquiétude ? Sentant sa tension se dissiper progressivement, la jeune femme enfouit avec gourmandise son nez dans les plis chauds du cou de la fillette, se repaissant de la douce odeur de transpiration d'enfant qui agit sur elle comme une tisane apaisante.

— Ne t'inquiète pas, ma Margault, je te promets que tout ira mieux très bientôt… C'est à mon tour de m'occuper de toi.

Cette dernière ne peut s'empêcher de sourire malgré elle. Incroyable… Est-ce bien cette enfant perdue, recueillie il y a encore si peu de temps, qui lui murmure ces mots de réconfort d'un ton si adulte, en lui tapotant le dos comme à un nourrisson ? Pour la première fois depuis que Marie a intégré leur logis, elle sent une gigantesque vague d'amour l'envahir, la faisant presque sursauter comme une obscénité… Ah, la belle affaire ! Elle s'était pourtant juré de maîtriser désormais toute émotion, et il suffit d'un seul petit baiser, morveux qui plus est, pour faire fondre ses grandes résolutions comme neige au soleil… Mais Dieu ce qu'il est bon de s'abandonner contre le petit corps chaud si frêle et si fort à la fois ! Si Peronette est surprise d'entendre les deux complices franchir le seuil d'un même pas quelques instants plus tard, elle est bien trop fine pour le montrer. Ces deux-là sont si écorchées vives, si promptes à se refermer sur elles-mêmes comme des huîtres au moindre souffle d'air…

En pénétrant dans l'entrée, une surprise de taille attend Margault. Peronette a tracé, sans nul doute avec l'aide empressée de Marie, un chemin fait de minuscules chandelles, que la jeune femme suit maintenant d'un pas hésitant et curieux en direction d'une partie de la maison pour le moment dévolue au rôle de débarras. La petite, qui fait de son mieux pour dissimuler son excitation, trépigne pourtant d'impatience en la tirant par la main. Allons, qu'elle se dépêche, vite ! En parvenant sur le seuil de cette petite pièce d'ordinaire encombrée de fatras, la jeune femme ne peut retenir une exclamation de surprise. C'est incroyable… En un instant, elle se retrouve transportée comme par magie à travers le temps, dans la maison de son enfance… C'est en effet bel et bien sa pièce aux Mille Potions qui s'offre à son regard ébaubi, dont elle parcourt avec avidité les moindres détails familiers. Rien n'est oublié… Ni les étagères encombrées d'une multitude de pots en terre, ni les mortiers destinés à broyer les matières, ni même les chandelles essaimées un peu partout pour un éclairage chaleureux…. Seuls manquent les fards et les onguents, que Peronette n'aurait naturellement pas eu les moyens de racheter et qui ne l'intéressent de toute façon plus guère. Clouée sur place par la surprise, Margault évolue dans un espace incertain entre passé et présent avec un sentiment persistant d'irréalité. Quand tout à coup, la sensation d'une présence derrière elle la tire de sa rêverie :

— Nous avions besoin d'un nouvel endroit pour préparer nos remèdes et entreposer nos simples, maintenant que tu abandonnes ton emploi aux étuves pour venir travailler à mes côtés. J'ai donc entrepris de déblayer ce débarras pour reconstituer ta pièce d'autrefois… Mais je tiens à t'avertir, il te faudra la partager avec ton encombrante vieille nourrice, comme autrefois…

— Mais, Peronette… Je ne sais que dire… Comment es-tu parvenue à un résultat aussi incroyable avec…

— Avec mes yeux d'aveugle ? Tu as oublié que je disposais d'une auxiliaire précieuse, qui quant à elle possède un regard d'aigle tu peux me croire ! Cela a nécessité il est vrai un certain temps, mais nous y sommes enfin parvenues ! Bien que je ne sois pas certaine de l'exactitude de certains détails…

Plus aucune parole ne pouvant suffire à exprimer son émotion, Margault étreint d'un mouvement maladroit sa nourrice, avant de s'essuyer les yeux d'un geste furtif.

— Pourquoi tu pleures ? On croyait pourtant que la surprise te ferait plaisir ! Peronette me disait que tu avais une pièce toute pareille avant… Si on pensait que cela te ferait de la peine, on ne se serait pas donné tant de mal !

Soulagées de la diversion enfantine, les deux femmes éclatent d'un même rire nerveux devant l'air outré de la petiote, qui décidément n'y comprend rien aux affaires de grands. Après le souper, Margault passera une grande partie de la nuit à effleurer les douces matières, à mêler quelques gouttes des différents breuvages, à humer avec délices les pots aux contenus encore inconnus. Lorsqu'elle se couchera enfin, rassasiée de sensations, ce sera avec un sentiment de plénitude depuis longtemps oublié. Enfin elle est chez elle…

26

LE LENDEMAIN après-midi, Margault est impatiente d'avoir des nouvelles de celui qu'elle peine désormais à appeler son père. L'acte monstrueux dont elle s'est rendue coupable a érigé un mur désormais infranchissable entre eux. Lorsqu'elle parvient quelques instants plus tard sur la place du marché aux fromages, les conversations, comme la veille, vont bon train, la place bruisse de chuchotements excités. Inutile de préciser qu'on ne parle une fois encore que de Philippe. L'ancien notaire se serait la nuit dernière – si l'on en croit les rumeurs – transformé successivement en divers animaux, broutant en premier lieu à quatre pattes comme un bœuf pathétique, pour ensuite imiter les barbotages d'un canard dans sa mare… La jeune femme reconnaît avec anxiété les symptômes. Ce devait être la belladone qui produisait ainsi ces délires et ces hallucinations étranges… Quelle guigne ! Elle croyait avoir mis une quantité de poudre largement suffisante pour empoisonner un homme dans la force de l'âge, mais avait dû sans le vouloir sous-estimer la dose… Elle craignait en effet tellement de rendre le goût décelable ! En faible quantité, cette belladone pouvait donner lieu à des réactions surprenantes, comme son père l'apprenait en ce moment même à ses dépens. Les avis sont cette fois unanimes : l'homme est bel et bien possédé. Un témoin plus assuré que les autres va même jusqu'à livrer une explication de son cru : il a ouï dire que l'ancien notaire avait trébuché un soir d'ivresse sur un crâne oublié dans le cimetière, ce qui aurait provoqué l'ire des morts…

— Ce n'est pas le premier à qui une telle aventure arrive, d'ailleurs. Souvenez-vous de ce moissonneur brassier, attaqué juste avant la Saint-Martin par trois ombres aux yeux rouges et aux doigts griffus pour avoir négligé depuis des années ses devoirs envers ses défunts. Le pauvre n'était venu au cimetière que pour y attendre l'embauche, il en est ressorti en courant comme un perdu, les yeux sortis de la tête et l'écume aux lèvres, pour mourir quelques heures plus tard sans raison apparente. Son fils l'a retrouvé trois jours après baignant dans sa merde et son vomi, déjà à moitié dévoré par les rats. Cela lui a appris à ne pas se préoccuper de ses deux pauvres épouses défuntes ! Depuis cette histoire, je puis vous assurer que je vais au cimetière honorer mes morts chaque semaine, je vous prie de me croire !

La foule cette fois reste silencieuse, consciente de la gravité du récit. La peur des défunts et de leur colère est encore plus présente que d'ordinaire en cette période de famine, où les intempéries sont bien davantage attribuées à l'influence mauvaise du Malin qu'à un simple dérangement du temps. Margault, qui a obtenu une réponse à sa taraudante question, reprend sa route de manière à ne pas attirer l'attention. Qui sait, un badaud serait susceptible de la reconnaître comme la fille de Philippe Maubuissons, ce qui s'avérerait catastrophique… Tout en cheminant, elle écarte un col de chemise rendu beige par le safran pour trouver un peu de fraîcheur, lorsqu'elle aperçoit une silhouette familière. François ! Que fait-il donc à traîner dans cette partie de la ville ? Est-il encore là pour la suivre ? Deux ou trois fois déjà, elle l'avait aperçu dans son sillage, ce qui à la réflexion ne pouvait être une simple coïncidence. Le mendiant ne semble pas l'avoir vue et marche d'un pas rapide, le visage tendu et la lèvre étrangement ensanglantée. Par curiosité, par envie sans doute de lui parler de l'inconnu de l'église, Margault se décide brusquement à lui emboîter le pas. Heureusement pour elle, l'homme marche à une allure régulière, sans courir ni se retourner. Sa cotte vert chiné est en outre parfaitement reconnaissable au milieu de la foule, ce qui le rend encore plus aisé à suivre. Peu accoutumée à un tel rythme, la jeune femme commence à s'essouffler, sentant sa respiration devenir rauque, quand elle trébuche au détour d'une venelle contre le mendiant brusquement arrêté, manifestement furieux.

— Que diable faites-vous là, à me suivre de cette manière si peu discrète ? Vous n'espériez tout de même pas passer inaperçue ? Croyez-vous donc que toutes ces années passées dans la rue ne m'ont servi à rien ? Vous n'avez décidément rien appris du tout…

Prise de court, ne sachant comment justifier sa conduite, Margault baisse la tête afin de dissimuler la rougeur de ses joues. Comment en effet expliquer cette impulsion insensée qui l'a poussée en avant un instant plus tôt ? Elle choisit de mêler habilement mensonges et vérités en un écheveau qu'elle serait elle-même bien en peine de démêler…

— J'ignore la raison pour laquelle je vous ai suivi, je n'ai pas réellement réfléchi. Je me sens ces dernières semaines épiée, entourée de mystère, et j'espérais que vous pourriez peut-être m'en apprendre davantage. Ne vous ai-je pas aperçu à plusieurs reprises sur mes talons ? J'avoue ne savoir que penser à votre propos. Je vous rencontre dans une église, vous m'aidez sur les ordres d'un homme mystérieux qui refuse de dévoiler son identité mais semble me connaître… puis vous disparaissez… avant de me suivre sans même me parler… Tout cela est bien étrange, non ? J'ai tant de questions à vous poser ! En premier lieu, êtes-vous ce mendiant qui est allé chercher Matthieu pour me tirer à point nommé des griffes du bourreau ? De quelle manière avez-vous été informé de mon retour en ville ? Et surtout, qui est l'homme de l'église ?

Son visage se durcit, se fait plus déterminé.

— Je ne demande qu'une chose : comprendre. Est-ce trop exiger ?

François ne reconnaît plus la jeune femme d'autrefois, celle qui s'effrayait du moindre mouvement de foule… Les douces rondeurs de Margault ont fondu pour laisser place à une silhouette plus fine, plus présente aussi, dont s'échappe désormais une incroyable énergie. Si la poitrine est toujours aussi voluptueuse, les hanches se sont affinées, les cuisses allongées. Entre les pommettes encore plus saillantes qu'autrefois, le regard s'est durci, aiguisé. Plus troublant encore : il émane d'elle un singulier mélange d'assurance et de dangerosité qui le met mal à l'aise. Un mélange bien déconcertant, qu'il ne sait comment interpréter…

— Voilà de bien nombreuses questions ! J'ai appris que vous étiez de retour à Amiens de la même manière que j'obtiens toutes mes informations : par la rumeur publique. Pour répondre à vos autres questions, je vais vous mener à cet homme mystérieux puisque c'est là votre souhait. Après tout, il ne m'appartient pas de juger votre étrange comportement à tous les deux. Je ne suis pourtant pas certain que vous m'en remercierez…

Margault sent un soudain vertige lui tourner la tête. Tout va décidément trop vite pour elle… Elle voulait simplement comprendre les raisons qui poussaient François à la suivre, connaître l'identité de son mystérieux bienfaiteur, et voilà qu'elle s'apprête à le rencontrer sans y être préparée ! Elle n'a pourtant nul autre choix que d'emboîter le pas à François. Elle ne peut en effet vivre plus longtemps avec ces ombres qui tournent sans cesse autour d'elle, la frôlent de leurs ailes emplies de mystère. Il lui faut comprendre, même si elle doit pour cela prendre des risques… L'homme marche de plus en plus vite, sans même prendre la peine de se retourner. Elle s'apprête à renoncer, à s'engager dans une ruelle toute proche, lorsqu'une ombre démesurément allongée se glisse devant elle, pour prendre peu à peu consistance, se muer progressivement en une silhouette aux yeux remarquablement clairs, qui se plongent aussitôt dans ceux de la jeune femme. Combien de temps sont-ils ensuite restés ainsi, Margault ne saurait le dire… Pas plus que François d'ailleurs, qui s'est éclipsé discrètement sans qu'aucun des deux autres en ait même pris conscience…

— Mon Dieu, j'ai eu si peur pour vous, Margault…

Toujours cette voix grave et chaude qui savait autrefois si bien la faire plonger dans une bienfaisante torpeur sensuelle, l'hypnotiser… Lui seul prononçait son nom de cette manière languissante et troublante qui faisait tressaillir un point au fond de son ventre. La jeune femme est envahie d'un sentiment d'irréalité, qui lui donne l'impression d'être dédoublée. Retrouver Damien de cette manière brutale fait naître en elle des myriades d'émotions toutes plus violentes et contradictoires. Trouble intense de retrouver son amour de jeunesse, peur de ces retrouvailles trop hâtives, frissons de désir, envie de fuir ce moment bouleversant... Aucune de ces émotions ne parvenant à prendre le dessus, Margault ne peut que rester figée, dans l'attente que Damien se décide à prendre une initiative, n'importe laquelle... Les propos qui viennent sont pourtant si éloignés de ses attentes qu'elle a besoin de quelques instants pour les comprendre :

— Je vous conjure de me croire... Jamais je n'aurais cru qu'ils puissent aller si loin. Jusqu'à vous condamner à mort, simplement pour servir leurs intérêts... Sinon, je vous jure sur ce que j'ai de plus cher que je me serais interposé plus tôt...

— Damien, de quoi êtes-vous en train de parler ?

— Mais de votre arrestation, de votre exécution...

— Voyons, Damien, cela fait plusieurs années que nous ne nous sommes vus, nous nous retrouvons enfin, et vous ne me parlez que de cela...

— C'est en effet ce qui m'occupe l'esprit depuis des semaines... Je pense que vous l'ignorez, mais je suis depuis un an l'un des goujats du bourreau.

Voyant un éclair de colère traverser le regard de Margault, le jeune homme s'empresse d'enchaîner.

— Un goujat tout ce qu'il y a de plus modéré, qui ne reste que pour tenter de le tempérer dans ses excès. Ce qui explique que j'ai pu suivre d'aussi près votre affaire... Votre père, qui ne cessait de harceler le bailli afin qu'il instruise votre procès, le prévôt pour qu'il vous débusque dans votre cachette… Quelle aubaine pour lui que vous lui ayez envoyé cette lettre de réconciliation, dans laquelle vous lui indiquiez votre adresse !

Malgré son trouble, Margault ne met pas longtemps à s'intéresser à la conversation :

— Mais quels sont ces intérêts dont vous parliez, qui auraient pu pousser ces hommes à me traquer ? Et surtout, qui sont-ils ? Vous me parlez de mon père, du bailli…

— Le bailli, le prévôt, le bourreau… Tous cherchaient un bouc émissaire pour faire un exemple ! Vous ne manquez pas de savoir que les jeteuses de sort et autres rebouteux semblaient se multiplier en ville, sans doute du fait de la famine. La situation devenait intenable, ce que les notables, les médecins établis ne pouvaient le moins du monde tolérer. Sans oublier tous ces prédicateurs qui remettaient sans vergogne en question l'autorité de l'Église avec leurs annonces d'apocalypse… Il leur fallait donc une sorcière, un apothicaire à jeter en pâture au peuple qui mourait de faim, un exemple susceptible de marquer les esprits et de les ramener dans le droit chemin… Lorsque votre père est venu les trouver pour vous accuser d'empoisonnement, les notables de la ville étaient précisément occupés à lancer des noms de guérisseuses susceptibles d'être désignées à la vindicte populaire. Il n'aurait pu choisir meilleur moment ! Sans doute d'ailleurs ne s'agissait-il pas d'un hasard si Philippe était apparu précisément ce jour-là à la Malmaison ! Le bourreau ne cessait de faire courir des rumeurs sur sa recherche d'un exemple…

L'esprit fourmillant de mille questions, Margault fixe un court moment sans le voir le visage altéré par l'émotion de Damien.

— Un exemple ! J'ai failli mourir uniquement pour servir d'exemple, afin de ramener le calme en ville ! Je ne puis croire à tant de vilenie…

— Votre cas était en effet pain bénit pour tout le monde ! Le bourreau présentait au bailli une meurtrière en puissance, à un moment où sa fonction était sérieusement remise en question du fait des rumeurs persistantes sur sa malhonnêteté… Le bailli, au demeurant un brave homme, disposait quant à lui d'une coupable idéale pour marquer les esprits et lutter contre la sorcellerie… Vous pensez, une fille de croisé ! Quel plus bel exemple pour illustrer la toute-puissance de la justice ?

— Et mon père, qu'avait-il à gagner dans cette machination ?

— N'avez-vous donc pas encore compris ? C'est lui le grand gagnant de l'histoire ! Il se débarrassait en ce qui le concernait d'un problème de taille, en jetant sa fille plus qu'encombrante dans les bras de la justice, tout en démontrant à tous son sens de la probité et du devoir. Il s'attirait dans le même temps les faveurs du bailli, qui ne pouvait ensuite plus rien lui refuser… Et certainement pas de lui apporter son soutien pour l'aider à retrouver sa fonction au sein de l'échevinage. N'oubliez pas que Philippe a perdu son poste à la suite d'un vote défavorable…

La voix de Margault se teinte d'une amertume infinie.

— Je comprends mieux… Échanger une fille qui fait de l'ombre à sa respectabilité contre un appui politique, voilà qui lui ressemble bien. Mon Dieu, quelle naïve j'ai pu être… Quand je songe qu'il prétendait que sa seule ambition était de se faire enterrer dans l'aître monastique de la cathédrale, pour être plus près de Dieu, disait-il ! Quel immonde sournois… Mais vous, quelle raison vous a empêché de me contacter plus tôt ? C'était bien vous dans l'église, n'est-ce pas ?

— C'était bel et bien moi, en effet… Mais que vouliez-vous donc que je fasse, Margault ? Je vous savais mariée, je vous imaginais heureuse avec votre époux… Et puis tant d'années s'étaient écoulées, qui semblaient des siècles…

— Est-ce là tout ce que vous trouvez pour vous justifier ?

Envahie par une vague de tristesse déferlante, Margault détourne brusquement le regard afin de dissimuler ses larmes, luttant pour ne pas saisir la longue main brune qui s'agite nerveusement dans son besoin de convaincre. Tout à son trouble, elle ne voit pas le visage de Damien s'assombrir à son tour douloureusement.

— Non, bien sûr que ce n'est pas tout… J'avais en réalité mille raisons de vouloir vous fuir… Je vous avais laissé un souvenir d'homme tendre et romantique auquel j'étais attaché moi aussi, je ne souhaitais en aucun cas détruire cette image, me présenter devant vous tel un maraud dont vous auriez pu rougir… Même si je refuse de participer aux monstruosités dont le bourreau se rend coupable, même si je parviens au contraire à le tempérer de temps à autre, je ne puis guère être considéré comme une personne recommandable…

— Que vous soyez devenu un maraud, Damien, je peux aisément le comprendre et le pardonner. La vie nous pousse parfois à emprunter des chemins que nous n'aurions jamais même imaginés, je suis bien placée pour le savoir. Mais il subsiste une chose que je ne comprends pas : si vous aviez connaissance de cette odieuse machination contre moi, pourquoi m'avoir laissée condamner sans réagir ? Peut-être auriez-vous pu tenter de me sauver, m'éviter ce rôle de bouc émissaire que l'on cherchait à me faire jouer…

— Sans réagir ? À votre avis, à quoi, ou plutôt à qui doit-on la réapparition miraculeuse de votre époux alors que vous vous trouviez déjà à moitié ensevelie ? À un heureux hasard ? Allons donc…

— C'est donc vous qui êtes allé chercher…

— Plus exactement François, lorsque j'ai compris que les choses étaient allées bien trop loin…

La question qui suit est davantage un appel qu'une véritable interrogation :

— Pourquoi avoir fait cela ?

— Parce que j'avais assisté, participé à suffisamment de vilenies pour en être lassé… Parce que je ressentais sans doute inconsciemment le besoin de racheter quelques-unes de mes mauvaises actions… Peut-être aussi votre condamnation m'a-t-elle ramené à une jeunesse où j'étais insouciant, où je croyais encore au bien, où la vie ne m'avait pas encore trahi…

Margault, suspendue à ses lèvres, ne peut s'empêcher de se sentir inexplicablement déçue. Mais que croyait-elle donc exactement ? Que Damien allait se lancer dans une déclaration enflammée, là, au beau milieu de cette foule triste qui les bouscule sans ménagement ? Allons donc, cela doit faire bien longtemps qu'il ne ressent plus rien pour elle ! Quand tout à coup, elle prend conscience de l'atmosphère qui s'est imperceptiblement modifiée, du vent plus frais qui se glisse sournoisement dans les interstices des vêtements, des visages qui se tendent encore davantage alentour. Tandis qu'un étrange brouillard assombrit encore le coucher du soleil, faisant naître d'inquiétantes ombres mouvantes, comme si un peintre désabusé avait d'un coup de peinture grise recouvert toutes les couleurs afin de les mettre au diapason de son humeur. La jeune femme frissonne nerveusement, prenant conscience de gâcher un moment qui aurait dû être magique par une attitude trop inquisitrice, trop brutale… Qu'attend-elle pour lui raconter sa décision de fuir avec lui en Italie, son désarroi en apprenant son départ ? Trop tard, il est malheureusement bien trop tard… Ramenée soudain dans le passé, elle retrouve sous la barbe drue de l'homme le velouté des joues d'autrefois, sous le sourire cynique les fossettes qui la faisaient fondre. Sa voix est plus amère qu'agressive lorsqu'elle reprend :

— C'est cela, j'ai réveillé votre conscience en quelque sorte…

— Pourquoi ce ton âpre, Margault ? N'avons-nous pas d'une certaine manière une chance extraordinaire de pouvoir parler ainsi calmement, de nous retrouver après toutes ces années ? De faire taire une fois pour toutes tous ces fantômes du passé qui venaient nous hanter…

— En ce qui me concerne, je doute de pouvoir les faire taire un jour. Le Damien d'autrefois me manque toujours, et continuera de me manquer jusqu'à la fin de mes jours. Et pourtant, qu'y faire ? Ni l'un ni l'autre n'avons le pouvoir de ressusciter le passé, ni de tirer un trait sur ce que nous sommes devenus…

Soudain lasse, la jeune femme s'assoit sur un banc de pierre, baissant la tête pour dissimuler les larmes qui lui brûlent les yeux. Elle éprouve l'impression de n'avoir jamais été aussi triste, et dans le même temps aussi dépourvue de combativité. Comme si tout avait d'ores et déjà été joué dans un autre lieu, en un autre temps…

— Que pourrais-je vous répondre, ma mie ? Avant ces dernières semaines, je n'aurais même jamais imaginé vous revoir un jour ! J'avoue être moi-même désorienté et troublé… Vous revoir dans cette église a bouleversé une existence que je pensais pourtant stabilisée. Enfin, si l'on peut parler ainsi… Cette vie de désordre et de fracas que je me suis construite après que votre père m'eut chassé comme un maraud me convenait d'une certaine manière parfaitement… J'ai suivi un moment les colons qui partaient construire de nouveaux villages autour de Paris, j'ai même reçu un lopin de terre à bâtir et des terres à cultiver… Mais je n'ai pu rester. En regard de ce que j'avais perdu, rien ne me semblait suffisamment important pour que je m'y attarde… Je me suis donc contenté de grappiller les plaisirs, sans en subir aucune conséquence. Jusqu'à ce que je vous revoie… Tout a alors volé en éclats. Puissiez-vous être une magicienne, Margault, qui efface d'un doux geste toutes ces années passées l'un sans l'autre… ou au contraire me fasse oublier jusqu'à notre rencontre…

De quelle manière se sont-ils retrouvés dans les bras l'un de l'autre, aucun des deux ne s'en souviendra… Tout ce qui leur restera, c'est cette sensation de faim dévorante enfin apaisée, ce sentiment d'une quête parvenue à son terme… Soudain soulevée par une impatience brûlante, Margault retrouve avec délices le goût familier des lèvres aujourd'hui plus impérieuses, l'odeur enivrante du cou tiède dans lequel elle se blottissait autrefois. Sans oser parler, de crainte de briser la magie de l'instant, elle hume avec volupté la fragrance de musc si riche en réminiscences, se laisse envahir par ce flot puissant de désir qui semble se propager comme par un sortilège des veines de son amant aux siennes, qui battent maintenant furieusement. Damien quant à lui perd totalement l'esprit au contact du corps mince et tiède qui se presse passionnément contre lui, de la légère odeur de sueur et de parfum mêlés qui lui embrase les sens. Poussant presque brutalement la jeune femme dans un renfoncement de mur sans cesser de l'embrasser fougueusement, il relève la cotte et la chemise d'une main fébrile, tout en baissant ses propres braies de l'autre. Vite, ne pas la laisser s'échapper, reprendre ses esprits, se dégager d'un mouvement souple comme elle l'a fait tant de fois jadis… Le soulagement quand il pénètre enfin son intimité douce et humide est tel qu'il se met à trembler, rassemblant toute son énergie pour ne pas s'agiter avec violence. Presque comme un puceau… Il faut avouer que Margault ne l'aide en rien à se maîtriser. Soulevée par un instinct animal qu'elle ne se connaissait pas, la jeune femme tend encore davantage le bassin, écarte plus encore les cuisses pour approfondir une intrusion qu'elle ne se souvient pas d'avoir acceptée. À cet instant précis, seuls importent ce sexe d'homme qui la laboure, ces sensations bouleversantes qui explosent au creux de son ventre… Malgré sa position inconfortable, son dos qui cogne douloureusement sous les coups de boutoir, le plaisir ne cesse de croître, surprenant par son aspect déferlant.

À l'instant où Margault bouge légèrement comme pour se dégager, Damien raffermit sa prise en agrippant les fesses à pleines mains, tout en accélérant malgré lui son rythme enfiévré, sans prendre garde à la peau fine qui s'écorche contre le mur de pierres irrégulier. Et puis, trop vite, tout est terminé… Lui qui d'ordinaire peut parfois éprouver quelques difficultés à parvenir au plaisir s'est vidé comme un gamin. Ne sachant s'il doit se montrer embarrassé ou contrit, Damien baisse la tête pour se rhabiller à grands gestes brutaux tout en choisissant d'aborder un sujet moins délicat :

— Écoutez, Margault, ne me demandez pas de quelle manière je le sais, mais j'ai appris que vous projetez quelque vilenie sur la personne de votre père. N'ayez crainte, je n'ai nulle intention de vous dénoncer. Je ne comprends que trop ce que peut engendrer la souffrance. Désarroi, colère… puis haine…

— C'est donc vous qui m'avez fait suivre depuis des jours…

— Suivre ? Diantre non, quelle idée ! Les goujats qui travaillent avec moi ont déjà fort à faire comme cela ! Je voulais simplement vous avertir de vous montrer prudente. Si je l'ai appris, d'autres le savent probablement également…

— M'avertir, en souvenir du bon vieux temps ? Ou en remerciement pour ce moment d'égarement ?

Le sarcasme a jailli malgré elle, plus amer qu'elle ne l'aurait souhaité.

— Pardonnez-moi, Damien, je me montre injuste avec vous. Si vous saviez tout ce que j'ai pu vivre ces dernières semaines… Le meurtre de mon amie Béatris par votre maître, le bourreau… Non, par pitié ne me répondez pas, je refuse de vous entendre mentir, il vient de me l'avouer lui-même ! La mort de la miresse Erma ensuite, par ma faute… C'est moi en effet qui, sans le vouloir, ai mené ses poursuivants jusqu'à sa retraite dans la forêt. Ils ont dû m'épier, me suivre…

Cela ne cesse de me ronger, j'y pense chaque jour, chaque nuit…

— J'ai effectivement entendu parler de cette histoire par le bourreau ! Votre responsabilité n'est en rien engagée, Margault, il ne s'agit que d'une pure coïncidence. D'après ce que j'ai ouï dire, le prévôt connaissait depuis bien longtemps le lieu où cette sorcière se terrait, mais avait décidé de la laisser tranquille dans la mesure où elle ne nuisait plus à personne. La décision de l'arrêter ces jours derniers a été prise de bien plus haut, d'après mes sources par un proche de Monseigneur l'évêque lui-même. Sachant qu'un terrible inquisiteur devait arriver sous peu en ville, ses conseillers souhaitaient assainir Amiens, faire disparaître tout ce qui ressemblait de près ou de loin à une sorcière, de manière à ce que le nouveau venu et son bataillon de fanatiques ne restent que le moins longtemps possible. Vous ne devez en rien vous sentir responsable, je vous l'assure, Margault…

Même si elle ne demande qu'à le croire, la jeune femme n'est nullement convaincue. La vie lui a en effet appris à se défier des hasards trop flagrants. Mais à quoi bon discuter vainement, alors que le temps presse ? Le regard de Damien déjà s'échappe.

— Il me faut partir, ma mie, mes obligations m'appellent. J'ai finalement pris une décision, sans doute déclenchée par nos retrouvailles. Je vais quitter le bourreau et ses vils agissements afin de me construire une vie meilleure dans une autre ville. J'avoue en avoir assez de toutes ces exactions, de cette existence sans véritable but. Sans doute vais-je me résoudre à rejoindre ma promise à Noyon…

Pourquoi en entendant ces mots Margault ressent-elle un tel vide au creux de la poitrine ? À quoi s'attendait-elle donc ? À ce que Damien soit resté à se morfondre le cœur brisé à cause d'elle, son premier amour de jeunesse ? Elle a décidément trop lu de poèmes d'amour ! Il est en outre fort instructif de constater qu'il lui est plus difficile d'accepter que Damien soit fiancé plutôt que ribaud. Ce que l'âme humaine peut être complexe parfois ! Complexe, et bien peu glorieuse…

— Ainsi, vous avez donc une promise ?

C'est au tour de Damien de laisser son regard errer dans le vague, manquant de peu de surprendre l'homme au nez en bec d'aigle qui les observait.

— Cela ne manque pas de vous surprendre, n'est-ce pas ? Après mon échec à Paris, j'ai une seconde fois tenté de rentrer dans le rang. Il y a un peu moins de deux ans, j'ai rencontré à Noyon une femme plus âgée que moi, à la personnalité forte et attachante. Elle était veuve, n'attendait plus grand-chose de la vie, avant de tomber éperdument amoureuse de moi. J'avoue que son courage et sa détermination m'ont ému. Peu à peu, je me suis laissé apprivoiser… Elle ne me demandait rien, m'offrait tout ce qu'elle possédait sans compter. J'éprouvais tout à coup l'envie de me poser, de posséder un endroit stable où revenir après mes nuits de fête. Alors, elle ou une autre… Elle était plutôt plus intéressante que les autres femmes. Mais au bout de quelque temps, cela a été plus fort que moi, il a fallu que je m'enfuie au beau milieu de la nuit. Pas très glorieux, n'est-ce pas ? Ne m'en demandez pas la raison, c'est une question que je me suis moi-même posée mille fois sans trouver de réponse satisfaisante. Sans doute ne pouvais-je pas supporter l'idée d'être lié à jamais à une femme que j'imaginais comme un fardeau. À moins qu'il ne s'agisse d'autre chose de plus complexe encore… Aujourd'hui, j'ignore pourquoi, mais les choses me semblent plus simples, en quelque sorte apaisées. Qui sait, peut-être est-ce le fait de vous avoir enfin revue ? Je me sens maintenant prêt à assumer mes responsabilités, à construire quelque chose. Même avec une femme que je ne me souviens pas d'avoir jamais aimée…

Décidément, il ne savait faire que cela : partir… Comme s'il avait lu dans ses pensées, Damien sonde Margault de ses yeux clairs et troublants avant de reprendre la parole d'une voix étonnamment douce :

— Vous ne pouvez imaginer à quel point j'ai souffert lorsque votre père m'a chassé tel un maraud. Tout ce qui était pur et innocent en moi est mort à ce moment-là. En même temps que ma faculté à aimer et à croire en un avenir radieux… Si vous saviez…

— Mon Dieu, que de mal a pu faire cet homme !

— Allons, peut-être devrions-nous le remercier au lieu de l'accabler ? Qui sait si nous ne serions pas à cet instant occupés à nous entre-déchirer sous les yeux blasés de nos huit insupportables enfants… Vous seriez précocement usée par trop de maternités difficiles, je me saoulerais de vin dans des tavernes sordides pour oublier que je ne me montre pas à la hauteur de vos espérances…

Surpris lui-même par l'amertume brûlante qui perce sous ses propos, Damien s'interrompt, conscient de devoir partir et ne sachant de quelle manière le faire. Comment dire adieu à la seule femme qu'on ait jamais aimée ? Dieu, ce qu'elle est belle à cet instant sous les derniers rayons rasants du soleil, le doux duvet de sa joue se nimbant de lumière orangée et ses yeux jetant des éclairs verts rapidement dissimulés par les cils fournis. Troublé, il cherche à lire dans le regard énigmatique un regret, un trouble qui lui permette de se livrer plus avant, de se déclarer peut-être… Dire qu'il lui avait fallu attendre de la retrouver pour réaliser à quel point elle lui avait manqué depuis le sombre jour où son père l'avait jeté à la rue avec brutalité ! Non sans lui avoir proposé une aumônière bien remplie pour oublier définitivement sa fille… Comme il avait violemment refusé, quatre gros bras tout droit sortis des bas-fonds de la ville l'avaient finalement attendu chez lui pour l'expulser, non sans lui avoir cassé un bras et le nez… Mais cet épisode, il ne l'avouerait jamais à quiconque – et encore moins à Margault –, tant il était honteux des années encore plus tard de s'être ainsi laissé impressionner. Pourquoi diable n'avait-il pas été capable de résister davantage, d'enlever Margault pour l'épouser quelque part à l'étranger, comme cela était possible ? Il avait été lâche, voilà tout… Sans doute avait-il amplement mérité sa misère sentimentale ! Bien qu'il ne se le soit jamais avoué jusqu'à cet instant, c'était bel et bien Margault qu'il avait tant de fois cherchée entre les bras aux odeurs de jasmin, de musc ou de femelle qui l'avaient tant de fois étreint…

Relevant la tête, Damien s'émeut une fois encore de la petite cicatrice au-dessus du sourcil qu'il avait autrefois tant embrassée, souvenir attendrissant d'une blessure enfantine. Il s'étonne de se souvenir avec autant d'acuité du récit de Margault à ce propos : la petite fille qu'elle était voulait absolument voir une dernière fois sa mère gravement malade, ce qui lui avait été formellement interdit. Elle avait donc bravement escaladé un muret de pierres avant de tomber, non sans avoir aperçu ses parents debout l'un en face de l'autre, rouges de colère et se disputant violemment.

Elle était ensuite restée trois jours à délirer de fièvre. Une fièvre attribuée au choc de la chute bien entendu… De quel autre choc aurait-il pu être question ? Par la suite, Philippe avait assuré à l'enfant qu'elle avait rêvé cette querelle, que ses accès de température l'avaient fait délirer, lui avaient fait imaginer une situation impossible. Puisque sa pauvre mère était alitée, mourante… Damien avait, à l'époque déjà, deviné une vérité peu claire sous les propos confus et interrogateurs de Margault…

Plus que jamais perplexe aujourd'hui, le jeune homme hésite encore : doit-il partir comme il l'a annoncé en laissant le destin suivre son cours inéluctable, ou au contraire avouer cet amour dévorant qui se réveille au fond de lui, au risque de voir leurs deux existences irrémédiablement bouleversées ? La décision est délicate : se sent-il prêt à assumer une Margault écorchée vive, qui, il le sait, ne souffrira ni infidélité ni médiocrité ? Avec tout ce que cela implique : se rendre à un travail régulier, renoncer à dilapider ses gains en ribaudes ou en jeux de hasard pour les ramener sagement à la maison, accepter de voir naître de nouvelles bouches à nourrir… À cette idée, tout son être se rétracte frileusement. Oh non, tout pour ne pas tomber dans cette routine ennuyeuse et destructrice, pour ne pas trouver une figure de carême lorsqu'il rentrera un peu tard, pour ne pas sentir ses sentiments s'effilocher comme une toile de mauvaise qualité devant un corps dont il n'aimera plus les courbes… Mieux vaut encore vivre avec un goût d'inachevé dans la bouche, plutôt qu'avec la saveur amère d'une médiocre défaite. Une nouvelle fois, son esprit revient sur ses pas : et le bonheur, auquel il tourne définitivement le dos en renonçant à prendre des risques ? Oh, si seulement il disposait de davantage de temps pour réfléchir ! Mais les instants lui sont comptés, déjà Margault regarde derrière lui avec impatience, prête à s'échapper…

Si cette dernière regarde il est vrai nerveusement derrière Damien, c'est bien moins pourtant pour s'échapper que pour guetter l'arrivée intempestive de François ou d'un autre goujat. Que ne donnerait-elle pas pour que le dieu du temps lui accorde un moment de répit, afin qu'elle puisse se repaître encore de la présence troublante, de l'odeur entêtante de musc qui auréole son amant. Bouleversée par ce qu'elle croit lire dans les yeux translucides, elle ne parvient plus à esquisser le moindre mouvement. Qu'attend-il pour se décider à parler, pour exprimer de vive voix cette lueur qui filtre sous les paupières pudiquement baissées ? Mal à l'aise devant ce lourd silence qui s'éternise, Margault s'agite, se rapproche doucement de Damien, se louant de l'ombre qui dissimule son trouble. Mon Dieu, s'il lui déclarait sa flamme, là, à cet instant, elle serait capable d'abandonner définitivement tous ses funestes projets, les plantes tueuses et les venins… Tout… Tout pour la promesse d'une vie pleine d'amour et de sérénité… Mais Damien semble ailleurs, préoccupé sans doute par sa promise noyonnaise… D'autrefois, celui-ci semble avoir conservé sa capacité à se recroqueviller au fond de lui-même, à se murer dans une épaisse carapace destinée autant à le protéger du monde extérieur qu'à faciliter sa concentration. Maintes fois auparavant, la jeune femme avait tenté de se ménager une ouverture dans cette cuirasse, toujours en vain… Rien n'était jamais parvenu à le faire sortir de son mutisme. Ce n'est sans doute pas aujourd'hui, où il semble plus lointain que jamais, qu'elle va réussir à le faire parler…

Pour la première fois depuis un long moment, les yeux translucides se plongent enfin dans l'autre regard, vert et opaque. Les deux jeunes gens sont transportés dans un monde silencieux et dense, où seuls les battements sourds de leurs cœurs qui cherchent l'unisson ont de l'importance. Quand tout à coup, un mouvement sur leur gauche brise la magie de l'instant. Ce n'est qu'un simple laboureur aux sillons du visage emplis de terre, qui passe sans même leur accorder un regard, mais cela suffit à les ramener dans une réalité qu'ils auraient aimé ne jamais retrouver. Embarrassés, ils se contemplent toujours sans un mot, ne sachant comment prolonger ce moment. S'ils savaient que chacun d'eux éprouve cette même crainte d'avoir rêvé, d'avoir été le seul à éprouver ce choc bouleversant…

— Bon, je crois qu'il est temps pour moi de partir…

— Oui, sans doute.

Ce soulagement dans sa voix ! Bien entendu, elle est pressée de le voir partir… Il suffit d'observer son visage crispé, son regard fuyant pour comprendre qu'elle regrette déjà ce qui s'est passé dans le renfoncement du porche, qu'elle méprise le maraud qu'il est devenu. Il l'incommode, c'est évident ! Afin de sauver la face et de recouvrer un semblant de calme, Damien esquisse une révérence moqueuse.

— Je vous présente mes respects, gente dame, et vous souhaite tout le bonheur de la terre. Puissiez-vous enfin trouver ce que vous cherchez…

Seule une ultime once de raison empêche Margault de crier, de se précipiter sur les traces de Damien… À quoi bon tenter de le retenir puisqu'il a pris la décision de partir ? Une lame de souffrance lui vrille le ventre : n'est-il revenu dans sa vie que pour briser ses dernières illusions ? À moins que le jeune homme n'ait tout bonnement été placé sur son chemin afin de lui faire prendre conscience qu'elle n'a réellement plus rien à perdre, plus rien à abîmer… Afin qu'elle continue sa lutte.

27

LES TROIS JOURS suivants, Margault alterne sans cesse entre une folle exaltation et un profond abattement, tandis qu'elle arpente la ville en tous sens à la recherche de la moindre bribe d'information au sujet de Philippe. C'est fou, on pourrait croire que la ville, désertée par la famine et la pluie battante, mobilise toute son énergie pour l'empêcher d'en apprendre davantage… Seuls quelques chiens errants lapant les mares de caillots de sang provenant des boutiques de barbiers donnent un semblant d'animation aux sombres façades gorgées d'eau. Quelle malchance tout de même, le peu de végétation épargné par les pluies torrentielles du printemps va être irrémédiablement noyé par ce nouveau déluge… Rien d'étonnant à ce qu'aucune marchande des quatre-saisons ne peuple plus les rues, à ce que les bouchers aient fermé leurs devantures, à ce que la fosse commune du cimetière déborde déjà des corps décharnés de vieillards et d'enfants morts de malnutrition. La jeune femme tente à grand-peine de chasser ces sombres pensées, lorsqu'une voix nasillarde et forte attire son attention, plus présente encore dans le silence des rues ruisselantes d'eau :

— Repentez-vous pendant qu'il en est encore temps, pécheurs ! Satan est à votre porte, il guette votre âme noircie de péchés ! Ne voyez-vous pas ses yeux rouges et luisants, ils vous épient pour vous entraîner dans le gouffre de l'enfer ! Repentez-vous, ou vous serez tous damnés…

Immobile et trempée, Margault se laisse emplir par cette voix étrange venue de l'au-delà, qui ne semble s'adresser qu'à elle. Seule la toux qui interrompt de temps à autre le flot hémorragique de paroles semble témoigner d'un semblant d'humanité de son propriétaire… Insidieusement, la voix se fait plus proche, plus présente sans pourtant que quiconque soit encore visible. La fatigue fait tourner la tête de la jeune femme, lui emmêle l'esprit : serait-ce l'un de ces démons chargés de venir la chercher pour l'entraîner vers la damnation éternelle ? Si le péché est aussi réel par la pensée que par l'action comme l'Église le dit, elle est en effet d'ores et déjà une meurtrière convaincue ! Ce n'est pas possible, quelqu'un ne peut-il faire cesser cette voix insupportable qui l'agresse, résonne indéfiniment dans sa tête ? Comme pour lui répondre, cette dernière se fait encore plus proche, plus agaçante :

— Tremblez, braves gens ! Le Mal est en ville, je le sens par tous les pores de ma peau ! Comme l'a dit Cicéron, rien n'est plus certain que la mort, rien n'est plus incertain que son heure… Alors ne tardez plus à vous repentir, sinon vous vous en… repentirez !

En même temps qu'un rire de dément énorme et incongru qui semble jaillir tout à côté de Margault, fait irruption dans la ruelle un homme d'une saleté inimaginable, aux cheveux gris collés par la crasse et aux yeux crevés. Vêtu tel un pèlerin, il porte une robe longue déchirée de partout, une pèlerine noire de crasse et un grand chapeau de paille usé. Sur son épaule, un corbeau noir et borgne aux plumes hirsutes pousse des cris rauques semblables à ceux d'un démon. Malgré elle fascinée, la jeune femme observe l'homme tituber dans sa direction, les mains crispées telles des serres sur un bourdon de bois et les lèvres retroussées en un affreux rictus. Tandis que derrière lui se cognent les uns contre les autres quelques pauvres hères vêtus de lambeaux, qui semblent, non pas subjugués par les paroles du prédicateur, mais plutôt sous le charme d'un étrange envoûtement, comme l'attestent leurs yeux fixes et sans vie. Un jeune homme dans le groupe attire particulièrement l'attention de Margault : ses cheveux sont emmêlés autour d'une couronne en épines posée sur son crâne crasseux, un simulacre de Saint Suaire – dont les taches répugnantes sont sans doute censées représenter le visage du Christ – est enroulé autour de ses épaules... Qui diable peuvent donc être ces illuminés ?

— Le Mal vous suit de près, il se tient juste derrière vous ! Ne sentez-vous pas vos organes honteux s'échauffer, s'humidifier ou se dresser ? Il vous a trouvés, et ne vous lâchera plus tant que vous ne lui aurez pas cédé votre âme ! N'oubliez pas, la vie de l'homme est comme une toile d'araignée qui se rompt au moindre vent, n'attendez plus avant de retourner dans les bras salvateurs de Dieu... Comme le Phœnix renaît de ses cendres, vous connaîtrez vous aussi la résurrection auprès de notre Seigneur si vous vous repentez à temps.

L'homme, qui semblait avancer plongé dans ses pensées, réprime un sursaut de recul en passant près de Margault, sur laquelle il lève un regard épouvanté rendu plus effrayant encore du fait de sa cécité.

— Toi !

Au désarroi de Margault, le doigt crochu du prédicateur s'est dressé un instant vers le ciel pour mieux se pointer sur la jeune femme pétrifiée d'horreur :

— Oui, toi ! Satan, le maître des ténèbres, t'a reconnue comme l'une des siennes ! Croyais-tu donc pouvoir m'abuser, passer inaperçue au milieu du peuple, pécheresse ? N'as-tu donc pas compris que je ne suis venu que pour toi ?

Malgré elle, Margault se retrouve piégée par le regard halluciné soudain plein de vie. Cela est impossible, ses yeux étaient crevés, aveugles, il ne peut s'agir que d'un artifice du Malin… Bien que toutes les fibres de son corps lui hurlent de s'enfuir, elle ne peut se résoudre à bouger d'un pouce, comme statufiée par un puissant maléfice. Ses pieds semblent emprisonnés par la boue de la ruelle détrempée, son corps enrobé d'une gangue de lave durcie.

— Quelle mauvaise action prépares-tu encore, créature satanique ? Ne t'a-t-il pas suffi de détruire la vie de tes proches ? Il te faut maintenant t'attaquer à d'autres innocentes victimes, verser de nouvelles larmes de sang…

Est-ce la frayeur qui la fait soudain défaillir, ou les dizaines d'yeux qui sous l'effet de l'émotion semblent se démultiplier à l'infini ? C'est incroyable, ce dément semble lire en elle comme dans un livre ouvert… Cherchant désespérément des yeux une issue, Margault rencontre le regard inquisiteur d'un homme au visage émacié et au nez aquilin, dont la tenue pauvre mais trop neuve lui fait songer à un déguisement. Bien qu'il semble fort goûter cette étrange situation, il est évident qu'il ne fait pas partie du groupe, ne possédant pas ce regard aux abois provoqué par la faim… Ne vient-il pas d'ailleurs de glisser subrepticement quelques pièces dans la main crasseuse de l'illuminé toujours éructant, comme pour le rémunérer d'un service rendu ? Une fois l'instant d'affolement passé, Margault dans un éclair le reconnaît. L'homme est amaigri et mal rasé, il a éclairci ses cheveux sombres avec elle ne sait quelle mixture, mais il s'agit sans nul doute possible du complice du chafouin ! Cette fois, il ne sera pas dit qu'elle le laissera filer sans avoir le fin mot de l'histoire… Elle a pourtant à peine le temps de se dégager de la petite troupe que l'homme disparaît déjà au coin de la rue, comme s'il n'avait jamais existé. Décidément, elle n'était pas le jouet de son imagination, elle est bel et bien suivie, probablement depuis de longs jours. La voix du prédicateur, qui s'était tue en présence de l'inconnu, reprend sa litanie envoûtante, la ramenant à une réalité plus qu'inconfortable. Les miséreux l'ont en effet insidieusement rattrapée, l'entourant maintenant d'un halo de puanteur et de danger presque palpable. N'y tenant plus, la jeune femme écarte d'un geste brutal une vieillarde flageolante sans même se préoccuper de la faire tomber, avant de s'enfuir d'un pas rapide, mobilisant toute sa volonté pour ne pas se mettre à courir. Hors de question de leur faire ce plaisir… Quelle horreur ! Cette voix hystérique ne s'arrêtera-t-elle donc jamais ? Le prédicateur a en effet entrepris de la suivre de sa démarche traînante tout en augmentant de plus belle le volume d'une voix aux accents de tonnerre, tandis que les yeux du petit groupe lui brûlent le dos.

— Belzébuth te hante, je le vois se tapir au fond de toi pour mieux déferler sur ta vie comme une tempête et détruire tous ceux que tu aimes… Tes proches y sont-ils préparés ?

Les derniers mots haineux se perdent dans le vent, tandis que Margault se décide enfin à courir, pressée d'échapper à ce flot d'agressivité. Plus présente que jamais, la sensation d'être poursuivie par le Mal est revenue, en même temps que la perception familière d'un souffle chaud et fétide dans son cou. Mon Dieu, cela ne sera donc jamais terminé… Ce prédicateur fou a distillé en elle un poison sournois qui la ronge comme un acide. Elle se sent happée par des ténèbres voraces, ce qui accroît encore son sentiment d'urgence. Il faut que justice s'accomplisse au plus vite, avant qu'il ne soit trop tard…

Le lendemain, Margault est encore endormie lorsque Peronette fait brusquement irruption dans la chambre sans souci de la réveiller en sursaut, acte suffisamment inhabituel pour témoigner de son trouble. Tout autant d'ailleurs que sa respiration courte, son tablier sali et ses cheveux blancs étrangement sortis de leur coiffe…

— Margault ! Ma douce, il te faut te réveiller immédiatement ! Toute la ville ne parle plus que de cela…

Les paupières encore lourdes de sommeil, la jeune femme se redresse avec peine sur ses oreillers, le cœur soudain serré par une indescriptible angoisse.

— Trois de mes fournisseurs de simples et amis viennent d'être arrêtés par l'Inquisition. On raconte qu'ils se sont rendus coupables de choses épouvantables. Ils auraient uriné sur des tombes, blasphémé sous les yeux du bedeau dans le chœur même de la cathédrale, raconté avec force détails un sabbat durant lequel ils auraient honoré un bouc… Que des horreurs mensongères ! Leurs officines ont paraît-il été fouillées de fond en comble à la suite d'une dénonciation anonyme.

Une poupée de cire maladroitement formée à l'effigie du bailli a été retrouvée dans un pot de terre, constellée d'épingles. Tu sais, l'une de ces poupées servant lors des messes noires... Je ne puis croire un instant à ces accusations ! Il doit sans aucun doute s'agir d'une machination ourdie par un marchand jaloux qui guigne leurs boutiques...

— Et le bailli, sait-on comment il a pris les choses ?

— Fort mal, comme tu peux l'imaginer... D'autant plus qu'il a été victime d'un malaise peu après les faits. Un malaise auquel il n'aurait d'ordinaire probablement pas pris garde, mais qui a pris cette fois des proportions exceptionnelles... C'est sans doute tout bonnement la peur mêlée à la lourdeur de l'air qui l'a étourdi. Depuis qu'il se croit envoûté, il réclame à tous les vents de la bryone, qui, portée en talisman, chassera les maléfices dont il est l'objet, ainsi que de la bile de chien noir afin de détruire l'effet du charme. Mais trouvera-t-il en ces temps d'Inquisition un sorcier ou un guérisseur assez fol pour l'aider, rien n'est moins certain... D'autres arrestations se préparent déjà, et chacun reste terré chez lui...

Margault est sidérée. Ce qu'avaient annoncé Matthieu et l'homme du marché, cette avalanche de dénonciations, d'arrestations et de peurs toutes plus irrationnelles les unes que les autres, était bel et bien en train d'avoir lieu ! Malgré son instinctive répulsion, la jeune femme sent une idée folle germer en elle. Après tout, cela lui permettrait de réparer une immense injustice à peu de frais... Profitant de cette folie générale, elle allait dès ce soir rédiger une lettre anonyme à l'attention des inquisiteurs au sujet des agissements odieux du bourreau. En mêlant habilement à ses déclarations quelques pincées de sorcellerie et de satanisme, de manière à capter totalement leur attention. Ensuite, ce sera au destin de trancher… Mais que raconte donc la vieille nourrice, elle ne l'écoutait plus…

— … devraient être interrogés et jugés par les moines mendiants sans plus tarder. En ces temps de famine, les autorités plaisantent encore moins que d'ordinaire avec les affaires de sorcellerie. Depuis l'annonce de ces arrestations, les témoignages abondent en tous sens. Ce ne sont plus que récits de femmes ayant perdu un enfant à cause de l'un de leurs regards, d'hommes rendus impuissants pour les avoir croisés en chemin… Une pucelle a même bavé et crié comme une possédée devant la geôle peu après leur arrivée. Mais quel intérêt ces gens ont-ils à proférer ces mensonges ? Je ne comprends pas… À cette heure, une foule grondante munie de bâtons s'est rassemblée sur le parvis de la cathédrale pour attendre la suite des événements…

— Tout de même, ne va-t-on pas exiger davantage de preuves pour les condamner ? Tous ces témoignages soudains peuvent paraître à un regard extérieur neutre aussi fantaisistes qu'excessifs…

— À un regard neutre, probablement, mais certainement pas à celui de l'Inquisition… J'ai ouï dire que ces moines mendiants sont bien prompts à condamner. Prions Dieu qu'ils ne remontent pas jusqu'à nous…

Margault préfère ne pas dévoiler à la vieille servante le fond de sa pensée : prions Dieu que *Philippe* ne les aide pas à remonter jusqu'à elles…

28

CONSCIENTE DE L'URGENCE de la situation, du risque de voir son père les dénoncer un jour ou l'autre, la jeune femme s'était décidée à passer à l'offensive une nouvelle fois. Puisque le breuvage empoisonné n'avait pas suffi à l'occire, il allait lui falloir trouver quelque chose de plus efficace… L'idée définitive lui était venue alors qu'elle repassait quelques jours plus tard par hasard devant les étuves où elle a travaillé. Comment n'y avait-elle pas songé auparavant ? C'était en effet la solution rêvée ! Elle avait mis en place son projet sans perdre un instant… Nerveuse, elle déambule maintenant dans la rue tout en tournant entre ses doigts crispés le bijou que Peronette lui avait confié à sa sortie de l'hôtellerie Dieu pour faire face à toute difficulté. Un bijou orné d'un minuscule saphir qui, lui avait-elle avoué avec émotion, avait appartenu à sa mère… Le jour est tombé depuis bien longtemps, faisant naître des ombres menaçantes qui jaillissent comme par magie à ses côtés pour la faire sursauter nerveusement, lorsque la porte dérobée des étuves s'ouvre enfin afin de laisser sortir les filles follieuses qui y officient en toute discrétion. Est-ce la nuit noire qui trompe à l'envi les regards, ou les ribaudes sont-elles plus émaciées, presque décharnées ? Leurs décolletés autrefois affriolants bâillent sur des seins amaigris et tristes, tandis que les joues creuses encore soulignées de maquillage outrancier font ressembler les visages à des masques mortuaires. Sans oublier les regards affamés et sauvages qui ont remplacé les œillades aguicheuses d'autrefois... Margault n'a guère le temps de s'interroger plus longuement puisque apparaît enfin dans l'encadrement de la porte celle qu'elle n'attendait plus. Absorbée par ses réflexions, elle a bien failli la laisser passer sans la reconnaître ! Il est vrai qu'il n'y a plus grand-chose de commun entre la grosse fille blonde aux joues rebondies qu'elle avait connue à son entrée aux étuves et cette créature à la peau distendue et aux yeux durs. Bien qu'elle ne puisse faire autrement que de la plaindre, la jeune femme ne peut s'empêcher de considérer le bon côté de la situation : sa proposition ne pourra qu'être mieux accueillie dans un tel contexte... Elle craignait en effet fort en patientant que le bijou ne suffise pas à décider la ribaude à se rendre complice d'un acte aussi grave. Maintenant, elle n'a plus l'ombre d'un doute : celle-ci ne peut faire autrement que de l'accepter.

Sortie brusquement du recoin sombre dans lequel elle se tapissait, Margault fait involontairement sursauter la ribaude qui la considère avec une défiance non dissimulée, le visage fermé et la bouche pincée. Que peut donc lui vouloir cette femme aux yeux hagards et aux pupilles dilatées, qui la dévisage avec une dévorante curiosité ? Si elle semble certes frêle et inoffensive, la prostituée a appris à se défier de ceux qui, comme elle, arborent un faible sourire qui se veut rassurant sur leur visage épuisé... Les temps sont durs, et l'on ne sait jamais malheureusement à quelles extrémités les gens peuvent être poussés pour de la nourriture ou quelques pièces. Qui sait, peut-être l'enfant de cette femme se meurt-il de malnutrition sur un tas de détritus ? Bien qu'elle en soit désolée, la ribaude n'a certainement pas le pouvoir de soulager la misère de tous les indigents de cette ville, alors qu'elle-même gagne à peine de quoi subsister ! Sans compter qu'elle se trouve au bord de l'épuisement, devant garder les hommes bien plus longtemps qu'autrefois et rivaliser de prouesses érotiques pour conserver un semblant de clientèle fidèle. Elle a même dû aujourd'hui accepter deux pourceaux qui n'avaient pas vu un bain depuis la Saint-Benoît, des journaliers ayant reçu une séance aux étuves en pourboire, qui profitaient de l'occasion pour s'offrir une fille follieuse. Les malotrus ont préféré se laver… après ! Comme si c'était elle qui était crasseuse ! Elle n'aurait jamais accepté ce genre de choses autrefois, c'est certain ! L'un d'entre eux a même été jusqu'à la sodomiser, pour le tiers seulement du tarif habituel ! La ribaude se sent donc de fort méchante humeur et n'éprouve plus qu'une hâte : rentrer chez elle et s'enfoncer dans un profond sommeil réparateur sur sa méchante paillasse garnie de foin. Alors cette fille, quoi qu'elle veuille, va s'ôter de son chemin rapidement, sinon elle va lui donner une vraie raison de s'inquiéter !

Il lui suffit dans son énervement d'une poussée un peu forte pour la faire tituber… ce qui a pour conséquence de la placer dans la lueur de sa torche. La prostituée étouffe un cri d'heureuse surprise : Margault ! Elle se souvient parfaitement de cette jeune servante ayant travaillé un court moment aux étuves, avec laquelle elle avait à plusieurs reprises longuement discuté… Elle au moins n'était pas de ces bêcheuses qui se croyaient trop bien pour parler aux filles publiques et se faisaient trousser gratuitement sur un tas de serviettes en se pensant supérieures ! Elle se souvient que Margault avait toujours un petit mot gentil pour elle, s'assurant qu'elle n'avait besoin de rien et lui fournissant en priorité les serviettes chaudes à souhait. Cette dernière l'avait même un soir tirée des griffes d'un client plus violent que les autres en menaçant d'aller quérir un sergent. Peu d'autres servantes se seraient ainsi exposées pour secourir une simple ribaude… Les violences sont dans ce milieu tellement monnaie courante ! Que fait donc la jeune femme dehors en plein milieu de la nuit, à l'attendre ainsi ? Un bref instant, la fille follieuse hésite pourtant à passer son chemin sans s'arrêter. Elle a suffisamment de problèmes par les temps qui courent sans s'en attirer de nouveaux… Elle n'a en effet pas manqué d'entendre parler comme tout le monde de la réputation d'empoisonneuse de Margault. Tout en refusant au fond d'elle-même de croire en sa malignité. Si une femme aussi douce avait tenté de tuer son mari, cela ne devait pas être sans de sérieuses raisons ! Combien d'hommes en effet à l'allure respectable ne battaient-ils pas quotidiennement leur épouse, sous prétexte de la remettre dans le droit chemin ? Cette société est étrange tout de même, qui permet à un enfant de porter plainte contre un père trop brutal, et ne concède aux femmes que le droit de se taire…

Lisant sur le visage de la prostituée le cheminement de ses hésitations, Margault décide de ne pas la laisser réfléchir plus longuement. Après lui avoir montré un court instant le bijou blotti dans le creux de sa main qui laisse échapper un éclair étincelant, elle entraîne la ribaude ébaubie et curieuse d'un pas vif vers l'auberge la plus proche. Ce n'est qu'une fois les deux femmes installées dans le fond de la salle, une méchante bouillie devant elles, que la jeune femme se décide à entrer dans le vif du sujet. Non sans hésitation… De quelle manière peut-elle en effet lui présenter un tel projet ? Il lui faut trouver une manière nuancée et progressive de lui annoncer les choses, si elle ne veut pas que son interlocutrice ne s'enfuie en courant pour aller quérir les sergents ! Perplexe, elle observe avec une attention soutenue la ribaude qui, malgré sa curiosité, ne peut s'empêcher de se laisser étourdir par les appétissants effluves de la nourriture et l'atmosphère accueillante du lieu. Ignorant royalement les regards en biais lancés par les hommes présents, cette dernière soulève sa lourde chevelure dénouée d'une main, tout en agitant de l'autre sa cotte pour mieux y laisser pénétrer un souffle d'air rafraîchissant. Sous les yeux de plus en plus affamés des spectateurs, on s'en doute… Souhaitant s'attirer les faveurs de la jeune femme, Margault jette un coup d'œil discret dans son aumônière presque vide avant d'interroger :

— Cette bouillie vous suffit-elle, Dolette ? Je puis peut-être demander au tavernier s'il ne dispose pas d'un morceau de lard, de fromage…

— J'apprécie fort que tu t'apprêtes à vider ton aumônière pour m'offrir à souper, ma belle. Mais je ne suis pas idiote, je me doute bien que tu n'es pas venue pour le plaisir de ma compagnie ou pour prendre de mes nouvelles. Alors, qu'attends-tu de moi exactement ? Cela doit être d'importance pour que tu prennes ainsi tant de précautions…

— Vous avez raison, autant vous expliquer ce que j'attends de vous. Il se trouve que j'ai, comme vous le savez peut-être, quelques différends avec mon père…

— Un père qui, comme par hasard, vient bénéficier régulièrement de mes faveurs… Mais continuez, je vous ai interrompue.

— Bien entendu, je vous mentirais si j'affirmais que c'est un pur hasard qui a guidé mes pas. Ne vous souvenez-vous pas de ce jour où je suis entrée par inadvertance dans la pièce où vous étiez affairée à… vous occuper de Philippe ?

— Je m'en souviens parfaitement. Vous vous êtes sauvée comme si vous aviez le diable à vos trousses, et j'ai été contrainte de vider moi-même les seaux d'eau dans la cuve…

— Voilà… Je voudrais que vous observiez pour moi mon père, que vous vous renseigniez discrètement sur ses habitudes de vie. Je vous donnerai en échange ce bijou précieux…

La prostituée se contente de saisir le bijou en silence, avant de l'examiner avec défiance. Tandis que Margault éprouve l'impression d'entendre grincer avec peine les rouages de son cerveau.

— Espionner votre père, rien que cela ! Ne me prenez pas pour une imbécile, Margault… J'imagine que vous projetez ensuite de l'atteindre d'une manière ou d'une autre, de l'empoisonner peut-être comme votre mari, en faisant de moi votre complice… Même si vous devez avoir de fort bonnes raisons pour en arriver à une telle extrémité, vous ne savez pas à quoi vous vous exposez ! Vous devez savoir qu'un nouvel inquisiteur est arrivé récemment à Amiens, qui a décidé de « nettoyer » la ville de sa vermine. Ne trouvant pas suffisamment d'hérétiques à son gré, bien qu'il ait pourtant arrêté un certain nombre d'apothicaires et de marchands de cire, il à détourné son ire contre les sorcières, les fols et les simples d'esprit. Je ne sais à quelle catégorie vous appartenez, mais vous devriez vous défier des oreilles qui vous entourent, croyez-moi. Les dénonciations vont aujourd'hui bon train…

Margault frémit à l'évocation des marchands de cire. Et si la vieille sorcière qui l'avait fournie en simples la dénonçait sous la morsure de la question ?

— Je sais tout cela. Mais je n'ai, je vous l'assure, nul autre choix. Mon père se défie chez lui de toute nourriture et boisson. Je suis convaincue qu'il lui arrive ici de baisser sa garde, de boire quelquefois un verre d'hydromel… Si vous acceptez de me consacrer encore un moment, je puis si vous le souhaitez vous exposer les raisons qui me poussent à un tel acte. Vous pourrez ensuite me répondre en toute connaissance de cause, et en votre âme et conscience…

Interprétant le silence de la prostituée comme un acquiescement malgré son air effaré et sa manière de ne plus se tenir sur le banc que par un morceau de fesse, Margault commande d'un geste qui ne souffre pas de discussion une nouvelle bouillie au tavernier, avant de se rapprocher de Dolette avec un air de conspiratrice. Lorsqu'elle se tait enfin, à bout de souffle et d'arguments, la taverne est désertée, et le propriétaire éteint déjà les dernières lampes à huile tout en leur jetant des regards explicites. Margault réprime un mouvement de surprise : elle avait tout oublié, l'endroit, l'heure, le lieu qui peu à peu se vide… Sans doute est-ce dû à la fumée noire qui enveloppe complètement les deux femmes, comme une émanation de leurs sombres pensées. Anxieuse, elle tente de lire un début de réponse dans le regard de la prostituée, en vain… Ce qui ne l'étonne guère… Comment a-t-elle pu penser un seul instant que la ribaude pourrait accepter une pareille proposition ? Nulle personne sensée ne pourrait se résoudre à se rendre complice d'un meurtre, même pour un bijou de valeur… Margault se demande déjà comment se tirer de cette situation embarrassante pour l'une comme pour l'autre, lorsque la voix lasse de Dolette la fait sursauter :

— Puis-je disposer de quelques jours pour mettre de l'ordre dans mes idées ? Vous devez admettre que tout cela demande réflexion…

Si Margault se sent déçue, elle déploie pourtant des efforts héroïques pour le dissimuler. Après tout, elle a déjà une chance inouïe que la ribaude ne l'envoie pas définitivement au diable ! Il ne lui reste plus maintenant qu'à patienter quelques jours…

29

CE MATIN, Peronette, qui a passé une mauvaise nuit, se sent toujours inexplicablement tendue malgré sa promenade au marché. Elle s'interroge une fois encore sur la nécessité des agissements de Margault, sans trouver de réponse réellement satisfaisante. Quel gâchis tout de même ! C'est fou, comment la vie avait-elle pu transformer la petite fille vive et rieuse en cette femme au ton sec et à la voix dure ? Cela ébranle toutes les convictions de la vieille chrétienne, élevée dans l'idée que la droiture et la piété finissent toujours par être récompensées… Depuis que la jeune femme était venue la chercher à l'hôtellerie Dieu, la nourrice ne cessait de s'inquiéter pour sa protégée. Après avoir trouvé sur leur paillasse la vieille poupée de chiffon désormais borgne que Philippe avait offerte à sa fille pour ses cinq ans, l'inquiétude de la nourrice était encore remontée d'un cran : pourvu que la jeune femme ne devienne pas « bizarre » après tous ces chocs successifs, comme sa grand-mère autrefois, juste après l'exil de sa fille… Mais ce qui l'alarmait encore davantage, c'était ces hommes mystérieux que Margault sentait en permanence sur ses talons et dont elle ne cessait de l'entretenir. Pourvu qu'il ne s'agisse pas d'inquisiteurs occupés à refermer insidieusement leur piège sur leur proie…

Plus que les pas, c'est le froissement du tissu que Peronette perçoit en premier lieu, signe évident que quelqu'un est entré sans frapper. Rendue nerveuse par les récents événements, la vieille femme sursaute avant de se diriger en tâtonnant vers le bruit, le cœur battant. Il ne peut s'agir de l'un de ses patients, aucun ne se risquait à pénétrer dans son logis sans s'être au préalable annoncé, la sachant aveugle.

— Qui est là ?

Seul le silence lui fait écho, bien qu'elle perçoive distinctement une autre respiration que la sienne, proche et haletante. Son anxiété, au départ légère, augmente d'un cran :

— Répondez-moi, je sais pertinemment qu'il y a quelqu'un !

Toujours aucune réponse… Ce n'est désormais plus de l'anxiété, mais une véritable panique qui prend possession de la nourrice. En ces temps où la propriété privée est aussi sacrée que protégée par la loi, il est de mauvais augure de trouver quelqu'un prenant le risque de faire intrusion dans une maison sans vouloir se faire connaître… Les vieilles mains tremblantes se sont immobilisées contre un mur, comme par crainte de ce qu'elles risquent de trouver. Deux femmes seules avec une fillette représentent des proies tellement faciles pour des visiteurs mal intentionnés !

— Si vous ne répondez pas immédiatement, je crie !

L'odeur nauséabonde qui parvient jusqu'à ses narines n'est guère plus rassurante. Remugle de crasse et d'oignons mélangés, celle-ci ne peut appartenir qu'à un vagabond… Qui sait, peut-être s'agit-il d'un homme envoyé par Philippe pour le venger du plan ourdi par Margault ? Un plan que cette dernière s'est finalement décidée à lui raconter… La nourrice n'a jamais vraiment cru que sa protégée pourrait se tirer d'une telle aventure sans dommages. Il semble en effet surprenant que le marchand de vin n'ait pas fait un seul instant le lien entre les malaises de l'ancien notaire et le prétendu présent de sa fille… Une fois de plus, l'intuition d'un danger proche, qui l'envahit de plus en plus souvent ces derniers jours, la bouleverse. N'a-t-elle pas rêvé à cinq reprises de l'enlèvement de Margault par de mystérieux hommes masqués ? Comme sa sœur, Peronette ne s'est malheureusement que rarement trompée dans ses visions divinatoires…

— Pas de panique, ma bonne vieille, je ne faisais que jeter un œil, voilà tout…

— Qui êtes-vous ?

— Moi ? Personne en particulier… Je ne fais que porter un pli pour Margault Esternay. C'est bien ici qu'elle loge ?

— Un pli ? Vous ne venez céans que pour porter une missive, c'est bien cela ?

— Eh bien, vous n'êtes guère aidée, la vieille ! Non seulement vous êtes aveugle comme une taupe, mais vous semblez en plus simple d'esprit ! Puisque je vous dis que je viens amener une lettre ! Prenez-la donc, que je puisse partir ! Je n'ai pas que ça à faire, moi…

L'inconnu parti, la vieille femme sent une douleur fulgurante lui transpercer la poitrine du côté gauche, au point qu'elle chancelle dangereusement au milieu de la pièce. Sa respiration lui est terriblement douloureuse, les battements de son cœur insupportables. Oh non, elle ne va pas s'en aller maintenant, elle ne peut laisser ses deux petites ainsi sans protection… Un long moment plus tard, la douleur se décide enfin à s'apaiser, ne laissant place à rien d'autre qu'une intense fatigue. Dieu, ce qu'elle a eu peur ! Ellc se fait bien vieille pour de pareilles émotions…

En rentrant à la maison, Margault s'étonne des yeux cernés et rougis de la nourrice, de ses traits tirés par l'insomnie. Elle d'ordinaire si soignée a en effet la tête nue, les cheveux dressés sur le crâne et le visage marbré de plaques rouges. Cela fait cent fois pourtant qu'elle lui dit de cesser de s'épuiser avec tous ses patients, de se ménager des moments de repos. Surtout depuis qu'elle travaille à ses côtés… Les miséreux seraient bien avancés si elle ne pouvait plus les aider, si elle n'avait plus la force d'aller leur cueillir des simples ! Elle était bien trop âgée pour travailler ainsi toute la journée d'arrache-pied. Il est aujourd'hui exceptionnel pour la jeune femme de ne pas trouver trois ou quatre malades occupés à patienter, qui avec un chou flétri, qui avec un morceau de lard en guise de paiement…

— Peronette, que se passe-t-il ? Tu te sens bien ?

— Oui, rassure-toi, tout va bien…

— Tu as l'air souffrante. Dis-moi ce qui ne va pas…

— Il est vrai que je me sens un peu faible ces jours derniers, mais je suis certaine qu'il ne s'agit de rien de grave…

— Pourquoi ne cesses-tu pas de t'agiter et ne viens-tu pas plutôt t'asseoir à côté de moi un instant ?

Une fois la vieille femme effondrée plutôt qu'assise sur la paillasse, un long silence s'installe, uniquement ponctué par les mouvements furtifs de Peronette pour s'essuyer les yeux d'un revers de manche maladroit. Embarrassée, Margault se décide enfin à prendre doucement la frêle nourrice dans ses bras, aussi précautionneusement que si celle-ci avait été de verre :

— Et si tu me contais tout simplement ce qui te préoccupe ?

— J'ai entendu de nouveau quelques nouvelles alarmantes au marché. On ne cesse d'arrêter de nouveaux apothicaires, des miresses, des femmes soupçonnées à tort ou à raison de sorcellerie… Je crains que ces inquisiteurs ne finissent par s'intéresser à nous du fait de notre activité…

— N'essaie pas de me duper, Peronette, il y a autre chose. Tu as une mine épouvantable, ta voix est triste. Je te connais de longue date, et je pressens que quelque chose de bien plus grave te préoccupe. Alors parle-moi, veux-tu…

— C'est Philippe.

— Ah, bien entendu, Philippe…

— Tu ne sembles pas surprise ? Ainsi tu savais qu'il était allé trouver le prévôt pour me dénoncer… Une brave femme est venue m'avertir que mon nom se trouvait sur la liste des inquisiteurs et que ces derniers s'apprêtaient à convoquer Philippe pour l'interroger à mon propos. Avant sans doute de venir m'arrêter… Je ne parviens pas à croire à tant de vilenie. Lui que j'ai déniaisé, aidé, protégé…

— Rassure-toi, ma bonne Peronette, ce n'est pas à toi que ce monstre cherche à nuire, mais à moi, à travers toi. Mais je peux te jurer une chose : je ne le laisserai pas faire. Je te protégerai, ainsi que Marie, j'en fais le serment.

Malgré son apparente assurance, Margault sent son cœur se serrer d'angoisse. La réputation de sérieux et de piété de la nourrice suffira-t-elle à contrebalancer les déclarations mensongères de son père ? Rien n'est moins certain… Il suffit trop souvent dans cette ville d'une rumeur, d'un ragot trop bien colporté pour accréditer la thèse la plus extravagante. Au départ amusée par une affirmation peu crédible, la populace se révèle prompte à la faire sienne, à se l'approprier pour en faire une vérité inaltérable. Une de ses voisines, alors qu'elle vivait encore chez son père, n'avait-elle pas été accusée, à tort, d'adultère par une veuve jalouse de son logis ? Il avait fallu des années pour que son mari cesse d'être raillé comme cocu… Alors, en ces temps d'Inquisition ! De quelle manière ces moines vont-ils accueillir la dénonciation de la sœur d'une miresse jeteuse de sorts, qui se mêle de fabrications de potions et d'onguents ? À ce propos, Margault se demande bien quelles suites ont été données à sa missive anonyme concernant le bourreau… Quand Peronette, trop bouleversée pour continuer à parler, extrait à gestes lents de sa manche une missive chiffonnée, le cœur de Margault fait un bond douloureux dans sa poitrine : en ces temps agités, une lettre ne peut apporter que de fâcheuses nouvelles. Dès le premier regard, ses sourcils se froncent :

Ma mie,

J'ai ouï dire que vous portiez un intérêt particulier à votre père, qu'en fille aimante vous lui faisiez même porter du vin. J'aimerais beaucoup vous en parler de vive voix. Rejoignez-moi chez moi dès que vous lirez ce pli, c'est avec grand plaisir que je vous y recevrai, sans mon frère cette fois.

Votre ami pour toujours

Si Margault comprend immédiatement que la missive ne peut provenir que d'Arnoul, cette dernière déclenche en elle un intense sentiment d'alerte. Outre la menace de chantage plus qu'évidente, un autre point l'ennuie : elle n'en jurerait pas, mais elle est presque convaincue qu'il ne s'agit pas de l'écriture d'Arnoul. Elle a eu comme on le sait plusieurs occasions de la lire, et celle-ci lui semble plus lourde, plus grossière. Mais peut-être avait-il les premières fois fait appel à un écrivain public pour mieux la séduire ? À moins qu'il ne s'agisse cette fois bel et bien, comme elle le craint, d'une toute autre écriture, et qu'un inconnu n'utilise ce stratagème pour la mener là où il le souhaite… Elle éprouve en effet de plus en plus souvent la sensation qu'on la manipule telle une marionnette en vue d'un dessein dont elle ignore tout. Est-ce l'urgence de la situation ? La lassitude de chercher sans cesse des explications qui ne savent la satisfaire ? Margault, après avoir chiffonné un peu plus le parchemin dans ses mains moites d'émotion et l'avoir déposé dans un coin de la chambre, se précipite sans plus réfléchir chez Arnoul. Non sans avoir glissé dans sa chausse son précieux couteau. Après tout, si elle doit se jeter dans ce piège trop évident, ce sera en toute connaissance de cause, non comme une oie blanche…

Une fois parvenue devant la lourde porte, une simple poussée lui suffit pour la faire s'ouvrir avec un grincement sinistre. Curieux, les deux frères ont d'ordinaire – d'après ce qu'elle a pu constater – une fâcheuse tendance à se calfeutrer avec moult précautions, sans doute pour des raisons peu avouables. Que peut-il diable se passer ? Toujours pressée, la jeune femme fait taire sa défiance pour parcourir le corridor à pas rapides, avant de soulever brusquement la lourde tenture :

— Arnoul ! Arnoul, où êtes-vous ? Répondez-moi, j'ai bien reçu votre missive et…

Les mots suivants se bloquent dans sa gorge, tandis qu'une odeur putride lui saute aux narines, faisant monter un flot vite réprimé de bile dans sa bouche. Elle tourne déjà les talons pour retrouver l'air de la rue, lorsqu'un bruit ténu attire son attention sur sa droite. Des rats… Des dizaines de rats sont en train de grignoter les cadavres raidis d'Arnoul et de Jacques, alors que d'autres bêtes non déterminées grouillent avec vélocité sous leurs vêtements. L'un des frères, Jacques, a apparemment été surpris par la Camarde alors qu'il était attablé, sans doute empoisonné comme semble l'attester la mousse blanchâtre aux commissures de ses lèvres. Tandis qu'Arnoul gît sur le gigantesque lit dans une flaque de vomissures, les jambes écartées, dans une macabre parodie de leur scène d'amour passée. Donnant l'impression que c'était aujourd'hui de la Camarde que le jeune homme attendait les faveurs… Un intense sentiment d'urgence ramène brutalement Margault à la réalité, désagréablement concrétisé par des pas pressés qui se rapprochent dans le corridor. Confirmant l'intuition qui l'oppressait depuis son entrée. Il s'agissait d'un piège, bien entendu, comme elle l'avait pressenti… Quelqu'un avait profité de ses liens complexes avec Arnoul, ainsi que de sa réputation d'empoisonneuse, pour tenter de lui faire endosser ces deux meurtres. À moins qu'il ne s'agisse d'un plan plus subtil et plus dangereux encore, destiné à l'impliquer *elle*… Dans ce cas, ces crimes ne seraient qu'un simple moyen, monstrueux certes, de l'atteindre plus efficacement… Mais la jeune femme n'a plus le temps de s'interroger davantage, il lui faut trouver au plus vite un moyen de s'enfuir. Et immédiatement !

Alors qu'elle fouille désespérément la pièce, soulève tentures et tapisseries avec un sentiment d'alerte croissant, la découverte d'une porte dérobée lui en donne par chance l'occasion. Quelques instants plus tard, elle parvient à se fondre dans la foule qui encombre la rue sans même avoir pu apercevoir l'un de ses poursuivants. Pour vomir par convulsions douloureuses quelques brasses plus loin, les tempes battantes et les jambes prêtes à se dérober sous elle. Ce n'est qu'une fois calmée qu'elle prend conscience de toute l'ampleur de ce danger auquel elle se trouve confrontée. Si, comme elle le pressent, elle est personnellement menacée, ses mystérieux adversaires sont infiniment dangereux… et prêts à tout… Mais pour quelle raison étrange s'acharnent-ils donc ainsi sur elle ? Si au moins elle pouvait déterminer d'où, et de qui, venait la menace, elle pourrait cesser de se défendre passivement pour enfin passer à son tour à l'offensive !

De retour au logis, épuisée et bouleversée, elle se précipite dans la chambre pour la fouiller à grands gestes nerveux. Vite, il lui faut absolument retrouver ce morceau de parchemin, unique preuve susceptible peut-être de la disculper. En vain… La lettre semble avoir disparu. Margault se retourne brusquement, le cœur battant, prête à inspecter une autre pièce, lorsqu'elle se cogne à Peronette :

— Peronette, c'est très important, où as-tu rangé la missive que tu m'as remise tout à l'heure ? Je ne la trouve plus…

— Je n'y ai pas touché, je ne suis même pas retournée dans la chambre. J'avais des légumes à…

— Mais cela est impossible ! Je l'avais déposée là, à côté de notre paillasse, pour pouvoir mieux l'étudier un peu plus tard. Elle n'a tout de même pas pu disparaître toute seule ! Ne pourrait-il pas s'agir de l'un de tes malades…

— Allons, tu sais pertinemment qu'aucun malade ne pénètre dans la chambre, voyons ! C'est même la seule pièce qui conserve un semblant de calme tout au long de la journée…

— Il me faut impérativement retrouver ce pli, tu m'entends ! Tu ne peux imaginer l'importance de ce morceau de parchemin…

— Ne peux-tu me conter ce qui s'est passé pour te mettre ainsi dans cet état ?

Sans plus écouter, Margault continue fiévreusement à tout mettre sens dessus dessous dans la pièce, en vain. Le pli a bel et bien disparu. Comme s'il n'avait jamais existé que dans son imagination…

30

DURANT un interminable moment, la petite fille observe d'un œil préoccupé une Margault qui, assise les yeux gonflés sur leur paillasse, semble avoir bien des difficultés à reprendre ses esprits. Ce qui est légitime, après la nuit qu'elle vient de passer ! Depuis qu'elle s'est enfin décidée à abandonner son travail aux étuves pour assister Peronette – qui loue désormais une boutique voisine pour son commerce de simples –, l'humeur de sa mère adoptive est devenue changeante, souvent ombrageuse. Sans que Marie comprenne bien les raisons de ce désespoir muet qui ne cesse de croître… Prise d'une soudaine timidité, la petite hésite à glisser sa menotte dans la main qui se crispe sur les draps, dans l'espoir naïf de chasser les démons qui assombrissent le front pur. Quand tout à coup, une pensée l'assaille avec violence, la faisant reculer précipitamment : et si la morosité de Margault était due à tout autre chose, à elle par exemple ? Peut-être cette dernière avait-elle une chose grave à lui reprocher… Bouleversée par cette idée, Marie quitte brusquement la pièce sans même que Margault en prenne conscience, pour aller s'écrouler sur un banc près du foyer éteint, sa poupée de chiffon serrée entre ses bras.

Inutile de préciser bien entendu que les cauchemars de Margault n'ont rien à voir avec la petite fille. Qui pourtant a bien pressenti les choses avec sa formidable intuition d'enfant : jamais la jeune femme n'avait passé de nuits aussi difficiles de son existence… Une fois sa toilette achevée, elle se sent tout de même sensiblement ragaillardie. Ce qui ne l'empêche pas de prendre d'un pas lourd le chemin de la boutique. Quand elle songe que, les premiers jours, son cœur se gonflait de fierté en franchissant le seuil du petit commerce. Modeste mais impeccablement tenu, il est divisé en deux parties bien distinctes : la première, où l'on vend herbes et onguents en toute légalité, et la seconde, dissimulée dans l'arrière-boutique, où l'on soigne le plus discrètement possible des patients de plus en plus nombreux. La disposition des lieux a été astucieusement agencée par la vieille nourrice. Si la première pièce, nette et aérée, est joliment constellée de pots de terre de toutes tailles, seule une odeur d'onguents mêlés un peu trop présente peut faire deviner l'existence de l'infirmerie de fortune derrière la lourde tenture. Il s'agit tout de même de faire attention, surtout en ces temps inquisitoriaux… Si la vente de plantes est en effet parfaitement autorisée, l'exercice illégal de la médecine peut quant à lui être sévèrement puni. Mais Peronette a-t-elle véritablement le choix ? Dès l'annonce de l'ouverture de son petit commerce, de nombreux miséreux se sont précipités chez elle, tous plus affaiblis et sous-alimentés les uns que les autres. Sous couvert d'acheter une pommade ou une potion bien au-dessus de leurs moyens, ils ont montré à la nourrice plaies et abcès purulents que la vieille femme n'a pas eu le cœur de laisser en état. Comment imaginer un seul instant qu'un de ces malheureux puisse mourir faute de soins ? Elle ne se le serait jamais pardonné… Le bon Dieu lui a fait don du pouvoir de guérir, il serait péché de ne pas le mettre au service des plus pauvres. Comme sa sœur autrefois… Elle doit simplement veiller à ce que les médecins et autres chirurgiens-barbiers n'apprennent pas son activité, voilà tout…

Si Peronette s'épanouit chaque jour davantage dans sa charitable activité, il n'en est malheureusement pas de même pour Margault, qui en est venue à appréhender ses longues journées d'inactivité. Contrairement à la nourrice précédée de l'aura de guérisseuse de sa sœur la miresse, elle est quant à elle auréolée d'une odeur de soufre liée à son passé d'empoisonneuse, dont elle ne parvient pas à se débarrasser et qui fait fuir tous les patients. Peronette a beau rassurer les malades, leur jurer ses grands dieux qu'ils peuvent se fier à sa jeune protégée qu'elle a elle-même formée, rien n'y fait… Margault ne reçoit que regards méfiants et claquements de langue réprobateurs, quand ce ne sont pas carrément des crachats… Ah si, les seules personnes qui consentent à la voir, le visage à moitié dissimulé par une cagoule, sont les femmes battues désirant occire un mari violent, ou encore les hommes qui rêvent d'échanger grâce à un empoisonnement rondement mené leur épouse au ventre détendu par les grossesses contre une jeunesse aux tétons arrogants… Ce qu'elle refuse bien entendu avec véhémence… Sans oublier les fols, qui n'ont pas perdu l'espoir de lui arracher la formule pour ressusciter les défunts ! Pour elle qui ne rêvait que de réaliser enfin sa vocation, celle de guérir les gens, cela relève du calvaire !

D'autant plus que les choses ne font pas mine de s'améliorer… À présent, Margault ne se rend plus à la boutique qu'en l'absence de Peronette, afin d'éviter qu'une longue file d'indigents éclopés ne se forme sur le seuil et n'éveille les soupçons. Si cela continue ainsi, elle ne va pas tarder à reprendre son emploi aux étuves !

Lorsqu'elle parvient devant la boutique, la première chose qu'aperçoit Margault est une femme roulée à terre, le corps replié en position fœtale autour d'un ventre manifestement douloureux et la tête soutenue par un homme maigre à faire peur, au regard affolé. Inutile d'être miresse pour déceler l'extrême souffrance qui déforme les traits exsangues… C'est étrangement un sourd soulagement qui soulève Margault : enfin elle va pouvoir se rendre utile ! Les instants qui suivent vont pourtant rapidement la détromper. Dès que la femme comprend que Peronette ne viendra pas, elle tente par tous les moyens de soulever son corps alourdi par la douleur, s'agrippant aux bras secs de son mari pour compenser la faiblesse de ses jambes. Pire : quand Margault fait mine de toucher son ventre afin de l'examiner, elle trouve encore la force de se reculer d'un bond, comme si Satan lui-même s'apprêtait à lui arracher un enfant des entrailles. Et pourtant, elle ne semble manifestement pas enceinte… Un instant, Margault humiliée hésite à laisser l'ingrate se débattre seule dans sa souffrance, avant de se raviser. Qui avait dit qu'atteindre son but serait aisé ? Il se présente là une occasion de sauver une vie, hors de question pour elle de la laisser passer…

La femme, vraisemblablement jeune mais au visage sans âge, s'apprête une nouvelle fois à tenter de fuir, lorsqu'un nouveau spasme de douleur la plie en deux.

Allons, Margault ne doit plus lui laisser le choix, elle se doit d'intervenir. L'intensité visible de la souffrance, la manière dont le corps s'épuise à vue d'œil laissent augurer un problème d'importance. Après avoir bousculé sans ménagement la malade jusqu'à la paillasse destinée à l'examen des patients les plus souffrants, la jeune femme renvoie d'une voix ferme toutes les personnes qui traînaient comme d'ordinaire dans les environs aussitôt la porte ouverte. Elle a besoin de calme, de concentration pour rappeler à son souvenir les gestes qu'il convient de faire. Une fois la tunique de sa patiente remontée jusqu'à sa poitrine lourde, Margault serre les lèvres d'inquiétude en découvrant le ventre tendu et violacé. Elle avait bien deviné, cela semblait particulièrement grave… L'inconnue ayant sombré dans un inquiétant état d'inconscience, l'homme qui l'accompagne se résigne enfin à résumer l'histoire d'une voix lasse. Son épouse se plaignant depuis plusieurs jours de douleurs abdominales aiguës, ils s'étaient résolus à aller consulter un onéreux chirurgien après avoir emprunté la somme nécessaire à des amis. L'homme, très sûr de lui, avait diagnostiqué une inflammation de la matrice, avant de proposer une incision qu'ils n'avaient nullement les moyens de payer. Malgré leurs supplications, le praticien avait refusé d'échelonner les paiements, avant de renvoyer impitoyablement la jeune femme d'un ton rude. Depuis, cela allait de mal en pis… Le plus terrible dans cette situation était que le couple avait depuis peu un nourrisson que sa mère ne pouvait plus allaiter correctement et qui dépérissait lui aussi de manière alarmante. Des larmes maigres jaillissent des yeux précocement ridés de l'homme, tandis qu'il la fixe d'un regard fiévreux :

— Pour l'amour de Dieu, je vous en conjure… Sauvez ma Marguerite… Il ne me reste plus qu'elle et ma fille au monde. Si je devais les perdre…

Après avoir longuement examiné la jeune mère, Margault réfléchit intensément, tentant comme autrefois d'éveiller sa mémoire visuelle. L'information se situait sur une page de gauche, en haut et à droite de la feuille… Ça y est, elle s'en souvient ! Aussitôt, elle s'active, presque avec allégresse. Après avoir plongé sa patiente dans un bain improvisé avec une décoction de mauve et de pariétaire, elle masse longuement et avec douceur les parties lésées, le cœur battant de la crainte d'aggraver encore les choses. Une fois la femme toujours inconsciente sortie du bain avec l'aide de son mari, elle lui concocte fébrilement un emplâtre de résine de férule, de rave sauvage et de farine d'orge, qu'elle applique d'une main tremblante sur le ventre afin de résorber les ballonnements. Maintenant, il ne reste plus qu'à attendre… À attendre et à prier…

Après une journée interminable à guetter sur le visage d'un blanc de craie le moindre signe d'amélioration et à tenter, en vain, de calmer la nervosité croissante du mari, Margault entend enfin sa patiente s'agiter, avant de se réveiller complètement. Elle se précipite, talonnée par l'époux qui manque la renverser dans son impatience. À son grand soulagement, la femme, l'air tout de même hébété, parvient à esquisser un pâle sourire qui se veut rassurant à l'intention de son mari. Elle souffre nettement moins, et se sent pour la première fois depuis des jours relativement reposée. Margault ne peut s'empêcher d'exulter intérieurement. Elle est parvenue à sauver sa première patiente ! Une patiente qui, elle s'en aperçoit soudain avec détresse, ne l'a toujours pas regardée et tente de nouveau de s'éloigner afin d'éviter tout contact avec elle. Son corps amaigri se recule imperceptiblement vers le mur pour éviter de la frôler, ses muscles se crispent quand elle la prend gentiment par un bras pour l'aider à se relever. Ce n'est pas croyable, même maintenant elle continue à l'effrayer ! Sa crainte se confirme lorsque les deux époux refusent d'une même voix tendue la soupe qu'elle se proposait de leur servir, avant de repartir de manière précipitée sans même la remercier une seule fois. Une onde de colère la soulève malgré elle : mais quel miracle faut-il donc accomplir pour que ces fichus malades commencent enfin à se fier à elle ? Il ne lui reste plus qu'à espérer que la femme va survivre dans les jours qui viennent, sinon sa réputation d'empoisonneuse sera définitivement établie… Allons, il ne lui reste plus qu'à fermer boutique et à tenter de trouver de quoi manger…

Comme abandonnée, la ville n'est plus livrée le soir venu qu'à des troupes de pauvres guidées par des prédicateurs faméliques, dont la bouche ne semble savoir cracher que des menaces d'apocalypse… Margault est brusquement interrompue dans ses moroses réflexions par des ombres furtives qui semblent se précipiter vers un lointain brasier, dont elle aperçoit les flammes haineuses au-dessus des toits de chaume. Une onde de panique animale la traverse : un incendie au milieu de ces habitations en bois serait terrible dans ce contexte actuel de famine… Ce pourrait en outre constituer la preuve que le Mal a définitivement envahi Amiens, conforter les inquisiteurs dans leur volonté de punir aveuglément… Quelques instants d'observation supplémentaires lui permettent de se rasséréner, du moins partiellement : les ombres semblent bien trop silencieuses et tranquilles pour qu'il puisse s'agir d'un dangereux incendie. Cela doit obligatoirement être autre chose… Poussée malgré elle par la curiosité, la jeune femme ne peut s'empêcher d'emboîter le pas à une silhouette voûtée passant juste à côté d'elle, pour se rapprocher à son tour de la mystérieuse lueur. Une lueur dont elle ne tarde plus à comprendre l'origine… Un bûcher ! C'est étrange, les exécutions ont d'ordinaire lieu la journée, certainement pas à la nuit tombée ! Elle serait curieuse de connaître la raison de cette dérogation à la règle…

La raison, Margault ne la devine que trop aisément en découvrant l'identité de la victime ligotée au milieu des flammes, se tortillant désespérément pour échapper à leur brûlure de plus en plus insupportable. Le bourreau ! C'est donc lui que l'on exécute, ce qui explique tout… Les autorités ont sans doute préféré patienter jusqu'à la fermeture des portes de la ville pour débuter leur sinistre besogne, craignant sans doute l'intervention d'une troupe de marauds d'un village voisin. Un peu plus loin, entouré d'un groupe compact de moines, se tient un homme aux traits fermés, vêtu de la robe des dominicains, que la jeune femme reconnaît sans l'avoir jamais vu : Bertrand Constancis… Étrangement, l'homme est beau, fort soigné de sa personne et d'un abord calme et mesuré. Sa tonsure accroît encore l'aura d'intelligence qui se dégage de lui. Ce n'est qu'après avoir croisé son regard glacé d'un bleu perçant que l'on prend avec un effroi diffus la mesure de sa détermination implacable. Le moine est prêt à tout pour obtenir ce qu'il veut, nul ne peut en douter un instant…

Pétrifiée, Margault observe avec une fascination mêlée de dégoût le visage encore plus rougeaud que d'ordinaire du bourreau se tordre d'effroi, la bouche jeter des clameurs désespérées d'innocence, tandis que les jambes s'agitent dans un pathétique effort pour échapper aux flammes qui les consument déjà… Voilà donc le résultat d'une lettre, d'une simple lettre ! Si elle pensait savourer une victoire connue d'elle seule, la jeune femme s'aperçoit rapidement de son erreur. Révulsée, le cœur au bord des lèvres, elle ne peut que tourner les talons afin d'échapper au plus vite à cette vision d'horreur. Tout, plutôt que de croiser une seconde fois les yeux agrandis d'épouvante du roi des ribauds, qui semblent lui demander – à elle seule – d'intervenir pour faire cesser ce cauchemar. Comme s'il avait compris son rôle dans le drame en train de se jouer… Allons, elle se fait des idées, cela est impossible. Ce qu'elle sait en revanche, c'est que ce regard de moribond la hantera longtemps… Margault frémit, transie de froid malgré la douceur de la nuit, dans son mantel doublé de lapin cousu par Erma. Nul doute que l'officier municipal a largement expié les sévices qu'il a pu faire subir à Béatris… Un bref éclair de satisfaction la traverse malgré son désarroi : son amie est vengée, elle pourra enfin contempler Marie sans frémir… Tandis qu'elle chemine, une image précise lui revient par saccades, telle une litanie visuelle : un homme se déshabille en tremblant dans la pénombre où luisent de-ci de-là les lames d'instruments barbares et acérés, sous le regard attentif, presque gourmand, de moines au visage impassible. Tandis que les robes de bure, dans une illusion d'optique effrayante, semblent se resserrer autour de l'homme sans qu'aucun des religieux paraisse avoir bougé d'un pouce. Bien qu'elle connaisse parfaitement l'identité de l'inconnu, la jeune femme ne peut s'empêcher d'attendre avec impatience que l'homme se décide enfin à tourner la tête, de manière à ce qu'elle puisse en discerner les traits. Mais qu'attend-il donc ? Son cerveau ne veut plus répondre à ses sollicitations, n'a plus la force de dévoiler l'identité du prisonnier, tandis qu'imperceptiblement la silhouette se transforme… Le corps massif s'affine peu à peu, l'énergie de sa jeunesse s'évapore pour laisser place à la lassitude de l'âge, les cheveux blanchissent… Les mains qui s'agitent comme pour se protéger des fers rougeoyants portent désormais des taches de vieillesse bien trop familières à Margault… Celle-ci s'apprête à donner enfin un nom à l'inconnu, lorsque la silhouette se modifie de nouveau, pour laisser place cette fois à un corps de femme. Un corps mince, aux courbes pleines…

31

ENFIN il est temps pour Margault de retrouver Dolette, attablée à la même table de la taverne. Impatiente d'en finir, la jeune femme tente de discerner sur le visage de la ribaude un commencement de réponse, en vain. Si la fille follieuse a certes un air plus décidé, moins fatigué que l'autre soir, elle ne parvient pas à en tirer la moindre conclusion. Par chance, cette dernière ne la fait pas languir plus longtemps :

— C'est entendu, j'accepte de vous apporter mon aide. Pour vous remercier d'être venue à mon secours alors que je me trouvais en fâcheuse posture avec ce maraud de client… Mais ensuite je veux que vous m'aidiez à disparaître, à quitter définitivement la ville pour commencer une nouvelle vie grâce à l'argent de ce bijou. Vous ne pourrez plus ensuite compter sur moi pour quoi que ce soit d'autre, vous avez compris ?

Margault reste un moment silencieuse, sa défiance malgré elle éveillée. Tout cela semble presque trop beau pour être vrai, cette ribaude accepte sa demande bien trop aisément… Allons, elle n'est pas pour le moment en position de trop réfléchir ni de faire la fine bouche, trop d'urgences se bousculent. Tout ce qu'elle doit retenir pour l'instant, c'est que Dolette a accepté à mots couverts de l'aider à occire Philippe. Même si c'est évidemment bien moins par esprit de reconnaissance que pour le bijou…

Une douzaine de jours plus tard, Margault guette celle qu'elle regarde désormais comme sa complice au coin d'une rue proche des étuves, de même que chaque matin depuis leur dernier rendez-vous à la taverne. Les deux jeunes femmes semblent depuis le début jouer de malchance. Est-ce dû à ces étranges alertes provoquées par son breuvage empoisonné ? Philippe se fait ces temps-ci étonnamment absent. À la surprise de la ribaude qui d'ordinaire le rencontrait pratiquement chaque semaine. Durant cette période usante pour les nerfs, Margault a eu maintes occasions de réfléchir au comportement singulier de son père, qu'elle ne parvient toujours pas à comprendre malgré ses efforts. S'est-elle donc trompée à ce point, en interprétant comme de l'amour ce qui n'était en réalité qu'un laborieux sens du devoir paternel ? Sans doute n'y avait-il pas de place pour une petite fille maladroite et encombrante dans la passion dévorante et exclusive que portait Philippe à son épouse… Ses brusques démonstrations d'affection qui le portaient par instants vers elle ne pouvaient dans ce cas être que de cuisants accès de culpabilité. Qui sait, peut-être avaient-ils précisément lieu à la suite de chaque confession, lorsque le prêtre ravivait douloureusement son sens des responsabilités ? À moins que l'ancien notaire n'ait tout bonnement pas pu supporter son légitime besoin de grandir, cette manière insidieuse qu'ont les enfants d'échapper peu à peu à leurs parents. Cela lui aurait dans ce cas permis un raccourci bien commode : Margault était comme sa mère, impatiente de s'évader, de fuir son amour étouffant pour courir au-devant du monde… Mais tout de même, au point de vouloir lui nuire de cette manière !

Lorsque Dolette arrive enfin ce matin-là, les joues rosies par une marche rapide, un bref regard entre les deux jeunes femmes suffit : Philippe ne s'est toujours pas décidé à faire une apparition aux étuves. Que diable peut-il fabriquer ? Au fil des jours, les suppositions les plus folles ont tourné dans la tête de Margault. Qui sait, peut-être a-t-il changé d'établissement de bains… Il semble impensable en effet qu'il passe autant de temps sans se baigner, lui qui déteste l'usage des cuves à la maison. Ou bien a-t-il renoncé aux plaisirs des ribaudes après d'étranges symptômes qu'il a pu interpréter comme des avertissements divins ? À moins qu'il n'ait tout simplement eu vent de leur plan… Qui sait, peut-être y avait-il au sein des nombreux ivrognes peuplant l'auberge ce soir-là quelqu'un de sa connaissance, qui avait silencieusement écouté leur conversation pour mieux courir ensuite la lui rapporter… Mais alors, pour quelle raison personne n'était-il venu les arrêter ? Anxieuse, la jeune femme cherche désespérément dans les traits aigus qui lui font face une réponse à ses taraudantes interrogations. Tout en craignant à chaque instant que la prostituée encore indécise ne perde patience devant cette trop longue attente et ne l'abandonne à son sort. Si cette dernière s'est en effet montrée fort enthousiaste, et même d'un empressement suspect les premiers temps, il n'en est plus de même aujourd'hui. Margault la sent ces derniers jours tendue, hésitante, prête à se dérober. À cette perspective, son cœur se serre avec violence : sera-t-elle contrainte de renoncer si près du but ? Il lui faut absolument réinviter Dolette à l'auberge afin de lui insuffler du courage, trouver au plus vite un moyen de faire sortir Philippe de son antre… Elle imagine déjà mille manières de lui faire rejoindre les étuves, sans guère trouver de solution satisfaisante il faut bien l'avouer, lorsqu'une silhouette familière se profile soudainement dans la rue voisine. Une silhouette que Dolette est la première à reconnaître :

— Voilà votre père qui arrive droit sur nous ! Vite, il faut que vous vous dissimuliez, que je m'apprête !

Margault, le cœur battant follement dans la gorge, glisse subrepticement dans la main de la fille follieuse la petite fiole contenant la précieuse poudre blanche. Malgré l'urgence de la situation, elle ne peut s'empêcher de lui poser une ultime question :

— « Dolette… Êtes-vous certaine qu'il va venir vous… Que c'est bien vous qu'il va…

La ribaude, qui a deviné la question pudiquement tue, échancre encore davantage sa cotte sur ses seins toujours généreux, tout en relevant la tête avec une assurance presque suffisante.

— Vous craignez qu'il n'aille en visiter une autre ? Aucune chance, je vous l'assure, il ne jure que par ma manière bien à moi de lui…

— Il suffit ! Pardonnez-moi, mais je ne veux rien connaître de vos talents, dans lesquels j'ai toute confiance… Il m'est déjà suffisamment pénible comme cela d'imaginer mon propre père en pareille posture…

— Eh bien, on ne peut pas dire que vous ressemblez à votre père ! Est-ce son éducation qui vous a rendue si prude ? Parce que, dans ce cas, quel fieffé hypocrite !

— Dolette, je vous en prie…

— Entendu, j'ai compris ! Je m'en vais de ce pas effectuer ces sales besognes qui vous horrifient tant et vous sont pourtant si utiles dans le cas présent…

Tandis que la prostituée disparaît sur un ultime éclat de rire moqueur, Margault guette avec anxiété l'entrée de Philippe par la porte basse des étuves. Le voyant ployer avec lassitude sa longue silhouette, elle ne peut empêcher une tristesse indicible de l'envahir : elle aurait tant aimé ne pas en arriver là… Le long moment qui suit ne lui paraît durer qu'un instant, avant qu'elle n'aperçoive son père passer à deux brasses seulement du recoin où elle se terre, le contour de la bouche irrité par des baisers sans doute trop impétueux. Ce qui la fait frémir nerveusement. Les baisers de la Faucheuse sont-ils plus goûteux, plus intenses que les autres ? Probablement, si l'on en croit le visage d'une sensualité indécente de l'homme d'ordinaire si maître de ses émotions… Apercevant enfin la jeune femme dans un rai de lumière, l'ancien notaire marque un interminable temps d'arrêt. Les regards du père et de la fille se lient, s'engloutissent un long moment l'un dans l'autre dans un silence absolu. Les yeux de Philippe se sont étrécis, sans que Margault puisse deviner s'ils sont animés par la surprise, la rage ou la douleur… Incapable de détourner le regard, elle se sent défaillir, tâtonne derrière son dos pour trouver un appui, échapper au regard gris qui la devine, la transperce comme lorsqu'elle était enfant.

— Père, pardonnez-moi…

Elle ne saura jamais si elle a réellement prononcé ces mots, ou si elle les a seulement hurlés dans sa tête… Après avoir esquissé un léger sourire qui prend dans l'ombre des allures de rictus, l'ancien notaire a brusquement tourné le dos avant de s'éloigner d'un pas rapide. Ce n'est qu'en entendant la porte du dehors claquer une nouvelle fois que Margault revient à la réalité, pour se diriger finalement vers la chambre de Dolette, soulevée d'un espoir fou : et si la ribaude, qu'elle allait retrouver sur la couche encore moite du corps à corps qui venait d'avoir lieu, avait utilisé une quelconque poudre aphrodisiaque au lieu du poison ? Si elle avait au dernier moment changé d'avis ? Après tout, rien n'indiquait pour le moment que son père ait été empoisonné… Parvenue sur le seuil de la chambre, la jeune femme fouille fiévreusement le lit des yeux, à la recherche du regard de Dolette. Les yeux à la fois triomphants et narquois qui la toisent en disent malheureusement plus long que toutes les paroles. Philippe a bel et bien été empoisonné, la ribaude est parvenue comme prévu à lui faire avaler une dose mortelle d'arsenic… De quelle manière ? Elle ne veut pas le savoir… Songeuse, elle observe la nudité encore généreuse de Dolette, s'interrogeant sur le devenir de cette femme dont elle a malgré elle fait une meurtrière.

— Eh bien il était heureux de me retrouver, votre père, croyez-moi ! Si je ne l'avais pas arrêté, il m'aurait brisé les reins avec ses secousses sauvages. Un véritable ours ! Quand il a commencé à me…

— Silence !

Ce n'est pas croyable… Elle rit, et de bon cœur qui plus est ! Cette ribaude vient de donner la mort à un homme auquel elle vend son corps depuis de longs mois, et elle parvient encore à trouver le courage de s'amuser ! Margault ne comprendra décidément rien à la nature humaine… Sa voix se fait infiniment lasse lorsqu'elle reprend sans pouvoir dissimuler son agacement :

— Je ne veux connaître aucun détail, je vous l'ai déjà dit, il me semble…

Trop tard… La jeune femme a beau désespérément tenter d'occulter ces paroles, le mal est fait. Des images d'un Philippe aux chairs flétries occupé à besogner une Dolette béante en poussant des gémissements rauques dansent devant ses yeux, dérangeantes. Toujours plus crues, toujours plus précises… Et c'est cet homme encore plein de vie et de désir qu'elle a osé condamner à mort ! Durant ce temps, Dolette contemple avec avidité le coûteux bijou que Margault a déposé sans mot dire sur le banc branlant à côté d'elle, se redressant sur sa couche sans même chercher à dissimuler ses seins rougis par les brutales caresses. Ses yeux brillent d'une joie enfantine, tandis qu'elle s'amuse à faire miroiter la pierre la plus grosse dans la lumière de la torche voisine. Margault sent une nouvelle flambée de colère jaillir au fond d'elle devant tant d'inconscience :

— Mieux vaut que vous quittiez la ville ce soir même. Avant que les symptômes de mon père ne deviennent trop évidents et que le prévôt ne s'intéresse à son emploi du temps des dernières heures…

— Quel bonheur ! C'est vraiment le Ciel qui vous a envoyée à moi ! Je vais enfin pouvoir commencer une nouvelle vie dans un endroit où l'on ne me connaît pas ! Finie la ribaude qui ne peut toucher un fruit sans être contrainte de l'acheter, je vais me trouver un petit commerce bien tranquille et oublier tous ces pervertis… Ne vous inquiétez pas, vous n'entendrez plus jamais parler de moi, je suis bien trop heureuse de disparaître…

Elle remercie le ciel ! Cette femme est-elle donc totalement sans scrupules, ou est-ce la famine qui a égaré son esprit ? Elle ne semble absolument pas prendre conscience de la gravité de son acte, ni du danger qu'elles courent désormais toutes les deux. C'est étrange, on dirait presque qu'elle se croit protégée par une totale immunité. Il y a décidément quelque chose de bien mystérieux dans cette affaire…

— Il est maintenant temps de nous séparer, Dolette, de manière à ce que nul ne nous voie plus ensemble. Quelqu'un pourrait dans le cas contraire avoir l'idée de faire le lien entre notre nouvelle amitié et l'empoisonnement de Philippe. Une dernière chose toutefois… M'avez-vous réellement tout dit ? Je m'étonne encore que vous ayez accepté un pareil projet aussi aisément, sans presque résister…

— Croyez-moi, Margault, il est des choses qu'il est préférable de ne pas savoir. Tout ce que je puis vous dire, c'est que ce geste m'aura de bien des manières permis de recommencer une nouvelle existence.

— Ainsi, vous me dissimulez bel et bien quelque chose… Très bien… Brisons là, puisque vous refusez de vous confier plus avant. Que Dieu vous protège durant votre voyage…

De retour chez elle, Margault éprouve la déroutante impression de découvrir le lieu pour la première fois, tant elle semble en être partie depuis une éternité. Tout lui paraît étranger, insolite… La pièce principale, sommaire mais toujours impeccablement tenue grâce aux bons soins de Peronette, s'embrase sous la caresse du soleil, éclairant les tentures et les coussins de chaleureux reflets dorés. En dépit de ses préventions, la jeune femme découvre avec surprise qu'elle a finalement bel et bien fini par s'attacher à son logis, rendu douillet par les perpétuelles odeurs de cuisine et l'affection bourrue dont l'ancienne servante entoure comme de coton tous les bienheureux qui en franchissent le seuil. S'il n'y avait cette épouvantable situation qui lui use les nerfs, elle aurait presque pu qualifier de bonheur cette douce quiétude qui engourdit leurs soirées près du feu, cette nonchalance qui l'envahit aussitôt le seuil franchi. Qui sait, peut-être son acte monstrueux permettra-t-il de préserver Peronette des foudres de l'Inquisition. À condition bien entendu qu'elle n'ait pas agi trop tard… Inconsciente de son trouble, la vieille nourrice raccommode une chausse usée avec une étonnante maîtrise pour une aveugle, aidée en cela par la tête rousse et bouclée de Marie penchée sur l'ouvrage, qui prévient avec une douce patience chaque maladresse de la vieillarde. Margault éprouve un soulagement intense à l'idée de se retrouver chez elle, au milieu de ces deux personnes qui lui sont si précieuses. Après ces heures mouvementées, elle ressent avec une douloureuse acuité la fragilité d'un bonheur susceptible de voler en éclats à tout instant. Qui sait en effet si un sergent informé par Dolette ne s'apprête pas à faire irruption dans les instants qui suivent pour venir l'arrêter ? À cette perspective, la jeune femme ne songe nullement à elle, mais à ces deux êtres vulnérables plongés une nouvelle fois à cause d'elle dans les ténèbres du malheur. Oh non, tout mais pas cela ! Elle contemple avec un amour qui semble lui déborder du cœur les deux nuques penchées l'une vers l'autre, éprouvant l'espace d'un instant l'envie irrépressible de les serrer convulsivement contre elle.

Elle a dû soupirer un peu fort, car la vieille nourrice relève brusquement la tête, le visage illuminé d'un sourire radieux :

— Oh te voilà enfin, ma Margault ! J'étais si inquiète… Cela fait plusieurs jours que l'on te voit à peine, que tu ne nous parles plus, et je me souciais de savoir si tu n'étais pas préoccupée par de nouveaux ennuis…

Épuisée, au bord des larmes, la nouvelle arrivante ne peut après tous ces chocs recevoir tant de gentillesse sans risquer de s'effondrer. Elle n'a donc d'autre choix que de se précipiter dans sa chambre, avant de s'effondrer pesamment sur la paillasse. Les images tournoient derrière son front brûlant, mêlant à l'envi scènes d'érotisme et d'agonie. Difficile dans ces conditions de se souvenir des détails de la progression du poison… De l'arsenic… Dans quel état peut se trouver Philippe en cet instant ? Est-il encore debout dans l'atelier, penché sur l'un de ses chers livres religieux, ou gît-il déjà dans son grand lit défait, les pieds battant dans le vide pour tenter de repousser une courtepointe tombée depuis bien longtemps déjà ? Si Margault est un instant tentée de courir à son chevet afin de recevoir elle ne sait quelle absolution, elle y renonce aussitôt. À quoi bon en effet, elle ne pourrait plus rien arrêter, ne ferait que se blesser davantage… Assister, durant des heures peut-être, à l'agonie de son père – dont elle est responsable – tout en tentant de lui apporter quelque secours impuissant serait au-dessus de ses forces. Triturant quelques morceaux de bourre de laine de son matelas, la jeune femme cherche dans le miroir d'étain la trace de sa vilenie, en vain… Seuls ses yeux désormais éteints et comme ouverts sur un puits sans fond peuvent laisser deviner son sentiment de perdition…

32

LORSQU'ELLE ÉMERGE avec difficulté de ce trou sombre dans lequel elle s'est engloutie, Margault éprouve l'impression diffuse de sentir une nouvelle présence dans la chambre plongée dans les ténèbres. Une présence qui se rapproche doucement, si l'on en croit les glissements furtifs qui caressent le silence de la nuit. Le sang battant de façon assourdissante à ses oreilles, elle se redresse précautionneusement sur son séant, crispant nerveusement la mâchoire à chaque soupir du tissu. Ses mains tremblantes tâtonnent à la recherche de la lampe à huile, qu'elles ne trouvent pourtant pas le courage d'allumer. Et si elle se trouvait confrontée au fantôme de son père venu pour un ultime adieu ? Lorsqu'elle se décide enfin à allumer la mèche de la lampe, c'est pour trouver une chambre aussi silencieuse et paisible que d'ordinaire, uniquement animée par les souffles réguliers de Marie et de Peronette. Encore peu rassurée, la jeune femme entoure les épaules frêles de la petite fille d'un bras moins protecteur qu'effrayé, avant d'enfouir son nez dans le cou chaud et doux. Pour cette fois replonger dans un sommeil lourd et sans rêves…

Quand Peronette fait irruption dans la chambre le lendemain matin pour réveiller les deux endormies, son visage bouleversé n'est que trop éloquent. Margault se garde pourtant prudemment de parler la première.

— Philippe a trépassé au beau milieu de la nuit. Le père Martin, qui est resté à son chevet jusqu'à la fin, en est encore tout retourné. Ton père est, m'a-t-on dit, mort le blasphème aux lèvres, appelant à grands cris le Malin et refusant obstinément les derniers sacrements. Ils n'ont pas été trop de trois apprentis pour le maintenir immobile le temps que le prêtre lui administre l'extrême onction. C'est, semble-t-il, la première fois que l'on assiste à une telle chose... Le baume sacramentel aurait laissé sur la peau de Philippe des stigmates rouges représentant une croix à l'envers, ainsi que d'autres mystérieux signes cabalistiques que personne n'a su déchiffrer. L'assistant du père Martin s'en serait évanoui de frayeur...

Margault se sent hébétée, choquée. Ainsi c'est vrai, son père est mort... Un instant, elle se sent coupée de la réalité, ne parvient pas y croire. C'est une chose d'imaginer, de souhaiter la mort de quelqu'un ; c'en est une autre d'y être confrontée. La jeune femme s'ébroue : elle ne peut se permettre de se laisser envahir par de tardifs remords...

— Quand je disais que Philippe était en réalité un suppôt de Satan ! Bien que j'éprouve, je l'avoue, bien des difficultés à croire à ces fables...

— Oh, tu sais comme sont les gens... Il leur en faut peu, une petite marque rouge sur la peau peut-être, pour broder tout un conte...

— Dommage qu'ils n'aient pas été aussi imaginatifs lorsque je tentais de les mettre en garde... Allons, il me faut me lever, mon absence auprès de la dépouille de mon père ne pourrait qu'être mal interprétée…

Si Peronette est surprise du calme de sa protégée, elle se garde bien d'émettre le moindre commentaire. Sans doute n'oublie-t-elle pas la trahison de Philippe, et la promesse de cette dernière de l'en protéger. Elle espère pourtant qu'elle n'est pas à l'origine de ce drame, cela ne ferait que salir un peu plus son âme. Lorsque Margault jette un regard machinal par la fenêtre ouverte, elle ne peut réprimer un sursaut si violent qu'il en est même perceptible pour la vieille aveugle.

— Margault, que se passe-t-il ? Parle-moi, je sens que tu as vu quelque chose…

La jeune femme répond d'une voix lointaine, songeuse, autant d'ailleurs pour elle-même que pour la nourrice :

— Ce n'est rien, j'ai de nouveau cru voir un homme qui me semblait familier… Un homme tonsuré comme un clerc… Je l'ai croisé à plusieurs reprises, comme s'il me suivait. En y réfléchissant bien, je suis même certaine que c'est le cas… J'éprouve sans cesse l'impression de sentir son regard fiévreux sur moi, son odeur jusque dans mon sillage… Dans le même temps, j'ignore ce qui se passe, mais tout ce que j'entreprends semble étrangement facilité. Comme si une force inconnue déblayait les difficultés afin de me permettre de parvenir à mes fins… devançait mes désirs même… Cette vieille sorcière de la boutique de cire d'abord… cette fiole soudainement découverte dans mon sac ensuite… cette ribaude, enfin, qui s'est laissé si aisément convaincre… Non, tout cela est décidément bien curieux.

Perdue dans ses pensées, inconsciente du fait que Peronette n'est pas en mesure de suivre ses propos décousus, Margault laisse la phrase mourir sur ses lèvres. Combien de fois a-t-elle croisé cet homme malingre au regard enfiévré et à la tonsure de clerc durant ces dernières semaines, a-t-elle éprouvé la sensation d'être suivie sans parvenir à en avoir le cœur net ? Son intuition se confirme : quelqu'un – mais qui ? – l'a menée précisément là où il le souhaitait. Depuis l'agression d'Erma, qui n'avait peut-être pour unique but que de contraindre Margault à sortir de sa cachette pour affronter son père, jusqu'à l'empoisonnement final de Philippe… Et ce chafouin, que vient-il faire dans cette histoire ? Sentant un abîme de questionnements s'ouvrir sous ses pieds, la jeune femme tente de discipliner sa pensée. Doucement, doucement… Peut-être se trouve-t-elle tout simplement sous le choc de la mort de son père, et se fait-elle des idées afin de ne pas se laisser submerger par la culpabilité… Elle réfléchit encore quand des coups brutaux retentissent à la porte :

— Margault Esternay ! Ouvrez, c'est un ordre !

Pour l'aveugle impuissante, les instants qui vont suivre sont noyés dans un mélange cauchemardesque de sons. Après le bruit de la porte que l'on ouvre avec brutalité, ce ne sont plus qu'interjections confuses, bruits de lutte et ordres aboyés. Le choc léger d'une chute, les pleurs de douleur et de rage mêlées indiquent à la vieille femme que la petite Marie s'est jetée dans la bataille, afin de défendre Margault très probablement… Mon Dieu, de quelle manière peut-elle agir pour faire cesser tout cela, infirme et faible comme elle est ? Les vieilles mains tâtonnent frénétiquement à la recherche d'un objet pouvant lui servir d'arme, en vain… Lorsqu'elle se décide enfin à interroger d'une voix cassée « mais qui êtes-vous et que voulez-vous donc ? », seul un lourd silence lui répond. Il n'y a plus de doute possible, Margault a été enlevée, ainsi peut-être que Marie… Bouleversée et furieuse contre elle-même, Peronette court dans la rue appeler de l'aide d'une voix vibrante, lorsqu'une voisine lui prend charitablement le bras avant de l'entraîner dans la tiédeur de son logis.

— Calmez-vous, ma bonne vieille… Ils sont partis et bien partis… Et vos cris ne vous ramèneront hélas pas votre protégée, si vigoureux soient-ils…

— Que s'est-il passé ? Dites-le-moi, je vous en prie…

— Votre jeune amie a été emmenée par des moines à la mine peu avenante, dont je n'ai étrangement pu reconnaître l'ordre, accompagnés de gardes armés jusqu'aux dents. À croire qu'ils arrêtaient un dangereux tire-laine, et non une jeune femme désarmée ! C'est curieux, leurs robes de bure ressemblaient à celles des Cordeliers, alors que leur comportement tenait davantage de l'arrogance des dominicains…

— Et Marie ? Ont-ils également enlevé Marie ?

— La petite ? Diable non ! Pourquoi diantre auraient-ils eu l'idée d'arrêter une enfant ? Rassurez-vous, la vieille, j'ai seulement vu la petite suivre le groupe de loin, sans doute pour connaître l'endroit où ils emmenaient sa mère…

La nourrice est bien trop désemparée pour détromper la brave femme. Et puis après tout, Margault n'est-elle pas en effet devenue une véritable mère pour Marie ? Ne sachant plus que faire, la vieille femme n'a guère d'autre choix que de rentrer chez elle la tête basse, afin d'attendre des nouvelles de la minuscule espionne en tournant en rond dans la pièce devenue trop petite pour contenir son impatience. Quand une urgence soudaine la soulève : prier, il lui faut prier ! Pour que Margault ne soit pas torturée, assassinée comme tant d'autres, comme sa sœur… S'il est vrai que sa protégée s'est rendue coupable d'actes répréhensibles que Peronette ne peut se résoudre à cautionner, ce n'était pour elle qu'une manière – un peu moins acceptable que les autres peut-être – de rétablir une justice par trop mise à mal. Et puis n'a-t-elle pas fait tout cela pour les protéger, Marie et elle ? Sans doute a-t-elle certes mérité une bonne leçon, mais certainement pas une mort atroce sur un bûcher ! La nourrice va d'ailleurs également plaider sa cause auprès de la Sainte Vierge, qui, en tant que femme et mère, sera peut-être plus susceptible encore de comprendre et de pardonner les actes de désespoir de Margault.

La jeune femme de son côté n'en mène pas large. Cette scène qui s'annonce ne ressemble que trop à ses pressentiments les plus sombres… Les images de flammes se font plus présentes encore que d'ordinaire dans son esprit, comme si elle s'en rapprochait cette fois concrètement. Elle peut presque sentir leur brûlure sur ses avant-bras dénudés, dont les poils se dressent soudain de terreur… Davantage traînée qu'emmenée par les hommes d'armes aiguillonnés par les moines, elle parcourt la ville sous les huées et les insultes coutumières des curieux, qui cette fois ne parviennent pas à l'effrayer. Au contraire, elle se sent presque soulagée de se trouver enfin confrontée à cette menace qui plane depuis si longtemps au-dessus d'elle. Fendant la foule au sein de laquelle le petit groupe a bien des difficultés à se frayer un passage, une femme maigre aux yeux saillants s'approche de l'un des moines sans chercher à dissimuler son excitation :

— Que lui voulez-vous ?

— Mêlez-vous de vos affaires, commère !

— Vous pouvez au moins me dire pour quelle raison vous l'arrêtez, non ? Je ne vois pas ce qu'il peut y avoir de secret…

— Cela ne vous regarde en rien ! À moins que vous n'ayez une information à nous fournir sur elle, vous qui semblez fort vous y intéresser ?

— Sur elle, non…

La femme en souriant d'un air aguicheur découvre des dents noirâtres et mal plantées.

— Mais contre une petite récompense, je pourrais aisément vous citer quelques noms de sorcières, même parmi les femmes les plus en vue de la ville, vous pouvez me croire !

Constatant que l'homme n'accorde plus aucune attention à ses propos, la femme glapit de plus belle, écartant d'un geste nerveux les gardes qui obstruent son passage :

— Même sans récompense, je peux vous en citer ! Attendez ! Prenez par exemple l'épouse de l'orfèvre Vigneron… Je suis convaincue que sous ses grands airs, elle…

Les bruits de la foule couvrent par bonheur la fin de la phrase, les privant de ce qui se révélait comme une dénonciation en bonne et due forme. Étonnamment, l'incident se reproduit à plusieurs reprises au fur et à mesure de leur cheminement, emplissant Margault d'un écœurement croissant. Quelle horreur… Tous ces gens sont prêts à dénoncer père et mère pour quelques sous, parfois même simplement pour le plaisir de nuire… Pourquoi diable déployer une telle énergie pour accuser un innocent, au risque de le faire condamner à mort en ces temps agités ? Malgré la précarité de son propre sort, elle ne peut s'empêcher d'être révulsée par cette inexplicable bassesse humaine, signe une fois encore que le Mal a pris possession des âmes. En y réfléchissant bien, le paradoxe est de taille : l'Inquisition est dépêchée à Amiens afin d'y combattre le mal, et sa venue en étend encore les tentacules, corrompant des âmes jusqu'alors épargnées en leur offrant de trop faciles occasions de vilenie…

Une fois jetée sans ménagement dans une cave sombre et sans aération dissimulée sous la cathédrale, Margault conserve l'image de la silhouette fragile de la petite Marie en larmes, violemment repoussée par les gardes alors qu'elle cherchait à descendre les escaliers poussiéreux sur ses talons. À peine a-t-elle le temps de prendre la mesure de la pièce, d'en explorer les recoins les plus sombres dans l'espoir d'y trouver une hypothétique issue, qu'elle est déjà de nouveau brutalement poussée les fers aux pieds vers une salle bien plus vaste, mais plus sombre encore… Ses yeux enfin accoutumés à la pénombre, elle découvre une scène qui fait tressaillir chacun des muscles de son corps. Elle se retrouve en effet très exactement dans la scène cauchemardesque de sa vision. Aucun détail n'est omis : les moines aux yeux impitoyables, les visages émaciés des gardes, les taches sombres de sang tout autour d'un banc central surmonté de chaînes, les instruments aux lames acérées… D'énormes tenailles attirent tout particulièrement son regard horrifié : elles tiennent encore, collé au métal par du sang séché, un ongle long et jaunâtre… Se trouve-t-elle cette fois bel et bien dans la réalité, ou s'agit-il d'une vision plus précise encore que les autres ? Fascinée malgré elle, Margault ne réagit qu'à l'instant où deux hommes cagoulés de cuir se décident à l'empoigner brutalement, avant de lui ôter sa cotte pour mieux la lier par des cordes trop serrées. Au terme d'un interminable moment où elle reste debout, pantelante et glacée, la jeune femme commence à s'agiter, ne supportant plus toutes ces paires d'yeux qui la brûlent comme des fers. Des fers qu'elle sent rougeoyer sur le feu derrière son dos, comme impatients de passer à l'action. Flagellation, chevalet, charbons ardents, brodequins… Quel supplice s'apprête-t-on à lui réserver en premier ? Son esprit recouvrant un semblant de calme, elle ne peut que regarder la réalité en face : elle va être torturée jusqu'à ce qu'elle se résolve à avouer les pires monstruosités, avant d'être conduite toute sanguinolente jusqu'au bûcher. Sans doute par ce même inquisiteur qui s'était vanté de pouvoir faire avouer un pape lui-même si on le laissait l'interroger un court moment… Sa conviction se renforce encore en reconnaissant un peu plus loin un rapporteur prêt à prendre des notes sur un parchemin. L'interrogatoire inquisitorial ne devrait pas tarder à commencer…

Engourdie par la terreur, Margault sent des vagues de nausée lui soulever le cœur, un film de sueur lui mouiller le front. À quoi bon lutter contre les vomissements ? Dans quelques instants à peine, elle rendra bile et sang, sans plus se soucier des regards écœurés de l'assistance… Elle inspire pourtant fortement afin de réprimer un nouveau haut-le-cœur plus fort que les autres, lorsqu'une porte dérobée qu'elle n'avait pas remarquée s'entrouvre doucement, laissant apparaître un homme au nez en bec d'aigle vêtu d'une robe de bure brune flambant neuve. C'est étonnant, la tenue de cet inconnu ne laisse nullement deviner de quel ordre religieux il est issu, pas plus d'ailleurs – elle vient d'en prendre conscience – que celle de ses compagnons… Qui diable peut-il être ? Il ne paraît pas appartenir à l'ordre des dominicains, ce qui semble fort curieux. Ce n'est qu'à l'instant où le nouvel arrivant passe à proximité d'une torche que la jeune femme sursaute violemment : il s'agit de l'homme qui se tenait en retrait au moment du massacre d'Erma ! La situation devient décidément de plus en plus complexe, de plus en plus dangereuse… À la réflexion, il flotte un parfum d'étrange dans l'atmosphère. Tout semble mis en place pour un tribunal d'Inquisition, et pourtant quelque chose ne va pas… Transie, Margault sent le froid lui raidir les muscles, l'humidité lui glacer les chairs, tandis que le moine l'observe de son regard dur et calculateur. Quand il prend la parole, sa voix fait l'effet d'un grincement désagréable :

— Nous ne vous avons pas trop malmenée, j'espère ? Nous n'avions malheureusement d'autre choix que de vous faire venir de cette manière un peu… brutale. Mais nous allons rapidement nous faire pardonner, je vous le promets. Voulez-vous par exemple un verre de vin ? J'ai cru entendre dire que vous composiez vous-même de délicieux breuvages…

Hébétée par cette soudaine civilité au parfum de danger, la jeune femme ne sait plus comment réagir. Où cet étrange personnage qui exsude la méchanceté veut-il donc la mener ? On l'arrête plutôt brutalement sans hésiter à rudoyer une fillette, on la jette sans ménagement dans une salle poussiéreuse peuplée d'araignées, on la contraint à se déshabiller dans une salle de torture peuplée de moines menaçants et d'instruments sanguinolents… avant de lui proposer courtoisement une boisson ! En tout cas, s'il s'agit d'une manœuvre d'intimidation, celle-ci est extrêmement convaincante ! Soucieuse de profiter du moindre instant d'accalmie, Margault n'ose refuser la lourde coupe tendue, dont le contenu sombre lui apparaît pourtant empli de maléfices. Fasciné, son regard s'engloutit dans le liquide aux lueurs rougeoyantes, qui ne peut que receler en ces vaguelettes mousseuses des sorts mystérieux. Non, cela est impossible, l'homme est tout de même un religieux, un homme qui a fait vœu de servir le Christ… Il lui faut tout de même cesser de voir le Mal partout ! Le goût du breuvage la surprend presque par sa banalité. Il s'agit en effet d'un vin de Beaune tout ce qu'il y a d'ordinaire, auquel on a ajouté quelques épices familières. Ce qui lui donne sans doute son arrière-goût légèrement amer… Rien de bien dangereux, semble-t-il…

Une fois l'étrange boisson avalée, la jeune femme est courtoisement invitée à s'étendre sur le banc central, ce qui ne manque pas de raviver ses inquiétudes. Ces inconnus sont-ils des diables, pour ainsi la rassurer un instant avant de mieux la terrifier ensuite… Et puis, pour quelle raison refusent-ils d'esquisser le moindre mouvement, tous autant qu'ils sont ? Ils restent à la contempler avec des yeux emplis d'une curiosité avide, comme s'ils s'attendaient à ce que quelque chose se passe… C'est précisément à l'instant où les doutes de Margault concernant le mystérieux breuvage se réveillent qu'elle commence à en ressentir les effets. Elle se sent étrangement flotter dans les airs, comme en apesanteur, tout en étant soudain éblouie par la lueur démesurément agrandie des torches… Ses pensées s'emmêlent, deviennent de plus en plus confuses, tandis que les faces penchées sur elle ressemblent soudain étrangement à des animaux. Cochons, vaches et chouettes la regardent maintenant avec des yeux aussi exorbités qu'effrayés… Ce qui la plonge bientôt dans un fou rire inextinguible, qui cesse cependant aussi vite qu'il était venu lorsque l'homme au nez crochu se penche sur elle à la toucher. La voix de l'inconnu se fait doucereuse, presque hypnotique :

— Allons, Margault Esternay, nous savons parfaitement que vous êtes une sorcière… Tout en vous est fait pour détourner du droit chemin les malheureux qui croisent votre route : votre beauté, votre voix envoûtante, votre sourire tentateur… Des artifices du Diable que tout cela !

Passant sans vergogne au tutoiement, sans doute pour accroître sa pression, l'homme soudain enragé se met à postillonner :

— Inutile de nier, nous savons que tu chevauches un balai en bois de genêt, sur lequel tu t'envoles afin de te rendre au sabbat grâce à l'incantation diabolique : « Bâton blanc, bâton noir, mène-nous là où tu dois par le Diable ! » Le pouvoir de voler t'est apporté grâce à une pommade, dont tu t'enduis le corps entier… Un mélange d'aconit, de jusquiame, de belladone, de mandragore, de ciguë et de nénuphar, tout cela malaxé avec de la graisse d'enfants morts sans baptême… Tu peux voir que nous sommes plus que convenablement renseignés ! Est-ce donc la sorcière Erma, chez qui tu as passé nous le savons de nombreuses semaines, qui t'a enseigné la composition de cet onguent maléfique ?

Malgré ses étranges étourdissements qui lui font tourner la tête jusqu'à la nausée, Margault ne peut s'empêcher de rétorquer d'une voix lente :

— Si vous voulez parler de la miresse Erma…

— Ne réponds pas, insolente ! Tu ferais mieux de cesser de t'entêter, puisque je te dis que nous sommes informés de tout !

Comme pour confirmer ses dires, l'homme extrait de sa poche un objet que Margault, abrutie de fatigue et de peur, met un certain temps à distinguer. Sans toutefois l'identifier…

— Reconnais-tu cet objet, diablesse ?

— Non, je ne l'ai jamais vu…

— Cela m'aurait étonné que tu m'affirmes le contraire… Et pourtant c'est bel et bien chez toi, dans ton propre logis, que cette échelle de sorcière faite de cordelettes agrémentées de neuf nœuds de plumes a été trouvée… Oserais-tu affirmer que tu ne t'en es jamais servie pour tes incantations maléfiques ? Si tu avoues spontanément, nous pouvons te promettre l'indulgence, alors que dans le cas contraire… Tu n'ignores sans doute pas que le pape Clément V lui-même – Dieu ait son âme –, comme ses prédécesseurs Innocent IV et Alexandre IV, a autorisé la question. Nous n'allons donc pas nous en priver si tu t'obstines à te taire… Et cela, nies-tu également l'avoir eu en ta possession ?

Le moine brandit cette fois un épais manuscrit, écorné d'avoir été longuement manipulé. Ce n'est qu'en plissant longuement les yeux que Margault parvient à en déchiffrer l'auteur et le titre : Albert le Grand, *Secrets Merveilleux de la Magie Naturelle*… Bien qu'elle ait effectivement maintes fois entendu évoquer ce traité de sorcellerie, elle ne l'a naturellement jamais eu en sa possession. Pas plus d'ailleurs qu'Erma ou Peronette…

— N'est-ce pas précisément dans ce livre que tu as appris à te tailler des jarretières dans du cuir de loup, sur lesquelles tu as ensuite écrit une formule avec ton propre sang pour pouvoir chevaucher à grande vitesse ?

Sans lui laisser le temps de répondre, comme si cela n'avait plus guère d'importance, l'homme passe à une nouvelle attaque, encore plus inattendue :

— Peux-tu soulever tes cheveux afin de nous montrer ta nuque ? Il nous a été dit que nous y trouverions la preuve évidente de ton état de sorcière… Cela nous évitera à tous de perdre un temps inutile.

Margault obéit sans bien comprendre, défaisant de mauvaise grâce sa crépine déjà fort malmenée avant de soulever d'un geste lent les nombreux cheveux qui s'étaient échappés de ses nattes. Sous le regard attentif d'une dizaine de moines qui se sont insidieusement regroupés autour d'elle, sans même qu'elle les ait vus bouger, comme dans sa vision… L'un d'entre eux lui semble de nouveau familier, ce qui accroît encore davantage son malaise. Bien entendu, il s'agit du clerc maigre et tourmenté qui s'acharne à la suivre par intermittences depuis plusieurs semaines, qui se tenait devant chez elle ce matin encore. Son visage est, s'il est encore possible, plus fermé et inquiétant que d'ordinaire…

— Regardez ! Voici la preuve que nous cherchions ! Ces points noirs, là, disséminés sur la nuque… Il s'agit bel et bien de marques diaboliques… Nous n'avons nul besoin de rechercher de nouveaux témoignages, cette sorcière s'est condamnée toute seule… Par chance, le Malin ne sait pas rester silencieux, il ne peut s'empêcher de manifester sa présence…

De quoi s'agit-il donc encore ? Les seuls signes distinctifs qu'elle possède dans le cou sont des grains de beauté… Tout cela est totalement absurde ! Quand une soudaine pensée lui serre la gorge : deux personnes seulement connaissent l'existence de ces ronds et doux renflements sur sa nuque, endroit intime s'il en est : Philippe et Matthieu… Ce dernier hors de cause – s'il l'a sauvée autrefois, ce n'est sans doute pas pour la faire condamner ensuite –, il ne reste que son père… Ce même père qui embrassait avec attendrissement cet endroit dissimulé sous les cheveux châtain clair lorsqu'elle était enfant, lui en parlant comme de « petits grains de bonheur »… Comment avait-il osé salir ce petit morceau de peau pétri de complicité ? Au moins éprouve-t-elle moins de remords concernant son geste meurtrier… Ainsi, il avait bien eu le temps de la dénoncer avant de mourir. Une pensée la fait tressaillir : et Peronette ? N'a-t-il pas également dénoncé Peronette ? Quand elle songe qu'elle lui avait promis de la protéger… Une certitude glacée envahit la jeune femme face à ces moines qui continuent à la contempler sans mot dire. Il est vain de lutter, ces hommes sont fermement décidés à la faire brûler comme sorcière, quoi qu'elle puisse affirmer… Une seule chose reste toutefois incompréhensible : pour quelle raison s'être acharnés à la faire suivre durant toutes ces semaines, alors qu'une simple dénonciation, fort aisée à trouver en cette période, aurait amplement suffi pour la conduire tout droit au bûcher ? À moins que cet homme arrogant, qui vient de la forcer à boire quelques nouvelles gorgées de vin, n'ait une autre idée en tête… Cela pourrait-il avoir un quelconque lien avec sa nourrice, qu'il cherche sans doute à confondre ? Si tel est le cas, il en sera pour ses frais ! Margault préfère mourir que de porter de fausses accusations contre la vieille femme. Même sous la torture…

Mais le produit agit maintenant de plus en plus puissamment, et elle éprouve des difficultés croissantes à lutter contre ses effets… Bien qu'elle tente de toutes ses forces de recouvrer sa lucidité, la jeune femme se sent avec effroi lâcher prise peu à peu.

— Que m'avez-vous fait boire ? De la jusquiame ? De la belladone ? Dites-le-moi… Mais dites-le-moi donc ! Je vous en prie…

Les derniers mots ont été plus bafouillés que réellement prononcés, tandis que Margault se sent soulevée dans les airs comme sur un balai. Un court instant, les plus folles pensées tournoient dans son esprit : ces hommes ne sont-ils pas bel et bien en train de l'envoyer, contre sa volonté, à un sabbat de sorcières ? Il s'agit peut-être là de leur manière de lui faire avouer d'inexistants maléfices. À moins qu'ils ne soient eux-mêmes des suppôts de Satan déguisés en moines…

— Tout au moins pouvons-nous constater l'étendue de tes connaissances en simples et en charmes, puisque tu as décidé de nous faciliter la tâche… Mais revenons si tu le veux bien à notre propos. N'adores-tu pas à l'occasion de ces sabbats un bouc monstrueux, que tu embrasses avec dévotion, ainsi que tes congénères corrompues ?

Si elle se demandait la raison pour laquelle il revenait ainsi en arrière avec cette question, elle ne tarde pas à recevoir la réponse. Aussitôt, comme sous l'effet d'une mystérieuse magie noire – mais en réalité sous celui de la boisson –, Margault se retrouve projetée au sein d'un cercle de personnes aux yeux hallucinés, prosternées à proximité d'un gibet en psalmodiant des paroles inintelligibles dans une langue inconnue. Le groupe en transes lui cache un instant l'objet de sa dévotion, pour mieux le lui laisser découvrir ensuite : un bouc, dressé sur ses pattes arrière, agite celles de devant dans sa direction, comme pour l'inciter à venir les rejoindre afin de lui rendre hommage. Son imagination définitivement libérée, la jeune femme horrifiée voit une femme d'âge mûr se dénuder totalement, avant de présenter son derrière flasque au sexe monstrueux de l'animal dressé juste derrière elle. Tout en chevauchant maintenant avec fureur la femme qui pousse des cris hystériques d'extase, le bouc transperce Margault de ses yeux rouges et lubriques, qui décrypte immédiatement le message : ce sera ensuite à son tour… C'est à cet instant que son esprit trouve enfin l'énergie de se rebeller, la faisant sortir juste à temps de son hypnose :

— Non, je ne suis pas une sorcière… Je ne me suis jamais de ma vie rendue à un sabbat, et vous ne parviendrez pas…

— Allons, inutile de protester… La femme Baudoux, une déviante qui vit en concubinage avec un homme plus jeune qu'elle et ne va plus à la messe, a avoué sous la torture vous y avoir rencontrées à plusieurs reprises, toi et ta nourrice… Maintenant que nous avons apporté la preuve que tu es née sorcière, nous allons entendre une de tes victimes, venue de son plein gré témoigner des sévices et envoûtements qu'elle a subis. Faites entrer la veuve Fournier…

Pénètre dans la salle une petite femme aux cheveux gris sale et aux yeux fuyants, qui serre contre elle un sac de toile crasseux comme s'il s'agissait de son bien le plus précieux. Margault pense vaguement reconnaître la femme, probablement une cliente occasionnelle de Peronette.

— Veuve Fournier, pouvez-vous nous conter les événements qui ont eu lieu lors de la naissance de votre fils ?

— J'avais mandé la bonne Peronette lorsque les douleurs de l'enfantement ont commencé, car les choses s'annonçaient fort mal. Mais c'est en fait cette… sorcière qui s'est présentée, prétendument pour m'aider. Lorsqu'elle est arrivée, je me trouvais déjà trop faible pour échapper à son emprise. Même quand elle m'a avoué quitter la couche du démon avec lequel elle venait de s'accoupler… Elle sentait d'ailleurs à plein nez le sperme mêlé de soufre. Comme je sentais l'enfant venir, elle m'a fait boire une potion à base de noires menstrues, mêlées à trois grains de poivre qu'elle avait longuement tenus à la main, je ne sais pas bien pour quelle raison… Pour finir, elle m'a murmuré à l'oreille, en même temps que le Pater Noster, une formule savante dont je crois me rappeler… C'était quelque chose comme : *« Bizomie lamion lamium azerai vachina deus deus sabaoth, Benedictus qui venit in nomine Dimini, osanna in excelcis. »* Je suis vraiment certaine que cette malfaisante nous a jeté un sort. Qu'elle a promis l'âme de mon fils à Satan…

Malgré la drogue, Margault trouve l'énergie de se rebeller intérieurement. Fadaises que tout cela ! Le discours a manifestement été appris par cœur, le texte dicté par une « bonne âme »… Comme l'attestent trop clairement les regards inquiets comme pour quémander une hypothétique approbation lancés alors que la commère ânonnait laborieusement la formule. C'est absurde… Comme par hasard, cette femme qui ne sait probablement même pas lire a retenu une complexe et interminable formule en latin, alors qu'elle se tordait dans les douleurs de l'enfantement… Sans oublier qu'elle ne précise évidemment pas en quoi elle ou son fils ont souffert de ce prétendu sort.

— Continuez, je vous en prie, veuve Fournier… Ne craignez plus cette sorcière, elle ne peut plus vous atteindre de ses sortilèges… Que s'est-il passé après l'incantation ?

— Juste quand l'enfant sortait, je me suis débattue pour empêcher cette sorcière de m'oindre le ventre avec l'une de ses pommades diaboliques. C'est sans doute ce qui a sauvé mon fils d'une mort certaine… Voyant qu'elle ne parviendrait pas à ses fins, cette sorcière s'est mise nue, s'est enduit elle-même tout le corps de la mystérieuse pommade avant d'enfourcher un balai et de s'envoler dans les airs. Je ne l'ai depuis plus jamais revue…

— Très bien, l'assemblée tient à vous remercier de votre témoignage spontané, veuve…

Le moine n'a pas le temps d'achever sa phrase que Margault retombe déjà dans sa léthargie peuplée de cauchemars assourdissants. Tandis que l'homme qui la surplombe, la coupe à la main, lui semble soudain démesurément grand, comme étiré… Elle réprime un nouveau fou rire : est-ce avec ces instruments de torture qu'il a été agrandi ? La prochaine question stoppe brutalement son hilarité.

— Bon, il suffit… Je crois que nous avons perdu suffisamment de temps comme cela et que nous pouvons passer aux choses sérieuses. Puisque tu ne te décides pas à avouer malgré notre indulgence… Nous savons avec certitude que tu as fait empoisonner ton père. Par une ribaude du nom de Dolette…

La brutalité des propos tire Margault de l'engourdissement dans lequel elle s'enfonçait peu à peu. Même la boisson droguée ne l'empêche pas de prendre conscience de la situation terrible dans laquelle elle se trouve. Tant qu'elle était « simplement » accusée de sorcellerie, son cas semblait encore tout à fait défendable. Mais cette assurance concernant l'empoisonnement de son père, sur lequel l'inconnu semble parfaitement renseigné, le fait même qu'elle ait surpris l'un des moines présents tant de fois occupé à la suivre, tout cela ne lui dit rien qui vaille… Ses membres crispés autant par le froid que par la panique ne parviennent plus à se débattre, lorsqu'un homme gigantesque entreprend de l'attacher avec brutalité à la table. Nous y voilà, la torture va commencer… Il lui faut impérativement intervenir avant de n'être plus en état de le faire.

— Très bien… Il me semble avoir compris… Tout cet exposé de supposées preuves est censé me montrer que vous me tenez à votre merci, n'est-ce pas ? Si vous me disiez plutôt ce que vous attendez de moi exactement, plutôt que de prolonger cette pénible situation…

La jeune femme était loin d'imaginer la réaction que provoqueraient ses derniers mots ! La phrase à peine achevée, l'homme au nez en bec d'aigle chasse en effet d'un geste impatient l'ensemble des moines et des prêtres présents dans la salle, après l'avoir fait libérer de l'ensemble de ses chaînes. Décidément, elle avait raison, il s'agissait bel et bien d'une mise en scène destinée à l'impressionner, à assouplir sa volonté… Avant même qu'elle n'ait l'idée d'en formuler le souhait, l'inconnu va même jusqu'à demander à un garde de lui délier les mains, afin de lui permettre d'enfiler de nouveau sa cotte. Quel soulagement de retrouver une certaine décence en même temps qu'un semblant de chaleur ! Bien qu'infiniment inquiète face à ce trop suspect déploiement de civilités, Margault ne peut s'empêcher de se réjouir de l'amélioration, même temporaire, de sa situation. Jouissant de la bienfaisante chaleur qui enveloppe doucement son corps transi, elle se tient immobile et silencieuse, pressentant d'instinct qu'il lui faut laisser l'initiative à son adversaire…

— Toutes mes félicitations, vous êtes bien plus intelligente que je ne m'y attendais. Je dois dire que votre sang-froid est impressionnant ! Ce qui est plutôt positif pour notre affaire, puisque c'est précisément à cette qualité que nous avons l'intention de faire appel…

Pour notre affaire ! Au vouvoiement revenu, au ton de la voix teinté d'un nouveau respect, la jeune femme comprend que le temps de l'intimidation est achevé, pour laisser place à celui de la négociation… Recouvrant un semblant d'assurance, elle redresse la tête, prête à l'affrontement. Elle n'a de toute façon rien à perdre, tout à gagner… Ne se préparait-elle pas il y a quelques instants encore à aller griller sur un bûcher, après une longue et éprouvante séance de torture ? Le renversement de situation est aussi surprenant qu'inespéré… La tension devient de plus en plus dense au fil des minutes, aucun des deux belligérants ne voulant se décider à entamer la joute. Il semble que ses récentes aventures aient donné à Margault une volonté de fer, puisque c'est finalement l'homme qui se résout à parler :

— Comme vous venez en effet de le comprendre, nous vous tenons à notre merci. Nous savons en effet que vous avez tenté d'occire votre mari et empoisonné votre propre père. Admirable sens de la famille ! Tout cela m'amène à un sujet que je ne sais guère comment aborder…

Un nouveau silence s'installe, uniquement ponctué par les tics qui déforment par à-coups le côté droit du visage de l'homme. Un homme qui, Margault ne l'oublie pas, a ordonné le meurtre d'Erma en exigeant de la sauvagerie…

— Peut-être puis-je vous y aider… Si vous aviez uniquement voulu me convaincre de sorcellerie, nous savons tous deux que je serais en ce moment déjà occupée à hurler sous la brûlure des fers. Vous n'auriez pas non plus fait sortir toute cette pieuse assemblée afin de me parler en toute quiétude, je me trompe ? Tous ces moyens mis en place, cette scène d'intimidation n'ont donc qu'un seul but : me montrer que je n'ai nul autre choix que de vous obéir… Le tout est maintenant de savoir de quoi il retourne exactement. De manière plus claire, encore une fois, qu'attendez-vous précisément de moi ? Peut-être pourriez-vous commencer par me dévoiler votre identité, qui semble bien mystérieuse…

— Qui je suis, cela n'a guère d'importance, je vous l'assure… Tout ce que vous devez savoir est que je suis mandaté par un personnage haut placé de l'Église…

— Ce ne peut être le pape, le roi ne parvient toujours pas malgré ses efforts à en faire élire un en Avignon… Il doit donc s'agir de l'évêque d'Amiens…

— Je suis désolé, je ne puis vous répondre sur ce point. Je vais m'efforcer d'être concis. Vous n'ignorez sans doute pas que les ordres mendiants ont été chargés par les papes successifs – Dieu les garde en sa Sainte Protection – d'éradiquer l'hérétisme qui prenait des proportions inquiétantes, notamment dans les régions toulousaine et champenoise. Or, certains de ces moines devenus de véritables tortionnaires ont perdu tout sens commun et ont pratiqué la torture de manière fort excessive. De façon d'autant plus paisible que, comme vous l'avez si justement dit, nous n'avons plus de pape depuis bien trop longtemps déjà…

— Bien que ordre ait été donné aux dominicains de n'agir qu'en accord avec le clergé ordinaire, de nombreux conflits opposent les inquisiteurs aux instances religieuses locales. Les prêtres, les diacres qui connaissent parfaitement leurs ouailles s'indignent de la crédulité d'inquisiteurs trop prompts à condamner. Certains évêques, qui se sont sentis abandonnés par leur propre hiérarchie, ont choisi de baisser les bras pour laisser le champ libre aux tribunaux ecclésiastiques, tandis que d'autres, plus soucieux de leurs administrés, n'ont heureusement pas renoncé à lutter…

— Je suppose que vous évoquez là encore l'évêque d'Amiens…

— Voulez-vous donc me laisser terminer ? L'inquisiteur délégué dans notre région, un proche du terrible Bernard Gui, est un fanatique qui possède une fâcheuse tendance à imaginer des hérétiques partout. Un certain prélat, qui ne cesse de voir des innocents régulièrement mis en cause et condamnés, s'irrite sérieusement de cette intrusion dans ses affaires et de cette « épidémie » de sanctions par trop arbitraires qui dévaste notre évêché…

— Je comprends parfaitement le problème de cet homme. Ce que j'appréhende moins bien en revanche, c'est en quoi ce conflit entre l'inquisiteur et l'évêché peut de près ou de loin concerner une personne telle que moi…

Elle n'est pas du tout certaine d'aimer le mélange de jubilation et de ruse qui se lit dans le regard se plongeant de force dans le sien…

33

AURAIT-ELLE pu imaginer lors de son arrestation brutale quelques heures plus tôt une libération aussi prompte et inattendue ? Le crépuscule commence tout juste à tomber lorsque Margault jaillit avec un indicible soulagement dans une ruelle sombre jouxtant la cathédrale afin d'éviter l'animation du parvis. Inutile en effet de croiser un visage familier avec cette mine défaite, ces traces rouges trop apparentes laissées par les fers sur ses poignets et ses chevilles… Comme si elle venait d'être enfermée durant des mois, la jeune femme laisse avec bonheur ses yeux courir sur les flaques d'eau embrasées par le soleil couchant, sur les différentes nuances de parme et de gris des nuages qui se pressent les uns contre les autres comme pour couronner l'édifice. Tandis que ses narines palpitantes hument avec une délectation gourmande l'odeur particulière de végétaux et de pierres mouillées laissée par la pluie. Malgré son calme apparent, des pensées contradictoires agitent son esprit en ébullition, alors que les mots de la récente conversation resurgissent à sa mémoire :

— Empoisonner l'inquisiteur ? Mais vous devez avoir totalement perdu l'esprit, ma parole ! Comment pouvez-vous même songer à une telle chose ? Je ne suis en aucun cas une meurtrière…

— Allons, allons… Bien sûr que si ! Et une meurtrière fort habile, qui plus est ! N'oubliez pas que nous vous avons observée toutes ces dernières semaines… Vous nous avez à ce propos réellement étonnés, autant par votre sang-froid que par votre imagination sans limites… Le marchand de vin, la ribaude… Vous ne manquez pas de ressources ! Pour ne rien vous cacher, c'est d'ailleurs cette dernière qualité qui m'a décidé à m'adresser à vous…

— Je suppose que je n'ai bien entendu pas d'alternative…

— Pour tout vous avouer, non, vous n'avez pas d'autre choix…

La voix de la jeune femme était montée d'un ton, frisant l'hystérie, tandis qu'elle éprouvait un sentiment croissant d'oppression.

— Je n'en reviens pas… Comment vous, un homme d'Église, pouvez-vous ainsi me contraindre à commettre un péché mortel, en mettant fin à la vie d'un autre homme d'Église, qui plus est ? C'est parfaitement ignoble…

— Calmez-vous, je vous en prie… Ce n'est tout de même pas un hasard si nous avons choisi une ensorceleuse qui a déjà tué une, voire même plusieurs fois ! Nous n'aurions certes pas entraîné une personne innocente vers l'enfer, mis en danger son âme…

— Bien entendu… Tandis que moi, une fille déjà perdue, vous n'éprouvez aucun scrupule à m'entraîner de manière plus certaine encore vers la damnation… Et vous pensez que Dieu, qui est aveugle et sourd, ne va se douter de rien et vous laisser en paix après ce crime ?

— Gardez votre ironie pour vous, je vous prie, cela ne fera guère avancer les choses… Je vous conseille plutôt de ne pas perdre de vue que cet arrangement vous évite, pour le moment tout au moins, de prendre le chemin du bûcher. Et puis n'oubliez pas, si cela peut vous consoler, que ce forfait est destiné à sauver bien d'autres vies innocentes…

À cet instant, le visage de l'homme s'était de nouveau agité de tics convulsifs, trahissant un énervement de plus en plus difficilement maîtrisé.

— L'argument est un peu facile, ne croyez-vous pas ? Vous imaginez, si tous les évêques se mettaient en tête de tuer les inquisiteurs ! Et puis, n'y aurait-il pas une autre raison que vous me dissimulez, plus politique peut-être, telle qu'une lutte de pouvoir ? Cela semble chose courante chez vous les clercs…

Alors que Margault, absorbée dans ses réflexions, passe à proximité d'un amoncellement de petites maisons plus délabrées les unes que les autres, sa chevelure est frôlée par une nuée de minuscules chauves-souris dont les museaux aplatis volettent devant ses yeux écarquillés. Décidément, bien des signes de mauvais augure croisent son chemin ces derniers temps… Cette désagréable diversion lui permet pourtant d'appréhender la fin de la conversation de manière sensiblement moins lugubre :

— Mais dites-moi, puisque je suis inexorablement perdue, quel intérêt aurais-je à vous aider, à commettre un crime aussi odieux ? Si je dois tôt ou tard achever mon existence sur un bûcher, autant que ce soit avec une mort de moins sur la conscience. Qui sait si ce refus n'allégera pas la punition divine qui m'est destinée…

— Je pensais pourtant que vous aviez compris… Comment pouvez-vous songer un seul instant que nous pourrions vous envoyer en enfer sans au moins tenter de vous tendre une main secourable ? Ce serait proprement inhumain ! Nous nous sommes longuement concertés avec les autres frères avant de vous « convoquer », et nous sommes convenus de vous entendre, après notre… marché, en confession afin de vous absoudre, aussi bien pour ce crime que pour vos crimes passés… Nous vous fournirons en outre quelques indulgences, de manière à vous assurer la rémission de certains autres péchés. N'est-ce pas là une manière convenable de vous racheter, de vous permettre l'accès au paradis, vous qui étiez destinée à une damnation certaine ?

Tout en continuant son chemin, Margault secoue la tête, envahie soudain par une profonde tristesse. Comme tout cela semble simple, bien trop simple exposé ainsi ! Qui aurait imaginé cela, un crime pour racheter d'autres crimes, contre la promesse d'une poignée d'indulgences ? Un accord proposé par un religieux, qui plus cst ! Cela semble aussi illogique, aussi monstrueux que ces prêtres qui conspirent ou s'empoisonnent pour un soupçon de pouvoir, que ces riches qui ripaillent tout au long de leur vie au nez des pauvres et les bousculent en se rendant à l'église le dimanche ! Est-ce cela, l'idée chrétienne de droiture et d'humilité prônée par le Christ ? Facile, bien trop facile…

Sans y prêter garde, la jeune femme a orienté ses pas vers l'un des canaux favoris de son enfance, au bord duquel un moulin qui lui semblait autrefois gigantesque est immobilisé faute de marchandise à moudre. Serrant les bras autour de sa cotte trop fine pour ce soir d'automne déjà frais, elle tente de faire le vide dans son esprit, de se laisser imprégner par l'atmosphère si particulière du lieu avec ses silhouettes mouvantes à quelques pas de là qui s'agitent pour allumer de minuscules lampes dans des niches de pierre, ses voix assourdies qui se hèlent comme en retenant leur puissance. Que peut-elle, que doit-elle faire maintenant ? Bien qu'elle ait fait mine d'accepter le monstrueux marché, Margault est en effet bien loin d'avoir pris sa décision… Sa seule priorité, lorsqu'elle était séquestrée dans cette cave humide au milieu des instruments menaçants et des moines hostiles, était bien entendu d'en sortir le plus rapidement possible. Mais maintenant qu'elle se retrouve enfin libre, les questions concernant sa conduite à venir l'assaillent de plus belle… Que diable peut-elle faire pour échapper à ce piège qui se referme inexorablement sur elle ? S'enfuir à l'étranger avec Peronette et Marie ? Ce serait encore envisageable si elle n'était recherchée que par la justice royale… Mais l'Église possède des tentacules dans tous les pays environnants et elle serait bien vite rattrapée. Ce qui la conduirait de manière certaine à une mort atroce, de même que sa nourrice… Non, cette idée est définitivement absurde. Alors, que faire ? Une autre question lui coupe brutalement le souffle alors qu'elle s'apprête à rendre les armes : et s'il ne s'agissait pas d'un véritable envoyé de l'évêque, mais d'un usurpateur qui avec ses complices aurait cherché une victime candide à manipuler ? Par exemple d'un hérétique gêné par l'arrivée de l'inquisiteur à Amiens ? Après réflexion, la supposition est pourtant repoussée. Personne en effet n'aurait pu déployer tant de moyens, déplacer autant de moines et même utiliser ainsi l'une des caves de la cathédrale sans une véritable légitimité au sein de l'Église. Ce qui rend la situation presque pire… Margault frissonne soudain si fort que ses dents en claquent brutalement. Non, il lui est décidément impossible de se rendre ainsi coupable du décès d'un innocent, d'un dominicain qui plus est, même pour sauver sa propre existence. Et puis qui l'assure que le religieux la laissera comme promis en paix après ce premier empoisonnement ? Sa toute nouvelle expérience de la vilenie humaine lui laisse pressentir que, s'il s'est donné tout ce mal pour la piéger, ce n'est certainement pas pour la laisser repartir aussi aisément… Rien ne l'empêchera ensuite de continuer à faire pression sur elle afin de lui faire commettre d'autres meurtres pour servir ses intérêts. La décision de la jeune femme est enfin prise. Tant pis si cela équivaut pour elle à se mettre en danger, elle se doit de dénoncer le complot. Même si elle est contrainte pour cela d'avouer le moyen de pression utilisé par les religieux : le meurtre de son père…

Avoir enfin décidé de la conduite à tenir rassérène un peu Margault. Après tout qui sait, peut-être pourra-t-elle décider le bailli à accepter une sorte d'arrangement pour lui permettre d'éviter la peine de mort ? Son pas se fait assuré alors qu'elle se dirige vers le domicile de ce dernier, mue cette fois par une volonté inflexible. Après avoir envisagé de rendre visite au prévôt, tout de même plus accessible au petit peuple, elle y avait renoncé à regret. Celui-ci n'est pas suffisamment puissant pour prendre le risque de s'attaquer à un personnage tel que l'évêque sur les bases de simples affirmations. D'une empoisonneuse, qui plus est ! Le bailli quant à lui verra probablement davantage l'intérêt politique de déjouer un complot de cette envergure et de s'attirer de cette manière les faveurs de l'inquisiteur. Et puis après tout, elle ne lui fait prendre que peu de risques… Il lui suffira simplement de la faire suivre à son tour discrètement pour vérifier sans difficulté ses assertions. Un sergent dissimulé lors du prochain rendez-vous de Margault avec le moine mystérieux constituera un témoin de choix pour arrêter le ou les conspirateurs. Et c'en sera terminé de ce cauchemar… Parvenue à proximité de la place du Marché aux Fromages, Margault s'apprête à diriger ses pas vers la lourde porte connue de tous, lorsqu'elle est durement bousculée par un homme vêtu de sombre et surgi de nulle part. Elle s'apprête à protester avec vigueur lorsqu'elle aperçoit, dans le mouvement qu'elle est contrainte de faire pour reprendre son équilibre, deux hommes habilement dissimulés au coin de la venelle voisine, manifestement occupés à la surveiller. Elle est suivie ! Et probablement par ces mêmes religieux qui viennent de la « libérer »… Elle aurait dû s'y attendre. Heureusement qu'elle n'est pas allée jusqu'à frapper à la porte du bailli, sinon elle était perdue ! Les conspirateurs se seraient miraculeusement évanouis dans la nature, et elle ne serait plus restée qu'avec ses stupides aveux concernant le meurtre de son père. Elle aurait eu bel air ! Le bailli n'aurait bien évidemment jamais voulu croire son histoire si peu crédible, et elle se serait tout bonnement retrouvée en prison… Décidément, quelle chance inouïe que ce rustre l'ait ainsi bousculée ! Songeuse, la jeune femme interrompt un instant sa marche. Mais s'agit-il une fois encore réellement d'un hasard ? Elle éprouve désormais de plus en plus l'étrange sensation que, si des hommes tentent par tous les moyens de la perdre, d'autres peut-être essaient au contraire de la sauver… Elle se ressaisit, se contraignant à reprendre sa route pour ne pas attirer les soupçons. Allons, toutes ces idées sont décidément absurdes…

Lorsqu'elle parvient enfin au coin de sa ruelle, impatiente de partager ses préoccupations avec sa nourrice, c'est pour entendre de véhéments cris de protestation aux accents trop aisément reconnaissables. Son cœur s'arrête de battre un instant : Peronette ! Tapie dans l'ombre d'un mur qui ne la dissimule qu'imparfaitement, Margault ne peut que regarder, impuissante, l'ancienne servante et la petite Marie se faire emmener par un groupe d'hommes tentant manifestement de passer inaperçus. L'un d'entre eux propose même son bras à la vieille femme afin de l'aider à marcher, ce qu'elle refuse avec toute la force de son mauvais caractère. Ce petit geste tout simple réconforte pourtant légèrement la jeune femme : au moins n'ont-ils nulle intention de les tuer ni même de les blesser pour le moment… Elles ne sont probablement enlevées que pour servir d'otages, pour s'assurer qu'elle allait remplir convenablement sa mission. C'est alors que l'homme qui venait d'offrir son bras tourne un bref instant son visage vers elle, ce qui lui permet de le reconnaître. Il s'agit une fois encore du chafouin ! Décidément, ce diable d'homme ne se décidera jamais à la laisser en paix… Tous ses sens en alerte, elle évalue rapidement ses chances de pouvoir faire évader les prisonnières en profitant de l'effet de surprise. Non, même avec l'aide de son précieux couteau, cela semble impossible face à ces quatre hommes… Une onde de colère contre elle-même la soulève tandis que le petit groupe se fond progressivement dans la nuit. Mais ce n'est pas vrai, quelle candide elle a pu être une fois encore ! Comment a-t-elle pu imaginer être libérée aussi aisément avec tous les secrets qu'elle détient désormais ? Si les religieux devaient bien évidemment lui rendre sa liberté d'action afin qu'elle puisse accomplir leurs macabres desseins, ils ont pris la précaution d'enlever les deux personnes qui lui sont les plus chères, de manière à s'assurer de sa totale collaboration. Sans risque de trahison… Le piège continue tout simplement à se refermer sur elle…

Si quelque chose pousse désormais Margault en avant, ce n'est plus qu'un sentiment de rage intense, une insatiable envie d'en découdre. Elle va les vaincre, tous autant qu'ils sont ! Et avec ses propres armes encore… Le seul problème reste de déterminer de quelles armes précisément elle peut disposer ! Au petit matin, elle a tant marché, plongée dans ses réflexions, que ses jambes lui font atrocement mal, que les muscles entre ses omoplates la brûlent comme du plomb fondu. Mais elle n'a malheureusement trouvé aucune solution miraculeuse. Tout ce qu'elle sait, c'est qu'elle n'a nul autre choix que de suivre – pour le moment tout au moins – le chemin que ces hommes lui ont tracé malgré elle…

Lorsqu'elle pénètre le surlendemain à l'intérieur de la petite église abandonnée où doit se dérouler leur rendez-vous, après avoir passé deux jours quasiment sans dormir ni manger, Margault ne se sent pas bien fière. Quel accueil va-t-il lui être réservé ? Si elle a choisi d'arriver en avance pour gagner un mince avantage sur le moine, cela se révèle finalement une idée déplorable… Sa tension augmente en effet à chaque instant, la rendant aussi imprévisible que la foudre. Vite, que ce satané moine arrive, que l'on en finisse ! L'attente se prolongeant, les doutes l'envahissent, toujours plus nombreux. Et si les religieux, informés de sa tentative de trahison, avaient décidé de l'évincer pour s'appuyer sur une complice plus fiable ? Le sort de Peronette et de Marie ne serait dans ce cas guère enviable… À moins qu'ils n'aient tout simplement décidé d'accentuer la pression exercée sur elle en assassinant l'un des otages. Si tel est le cas, comment le lui feraient-ils savoir ? En lui apportant une mèche de cheveux de Marie ? Un doigt de Peronette ? Elle frémit, de plus en plus tendue au fur et à mesure que son inquiétude gagne en intensité. Lorsque le religieux pénètre enfin dans l'édifice, escorté de trois moines aux mines patibulaires de routiers, le visage de la jeune femme reste pourtant de marbre, comme si personne n'avait jamais envoyé ses sbires la suivre ni enlever sa nourrice. Afin de masquer son trouble, Margault choisit de prendre l'initiative :

— La politesse voudrait que vous vous présentiez enfin à moi, ne croyez-vous pas ? Surtout si nous sommes amenés à… collaborer ensemble…

— Nous dirons que je suis le frère Jean…

— Je suppose qu'il ne s'agit nullement de votre véritable nom…

— Vous n'avez aucun besoin d'en apprendre davantage. Il s'agit d'une sécurité autant pour nous… que pour vous…

La menace est à peine voilée… À la surprise de Margault, le religieux semble fébrile, tendu, bien loin du calme et arrogant personnage qu'il avait laissé apparaître lors de son précédent interrogatoire. Il ne cesse de jeter des regards pressés autour de lui, comme s'il risquait de s'échapper au moindre bruit suspect. Ce qu'il ne tarde d'ailleurs pas à confirmer à sa manière : il ne dispose simplement que de quelques instants pour cette entrevue pour le moins délicate… Margault, dont l'inquiétude pour les deux prisonnières ne cesse de croître, reprend l'offensive :

— Alors comme cela, vous avez décidé d'enlever mes proches pour avoir encore davantage prise sur moi ? Tout ce que vous aviez récolté à mon sujet ne vous suffisait donc pas…

L'homme semble à la fois interloqué et choqué, comme l'atteste le pli profond qui vient de naître entre ses sourcils. S'il joue la comédie, ce qui est vraisemblablement le cas, il se débrouille fort bien ! La jeune femme grince intérieurement : encore un religieux qui s'entraîne à manipuler les gens, lorsqu'il s'en va porter la parole du Christ ! Voilà bien une scène qui permet de voir naître de nombreuses vocations d'intrigants et de menteurs…

— Quelles fadaises me contez-vous là ? Je puis vous assurer que nous n'avons enlevé personne. Si nous avions voulu en arriver à une telle extrémité, vous imaginez bien que nous n'aurions pas perdu tout ce temps à faire en sorte de vous piéger ! Parce que l'on peut dire que vous nous avez donné bien du fil à retordre ! Il m'a tout d'abord fallu, en vous pistant de près, acheter la marchande de cire, de manière à ce qu'elle vous fournisse des poisons sans éveiller vos soupçons. Ce qui ne s'est guère révélé concluant d'ailleurs… J'ai personnellement assisté à la conversation, et je dois dire que je l'ai trouvée un peu… excessive… Mais le principal est que cela ait fonctionné, que vous ayez finalement emporté la belladone, l'aconit et la jusquiame. Vous disposiez ainsi des armes mêmes avec lesquelles nous projetions de vous piéger… Votre première tentative à l'encontre de votre père ayant échoué, nous avons ensuite espéré que l'énervement vous rendrait maladroite et que vous commettriez une erreur susceptible de nous permettre de vous arrêter. Nous avons même été jusqu'à glisser une petite fiole d'arsenic dans un vieux sac de toile qui traînait dans la chambre de votre sordide logis. Mais non, il a fallu que vous vous montriez plus rusée, que vous procédiez par petites doses afin de le discréditer ! Il faut avouer que tout cela était fort bien joué… Plus je vous voyais agir, plus ma détermination à vous faire œuvrer pour nous se renforçait. Pressés par le temps, il nous a finalement fallu empoisonner les frères de Villiers, de manière à pouvoir vous impliquer dans ces crimes. Mais cette fois encore, vous êtes parvenue à vous enfuir…

— Et durant tout ce temps, vous n'avez pas jugé plus simple de glisser vous-même un poison fulgurant dans le vin de messe de ce Constancis ? Vos problèmes auraient été définitivement réglés en quelques instants seulement…

— Nous voulions à tout prix éviter une enquête au sein de l'Église. Et puis j'avais investi tellement d'énergie sur vous que je mettais un point d'honneur à parvenir à vous rallier à notre cause…

La colère de Margault augmente encore d'un cran. Elle se promet de faire payer un jour ou l'autre à cet homme cette manière inhumaine qu'il a de jouer avec les gens et les sentiments. Mais patience…

— Et pour la suite, comment avez-vous deviné que je m'apprêtais à contacter Dolette ?

— Nous l'ignorions totalement ! Vous nous avez une fois de plus surpris. Mais cela a été simple, il nous a suffi de vous suivre, et d'aller ensuite trouver cette ribaude pour lui proposer une importante somme d'argent en même temps que la rémission de ses péchés. (Une moue de mépris déforme vilainement le visage du religieux) La pauvre, entre l'appât du gain et la peur de la damnation que je lui ai brandie, elle ne pouvait refuser de vous trahir…

— Cela explique la raison pour laquelle elle a si aisément accepté ma proposition. Je pensais bien qu'il devait exister une explication, que tout cela avait été trop facile…

L'homme écarte les lèvres en une parodie de sourire, révélant des incisives trop pointues. Tandis que Margault reprend :

— Ce que je ne comprends toujours pas, c'est la raison d'un tel empressement. Si j'ai bien compris ce que vous m'avez expliqué, Bertrand Constancis doit rester de longues semaines encore en ville, ce qui vous laisse amplement le temps d'accomplir votre funeste projet. Et j'imagine que ce n'est pas la perspective de voir brûler quelques malheureux supplémentaires qui vous fait vous précipiter à ce point… Alors, dites-moi, *frère Jean*, de quoi s'agit-il d'autre ?

— Vous êtes décidément bien plus intelligente que je ne l'aurais cru. Mais c'est là tout ce que je vous apprendrai.

— Donnez-moi au moins la raison pour laquelle vous avez enlevé Peronette et Marie ! Elles ne présentaient pour vous aucun danger. Et j'ai bien reconnu cet affreux chafouin qui travaille pour vous depuis des semaines… Alors ne me mentez plus, je vous en prie !

Après un nouvel instant de surprise, le regard du moine se fait aigu.

— Si vous me décriviez plutôt ce *chafouin* qui œuvre prétendument pour moi ?

Nul sentiment d'alerte n'empêche Margault de le faire, malgré l'inquiétante lueur de compréhension qui vient de s'allumer dans le regard du clerc. Ce n'est qu'une fois son portrait achevé qu'elle prend conscience d'avoir commis un impair. Le religieux rouge de colère semble en effet prêt à exploser, comme si l'homme dont elle venait de lui parler lui avait gravement désobéi. L'esprit de Margault s'embrouille. Qu'est-ce que tout cela peut donc signifier ? Elle n'espère tout au moins qu'une chose : qu'elle n'a pas desservi ses intérêts ni exposé encore davantage les otages en parlant. Leur situation est déjà suffisamment délicate comme cela…

Épuisée par toutes ces interrogations, la conscience de Margault commence insidieusement à abandonner la lutte. Inutile de se débattre davantage, elle va se décider à accepter le monstrueux marché. Après tout, qu'est-ce qu'un mort supplémentaire au milieu de toutes ces hécatombes, de ces innombrables enfants qui meurent de malnutrition ou d'une infection fulgurante, de ces infidèles massacrés par les Croisés dans leur propre maison au nom de la toute-puissante Foi ? Si cet inquisiteur est aussi vénéneux que le moine le prétend, il représente bel et bien un danger pour la population amiénoise, déjà fort éprouvée par la famine. Ce serait donc lui rendre un immense service que de la sauver de cette menace… Sans oublier qu'elle-même sera ensuite totalement libre, libre de vivre paisiblement aux côtés de Peronette et de Marie, libérée peut-être également de ses fantômes… Le frère Jean semble lire dans son regard sa reddition, puisque son visage prend à cet instant l'expression satisfaite d'un matou rassasié :

— Avez-vous réfléchi à un mode d'empoisonnement particulier, ma mie ? Je vous rappelle que nous tenons avant tout à être discrets…

Margault réprime un sursaut :

— Nous étions convenus que vous me parleriez des habitudes de l'inquisiteur, de son mode de vie, afin que je puisse l'approcher plus aisément… Est-il par exemple plutôt féru de livres, de bons vins ou de mets choisis ? À moins qu'il ne rende régulièrement visite aux ribaudes…

Après un long temps de réflexion – qui semble bien peu naturel à Margault –, le frère Jean lui conseille finalement d'agir au sein même du couvent des dominicains où loge Constancis, de manière selon lui à brouiller les pistes. Malgré l'assurance du religieux, cette stratégie semble particulièrement curieuse à la jeune femme. Il y aurait eu tellement plus simple que tout cela ! Sans compter que ce frère Jean lui semble de moins en moins fiable ! Sa réserve excessive, sa manière de s'entourer des trois ou quatre mêmes moines aux visages de gredins, sa façon brutale d'éluder ses questions pourtant légitimes sur l'évêque… Tout cela éveille en elle une méfiance croissante. Que se passera-t-il en effet s'il oublie ses promesses, s'il nie formellement la connaître après le meurtre ? Plus Margault y réfléchit, plus cette supposition lui semble plausible. S'il la désigne comme coupable de choix, le moine peut en effet faire d'une pierre trois coups : il se débarrasse en premier lieu d'un inquisiteur plus que gênant, se distingue ensuite auprès des autorités par ses brillantes qualités d'enquêteur et se fait enfin remarquer de tous en faisant brûler une sorcière notoire sur la place publique. Tout cela sans se salir le moins du monde les mains… Margault soupçonne fort le religieux d'avoir fait de cette stratégie perfide la base même de son plan. Quelle preuve possède-t-elle en effet que l'évêque est informé de leur monstrueux marché ? Elle aurait beau jeu une fois arrêtée et soumise à la question d'accuser l'un des plus proches collaborateurs du prélat ! Grâce aux bons soins du frère Jean, elle n'aurait même pas le temps d'achever sa première phrase…

Sans paraître prendre conscience de sa distraction, le moine continue de lui transmettre ses dernières instructions. Sur le plan sommairement dessiné du couvent des dominicains, il trace tout en parlant plusieurs croix aux endroits stratégiques, comme par exemple à l'emplacement de la cellule de l'inquisiteur, ou à celui de la porte dissimulée que Margault devra emprunter pour s'enfuir. Le procédé lui est également imposé : elle devra utiliser une chandelle empoisonnée, sans risque puisque les religieux font eux-mêmes le ménage dans leur cellule… Décidément, ce mystérieux moine a investi beaucoup de temps et d'énergie dans ses investigations ! À moins qu'il ne loge lui aussi au couvent, contrairement à ses assertions… Est-ce un geste inconscient de prudence, le besoin d'un aide-mémoire ou un simple réflexe ? Toujours est-il que Margault prend soin de glisser adroitement dans sa manche le morceau de parchemin, avant de prendre rapidement congé du frère Jean sur la promesse d'une exécution rapide de son projet. Tout en tremblant jusqu'au dernier instant d'être rappelée… Son instinct lui souffle que le religieux n'aurait guère aimé la voir conserver une pièce aussi compromettante pour lui. Sans doute a-t-il même déjà commencé à chercher ses notes des yeux… Une curieuse émotion lui serre un instant la gorge au moment de quitter le ventre rassurant de l'église. Cette fois, les dés sont jetés !

Durant toute la nuit suivante, Margault étudie fiévreusement le parchemin à la lueur fumeuse d'une lampe à huile, tant elle craint de commettre une erreur. Comme pour son père en son temps, elle tient absolument à s'assurer que nul autre que sa victime ne pourra être malade, même légèrement… La situation est déjà suffisamment difficile comme cela ! Soudain décidée, elle court chercher l'une des dernières chandelles de cire dans le maigre stock de Peronette, avant de la faire fondre au-dessus du feu dans un petit récipient. Introduire avec dextérité la poudre empoisonnée avant de refondre la chandelle de manière parfaitement naturelle n'exige ensuite que quelques minutes malgré sa maladresse. Ce qui n'empêche pas le ventre de Margault de se serrer sous l'influence du même sombre pressentiment. Tout de même, elle ne comprend toujours pas la raison pour laquelle ce prétendu frère Jean tient absolument à prendre le risque insensé d'introduire une femme dans un couvent, au lieu de confier cette sale besogne à l'un de ses sbires, ce qui aurait été infiniment moins dangereux pour eux tous. S'il cherche avant tout comme il l'a dit à éviter une enquête au sein de l'Église, pour quelle raison agir au cœur même d'un couvent ? Tout cela est proprement illogique… Or, il ne semble pas le genre d'homme à laisser le moindre détail au hasard. Quelque chose de primordial lui échappe, qu'elle doit impérativement saisir. Et très vite…

Pour renforcer encore son désarroi, la Fête des défunts approche à grands pas. Une fête qu'elle a toujours haïe depuis la mort de sa mère… Cette année, cette date est plus symbolique encore que d'ordinaire. Sans oser se l'avouer ouvertement, Margault craint en effet que l'un des défunts morts par sa faute ne vienne hanter ses nuits. À cette pensée, une terreur sans limite l'envahit. Saura-t-elle reconnaître la présence honnie dans le courant d'air qui lui parcourt l'échine et éteint la chandelle, dans l'ombre du chêne qui s'agite à travers le parchemin huilé ? Il lui faudra pourtant désormais apprendre à vivre avec ce poids…

La nuitée presque blanche qu'elle vient de passer à veiller ne lui a malheureusement apporté aucune réponse miraculeuse, et matines a déjà sonné. Force lui est donc de suivre le plan convenu, et d'emprunter d'un pas lourd le chemin du couvent des dominicains. Cette fois, elle ne peut plus se leurrer, elle apporte bel et bien la mort, dissimulée le long de son corps entre sa chemise et sa cotte. Un instant de recul lui permet d'appréhender la situation sous un jour cruel mais hélas réaliste : entre son couteau et sa chandelle empoisonnée, elle n'est plus, quoi qu'elle veuille en penser, une victime, mais bien une meurtrière accomplie ! L'imminence de l'action ne l'empêche pas de réfléchir intensément une nouvelle fois afin de trouver une solution de dernière minute. En vain… Quand, quelques ruelles plus loin, elle fait soudain demi-tour. Après tout, tant pis, elle se doit d'écouter son intuition qui lui hurle de suivre sa propre stratégie, quoi qu'il lui en coûte. De toute façon, ce qu'elle s'apprête à faire s'annonce infiniment risqué. Alors, un peu plus ou un peu moins… Quelques instants seulement lui sont nécessaires pour entrer dans la maison afin d'accomplir sa mission et pour repartir d'un pas pressé jusqu'au couvent. Un fol instant, elle espère que la petite porte par laquelle elle doit entrer soit fermée. Mais non, celle-ci tourne comme convenu doucement sur ses gonds, sans produire d'autre bruit qu'un léger grincement couvert par le vacarme de son propre sang battant à ses oreilles.

Juste comme elle s'apprête à pénétrer dans le couvent, Margault aperçoit dans la ruelle le chafouin qui s'avance d'un pas pressé vers elle. Quel vilain tour s'apprête-t-il une nouvelle fois à lui jouer ? Si elle ne parvient plus à cerner cet homme qui semble contrarier si fort le frère Jean, elle n'oublie pas qu'il tient probablement entre ses mains la vie des deux personnes qui lui sont les plus chères. L'homme semble inquiet, impatient de lui parler. Ne vient-il pas de la héler à deux reprises à voix basse ? Hésitante, la jeune femme jette un regard aigu à l'intérieur du monastère. Allons, elle ne peut plus se permettre de tarder, sinon elle risque de ne plus être dans les temps et de se faire prendre. Le chafouin saura bien la retrouver une fois sa mission accomplie, elle n'en doute pas un instant. Après avoir pris une longue inspiration, elle plonge dans l'enceinte du couvent comme elle plongerait dans un lac glacé. Après quelques instants passés à se repérer dans la topographie des lieux, elle longe d'un pas résolu les longs couloirs glacés rythmés de blanches arcades, guettant anxieusement l'apparition d'un moine susceptible de donner l'alerte. Mais non, ils se trouvent comme prévu tous à la prière, comme l'attestent les répons en latin psalmodiés par les voix graves provenant de la petite chapelle voisine. Les chants religieux semblent accompagner ses pas comme une marche funèbre. Elle frémit, éprouvant l'impression glaçante que la Faucheuse a emprunté son corps comme un vêtement pour mieux se déplacer. Que ne donnerait-elle pas pour être l'une de ces servantes anonymes qui assistent paisiblement à l'office, qui se laissent pénétrer de ce rythme rassurant pour voler sur les ailes de la ferveur religieuse ? Mais elle ne sera plus jamais l'une de ces femmes à la bienheureusc crédulité… Déposer la chandelle dans la cellule aux fenêtres étroites et aux murs nus ne lui prend qu'un instant, le temps tout de même de s'étonner de l'absence de toute trace de présence humaine dans la pièce. La paillasse ne semble pas avoir été occupée depuis longtemps, le coussin, la couverture et le tapis de feutre faisant office de couvre-lit sont recouverts de poussière… Tout de même, même l'ascète le plus rigide doit avoir besoin d'une bassine pour se laver les mains ou d'un chapelet pour prier ! Elle aurait même pensé trouver l'un de ces instruments de pénitencc nommés disciplines, destinés à la mortification chère à certains moines pétris d'orgueil… Mais dans la cellule de Bertrand Constancis, rien d'autre qu'un vide glacial. Même la chandelle semble déplacée, superflue…

Une fois son forfait accompli, Margault s'enfuit prestement, impatiente de se retrouver enfin à l'air libre. Les corridors lui semblent plus interminables encore qu'à l'aller, tant sa crainte de se faire prendre est intense. Elle n'ose imaginer la punition qui pourrait être inventée pour une femme, soupçonnée de sorcellerie de surcroît, trouvée dissimulée dans un couvent d'hommes ! Chaque recoin la fait maintenant sursauter nerveusement, comme s'il allait en sortir un saint vengeur prêt à la réduire en cendres d'un regard. Un long frisson lui parcourt la colonne vertébrale. Le lieu sent l'intrigue sournoise, le complot perfide… Et si la même personne qui lui avait ouvert le chemin l'attendait maintenant pour l'égorger ? Nul ne pourrait ainsi remonter jusqu'aux instigateurs du complot ! Presque instinctivement,

Margault extrait le couteau de sa chausse, avant d'ajuster fermement son manche en bois dans le creux de sa main. Au moins, si elle doit mourir, cela ne sera pas sans se battre…

Quand tout à coup, un cri d'alarme venu de nulle part retentit, comme pour alerter les religieux en prière de sa présence sacrilège entre les murs du couvent. Aussitôt, c'est la cavalcade… Des dizaines de pieds nus se précipitent dans sa direction, guidés par la voix mystérieuse démultipliée par l'écho des voûtes, lui donnant l'impression que toutes les âmes de l'enfer sont sorties de leur brûlant repaire afin de venir la punir. Margault ressent un instant d'étourdissement, lié à une sensation de surnaturel : et si c'était Dieu lui-même, furieux de sa présence dans un lieu sacré, qui guidait effectivement les religieux vers elle ? Cette ultime profanation avait sans doute eu raison de Son infinie patience… Après une course échevelée épuisante pour ses nerfs à vif, la jeune femme parvient à la petite porte, les poumons en feu, lorsqu'elle dérape brusquement sur le sol fraîchement lavé. Par miracle, une main ferme la rattrape juste à l'instant où elle allait choir douloureusement sur le sol et donner ainsi à ses poursuivants l'opportunité de la rattraper. Lorsqu'elle relève la tête, soucieuse de retrouver un semblant de respiration, ses yeux s'écarquillent de stupeur. Matthieu ! Mais que diable… Margault, qui ne peut du fait de la pénombre deviner l'expression du visage de son ancien époux, ne sait de quelle manière réagir. Sa présence ne peut bien évidemment être fortuite. Est-il venu pour l'arrêter, ayant eu vent de ses desseins ? Ou fait-il au contraire partie des conspirateurs et est-il là pour l'aider à s'échapper ? Elle n'a pas le temps de l'interroger que le moine l'attire déjà brutalement dans une petite pièce dérobée, qu'il ferme ensuite à clé derrière eux.

— Matthieu…

— Frère André, s'il vous plaît.

— Frère André, bien sûr… Pouvez-vous m'expliquer ce que vous faites en ces lieux ?

De surprise, le moine relâche la poignée avant de se retourner vers elle, les yeux ronds.

— Ce que je fais en ces… Mais Margault, je pourrais vous poser la même question ! N'est-ce pas vous qui m'avez envoyé un messager, pour me dire que vous couriez un grand danger et qu'il me fallait vous rejoindre au plus vite devant cette porte ? J'aimerais que vous m'expliquiez tout cela, et rapidement…

— Mais je n'ai envoyé nul messager vous quérir, vous devez me croire ! Tout cela est trop long à vous expliquer, mais je me trouve piégée entre les mains de moines qui veulent me pousser à commettre un crime odieux pour leur compte. Je vous assure que j'ai résisté autant que je l'ai pu… Mais ils ont enlevé Peronette, Marie, enfin je crois qu'il s'agit d'eux… J'ignore la raison pour laquelle ils s'acharnent ainsi sur moi, alors qu'il leur aurait été bien plus simple de régler les choses par eux-mêmes. Et maintenant je vous trouve là, vous, mon ancien époux… Si vous n'êtes pas leur complice, tout cela est proprement incompréhensible !

Matthieu, dont le visage se tend dangereusement au fur et à mesure qu'il comprend l'ampleur d'un piège dont il est devenu la victime inconsciente, saisit la jeune femme par le col de sa cotte avant de la plaquer durement contre le mur :

— Allons, parlez, Margault ! Dans quel bourbier vous êtes-vous encore fourrée ? Ne me dites pas qu'il s'agit une nouvelle fois d'une affaire d'empoisonnement ! Quand j'ai appris le décès de votre père d'une affection aussi subite qu'inexpliquée, je n'ai osé y croire… Cherchez-vous donc à être définitivement damnée ?

Voyant la jeune femme rester obstinément muette malgré de grands yeux emplis d'anxiété, le moine relâche sa pression en soupirant avec lassitude :

— J'ignore ce que vous avez encore fait, mais ce que je comprends encore moins, c'est le rôle que je suis censé jouer dans cette affaire… Si ce n'est pas vous qui m'avez fait venir, qui d'autre a pu le faire ?

Margault s'apprête à répondre lorsqu'un nouveau bruit de pas se fait entendre, dangereusement proche. Ce qui pousse Matthieu à rouvrir la porte avec diligence, les mains tremblantes.

— Venez, sortons d'ici sans perdre de temps, les moines ne vont pas tarder à nous débusquer…

Tirée par une poigne de fer, la jeune femme vole plutôt qu'elle ne court vers la sortie toute proche. Une fois parvenue devant la petite porte encore ouverte à l'arrivée récente de Matthieu, elle n'est que modérément surprise de trouver cette dernière obstinément fermée. Les dents du piège se sont finalement refermées, comme elle s'y attendait… Curieusement, elle se sent presque soulagée. Un calme étrange l'envahit, tandis qu'elle observe avec détachement son ancien mari s'escrimer vainement sur la lourde poignée. Elle hésite, ne sait si elle doit le prévenir que ses efforts seront peine perdue… Tout a été soigneusement calculé depuis de longues semaines pour qu'elle soit arrêtée, ici et maintenant, et c'est là la nouveauté, en compagnie de Matthieu. Même si elle en ignore toujours la raison… Quand tout à coup, un sursaut de révolte inattendu la soulève. Si le plan du frère Jean s'achève bel et bien ici, il ne sera pas dit qu'il en sera de même du sien ! Elle doit se montrer plus astucieuse que le religieux, ne serait-ce que pour permettre la libération des deux otages à sa merci… Par chance, Matthieu semble connaître l'histoire du couvent.

— Suivez-moi, j'ai entendu parler d'un passage souterrain désaffecté, autrefois construit pour permettre aux habitants d'Amiens d'échapper aux invasions des barbares venus du froid… Il commence, je crois, quelque part sous l'aile ouest. Avec l'aide de Dieu, peut-être pourrons-nous le trouver…

Les deux anciens époux reprennent donc leur course échevelée, longeant d'interminables couloirs si sombres qu'ils semblent se refermer derrière eux pour ne plus les libérer. Mais après quelques minutes de recherche frénétique, ils doivent se rendre à l'évidence : il leur est impossible de découvrir l'entrée du souterrain. Bien entendu, celle-ci doit être soigneusement dissimulée ! Quand tout à coup, un moine surgi de nulle part au visage dissimulé par une capuche les hèle à voix basse, avant de leur ouvrir une porte dérobée s'ouvrant dans un nuage de poussière sur le passage secret. Margault ne prend pas le temps de réfléchir. Il s'agit probablement une fois encore d'un piège, mais ils n'ont nul autre choix que de prendre le risque. Toujours tendue à craquer, elle tente d'oublier l'odeur de moisi et de putréfaction qui lui monte aux narines tandis qu'ils descendent des escaliers s'engloutissant dans les entrailles même de la terre. Les couloirs sombres qui s'ouvrent sur de mystérieuses petites portes basses ne lui disent rien qui vaille… Il serait si aisé à Matthieu de la faire disparaître dans l'une de ces pièces oubliées de tous ! Son ancien mari, qui depuis quelque temps évite soigneusement son regard, semble avoir accepté un peu trop facilement l'irruption impromptue de ce moine mystérieux… Quant à son arrivée, précisément à l'instant où elle s'apprêtait à sortir du couvent, n'est-elle effectivement qu'une manière de le compromettre en même temps que son ancienne épouse, ou le piège est-il plus subtil encore ? Il aurait très bien pu l'enfermer dans la pièce afin de laisser à ses complices le temps de fermer la porte de sortie à clé… Les deux fuyards, qui s'enfoncent toujours davantage dans le sol, pataugent maintenant dans des flaques d'eau saumâtre que Margault tente en vain d'éviter. Un froid humide imprègne ses vêtements, la faisant claquer des dents sans pouvoir s'arrêter. Quand tout à coup, ses yeux rencontrent des formes blanchâtres soigneusement alignées, qu'elle tente un moment de reconnaître, avant d'étouffer un cri : il s'agit de crânes humains, qui jalonnent désormais leur route comme autant de pierres macabres déposées là pour les guider… ou les égarer… Derrière eux, les pas se sont tus depuis longtemps, comme si même leurs poursuivants si décidés ne pouvaient se résoudre à les suivre dans des profondeurs aussi sombres et maléfiques. Elle-même s'apprête à abandonner, trop épuisée pour continuer, lorsqu'une exclamation de Matthieu la tire de sa torpeur hallucinée :

— Nous sommes sauvés ! J'aperçois une lueur au bout du souterrain…

Si Margault oubliera la manière dont elle est parvenue à parcourir la distance qui la séparait de la liberté malgré son épuisement, elle conservera en revanche longtemps en mémoire les quelques instants qui suivent leur sortie à l'air libre… Lorsque Matthieu, après avoir longuement peiné pour parvenir à débloquer la lourde porte poussiéreuse qui obstruait la sortie du passage secret, extrait du souterrain une tête aux yeux clignotants d'épuisement, c'est pour se retrouver face à un homme au visage fermé qu'il ne reconnaît pas. Plus pressé en cet instant d'aider Margault à se dégager que de se préoccuper de l'identité du mystérieux personnage, le moine s'accroupit avec peine afin de tirer la jeune femme par la main, tournant pour ce faire le dos à l'inconnu. Ce n'est qu'en se redressant une seconde fois aux côtés de la jeune femme tout en époussetant sa robe de bure maculée de poussière qu'il semble prendre conscience de la situation. Ils sont entourés, au milieu d'une petite clairière, d'une poignée de gardes armés jusqu'aux dents ! Se retournant par réflexe vers Margault, le religieux saisit l'expression alarmée de cette dernière. Mon Dieu, elle ne paraît nullement surprise, elle semble même connaître cet homme… Une intuition aussitôt confirmée par la voix cassée de la jeune femme :

— Vous !

Pourquoi Matthieu se sent-il soudain glacé, comme si son sort se scellait à cet instant sans qu'il puisse rien n'y entendre ? Il ne peut s'empêcher de tourner un regard interrogateur vers l'homme qu'il avait la première fois à peine regardé, avant de laisser échapper une exclamation identique :

— Vous !

Margault, à qui le visage couvert de boue confère un aspect à la fois comique et pathétique, sursaute, interloquée :

— Matthieu, vous connaissez donc également cet homme ? Mais alors, comme je l'avais pressenti, toute cette mise en scène n'est en aucun cas due au hasard…

Elle se tourne de nouveau vers le religieux qui a conservé une immobilité de statue :

— Pouvez-vous enfin nous expliquer ce que tout cela signifie, frère Jean ? À moins que vous ne vous décidiez enfin à me donner votre véritable nom ?

L'interpellé ne sourcille pas. Seule une infime lueur d'amusement au fond de son regard trahit le fait qu'il s'attendait à cette réaction. Pire : qu'il l'espérait… Il se contente de relever dans le même temps les sourcils et le menton dans une expression de hautaine surprise.

— Nous connaissons-nous ? Je suis certain quant à moi du contraire, je m'en souviendrais !

— Veuillez cesser, je vous prie, cette comédie ridicule ! Vous imaginez bien que je m'attendais à ce que vous vous empressiez de me faire arrêter. Depuis Judas, les hommes servant le Christ ne cessent malheureusement de trahir. C'est pourquoi j'ai pris la précaution de conserver la preuve que nous nous sommes rencontrés afin de…

— De ?

Flairant le piège trop évident, Margault a par chance la présence d'esprit de s'interrompre juste à temps. Bien qu'elle ne doute pas un seul instant que le plan du prétendu frère Jean soit ourdi de manière à la mener tout droit au bûcher, il ne sera pas dit qu'elle lui donnera le plaisir d'un aveu. Un rictus de colère défigure un instant le moine, qui ne s'attendait nullement à ce ton froid empreint de cynisme. En homme accoutumé à la politique, il reprend pourtant rapidement contenance :

— Vous avez donc conclu un marché avec un certain frère Jean ? Vous m'en voyez désolé, mais je ne connais aucun moine de ce nom. Je serais en revanche curieux que vous m'expliquiez la teneur de cet accord…

— Je ne prononcerai plus un mot tant que vous ne nous aurez pas dit de quoi vous nous accusez. Ce déploiement de force ne doit pas être simplement destiné à nous aider à retrouver notre chemin, je suppose…

Le visage du prétendu frère Jean se durcit encore davantage, comme si la toute nouvelle arrogance de Margault lui était insupportable.

— Mais d'empoisonnement, bien entendu ! Sur la personne de l'inquisiteur Bertrand Constancis, comme vous ne manquez pas de le savoir… Vous serez jugés tous deux dès demain, et exécutés avec le plus de célérité possible. Nous ne manquerons naturellement pas de vous faire subir la question afin de vous laisser l'opportunité de dénoncer d'éventuels complices…

Rendu trop longtemps muet par la surprise, Matthieu se décide enfin à intervenir, le visage défait mais la voix ferme :

— Je n'ignore pas que nous nous sommes rencontrés autrefois dans des circonstances quelque peu… délicates… Mais cela ne m'explique pas pour quelle raison vous cherchez aujourd'hui à m'associer aux vilenies de mon ancienne épouse. Je ne suis désormais qu'un paisible moine, qui n'aspire qu'à la paix du corps et de l'esprit et ne souhaite plus qu'une chose : porter la parole du Christ…

— Inutile de jouer les candides, vous savez fort bien de quoi je veux parler. Si votre femme, sorcière notoire, a empoisonné l'inquisiteur sans lui laisser la moindre chance, c'est bien entendu sur votre ordre. Ne vous donnez pas la peine de nier, nous avons espionné Margault Esternay suffisamment longtemps pour découvrir tous les détails de vos basses manœuvres ! Un plan machiavélique, soigneusement ourdi, je dois l'avouer… Je n'aimerais pas compter parmi vos ennemis, mon *frère !* La seule chose que nous ne parvenons pas à comprendre, ce sont les véritables motivations de vos actes. Pourquoi diable avoir commandité ce meurtre ? L'inquisiteur vous gênait-il dans vos desseins personnels, s'intéressait-il d'un peu trop près à vos activités ? À moins que, à l'instar de votre épouse, vous n'ayez changé de maître pour vous placer désormais au service de Lucifer. Vous ne seriez pas le seul qu'il serait parvenu à séduire par ses maléfices… Quant au procédé, reconnaissez qu'il était tout de même risqué ! Quelle honte, utiliser une chandelle empoisonnée ! Vous auriez eu bel air si un autre moine avait trépassé à sa place…

— Comment dois-je vous l'expliquer ? Je n'entends strictement rien à vos propos, qui ne peuvent être que ceux d'un fol ! Je n'ai plus rien à voir avec les actions de cette femme, vous devez me croire…

Lassée de ces multiples trahisons et retournements, Margault se décide enfin à intervenir d'une voix lasse :

— Mais n'avez-vous donc rien compris, mon ami ? Quand je songe que je me suis demandé mille fois la raison pour laquelle ces religieux s'évertuaient à s'acharner sur moi ! Il ne s'agissait en réalité pas de moi, mais bel et bien de vous… Si toutes ces intrigues, ces jours passés à me suivre ne visaient effectivement qu'à me piéger, ce n'était que pour une seule raison : parce que j'avais été votre épouse ! Si quelqu'un doit explorer son passé afin de comprendre la raison pour laquelle nous en sommes arrivés là, ce n'est pas moi, mais vous. Aussi curieux que cela puisse paraître…

Matthieu a baissé la tête de telle manière que la jeune femme, qui le connaît toujours aussi bien, a compris. Une nouvelle flambée de colère l'envahit. Ce fichu moine connaît pertinemment la raison pour laquelle le mystérieux frère Jean lui en veut à un tel point et il ne lui en a rien dit ! Pire : il jouait les outragés, tentait de l'accuser ! Il semble clair à ses yeux fuyants qu'il persévérera dans son mutisme, surtout sous le regard brûlant de l'homme qui n'attend que de le piéger. Eh bien tant pis, elle n'a nulle intention de lui laisser le choix ! Tout à coup, son double menton rougi par un rasage trop brutal, sa bouche molle l'insupportent au plus haut point. C'est en effet encore une fois à cause de lui qu'elle se retrouve dans une fâcheuse situation, alors qu'ils ne sont plus même mariés ! Margault ouvre la bouche pour le bousculer, lorsqu'une idée soudaine interrompt son élan. Le frère Jean ne cesse de parler d'empoisonnement, d'évoquer l'inquisiteur au passé… Qu'est-ce que tout cela peut donc signifier ? Par chance, l'esprit de Matthieu a suivi un cheminement identique au sien :

— Comment expliquez-vous que vous parliez d'empoisonnement consommé ? Alors que Margault vient tout juste de quitter le couvent… S'il s'agit comme vous le dites d'une chandelle empoisonnée, Constancis n'a certainement pas eu le temps de l'allumer, encore moins de décéder de sa fumée nocive. Pourquoi ne vous dépêchez-vous pas d'aller le sauver, au lieu de perdre un temps précieux à argumenter !

Le souffle coupé, Margault se suspend aux lèvres du frère Jean, impatiente de découvrir sa réaction.

— C'est fort bien tenté, cher frère… Mais vous devriez vous accorder davantage avec votre complice avant de parler ! Une complice qu'entre nous soit dit vous venez ouvertement d'accuser… Cette dernière semble avoir décidé d'avancer son plan macabre sans vous consulter, puisqu'elle a d'ores et déjà mis ses projets, ou plutôt vos projets, à exécution. Bertrand Constancis est en effet mort empoisonné depuis deux jours déjà. Sans doute venait-elle tout bonnement aujourd'hui récupérer l'objet du délit, c'est-à-dire le morceau de chandelle restant… Elle n'a malheureusement pu le trouver, celui-ci étant conservé chez le prévôt pour les besoins de l'enquête.

L'incriminée sursaute : elle doit avouer qu'elle s'est fait duper encore davantage qu'elle ne le pensait ! Ces marauds n'avaient pas besoin d'elle pour empoisonner l'inquisiteur, mais uniquement pour leur servir de commode bouc émissaire… Elle avait bien raison de se défier. Mais pour déployer autant de moyens afin de compromettre Matthieu, le frère Jean devait être animé d'une motivation d'importance ! Il ne peut simplement s'agir d'une sombre histoire de politique, ce doit être autre chose, mais quoi ? Quoi qu'il en soit, elle n'a nulle intention de se laisser piéger sans tenter une dernière fois de se battre. Tremblante de colère, elle entreprend de fouiller discrètement sous sa cotte afin d'en extraire le morceau de parchemin… S'il ne suffira certes pas à l'innocenter totalement, il pourra tout au moins l'aider à négocier sa liberté en jetant le trouble sur le mystérieux frère Jean… et pourquoi pas, sur l'évêque lui-même… Sa lueur d'espoir s'éteint pourtant à l'instant où elle déniche enfin le document, roulé en boule dans une manche de sa chemise. Celui-ci est en effet tout trempé, l'encre a complètement coulé… Sans doute est-ce dû à ces trop nombreuses fois où elle s'est cognée aux murs suintants d'humidité. Les épaules de Margault s'affaissent sous le poids du découragement : inutile de lutter plus longuement, elle et Matthieu sont définitivement perdus…

C'est effectivement ce que semble confirmer le sourire arrogant du frère Jean, qui rayonne de fatuité devant l'incontestable réussite de son plan. Tout s'est déroulé exactement de la manière prévue… On peut même dire que le comportement de cette idiote a dépassé toutes ses espérances ! Quel dommage cependant que Matthieu ne puisse comprendre l'étendue de son intelligence… Certes choqué, le moine ne semble pas suffisamment effondré à son gré. Peut-être croit-il encore pouvoir échapper au bûcher ? Il va se faire une joie de détruire en quelques mots ses ultimes espérances… Après avoir éloigné d'un geste péremptoire tous les gardes avoisinants, il se décide enfin à s'approcher du couple, avant de se pencher à les toucher pour murmurer :

— Alors, *frère André*, vous pensiez réellement en entrant dans les ordres faire oublier toutes vos vilenies passées ? Allons, allons, quelle naïveté ! Cela vous amusait fort autrefois, n'est-ce pas, de truquer les dés, de les lester de plomb pour vous permettre de gagner à votre guise ? Même si cette odieuse tricherie devait ruiner des familles entières ! Eh bien moi, je n'ai pas oublié… Lorsque vous m'avez vu, vous m'avez immédiatement reconnu, il me semble ? Il faut avouer que vous avez eu maintes occasions de me rencontrer…

Le visage de l'homme ne semble plus fait que d'angles et d'ombres, tandis qu'il éructe en postillonnant sur le visage de Matthieu qui n'ose essuyer sa joue constellée de gouttelettes mousseuses :

— Tous ces soirs où je venais chercher mon frère à la taverne, où je le trouvais hâve et décomposé d'avoir perdu de quoi nourrir sa famille entière pour la semaine… Où je tentais de le dissuader de se ruiner plus encore dans une partie que je savais perdue d'avance… Parce qu'il n'y avait que lui pour ne pas vouloir croire que vous trichiez ! Vous vous connaissiez de si longue date, me disait-il… Le pauvre a fini par se pendre, croulant sous tant de dettes qu'une vie entière de travail n'aurait pas suffi à en rembourser le dixième. Il ne supportait plus d'être harcelé par ces vautours d'usuriers et a fini par craquer…

Une moue de dégoût déforme le visage du religieux, qui semble déployer un effort surhumain pour ne pas frapper violemment Matthieu, comme l'attestent ses poings qui ne cessent de se serrer spasmodiquement.

— Et voilà que vous osez vous promener avec vos airs pieux, soulevé par votre prétendue vocation soudaine ! Tout cela était bien tenté, mais n'a par chance pas fonctionné. J'ai rassemblé suffisamment de preuves et de témoins contre vous pour vous envoyer directement griller sur un bûcher aux côtés de votre satanique épouse. J'espère que vous aurez, au moment où les flammes embraseront votre chemise, une dernière pensée pour votre pauvre compagnon de jeu…

Le moine est si plongé dans son obsédante colère qu'il remarque à peine la toux essoufflée qui se fait soudain entendre en provenance du souterrain. Précédant de peu la sortie d'une tête boueuse aux yeux rougis par la poussière. Le chafouin ! Un instant soulevée par le fol espoir d'être sauvée par un visage ami, Margault détourne la tête. Bien entendu, il ne manquait plus que lui pour l'accabler... Le flottement qui suit cette irruption fait toutefois vaciller ses certitudes. À sa grande surprise, l'arrivée du chafouin semble en effet susciter le plus grand trouble chez le frère Jean, preuve que ce dernier ne s'attendait pas à sa survenue... Un instant abandonnée par ses gardes, Margault en profite, non pour s'échapper, mais pour se laisser choir lourdement à terre. Après tout, peu lui importe le sort qui va lui être réservé, elle n'est entourée que d'ennemis... Si elle devait croire à l'existence d'un dieu, quel qu'il soit, ce serait le moment ou jamais pour lui de se manifester ! Mais cette fois, cette idée ne provoque plus chez elle qu'un pâle sourire sardonique... Elle ferme ses paupières brûlantes de fatigue, tentant de recouvrer un semblant de forces, lorsque les propos stupéfiants du chafouin traversent le brouillard d'épuisement qui la recouvre comme un voile :

— Décidément, tout s'est déroulé si vite, nous n'aurions jamais dû laisser les choses aller si loin... Heureusement que nous sommes arrivés à temps !

Margault rouvre précipitamment des yeux éberlués. Mais de quoi diable parle-t-il donc ? Et pour quelle raison utilise-t-il le pluriel, alors qu'il se trouve manifestement tout seul ? Tout cela est proprement insensé... De son côté, le frère Jean semble avoir recouvré son calme en même temps que son arrogance :

— À temps, c'est bien vite dit, mon ami ! Malgré tous vos efforts pour contrarier la volonté divine et contrecarrer mes plans, le regretté Bertrand Constancis n'est plus. Dieu le prenne en Sa Pitié infinie...

Inattendue, comme venue du ciel, la voix claque comme un coup de fouet.

— Les desseins du Seigneur sont impénétrables, mon frère. Qu'il en soit fait selon Sa divine volonté… Et non selon la vôtre, si je puis me permettre ce facile raccourci…

Pour qu'autant de gardes lourdement armés jaillissent comme par magie en même temps dans la clairière, il faut très certainement qu'ils aient été dissimulés depuis un moment déjà dans les fourrés alentour. C'est incroyable, aucun hennissement ni raclement de gorge intempestif n'a pourtant trahi leur secrète approche ! Un petit groupe d'hommes se tient soigneusement à l'écart, au sein duquel Margault remarque avec stupéfaction le bailli, plusieurs dominicains éminents, ainsi qu'un homme au port rigide et au visage dissimulé par une cagoule. Celui qui apparemment vient de s'adresser au frère Jean… Pétrifiée, elle n'ose cependant se réjouir. Leur expression menaçante n'augure que trop leur détermination à régler promptement cette affaire. Mais qui exactement s'apprêtent-ils à arrêter ? Il lui est impossible de déchiffrer leur regard opaque, leurs visages fermés sur lesquels on ne peut lire qu'une colère impatiente. Le premier à réagir se trouve être le frère Jean, apparemment plus inquiet que soulagé par cette survenue. Son visage, il y a encore peu, rouge de colère parvient à prendre une expression pathétique fort convaincante, toutefois nuancée par une série de tics qui le déforment à intervalles réguliers. Comme si le Malin se dissimulait derrière ce masque trop lisse et luttait pour en reprendre possession…

— Enfin vous voilà ! Je craignais tant que vous n'arriviez à temps ! Fort heureusement, j'ai prié, et le Seigneur dans Son infinie bienveillance vous a guidés jusqu'à moi. Je viens d'arrêter cette jeune femme,

Margault Esternay, qui, pour complaire à son ancien époux le frère André ici présent, a empoisonné l'inquisiteur Bertrand Constancis il y a deux jours à l'aide d'une chandelle vénéneuse. (Il désigne d'une main hargneuse le chafouin muet de surprise) Avec pour complice probable cet homme, son amant sans doute, qui tentait à l'instant de la tirer de ce mauvais pas… Elle revenait aujourd'hui sur le lieu de son crime afin de récupérer les restes de la bougie, dans le but de faire disparaître une preuve compromettante, ce qui m'a permis de l'appréhender à l'instant où elle s'échappait. Si j'ai été averti de ce macabre projet par l'un de mes informateurs, nous n'avons malheureusement pu intervenir à temps pour empêcher le drame, ce que je ne pourrai jamais me pardonner…

Margault soudain n'en peut plus de tous ces mensonges, de toutes ces duperies… Elle s'avance d'un pas décidé vers le bailli sous le regard suspicieux des gardes, lorsque le mystérieux inconnu cagoulé se décide enfin à se découvrir le visage. Les spectateurs de la scène se figent, le temps semble se suspendre. Il s'agit en effet de Bertrand Constancis, l'homme aperçu près du bûcher, tout ce qu'il y a de plus vivant !

— Rassérénez-vous, mon frère, il semble que le Créateur ne soit pas tout à fait prêt à me rappeler à Lui ! Par chance, je dispose moi aussi d'informateurs zélés, qui semblent nettement plus efficaces que les vôtres puisqu'ils m'ont permis de déjouer avec succès *votre* piège… Allez, messires, ne tardez plus, arrêtez ces hommes et menez leur chef ici présent directement dans ma salle d'interrogatoire privée. De longues nuits de travail nous attendent…

Alors que la jeune femme commence tout juste à oser respirer de nouveau, l'inquisiteur se tourne cette fois vers elle, le visage à peine adouci :

— J'ai conscience que ces moines indignes de leur robe ont exercé sur vous une formidable pression afin de vous pousser à ce dit fait, allant même jusqu'à provoquer de bien tristes drames pour mieux vous impliquer. Mais je n'ai nul autre choix que de vous arrêter à votre tour, Margault Esternay. Vous avez tout de même préparé et abandonné une chandelle empoisonnée dans ma cellule dans le but de m'occire, ce que je ne peux en aucun cas tolérer ! Ce geste fait de vous une créature éminemment dangereuse… Vous auriez dû vous montrer plus forte que ces hommes, refuser d'attenter à la vie d'autrui, même au péril de votre propre existence. Avez-vous donc la prétention de croire votre vie plus précieuse que celle de notre Seigneur Jésus-Christ, qui n'a pas hésité à donner la sienne pour nous sauver, nous, misérables pécheurs ? Si vous aviez dû mourir pour servir Sa justice, dites-vous bien que cela n'aurait été que l'expression de Sa volonté…

La jeune femme se tourne comme pour chercher de l'air vers Matthieu, mais il semble manifeste qu'elle n'a nulle aide à attendre de lui. À son air apeuré, on pourrait penser que la foudre s'apprête à le réduire en cendres d'un instant à l'autre ! Qui sait, peut-être craint-il d'être lui aussi accusé de sorcellerie, par contagion, alors qu'il vient tout juste d'être innocenté… Bien que consciente de la gravité de la situation, Margault éprouve tout à coup l'envie insensée de profiter de la présence du bailli et de la nombreuse assistance pour faire perdre un peu de sa superbe à l'arrogant religieux. Qui sait, peut-être cela pourra-t-il, en faisant vaciller ses certitudes, amener cet homme intransigeant à considérer les hommes et les choses avec un peu plus d'humanité… Son cœur bat tout de même la chamade, tandis qu'elle laisse volontairement le moine continuer son violent réquisitoire contre elle, des veines écarlates saillant sur son cou tendu de colère :

— Vous êtes bien comme l'ensemble des Amiénois, faible et inconsistante. Si vous, une femme érudite et élevée dans une Foi profonde par votre père, un ancien croisé proche de Saint Louis, ne parvenez pas à trouver dans la religion la force spirituelle de résister au Malin, qui la trouvera ? Cela me renforce encore davantage dans ma décision de m'installer un long moment dans cette ville corrompue, de manière à en éradiquer définitivement le Mal.

Si le regard de l'inquisiteur étincelle d'une Foi aussi forte qu'absolue, celui du bailli s'assombrit en entendant ces propos fanatiques. Malgré lui, son visage de brave homme se plisse sous l'effet de la contrariété et de l'inquiétude. Comme s'il comptabilisait intérieurement le nombre de nouvelles victimes que sa chère ville aurait encore à déplorer… Ce dont le dominicain ne manque bien entendu pas de s'apercevoir, avec son sens de l'observation aiguisé :

— Eh oui, messire le bailli, tout cela n'arriverait peut-être pas si vous vous montriez, ainsi que votre ami Monseigneur l'évêque, plus fermes avec ceux dont vous avez la charge ! Quelques moines fomentent un odieux complot contre moi, enrôlent une jeune femme notoirement dangereuse, et aucun de vos informateurs ne vous en avertit ! Si cet homme – il pointe du doigt le chafouin toujours immobile – n'avait pas fait son devoir élémentaire de chrétien en venant m'avertir du danger qui planait au-dessus de ma tête, j'aurais ce soir rejoint le Créateur, contre Sa volonté, qui plus est ! Dois-je vous rappeler qu'il faut récompenser ceux qui dénoncent, les inciter à le faire même, et punir ceux qui ne le font pas…

L'inquisiteur lance un curieux regard de biais au bailli.

— À moins, comme je me le suis laissé dire, que ce complot d'hérétiques ne vienne de plus haut, de vous peut-être ?

Le pauvre bailli semble presque rentrer dans le sol sous les assauts de la venimeuse diatribe, son cou se nichant encore davantage dans ses épaules. Si une chose semble évidente, c'est bel et bien l'innocence de cet homme ! Margault hésite : doit-elle révéler la vérité, évitant ainsi une cuisante humiliation publique à l'inquisiteur qui ferait définitivement de lui son ennemi acharné, ou le pousser encore davantage à l'erreur sous les yeux de tous ? L'enjeu est de taille : si Constancis est notoirement connu pour son tempérament impitoyable, il est également apprécié pour la justesse quasi surnaturelle de ses décisions. On murmure même parfois, à voix très basse bien entendu, qu'il bénéficierait de dons divinatoires… S'il faisait publiquement preuve d'une aussi monumentale erreur, il pourrait perdre une grande partie de sa crédibilité et avoir ensuite bien du mal à faire respecter ses trop expéditifs jugements. Force lui serait alors de s'exiler, afin de faire appliquer ses iniques méthodes inquisitoriales ailleurs… Quelle victoire pour elle si elle parvenait à un tel résultat ! Cela valait peut-être la peine de courir un risque supplémentaire… La jeune femme se crispe. La joute verbale qui va suivre s'annonce délicate… Comme pour marquer le début de l'affrontement, une bruine glaciale commence à tomber, imprégnant les vêtements d'une humidité insidieuse.

S'est-elle inconsciemment redressée, a-t-elle montré d'une manière ou d'une autre qu'elle disposait d'un atout de taille ? L'assemblée semble avoir pris conscience d'un changement subtil dans la situation, ce qui suscite soudain force murmures dans les rangs. Tous les yeux sont désormais tournés vers eux, dans l'attente de savoir qui le premier va se décider à déclencher les hostilités. C'est l'inquisiteur qui le premier se décide à prendre l'avantage. L'homme ferme les yeux, comme inspiré par le Saint-Esprit, lève une main autoritaire pour intimer le silence :

— Je perçois un halo sombre et vénéneux autour de vous, pécheresse, la présence de Belzébuth probablement… Votre âme de chrétienne éclairée par le baptême et la communion s'affaiblit d'instant en instant, avalée par les ténèbres de votre nouveau maître. Priez, repentez-vous tant qu'il en est encore temps, sinon vous serez perdue !

Si Margault ne connaissait pas la réalité de la situation, elle ne manquerait pas d'être glacée par les propos effrayants de l'homme en noir, qui ne ressemblent que trop à ceux de ce prédicateur qui ne se résolvait pas à la quitter. Mais elle se sent à cet instant soulevée par un courage quasi surnaturel :

— Alors, selon vous, il ne fait aucun doute que je suis possédée ?

Le bailli et le chafouin écarquillent de mêmes yeux stupéfaits, effondrés que Margault cherche ainsi sciemment à accroître le courroux de Constancis, tandis que les arbres alentour s'agitent comme pour manifester leur désapprobation. Si l'inquisiteur ne répond pas instantanément, la couleur violacée qui envahit son front laisse augurer sa violente colère. Non contente de s'être rendue coupable de tentative d'empoisonnement, cette sorcière s'offre en outre le luxe de le provoquer !

— De nombreuses personnes vous diront que notre Seigneur Le Très-Haut m'a fait don dans Son infinie sagesse d'une sorte de sixième sens, pour accompagner ma mission d'éradication de l'hérétisme. À l'instant même où je vous ai vue, j'ai immédiatement reconnu en vous une servante du Malin. Si tout homme peut se tromper – puisse Dieu Tout-Puissant m'épargner toujours cette faiblesse –, il ne fait pour moi aucun doute que vous êtes possédée. La preuve éclatante en est la complaisance que vous avez mise à participer à ce complot démoniaque contre moi. Si vous avez fait mine de vous soumettre à ces hommes sous la contrainte, je n'ignore pas que vous avez en réalité obéi de plein gré à votre maître.

Tout est consommé, Bertrand Constancis s'est suffisamment dévoilé pour se compromettre. Il est désormais temps d'intervenir, avant que les choses ne s'enveniment et qu'elle ne soit plus en mesure de maîtriser la situation. Margault regarde autour d'elle, comme pour puiser du courage dans la triste beauté de la nature automnale. Tandis que les lourds nuages gris eux-mêmes semblent descendre plus bas pour mieux écouter les propos à venir.

— Et si je vous disais que j'ai changé d'avis au dernier moment, par amour, par respect pour la vie précisément, et que j'ai finalement décidé de servir le Christ en ne déposant dans votre cellule qu'une chandelle ordinaire ?

Un vent de désapprobation agite soudain la clairière. Aucun des participants ne se donne la peine de dissimuler son scepticisme face à ces déclarations de démente, pas même le chafouin qui lui lançait pourtant depuis quelques instants des regards compatissants. Tout de même, elle allait un peu loin ! Le visage de l'inquisiteur se durcit au point que l'on croit y voir disparaître toute trace de chair :

— Vous blasphémez, ensorceleuse ! Il est inutile de tenter de nous leurrer, femme, vous ne faites qu'aggraver votre cas ! Ne perdez pas votre temps, vos démoniaques maléfices de sorcière n'auront aucun effet sur un homme tel que moi…

C'est au tour du bailli d'intervenir, d'une voix rendue rauque par l'embarras :

— Nous avons bien conscience de votre désarroi, Margault, mais si vous nous mentez, vous ne pourrez plus attendre de nous aucune indulgence. Plus rien ne pourra vous éviter le bûcher…

— Pourquoi ne pas retourner au couvent afin de vérifier ensemble mes assertions ? Nous y retrouverons sans peine la chandelle que j'y ai déposée, et vous pourrez ainsi aisément constater qu'elle n'est en aucune manière empoisonnée…

L'un des moines accompagnant l'inquisiteur, un homme trop gros à la mine fermée, entreprend soudain de fouiller précautionneusement dans un sac de toile, comme s'il s'attendait à en voir jaillir un serpent venimeux :

— Nous n'aurons par chance pas à nous rendre jusqu'au couvent, puisque j'ai pris la peine de ramasser cette chandelle aussitôt après que vous l'avez déposée, de manière à éviter qu'un innocent ne l'utilise par mégarde. Si vous comptiez sur un complice pour échanger l'objet dans le cas où cela tournerait mal, nous nous sommes malheureusement montrés plus malins que vous…

Tout cela est parfaitement insensé ! Comment un hypothétique complice aurait-il pu avoir connaissance de la scène qui se déroule en cet instant dans la clairière ? Décidément, ces religieux croient réellement en ses pouvoirs occultes ! Margault se raidit. Pourvu que l'on ne s'avise pas de lui jouer un autre méchant tour ! Mais non, elle reconnaît bel et bien la chandelle au coin ébréché et à la mèche un peu noircie qu'elle vient d'abandonner un moment plus tôt dans la cellule. Sans parvenir à dissimuler la crainte qui lui déforme les traits, le moine tend avec une suspecte diligence la chandelle à l'inquisiteur. Qui sait si elle ne pouvait pas le faire tomber raide mort par simple contact ! Constancis semble avoir lu dans les pensées du pauvre homme, puisqu'il se fait un devoir de saisir l'objet aussi lentement que possible, un sourire mauvais lui étirant les lèvres. Avant de laisser échapper un soupir impatient :

— Voyons cette bougie, puisqu'il le faut pour faire éclater la vérité. Pressons-nous, nous avons suffisamment perdu de temps comme cela…

Après un temps interminable durant lequel la chandelle passe de main en main, l'assemblée doit toutefois se rendre à l'évidence : celle-ci n'a manifestement été ni manipulée ni refondue. Margault disait donc vrai… Tandis que les physionomies se détendent, que les regards lancés dans sa direction se font moins hostiles, la jeune femme se félicite intérieurement. Elle a finalement fort bien fait d'écouter son intuition et de revenir sur ses pas pour emporter une chandelle inoffensive au couvent. Le combat pour la vie devait désormais être son unique bataille ! Un lourd silence tombe sur l'assistance, qui attend maintenant avec une curiosité gourmande l'issue de la joute entre la jeune femme et l'inquisiteur. Le visage de ce dernier, qui a pris une couleur cireuse, s'est teinté pourtant d'un tout nouveau respect :

— J'ai malheureusement rarement eu l'occasion d'être étonné par la nature humaine dans ma vie, mais il semble que ce soit cette fois le cas. Vous avez fait preuve d'un courage exceptionnel en refusant de céder à la menace au péril de votre existence, dans le seul but de sauver un homme… Peu importe qu'il s'agisse de moi ou d'un autre, c'est bien entendu ce geste exemplaire qui importe…

Seul l'un des religieux – celui qui conservait la chandelle dans le sac – continue d'observer Margault avec une défiance affichée, comme s'il la soupçonnait de l'avoir échangée grâce à l'un de ses sortilèges occultes. La jeune femme se tourne instinctivement vers le bailli, qui semble s'être agrandi de trois pouces en quelques instants. Tandis qu'un large sourire triomphant fend son visage rubicond.

— Eh bien, eh bien, cher frère, il semblerait que les habitants d'Amiens fassent preuve de plus de ressources et de piété que vous ne pouviez le supposer ! Je crois en effet que vous devez une fière chandelle à cette jeune femme, si je puis m'exprimer ainsi !

Si les yeux bleu pâle de Bertrand Constancis jettent des éclairs meurtriers, il n'a d'autre choix que de les contenir afin de faire bonne figure devant l'assistance qui ne le quitte pas du regard. Bien entendu, ces marauds attendent avec une gourmandise non dissimulée un esclandre, qu'il ne leur fera pas le plaisir de leur offrir. Ses longues années passées à lutter contre les faiblesses de la chair et de l'esprit lui ont forgé une volonté de fer, et ce n'est certes pas ce triste épisode qui va le déstabiliser… Le faire réfléchir en revanche, très certainement ! Si cette jeune femme qui se tient droite et fière devant lui l'a certes sciemment piégé, il ne peut après réflexion que lui en être reconnaissant. Dieu a voulu l'éprouver par son intermédiaire afin de le faire revenir à une humilité plus proche de Sa volonté. Sans doute, en croyant servir le Très-Haut, avait-il péché par excès d'orgueil, avait-il mêlé dans un même élan les volontés de son divin maître et les siennes propres… L'homme frémit, sentant s'ouvrir sous lui d'insondables abysses au fur et à mesure de son raisonnement. Ce serait terrible s'il avait puni des innocents au nom de la Foi, et que Dieu aujourd'hui courroucé l'en blâmait avec violence ! L'inquisiteur ne voyait plus son avenir que comme une longue suite de flagellations destinées à expier, qui rouvriraient les blessures à peine cicatrisées de son dos et lui tireraient des hurlements de désespoir et de souffrance mêlés. Quand une nouvelle idée le traverse, bienfaisante de réconfort : il allait se recueillir de longs mois dans un monastère aux règles arides afin de faire pénitence et de prier pour les nombreux hérétiques qu'il avait combattus et vaincus. Innocents ou coupables, ils avaient en effet tous droit à la prière pour le salut de leur âme… Il mettrait en outre ce temps de réflexion à profit pour s'interroger sur la véritable mission que Dieu souhaite lui assigner désormais. Combien de fois avait-il prié fiévreusement afin que le Créateur lui montre le chemin ? L'événement tant attendu semblait avoir enfin eu lieu, bien qu'Il ait choisi une bien cuisante manière de se manifester ! Loué en soit pourtant le Seigneur, pour des siècles et des siècles ! Ses profondes réflexions sont interrompues par Margault, inquiète du sort de sa nourrice et de sa fille adoptive. S'il n'a manifestement connaissance de rien, cela ne semble pas être le cas du chafouin, qui répond à la jeune femme d'une voix vibrante d'un enthousiasme dont il ne semble même pas avoir conscience :

— Vous devez en effet vous demander ce que tout cela signifie... Je vous expliquerai toute l'histoire plus tard si vous le voulez bien. Mais pour le moment, je peux vous rassurer en vous promettant que vos deux protégées vous attendent paisiblement à votre logis.

Un soulagement infini déferle en Margault, qui pour la première fois accepte d'envisager une heureuse issue à toute cette affaire. Quand l'inquisiteur se sent obligé d'intervenir à son tour :

— J'ai cru comprendre, Margault Esternay, que votre vœu le plus cher était de devenir miresse. Vous le serez donc, avec ma bénédiction. Je ferai en sorte de vous trouver un maître susceptible de vous enseigner la théorie autant que la pratique. Tout cela n'est pas très orthodoxe, mais rien dans cette affaire ne l'a réellement été, n'est-ce pas ?

Il marque un temps d'arrêt.

— Je m'assurerai également bien entendu de la bénédiction de Monseigneur l'évêque, de manière à ce que vous ne soyez pas inquiétée. Je suis convaincu qu'il saura m'écouter.

Nul ne peut ignorer la menace à peine voilée contenue dans les derniers mots, qui ne trahit que trop les soupçons conçus par l'inquisiteur sur le rôle joué par le prélat dans le complot dont il a manqué être victime. Margault sait pourtant, comme tout le monde dans la clairière, que le haut dignitaire de l'Église ne sera en aucun cas incriminé. Dans quelques jours, le frère Jean allait fort opportunément mourir empoisonné dans sa geôle, avant bien évidemment d'avoir pu passer aux aveux… Mais si Constancis ne parvient pas à rassembler des preuves concrètes contre l'évêque, la jeune femme lui fait confiance pour lui faire payer sa trahison de mille autres manières infiniment plus subtiles… Elle ne peut s'empêcher de se sentir infiniment soulagée. L'inquisiteur, elle le sait, ne constituera plus jamais un danger pour elle ou pour ses proches. S'il a fait preuve d'un réel courage en reconnaissant publiquement son erreur, il n'a en revanche pas trouvé une seule fois celui de croiser son regard. Ses yeux continuent de balayer avec soin la cime des arbres de la clairière, tandis qu'il fait effectuer un demi-tour parfait à son cheval, imité en cela par le bailli et ses hommes.

En quelques instants seulement, la clairière s'est vidée de ses occupants, ne tolérant plus en son sein que Margault et le chafouin. Matthieu lui-même s'est évaporé sans même lui dire au revoir. Pour un peu, ce serait presque au tour de la jeune femme de croire aux sortilèges ! Elle est stupéfaite de voir la manière dont le visage d'ordinaire arrogant du religieux s'est métamorphosé en physionomie avenante, presque sympathique… Alors qu'ils sortent tout juste de la forêt pour apercevoir les remparts d'Amiens, le clerc se décide enfin à rompre le lourd silence.

— Si vous le permettez, je vais vous narrer l'histoire depuis son tout début. Je me nomme Marc de Montreux, et je me trouve au service de l'évêque depuis plusieurs années déjà, de même d'ailleurs que Jacques d'Ambert, le prétendu frère Jean rencontré dans de si sinistres conditions. Par où commencer pour que vous puissiez comprendre toute cette sombre affaire avant que nous n'arrivions en ville ? Certains collaborateurs proches du prélat, alarmés comme lui par l'imminente arrivée d'un inquisiteur à la terrible réputation qui risquait de s'en prendre à leurs si lucratives ouailles, ont tout d'abord tenté par de nombreuses intrigues d'empêcher ou, tout au moins, de retarder sa venue. Ce qui explique l'assassinat de votre amie Erma, pour à la fois assainir la ville et vous faire sortir de votre refuge... Comme ces manœuvres ont finalement échoué, tous ces furieux, dont je l'avoue à ma grande honte je faisais partie, se sont réunis à plusieurs reprises afin de trouver une nouvelle manière de contrer ce Bertrand Constancis. C'est à l'occasion de l'une de ces rencontres occultes qu'ils ont décidé de l'inconcevable : son assassinat ! Si j'avais comme eux tous conscience du danger que pouvait représenter un tel homme, je ne pouvais cautionner un tel acte ! J'ai probablement dû protester un peu trop fort, puisque je me suis très vite fait évincer de ces assemblées... Je n'ai pu ensuite que glaner des informations de-ci de-là en attendant de pouvoir agir...

— Lorsque vous êtes venu m'arrêter dans mon logis la première fois...

— C'était tout simplement pour le compte de l'évêque, qui souhaitait vous entendre avant le prévôt, par égard pour le rang de votre père. S'il ne l'avait jamais rencontré personnellement, il le connaissait en revanche comme l'un des plus généreux donateurs de son église. Nous avons refusé de dévoiler son identité à la patrouille d'arrière-guet, car il tenait plus que tout à rester discret...

— Il n'existait donc pas encore de complot...

— En aucune façon ! Celui-ci n'a commencé qu'au moment où ces marauds sont venus vous débusquer dans votre clairière, sous couvert d'arrêter une dangereuse sorcière.

— Je suppose que la décision de porter votre choix sur moi a été prise par le frère Jean ?

— En effet. Nous avons d'ailleurs tous été surpris par son insistance. Je ne serais pas étonné qu'il s'agisse là d'une sombre vengeance personnelle. Mais peut-être pourrez-vous m'en révéler davantage à ce sujet, me raconter ce qu'il vous a murmuré tout à l'heure…

La jeune femme ne peut s'empêcher d'exprimer son amertume :

— Quand je songe que tout cela, la mort d'Erma, d'Horace, des frères de Villiers, le chagrin de Peronette ne sont dus qu'à la colère vengeresse d'un seul homme ! C'est monstrueux !

— C'est malheureusement souvent le cas dans l'histoire, ma mie… Lorsque j'ai appris que la conjuration contre l'inquisiteur se concrétisait dangereusement et que l'on déployait tous les moyens possibles pour vous contraindre à agir, je me suis finalement décidé à intervenir, après avoir longuement hésité. Mais j'ignorais vers qui me tourner. J'avais en effet compris que Monseigneur l'évêque pouvait être gravement compromis… Si le complot réussissait et que le prélat apprenait ma trahison, je n'avais nulle envie d'être chassé du sein de l'Église, qui représente toute ma vie ! Tout ce que je voulais, c'était sauver la vie d'un homme. C'était à Dieu, et à Dieu seul, de juger si cet inquisiteur était coupable ou innocent… C'est en allant en désespoir de cause trouver le prévôt – qui pourtant, je le craignais, n'aurait pas le courage d'agir réellement – que j'ai croisé un homme au visage familier. Un homme que j'avais surpris en votre compagnie lorsque je suivais vos pas. Lui aussi semblait inquiet, tourmenté même… Je me suis risqué à aller le trouver, espérant qu'il tenait peut-être suffisamment à vous pour m'aider dans mon entreprise. Je dois avouer que je n'ai nullement été déçu ! Non seulement il a immédiatement accepté de m'aider, mais c'est lui qui a pratiquement pris tous les risques…

— Mais comment m'a-t-il aidée ? Je n'ai pas souvenance…

— Comment ? Mais en ne vous quittant pas d'une semelle, et en tentant de déjouer les pièges que les conspirateurs pouvaient vous tendre ! En vous bousculant devant la porte du bailli au nez et à la barbe des conspirateurs pour vous avertir du danger, en pénétrant dans le couvent déguisé en moine pour faciliter votre fuite… Vous ne pouvez savoir ce que ces marauds ont pu imaginer… Ce sont eux par exemple qui ont payé ce prédicateur pour vous annoncer mille souffrances et vous effrayer…

— Il me semblait bien avoir aperçu l'homme qui vous a accompagné chez moi la première fois…

— Lui a choisi de rester dans cette assemblée de conspirateurs, ce qui ne lui a guère réussi… C'est aussi pour vous protéger que nous avons décidé d'enlever quelque temps Peronette et Marie, de manière à les soustraire aux desseins de ces malfaisants.

Le chafouin se tourne vers Margault avec une nouvelle chaleur dans le regard :

— En tout cas, ma mie, je puis vous assurer d'une chose, c'est que votre jeune ami est singulièrement attaché à vous ! Je pourrais même dire sans risque de me tromper – bien que je ne sois pas spécialiste en la matière – qu'il est profondément épris…

De qui diable voulait-il parler ? S'agit-il de Matthieu ? Cela semble improbable… Mais Damien a quitté la ville, et elle ne connaissait personne d'autre susceptible de l'aider… Lasse à mourir, Margault renonce à interroger le clerc. Elle aura tout le temps de le faire lorsqu'elle aura remis un peu d'ordre dans ses idées et aura pris une longue nuitée de repos. D'ailleurs, ils parviennent déjà dans une ruelle proche de la boutique… Le cœur de la jeune femme bat plus vite en reconnaissant les maisons voisines. Cela fait une éternité qu'elle n'a pas senti sa poitrine se gonfler ainsi d'allégresse, une envie insensée de courir la soulever. Elle va revoir Peronette et Marie ! Elle aperçoit déjà leurs deux silhouettes sur le seuil de leur petit commerce – la plus âgée s'appuyant avec confiance sur les frêles épaules de la plus jeune –, les sourires resplendissants qui illuminaient leur visage. Elle avait réussi ! Elle s'était promis de les protéger, elle y était après bien des combats parvenue ! Il ne leur restait plus désormais qu'à couler ensemble des jours heureux, les plus paisibles possible. La jeune femme se souvient avec une tristesse attendrie de la Margault d'autrefois, qui en posant pour son imagier d'époux ne rêvait que de bouleversements et d'émois. Elle peut dire qu'elle avait été servie ! La vie lui avait brutalement appris à ses dépens que mieux valait se défier, bien réfléchir avant de faire un vœu… Aujourd'hui, elle n'aspirait plus qu'à la tranquillité. Des jours et des jours qui se ressemblaient, sans peines ni surprises, voilà le vrai bonheur !

Le Ciel n'a manifestement pas l'intention de l'écouter davantage que les fois précédentes, puisqu'elle aperçoit, non pas une, mais deux files de miséreux patientant devant la boutique sous une pluie désormais battante. C'est vraiment curieux… Une fulgurante espérance lui vrille la poitrine, que Margault se hâte de réprimer. Si elle ne connaissait pas aussi bien la situation, elle pourrait penser que les visages hâves s'animent en la voyant, que les regards épuisés s'illuminent d'espoir sur son passage… Allons, c'est absurde, il ne peut s'agir que d'une légitime curiosité… Peronette a probablement dû leur raconter avec force détails leur incroyable aventure, et ces curieux se pressent maintenant pour découvrir si elle a été molestée ou soumise à la question. Une onde de regret la traverse en voyant les écrouelles, les plaies purulentes dont la vue lui broie le cœur. Elle aimerait tant aider ces pauvres gens, mettre à leur service toutes ces connaissances acquises durant ces longues semaines aux côtés d'Erma… Maintenant qu'elle a l'autorisation légale d'exercer son métier de miresse, elle espère de toute son âme qu'ils sauront un jour se fier à elle… C'est à cet instant qu'elle reconnaît avec surprise au milieu de la file la patiente qu'elle a sauvée il y a quelque temps, le cheveu brillant et le teint rose, portant avec un sourire triomphant un nourrisson visiblement repu de lait. Une sourde joie lui réchauffe tout le corps comme un breuvage brûlant. Se pourrait-il qu'elle devienne réellement miresse, qu'elle comble enfin son vœu le plus cher ? Certes, il lui faudra reprendre des études, se former avec un maître, mais elle se sent prête à tout pour sa nouvelle vocation ! Elle se rapproche de la femme pour s'informer de sa santé, lorsque Peronette l'interpelle avec un petit sourire :

— Dépêche-toi donc un peu, ma Margault ! Ne vois-tu pas que tout ce monde t'attend pour se faire prescrire des potions ? J'ai bien essayé d'en examiner quelques-uns, mais ils ne veulent être reçus que par toi !

C'en est définitivement trop pour la jeune femme, qui sent un léger malaise lui tourner la tête. Une forte nausée lui soulève le cœur, une multitude de petites lumières blanches dansent devant ses yeux. Il lui faut se reposer quelques instants, malgré son impatience dévorante de commencer son activité. Elle se précipite à l'intérieur dans l'espoir de s'allonger avec soulagement sur la paillasse, de fermer un moment ses yeux brûlants de fatigue, lorsqu'elle aperçoit avec contrariété une silhouette occupant déjà la place. Un patient mal en point, sans aucun doute… Par automatisme, elle tente malgré son épuisement d'accommoder ses yeux à la pénombre afin d'établir un premier diagnostic. En vain… Elle ne parvient à deviner que des traits vaguement familiers. Ce n'est que parvenue proche du patient à le toucher qu'elle sursaute. Damien ! Le jeune homme lui adresse un sourire rayonnant, ravi de l'heureuse surprise qu'il lit sur le visage figé de Margault. Une onde de bonheur puissant, inattendu, soulève la jeune femme, qui il y a quelques instants encore ne voulait plus rien espérer de la vie. Bien entendu, ce ne pouvait être que lui, Damien, l'homme qui avait aidé le chafouin, qui se trouvait toujours à ses côtés lorsqu'elle avait besoin de lui… Toujours égal à lui-même avec son œil brillant de malice, son éternel épi qu'aucun peigne n'avait jamais su discipliner et son allure de tire-gousset… Lorsqu'il lui saisit la main de sa grande patte brûlante, c'est pourtant un sourire timide qui étire sa bouche gourmande, éclaircie tremblante pour dissimuler son émotion :

— Margault Esternay, vous bénéficiez d'une réputation si épouvantable dans cette ville que vous n'avez nul autre choix que d'épouser un maraud de la pire espèce. Vous devriez me remercier de vous éviter de rester fille toute votre vie !

Margault sourit, trop émue pour prononcer un mot. Et puis que répondre à une telle évidence ?

Remerciements

À Jean-Luc Seigle, charismatique professeur d'écriture, le premier à m'avoir incitée à écrire ce livre

À Denis Lépée qui a su en douceur me faire trancher dans le vif… et à sa femme Caroline Lépée, à l'origine de cette jolie rencontre

À Yamina, à mes côtés lors de l'envoi de mon premier manuscrit

À mes fidèles amis Laetitia, Valérie, Françoise, Caro, Charles et Mireille qui m'ont encouragée, conseillée, corrigée

À Éliane, ma fée, ma compagne d'écriture,

Merci à ma famille enfin, pour sa patience face à mes fréquents accès « d'indisponibilité »

BIBLIOGRAPHIE

Archives de la commune d'Amiens

Croyances et cultes populaires en Picardie – Yvan Brohard, Jean-François Leblond, Martelle, 1992

Dames du XIIe siècle – Georges Duby, Gallimard, 1999

Éducation et cultures dans l'Europe occidentale chrétienne – Nicole Gonthier, Ellipses Marketing, 1999

Histoire de la beauté féminine à travers les âges – Geneviève Leroy, Acropole, 1989

La Civilisation du Moyen Âge en France – Bruno Laurioux, Nathan Université, 1999

La France médiévale – Jean Favier, Fayard, 2003

La Mort au Moyen Âge – Danièle Alexandre-Bidon, Hachette Littérature, 1998

La Nuit au Moyen Âge – Jean Verdon, Hachette Littérature, 2003

La Pollution au Moyen Âge – Jean-Pierre Leguay, Jean-Paul Gisserot, 1999

La Prostitution médiévale – Jacques Rossiaud, Flammarion, 1992

La Recluse – Jacques Doyon, Robert Laffont, 1984

La Rue au Moyen Âge – Jean-Pierre Leguay, Ouest France, 1984

Le Folklore de Picardie – J. D Wailly, Musée de Picardie, 1968

Le Milieu médical en France du XII *au* XVe *siècle* – D. Jacquart, Droz, 1981

Le Moyen Âge en Occident – M. Balard – J. Ph. Genet – M. Rouche, Hachette 2003

Le Propre et le sale – Georges Vigarello, Seuil, 1987

Le Sain et le malsain – Georges Vigarello, Seuil, 1993

Les Femmes au Moyen Âge – Ferrucio Bertini, Hachette, 1991

Les Pauvres au Moyen Âge – Michel Mollat, Éditions Complexe, 2006

Les Rois maudits – Maurice Druon, Plon

L'Imaginaire médiéval – Jacques Le Goff, Gallimard, 1991

Philtres, charmes, poisons – Émile Gilbert, Gutenberg Reprints, 1991

L'Inquisition – Guy et Jean Testas, PUF, collection « Que sais-je ? », 2001

Le Costume antique et médiéval – Michèle Beaulieu, PUF, collection « Que sais-je ? », 1961

*Système éducatif et cultures de l'Occident médiéval (*XIIe-XVe *siècle)* – D. Alexandre-Bichon et M.T. Lorcin, Ophrys, 2000

Vivre en Picardie au Moyen Âge – Claude Vaquette, Maternelle, 1994.

Mensonges ou vérités ?

Le treizième conte
Diane Setterfield

La vie de Vida Winter est à l'image de ses romans : cousue de fils blancs. Désormais âgée et malade, le célèbre écrivain invite sa biographe, Margaret Lea, à faire toute la lumière sur sa véritable existence. Elle l'entraîne dans son passé et lui révèle ses plus précieux secrets. Du moins, c'est ce qu'elle prétend. Bien que sous le charme de cette merveilleuse conteuse, Margaret ne peut s'empêcher de douter. Si ce récit n'était que le produit d'une imagination débridée ?

(Pocket n° 13373)

Rencontre avec le mal

L'historienne et Drakula

Elizabeth Kostova

Dans la bibliothèque de la maison familiale, une jeune fille ouvre par hasard un étrange ouvrage appartenant à son père. Elle découvre avec stupeur que ce dernier enquête depuis des années sur le célèbre comte Drakula. Une entreprise qui n'est pas sans risques... Lorsque son père disparaît à la suite de son directeur de thèse, elle comprend que la légende est devenue réalité. Vlad l'Empaleur pourrait s'avérer plus terrifiant que son propre mythe...

(Pocket n° 13186)

Deux tomes disponibles chez Pocket.

Le feu de la vengeance

La catin

Iny Lorentz

En 1410, en Allemagne, la pure et virginale Marie est promise en mariage au peu scrupuleux Rupertus en échange d'une dot substantielle. À la veille de ses noces, la jeune femme est accusée de dévergondage, jetée en prison et violée par trois hommes tandis que son fiancé accapare toute sa fortune. Recueillie par des femmes de petite vertu, Marie est contrainte de vivre de ses charmes... en attendant l'heure de la vengeance.

(Pocket n° 13445)

Cet ouvrage a été imprimé en France par

CPI
Bussière

à Saint-Amand-Montrond (Cher)
en avril 2009

Composé par Nord Compo Multimédia
7, rue de Fives, 59650 Villeneuve-d'Ascq

POCKET - 12, avenue d'Italie - 75627 Paris Cedex 13

— N° d'imp. : 90755. —
Dépôt légal : mai 2009.